Wolfgang und Heike Hohlbein

SPIEGELZEIT

Eine phantastische
Geschichte

Ueberreuter

Die Deutsche Bibliothek – CIP-Einheitsaufnahme

Hohlbein, Wolfgang:
Spiegelzeit : eine phantastische Geschichte / Wolfgang und
Heike Hohlbein. – Wien : Ueberreuter, 1991
    ISBN 3-8000-2346-6
NE: Hohlbein, Heike:

J 1904/1
Alle Rechte vorbehalten
Umschlag von Jörg Huber
Copyright © 1991 by Verlag Carl Ueberreuter, Wien
Druck und Bindung: Carl Ueberreuter Druckerei Ges. m. b. H.,
Korneuburg
Printed in Austria

Inhalt

Der Rummelplatz

Natürlich war es unfair. Julian wußte sehr wohl, daß er all diesen Leuten hier bitter unrecht tat; schließlich erledigten sie nur ihre Arbeit, und wahrscheinlich gaben sie sich redlich Mühe, das zu tun. Offensichtlich sogar mit Erfolg, denn die Stimmung ringsum war wirklich prächtig. Wohin Julian auch blickte, sah er lachende Gesichter, hörte er fröhliche Stimmen, gab es blitzende bunte Lichter und laute Musik; ein Dutzend verschiedener Melodien, die gleichzeitig aus einem Dutzend verschiedener Lautsprecher drangen und sich gegenseitig zu übertönen suchten.

Nein, mit diesem Kirmesplatz und seinen Besuchern war alles in Ordnung. *Er* war es, mit dem etwas nicht stimmte. Und er wußte sogar, woran es lag.

Julian wich einem jungen Pärchen aus, das ihm Arm in Arm entgegengeschlendert kam und geradezu widerlich guter Laune war, rammte die Hände fast bis an die Ellbogen in die Hosentaschen und kickte eine leere Coladose zur Seite, die vor ihm lag. Coladosen hatten den unbestreitbaren Vorteil, sich nicht zu wehren, wenn man seine Wut an ihnen ausließ. Und Julian *war* wütend. Er hatte gedacht, das bunte Treiben auf dem Rummelplatz würde ihm helfen, sich zu beruhigen oder wenigstens ein bißchen abzulenken, aber das Gegenteil war der Fall. Eben machte er die Erfahrung, daß es kaum etwas Schlimmeres gab als den Anblick richtig ausgelassener, fröhlicher Menschen, wenn man selber schlecht gelaunt war. Es war keine besonders gute Idee gewesen, hierherzukommen. Die bunten Lichter und die Musik hatten ihn angelockt, aber es war ein Fehler gewesen. Zumal er nie viel für Rummelplätze übriggehabt hatte. Jetzt machte er alle diese Leute hier für seine immer tiefer sinkende Laune verantwortlich, und das war nicht nur ungerecht, sondern führte darüber hinaus auch noch zu Gewissensbissen, die wiederum seine Laune weiter verschlechterten.

Er hatte allerdings allen Grund, schlechter Laune zu sein. Diese verdammten Reporter, die einem das Wort im Munde umdrehten – falls sie sich diese Mühe überhaupt machten und nicht gleich alles frei erfanden! Und dazu auch noch sein Vater, der sich nicht einmal die Zeit genommen hatte, ihn anzuhören, sondern sofort losbrüllte. Und dann – Nein, er wollte nicht noch einmal darüber nachdenken. Dazu würde er weiß Gott genug Zeit haben, wenn er wieder zu Hause war und der Riesenkrach, vor dem er davongelaufen war, in seine zweite Runde ging. Daß das geschehen würde, daran zweifelte Julian keinen Augenblick. Schließlich kannte er seinen Vater gut genug.

Dabei kam er normalerweise gut mit ihm aus; viel besser sogar als die meisten seiner Klassenkameraden mit ihren Vätern. Aber es gab Tage, da wünschte er sich beinahe, die Ferien wären zu Ende und er könnte ins Internat zurück. Heute war zum Beispiel ein solcher Tag.

Er trat nach einer weiteren Dose, verfehlte sie und stieß sich kräftig den großen Zeh an, daß ihm der Schmerz die Tränen in die Augen trieb. Um ein Haar hätte er aufgeschrien und wäre auf einem Bein herumgehüpft. Und eine Sekunde später bekam sein Zorn neue Nahrung, denn hinter ihm erscholl ein leises, aber eindeutig schadenfrohes Lachen.

Er fuhr schnell herum. Das Grinsen seines Gegenübers wurde noch breiter, und Julian spürte, wie sich seine Hände zu Fäusten ballten. Der einzige Grund, aus dem er sie nicht hob und in das unverschämte Grinsen seines Gegenübers hineinschlug, war der, das besagtes Gegenüber nicht nur um einiges breitschultriger war als er, sondern auch um mehr als einen Kopf größer.

Außerdem verrauchte Julians Wut fast ebenso schnell wieder, wie sie gekommen war, und mit einem Mal kam er sich reichlich albern vor. Und ein wenig verlegen. Der andere mußte seinen Zorn bemerkt haben. Seltsamerweise schien ihn das nicht zu stören; ganz im Gegenteil. Sein Grinsen wirkte jetzt noch fröhlicher.

»Was ist so lustig?« fauchte Julian und trat vorsichtshalber einen Schritt zurück, als der andere mit einem leisen Lachen auf ihn zutrat.

Der Bursche war tatsächlich groß und kräftig. Unter seinem schmuddeligen Leinenhemd spannten sich Muskeln, die ihm schon bald die Statur eines Preisboxers verleihen würden. Er hatte ein derbes, aber sympathisches Gesicht und blondes Haar, das streichholzkurz gestutzt war.

»Oh, nichts«, sagte der Blonde feixend. Er blieb wieder stehen und maß Julian mit einem langen, neugierigen Blick von oben bis unten. »Wer bist denn du?«

Julian antwortete nicht, sondern blickte den anderen weiter feindselig an.

»Ich beobachte dich schon eine ganze Weile«, fuhr der Blonde fort. »Was ist los mit dir?«

Julian sagte noch immer nichts, aber das hielt den Blonden keineswegs davon ab, noch einen Schritt näher zu kommen und fröhlich weiterzuplappern. »Was ist los? Krach gehabt? Mit deinen Eltern?«

Julian schwieg noch immer, und der Blonde deutete dieses Schweigen offensichtlich als Zustimmung, denn er fuhr fort: »Bist du abgehauen?«

»Nein«, antwortete Julian. Gleich darauf verbesserte er sich selbst: »Oder doch, ja. Aber nicht so, wie du vielleicht meinst.«

»Du meinst, du bist nur mal los, um einen klaren Kopf zu kriegen«, sagte der Blonde. »Du willst nicht abhauen. Nicht richtig, stimmt's? Ich meine, du hast nicht vor, die große Flatter zu machen und auf die Walze zu gehen.«

Julian war nicht ganz sicher, ob er wirklich verstand, was der andere meinte. Aber er nickte vorsichtshalber.

»Das ist auch gut so. So was klappt nur im Film oder in Romanen. In Wirklichkeit schnappen dich spätestens nach ein paar Tagen die Bullen und schicken dich nach Hause zurück oder stecken dich in ein Heim.« Er zog eine Packung Zigaretten aus der Tasche und hielt sie Julian hin. »Willste eine?«

9

»Nein.« Julian schüttelte den Kopf. Er hatte schon einmal geraucht, vor einem halben Jahr, als eine Art Mutprobe. Es war die erste und bisher einzige Zigarette seines Lebens gewesen. Sie schmeckte scheußlich, und ihm wurde unvorstellbar übel davon. »Ich heiße Julian.«

»Julian?« Der Blonde ließ ein billiges Einwegfeuerzeug aufflammen und setzte seine Zigarette in Brand. Im roten Widerschein des Feuers sah sein Gesicht plötzlich unheimlich aus, fast gar nicht mehr wie das eines Menschen, sondern wie das einer jener Pappmaché-Figuren, wie man sie in der Geisterbahn sah. Er nahm einen tiefen Zug aus seiner Zigarette, hustete, kniff ein Auge zu und sagte noch einmal: »Julian? Wie Julian Lennon?«

»Genau«, sagte Julian knapp. Er hatte keine Lust, mit dem Burschen zu reden. Genaugenommen hatte er überhaupt keine Lust, mit irgend jemandem zu reden. Falls der andere das überhaupt merkte, ignorierte er es geflissentlich.

»Mein Name ist Roger«, sagte der Blonde und blies eine Wolke übelriechenden Zigarettenrauch in Julians Richtung. Er sprach es nicht wie das englische *Rodscher* aus, sondern mit einem hörbaren *g* zwischen dem *o* und dem *e*. Wahrscheinlich legt er Wert darauf, dachte Julian. Er sah ganz so aus wie die Typen, die anderen die Nase breit schlugen, wenn sie den Fehler begingen, seinen Namen nach der zweiten Warnung noch immer falsch auszusprechen.

»Freut mich«, knurrte Julian. Er wedelte mit der Hand vor dem Gesicht herum, um den Qualm zu vertreiben, hustete demonstrativ – was ihm außer einem noch breiteren Grinsen Rogers allerdings wenig einbrachte, drehte sich auf dem Absatz herum und ging weiter.

Genau zwei Schritte. Dann vertrat ihm Roger mit *g* den Weg. Julian blieb wieder stehen. »Was willst du?« fragte er. »Laß mich in Ruhe.«

»Ich will mich bloß mit dir unterhalten«, sagte Roger. »Du siehst aus, als könntest du's brauchen. Es hilft, wenn man über seinen Ärger redet. Meistens jedenfalls.«

»Vielleicht habe ich aber gar keine Lust dazu«, fauchte Julian.

Roger quittierte die Worte mit einem neuerlichen unverschämten Grinsen, und zum ersten Mal spürte Julian, wie sich eine leise Furcht vor dem hünenhaften Jungen in ihm regte.

»Laß mich in Ruhe«, sagte er, vielleicht aus Angst ein wenig lauter und herausfordernder und machte einen Schritt auf Roger zu.

Roger rührte sich nicht, und Julian blieb wieder stehen.

Aus dem leisen Gefühl von Furcht war mittlerweile echte Angst geworden. Dabei hatte Roger gar nichts getan, um diese Angst zu rechtfertigen. Das Glitzern in seinen Augen war Spott, aber von einer gutmütigen, fast freundschaftlichen Art, und auch seine Haltung drückte keinerlei Bedrohung aus. Es war einfach die Vorstellung, was Roger mit ihm tun *könnte*, wenn er es wollte.

Julian war kein sehr kräftiger Junge. Er war kein Schwächling, aber auch nicht so stark wie die meisten anderen Jungen in seinem Alter. Julian war groß, aber sehr schlank, um nicht zu sagen dünn. In den ersten Jahren in der Schule war immer er es gewesen, der die Prügel bezog, wenn es welche zu verteilen gab. Später dann, nach einigen zaghaften Versuchen, sich zur Wehr zu setzen – die allesamt in mehr oder minder großen Katastrophen endeten –, hatte er begonnen, ein gewisses Geschick darin zu entwickeln, Prügeleien und nach und nach auch jeglichem anderen Streit aus dem Weg zu gehen, eine Fertigkeit, die er später auf dem Internat zur Perfektion entwickelte.

Aber hier gab es kein Ausweichen. Julian merkte erst jetzt, daß seine Schritte ihn in eine schmale Gasse zwischen den Kirmesbuden gelenkt hatten, nur ein paar Meter vom Trubel und Lärm des Jahrmarktes entfernt, aber doch so weit, daß er nicht ernsthaft auf Hilfe hoffen durfte. Und Roger machte nicht den Eindruck, als ob er mit Worten zu besänftigen wäre.

»Hast du nichts Besseres zu tun, als rumzustehen und Leute zu beobachten?« fragte Julian.

Roger ließ sich nicht einmal durch diese herausfordernde Frage aus der Ruhe bringen, sondern feixte nur noch mehr. »Nein«, sagte er. Er lachte, als er Julians Verwirrung bemerkte. »Im Ernst – nein, ich habe nichts Besseres zu tun. Schon seit ein paar Tagen nicht. Und wie's aussieht, wird das auch noch eine Weile so bleiben.«

Er seufzte, hob wieder die Zigarette an die Lippen, nahm aber keinen weiteren Zug, sondern ließ sie plötzlich zu Boden fallen und trat mit dem Absatz seiner schweren Arbeitsschuhe darauf. »Diese Dinger sind wirklich die Pest«, sagte er und hustete. »Wir haben einen Stand hier, weißt du? Keinen schlechten, das kannst du mir glauben. Aber mein alter Herr hat irgendwie Ärger mit der Gewerbeaufsicht. Hat sich geweigert, irgendwelche bescheuerten Sicherheitsvorschriften einzuhalten. Und da haben sie ihm den Laden dichtgemacht, und wie ich meinen Alten und seinen Betonschädel kenne, wird er auch noch eine ganze Weile geschlossen bleiben.« Er breitete die Hände aus. »Also hab ich seit ein paar Tagen nichts zu tun. Ein paar Aushilfsjobs hier und da, aber im großen und ganzen verbringe ich meine Zeit damit, mich zu langweilen.« Er blinzelte Julian zu. »Und Leute zu beobachten, versteht sich. Und was ist dein Problem?«

Julian wich seinem Blick aus. »Nichts«, sagte er. »Ich hatte Krach mit meinem Vater, das ist alles.«

»Ich verstehe.« Roger nickte. »Du willst nicht darüber reden.«

»Nein«, knurrte Julian, »will ich nicht.«

»Auch okay«, meinte Roger. Plötzlich hellte sich sein Gesicht auf, als hätte er gerade einen Einfall gehabt. »He! Was hältst du davon, wenn wir uns gemeinsam langweilen. Wir können uns auch gegenseitig ein bißchen leid tun, wenn dir das lieber ist.«

Gegen seinen Willen mußte Julian lachen, und nach ein paar Sekunden stimmte Roger in das Lachen ein.

Es war ein befreiendes Lachen. Zum ersten Mal seit Stunden spürte Julian nicht mehr diese Mischung aus Zorn und Hilflosigkeit, die ihn schließlich dazu gebracht hatte, einfach aus dem Haus zu rennen, obwohl er ganz genau wußte, daß er damit alles nur noch schlimmer machte. Schon allein dafür war er Roger dankbar.

»Also?« fragte Roger. »Hast du Lust?«

Julian zögerte. Er hatte Zeit. Sein Vater war sowieso nicht im Hotel, und bis die Vorstellung zu Ende war, würden noch gut zwei Stunden vergehen, wahrscheinlich mehr, denn meistens ging Vater hinterher mit irgendwelchen Kollegen ein Glas Wein trinken oder sah bei deren Auftritten zu. »Ich habe kein Geld«, sagte er. »Ich bin einfach aus dem Haus ge—«

Roger unterbrach ihn. »Wozu brauchst du Geld? Ich arbeite hier, schon vergessen? Glaubst du, ich würde hier irgendwo Eintritt zahlen?« Er lachte. »Außerdem kann ich dir ein paar Dinge zeigen, die du für Geld sowieso nicht zu sehen bekämest.« Er sah Julian auffordernd an. »Also – was ist?«

Julian überlegte einen Moment, dann zuckte er mit den Schultern und sagte: »Warum nicht?«

»Sag ich doch«, feixte Roger und schlug Julian so kräftig auf die Schulter, daß der einen Schritt nach vorne taumelte und sichtbar in die Knie ging.

Sie traten aus der schmalen Gasse heraus, Roger hielt sein Versprechen: In den nächsten anderthalb oder zwei Stunden fuhren sie auf einem Dutzend Karussells, Autoscootern, Turboschaukeln und Raupen, besuchten ein Glaslabyrinth, ein 3-D-Kino und einen Raumschiffsimulator, in dem man vermeinte, innerhalb weniger Augenblicke von der Erde zum Mars und wieder zurückgeschossen zu werden. Roger zauberte von irgendwoher zwei Portionen Zuckerwatte, später für jeden eine Dose Cola und sogar eine Portion Pommes frites, die allerdings nach ranzigem Fett schmeckten. Schließlich wurde Julian Rogers Großzügigkeit peinlich, zumal er sich nicht revanchieren konnte, aber Roger beantwortete seine dementsprechende Bemerkung mit einem so entschiedenen: »Blödsinn!«, daß Julian fortan die Klappe hielt.

Schließlich gelangten sie zu einer Attraktion, von der Julian nicht einmal gewußt hatte, daß es sie noch gab: den Hauden-Lukas. Es war ein einfaches und schon recht betagtes Gerät, das aus einem ledergepolsterten Holzklotz bestand, der auf vier Federn ruhte, die aussahen, als stammten sie von einem ausgeschlachteten Lkw. An der drei Meter hohen Säule waren die üblichen Markierungen angebracht: *Säugling, Halbstarker, Angeber, Ganz gut, Bodybuilder* und *Herkules,* und ganz oben befand sich eine kleine, etwas angerostete Glocke.

Roger wechselte ein paar Worte mit dem Besitzer, kam dann zurück und griff wortlos nach dem schweren Hammer. Julian sah, wie sich Rogers Muskeln unter dem Hemd spannten, als er ihn schwang, und ein rasches, aber tiefes Gefühl von Neid überkam ihn. Im gleichen Moment schämte er sich dafür.

Roger ließ den Hammer niedersausen. Das Gegengewicht schoß wie von der Sehne geschnellt in die Höhe und schlug wuchtig gegen die kleine Glocke am oberen Ende der Säule. Einige Jahrmarktbesucher applaudierten, und Roger drehte sich mit einem breiten Grinsen zu Julian um. »Hier«, sagte er und hielt ihm den Hammer hin. »Versuch's auch mal.«

Julian griff automatisch zu – und machte einen hastigen Satz nach hinten. Denn der Hammer war so schwer, daß er seinen Fingern entglitt und ihm um ein Haar auf die Zehen gefallen wäre. Irgendwo hinter ihm lachte jemand.

Hastig bückte er sich und hob den Hammer wieder auf, machte aber keine Anstalten, sich dem Amboß zu nähern, sondern drehte das schwere Werkzeug nur unschlüssig in den Händen – wobei es ihm um ein Haar schon wieder entglitten wäre. »Ich . . . weiß nicht«, sagte er. »Ich bin nicht sicher –«

»Unsinn!« unterbrach ihn Roger. »Es ist gar nicht so schwer, du wirst sehen. Komm schon!« In seiner Stimme war plötzlich ein befehlender Ton, und Julian setzte sich in Bewegung, fast ohne es zu wollen. Und vor allem wider besseres Wissen. Er hatte geahnt, daß es in einer Katastrophe enden würde, und er behielt recht. Er packte den Hammerstiel fest mit beiden Händen und schwang das schwere Werkzeug genau so, wie er es bei Roger gesehen hatte.

Leider hatte er nicht die Kraft seines neuen Freundes.

Als der Hammer den höchsten Punkt seiner Bahn erreicht hatte, verlor Julian das Gleichgewicht. Der Hammer entglitt seinen Händen, und eine Sekunde später stürzte Julian mit wild rudernden Armen nach hinten und fiel schwer zu Boden.

Diesmal lachten mehrere. Und es dauerte sehr viel länger, bis sie wieder aufhörten zu lachen.

Tränen des Zorns und der Scham füllten Julians Augen, als er sich aufrappelte. Roger streckte ihm die Hand entgegen, um ihm auf die Füße zu helfen, aber Julian schlug sie zornig beiseite und stand aus eigener Kraft auf. Seine rechte Schulter schmerzte höllisch, aber er ließ es sich nicht anmerken.

Hinter ihm lachte noch immer jemand. Julian fuhr zornig herum und blickte ins Gesicht eines rothaarigen Burschen in einer schwarzen, über und über mit Nieten besetzten Lederjacke.

Der Bursche hörte auf zu lachen, als er Julians Blick auf sich gerichtet sah, und anstelle von Hohn trat ein tückisches Glitzern in seine Augen. »Ist was, Kleiner?« fragte er.

Julian schluckte. Aus seiner Wut wurde Angst, eine Furcht, die so heftig war, daß er plötzlich all seine Kraft aufbieten mußte, um das Zittern seiner Hände zu unterdrücken. Irgend etwas an diesem Jungen ... machte ihm angst. Nein, das stimmte nicht, schlimmer: es versetzte ihn nahezu in Panik. Und es war nicht nur die körperliche Größe oder das tückische Glitzern in diesen Augen. Es war etwas anderes, das Julian mit Worten nicht hätte beschreiben können. Allein in der Nähe des Rothaarigen zu sein machte ihn krank.

Der Rothaarige trat einen Schritt auf ihn zu und stemmte

herausfordernd die Hände in die Hüften. »Ist was?« fragte er noch einmal. Diesmal klang seine Stimme eindeutig drohend.

Julians Herz begann zu klopfen. Er wollte etwas sagen, aber seine Kehle war plötzlich wie zugeschnürt, er bekam keinen Ton heraus. Dann tauchte mit einem Mal Roger neben ihm auf, und aus der Überheblichkeit auf den Zügen des Rothaarigen wurde Verwirrung und Vorsicht. Aber keine Angst.

»Eine gute Frage«, sagte Roger. »Ich schließe mich ihr an. Ist was?«

Julian behielt Roger genau im Auge. Der blonde Junge stand völlig entspannt da und lächelte weiter. Da war kein Zeichen von Furcht, keine kleinen, nervösen Bewegungen, keine vor der Brust verschränkten Arme, kein Flackern im Blick, nichts von all den untrüglichen Beweisen unterdrückter Anspannung, die Julian nur zu gut von sich selbst kannte. Seine Stimme klang sogar beinahe freundlich. Aber auf eine Art, die Julian frösteln ließ.

Und wahrscheinlich war es genau das, was den Rothaarigen zu dem Schluß brachte, daß er sich mit *diesem* Gegner besser nicht anlegte, obwohl er selbst kaum kleiner oder schwächlicher gebaut war als Roger. Aber das war es nicht allein. Ganz plötzlich begriff Julian, daß auch ihn nicht nur Rogers *körperliche* Stärke eingeschüchtert hatte. Es war etwas in seinem Blick, etwas in seinen Bewegungen, in seiner Stimme und selbst in der Art, wie er sich *nicht* bewegte, was Roger diese Überlegenheit verlieh.

Lederjacke schien das auch so zu sehen, denn er sagte kein Wort mehr, preßte nur die Lippen aufeinander, bis sie zu dünnen, fast blutleeren Strichen wurden, die sein Gesicht wie eine Narbe zu spalten schienen. Seine Augen funkelten.

Roger sah ihn eine Sekunde lang an und lächelte, dann drehte er sich herum, hob den schweren Hammer mit der linken Hand und ohne sichtbare Anstrengung auf und reichte ihn Julian. »Hier«, sagte er. »Versuch's noch mal. So was kann passieren. Das Ding ist verflucht schwer.«

Julian nahm den Hammer entgegen, aber er rührte sich nicht. Sein Blick irrte unstet umher. Lederjacke war nicht der einzige, der bei seinem Mißgeschick stehengeblieben war. Ein gutes Dutzend Kirmesbesucher umgab Roger, Julian und ihn – und alle starrten Julian an. »Ich hab keine Lust«, sagte er. »Ich –«

»Unsinn!« In Rogers Stimme war plötzlich wieder dieser befehlende Klang, dem Julian nicht zu widersprechen wagte. Er legte Julian den Arm auf die Schulter und schob ihn mit sanfter Gewalt auf den Lukas zu. »Zeig's diesen Idioten!« flüsterte seine Stimme in Julians Ohr. »Los! Ich helfe dir.« Er ließ Julians Schulter los, trat ein paar Schritte zurück und lehnte sich lässig gegen die Säule.

Julian ergriff den Hammer fester. Sein Herz pochte wild. Er wollte es nicht tun. Er wünschte sich weit weg, irgendwoanders hin, wo ihn niemand sah, in eine finstere Ecke, in der er sich verkriechen konnte. Roger kam ihm plötzlich gar nicht mehr vor wie ein Freund, und wahrscheinlich war er das in Wirklichkeit auch nicht, sondern hatte nur ein Opfer gesucht, über das er sich lustig machen konnte.

»Also los!« sagte Roger. Diesmal flüsterte er nicht. Er sprach so laut, daß noch mehr Leute stehenblieben und ihn und den schmächtigen Jungen mit dem riesigen Vorschlaghammer in der Hand ansahen. Julian wünschte sich plötzlich, im Boden versinken zu können. Warum tat er ihm das an? Für einen Moment haßte er Roger beinahe.

Er spürte, wie ihm das Blut ins Gesicht schoß und seine Knie zu zittern begannen. Der Hammer schien plötzlich zehnmal so schwer zu sein. Er würde sich bis auf die Knochen blamieren, das wußte er. Alle würden über ihn lachen. Aber er konnte nicht mehr zurück. Roger hatte ihn in eine Lage manövriert, aus der es kein Entkommen gab, ohne daß er sich noch mehr blamierte.

Aber eigentlich war ihm das jetzt auch schon egal.

Julian spreizte die Beine, um sicheren Halt zu haben und nicht noch einmal zu stürzen, spannte seine Muskeln an und riß den Vorschlaghammer in die Höhe. Als das Werkzeug den höchsten Punkt seiner Bahn erreicht hatte, trat Roger vom Lukas zurück und tauschte einen raschen Blick mit dem Schausteller, dem das Gerät gehörte.

Der Hammer sauste mit solcher Wucht auf den gepolsterten Block nieder, daß Julian mit nach vorne gerissen wurde, fast als wäre es das Werkzeug, das Julian bewegte, nicht umgekehrt. Es krachte. Das Gegengewicht sauste in die Höhe. Julian ließ überrascht den Hammer fallen, und eine halbe Sekunde später erscholl ein lautes Scheppern und Klingeln, als die Glocke am oberen Ende der Säule mit solcher Wucht angeschlagen wurde, daß Julian glaubte, sie würde aus der Halterung gerissen.

Erstauntes Gemurmel erhob sich ringsum, und Julian, der von allen am meisten überrascht war, starrte die Glocke mit offenem Mund an. Der Schlag war so hart gewesen, daß seine Arme bis in die Schultern hinauf weh taten. Verdattert sah er zuerst den Hammer, dann den Lukas und zum Schluß Roger an, drehte sich zuletzt herum und blickte in Lederjakkes Gesicht.

Der Rothaarige war kaum weniger überrascht als Julian. Aber in seinem Blick war noch etwas: eine Mischung aus Zorn und widerwilliger Anerkennung, die Julian erschreckte. Trotzdem wäre vielleicht alles gut gewesen, und wer weiß, vielleicht wäre alles ganz anders gekommen, hätte Roger in diesem Moment den Mund gehalten.

Unglücklicherweise tat er es nicht.

Ganz im Gegenteil, er hob plötzlich den Hammer, wandte sich an Lederjacke, fragte: »Auch mal?« und warf ihm den Hammer zu, ohne seine Antwort abzuwarten.

Lederjacke brachte irgendwie das Kunststück fertig, den Vorschlaghammer aufzufangen, ohne dabei von den Füßen gerissen zu werden und wie Julian zuvor auf dem Hintern zu landen, aber er machte verständlicherweise keine sehr gute Figur dabei. Jemand lachte und verstummte abrupt wieder, als Lederjacke ihn zornig anblickte.

»Komm schon«, sagte Roger und machte eine einladende Geste auf den Lukas. »Was der Kleine gemacht hat, wirst du wohl auch noch schaffen, oder?« Gleichzeitig tauschte er wieder jenen raschen, verschwörerischen Blick mit dem Besitzer des Gerätes. Der Mann nickte unmerklich. *Was geht da vor?* dachte Julian.

Lederjacke starrte Roger eine Sekunde lang haßerfüllt an, dann grinste er plötzlich, streifte Julian mit einem verächtlichen Blick und ließ den Hammer mit aller Gewalt niedersausen. Das ganze Gestell dröhnte, als er auf den Block aufschlug. Der Schlitten bewegte sich träge ein Stück weit in die Höhe, erreichte die Marke mit der Aufschrift *Säugling* und fiel zurück.

Diesmal lachten alle, und das Gelächter hörte auch nicht auf, als Lederjacke zornige Blicke in die Runde warf. Mit einem Ruck fuhr er herum und starrte Roger an. »Das warst du!« sagte er. Seine Stimme zitterte. »Du hast da was gefingert!«

»Ich?« Roger machte ein verblüfftes Gesicht, trat einen Schritt zurück und hob beide Hände über die Schultern. »Ich habe das Ding doch nicht einmal berührt!« Er lachte. »Vielleicht solltest du noch ein bißchen üben.«

Lederjackes Augen brannten vor Zorn. Seine Stimme wurde zu einem Krächzen. »Das wird dir noch leid tun!« versprach er. Dann fuhr er mit einem Ruck herum und rannte so ungestüm davon, daß er einen der Zuschauer anrempelte und um ein Haar von den Füßen gerissen hätte. Der Mann stolperte, fand im letzten Moment sein Gleichgewicht wieder und sah dem Burschen kopfschüttelnd nach. Dann wandte er sich an Julian und Roger. »Das war vielleicht nicht so gut«, sagte er. »Ich meine, nicht, daß ich dem Burschen einen gehörigen Dämpfer nicht gegönnt hätte. Aber ich kenne ihn. Der wird wiederkommen.«

»Und?« fragte Roger ruhig.

»Er hat recht«, mischte sich nun auch der Besitzer des Hauden-Lukas ein. »Der kommt ganz bestimmt wieder, und bestimmt nicht allein. Ich kenne diese Typen.« Er machte eine

Geste zu Julian hin, sprach aber an Roger gewandt weiter. »Besser, dein Freund und du verschwindet.«

»Ich muß sowieso nach Hause«, sagte Julian, ehe Roger auch nur Gelegenheit fand zu antworten. »Ich bin spät dran.« Und damit drehte er sich um und ging mit raschen Schritten davon, ohne Roger auch nur auf Wiedersehen zu sagen.

Er rannte fast, aber nach wenigen Augenblicken hörte er Schritte hinter sich, und sein Gefühl sagte ihm, daß *er* das Ziel dieser Schritte sei. Halb in der Erwartung, Lederjacke zu sehen, drehte er im Laufen den Kopf.

Es war Roger, nicht Lederjacke, aber Julian verlangsamte seine Schritte trotzdem nicht, ging im Gegenteil noch ein bißchen schneller, so rasch, wie es ihm auf dem überfüllten Rummelplatz noch möglich war, ohne ständig jemanden anzurempeln.

Roger hatte diese Probleme nicht. Sehr viel schneller als Julian, sich geschickt wie ein Fisch im Wasser durch den Besucherstrom schlängelnd, holte er rasch auf und streckte den Arm aus, um Julian an der Schulter zu greifen und ihn zurückzuhalten. Julian wich der Bewegung mit einer raschen Drehung des Oberkörpers aus, und Roger versuchte es nicht noch einmal, obwohl es ihm wahrscheinlich ein leichtes gewesen wäre, Julian zu packen und festzuhalten.

»He, verdammt, nun warte doch mal!« rief er.

Julian blieb tatsächlich stehen, wich aber demonstrativ einen Schritt zurück und blickte Roger trotzig an. »Was ist denn noch?« fragte er herausfordernd.

»Was ist los mir dir?« fragte Roger. »Hab ich dir was getan? Oder hast du Angst vor diesem rothaarigen Blödmann?«

»Nein«, antwortete Julian, wobei er absichtlich offenließ, auf welche dieser beiden Fragen dies die Antwort war. »Ich muß wirklich nach Hause«, sagte er. »Wenn ich nicht pünktlich bin, kriege ich Ärger.«

Julian wollte den Jackenärmel hochschieben, um auf die Uhr zu sehen, aber Roger griff blitzschnell nach seinem Handgelenk und hielt es fest.

Julian riß seinen Arm los und funkelte Roger an. Der lächelte weiter, und es war ein echtes Lächeln, warm und freundlich und, wenn überhaupt, von einem Spott erfüllt, an dem überhaupt nichts Verletzendes war. Ganz plötzlich verrauchte Julians Zorn, und zurück blieb ein Gefühl von Niedergeschlagenheit.

»Ich ... will wirklich nach Hause«, sagte Julian und senkte den Blick. »Es hat nichts mit dir zu tun. Oder dem Rothaarigen. Wirklich.«

Roger nickte. »Ich verstehe«, sagte er.

Julian hatte plötzlich das unangenehme Gefühl, daß Roger viel besser verstand, als ihm lieb sein konnte. Er sah Roger nicht an, aber er konnte seinen Blick wie die Berührung einer unsichtbaren Hand fühlen. Er hörte, wie Roger sich eine neue Zigarette anzündete und dann hustete.

»Es ist nicht jedermanns Sache, stundenlang hier rumzulaufen«, hörte er Roger sagen. »Aber eins muß ich dir noch zeigen.«

»Ich hab keine Lust mehr«, sagte Julian, aber wie zuvor ignorierte Roger seinen Widerspruch einfach.

»Das *mußt* du sehen!« sagte er entschieden. »Komm schon. Es sind nur ein paar Schritte. Ich bringe dich hinterher sofort zum Ausgang, falls dieser Blödmann noch hier herumlungert.«

Der letzte Satz weckte unangenehme Gefühle. Aber Julian wußte auch, daß Roger recht hatte. Wenn er Lederjacke allein über den Weg lief, konnte die Sache übel enden. Verdammt übel. Und Rogers Worte hatten auch seine Neugier geweckt. Zögernd nickte er. »Also gut.«

»Wußte ich's doch.« Roger grinste, schnippte seine Zigarette in eine Pfütze und nahm Julian beim Arm. »Komm. Du wirst es nicht bereuen.«

Sie gingen nicht in die Richtung zurück, aus der sie gekommen waren, sondern wandten sich zum nördlichen Ende des Rummelplatzes.

Allmählich begann sich die Umgebung zu verändern. Der Besucherstrom nahm ab, ohne allerdings ganz zu versiegen. Die Musik wurde leiser, die Buden, an denen sie vorbeikamen, allmählich kleiner und vielleicht auch ein bißchen schäbiger.

Nein, dachte Julian, dieser Eindruck täuscht. Die Stände waren kleiner, die Lichter nicht ganz so grell und bunt, und statt eines Dutzends Lautsprecher, die sich gegenseitig zu übertönen suchten, hörten man nur noch zwei oder drei Melodien – und zu seiner Überraschung waren darunter die Klänge einer Drehorgel.

Aufmerksamer geworden, sah er sich um. Die Stände waren nicht wirklich schäbiger. Sie waren einfacher – und älter. Er sah ein glitzerndes Glücksrad, das sich so schnell drehte, daß nur ein silbernes und goldenes Blitzen zu sehen war, eine Wurfbude, bei der man mit weichen Bällen nach Konservendosen und mit kleinen Pfeilen nach Luftballons werfen konnte, eine Schiffsschaukel und hunderterlei mehr. Nichts von dem elektronischen, computergesteuerten Firlefanz, der auf einer normalen Kirmes überwog.

»Was ist das hier?« fragte er.

»Der alte Teil«, antwortete Roger, ohne stehenzubleiben. Die Drehorgelmusik wurde lauter, und Julian sah, daß sie nicht aus einem Kassettenrecorder kam, sondern tatsächlich aus einer richtigen altmodischen Drehorgel, auf der ein kleines Äffchen saß. Ein Mann in Frack und Zylinder drehte mit einer Hand die Kurbel und hob die andere, um Roger zuzuwinken.

Roger winkte zurück. »Hier stehen nur die kleinen Buden, die sich die Miete für die teuren Stellplätze weiter vorn nicht leisten können«, führte er seine Erklärung zu Ende.

»Und was willst du mir hier zeigen?« fragte Julian.

»Unser Geschäft«, antwortete Roger. »Das Unternehmen meines Vaters.«

»Ich denke, ihr habt zu?«

»Haben wir auch. Aber du kriegst eine Sondervorstellung.«

Er blinzelte Julian zu und wies gleichzeitig mit einer Handbewegung nach links auf eine schmale Gasse zwischen einer Wurfbude und einer Fischbraterei, aus der es verlockend nach Gebratenem roch. »Es wird dir gefallen. Bestimmt.«

Als sie zwischen den Buden hindurch waren, befanden sie sich auf einem Teil des Jahrmarkts, der noch schwächer besucht war. Man sah nur noch vereinzelt Menschen. Die meisten Buden waren zu, die Jalousien oder aufstellbaren Vordächer heruntergelassen und sicher verschlossen, und die Musik wurde immer leiser, bis man nur noch die Klänge der Drehorgel hörte.

Schließlich sahen sie gar keine Menschen mehr. Dunkelheit umgab sie, die Musik wehte nur noch ganz leise und von weitem an ihr Ohr. Julian schauderte ein bißchen und ging unwillkürlich dichter neben Roger. Ihre Schritte hallten laut zwischen den verlassenen Ständen wider.

Seltsam, dachte Julian. Er hatte den Kirmesplatz öfter von weitem gesehen. Daß ein ganzer Teil davon im Dunkeln lag, war ihm gar nicht aufgefallen.

Er fragte Roger danach, und der Junge nickte, als hätte er die Frage erwartet. »Ich sagte doch, es ist der alte Teil«, sagte er. »Die Leute kommen kaum noch hierher. Sie lassen sich eben lieber auf den Mond schießen und die Ohren mit elektronischem Geheul volldröhnen, als mit einem Kettenkarussell zu fahren.« Ein leiser Ton von Bitterkeit schwang in seiner Stimme mit. »Also machen sie hier eher zu. Lohnt sich nicht, für drei Besucher am Abend den Stand offenzuhalten.«

Das klang einleuchtend. Julian war nur ein wenig überrascht, wie groß dieser im Dunkeln liegende Teil der Kirmes war. Aber er kam nicht dazu, Roger eine weitere Frage zu stellen, denn sie hatten ihr Ziel erreicht.

Äußerlich unterschied sich der Stand in nichts von den anderen ringsum: eine weitere finster daliegende Bude unter anderen finster daliegenden Buden, allenfalls ein bißchen größer als die anderen. Für Roger jedoch schien sie etwas ganz Besonderes zu sein. Er sagte zwar nichts, sondern machte nur eine einladende Geste, aber Julian merkte, daß er stolz darauf war.

»Ist das euer Geschäft?« fragte er überflüssigerweise.

Roger nickte.

»Hat dein Vater denn nichts dagegen?« fragte Julian, ohne sich von der Stelle zu rühren. Er konnte nicht sagen, warum, aber er hatte plötzlich gar keine Lust mehr, dieses Gebäude zu betreten. Im Grunde hatte er nicht einmal mehr Lust, hier zu sein. Dieser unheimliche, wie ausgestorben daliegende Teil des Rummelplatzes flößte ihm Unbehagen ein. »Ich meine, wenn du so einfach einen Fremden –«

»Quatsch«, unterbrach ihn Roger. Leute mitten im Wort zu unterbrechen schien eine seiner Lieblingsbeschäftigungen zu sein. »Außerdem bist du kein Fremder, sondern mein Freund. Komm schon.«

Widerstrebend und von einem nicht näher bestimmbaren, trotzdem aber immer stärker werdenden Gefühl des Unbehagens erfüllt, folgte ihm Julian. Die Tür schien nicht verschlossen zu sein, denn sie schwang auf, kaum daß Roger sie berührt hatte. Der Raum dahinter lag in völliger Dunkelheit da, aber Julian spürte, daß er sehr groß sein mußte.

Einige Augenblicke lang hörte er Roger im Dunkeln neben sich rumoren, dann erscholl ein scharfes Klacken, und unter der Decke und längs der Wände leuchteten Dutzende, wenn nicht Hunderte kleiner Glühbirnen auf. Sie waren so geschickt angeordnet, daß man den Eindruck hatte, das Licht käme aus keiner bestimmten Quelle, sondern von überallher zugleich, weil es praktisch keine Schatten gab.

»Was . . . ist das?« fragte Julian verblüfft.

Mit Ausnahme einiger Gegenstände, die zu weit entfernt waren, als daß er sie deutlicher denn als silbernes Blitzen erkennen konnte, schien der Raum völlig leer zu sein. Und – kam es durch die geschickte Anordnung der Lampen? – Julian hatte den verrückten Eindruck, das Gebäude sei innen größer als außen. Um einiges größer. Aber das war selbstverständlich nicht möglich.

Er wiederholte seine Frage, aber Roger antwortete auch jetzt nicht darauf, sondern machte nur eine einladende Geste, weiterzugehen. Julian sah ihn noch eine Sekunde irritiert an, dann zuckte er mit den Schultern, machte einen Schritt und noch einen – und prallte so unsanft gegen ein Hindernis, daß er mit einem Schmerzlaut zurücktaumelte und sich unversehens in Rogers Armen wiederfand.

Roger lachte, überzeugte sich davon, daß Julian wieder sicher auf den Füßen stehe, und ließ ihn los. Julian sah ihn zornig an, dann hob er die Hand an seine schmerzende Nase und betastete sie, wie um sich zu überzeugen, daß sie noch da war.

»Gut, nicht?« grinste Roger.

Julian blickte ihn noch feindseliger an, drehte sich dann aber doch wieder herum, um nachzusehen, was Roger so gut fand. Als er es erkannte, was eine ganze Weile dauerte, verrauchte sein Zorn so schnell, wie er gekommen war.

Es war . . . Unglaublich? Erstaunlich? Faszinierend?

Der Raum schien völlig leer zu sein, auf den ersten Blick zumindest. Es war ein Labyrinth aus Hunderten und Hunderten von Glaswänden.

Natürlich hatte Julian schon Glaslabyrinthe gesehen. Er war auch schon in mehreren gewesen – wie eigentlich jeder, der einmal einen Rummelplatz besucht hat –, aber niemals in einem *solchen.*

Die Scheiben waren nicht einfach nur durchsichtig, wie man es von gut gearbeitetem und sauberem Glas erwarten konnte – sie waren nahezu *unsichtbar.* Nur hier und dort verriet ein ganz schwaches Schimmern, daß da mehr war als leere Luft; aber wenn überhaupt, so war es so blaß, daß man danach *suchen* mußte, und selbst dann nicht ganz sicher sein konnte.

»Unglaublich«, flüsterte Julian. »So etwas . . . habe ich noch nie gesehen!«

»Das ist der Sinn der Sache«, erklärte Roger. »Eigentlich solltest du es gar nicht sehen!« Er machte eine auffordernde Geste. »Willst du's versuchen?«

Julian zögerte. Seine Nase und seine Stirn taten noch immer weh. Aber jetzt wußte er ja, was ihn erwartete. Zögernd hob er die Arme, streckte die gespreizten Finger aus und stieß nach zwei Schritten erneut gegen ein Hindernis.

Es war verrückt – er *fühlte* das Glas: hart wie Stahl und dabei so kalt, daß seine Fingerspitzen zu prickeln begannen. Aber er konnte es selbst jetzt noch nicht sehen!

Dann fiel ihm etwas ein, ein Trick, den ihm sein Vater einmal bei einer ähnlichen Gelegenheit verraten hatte. Mit einem triumphierenden Lächeln in Rogers Richtung senkte er den Blick und suchte nach den metallenen Rahmen, in die die gläsernden Wände des Labyrinths eingelassen sein mußten.

Nichts.

Julian schaute nach oben. Nichts.

Sein Staunen begann sich wieder in Beunruhigung zu verwandeln. Wenn dieses ganze Labyrinth nicht *aus einem einzigen Stück* gegossen war – und das war schlechterdings unmöglich! –, dann hatte er hier wohl die phantastischste Handwerksarbeit vor sich, die es auf der ganzen Welt gab. Er sah keine Kante. Keinen Rand. Selbst die Stellen, an denen die Glaswände – noch dazu in den unterschiedlichsten Winkeln! – aufeinanderstießen, waren völlig unsichtbar! Das muß mein Vater sehen! war das erste, was ihm einfiel.

Er ließ die Hände wieder sinken, trat zurück und schüttelte den Kopf. »Lieber nicht«, sagte er.

Roger lachte. »Angst?«

»Nein!« antwortete Julian, schon wieder ein bißchen zornig. »Aber ich . . . habe wirklich nicht mehr viel Zeit. Mein Vater wird sauer, wenn ich nicht pünktlich zurück im Hotel bin.«

Zu seiner Überraschung versuchte Roger nicht, ihn zum Bleiben zu überreden, sondern zuckte nur mit den Schultern und sagte: »Vielleicht hast du sogar recht. Es dauert eine Weile, ganz durchzukommen.« Er lachte leise. »Wir haben schon Leute rausholen müssen, die den Weg nicht von selbst gefunden haben.«

»Sind auch schon welche drinnen geblieben?« fragte Julian.
Es sollte ein Scherz sein, aber als er die Worte aussprach, lief
ihm ein eisiger Schauer über den Rücken. Und ein zweiter,
als er in Rogers Gesicht blickte und diesen in sehr ernstem
Ton sagen hörte: »Viele.«
»Du machst Witze, oder?« fragte Julian nervös.
Eine Sekunde war er voll und ganz davon überzeugt, daß
Roger nicht scherzte, denn der Blick des Jungen blieb so
durchdringend und ernst wie vorhin. Aber plötzlich trat ein
spöttisches Glitzern in Rogers Augen. »Natürlich mache ich
Witze«, sagte er lachend. »Bis jetzt ist noch jeder wieder
rausgekommen. Aber der Rekord liegt, glaube ich, bei drei
oder vier Stunden. Selbst ich habe manchmal Mühe, ganz
durchzukommen.«
Irgendwie überzeugten diese Worte Julian nicht. Da war etwas, das – *Unsinn!*
Diesmal war er selbst es, der sich in Gedanken unterbrach.
Das hier war ein ganz normales Glaslabyrinth, wie man es
auf jeder Kirmes fand, mehr nicht! Gerade *er* hätte wissen
müssen, was man mit ein bißchen Licht und ein paar geschickt aufgestellten Spiegeln erreichen konnte.
Trotzdem blieb er unter der Tür noch einmal stehen und sah
sich bewundernd in dem großen, nur scheinbar leeren Raum
um. »Phantastisch!« sagte er. »Wie macht ihr das? Liegt es
am Licht?«
»Zum Teil«, antwortete Roger, wobei seiner Stimme deutlich
das Erstaunen darüber anzuhören war, wie rasch Julian auf
diese Frage gekommen war. »Genau weiß ich es selbst nicht.
Es hat auch etwas mit dem Glas zu tun. Ist irgendeine beson-
dere Sorte, die nur in einer einzigen Fabrik hergestellt wird.«
»Und wo?«
»Keine Ahnung.« Zwischen Rogers Augenbrauen entstand
eine steile Falte. »Ich bin auch nicht sicher, daß ich es dir sagen würde, wenn ich es wüßte. Mein alter Herr würde mir
was erzählen, wenn ich unsere Betriebsgeheimnisse verraten
würde.«

»So war das nicht gemeint«, sagte Julian hastig. »Aber weißt du, mein Vater beschäftigt sich mit ... etwas Ähnlichem. Er würde sich brennend dafür interessieren, da bin ich ganz sicher.«

Das Mißtrauen in Rogers Blick wurde noch stärker, und Julian hatte immer mehr das Gefühl, es wäre besser, dieses Thema nicht berührt zu haben. Aber jetzt war es zu spät.

»So?« sagte Roger und kniff die Augen zusammen.

»Vielleicht kommen dein Vater und mein Vater ja ins Geschäft«, sagte er. »Wer weiß? Hättest du etwas dagegen, wenn ich ihn das nächste Mal mitbringe?«

»Nö«, antwortete Roger. Ganz plötzlich grinste er wieder. »Er wäre nicht der erste, der versuchte, hinter unser Geheimnis zu kommen. Bisher hat's noch keiner geschafft. Obwohl ...«

»Obwohl?«

Roger machte ein finsteres Gesicht. »Ich habe dir doch von den Leuten erzählt, die nicht wieder aus dem Labyrinth rausgekommen sind, oder?«

Im ersten Moment erschrak Julian bis ins Mark, aber dann blinzelte Roger ihm plötzlich zu, und ihm wurde klar, daß er Roger abermals auf den Leim gegangen war.

Roger begann laut zu lachen, und es dauerte eine ganze Weile, bis er sich wieder beruhigte. »Bring ihn ruhig mit«, sagte er dann. »Ich werde euch auch den Rest zeigen. Das Beste hast du noch gar nicht gesehen.«

»Und was ist das?«

Roger schüttelte den Kopf. »Das nächste Mal«, blieb er fest. »Dann kann ich wenigstens sicher sein, daß du wiederkommst.« Er öffnete die Tür und schaltete das Licht aus, noch ehe Julian das Gebäude ganz verlassen hatte. Die Dunkelheit schlug wie eine Woge über ihm zusammen, fast wie etwas Körperliches, das viel mehr war als die Abwesenheit von Licht. Er beeilte sich, rasch ins Freie zu treten und einige Schritte Abstand zwischen sich und das unheimliche Glaslabyrinth zu legen. Sein Herz klopfte.

Während Roger die Tür schloß und diesmal sorgsam hinter sich verriegelte, sah sich Julian noch einmal auf dem verlassenen Teil des Rummelplatzes um. Die Dunkelheit schien zugenommen zu haben, es war spürbar kälter geworden. Außerdem war Wind aufgekommen, der mit einem unheimlichen Heulen durch die schmalen Gassen zwischen den vernagelten Buden strich.

Wieder fiel ihm auf, wie ausgedehnt dieser verlassene Teil der Kirmes war. Eigentlich viel zu groß. Der belebte Teil des Rummelplatzes war von hier aus gar nicht mehr zu sehen, und auch das Gemisch aus Stimmen und Musik vernahm man nicht. Stand reihte sich an Stand, Karussell an Karussell, aber alles war dunkel, verlassen und still, wirkte fast wie ein eigener großer Jahrmarkt, auf dem auf geheimnisvolle Weise die Zeit stehengeblieben zu sein schien. In einiger Entfernung entdeckte Julian sogar das stählerne Gerüst eines Riesenrades, schwarz und dunkel und gewaltig wie das Skelett eines geheimnisvollen Urzeittiers, das vor einer Million Jahre hier gestrandet und zu Stahl erstarrt war.

Er lächelte. Seltsam, welche Gedanken ihm plötzlich durch den Kopf schossen.

Und seltsam auch, daß es hier *zwei* Riesenräder gab. Er hatte noch nie von einem Rummelplatz mit zwei Riesenrädern gehört.

»Unheimlich, nicht?« fragte Roger, als hätte er seine Gedanken gelesen.

Julian nickte. Rogers Worte hatten den bedrohlichen Eindruck noch verstärkt, den diese verlassene Stadt aus Bretterbuden und Karussells auf ihn ausübte. Fast vermeinte er, die Schatten sich bewegen zu sehen, als kröchen Dinge in ihrem Schutz auf sie zu.

Um sich selbst Mut zu machen, fragte er: »Spukt es hier?«

»Manchmal«, antwortete Roger ernst.

Julian bewegte sich nervös auf der Stelle. Es gab Momente, da fiel ihm Rogers bizarrer Sinn für Humor gehörig auf die Nerven. Ohne ein weiteres Wort gingen sie los.

Die Schatten folgten ihnen.

Selbstverständlich war es Einbildung. Julians logisches Denken sagte ihm, daß es unmöglich war. Schatten folgten einem nicht. Aber er mußte plötzlich wieder an seinen eigenen Gedanken von vorhin denken: Es war, als bewegten sich Dinge in diesen Schatten. Keine Monster. Keine Ungeheuer mit Zähnen und Klauen und roten Augen wie glühende Kohlen, sondern ... etwas Fremdartiges. Etwas Neues und zugleich Uraltes, Böses, das vielleicht nicht mehr war als Substanz gewordene Dunkelheit, und trotzdem die Essenz alles Schlechten und Bösen, das es je gegeben hatte ...

Er mußte all seine Willenskraft aufbieten, um den Gedanken zu verscheuchen und die kaum beherrschbare Furcht. Das war doch verrückt! Was war denn mit ihm los, daß er sich plötzlich vor der Dunkelheit fürchtete wie ein kleines Kind? Und dann bewegte sich einer der Schatten vor ihnen tatsächlich.

Es war keine Einbildung – das bewies schon allein die Tatsache, daß Roger mitten im Schritt verhielt und erschrocken zusammenfuhr.

»Was ist?« fragte Julian. Seine Stimme zitterte.«

Roger hob die Hand, um ihn zum Schweigen zu bringen, und kniff die Augen zusammen, um besser sehen zu können. Der Schatten bewegte sich wieder, wallte, wuchs – und wurde zu einer kräftigen, hochgewachsenen Gestalt, die eine schwarze Lederjacke trug und rotes Haar hatte. Es war der Bursche vom Hau-den-Lukas!

Nur kam er Julian im allerersten Moment völlig anders vor. Sicher lag es am Licht und den unheimlichen Schatten – und vor allem natürlich an seiner eigenen Furcht, und trotzdem kam ihm Lederjacke im allerersten Moment kaum wie ein Mensch vor, sondern vielmehr wie ein verkrüppeltes schwarzes Etwas, aus den Schatten hervorgekrochen und auch dorthin gehörend.

Dann blinzelte Julian, und aus dem verkrüppelten Wesen wurde wieder Lederjacke. Allerdings wirkte er jetzt trotzdem nicht weniger bedrohlich als das Alptraum-Geschöpf von vorhin. Seine Hände waren nicht leer. In der einen hatte er eine brennende Zigarette, die er jetzt zum Mund hob, wo ihr Ende wie ein drittes böses rotes Auge grell aufglühte, in der anderen schwenkte er eine Fahrradkette.

»O verdammt!« sagte Julian. »Das gibt Ärger!«

»Ärger?« Roger lachte leise. »Keine Angst. Den Kerl nehm ich mit einer Hand auseinander. Bleib dicht bei mir, dann kann dir nichts passieren.«

Aus dem Mund jedes anderen und in jeder anderen Situation hätten diese Worte wie pure Angeberei geklungen. Aber Roger sprach sie so selbstverständlich aus, daß Julian ihm glaubte. Trotzdem begann sein Herz vor Aufregung zu klopfen, während sie sich Lederjacke näherten.

Einen Schritt vor ihm blieb Roger stehen. »Was willst du?« fragte er. »Du hast hier nichts zu suchen, das weißt du doch ganz genau.«

Julian war ziemlich überrascht, und das nicht unbedingt auf angenehme Art. Rogers Worte bewiesen ihm, daß die beiden einander kannten. Rogers Verhalten hatte bisher nicht darauf schließen lassen.

»Interessiert mich nicht«, fauchte Lederjacke. Er zog eine Grimasse und deutete auf Julian. »Ich will den Kleinen.«

»Wozu?« fragte Roger.

Lederjacke lachte. »Das weißt du ganz genau. Er hat mich blamiert. Keiner haut mich ohne Strafe so in die Pfanne. Halt dich da raus.«

»Und wenn ich das nicht tue?« fragte Roger freundlich.

Lederjacke lachte wieder, hob die Hand mit der Zigarette, und aus dem Schatten traten zwei Gestalten in schweren Motorradjacken hervor.

Roger ließ den Blick langsam von der einen zur anderen wandern. Dann griff er in die Tasche, zog seine Zigarettenpackung heraus und zündete sich eines der Glimmstäbchen an. »Du begehst einen schweren Fehler«, sagte er. »Du weißt doch, daß das hier *mein* Revier ist, oder?«

»Interessiert mich nicht«, sagte Lederjacke. »Halt dich da raus, oder du bist gleich mit dran.«

Lederjackes Blick bohrte sich in den Julians, und für einen Moment hatte dieser wieder das Gefühl, nicht in die Augen eines Menschen zu blicken, sondern in die einer Kreatur, die nur so aussah wie ein Mensch.

»Du meinst es also ernst, wie?« fragte Roger. Er seufzte. »Na ja, ich denke, früher oder später müssen wir die Sache sowieso austragen. Warum also nicht jetzt?« Er zog an seiner Zigarette, so daß ihr Ende fast weiß aufglühte, trat lächelnd einen weiteren Schritt auf Lederjacke zu und streckte die Hand nach dem schmuddeligen T-Shirt aus, das dieser unter der Motorradjacke anhatte. »Aber du hast einen Fehler gemacht. Du hättest mehr Verstärkung mitbringen sollen.«

Und damit zog er den Halsausschnitt des T-Shirts nach vorne, blies Lederjacke lächelnd eine Qualmwolke in die Augen – und ließ die glühende Zigarette in sein Hemd fallen.

Eine halbe Sekunde lang stand Lederjacke einfach da und starrte Roger fassungslos an. Dann begann er zu kreischen, ließ die Kette fallen, sprang zurück und begann wie verrückt auf der Stelle zu hüpfen, wobei er ebenso verzweifelt wie vergeblich versuchte, die brennende Zigarette unter seinem T-Shirt herauszubekommen.

Roger verschwendete allerdings keine Sekunde daran, Lederjackes improvisiertem Stepptanz zuzusehen, sondern fuhr auf der Stelle herum und wandte sich den beiden anderen Kerlen zu. Beide waren mit Fahrradketten bewaffnet wie ihr Anführer, aber das beeindruckte Roger nicht im geringsten. Er packte den ersten und versetzte ihm eine Ohrfeige, die ihn nach einer grotesken halben Drehung zu Boden stürzen ließ. Der andere riß seine Kette über den Kopf, aber er war nicht schnell genug. Roger duckte sich, sprang blitzschnell zur Seite und schlug dem Burschen die Handkante gegen den Unterarm. Der Kerl brüllte, ließ die Kette fallen und taumelte zurück, als Roger ihm die geballte Faust vor die Brust schlug.

Aber so überraschend Rogers Erfolg war – es war eben nur der Überraschungseffekt, der ihm dazu verholfen hatte. Seine Gegner waren kaum weniger stark als er. Und sie waren zu dritt. Oder würden es sein, sobald Lederjacke aufhörte, altindianische Regentänze zu zelebrieren und dabei wie am Spieß zu brüllen.

Der Bursche, den Roger niedergeschlagen hatte, war mittlerweile wieder auf die Füße gekommen und stürzte sich mit wütend erhobenen Fäusten auf Roger. Der blockte seine zornigen Hiebe ab, tänzelte zur Seite und schlug ihm die Faust ins Gesicht. Der Bursche taumelte zurück. Blut lief aus seiner Nase und seiner aufgeplatzten Oberlippe.

Und erst bei diesem Anblick begriff Julian wirklich, was hier geschah. Das war keine Prügelei, wie er sie kannte, kein Schulhofgerangel, bei dem der Verlierer ein blaues Auge oder allenfalls einen lockeren Milchzahn zu befürchten hatte. Es war ein Kampf, ein wirklicher Kampf, vielleicht einer auf Leben und Tod. Roger und er würden nicht mit einer Tracht Prügel davonkommen, wenn sie ihn verloren. Und das war ziemlich wahrscheinlich, wie Julian voller Schrecken erkannte. Zwar boxte Roger gerade mit ein paar gezielten Hieben den dritten Burschen zu Boden, aber der andere hatte sich schon wieder erhoben, und auch Lederjacke selbst hatte aufgehört, wie wild auf der Stelle zu hüpfen und auf sein qualmendes T-Shirt einzuschlagen. Er stand verkrümmt da und zitternd, und auf seinem Gesicht lag eine Mischung von rasendem Schmerz und ebenso rasender Wut. Der Ausdruck in seinen Augen war pure Mordlust.

Dann stürzten sie sich zu dritt auf Roger.

Es gelang Roger, den einen über sein vorgestrecktes Bein stolpern zu lassen und den zweiten mit einem Hieb gegen den Hals zu Boden zu strecken, aber Lederjacke warf sich mit weit ausgebreiteten Armen auf ihn und riß ihn mit sich nieder. Julian stand da wie gelähmt. Er wußte, daß er es Roger schuldig war, ihm zu helfen, aber er hatte schreckliche Angst vor diesen drei Burschen und ihren riesigen Fäusten.

Roger wehrte sich nach Kräften. Obwohl sie zu dritt waren, machte er ihnen sehr zu schaffen. Trotzdem bezweifelte Julian, daß er den Kampf am Ende gewinnen würde. Drei gegen einen, das funktionierte vielleicht im Film oder in einem Roman, aber selten in der Wirklichkeit.

Und als wären seine Gedanken ein Stichwort gewesen, nagelte Lederjacke in diesem Moment mit den Knien Rogers Arme gegen den Boden, während sich einer seiner Kumpane über Rogers wild strampelnde Beine warf, um sie festzuhalten.

»Der Kleine!« brüllte Lederjacke dem dritten Kerl zu. *»Schnapp dir den Kleinen!«*

Der dritte Bursche erhob sich schwerfällig und wandte sich Julian zu. Es war der, den Roger am Anfang niedergeschlagen hatte. Sein Gesicht war von der Nase abwärts blutüberströmt, und in seinen Augen brannte das gleiche unmenschliche Feuer, das er auch in denen Lederjackes gesehen hatte.

Julian drehte sich auf dem Absatz herum und stürzte davon.

»Bleib hier!« schrie Roger. »Um Gottes willen, lauf nicht in den –«

Aber Julian achtete nicht mehr auf ihn, denn im gleichen Moment hörte er, wie der Bursche losrannte und mit schweren Schritten zur Verfolgung ansetzte. Er wagte es nicht einmal, einen Blick über die Schulter zurückzuwerfen, aus Angst, dadurch vielleicht eine entscheidende Sekunde einzubüßen.

Wie von Furien gehetzt raste er davon, bog bei der ersten sich bietenden Gelegenheit nach links und sofort wieder nach rechts ab und griff immer weiter aus. Sein Atem pfiff, und obwohl er erst seit ein paar Sekunden unterwegs war, bekam er bereits Seitenstechen. Er setzte zu einem verzweifelten Spurt um sein Leben an. Er war ziemlich sicher, daß sein Verfolger ihn umbringen würde, wenn er ihn zu fassen bekäme. Seine einzige Chance war Schnelligkeit. Julian war kein sehr ausdauernder Läufer, aber ein guter Sprinter, und die Todesangst verlieh ihm Flügel. Er rannte, bis ihm vor Anstrengung übel wurde und sich ein glühender Pfeil in seine Seite zu bohren schien. Erst jetzt wagte er es, allmählich langsamer zu werden und einen Blick über die Schulter zu riskieren.

Er war allein. Von seinem Verfolger war nichts mehr zu sehen.

Julian taumelte noch ein paar Schritte weiter, ehe er keuchend auf die Knie sank, sich mit den Händen am Boden abstützte und minutenlang nichts tat, als verzweifelt nach Luft zu ringen. Er hatte das Gefühl, Glassplitter zu atmen, und in seinem Kopf drehte sich alles. Wäre sein Verfolger in diesem Moment hinter ihm aufgetaucht, er hätte nicht einmal weglaufen können. Aber das Schicksal meinte es ausnahmsweise gut mit ihm. Er blieb unbehelligt, bis er wieder genug Kraft gesammelt hatte, um aufzustehen und sich umzublicken. Er war nach wie vor allein – und wußte jetzt weniger denn je, wo er war.

Nun meldete sich auch sein schlechtes Gewissen. Er war losgestürzt, ohne auch nur einen Gedanken zu fassen, und wahrscheinlich hätte er Roger sowieso nicht helfen können – aber das änderte nichts an der Tatsache, daß er ihn feige im Stich gelassen hatte.

Er versuchte sich einzureden, daß das nicht stimme. Hätte er den Fehler begangen, sich in den Kampf einzumischen, dann hätte ein einziger Faustschlag Lederjackes oder eines von dessen Kumpanen seiner Hilfe ein rasches – und unrühmliches – Ende bereitet. Aber das zählte nicht. Was zählte, war einzig und allein die Tatsache, daß er es nicht einmal *versucht* hatte. Er hatte sich benommen wie ein jämmerlicher, erbärmlicher Feigling. Er würde zurückgehen und Roger helfen. Er hatte noch keine Ahnung, wie er es anstellen würde, aber er wollte es wenigstens versuchen.

Der Vorsatz war allerdings wesentlich rascher gefaßt als in die Tat umgesetzt. Er hatte nicht nur seinen Verfolger abgeschüttelt, sondern sich auch gründlich verlaufen. Unschlüssig machte er ein paar Schritte und blieb wieder stehen. Die

Dunkelheit und die Kälte wurden ihm wieder bewußt, und das unheimliche Heulen des Windes hatte erneut eingesetzt, es hatte wohl nie aufgehört, nur fiel es ihm jetzt wieder auf. Fröstelnd sah er sich um. Wenn er nur wüßte, wo er war! Plötzlich hatte er eine Idee. Das stillgelegte Riesenrad war genau hinter ihnen gewesen, als sie auf Lederjacke und seine Kumpane gestoßen waren. Wenn er sich daran orientierte, würde er früher oder später schon wieder zu der Stelle zurückfinden. Er suchte und fand das riesige stählerne Gerüst, wandte sich in die entsprechende Richtung und marschierte los. Eine Minute lang. Fünf. Dann zehn.

Nach einer guten Viertelstunde blieb er stehen und sah sich um. Das Riesenrad hatte sich nicht sichtbar entfernt, er war eine Viertelstunde lang gelaufen, ohne ihm auch nur näher zu kommen. So groß konnte dieser Teil des Rummelplatzes doch gar nicht sein!

Die Erklärung fiel ihm einen Sekundenbruchteil später ein, und sie war so simpel, daß er am liebsten laut aufgelacht hätte. Er war im Kreis gelaufen. In der Dunkelheit sah eine Bude aus wie die andere, er war eben ein paarmal falsch abgebogen, und –

Abgebogen? Die Gassen zwischen den dunkel daliegenden Buden und Karussells verliefen schnurgerade, wie mit einem Lineal gezogen, und er war kein einziges Mal irgendwo abgebogen!

Diesmal gelang es ihm nicht mehr, die Panik zu unterdrükken. Er stieß einen Schrei aus, rannte los und stürzte blindlings in die erste Gasse, die vom Hauptweg abzweigte. An ihrem Ende war Licht.

Es waren nicht die bunten, flackernden Lichter des Kirmesplatzes, sondern nur eine schwache Glühbirne, die irgend jemand abzuschalten vergessen hatte, aber es war ein Licht, und Licht bedeutete – vielleicht – Menschen. Julian war jetzt nicht mehr in Panik, aber er rannte trotzdem wieder schneller, so daß er wieder völlig außer Atem war, als er das Licht erreichte.

Doch die rettende Insel in diesem Meer von Dunkelheit und bedrohlichen Schatten war nichts anderes als die Beleuchtung eines Kassenhäuschens, die jemand auszuschalten vergessen hatte.

Es war ein sehr altmodisches Häuschen, altmodisch, wie alles hier, keines von diesen verchromten Dingern aus Glas und Kunststoff, sondern eine Konstruktion aus liebevoll geschnitztem und bemaltem Holz, mit einer Scheibe, in die eine kleine Klappe eingelassen war, durch die die Besucher ihr Geld schoben und die Kassiererin die Karten hinausreichen konnte. Und das Licht, das er gesehen hatte, stammte nicht von einer Neon- oder Glühlampe, sondern von einer Kerze, die im inneren des Häuschens stand. Der Docht war nur wenig geschwärzt. Wer immer diese Kerze angezündet hatte, konnte es erst vor wenigen Minuten getan haben.

Das Ganze war rätselhaft. Zum ersten Mal kam Julian der Gedanke, daß dieses Licht vielleicht nicht die ersehnte Rettung sein könnte, sondern das genaue Gegenteil davon, eine Falle nämlich, die Lederjacke und seine Kumpane ihm gestellt hatten.

Voll plötzlich neu erwachter Furcht sah er sich um. Die Dunkelheit schien undurchdringlicher zu sein denn je, aber er glaubte, Lederjacke und die beiden anderen regelrecht zu sehen, wie sie dastanden und grinsend ihre Ketten schwangen.

Zitternd vor Kälte und Furcht drehte er sich einmal im Kreis, bis sein Blick an einem besonders großen, massigen Schatten hängenblieb, der unmittelbar hinter dem Kassiererhäuschen in die Höhe wuchs. Zögernd bewegte er sich darauf zu. Möglicherweise lief er Lederjacke jetzt direkt in die Arme, aber vielleicht war er es gar nicht gewesen, der die Kerze angezündet hatte, und er war in Sicherheit.

Das Kassenhäuschen gehörte zu einer Geisterbahn, die so alt und verlassen war wie alles hier. In der Dunkelheit waren die kleinen Wagen, die mit rostigen, knapp meterlangen Ketten miteinander verbunden waren, nur als Schatten zu erkennen.

Der Eingang kam Julian plötzlich wie ein klaffendes Maul vor, das nur auf den Dummkopf wartete, der sich verschlingen ließ, und die aus Pappmaché geformten Monster und Dämonen darüber schienen ihm spöttisch zuzuzwinkern.

Schaudernd drehte Julian sich um – und erstarrte mitten in der Bewegung. Am anderen Ende der Budengasse war eine Gestalt erschienen, zu der sich einen Augenblick später eine zweite und eine dritte gesellten. Und diese entsprangen ganz und gar nicht seiner Einbildung.

Lederjacke und seine beiden Kumpane! Sie mußten Roger überwältigt und sich dann gemeinsam auf die Suche nach ihm gemacht haben!

Wieder wollte Panik ihn befallen, aber diesmal ließ Julian es nicht zu. Er mußte vor allem einen klaren Kopf bewahren, wenn er auch nur die leiseste Chance haben wollte, wenigstens lebend hier herauszukommen. Verzweifelt sah er sich um. Nach vorne konnte er nicht, ohne Lederjacke und den beiden anderen direkt in die Arme zu laufen, ebensowenig nach rechts oder links, denn er hätte durch den Lichtschein hindurchgemußt, der aus dem Kassenhäuschen fiel, und so schwach das Licht der einsamen Kerze auch war, er hätte in der fast vollkommenen Dunkelheit ringsum doch für eine Sekunde dagestanden wie im Kegel eines Suchscheinwerfers. Und Lederjacke und die beiden anderen würden ihm ganz bestimmt nicht den Gefallen tun, ausgerechnet in diesem Moment wegzusehen.

Blieb nur noch der Weg nach hinten. Aber alles in ihm sträubte sich dagegen, durch das aufgerissene Maul der Geisterbahn zu fliehen.

Lederjacke und die beiden anderen kamen rasch näher. Ihm blieb nicht mehr viel Zeit, sich ein passendes Versteck zu suchen. Vielleicht war es schon zu spät. Sein Blick irrte hierhin und dorthin – und blieb an den aneinandergekoppelten Wagen hängen. Ohne noch lange zu überlegen, stieg er in eines der kleinen Gefährte und duckte sich hinter dessen Umwandung.

Der Geruch von trockenem Staub und altem Leder stieg ihm in die Nase. Und noch etwas, etwas, das er – so verrückt es ihm auch selbst vorkam – nicht anders beschreiben konnte als den Geruch des Alters. Er konnte es regelrecht *spüren*, wie alt dieser Wagen war und diese ganze Geisterbahn.

Verärgert schüttelte Julian den Gedanken ab. Er hatte im Moment wirklich Besseres zu tun, als sich den Kopf über diese Geisterbahn zu zerbrechen. Beispielsweise sollte er sich um Lederjacke und die zwei anderen kümmern.

Die drei hatten die Geisterbahn fast erreicht. Lederjacke war neben dem Kassenhäuschen stehengeblieben, so daß Julian sein Gesicht im Schein der Kerze erkennen konnte. Sein linkes Auge war zugeschwollen, Mund und Kinn waren schwarz vor eingetrocknetem Blut, das aus seiner Nase gelaufen war. Der Anblick erfüllte Julian mit grimmiger Befriedigung. Dann wurde ihm klar, was Lederjackes Hiersein bedeutete: Roger mochte sich tapfer zur Wehr gesetzt haben, aber die *Sieger* des Kampfes standen jetzt vor ihm. Für einige Augenblicke war er fest davon überzeugt, daß seine mißliche Lage die direkte Folge seiner Feigheit sei, die Strafe dafür, daß er Roger so schmählich im Stich gelassen hatte.

Lederjacke trat aus dem Lichtschein und wurde wieder zu einem Schatten. Julian hörte ihn mit den beiden anderen reden, ohne Worte zu verstehen. Sie bewegten sich hin und her, und dann . . .

Der Anblick war so absurd, daß Julian für einen Moment sogar die Gefahr vergaß, in der er schwebte. Die drei bewegten sich hin und her, mit vorgebeugten Schultern und gesenkten Köpfen, sogen hörbar die Luft ein und starrten hierhin und dorthin. Sie suchten ihn, das war klar, aber sie benahmen sich dabei nicht wie Menschen, die eine Spur suchten, sondern eher wie – Hunde.

Hunde! Schnüffelnde Hunde, die eine Fährte aufgenommen hatten und ihr unbarmherzig folgten . . .

Julian wußte selbst, wie verrückt dieser Gedanke war, aber er mußte plötzlich wieder daran denken, wie unheimlich ihm

Lederjacke schon einmal vorgekommen war, gar nicht wie ein Mensch, sondern wie eine Kreatur, ein Geschöpf der Finsternis, entsprungen einem Fiebertraum. Und ebenso finster und fremdartig kamen ihm plötzlich die Umrisse der drei vor. Sie schienen sich zu verändern, und sosehr er versuchte, es als Unsinn abzutun – er konnte die Veränderung jetzt *sehen*. Sie gingen noch immer aufrecht und auf zwei Beinen, aber ihre Bewegungen waren anders, es war ein groteskes Humpeln und Schlurfen, so als wäre dies nicht die Art von Bewegungen, die die sonst gewohnt waren und für die ihre Körper gemacht waren. Julian hörte Geräusche, die unmöglich Worte sein konnten: ein grunzendes, widerwärtiges Zischeln und Keckern, das ihm einen eisigen Schauer über den Rücken jagte.

Die drei waren näher gekommen und begannen jetzt die Wagen zu untersuchen. Zwar fingen sie damit am hinteren Ende der Reihe an, aber es konnte nur Minuten dauern, bis sie auf diese Weise bei seinem Versteck angekommen waren und ihn unweigerlich entdecken mußten. Trotzdem war er nicht in der Lage, sich zu rühren. Starr und gelähmt vor Entsetzen hockte er da, den Kopf über den Rand seines Versteckes gehoben und die Hände so fest darum geschlossen, daß das Blut aus den Fingern wich.

Das waren keine Menschen!

In diesem Moment riß die Wolkendecke auf, und silbernes Mondlicht fiel auf den verlassenen Rummelplatz, so daß Julian die drei Geschöpfe für ein paar Sekunden ganz deutlich sehen konnte.

Was er sah, entlockte ihm einen keuchenden Schrei.

Die Gestalten hatten nichts Menschliches mehr an sich. Sie waren viel kleiner geworden, schienen aber zugleich breiter zu sein und massiger. Arme und Beine waren kurz, dabei aber so muskulös, daß sie wie knorrige Äste wirkten. Die Körper waren von struppigem, schwarzem, drahtigem Fell bedeckt, und die Gesichter waren knorpelige Visagen mit spitzen, ausgefransten Fuchsohren, aus denen schwarze

40

Haarbüschel wuchsen, flache Nasen, ähnlich denen von Affen, und vorstehenden Unterkiefern, aus denen spitze, gekrümmte Hauer ragten.

Aber was Julian am meisten erschreckte, war nicht ihre Fremdartigkeit. Die Wesen hatten wohl in ihren Bewegungen etwas Affenartiges, wenngleich ihnen die natürliche Eleganz und das Geschick dieser Tiere abging. Ihre Hände waren dreifingrige Klauen, die nicht besonders geschickt, dafür aber ungeheuer kräftig wirkten. Doch das Schlimmste war trotz allem ihre *Menschlichkeit*. Sie waren Ungeheuer, ja, und Julian hätte es vielleicht sogar eher verkraftet, wären sie wirkliche Ungeheuer gewesen. Trotz allem blieben sie irgendwie menschlich, und das auf eine furchtbare Art. Ihr Menschsein war noch immer zu sehen. Wer und was sind sie? fragte sich Julian. Zwischenwesen, Wesen aus einem Zwischenreich? Trolle?

Julians Schrei hatte natürlich die Aufmerksamkeit der drei Trolle auf sich gezogen. Eine halbe Sekunde lang standen sie einfach da und starrten Julian aus ihren furchtbaren Flammenaugen an, dann setzten sie sich gemeinsam in Bewegung. Sie waren nicht besonders schnell, als hätten sie mit ihrer menschlichen Maske auch den Großteil ihrer Beweglichkeit eingebüßt, aber die Entfernung zwischen ihnen und Julian betrug nur wenige Meter.

Julian sprang auf, und im gleichen Augenblick ging ein so harter Ruck durch den Wagen, daß er von den Füßen gerissen wurde und schwer auf den ledergepolsterten Sitz zurückfiel. Ein Quietschen und Rumpeln war zu hören, plötzlich erstrahlte die Geisterbahn im Licht zahlloser bunter Lichter. Mißtönende schrille Drehorgelmusik drang an Julians Ohr. Julian stemmte sich mühsam auf dem zitternden Sitz hoch und schaute zurück. Die drei – Julian hatte beschlossen, sie Trolle zu nennen – hatten aufgeholt, aber die Wagen bewegten sich jetzt immer rascher, und das mühsame Humpeln und Schlurfen der Kreaturen war wirklich nicht sehr schnell. Es genügte sicher ein kurzer Sprint, um sie abzuhängen.

Doch die aneinandergeketteten Wagen rumpelten und wankten so stark, daß Julian es nicht wagte, einfach abzuspringen. Wenn er schlecht auf dem Boden landete und stürzte, waren die drei über ihm, ehe er sich wieder aufrappeln konnte, und dann war er verloren.

Einer der drei Trolle hatte bis zu seinem Wagen aufgeholt und streckte jetzt seine furchtbaren Klauen nach Julian aus. Sein Gesicht war eine triumphierende Grimasse, Geifer tropfte von den langen, gebogenen Fängen.

Julian duckte sich, während er gleichzeitig versuchte, in dem schwankenden Wagen das Gleichgewicht zu halten. Der Eingang der Geisterbahn kam immer näher. Noch drei, vier Wagenlängen, und das aufgerissene Drachenmaul aus Pappmaché würde ihn verschlingen.

Die Klauenhand des Trolls verfehlte sein Gesicht, streifte aber in der Abwärtsbewegung seine Schulter, und Julian schrie vor Schmerz auf. Er taumelte zurück und fiel wieder auf den Sitz. Der Gestank nach verschmortem Stoff und angesengtem Haar drang in seine Nase, er prallte schwer mit dem Rücken gegen die eisernen Haltegriffe des Wagens. Seine Schulter brannte. Die Hände des Trolls waren glühend heiß gewesen.

Der Troll stieß ein triumphierendes Kreischen aus. Es sah fast komisch aus, wie er neben dem Wagen herhumpelte und sich dabei zur Seite beugte, um nach Julian zu greifen. Aber Julian war nicht nach Lachen zumute. Wenn der Troll das Gleichgewicht verlor und auf ihn fiel, würde er bei lebendigem Leib verbrennen!

Der Troll schien das ebenso zu sehen, denn er lachte schrill und keckernd, beugte sich noch weiter zu ihm – und war plötzlich verschwunden!

Der Wagen hatte die Einfahrt erreicht und passiert, und das Tor war entschieden zu schmal, um einem neben dem Zug laufenden Troll Platz zu bieten. Julian hörte ein dumpfes Krachen und Poltern und einen Augenblick später ein schrilles Wutgeheul.

Sein Gefühl der Erleichterung hielt allerdings nur wenige Sekunden an – genau so lange nämlich, wie er brauchte, sich im Sitz aufzurichten und nach hinten zu sehen.

Die beiden anderen Trolle hatten aus dem Schicksal ihres Kameraden gelernt. Sie versuchten nicht mehr, Julian auf ihren viel zu kurzen, ungeschickten Beinen zu folgen, sondern waren auf die Wagen aufgesprungen. Geifernd und die Fäuste schwingend kletterten sie über die schwankenden Wagen auf ihn zu. Ihre Bewegungen wirkten ungeschickt, sie kamen zwar nur langsam näher, aber sie *kamen* näher!

Julian schaute sich verzweifelt um. Die Geisterbahn war jetzt in vollem Betrieb. Wer immer das Licht und den Motor eingeschaltet hatte, hatte auch den Rest der Anlage aktiviert. Rechts und links der wild schwankenden Wagenkette bewegten sich bunte Pappfiguren, mit Phosphorfarbe angestrichene Skelette, fielen große, haarige Spinnen aus Gummi von der Decke und glitten im letzten Moment wieder zurück, griffen dürre Skeletthände nach Julian. Künstlicher Nebel wallte auf und schimmerte plötzlich in allen Farben des Regenbogens, und aus verborgen angebrachten Lautsprechern drang ein wahrer Höllenlärm: gespenstisches Gelächter, Kettenrasseln, Stöhnen und das unheimliche Heulen eines Sturmes – eben die gewohnte Geräuschkulisse einer Geisterbahn, die Julian zwar nicht erschreckte, aber entsetzlich an seinen Nerven zerrte.

Die Trolle waren näher heran. Der größere – sein Gesicht war voller Blut, so daß Julian annahm, daß es sich um Lederjacke handelte – war schon auf dem vorletzten Wagen hinter ihm angelangt. Noch ein paar Augenblicke, und er hatte ihn erreicht!

Julian richtete sich vorsichtig auf, breitete die Arme aus, um wie ein Artist auf einem Hochseil das Gleichgewicht zu halten, und versuchte den Höllenlärm und das irre Tanzen der Pappungeheuer ringsum zu ignorieren. Er hatte entsetzliche Angst und war hundertprozentig überzeugt, sich bei diesem Kunststück sämtliche Knochen im Leib zu brechen, aber er hatte keine Wahl. Selbst wenn er so stark gewesen wäre wie Roger, hätte er sich nicht auf einen Kampf mit einem Wesen einlassen können, dessen bloße Berührung tödlich war. Es blieb ihm nichts anderes übrig, als das Kunststück des Trolls nachzumachen.

Mit einem gewagten Satz überwand er die meterbreite Lücke zwischen seinem und dem nächsten Wagen, fiel auf die Knie herab und klammerte sich im letzten Moment irgendwo fest. Lederjacke kreischte und geiferte hinter ihm vor Wut – und folgte ihm, zwar nicht annähernd so elegant, aber genauso schnell. Seine Krallen zerfetzten wütend die Polster des Wagens, in dem Julian gerade gesessen hatte. Das Leder begann zu schwelen, wo er es berührt hatte.

Julian sprang auf, raffte all seinen Mut zusammen und sprang auf den nächsten Wagen. Und den nächsten. Der Abstand zwischen ihm und Lederjacke wuchs allmählich wieder, aber Julian wußte trotzdem, wie sinnlos seine Flucht war. Noch ein paar Sprünge, und er würde das vordere Ende der Wagenreihe erreicht haben, und dann gab es nichts mehr, wohin er fliehen konnte. Dazu kam noch, daß die Wagen sich auf einer Kreisbahn bewegten, und das bedeutete, daß er früher oder später wieder da ankommen würde, wo er losgefahren war. Und wo der dritte Troll auf ihn wartete!

Er war so mit seinen Überlegungen beschäftigt gewesen, daß er den Schatten erst buchstäblich im allerletzten Moment gewahrte. Instinktiv duckte er sich und spürte, wie etwas sein Haar streifte. Der Tunnel war an dieser Stelle so niedrig, daß er beinahe gegen die eisernen Träger geprallt wäre, die sich unter der Decke entlangzogen. Die Wagen waren eben dazu gedacht, darin zu sitzen, nicht zu stehen.

Übrigens galt das auch für Trolle.

Julian hörte ein dumpfes Klatschen hinter sich, gefolgt von einem schrillen Schrei und einem schweren Aufprall, und als er herumfuhr, waren von Lederjacke nur noch die Füße zu sehen, die steil aus dem Wagen ragten, in den er gefallen war. Aber es war immer noch ein Troll übrig, und dieser eine schien durch das Schicksal seines Kameraden noch mehr in Rage gekommen zu sein. Er ließ jetzt alle Vorsicht fahren und hüpfte mit grotesken, aber um so kraftvolleren Sprüngen über die Wagen auf Julian zu. Der Anblick erinnerte tatsächlich an einen Affen, der sich geschickt von Ast zu Ast schwang.

Und das brachte Julian auf eine Idee.

Als der nächste Stahlträger über ihm war, duckte er sich zwar, richtete sich aber sofort wieder auf und griff nach oben. Seine Hände schlossen sich um den Träger. Mit aller Kraft klammerte er sich daran fest, spürte, wie er den Boden unter den Füßen verlor und zog gleichzeitig die Füße an den Leib. Eine Sekunde später streckte er die Beine wieder aus, und zwar mit aller Kraft und fast waagerecht nach vorne.

Der Troll erkannte die Gefahr zwar im letzten Augenblick, konnte aber nichts mehr dagegen tun. Eine Sekunde lang starrte er Julian aus entsetzt aufgerissenen Augen an, dann traten Julians Füße direkt in sein Gesicht, und in dem Schlag lag die ganze vereinte Wucht seiner eigenen und der Bewegung der Wagen. Der Troll beschrieb einen grotesken Salto rückwärts und fiel bewußtlos in den Wagen.

Julian klammerte sich verzweifelt an dem Stahlträger fest. Der Ruck riß ihm schier die Hände aus den Gelenken, aber er durfte nicht loslassen. Wenn er es tat, würde er auf die dahinrasenden Wagen hinabstürzen und sich schwer verletzen. Und außerdem war da noch immer der dritte Troll, der am Ausgang auf ihn wartete. Der Schmerz trieb ihm die Tränen in die Augen, aber er hielt eisern fest, bis der letzte Wagen unter ihm vorbeigerumpelt war.

Der Fall aus zwei Meter Höhe war weniger schlimm, als er befürchtet hatte. Er spürte eigentlich gar nichts. Trotzdem blieb er sekundenlang mit geschlossenen Augen in der Hocke und rang nach Atem. Daß er noch lebte, kam ihm wie ein Wunder vor.

Aber er gönnte sich nur eine kurze Verschnaufpause. Die Gefahr war noch nicht vorüber. In wenigen Augenblicken würde die Wagenkolonne den Ausgang erreichen, und wenn der dort wartende Troll seine beiden bewußtlosen Kameraden sah, dann würde er hereinkommen. Falls er nicht ohnedies längst schon unterwegs war.

Julian stand auf und schaute rundum. Trotz der überall blitzenden Lichter konnte er herzlich wenig von seiner Umgebung erkennen. Was ja schließlich so beabsichtigt war. Die Besucher der Geisterbahn *sollten* nur die vermeintlichen Monster sehen, nicht das Gewirr aus Drähten und hydraulischem Gestänge, das sie scheinbar zum Leben erweckte.

Einen Moment lang überlegte er, ob er einfach den Schienen folgen sollte, um auf diesem Weg nach draußen zu gelangen. Aber eigentlich schien ihm das keine gute Idee zu sein. Zum einen würde er dem wartenden Troll direkt in die Arme laufen, und zum anderen konnte es gut sein, daß die Wagen eine zweite Runde drehten und er sich plötzlich vor ihnen befand. Nein – wirklich keine gute Idee.

Er ging gebückt unter dem heftig klappernden Arm eines Pappskeletts hindurch, prallte gegen eine Wand, die er im Dunkeln nicht gesehen hatte, und tastete sich weiter. Ein paarmal stolperte er im Dunkeln, ohne jedoch zu stürzen, und einmal verhedderte er sich in einem Gewirr aus dünnen Drahtseilen, die die Arme einer riesigen Pappkrake bewegten, so daß er seine liebe Mühe hatte, wieder freizukommen. Trotzdem blieb ihm das Glück weiter treu. Es dauerte etwas länger, er zog sich ein Dutzend Schrammen und Beulen zu, weil er im Dunkeln ständig irgendwo anstieß, aber schließlich befand er sich vor einer dünnen Bretterwand, durch deren Ritzen graues Zwielicht hereindrang.

Julian atmete erleichtert auf, als er feststellte, daß die Bretterwand so morsch war, daß es keine Mühe kostete, ein paar Bretter herauszubrechen. Vorsichtig, um nur kein überflüssiges Geräusch zu machen, schuf er sich eine Lücke, durch die er sich hindurchquetschen konnte, wenn auch nur auf Händen und Knien kriechend.

Als er sich aufrichten wollte, sah er sich dem dritten Troll gegenüber. Die Kreatur stand da und grinste hämisch auf ihn herab.

Irgend etwas in Julian schien die Kontrolle über sein Handeln zu übernehmen. Er dachte nicht mehr, sondern reagierte. Noch ehe der Troll auch nur begriff, was geschah, stieß sich Julian mit aller Kraft ab und sprang ihn an. Ein häßliches Zischen war zu hören, es roch wieder nach verbranntem Stoff, und er spürte einen kurzen, heißen Schmerz, als er der Kreatur die Schulter in den Leib rammte, aber der Troll wurde zurückgeschleudert, so daß er mit hilflos rudernden Armen zu Boden fiel.

Auch Julian taumelte, aber er stürzte nicht. Er stolperte ein paar Schritte weit, fand dann aber rasch in einen gleichmäßigen Rhythmus und jagte davon. Ein wütendes Kreischen und das Geräusch unregelmäßiger, schwerer Schritte verrieten Julian, daß auch der Troll wieder auf die Beine gekommen war und die Verfolgung aufgenommen hatte. Trotzdem spurtete er diesmal nicht wie von Sinnen los, sondern fiel in einen schnellen, kräftesparenden Trab. Er wußte, daß er dem Troll davonlaufen konnte, aber es war besser, wenn er mit seinen Kräften haushielt. Diese Wesen waren nicht sehr schnell, aber, Julian war sich dessen sicher, dafür um so ausdauernder.

Er schaute über die Schulter nach hinten. Der Troll war bereits ein gutes Stück zurückgefallen, der Abstand zwischen ihnen wuchs. Julian stürmte ein paar Dutzend Schritte geradeaus, bog dann nach rechts in eine Gasse ein und gleich darauf wieder nach links. Wahrscheinlich war das sinnlos. Er hatte ja mit eigenen Augen gesehen, daß diese Geschöpfe einer Spur zu folgen vermochten wie Bluthunde. Aber immer geradeaus zu laufen brachte auf diesem verhexten Rummelplatz auch nichts. Also bog er wahllos nach rechts und links ab, immer in die erstbeste Gasse, die vor ihm auftauchte, wobei er allerdings streng darauf achtete, es unregelmäßig zu tun, um nicht im Kreis zu laufen. Immer wieder sah er sich nach seinem humpelnden Verfolger um. Nach einer Weile war der Troll nicht mehr zu sehen, aber Julian hielt trotzdem nicht an, lief nur ein wenig langsamer, um Kräfte zu sparen. Beinahe wäre er seinem Verfolger direkt in die Arme gelaufen. Die Gestalt tauchte so jäh vor ihm auf, als wäre sie aus dem Boden gewachsen, ein verschwommener Schatten, der mit wild pendelnden Armen auf ihn zugestürmt kam.

Julian blieb entsetzt stehen, sein Gegenüber tat desgleichen. Julians Herz raste. Was um alles in der Welt mußte er noch tun, um diesem Alptraum zu entrinnen? Er sah sich um, darauf gefaßt, den anderen Troll wieder hinter sich zu entdekken, aber die Gasse blieb leer. Hastig wandte er sich wieder der Gestalt vor sich am anderen Ende der Gasse zu.

Der Bursche war stehengeblieben und sah ihn aufmerksam an. Anscheinend war er sehr sicher, daß sein Opfer ihm nicht entwischen konnte. Oder gehörte er nicht zu den Trollen? Er war zu weit entfernt, um mehr als einen flachen, schwarzen Schatten abzugeben, aber seine Umrisse waren trotzdem eher wie die eines Menschen, nicht wie die bizarren der Trolle. Julian machte einen Schritt und blieb stehen, sein Gegenüber tat dasselbe.

Julian runzelte die Stirn, machte einen weiteren Schritt und hob die Hand, und die Gestalt am anderen Ende der Gasse vollzog die Bewegung getreulich nach, wie ein Spiegelbild.

Genau das war sie nämlich.

Die Gasse endete zwanzig Schritte vor ihm vor einer Bretterwand, an die jemand einen mannshohen Spiegel gelehnt hatte. Julian begriff, daß er vor seinem eigenen Spiegelbild erschrocken war.

Kopfschüttelnd bewegte er sich weiter auf das Ende der Gasse und den Spiegel zu. Sein Blick suchte dabei aufmerksam die Wände rechts und links ab. Ein gutes Dutzend Stände, einer so verschlossen und leer wie der andere, einige davon sehr groß. Aber er verwarf den Gedanken, sich in einem davon zu verstecken. Vor einem Wesen wie diesem Troll konnte man sich nicht verstecken. Aber vielleicht fand er weiter vorne einen Ausgang aus dieser Sackgasse.

Vorsichtig näherte er sich dem Spiegel. Die Wand dahinter war ebenso morsch wie die der Geisterbahn, aber es handelte sich offensichtlich um einen Zaun. Durch Ritzen fiel graues Licht, und die Hürde war nicht einmal sonderlich hoch. Mit ein wenig Geschick würde es ihm sicher gelingen, darüberzusteigen.

Neugierig musterte er den Spiegel. Er war sehr groß und so perfekt geschliffen, daß nicht die mindeste Verzerrung sichtbar war. Wer mochte ihn hier aufgestellt haben? Und wozu? Eine Sekunde später war das nicht mehr wichtig für ihn. Hinter seinem eigenen Spiegelbild war das einer zweiten Gestalt erschienen, die am Ende der Gasse aufgetaucht war – eines hochgewachsenen kräftigen Jungen mit zerschlissenen Jeans, Lederjacke und Motorradstiefeln. An seinem rechten Arm baumelt eine Fahrradkette.

Julian wirbelte herum –.

Hinter ihm stand der Troll, klein und häßlich, mit spitzen Fuchsohren. Mühsam wackelte er heran. Seine Krallen bewegten sich gierig. Er hielt einen Knüppel in der rechten Pfote.

Julian blickte in den Spiegel. Darin war wieder der Junge zu sehen, der fast gemächlich auf ihn zuschlenderte, ein hämisches Grinsen auf dem Gesicht, weil er völlig sicher war, daß ihm sein Opfer jetzt nicht mehr entkommen konnte. Und als Julian sich umdrehte, stand vor ihm wieder der Troll!

Einen Moment lang zweifelte Julian ernsthaft an seinem Verstand. Das war doch unmöglich! Aber war nicht seine ganze Lage unmöglich?

Unmöglich oder nicht – der Troll würde ihn umbringen, wenn er nicht sofort machte, daß er von hier wegkam! Julian erwachte aus seiner Erstarrung. Zum maßlosen Erstaunen des Trolls rannte er plötzlich fünf, sechs Schritte direkt auf ihn zu, hielt plötzlich an, drehte sich um und jagte wieder zurück, auf den Spiegel zu. Er konnte sein Spiegelbild erkennen, das ihm mit verzerrtem Gesicht und wehenden Haaren entgegengerannt kam. Wenn er genug Schwung und nur ein ganz kleines bißchen Glück hatte, konnte er mit einem Sprung den oberen Rand es Bretterzauns erreichen und sich daran hochziehen. So tölpelhaft, wie der Troll war, würde er eine halbe Ewigkeit brauchen, um ihm auf die gleiche Weise zu folgen.

Er rannte noch schneller und sah im Spiegel, wie der Troll eine blitzartige Bewegung machte. Etwas flog auf ihn zu.

Julian versuchte, dem Knüppel auszuweichen und gleichzeitig zu springen, aber es mißlang. Einen Sekundenbruchteil bevor er sich vom Boden abstieß, prallte das Wurfgeschoß gegen seine Wade. Ein betäubender Schmerz schoß durch sein Bein. Aus dem geplanten Sprung wurde ein hilfloses Stolpern, und Julian stürzte mit einem gellenden Schrei kopfüber direkt in den Spiegel.

Und hindurch.

Der schneidende Schmerz, auf den er wartete, kam nicht. Kein Aufprall. Kein Splittern von Glas. Keine rasiermesserscharfen Scherben, die ihm Gesicht und Hände zerschnitten. Er fiel einfach durch den Spiegel, prallte gegen eine Gestalt, die jählings vor ihm auftauchte, und fiel ungeschickt zu Boden, wobei er sich instinktiv noch im Fallen so drehte, daß er auf dem Rücken aufkam und den Spiegel sehen konnte.

Es war kein Spiegel.

Es war einfach ein rechteckiges Loch von der Größe einer Tür, das in der Bretterwand vor ihm gähnte und durch das er in die Gasse dahinter blicken konnte. Der Troll rannte geifernd und humpelnd auf ihn zu, stieß sich mit einer unerwartet kraftvollen Bewegung ab – und prallte gegen ein unsichtbares Hindernis.

Julian hörte ein Klirren. Inmitten der leeren Luft erschien ein Netz haarfeiner Risse und Sprünge, und plötzlich war es, als *zerberste die Wirklichkeit in ein halbes Dutzend großer und Millionen kleiner Bruchstücke,* die in einem Scherbenberg auf den Troll herabfielen.

Die Spiegelscherben, der Troll und die Öffnung waren verschwunden. An ihrer Stelle blickte Julian auf eine morsche

Bretterwand, von der ihm ein geschminkter Clown entgegen-grinste.

»He, verdammt noch mal!« schimpfte eine aufgebrachte Stimme hinter ihm. Es war der Mann, den er angerempelt hatte. Julian sah verwirrt zu ihm auf und erkannte, daß er eine Eistüte in der Hand hielt – deren Inhalt sich jetzt allerdings zum größten Teil auf seinem Hemd und dem Revers seiner Jacke befand. Kein Wunder, daß er so wütend war!

»Kannst du nicht aufpassen, wo du hinläufst, du Trottel?!« schimpfte er. Trotzdem wechselte er sein Eishörnchen von der rechten in die linke Hand und streckte den Arm aus, um Julian aufzuhelfen. »Ist dir was passiert?« fragte er, während er ihn mit einem kräftigen Ruck in die Höhe zog.

Julian war so verwirrt, daß er nicht einmal antwortete. Fassungslos starrte er den grinsenden Clown an, der die Stelle des Spiegels eingenommen hatte. Das war doch . . . unmöglich! Völlig unmöglich! Hatte er sich das alles nur eingebildet?

»Was ist los mir dir, Junge?« fragte der Mann. Seine Stimme klang jetzt besorgt, kaum noch wütend. »Bist du verletzt? Oder krank?«

Julian hörte gar nicht hin. Vielleicht war das die Erklärung. Er war gestürzt und einen Moment bewußtlos gewesen, und das alles war nichts als ein böser Fiebertraum gewesen . . .

Er machte einen Schritt und wäre nun beinahe wirklich wieder hingefallen, denn etwas hatte sich um seine Beine gewikkelt.

Er wußte, was es war, noch ehe er den Blick senkte.

Es war die Fahrradkette, die der Junge nach ihm geworfen hatte . . .

Die dreizehnte Etage

Eine knappe Stunde später – Mitternacht war lange vobei – stieg er vor dem Hilton-Hotel aus dem Wagen. Es war ihm nicht leichtgefallen, einen Wagen zu ergattern. Die meisten Fahrer hatten es rundheraus abgelehnt, einen total verdreckten, verschwitzten Vierzehnjährigen mit aufgeschürften Händen und Knien und einer angesengten Windjacke in ihren Wagen einsteigen zu lassen. Und auch der Mann, der es schließlich tat, machte dabei kein sehr glückliches Gesicht. Sein Mißtrauen wurde sogar noch größer, als sie vor dem Hotel anhielten und Julian erklärte, daß er kein Geld habe. Aber er sagte kein Wort, sondern folgte ihm stumm – allerdings ohne auch nur eine Sekunde von seiner Seite zu weichen – ins Foyer des Hilton, bis er von einem der Portiers seinen Lohn samt eines angemessenen Trinkgelds bekommen hatte. Julians Vater hatte eine entsprechende Vereinbarung mit dem Hotelpersonal getroffen, so daß es in diesem Punkt keine Schwierigkeiten gab. Der Portier benahm sich auch ganz so, wie man es von einem Angestellten in einem Hotel dieser Preisklasse erwarten durfte. Er verlor kein Wort über Julians desolates Aussehen, sondern zahlte mit steinernem Gesicht die Rechnung und lächelte ihm sogar zu, als er sich auf den Weg zum Aufzug machte.

Auf halbem Wege blieb er stehen. Er hatte jemanden entdeckt, den er kannte. Was nicht hieß, daß er sich über die Anwesenheit dieses Jemand freute. Ganz und gar nicht.

Es war Refels.

Der junge Reporter entdeckte Julian im gleichen Moment und sprang aus seinem Sessel in die Höhe. Ein erfreuter Ausdruck erschien auf seinem Gesicht. Julian konnte diese Freude keineswegs teilen. Er drehte mit einem Ruck den Kopf weg, tat so, als hätte er nichts bemerkt, und steuerte mit weit ausgreifenden Schritten den Aufzug an.

»Julian!« rief Refels ihm nach. »So warte doch mal.«

Julian wartete nicht, sondern ging im Gegenteil noch schneller. Aber das Schicksal schien sich an diesem Abend gegen ihn verschworen zu haben. Sämtliche Aufzüge waren unterwegs, so daß Refels ihn einholte.

»Nun renn doch nicht so!« sagte er, und dann stutzte er: »Wie siehst du denn aus?«

Julian hätte am liebsten gar nicht geantwortet, aber so viel hatte er bereits gelernt: daß man durch beharrliches Schweigen einen Reporter nicht loswurde. Und Refels schon gar nicht.

»Ich hatte eine Prügelei«, sagte er. Das war nicht einmal gelogen und außerdem etwas, das bei einem vierzehnjährigen Jungen durchaus überzeugend klang.

Refels runzelte die Stirn. Sein Blick glitt ein zweites Mal über Julians Gestalt, streifte seine zerschundenen Hände, die beiden angesengten Stellen auf seiner Windjacke und schließlich die sichtbare Ausbeulung in seiner rechten Tasche. Julian widerstand im letzten Moment der Versuchung, die Hand auf die Tasche zu legen, in der er die Fahrradkette verborgen trug. Ein erbärmlicher Beweis für sein Abenteuer, aber der einzige, den er hatte. Allerdings konnte er sich lebhaft vorstellen, was sein Vater sagen würde, wenn er ihm eine verölte Fahrradkette vorlegte und behauptete, eigentlich handele es sich dabei um einen Knüppel, den ein Troll nach ihm geworfen habe, kurz bevor er durch einen Zauberspiegel gesprungen sei ...

»Eine Prügelei?« fragte Refels stirnrunzelnd. »Mit einem glühenden Kohleofen?«

»Nein«, fauchte Julian ihn an. »Mit einem Reporter.«

Refels blinzelte, starrte ihn eine Sekunde lang verblüfft an und begann dann schallend zu lachen. Julian blickte ungeduldig zu der Zahlenleiste über der Aufzugtür. Nichts rührte sich darauf. Irgendein Idiot mußte den Aufzug oben blockieren.

»Wieso werde ich bloß den Eindruck nicht los, daß du mich nicht leiden kannst?« fragte Refels lachend.

»Weiß ich auch nicht«, maulte Julian, wobei er sich Mühe gab, es so unfreundlich zu sagen, wie er nur konnte. Wo blieb dieser vermaledeite Aufzug? »Was wollen Sie?« fragte er.

»Du«, verbesserte ihn Refels. »Ich heiße Frank. Sag ruhig du zu mir. Soviel älter bin ich ja nun auch wieder nicht.«

Julian sah in fragend an, und Refels fügte mit einer erklärenden Geste hinzu: »Lächerliche zehn Jahre.«

Julian ignorierte Refels' Worte. »Was wollen Sie?« fragte er noch einmal, und diesmal noch ruppiger als zuvor.

»Was ich immer will«, antwortete Refels mit unverblümter Offenheit. »Informationen.«

Julian schluckte die zornige Antwort herunter, die ihm auf der Zunge lag. Sich mit diesem Kerl zu streiten war reine Zeitverschwendung. Er beließ es bei einem ärgerlichen Schnauben, drückte noch einmal auf den Aufzugknopf und drehte sich zur Seite, bloß um Refels' Blick auszuweichen. Erst jetzt fiel ihm auf, daß Refels nicht der einzige Journalist hier war. An einem der kleinen Tischchen saß ein ganzer Trupp dieser verlogenen Bande, redete, lachte, trank Kaffee oder Bier. Zwei von ihnen blickten jetzt in ihre Richtung, und mindestens einer mußte ihn wohl erkannt haben, denn er stellte plötzlich sein Bierglas auf den Tisch, griff nach seiner Kamera und dem unvermeidlichen Kassettenrecorder und erhob sich. Julian atmete auf, als in diesem Momemt ein heller Glockenton die Ankunft der Liftkabine verkündete.

»Ich habe nur ein paar Fragen«, sagte Refels. »Gib deinem Herzen einen Stoß und tu mir schon den kleinen Gefallen.«

»Fragen?« ächzte Julian. Die Aufzugtüren öffneten sich, und er schlüpfte mit einer raschen Bewegung hindurch und drückte den Knopf für die siebte Etage, blieb aber so stehen, daß es Refels nicht möglich war, zu ihm in den Lift zu treten, wollte er ihn nicht gewaltsam aus dem Weg stoßen. Und so weit ging seine Dreistigkeit nun doch noch nicht.

»Fragen?« ächzte Julian noch einmal und im gleichen, empörten Tonfall wie zuvor. »Sie glauben doch nicht im Ernst, daß ich Ihnen noch eine einzige Frage beantworte. Von mir erfahren Sie noch nicht einmal die Uhrzeit!«

Refels starrte ihn verblüfft an. »He!« sagte er. »Aber weißt du denn nicht, was –«

»Nein!« unterbrach ihn Julian. »Und ich will es auch gar nicht wissen. Lassen Sie mich endlich in Ruhe!«

Die Lifttüren glitten zu und schnitten sowohl Refels' Antwort als auch das aufgeregte Winken des anderen näher kommenden Reporters ab. Der Aufzug setzte sich summend in Bewegung, und Julian atmete innerlich auf. Diese Reporterbagage hatte etwas von Flöhen an sich: man konnte sich schütteln, so oft man wollte, man wurde sie nicht los. Er fragte sich, auf welches ahnungslose Opfer sie jetzt schon wieder warteten.

Er war da. Er trat aus dem Lift, wandte sich nach rechts und lief mit schnellen Schritten über den mit dickem Teppich ausgelegten Flur.

Daß irgend etwas nicht stimmte, fiel ihm auf, als er in den Korridor einbog, an dem das Zimmer seines Vaters lag. Vor der Tür stand ein Polizist, der sich bemühte, eine Gruppe aus sieben oder acht äußerst aufgeregten Männern und Frauen zurückzuhalten, die alle zugleich auf ihn einredeten. Julian konnte kein Wort verstehen, aber die Aufregung war nicht zu übersehen.

Mühsam kämpfte er sich einen Weg bis zur Tür und wartete, bis er einen Blick des Beamten auffing. Es war ein noch junger Polizist, allerhöchstens zwanzig oder einundzwanzig Jahre alt. Und er sah nicht so aus, als fühlte er sich sehr wohl in seiner Haut.

»Was willst du?« fragte er unfreundlich. »Verschwinde!«

»Ich wohne hier«, antwortete Julian. »Das ist das Zimmer meines Vaters.«

Die aufgeregten Stimmen hinter ihm verstummten abrupt, alle blickten ihn an. Eine vielleicht vierzigjährige blonde Frau mit kurzgeschnittenem Haar wandte sich direkt ihm zu und wollte etwas sagen. Die Unfreundlichkeit des Polizisten war mit einem Mal wie weggeblasen. Ganz im Gegenteil, er hatte es plötzlich sehr eilig, Julian mit der einen Hand bei der Schulter zu nehmen, mit der anderen die Tür zu öffnen und ihn hindurchzubugsieren. Julian stolperte überrascht in die Suite, blickte die Tür, die der Polizist rasch wieder hinter ihm zuzog, eine Sekunde lang überrascht an und drehte sich dann herum.

Sein Vater war nicht allein. Er saß am Tisch im Wohnzimmer, trank Kaffee und sah sehr bleich aus. Seine Hände zitterten ein wenig. Gordon, sein Agent und Manager, stand mit finsterem Gesicht hinter ihm, hatte beide Hände auf die Rücklehne der Couch gestützt und blickte abwechselnd die beiden Männer an, die Julians Vater gegenüber Platz genommen hatten. Sie trugen dunkle Anzüge der unteren Preisklasse, und man sah ihnen die Polizisten deutlich an. Außer diesen dreien hielten sich noch ein dritter, uniformierter Polizist im Zimmer auf und dazu noch der Geschäftsführer des Varietés, in dem sein Vater gerade auftrat.

Julian hatte plötzlich das unangenehme Gefühl, daß der Reporterauflauf unten in der Halle nicht *irgendeinem* ahnungslosen Opfer galt.

Was um alles in der Welt ging hier vor?

Sein Vater hob bei seinem Eintreten den Blick, nickte ihm flüchtig zu und starrte wieder in seine Kaffeetasse. Gordon nickte ihm zu, und einer der beiden Polizisten wandte den Kopf und sah ihn stirnrunzelnd an.

»Darf ich fragen, wer –?«

»Das ist mein Sohn«, unterbrach Julians Vater den Polizisten. »Er hat nichts damit zu tun. Er war auch heute abend gar nicht in meiner Vorstellung.«

Womit zu tun? dachte Julian alarmiert. Er trat näher und blieb zwei Schritte vor dem Tisch stehen. Auch der zweite Polizist hob jetzt den Kopf und sah ihn forschend an, und das auf eine Art, die Julian gar nicht gefiel.

»Stimmt das?« fragte er. »Wo kommst du jetzt her, Junge?«

»Mein Name ist Julian«, antwortete Julian betont. »Ich war . . . auf der Kirmes.«

Der Polizist betrachtete seine verkohlte Jacke, die zerschundenen Hände und die zerfransten Knie seiner Hose. Seine Stirnrunzeln wurden noch tiefer, und ein spöttischer Zug erschien auf seinen Lippen. »Auf der Kirmes?« fragte er zweifelnd.

»Ich bin gefallen«, antwortete Julian. Verwirrt und beunruhigt sah er erst seinen Vater und dann Gordon an. Dieser versuchte ihm mit Blicken etwas zu sagen, aber Julian verstand nicht. »Ich war ein bißchen ungeschickt«, fügte er hinzu.

»Das sieht man«, sagte der Polizist. »Du –«

»Was soll das?« unterbrach ihn Gordon. Seine Stimme klang hart, beinahe schneidend.

Julian kannte diesen Klang. Gordon war nicht nur der Agent und Manager, sondern auch der langjährige Freund seines Vaters und auch Julians. Vielleicht sogar der einzige wirkliche Freund, den sie beide hatten. Eigentlich war er ein sehr netter Mensch. Aber er konnte auch knallhart und richtig ekelig sein, wenn es sein mußte. Das gehörte zu seinem Beruf, wie er selbst nie müde wurde zu betonen. »Der Junge hat überhaupt nichts mit der Sache zu tun. Bitte lassen Sie ihn in Ruhe!« Der Ton, in dem er diese Worte vorbrachte, schloß jeden Zweifel aus, daß es sich hier um keine Bitte handelte. Er machte eine entsprechende Handbewegung. »Es wäre sowieso besser, wenn Sie jetzt gingen. Ich wüßte nicht, was es im Moment noch zu besprechen gäbe.«

Das Gesicht des Polizisten verhärtete sich. »Wir können das Gespräch auch morgen früh auf dem Revier fortsetzen«, begann er, um sofort wieder von Gordon unterbrochen zu werden:

»Eine ausgezeichnete Idee. Sagen wir, zehn Uhr? Wir werden pünktlich da sein – zusammen mit unserem Rechtsanwalt.«

»Was . . . was ist denn überhaupt los?« fragte Julian.

Sein Vater wollte antworten, aber Gordon unterbrach auch ihn. »Nichts. Nichts, was dich betrifft, heißt das. Warum gehst du nicht, nimmst ein heißes Bad und ziehst dich um?

Ich erkläre dir alles hinterher. Sobald unser Besuch gegangen ist.«

Der Polizist hatte die Anspielung verstanden, wie sein Gesichtsausdruck bewies. Aber er machte trotzdem keinerlei Anstalten aufzustehen. Er seufzte, schüttelte ein paarmal den Kopf und schlug eine neue Taktik ein, da er begriffen hatte, daß er mit Härte bei Gordon nicht weiterkam. »Ich verstehe Sie ja«, sagte er. »Kein Zauberkünstler gibt gerne seine Tricks preis. Aber ich versichere Ihnen, daß wir kein Wort –«

»Darum geht es doch gar nicht«, unterbrach ihn Gordon. »Verdammt, das Verschwinden des Jungen hat nichts mit der Vorstellung zu tun! Glauben Sie denn, wir hätten ihn wirklich *weggezaubert?*« Er lachte. »Was weiß ich, was dieses Früchtchen sich dabei gedacht hat. Vielleicht hatte er schon lange vor, von zu Hause wegzulaufen und hat die Gelegenheit beim Schopf ergriffen. Sechzehnjährige tun so etwas manchmal. Oder er hat sich einen geschmacklosen Scherz erlaubt und sitzt jetzt irgendwo herum und lacht sich halb tot.«

»Während seine Eltern fast verrückt werden vor Sorge?« fragte der Polizist.

Gordon zuckte mit den Schultern. »Was weiß ich?« Er warf Julian einen Blick zu, in dem plötzlich nur noch sehr wenig Freundlichkeit und noch weniger Geduld lag, und Julian verstand. Rasch wandte er sich um und ging auf die Badezimmertür zu.

Hinter ihm fuhr Gordon fort: »Sie glauben doch nicht wirklich, daß wir den Jungen irgendwo hingezaubert haben, oder? Vielleicht in die Welt hinter den Spiegeln, wie?«

Julian erstarrte. Fassungslos drehte er sich um und starrte Gordon an. *Was hatte er da gerade gesagt?*

Seine Bewegung war vielleicht eine Spur zu hastig gewesen. Die zusammengerollte Kette rutschte aus seiner Tasche und fiel polternd zu Boden, und aller Aufmerksamkeit richtete sich schlagartig auf ihn. Genauer gesagt, auf die Fahrradkette, die er hastig aufhob und in die Tasche stopfte.

Er spürte, wie ihm das Blut ins Gesicht schoß und er einen roten Kopf bekam, während die Falte zwischen den Augenbrauen des Polizisten so tief wurde, daß sie fast wie ein Messerschnitt aussah. Hatte sich denn heute alles gegen ihn verschworen? Julian drehte sich abrupt um und legte die beiden letzten Meter fast im Laufschritt zurück. Er warf die Tür hinter sich zu, aber die Stimme des Polizeibeamten drang mühelos durch das dünne Holz, als er nach ein paar Sekunden zu einer verspäteten Antwort ansetzte. »Selbstverständlich nicht! Aber die Eltern des Jungen versichern, daß er so etwas niemals . . .«

Julian stieß sich von der Tür ab, ging zur Wanne und ließ heißes Wasser einlaufen, während er sich vorsichtig aus seinen verdreckten Kleidern schälte. Das Rauschen des Wassers übertönte die Laute, die vom Gespräch im Wohnraum hereindrangen, aber Julian war nicht sicher, ob er wirklich etwas hören wollte. Wie es aussah, war er nicht der einzige, der heute einen ganz besonders schlechten Tag erwischt hatte.

Umständlich – und sehr behutsam, weil ihm jede unvorsichtige Bewegung Schmerzen bereitete – zog er sich aus, ließ kaltes Wasser nachlaufen, um eine erträgliche Temperatur zu erreichen, und glitt dann in die noch immer dampfende Wanne. Im ersten Moment brannten all die kleinen Kratzer und Schrammen auf seiner Haut fürchterlich, aber nach einigen Sekunden tat die Wärme ihre Wirkung, und er fühlte sich auf wohltuende Weise entspannt.

So entspannt, daß er beinahe eingeschlafen wäre.

Er fuhr mit einem Ruck hoch, als heißes Wasser in seine Nase drang, planschte erschrocken mit den Armen und klammerte sich im letzten Augenblick am Rand der Badewanne fest.

Die Tür wurde aufgerissen, und ein sehr besorgter Martin Gordon streckte den Kopf herein. Ein fragender Ausdruck erschien auf dem kleinen Rest seines Gesichtes, der über dem schwarzen Vollbart sichtbar war. »Was ist los?«

»Nichts«, sagte Julian hastig. Er lächelte unsicher und

wischte sich mit dem Handrücken das Wasser aus den Augen. »Ich bin ausgerutscht.«

»Ausgerutscht, so?« Gordon machte ein zweifelndes Gesicht. »Du rutschst heute ziemlich oft aus, wie?« Er machte eine Handbewegung, als Julian antworten wollte, und wechselte sogleich das Thema. »Die Polizisten sind weg. Beeil dich ein bißchen, ja? Dein Vater möchte dich sprechen.«

Julian kletterte aus der Wanne, kaum daß Gordon die Tür hinter sich zugezogen hatte. Er nahm ein Handtuch vom Regal und frottierte sich ab, bis seine Haut rot und rubbelig war. Da er keine Lust hatte, seine verdreckten Sachen wieder anzuziehen, schlang er sich ein Badetuch um die Hüften und ging in sein Zimmer, um sich frische Kleider zu nehmen. Das Bad hatte drei Ausgänge, einen zum Wohnraum und je einen in Julians und das Schlafzimmer seines Vaters, so daß er nicht durch den großen Raum mußte, um in sein Zimmer zu kommen. Aber er hörte Vaters und Gordons Stimme durch die nur angelehnte Tür, während er sich anzog.

»... verstehe dich nicht so ganz, Klaus«, sagte Gordon gerade. Seine Stimme hatte jetzt jenen sachlichen, ruhigen Klang, den er immer anschlug, wenn er seinen Vater von irgend etwas überzeugen wollte. »Ich bin zwar kein Jurist, aber ich bin sicher, daß dir der Anwalt dasselbe sagen wird. Du wirst nicht darum herumkommen, der Polizei deinen Trick zu verraten. Nicht, wenn du unbeschadet aus der Sache herauskommen willst. Was spricht schon dagegen. Sie werden sich hüten, irgend jemandem auch nur ein Sterbenswörtchen zu verraten. Sie wissen, daß sie eine Schadenersatzklage in Millionenhöhe zu gewärtigen hätten.«

»Aber darum geht es doch nicht«, antwortete sein Vater. »Ich *kann* den Trick nicht erklären, verstehst du das nicht?«

»Natürlich verstehe ich das«, sagte Gordon ungeduldig. »Aber *sie* werden es nicht verstehen. Und die Eltern des Jungen schon gar nicht.«

»Ich habe nichts mit seinem Verschwinden zu tun«, sagte Julians Vater. »Ich –«

»Weiß ich ja«, unterbrach ihn Gordon. Er seufzte. »Aber dein Problem ist im Moment nicht, *mich* zu überzeugen. Du wirst die Polizei überzeugen müssen. Die Eltern dieses Roger sind keine Niemande, sondern verdammt einflußreiche Leute!«

Julian erstarrte. Welchen Namen hatte Gordon da gerade ausgesprochen?!

»Ich weiß«, sagte sein Vater leise.

»Sie werden dich auseinandernehmen, wenn sie auch nur den *Verdacht* haben, du könntest irgend etwas mit dem Verschwinden ihres Sohnes zu tun haben! Und ich fürchte, sie sind im Moment felsenfest davon überzeugt. Immerhin hast du den Jungen direkt vor ihren Augen verschwinden lassen. Du hast nur eine einzige Chance. Und du weißt das.«

»Ach? Und wie soll die aussehen? Soll ich ihnen vielleicht die Wahrheit sagen?«

»Sag ihnen *irgendwas*«, antwortete Gordon erregt. »Denk dir was aus. Belüge sie! Aber denk dir eine Geschichte aus, die sie glauben können. Ein einfaches *Ich war es nicht* reicht diesmal nicht aus! Vor Gericht wirst du wenig Eindruck damit schinden. Und wenn, dann bestimmt keinen, der dir recht wäre.«

Julian hatte sich fertig angezogen. Und da er spürte, wie angespannt die Stimmung nebenan war, tat er das einzige, was helfen mochte, den drohenden Streit zwischen Gordon und seinem Vater abzubiegen: er riß die Tür auf und platzte ohne Vorwarnung ins Nebenzimmer.

Gordon und sein Vater standen sich wie zwei Kampfhähne gegenüber. Beide rauchten, und Gordon hatte einen Cognacschwenker in der Hand, den er fest umklammert hielt. Er sah gar nicht besorgt aus, stellte Julian überrascht fest. Er war *wütend!*

»Ist . . . irgend etwas passiert?« fragte Julian zögernd.

»Nein«, antwortete Gordon. »Was soll pas—«

»Ja«, antwortete sein Vater. Er setzte sich, starrte zu Boden und gab Gordon einen Wink. »Erzähl es ihm – bitte.«

Gordon zuckte heftig mit den Schultern, leerte seinen Cognac und stellte das Glas mit einem viel zu heftigen Ruck auf den Tisch zurück. »Meinetwegen«, sagte er barsch. »Das meiste wird er sich sowieso schon zusammengereimt haben. Schließlich ist er ja auch nicht taub.« Er schwieg einige Sekunden, um sich zu beruhigen, und fuhr mit leiser Stimme fort: »Es ist etwas passiert – heute abend, bei der Vorstellung.«

Julian nickte. »Und was?«

»Du hast die Leute draußen auf dem Flur gesehen?«

Julian nickte, und Gordon fuhr, auf Julians Vater weisend, fort: »Dein Vater brauchte einen Freiwilligen für seine letzte Nummer. Du weißt ja – das große Finale. Der Sohn dieser beiden meldete sich. Ein Bursche von fünfzehn oder sechzehn. Es war das Übliche: großes Tamtam, Tusch, wirbelnde Lichter . . .« Er zuckte mit den Schultern. »Und der Junge war verschwunden.«

»Das sollte er ja schließlich auch«, sagte Julian.

»Sicher«, antwortete Gordon. »Aber er ist nicht wieder aufgetaucht.«

»Wie bitte?« sagte Julian erschrocken. Er war nicht ganz sicher, ob er Gordon richtig verstanden hatte.

»Die Kiste war leer, als dein Vater sie öffnete«, bestätigte Gordon. »Er war einfach nicht mehr da. Verschwunden. Und das ist er bis jetzt auch geblieben.«

»Aber wie . . . kann das sein?« fragte Julian stockend.

Gordon setzte zu einer Antwort an, aber dann blickte er statt dessen zur offenstehenden Tür von Julians Zimmer. »Du hast doch alles gehört, oder?« fragte er geradeheraus.

Julian nickte.

»Dann ist jedes weitere Wort überflüssig«, sagte Gordon. Er gab sich kaum noch Mühe, seine wahren Gefühle zu unterdrücken. Zornig rammte er seine Zigarette in den Aschenbecher und wandte sich zur Tür. »Ich denke, ich gehe jetzt besser«, sagte er. »Vielleicht gelingt es dir ja, deinen Vater zur Vernunft zu bringen. Es wäre besser. Für uns alle.«

Er ging, ohne sich auch nur verabschiedet zu haben, und Julian blickte die geschlossene Tür hinter ihm noch lange an, ehe er sich wieder zu seinem Vater umdrehte.

Was er sah, überraschte ihn nicht sonderlich, aber es versetzte ihm einen tiefen, schmerzhaften Stich. Sein Vater saß wie betäubt im Sessel und blickte ihn an. Aber das sah nur so aus. In Wirklichkeit ging sein Blick geradewegs durch ihn hindurch, und was immer er da sah, konnte nichts Gutes sein.

Dabei war es nicht das erste Mal, daß Julian seinen Vater in diesem Zustand sah. Er wußte, daß es sinnlos war, ihn jetzt anzusprechen. Er reagierte dann auf nichts, nicht einmal auf Berührungen. Als Julian ihn das erste Mal so erlebt hatte, war er richtig erschrocken gewesen. Aber er hatte nur ein einziges Mal versucht, seinen Vater auf diese sonderbare Abwesenheit anzusprechen. Dessen Reaktion war so gewesen, daß Julian nie mehr Lust auf einen zweiten Versuch gehabt hatte.

Julian war zugleich beunruhigt und erleichtert. Die Gründe für seine Beunruhigung waren klar, aber er war nun auch fast froh, wenigstens nicht über sein unheimliches Erlebnis reden zu müssen – zumal er immer mehr bezweifelte, daß er all dieses verrückte Zeug auch wirklich erlebt hatte. Vielleicht war die Erklärung die, daß er schlicht und einfach von Lederjacke oder seinen Kumpanen eins über den Schädel bekommen und sich den Rest zusammenphantasiert hatte.

Aber was zum Teufel war dann gerade vorhin in der Badewanne passiert? Woher kannte *er* den Namen des verschwundenen Jungen?

Weil mein Roger gar nicht der verschwundene Junge ist, flüsterte eine Stimme in seinen Gedanken. Ein reiner Zufall, mehr nicht. Sicher, ein sehr unwahrscheinlicher Zufall, aber wenn es solche Zufälle nicht gäbe, dann hätte es auch noch niemand für nötig befunden, das Wort »Zufall« zu erfinden, oder?

Es gab nichts, was er im Moment für seinen Vater tun konnte, also setzte er sich schweigend neben ihn und ergriff seine Hand. Sein Vater ließ es geschehen, erwiderte seinen Händedruck aber nicht, so daß Julian seine Hand nach einer Weile von sich aus zurückzog. Es waren Momente wie diese, in denen Julian ganz besonders spürte, daß eine tiefe Kluft zwischen ihnen bestand. Eine tiefere als normalerweise zwischen Vätern und Söhnen, selbst zwischen solchen, die sich nicht besonders gut verstanden. Und Julian und sein Vater verstanden sich normalerweise *hervorragend.*

Natürlich wußte Julian, daß es Dinge gab, die Erwachsene ihren Kindern nicht erzählten. Aber was seinen Vater quälte, das war keines von diesen Dingen. Nichts Peinliches oder gar Ehrenrühriges, das er vor seinem Sohn und der ganzen Welt verheimlichen wollte, sondern . . . etwas anderes. Julian wußte nicht, was, aber er war sicher, daß es etwas sehr Tiefgehendes war, ein Geheimnis, das ihn quälte und auf schwer in Worte zu fassende Weise sein Leben bestimmte. Und auch das von Julian.

Das unstete Leben seines Vaters war nicht der einzige Grund dafür, daß Julian zehn Monate im Jahr in einem Nobelinternat verbrachte. Es war ein Vorwand, ein bequemes Alibi, aber im Grunde nicht mehr. Sicher, das Leben eines Varietézauberers brachte es mit sich, daß man manchmal in einem einzigen Jahr in zwanzig verschiedenen Hotels in zwanzig verschiedenen Städten lebte. Aber das hätte Julian gerne in Kauf genommen. Es wäre ihm zehnmal lieber gewesen als das Leben im Internat, und sein Vater wußte das auch. Auch die Schule war im Grunde kein Problem. Sein Vater war nicht *irgendein* Bühnenzauberer, sondern einer der besten. Wenn nicht sogar überhaupt der beste. Außerdem war das ein Problem, mit dem alle Artistenkinder zu allen Zeiten hatten leben müssen und mit dem sie alle irgendwie zu Rande gekommen waren. Er war schon dutzendmal im Fernsehen zu sehen gewesen und trat nur in den besten und teuersten Shows auf. Er war *reich.* Es wäre ihm ein leichtes gewesen, einen Privatlehrer für Julian zu engagieren, der sie auf all seinen Reisen begleitete. Nein, das alles waren nur vorgeschobene Gründe. Die Wahrheit war, daß sein Vater ihn nie zu lange in der Nähe haben wollte.

Julian hatte sich anfangs verständlicherweise geweigert, den Gedanken zu akzeptieren, daß sein Vater ihn nicht bei sich haben wollte. Aber die Beweise waren zu offensichtlich. Ja, sein Vater freute sich wirklich, ihn zu sehen, wenn Julian in den Ferien zu Besuch kam oder wenn er selbst in der Nähe des Internats gastierte, so daß er Julian besuchen und sie einen Abend oder manchmal auch ein Wochenende miteinander verbringen konnten. Aber Julian war auch nicht entgangen, daß er immer nervöser und – ängstlicher? – wurde, je länger sie beisammen waren. Der Gedanke an sich war natürlich schon verrückt, aber Julian hatte sich in den letzten Jahren immer öfter gefragt, ob sein Vater ihn vielleicht – vor irgend etwas *schützen* wollte. Vor etwas aus seiner Vergangenheit. Vor etwas, das mit seinem sonderbaren Verhalten zu tun hatte und das vielleicht auch sein, Julians, Leben beeinflussen würde, wenn sie zu lange beisammen waren.

An diesem Punkt brachen seine Überlegungen jedesmal ab, denn alles, was man daraus etwa schließen konnte, war einfach lächerlich. Sein Vater Träger eines finsteren Geheimnisses, das sein ganzes Leben überschattete? Vielleicht ein abtrünniger Geheimagent, der jetzt auf der Flucht vor seinen ehemaligen Kollegen war? Oder ein geläuterter Gangster, den die Mafia verfolgte? Absurd!

Nein, es mußte etwa anderes sein. Und manchmal hatte er das Gefühl, es schon zu wissen, weil es nichts war, das er herausfinden mußte, sondern etwas, das tief in ihm schon vorhanden war, das allmählich in ihm heranwuchs und sich bereits ankündigte, aber noch nicht ganz da war.

»Es beginnt wieder«, murmelte sein Vater plötzlich.

Er flüsterte nur, und es dauerte fast eine Sekunde, bis Julian überhaupt begriff, daß sein Vater gesprochen hatte, dann aber fuhr er wie elektrisiert in die Höhe. »Was hast du gesagt?« fragte er erschrocken.

Sein Vater hob den Kopf und sah ihn an, aber sein Blick war

so leer wie zuvor. Julian war plötzlich sicher, daß er sich nicht einmal der Tatsache bewußt war, überhaupt gesprochen zu haben. »Wie?« fragte er.

»Du hast gesagt: Es beginnt wieder«, sagte Julian. Er versuchte zu lächeln, aber es blieb beim Versuch. »Was hast du damit gemeint?«

»Nichts.« Sein Vater schüttelte den Kopf, blinzelte, und dann war es, als erwache er aus einem tiefen Schlaf. Eine oder zwei Sekunden lang wußte er eindeutig nicht, wo er sich befand, geschweige denn, was Julian mit seiner Frage meinte. Er wirkte verwirrt. Und sehr erschrocken. »So, habe ich das?« sagte er. Er stand auf. Lächelte matt. »Es war nichts«, sagte er noch einmal, wie um es zu bekräftigen, bewirkte damit aber natürlich das genaue Gegenteil.

Julian fragte trotzdem nicht noch einmal, was sein Vater gemeint hatte. Er wußte, daß er keine Antwort bekommen würde. Er fühlte sich elend. Es war absurd, das wußte er genau, aber er hatte plötzlich das Gefühl, irgendwie schuld an allem zu sein, was seinem Vater widerfahren war. Er wollte irgend etwas tun, um seinem Vater wenigstens Trost zu spenden.

Wieder hob er den Arm, um seinen Vater zu berühren, aber diesmal führte er die Bewegung nicht zu Ende. Sein Vater stand wenig mehr als einen Meter von ihm entfernt, aber er hätte ebensogut auf der anderen Seite des Zimmers sein können oder tausend Kilometer entfernt.

Julian kämpfte mit den Tränen. Warum *vertraute* sein Vater ihm nicht? Es gab nichts, was er ihm nicht anvertrauen konnte. Ganz gleich, was passiert war, ganz gleich, was er getan hatte, er war doch schließlich sein Vater!

»Was ist passiert?« fragte er leise.

»Du kennst die Nummer ja«, antwortete sein Vater tonlos. »Ich habe nach einem Freiwilligen gefragt, wie an jedem Abend, und der Junge hat sich gemeldet. Zuerst wollte ich ihn gar nicht haben. Du weißt ja, daß ich nicht gerne mit Kindern arbeite. Aber dann kam er mir doch ganz vernünftig vor, und außerdem meldete sich kein anderer. Ich habe ihn schließlich doch genommen und ihn durch den Spiegel geschickt.«

Julian nickte verstehend, konnte aber ein leises Schaudern nicht unterdrücken. Er hatte die Nummer Hunderte Male gesehen, aber sie kam ihm auch heute noch so unheimlich und phantastisch vor wie beim allererersten Mal. Was sein Vater so lapidar mit *durch den Spiegel geschickt* bezeichnete, das war in Wahrheit vielleicht der unglaublichste Zaubertrick, den die Welt jemals gesehen hatte. Der Freiwillige, den sein Vater aussuchte, trat auf den großen Zauberspiegel zu – und verschwand darin, um im selben Augenblick in einer Kiste wieder aufzutauchen, die vielleicht fünf Meter entfernt stand. Julian wußte nicht, wie dieser Trick funktionierte. Niemand wußte es, mit Ausnahme seines Vaters eben.

»Aber als ich die Kiste aufmachte, war sie leer«, fuhr sein Vater fort. »Der Junge war nicht da. Zuerst hat das Publikum gelacht und sogar applaudiert. Wahrscheinlich hielten sie es für einen Teil der Nummer. Aber sie lachten nicht sehr lange.«

»Aber er muß doch irgendwo sein!«

»Irgendwo, sicher«, sagte sein Vater. Er sprach das Wort *irgendwo* auf eine sehr sonderbare Art aus, fand Julian. Dann gab er sich sichtlich einen Ruck und fuhr fort: »Wir haben das ganze Varieté abgesucht. Jeden Raum, jeden Winkel, jedes vorstellbare Versteck. Er ist nicht wieder aufgetaucht.«

»Dann hat Martin recht«, sagte Julian impulsiv. Er sah den überraschten Blick seines Vaters und begriff erst jetzt, daß er mit diesen Worten indirekt zugegeben hatte, ihn und Gordon vorhin belauscht zu haben. Aber das war ihm egal. »Ich meine, du mußt der Polizei nur deinen Trick verraten, und sie werden sehen, daß du nichts mit dem Verschwinden dieses Jungen zu tun hast.«

»Das kann ich nicht«, sagte sein Vater ernst. »Ich kann niemandem erklären, wie der Trick funktioniert.«

»Warum nicht?« Julian blinzelte überrascht.

»Weil es kein Trick ist.«

»Wie bitte?!«

»Es ist kein Trick«, wiederholte Julians Vater. »Verstehst du, nicht so wie . . . wie die meisten anderen Zaubertricks. Keine optische Täuschung oder irgendeine Illusion, wie die schwebende Jungfrau oder die Kaninchen aus dem Zylinder.«

»Moment mal«, sagte Julian. »Du willst mir weismachen, daß du ein richtiger Zauberer bist? Du meinst, dieser Spiegel läßt die Leute tatsächlich verschwinden und fünf Meter weiter wieder auftauchen. Das meinst du doch, oder?«

»Ja.«

Was sein Vater da gerade gesagt hatte, hätte eigentlich lächerlich sein müssen. Aber das war es nicht, ganz im Gegenteil. Julian hatte plötzlich Angst.

»Du bist also ein richtiger Zauberer?« fragte er.

»Nicht so, wie du jetzt glaubst.« Ein flüchtiges Lächeln erschien auf dem Gesicht seines Vaters und erlosch sofort wieder. »Eigentlich hat es nichts mit mir zu tun«, gestand er nach ein paar Sekunden. »Es ist der Spiegel.« Er lächelte wieder, und dieses Lächeln und das fast unmerkliche Stocken ließen Julian ahnen, daß er ihm irgend etwas verschwieg.

»Der Trick? Aber hast du denn den Trick nicht erfunden? Ich dachte immer, du wärst der einzige auf der Welt, der ihn beherrscht.«

»Das bin ich auch«, bestätigte sein Vater. »Aber ich habe ihn nicht erfunden, sondern gewissermaßen . . .« Er suchte nach Worten. ». . . entdeckt. Ich habe den Spiegel und die Kiste von einem Trödler gekauft. Es hat lange gedauert, bis ich herausfand, was er *wirklich* kann, weißt du?«

»Davon hast du mir nie etwas erzählt«, sagte Julian.

»Es gibt eine Menge, das ich dir nicht erzählt habe«, antwortete sein Vater. »Außerdem hatte ich meine Gründe.«

»Und welche?«

»Zum Beispiel den, daß es für einen Zauberkünstler nicht unbedingt gut ist, wenn herauskommt, daß er seinen spektakulärsten Trick auf einem Flohmarkt gekauft hat.«

Das konnte Julian gut verstehen. Solange er sich erinnern konnte, waren Neugierige, Journalisten und vor allem neidische Kollegen hinter dem berühmten Spiegeltrick seines Vaters her gewesen. Bisher vergeblich. Gordon hatte ihm einmal erzählt, daß ein großes amerikanisches Show-Unternehmen seinem Vater nicht weniger als zehn Millionen Dollar geboten habe, wenn er seinen Trick verkaufe.

»Und du hattest Angst, daß ich es nicht für mich behalte«, sagte er. Sein Vater antwortete nicht, aber das war auch nicht nötig. Nicht mehr nach dem, was am Tag zuvor geschehen war. Julian dachte an Refels und dessen verlogenes Lächeln, und wieder stieg Zorn in ihm hoch, der allerdings mehr ihm selbst galt als dem Reporter.

»Aber das mußt du der Polizei sagen!« sagte Julian aufgeregt.

»Wozu? Was würde es nützen?«

»Nun, es ... es ...« Julian verhaspelte sich und brach schließlich ganz ab. Sein Vater hatte recht. Was würde es nützen?

Sein Vater seufzte plötzlich und schrak leicht zusammen, nachdem er auf die Armbanduhr geschaut hatte. »O Gott, schon so spät. Wir sollten langsam ins Bett gehen. Morgen wird ein anstrengender Tag, fürchte ich.«

»Du wolltest mir noch etwas sagen«, erinnerte Julian ihn.

»Martin hat mich extra aus der Badewanne geholt.«

»Das hat Zeit bis morgen«, entschied sein Vater. »Ich schätze, daß ich bis zum Mittag mit diesen Polizisten und dem Anwalt zu tun haben werde. Wie wäre es, wenn wir uns danach treffen und zusammen essen gehen? Dann können wir reden. Und bis dahin«, fügte er nach einer winzigen Pause hinzu, »kannst du dir noch eine überzeugende Geschichte ausdenken, um deinen Aufzug von vorhin zu erklären.«

»Oh«, sagte Julian. »Das ist dir aufgefallen?«

»Ja, das ist es«, antwortete sein Vater. »Ebenso wie die Kette in deiner Tasche. Wir reden morgen darüber. Bitte bleib im Hotel, bis ich zurück bin. Und sprich mit niemandem.«

Julian stand ohne ein weiteres Wort auf, ging in sein Zimmer, schlüpfte wieder aus den Sachen, die er gerade erst angezogen hatte, und legte sich aufs Bett.

Er schlief praktisch im gleichen Augenblick ein, in dem sein Kopf das Kissen berührte. Obwohl sein Inneres in hellem Aufruhr war, war er einfach zu Tode erschöpft. Und er träumte weder von Trollen noch von Spiegeln, durch die man hindurchspringen konnte. Auch nicht von verschwundenen Kindern – oder von Knüppeln, die sich in Ketten verwandelten.

Tief in der Nacht wachte er wieder auf.

Völlige Dunkelheit umgab ihn. Sein Vater mußte im Zimmer gewesen sein, denn er erinnerte sich nicht, sich zugedeckt zu haben, und jetzt war die dünne Sommerdecke sorgfältig über ihn gebreitet, und im ersten Moment glaubte er, das wäre es gewesen, was ihn geweckt hatte. Aber dann hörte er das regelmäßige Schnarchen seines Vaters durch die dünne Wand, die ihre Zimmer voneinander trennte.

Aber es war ein Unterschied, ob man geweckt wurde oder von selbst aufwachte. Irgend etwas hatte ihn geweckt. Aber was?

Julian setzte sich vorsichtig auf. Die Bettfedern quietschten leise, das Geräusch schien unnatürlich laut und lange im Zimmer widerzuhallen. Eine schreckliche Sekunde lang hatte er das Gefühl, nicht allein zu sein. Aber das war natürlich Unsinn. Was man im Zimmer sah, waren bloß Schatten.

Dann begriff er, daß genau diese es waren, die ihm angst machten.

Julian war gewiß kein Held, aber eigentlich war er auch nicht einer, der Angst vor Schatten oder vor der Dunkelheit hatte. Wenigstens war es bis heute so gewesen. Jetzt aber klopfte sein Herz in seiner Brust so stark, als wolle es zerspringen, und seine Hände begannen unter der dünnen Decke zu zittern. Er starrte in die Dunkelheit neben dem Schrank auf den schwarzen Schlagschatten unter dem Fenster und auf das lichtlose Dreieck neben der Tür. Er sah nichts, aber allein die Vorstellung, was sich alles in diesen schwarzen Schlünden verbergen könnte, verursachte ihm Übelkeit. Ganz plötzlich begriff er, daß er den Verstand verlieren würde, wenn er nichts gegen diese Furcht unternahm.

Er tat das einzige, was hier helfen konnte: er schlug die Decke zur Seite und stand auf.

Für den Bruchteil einer Sekunde hatte er das Gefühl, daß sich die Schatten auf ihn stürzten. Die Dunkelheit zog sich zu einem dichten Ring zusammen, der ihn umzingelte, erstickte – und lautlos wieder zerbarst. Gleichzeitig löste sich auch der erstickende Griff der Furcht, und zurück blieb nur ein banges Gefühl von Unwohlsein.

Julian sah sich verwirrt um. Was war geschehen? Wieder nur ein Alptraum? Er schüttelte ein paarmal den Kopf, lächelte im Dunkeln, um sich Mut zu machen, und wollte sich eben wieder ins Bett legen, als ihm der Grund einfiel, aus dem er überhaupt aufgewacht war. Er hatte noch immer das Gefühl, daß ihn irgend jemand oder etwas geweckt hatte, und immer noch kam ihm vor, er sei nicht allein im Zimmer.

Aufmerksam sah er sich um, schlich zur Tür und preßte lauschend das Ohr gegen das Holz. Vielleicht war Gordon zurückgekommen, um irgend etwas zu holen oder noch einmal mit seinem Vater zu reden. Oder einer der Reporter war hereingeschlichen, in der Hoffnung, irgend etwas aufzuschnappen – oder um auch nur ein Foto des leeren Zimmers zu machen und sich eine dazu passende reißerische Geschichte aus den Fingern zu saugen. Zuzutrauen war diesen Burschen alles.

Aber er hörte nichts. In dem Zimmer auf der anderen Seite der Tür herrschte völlige Stille.

Julian lauschte noch einen Moment angestrengt, dann ging er zum Bett zurück und schlüpfte leise in seine Kleider. Ebenso leise kehrte er wieder zur Tür zurück, öffnete sie unendlich behutsam einen Spaltbreit und spähte hinaus.

Nichts. Das Zimmer lag wie ausgestorben da, nicht völlig im

Dunkeln, denn neben der Tür brannte ein winziges grünes Nachtlicht, das allen Gegenständen unheimliche, phosphorgrün schimmernde Konturen verlieh. Nichts rührte sich. Und doch war Julian, als hinge noch so etwas wie Erinnerung an eine Bewegung in der Luft.

Er verließ das Zimmer, durchquerte mit schnellen Schritten den Wohnraum und öffnete die Tür der Suite. Blitzschnell trat er auf den Gang hinaus, blinzelte im ungewohnt grellen Licht, schaute nach rechts und links und sah eine Bewegung: einen Fuß und ein Stück von einem Bein, die hinter der nächsten Gangbiegung verschwanden.

Nicht irgendein Fuß. Es war ein Fuß, der in schweren, eisenbeschlagenen Arbeitsschuhen steckte, und die Hose des Beinkleides war aus grobem grauen Leinen gewesen und am Bund schon etwas ausgefranst.

Julian verlor eine weitere Sekunde, in der er einfach dastand und verdattert die Ecke anstarrte. Aber dann raste er los, so schnell er konnte. Die Zimmertür fiel hinter ihm zu, und er dachte ganz flüchtig an den Schlüssel, der in seiner Jacke war, die im Vorraum hing, aber das spielte im Moment keine Rolle.

Er hörte das Summen der Aufzugtüren, noch ehe er die halbe Strecke zurückgelegt hatte, und wußte, daß er es nicht schaffen würde. Trotzdem verdoppelte er seine Anstrengungen, rannte so schnell, daß er fast über seine eigenen Füße stolperte.

Die Lifttüren begannen sich zu schließen, als er um die Ecke bog. Sie glitten sehr schnell zu, aber nicht schnell genug. Julian konnte noch einen Blick auf die Gestalt dahinter werfen.

»Roger!« schrie er.

Es war Roger, ganz eindeutig. Und auch Roger erkannte ihn und lächelte ihm zu, ehe sich die Türen vollends zwischen sie schoben. Aber es war ein seltsames Lächeln, ein Lächeln voll Trauer und Schmerz und . . . ja, Mitleid.

Der Lift setzte sich surrend in Bewegung, ehe Julian ihn erreichen und wie wild mit den Fäusten gegen die Tür zu trommeln begann, wobei er vier- oder fünfmal hintereinander laut Rogers Namen rief.

Hinter ihm wurde eine Zimmertür aufgerissen und ein verschlafenes, stoppelbärtiges Gesicht lugte heraus. »Was ist denn da los? Zum Teufel noch mal, bist du verrückt geworden? Es ist drei Uhr!«

Weniger um den verärgerten Hotelgast zu besänftigen, sondern weil er vielmehr die Sinnlosigkeit seines Tuns einsah, hörte Julian auf, mit den Fäusten gegen die Aufzugtür zu schlagen, und trat einen Schritt zurück. Sein Blick saugte sich an den regelmäßig aufleuchtenden und wieder verlöschenden Leuchtziffern über der Tür fest. Zehn, elf, zwölf . . . dreizehn. Die Zahl erlosch nicht mehr. Der Aufzug hatte in der dreizehnten Etage gehalten. Jetzt wußte er wenigstens, wo Roger ausgestiegen war.

Julian verschwendete keine Zeit damit, den Aufzug zurückzuholen, sondern stieß die Tür zum Treppenhaus auf und raste, immer zwei oder sogar drei Stufen auf einmal nehmend, hinauf. Roger war in der dreizehnten Etage, und er würde ihn finden, selbst wenn er jede einzelne Tür dort oben aufreißen und jeden einzelnen Gast wecken mußte! Und dann würde ihm sein seltsamer neuer Freund eine Menge Antworten auf eine Menge Fragen geben müssen!

Vorerst einmal sank er jedoch total erschöpft gegen die rauhe Betonwand des Treppenhauses, kurz bevor er die Tür zum 13. Stock erreichte. Er konnte einfach nicht mehr.

Ein Geräusch drang an sein Ohr. Es kam von irgendwo hinter ihm und hallte in dem finsteren, völlig leeren Treppenhaus unheimlich lang und verzerrt wider.

Julian blickte nach unten und sah natürlich nichts als kahle Betonstufen und den nächsten Treppenabsatz. Aber das Geräusch wiederholte sich. Und diesmal schien es auch näher zu sein.

Was war das?

Schritte waren es nicht. Schon eher ein . . . Schlurfen. Ein mühsames Sich-vorwärts-Schleppen und -Ziehen, wie das mühevolle Platschen großer, mißgestalteter Füße, für die die Treppenstufen nicht gedacht waren.

Er starrte angestrengt in die Dunkelheit hinab. Er konnte noch immer nichts sehen, aber das Geräusch wurde jetzt immer lauter, steigerte sich zu einem Scharren und Schieben, so als trappele eine ganze Armee plattfüßiger Ungeheuer die Treppen hinauf. Und es war nun schon nahe, sehr nahe...

Julian war mit einem letzten, entschlossenen Satz bei der Tür und begann wie von Sinnen daran zu rütteln. Im ersten Augenblick war er so aufgeregt, daß er sie nicht aufbekam, so heftig er auch an der Klinke zerrte. Er warf einen Blick über die Schulter zurück. Er war noch immer völlig allein, aber das Scharren war ganz nah. Wer oder was immer ihn verfolgte, hatte ihn beinahe eingeholt.

Die Tür ging endlich auf, und Julian taumelte mit einem erleichterten Aufschrei hindurch, warf sie wieder zu und lehnte sich mit dem Rücken dagegen. Er war gerettet. Was immer ihn verfolgt hatte, konnte hier nicht hereinkommen, denn es war etwas, das draußen im Treppenhaus lebte und hier drinnen keine Macht besaß.

Was waren das für Gedanken? Seit wann glaubte er an Wesen, die auf Kellertreppen hausten? Er beantwortete seine Fragen gleich selbst: Seit er mit einem Troll um sein Leben gelaufen war, um ein Haar in einer dreißig Zentimeter tiefen Badewanne ertrunken wäre. Seit seine Welt begonnen hatte, aus den Fugen zu gehen. Seit er nicht mehr sicher war, ob er wachte oder träumte.

Er schaute den Korridor hinunter. Er sah nichts, auch keinen Roger. Was hatte er erwartet? Ziemlich ratlos machte er ein paar Schritte und blieb wieder stehen. Sein etwas vorschnell gefaßter Entschluß, nötigenfalls an jede einzelne Tür zu klopfen, ließ sich natürlich nicht wirklich in die Tat umsetzen. Er würde höchstens bis zur dritten oder vierten Tür kommen, ehe jemand das Hotelpersonal alarmiert oder ihn gleich selbst am Schlafittchen gepackt und rausgeworfen haben würde. Und er konnte aus diesem Grund auch nicht nach Roger rufen, wenn man davon absah, daß der Junge ganz bestimmt nicht geantwortet hätte: Es war drei Uhr nachts.

Also blieb ihm nichts anderes übrig, als sich auf die Suche nach Roger zu machen.

Es war nicht ganz so aussichtslos, wie es vielleicht im ersten Moment den Anschein hatte. Die einzelnen Etagen des Hotels waren zwar sehr groß, ein wahres Labyrinth von Gängen, die voneinander abzweigten oder sich kreuzten, aber es war eben das Hilton, eines der teuersten Hotels der Stadt; er konnte sich beim besten Willen nicht vorstellen, daß Roger hier ein Zimmer gemietet hatte. Und wenn man die Zimmer wegließ, dann blieben nicht mehr allzu viele Verstecke übrig. Dieser Teil des Hotels unterschied sich kraß von den unteren Etagen, die Julian kannte. Alles war hier sehr viel älter, aber nicht einfacher. Statt der modernen Chrom- und Milchglasgebilde hingen hübsche kleine Lämpchen mit bunten Tiffany-Schirmen an den Wänden. Es gab schwere Seidentapeten mit Blumenmuster, und auf dem Boden lag keine teure Auslegeware, sondern ein Sammelsurium verspielter kleiner Teppiche und Läufer. Wie es sich für ein Hotel dieser Preisklasse gehörte, waren natürlich sämtliche Einzelheiten auf diesen Jahrhundertwende-Stil abgestimmt. Die Decke protzte mit kunstvollen Stuckarbeiten, und statt der eleganten Mahagonitüren mit den elektronischen Scheckkarten-Schlössern sah er liebevoll geschnitzte Rahmen und Füllungen und schwere Türklinken aus Messing, mit richtigen Schlüssellöchern darunter. Eigentlich gefiel ihm diese Etage viel besser als die supermodernen unteren Stockwerke – auch wenn er ihr Aussehen nicht ganz verstand. Er kannte genügend Hotels, um zu wissen, daß ein Hotel normalerweise modern *oder* konservativ eingerichtet war – niemals aber beides.

Langsam bewegte er sich durch den langen, stillen Korridor, blickte in jeden Gang, an dem er vorbeikam, und versuchte sich den Weg zu merken. Er war sich darüber im klaren, daß er im Grunde nur auf einen glücklich Zufall hoffen konnte, wollte er Roger tatsächlich finden. Die Gänge hier waren so weitläufig, daß man stundenlang hindurchirren konnte, ohne mehr als seinem eigenen Schatten zu begegnen.

Etwas mit dem Licht war sonderbar. Es war nicht so hell, wie er es gewohnt war, aber viel wärmer, und als er stehenblieb und eine der Lampen genauer betrachtete, wußte er auch, warum das so war. Hinter den bunten Lampenschirmen verbargen sich keine Glühbirnen, sondern richtige Petroleumlampen. Die Entdeckung erstaunte ihn. Dies mußte tatsächlich der alte Teil des Hotels sein, und man hatte ihn in allen Details so belassen, wie er gewesen war.

Allerdings war es hier nicht besonders sauber. Je weiter Julian ging, desto mehr fiel ihm der Staub auf, der auf den Türrahmen, auf Bildern und Lampenschirmen, auf Fußleisten und sogar auf den Türklinken lag. Er fand das ein bißchen übertrieben. Ein Hotel im Stil der Jahrhundertwende war ja ganz okay – mußte man aber deswegen auch den Staub der letzten neunzig Jahre konservieren?

Es wurde schlimmer, je weiter er kam. Bald entdeckte er zentimeterdicke Schmutzränder und große, häßliche Flecken an den Tapeten. Hier und da waren kleine Stücke aus der Stuckdecke herausgefallen, und niemand hatte sich die Mühe gemacht, sie wegzuräumen, geschweige denn, den Schaden auszubessern. Eine der bunten Tiffany-Lampen war zerbrochen, die Splitter lagen noch immer darunter auf dem Teppich. Seltsam. Fast unheimlich.

Erneut wollte sich ein banges Gefühl in ihm breitmachen, aber Julian ließ es nicht zu, sondern suchte nach einer logischen Erklärung. Er fand sie, und sie war sehr einleuchtend. Dies hier war der alte Teil des Hotels, ein Teil, der vermutlich schon seit Jahren nicht mehr in Benützung war und jetzt der Renovierung harrte. Die Lampen hatte man angelassen, damit niemand, der sich zufällig hier herauf verirrte, im Dunkeln zu Schaden kam.

Um seine Theorie zu überprüfen, öffnete er eine Tür.

Das Zimmer sah genau so vernachlässigt aus wie der Flur. Alt und voller Möbel, die allesamt ein knappes Jahrhundert auf dem Buckel zu haben schienen, verstaubt waren und zum Teil bis zur Unbrauchbarkeit verschlissen. Hier und da war eine Lampe zerbrochen, schälten sich die Tapeten von den Wänden oder hatte ein Schrank keine Türen mehr. Schubladen standen offen, Betten waren ab- und nie wieder frisch bezogen worden, und auf einem Tisch fand er eine Zeitung, die ein ungewöhnliches Format hatte und bis zur Unkenntlichkeit verblichen war. Diese Etage des Hotels war unbewohnt, und zwar schon seit geraumer Zeit.

Die Entdeckung stimmte ihn alles andere als fröhlich. Jetzt bestand zwar nicht mehr die Gefahr, daß er bei seiner Suche jemanden weckte – aber umgekehrt hatte Roger die Kleinigkeit von an die hundert Zimmer zur Verfügung, um sich zu verstecken. Und das war nicht einmal die schlimmste Möglichkeit. Ebensogut konnte es nämlich sein, daß er längst wieder auf dem Weg nach unten war und sich krumm lachte, während Julian hier oben nach ihm suchte . . .

Julian begann sich einzugestehen, wie aussichtslos sein Vorhaben war. Aber es widerstrebte ihm, so schnell aufzugeben. Vielleicht konnte er ja einen Kompromiß mit sich selbst schließen. Er würde einfach noch ein Stück weitergehen und einige Zimmer untersuchen. Wenn er nach einer halben Stunde keine Spur von Roger gefunden hatte, konnte er es immer noch sein lassen und in sein Zimmer zurückgehen.

Je weiter er sich durch die verlassene Hotelanlage bewegte, desto trostloser wurde seine Umgebung. Bald brannte nur noch jede dritte oder vierte Lampe, in den Tapeten gähnten riesige Löcher, durch die man den Putz oder das nackte Mauerwerk sehen konnte. Der Teppich war so voller Schmutz und Gipstrümmer, daß es ununterbrochen knirschte, wenn man darüberging. Einige Türen hingen schräg in den Angeln oder fehlten überhaupt.

Allmählich kam Julian die Sache doch eigenartig vor. Dieser Teil des Hotels war nicht nur alt, er war eine Ruine!

Er betrat ein weiteres Zimmer. Auf den Möbeln lag eine zentimeterdicke Staubschicht. Ein Sessel war umgekippt und zerbrochen, das Fenster stand offen. Kalte, sehr feuchte Luft drang herein.

Unter Julians Schuhen knirschte Glas, als er den Raum durchquerte und zum Fenster ging. Er erinnerte sich nicht, daß es draußen so kalt gewesen sei. Er erinnerte sich auch nicht, daß die Stadt so ausgesehen habe. Zwei, drei Minuten lang stand er starr und hoch aufgerichtet am Fenster und blickte hinaus. Sein Herz schlug langsam und schwer, seine Finger schlossen sich fest um die marmorne Fensterbank. *Wo ist die Stadt?* dachte er hysterisch.

Selbstverständlich war sie noch da. Aber eigentlich auch wieder nicht.

Völlig fassungslos stand Julian da und blickte auf das Häusermeer hinab. Natürlich war die Stadt noch da, aber sie war sehr dunkel, und etwas mit ihren Umrissen war nicht in Ordnung. Nur sehr wenige Lichter brannten, und diese wenigen waren gelb, wie der Schein von Petroleum- oder Gaslampen, nicht der kalte weiße Neonschein, der seit dreißig Jahren verhinderte, daß die Nacht die Straßen der Stadt eroberte. Der Fluß lag wie eine schwarze Schlucht da, eine gewaltige Schlucht, nicht mehr gesäumt von einer Perlenkette aus Lichtern. Kein einziges Auto bewegte sich auf den Straßen. Wo waren die Hochäuser mit ihrem strahlenden Lichterglanz? Wo war der Funkturm mit seiner hellerleuchteten Spitze? Wo die blinkenden Rotlichter des Flughafens? Die Neonreklamen? Die Ampeln? Die Straßenlaternen? Die Kinos? Die Schaufenster?

Rückwärts gehend entfernte sich Julian vom Fenster, drehte sich herum und blickte dabei zufällig in den goldgerahmten Spiegel über der Frisierkommode. Das Glas war matt und zerkratzt und an einigen Stellen vom Alter blind geworden, und über die kunstvollen Schnitzereien des Rahmens hatte eine Spinne ihr Netz gewoben, in dem jetzt dick der Staub hing. Trotzdem konnte er sein Spiegelbild erkennen.

Er war nicht einmal wirklich überrascht.

Das Bild zeigte ihn, ja, er war es, aber genau wie die Stadt draußem vor dem Fenster war er es auch gleichzeitig wieder nicht. Was er sah, das war er, wie er sicher ausgesehen hätte, wäre er hundert Jahre früher geboren. Statt zu einer modischen Lockenfrisur war sein Haar glatt zurückgekämmt und in der Mitte gescheitelt. Er trug ein weißes Hemd mit großem rüschenbesetzten Kragen und Manschetten, darüber einen streng geschnittenen Zweireiher, aus dessen Brusttasche ein zusammengefaltetes Spitzentaschentuch ragte.

Obwohl er diesen Anblick fast erwartet hatte, jagte er ihm doch gleichzeitig einen Schrecken ein, er fuhr herum und stürzte mit einem Schrei aus dem Zimmer, und das so hastig, daß er mit der Schulter gegen den Türrahmen prallte und draußen auf dem Flur hinfiel.

Die weichen Teppiche bewahrten ihn vor einer Verletzung, aber er blieb trotzdem benommen liegen, ehe er sich auf Hände und Knie erhob und ein paar Meter von der Tür des schrecklichen Zimmers wegkroch. Er sah an sich herab und stellte fest, daß er seine normale Kleidung trug. Er hatte sie die ganze Zeit getragen. Nicht *er* war es, der sich verändert hatte – es war dieser unheimliche Spiegel, der ein Bild der Vergangenheit zeigte!

Aber wie konnte das sein?

Im gleichen Maße, in dem seine Furcht sich legte, erwachte nun seine Neugier. Er versuchte, das Problem mit Logik anzugehen. Daß seine Alpträume – denn um nichts anderes konnte es sich bei all den Verrücktheiten handeln, die er in der letzten Zeit erlebt hatte! – allesamt irgendwie mit Spiegeln zu tun hatten, war gewiß kein Zufall. Vielmehr mußte das Schicksal seines Vaters wohl einen so nachhaltigen Eindruck auf sein Unterbewußtsein gemacht haben, daß es ihn nun mit diesen völlig irren Visionen plagte. Das war die Erklärung.

Aber wenn das hier ein Traum war und wenn er, ungewöhnlich genug, immer noch nicht aus ihm erwachte, auch wenn er jetzt *wußte,* daß er träumte – dann konnte er seinen Verlauf vielleicht . . . beeinflussen?

Er versuchte es. Die zerbrochene Lampe dort hinten zum Beispiel – wie wäre es, wenn sie plötzlich wieder heil wäre und brannte?

Julian konzentrierte sich auf die Vorstellung, schloß schließlich die Augen und versuchte das Bild einer völlig unversehrten, leuchtenden Tiffany-Lampe herbeizuzwingen. Er stellte sie sich in allen Einzelheiten vor, versuchte sich jedes Detail vor Augen zu führen, jeden Zentimeter ihrer Oberfläche, unbeschädigt und glänzend wie am ersten Tag.

Als er die Augen öffnete, war die Lampe so zerbrochen und kaputt wie zuvor. Ganz so einfach war es wohl doch nicht, die Wirklichkeit zu verändern, selbst wenn es sich nur um die scheinbare Realität eines Alptraums handelte.

Aber so schnell gab er nicht auf.

Er konzentrierte sich auf etwas Leichteres. Die Staubkörnchen vor seinen Fingern. Er befahl ihnen, zu verschwinden oder sich wenigstens ein bißchen zu bewegen.

Sie dachten gar nicht daran.

Wenn es also mit den unbelebten Requisiten seines Traums nicht funktionierte, vielleicht klappte es mit den *lebenden.* Er wünschte sich Roger herbei. Er *befahl* ihn herbei, mit aller Gewalt und so heftig, daß seine Hände zu zittern begannen und Schweiß auf seiner Stirn erschien.

Und als er die Augen öffnete, stand Roger vor ihm.

Er lehnte lässig an der Wand am Ende des Korridors, hatte beide Hände in den Taschen seiner viel zu weiten Arbeitshose vergraben, die jetzt von einem Paar altmodischer Hosenträger gehalten wurde, und blickte kopfschüttelnd und aus Augen, in denen mühsam unterdrückter Spott glitzerte, zu ihm her.

»Sag mal – was tust du da?« fragte er.

»Ich . . .« Julian stand auf, bewegte linkisch die Hände und murmelte: »Nichts.«

»Nach nichts sieht das nicht aus«, sagte Roger. Er nahm die

Hände aus den Taschen, zog dabei eine Zigarettenpackung hervor und riß ein Streichholz an. Er kniff die Augen zusammen, als der Rauch hochstieg. »Was willst du?« fragte er hustend.

»Ich?« fragte Julian verwirrt. Traum oder nicht, die Figuren dieses Traumes schienen durchaus ihren eigenen Kopf zu haben. »Aber *du* bist doch zu mir gekommen!«

»Ich – zu dir?« Roger riß die Augen auf. Sein Erstaunen war echt, und wenn nicht, dann doch so echt gespielt, daß es Julian überzeugte. »Ganz bestimmt nicht. Du bist hier oben bei mir, oder? Nicht ich unten in deinem piekfeinen Hotelzimmer.«

Wenn er nicht unten gewesen war, dachte Julian, woher wußte er dann, daß sein Zimmer piekfein war? »Was . . . ist das hier?« fragte er mit einer ausholenden Geste.

»Diese Bude?« Roger zuckte mit den Achseln und grinste. »Ist nicht so vornehm wie deine Unterkunft, ich weiß. Aber trocken und halbwegs warm. Und nicht so zugig wie die Bruchbude, in der ich sonst schlafe.«

»Heißt das, du *wohnst* hier?« fragte Julian ungläubig.

»Ich schlafe manchmal hier«, bestätigte Roger. »Genau wie ein paar von den anderen. Wenn uns die verdammten Nachtwächter nicht erwischen, heißt das. Dann setzt es Prügel. Aber nicht nur – für uns.« Er grinste.

Er nahm wieder einen Zug, hustete, warf die Zigarette zu Boden und trat sie auf dem Teppich aus, wo sie einen weiteren Brandfleck hinterließ. Julian fragte sich, warum er überhaupt rauchte, wenn er es nicht vertrug.

»Du willst es also wissen, wie?«

»Was?« fragte Julian.

»Alles«, antwortete Roger. Sein Lächeln erlosch. »Deswegen bist du schließlich hergekommen, oder? Alles über deinen Vater. Die ganze Geschichte. Aber ich warne dich. Sie wird dir nicht gefallen.«

»Das macht nichts«, sagte Julian.

»Also gut.« Roger stieß sich von der Wand ab, an der er gelehnt hatte, drehte sich halb herum und machte eine einladende Geste. »Dann komm mit.«

Julian folgte ihm, aber er hielt dabei unwillkürlich immer den gleichen Abstand von gut zehn Schritten ein.

Der Korridor begann sich in immer stärkerem Maße zu verändern. Auf dem Boden lagen bald keine Teppiche mehr, statt seidener Tapeten waren es bald Wände aus nacktem Putz und Mauerwerk, schließlich aus rohen Brettern, durch deren Ritzen graues Zwielicht quoll. Nach einer Weile gingen sie nicht mehr über Teppiche oder Holz, sondern über gestampften Lehm, und wie von weit, weit her vernahm Julian die Klänge einer Drehorgel. Trotzdem war es noch immer der Hotelflur. Hier und da gewahrte er ein Stück Stuckdecke, eine Tiffany-Lampe, sogar eine Zimmertür, die sich skurril von der Bretterwand dahinter abhob. Es war, als hätte ein Künstler eine Leinwand zweimal benutzt, wäre dabei aber nicht sehr sorgfältig gewesen, so daß das ursprüngliche Bild noch hier und da durch die neue Farbschicht schimmerte. Julian fragte sich, ob sich darunter vielleicht noch eine dritte Farbschicht verbarg oder gar eine vierte und fünfte.

Roger blieb vor einer dieser unmöglichen Türen stehen und sah ihn an. Nun hatte Julian keine andere Wahl mehr, als neben ihn zu treten. Und warum auch nicht? Schließlich war das hier nur ein Traum, und das Schlimmste, was ihm passieren konnte, war, mit einem Schrei und schweißgebadet in seinem Bett aufzuwachen.

Roger sagte nichts, er sah ihn nur an. Doch er tat es auf eine Art, die Julian klarmachte, daß er jetzt etwas ganz Bestimmtes von ihm erwartete.

»Hör mal«, begann er unsicher. »Wegen gestern abend ... Ich meine, es ... es tut mir leid. Wirklich.«

Roger sah ihn an und schwieg.

»Daß ich dich einfach im Stich gelassen habe, meine ich«, fuhr Julian fort. »Ich ... ich weiß auch nicht, warum –«

»Aber ich«, unterbrach ihn Roger. Er sprach ganz ruhig. In seiner Stimme war nicht die Spur von einem Vorwurf, und erst recht kein Zorn. »Ich weiß, warum du weggelaufen bist. Ich kann das verstehen, besser als du denkst. Aber du mußt dir keine Vorwürfe machen. Du hast bezahlt, oder?«

»Bezahlt?« Julian verstand nicht, was er meinte. Aber dann dachte er an die Trolle, an seine verzweifelte Flucht, und so verrückt ihm selbst der Gedanke vorkam, er begriff plötzlich doch, wovon Roger sprach. »Du meinst, das alles wäre nicht passiert, wenn ich . . . bei dir geblieben wäre.«

»Sie leben von Furcht und Angst«, bestätigte Roger. »Dadurch, daß du weggelaufen bist, hast du sie regelrecht herbeigerufen.«

»Was . . . wäre passiert, wenn sie mich erwischt hätten?« fragte Julian stockend.

Roger blieb ihm eine Antwort darauf schuldig, aber allein sein Schweigen jagte Julian erneut einen Schauer über den Rücken.

»Es tut mir leid«, sagte Julian. »Ich wollte dich nicht im Stich lassen. Ich war –«

»Feige«, sagte Roger ruhig. »Du bist ein Feigling, Julian. Ein erbärmlicher Feigling. Du hast eine Menge Geschick darin entwickelt, es niemanden merken zu lassen, aber im Grunde deines Herzens bist du ein Jammerlappen.«

Der Klang der Worte stand im krassen Gegensatz zu ihrem Inhalt. Julian hörte nicht den allermindesten Vorwurf heraus. Roger zählte einfach Tatsachen auf, im gleichen unbeteiligten Tonfall, in dem er Julian erklären mochte, wie viele Zimmer es in diesem Hotel gebe. Und vielleicht taten seine Worte gerade deshalb ganz besonders weh.

»Du spielst den coolen Typ«, fuhr Roger fort. »Den Sohn des erfolgreichen Künstlers, weltgewandt und erfahren, den nichts erschüttern kann. Aber in Wirklichkeit zitterst du vor Angst bei jedem unbekannten Geräusch. Die Dunkelheit bereitet dir Übelkeit, und bei jedem fremden Gesicht schreckst du zusammen und fragst dich, ob es vielleicht einem Feind gehört und ob er dir etwas tun wird.« Er sah Julian sehr ernst an. »Das ist doch so, nicht wahr?«

»Ja«, gestand Julian. Plötzlich hatte er nicht mehr die Kraft, Rogers Blick standzuhalten und schaute zu Boden.

»Weißt du, woher ich das alles weiß?« fragte Roger. »Weil ich früher genauso war.«

Julian sah überrascht auf. »*Du?*«

Rogers Augen glitzerten spöttisch, als er Julians ungläubigen Gesichtsausdruck bemerkte. »Ja, ich«, bestätigte er. »Schau nicht so! Ich weiß, daß es unglaublich klingt, aber es ist die Wahrheit. Ich war genau wie du: ein kleiner, schwächlicher Junge, der vor allem und jedem Angst hatte und der davon träumte, groß und stark zu sein.«

»Du?« sagte Julian noch einmal. Sein Blick glitt ungläubig über Rogers breite Schultern, die gewaltigen Muskeln an seinen Armen und seine riesigen Hände. »Aber du bist –«

Roger zog einen kleinen Schlüssel aus der Tasche, steckte ihn in das Schloß vor sich, drehte ihn aber noch nicht herum. »Stark zu sein bedeutet gar nichts, Julian. Es sind nicht die Muskeln, die zählen. Die kannst du trainieren. Aber selbst ein zwei Meter großer Feigling bleibt noch ein Feigling. Ich war wie du. Genau wie du. Klein und schwach und immer voll Angst. Aber eines Tages habe ich begriffen, daß das Äußerliche nicht zählt. Was wichtig ist, ist nur, wie du innerlich bist, Julian. Sieh mich an! Ich bin erst so geworden, als ich meine Angst zu überwinden gelernt hatte. Ich bin, was ich sein *will!*«

Julian verstand sehr wohl, was Roger ihm sagen wollte.

»Du könntest das auch«, sagte Roger.

»Wie . . . wie meinst . . . du das?« stammelte Julian.

»Es gibt einen Ort, an dem das alles möglich ist«, sagte er. »Ich habe diesen Ort gefunden, vor langer Zeit. Er hat mich zu dem gemacht, was ich bin, denn es ist ein Platz, an dem nicht zählt, was einer scheint, sondern nur, was er *ist*. Erinnerst du dich an Lederjacke und die beiden anderen? Der Platz hat sie nicht verwandelt. Er hat dich sie nur so sehen lassen, wie sie wirklich sind.« Seine Stimme wurde leiser, klang jetzt eindringlich, fast beschwörend.

»Willst du dorthin?« fragte er. »Dieser Ort kann auch dich verwandeln. Er kann dich zu dem machen, was du wirklich *sein willst*. Willst du das? Hast du den Mut, dir selbst zu begegnen?«

»Ja«, sagte Julian. Sein Herz hämmerte. »Ich . . . will.«

Roger nickte, streckte die Hand nach dem Schlüssel aus, drehte ihn aber auch jetzt noch nicht im Schloß, sondern sah Julian noch einmal ernst an. »Nur um das klarzumachen«, sagte er. »*Du* bist zu *mir* gekommen! Ich habe dich nicht gebeten, mich zu begleiten. Du tust es freiwillig und aus freien Stücken. Ist das so?«

Julian nickte, und jetzt drehte Roger den Schlüssel im Schloß herum und drückte die Klinke herunter. Die Tür schwang lautlos auf.

Dahinter lag kein Hotelzimmer, sondern ein Raum, den Julian schon einmal gesehen hatte: das Glaslabyrinth von Rogers Vater.

»Tritt ein«, sagte Roger. »Keine Angst. Dir passiert nichts. Nicht, solange du es wirklich freiwillig tust. Das willst du doch, oder?«

Ob er das wollte? *Ob er das wirklich wollte?* Ohne ein weiteres Wort stürmte er an Roger vorbei und wollte loslaufen, aber der blonde Junge hielt ihn zurück, mit einem so plötzlichen, harten Griff, daß Julian erschrak.

»Nicht so schnell«, sagte er. »Wir haben soviel Zeit, wie wir nur wollen. Es gibt ein paar Dinge, die ich dir erklären muß.« Er deutete mit der freien Hand auf das silberne Blitzen im Zentrum des Glaslabyrinths. Julians Blick folgte der Geste. Es war nicht das erste Mal, daß er den Spiegel sah, aber bisher hatte er ihn kaum beachtet. Ein normaler Spiegel eben, wie er im Zentrum jedes Glaslabyrinths zu finden war. Der Spiegel war mehr als mannshoch, jedoch von unregelmäßiger Form, fast wie eine gewaltige Scherbe, die aus einem noch gewaltigeren Stück herausgebrochen worden war. Seltsam . . .

»Siehst du den Spiegel dort, in der Mitte des Raumes? Es ist

ein ganz besonderer Spiegel, denn er zeigt den, der hinein-
schaut, so, wie er wirklich ist. Geh hin und sieh hinein, wenn
du es wagst, und du kannst alles sein, was du willst. Aber sei
vorsichtig. Du darfst keines der Gläser zerbrechen, hörst du,
keines! Sie sind sehr empfindlich. Und schau in keinen anderen Spiegel, es könnte sein, daß dir das, was du siehst, nicht
besonders gefällt.«

»Aber kommst du denn nicht mit?« fragte Julian.

»Ich?« Roger schüttelte lächelnd den Kopf. »O nein. Ich war
schon da, hast du das schon vergessen? Ich habe bereits hin-
eingesehen. Also los. Geh.«

Er machte eine auffordernde Handbewegung, die irgendwie
auch ungeduldig wirkte, und für einen ganz kurzen Moment
hatte Julian nun doch Angst. Dieses gläserne Labyrinth war
ihm unheimlich, die mannshohe Scherbe in ihrem Zentrum
flößte ihm Furcht ein.

Aber die Verlockung war zu groß. Langsam und, durch seine
ersten Erfahrungen mit dem Glaslabyrinth gewarnt, mit ausgestreckten Händen ging er los. Wie erwartet stieß er schon
nach wenigen Schritten auf ein Hindernis. Er tastete sich
nach links, nach rechts, wieder nach links und erneut nach
rechts, eigentlich völlig wahllos, denn die Hindernisse, gegen
die er immer wieder prallte, waren absolut unsichtbar. Nur
manchmal sah er etwas wie einen blitzenden Reflex, aber nur
zu oft ertasteten seine Hände nichts, wenn er danach zu greifen versuchte.

Dann geschah etwas Unheimliches. Er hörte, wie Roger sich
bewegte und schaute zu ihm zurück. Roger lächelte aufmun-
ternd, doch gleichzeitig hob er die Hand nach dem altmodischen Lichtschalter neben der Tür und legte ihn um. Ein
Klicken ertönte, und unter der Decke flammten einige zusätzliche Scheinwerfer auf.

Julian sog erstaunt die Luft ein, denn so etwas hatte er noch
nie gesehen. Die Scheinwerfer waren so geschickt angeordnet, daß sich einige der großen Glasscheiben in Spiegel verwandelten, als das Licht sie traf!

Eine ganze Weile blieb er einfach stehen und sah sich bewundernd um. Die Scheinwerfer standen nicht still, sondern bewegten sich, die kreisenden Lichtstrahlen verwandelten die großen Glasscheiben in Spiegel und ließen sie wieder durchsichtig werden, in einem sinnverwirrenden Rhythmus, der Julian sofort in seinen Bann schlug. Überall um ihn herum blitzte und schimmerte es, immer schneller und schneller, bis ihm fast schwindelig wurde. Erst nach einer geraumen Weile ging er weiter.

Trotz allem näherte er sich der Mitte des Labyrinths rascher, als er erwartet hatte. Es war, als leite ihn eine unhörbare Stimme, die ihn immer wieder auf den richtigen Weg zurückrief, wenn er davon abzukommen drohte. Rogers Warnung fiel ihm wieder ein. Er vermied es, in einen der anderen Spiegel zu sehen. Aber natürlich gelang es nicht ganz. Manchmal glaubte er einen Schatten zu sehen, etwas wie eine Gestalt, die ihm zuzuwinken schien, sicher nichts weiter als sein eigenes Spiegelbild, das sich hundertfach verzerrt in den Scheiben des Glaslabyrinths brach. Trotzdem hütete er sich, genau hinzusehen.

Ein- oder zweimal blieb er stehen und schaute zu Roger zurück. Der Junge stand neben der Tür. Er rauchte wieder, hatte die Arme vor der Brust verschränkt, beobachtete ihn aber sehr aufmerksam.

Ganz langsam näherte Julian sich dem Zentrum des Labyrinths. Er hatte jedes Zeitgefühl verloren, aber er nahm an, daß er schon eine geraume Weile unterwegs sein mußte. Der Tanz der Schatten und Spiegelbilder nahm an Heftigkeit zu. Immer öfter glaubte Julian Gestalten zu sehen, die vor ihm aus dem Nichts auftauchten und wieder verblaßten. Manche von ihnen winkten ihm zu, andere gestikulierten wild mit Armen und Händen, als wollten sie ihn . . . zurückhalten?

Eines dieser Gespensterwesen war besonders hartnäckig. Immer wieder erschien es vor Julian, seine Umrisse wurden dabei immer deutlicher. War es zu Anfang nur ein Schemen gewesen, nicht mehr als die Andeutung eines Schattens, wurde es jetzt immer klarer, bis es schließlich deutlich erkennbar die Umrisse eines Menschen zeigte.

Nicht Julians. Es war nicht sein Spiegelbild. Die Gestalt war kleiner als er und nicht ganz so schlank. Irgend etwas ... Zwingendes ging von ihr aus. Julian hätte es nicht beschreiben können, aber das Gefühl war sehr deutlich spürbar.

Er blieb stehen und schaute zurück. Roger hatte die Arme heruntergenommen und sich von seinem Platz neben der Tür entfernt. Er war ein paar Schritte näher gekommen, jedoch nicht selbst in das Labyrinth eingedrungen. Er war plötzlich sehr aufmerksam. Fast besorgt. »Geh weiter!« sagte er. »Du hast es fast geschafft!«

Etwas stimmte nicht. Julian wußte nicht, was, aber das Gefühl wurde mit jeder Sekunde stärker. Zweifelnd sah er Roger an, dann wieder den Umriß vor sich. Dieser war wieder deutlicher geworden, fast konnte man jetzt schon Einzelheiten erkennen. Aus dem Umriß wurde ein Spiegelbild, das mit jeder Sekunde besser zu erkennen war.

»Sieh nicht hin!« rief Roger plötzlich. »Lauf! Es ist nicht mehr weit!«

Aber es war Julian gar nicht mehr möglich, den Blick von der Gestalt zu lösen, die vor ihm im Glas erschien und die längst kein Schemen mehr war, sondern ein farbiges, bewegtes Spiegelbild.

Es war das Spiegelbild eines Mädchens. Sie mußte ungefähr in Julians Alter sein, hatte dunkles, glattes, bis weit über die Schultern fallendes Haar und trug ein einfaches Kleid mit einem weißen Rüschenkragen. Und sie hatte das schönste Gesicht, das Julian je gesehen hatte.

Roger rief ihm weiter zu, er solle sich beeilen, aber Julian reagierte nicht, sondern stand einfach reglos da und starrte dieses Gesicht an.

Das faszinierendste daran waren die Augen. Sie waren sehr groß, was dem Gesicht etwas Elfenhaftes verlieh, und von einer unbestimmbaren Trauer erfüllt, die Julian berührte und traurig stimmte.

»Geh weiter!« rief Roger. »Um Gottes willen, sieh nicht hin!
Sieh nicht hin!«

Aber Julian konnte nicht mehr wegsehen. Er befand sich im Banne dieses Gesichts, war gefangen von diesen Augen. Es war ihm unmöglich, auf Rogers Worte zu reagieren oder irgendeinen klaren Gedanken zu fassen.

Plötzlich änderte sich etwas im Blick des Mädchens. Der Schmerz und die Trauer standen noch immer darin, aber sie starrte jetzt nicht mehr blicklos ins Leere, sondern *sah ihn an.*

Die Lippen in dem schmalen, bleichen Gesicht begannen zu zittern, dann hörte er geflüsterte Worte, die wie von weit, weit her an sein Ohr drangen.

»Tu es nicht, Julian«, flüsterte die Stimme. *»Geh nicht weiter. Sieh nicht in den Spiegel!«*

»Hör nicht auf sie!« rief Roger. Seine Stimme klang jetzt schrill, beinahe hysterisch. »Geh weiter! Du hast es fast geschafft!«

Julian wollte es ja. Er wollte weitergehen, das Zentrum des Labyrinths erreichen und in den magischen Spiegel schauen. Und zugleich wollte er es auch nicht, wollte einfach hier stehenbleiben und dieses Gesicht sehen.

Und die Augen blickten auch ihn weiter an. Das Mädchen hob die Arme, breitete die Hände in einer fast flehenden Geste vor der Brust aus und bewegte sich auf Julian zu!

Ein gewaltiges Klirren und Bersten war zu hören. Julian wich zurück und riß automatisch die Arme über den Kopf, um sich vor den Glasscherben zu schützen, die plötzlich auf ihn herabregneten. Das Klirren, Splittern und Krachen hielt weiter an. Der Boden vibrierte. Scharfkantige Glassplitter flogen wie kleine, gefährliche Geschosse durch die Luft, fielen rings um Julian zu Boden, prallten klirrend gegen andere Glasscheiben, die daraufhin ebenfalls zerbarsten.

Der Spiegel, vor dem er stand, zerbrach. Und aus dem blitzenden Wasserfall aus Glas trat die Gestalt des Mädchens heraus!

Roger schrie auf, und auch Julian stöhnte vor Angst. Das

Mädchen tat einen taumelnden Schritt und blieb stehen, keine Armeslänge mehr von Julian entfernt. Einen Augenblick lang schien sie Schwierigkeiten zu haben, sich zurechtzufinden. Dann sah sie Julian an, und wieder erschien diese Mischung aus Trauer, Schmerz und tiefem Erschrecken in ihren Augen.

»Lauf!« rief sie. »Lauf weg, Julian! Flieh!«

»Hör nicht auf sie!« schrie Roger mit schriller, sich überschlagender Stimme. »Sie lügt!«

Julian glaubte ihm nicht. Dieses Gesicht, diese Augen konnten nicht lügen!

Und plötzlich spürte er wieder das Unheimliche, Düstere, das diesen Raum erfüllte. Rogers Worte hatten es für einen Moment vergessen lassen, aber jetzt war es wieder da, deutlicher als vorhin.

»Lauf weg!« rief das Mädchen. »Ich helfe dir!«

Julian drehte sich um und rannte.

Er wußte nicht, wohin. Die Stimme, die ihn bisher geleitet hatte, gab es nicht mehr, aber an ihrer Stelle glaubte er etwas anderes zu hören, ein Brüllen und Fauchen, wie von einem wilden Tier, das seine schon sicher geglaubte Beute im allerletzten Moment wieder entkommen sah.

Das Klirren und Bersten hielt weiter an. Glassplitter regneten herab, der Boden wankte wie bei einem Erdbeben, rings um ihn fiel das Glaslabyrinth in sich zusammen.

Es war nicht Julian, der das Glas zerschlug. Die Scheiben zerbarsten, wie von Fausthieben getroffen, immer kurz bevor Julian sie erreichte, so daß er durch einen Platzregen aus Glas weiterstürzte, direkt auf den Ausgang und auf Roger zu.

Roger schrie, als er sah, wie das Glaslabyrinth rings um Julian zusammenbrach. Nicht nur die Scheiben, die ihm im Wege waren, zerplatzten. Überall gingen die Scheiben in Trümmer, und inmitten dieses Scheibenregens stand das schwarzhaarige Mädchen und winkte ihm, sich zu beeilen.

Roger versuchte, nach ihm zu greifen, als er an ihm vorüberrannte, aber Julian wich ihm mit einer geschickten Bewegung aus, stieß die Tür auf und flitzte auf den Flur hinaus. Roger brüllte ihm nach: »Bleib stehen, du verdammter Idiot!« Was Julian selbstverständlich nicht tat. Er beschleunigte seine Schritte im Gegenteil sogar noch, warf einen Blick über die Schulter zurück und legte noch einmal gehörig an Tempo zu, als er sah, daß Roger zur Verfolgung ansetzte. Er war schnell, sehr schnell, aber Julian hatte große Angst, und die Angst verlieh ihm solche Kräfte, daß der Abstand zwischen ihm und Roger sogar größer wurde.

»Bleib stehen!« schrie Roger. »Bitte bleib doch stehen!«

Julian raste weiter. Bald machte der in so unheimlicher Weise verwandelte Teil des Hotels wieder einem ganz normalen Hotelflur Platz, zwar uralt und verkommen, aber doch nicht mehr diese Mischung aus zwei Realitäten. Und schließlich – und sehr viel eher, als er erwartet hatte! – tauchte am Ende des Flurs der Lift auf. Julian warf einen Blick über die Schulter zurück, sah, daß Roger wieder aufgeholt hatte und ihm bedrohlich nahe war, und legte einen letzten Sprint ein, zu dem er alle Kräfte mobilisierte, die er noch aufbringen konnte.

Auch der Aufzug hatte sich verändert, bestand aus einer offenen Kabine, die mit einem doppelten Scherengitter verschlossen war. Julian stürzte hinein, prallte gegen die hintere Wand und nutzte den Schwung, mit dem er zurückfederte, um sich blitzschnell umzudrehen und das äußere Gitter zu schließen. Roger war nur noch zehn Meter entfernt, raste mit Riesensprüngen heran.

»So warte doch!« schrie er. »Bitte! Ich bin dir überhaupt nicht böse! Bitte bleib hier!«

Er erreichte die Tür, als Julian das innere Gitter zuschob, und begann wie besessen an den Stäben zu rütteln, statt das Gitter zur Seite zu schieben. Er schien völlig in Panik geraten zu sein. Sein Gesicht war verzerrt. Aber die Grimasse, die Julian im ersten Augenblick für Zorn gehalten hatte, war in Wirklichkeit tiefste Verzweiflung.

Das innere Gitter rastete mit einem hörbaren Schnappen ein.

Julian machte einen Schritt zurück und drückte den Knopf für das Erdgeschoß. Er hörte, wie hoch über seinem Kopf ein schwerer Elektromotor ansprang. Die Kabine begann sacht zu erzittern.

»Bleib hier!« schrie Roger. Er rüttelte so heftig an den Gitterstäben, daß die Liftkabine wankte. »Bleib hier, Julian!«

Die Kabine setzte sich in Bewegung, zuerst langsam, dann schneller und schneller glitt sie in die Tiefe, so daß Roger schon nach wenigen Augenblicken verschwunden war.

Menschen und andere Monster

Obwohl der Radiowecker neben seinem Bett mit elektronischer Sturheit behauptete, es sei bereits nach elf, fühlte er sich wie gerädert, als er am nächsten Morgen erwachte. Sein Rücken tat weh, als wäre er die ganze Nacht gelaufen, und als er sich bewegte, stellte er fest, daß er den schlimmsten Muskelkater seines Lebens hatte. Er lag komplett angezogen auf dem Bett, und jetzt erinnerte er sich wieder, sich gestern abend angezogen zu haben, bevor er das Zimmer verließ.

Die nächste Überraschung erlebte er, als er sich aufsetzte und auf seine Hände blickte. Seine Finger waren mit Hunderten von winzigen Schnitten und Schrammen übersät. Und als er aufstand und auf das zerwühlte Bett hinunterschaute, sah er das Glitzern zahlloser winziger Glassplitter auf dem Laken.

Julian starrte völlig verstört das Bett an. Seine Hände begannen leicht zu zittern. Unsicher streckte er den Arm nach dem Bett aus, aber er führte die Bewegung nicht ganz zu Ende. Plötzlich hatte er Angst, die Glassplitter zu berühren, so als könnte er ihre Existenz noch so lange verleugnen, als er sie nicht anfaßte. Aber auch seine Kleider waren voller Glas, und als er sich mit der Hand durch das Haar fuhr, waren seine Finger plötzlich voller staubfeiner, glitzernder Splitter. Wenn alles, woran er sich erinnerte, tatsächlich nur ein Traum gewesen war, dann fragte sich, was all das Glas hier zu suchen hatte.

Er ging durchs Bad in den Wohnraum hinüber, wobei er um das Waschbecken – genauer gesagt den *Spiegel* darüber – einen respektvollen Bogen schlug. Die Morgenwäsche ließ er an diesem Tag ausfallen.

Auf dem Tisch im Wohnzimmer fand er eine handschriftliche Nachricht seines Vaters sowie einen Geldschein. Die Nachricht besagte, daß sein Vater ihn gegen zwei im Varieté erwarte; der Portier wisse Bescheid und würde ihn einlassen. Das Geld war für ein Taxi bestimmt. Julian hatte auch vor, es für ein Taxi auszugeben, aber nicht, um zum Varieté zu fahren. Er war nicht einmal sicher, daß er überhaupt zu der Verabredung gehen würde.

Er kehrte nun doch noch einmal ins Bad zurück, bürstete sich die mikroskopisch feinen Glasscherben aus dem Haar und versorgte die zahllosen winzigen Kratzer und Schrammen auf seinen Händen und seinem Gesicht, so gut er konnte. Er sah aus, als hätte er versucht, einen Kaktus zu küssen. Mehr als bei seiner gestrigen Rückkehr ins Hotel würde er heute wohl auch nicht auffallen.

Er fuhr mit dem Aufzug ins Erdgeschoß hinunter, und als die Türen aufglitten, gewahrte er die wohlbekannte, schlaksige Gestalt im abgetragenen Trenchcoat auf der anderen Seite der Halle. Aber er hatte Glück im Unglück: Refels hatte zwar auf den Aufzug gewartet, sich aber gerade in diesem Moment umgedreht, um ein paar Worte mit einem Hotelangestellten zu wechseln, so daß es Julian gelang, aus der Kabine zu schlüpfen, ohne von dem Reporter bemerkt zu werden. Da ihm der direkte Weg zum Ausgang verwehrt war, wandte er sich nach links und ging in den Frühstücksraum, obwohl er gar nicht hungrig war.

Trotz der schon späten Stunde herrschte noch reger Betrieb

am Buffet, aber das konnte Julian nur recht sein. Es gab kaum ein besseres Versteck für einen Menschen als eine Menschenmenge, und da er das Foyer durch die gläserne Trennwand im Auge behalten konnte, würde sich früher oder später eine Gelegenheit ergeben, Refels ungesehen zu entwischen. Vorerst nahm er sich einen angewärmten Teller von dem Stapel neben dem Buffet, den die dienstbaren Geister des Hotels immer wieder ergänzten, und begann ziemlich wahllos Dinge darauf zu häufen, die er zum Teil nicht einmal mochte.

Er war gerade dabei, mit seiner Gabel ein Stück Scholle aufzuspießen, als eine Stimme hinter ihm sagte: »Den Fisch würde ich nicht nehmen. Ich werde den Verdacht nicht los, daß er noch von gestern ist.«

Julian schloß die Augen, zählte in Gedanken bis fünf und drehte sich dann ganz langsam um. Refels stand hinter ihm und sah aus, als hätte er die letzte Nacht nicht geschlafen, sie dafür aber in seinen Kleider zugebracht. Sein zerknitterter Aufzug und das ebenso zerknautschte Gesicht hinderten ihn jedoch nicht daran, wie ein Honigkuchenpferd zu grinsen.

Julian hätte am liebsten seinen gefüllten Teller in dieses Grinsen gedrückt, aber dann tat ihm das gute Essen leid.

»Was?« sagte er so unfreundlich, wie er nur konnte.

Refels griente unerschütterlich weiter. »Ich nehme an, das war die Kurzform für: *Was um Gottes willen will der Kerl denn schon wieder von mir?*« sagte er.

Julian würdigte ihn keiner Antwort, sondern häufte sich – eigentlich nur aus Trotz – gleich zwei Scheiben Scholle auf seinen übervollen Teller und versuchte, sich an Refels vorbeizudrängeln. Der Reporter machte jedoch nicht einmal den Versuch, ihm Platz zu machen, sondern beugte sich neugierig vor und blickte auf seinen Teller.

»Was hast du denn da alles Schönes?« fragte er. »Das sieht ja köstlich aus. Ich denke, ich werde mir auch eine Kleinigkeit gönnen. Ist ohnehin Frühstückszeit.«

»Den Fisch kann ich besonders empfehlen«, knurrte Julian

und drängelte unsanft an Refels vorbei, um einen kleinen Tisch am Fenster anzusteuern, neben dem nur noch ein Stuhl stand. Er wußte sehr wohl, daß es ein Fehler war, überhaupt mit dem Reporter zu reden. Sich in eine Debatte mit einem Journalisten einzulassen war ein Abenteuer, das nur schiefgehen konnte. Er fragte sich, ob Refels tatsächlich die ganze Nacht hier in der Hotelhalle herumgelungert hatte, nur um seinem Vater oder auch ihm aufzulauern.

Auf jeden Fall war er hartnäckig. Julian hatte sich noch nicht einmal richtig gesetzt, als Refels ihm auch schon folgte, einen beladenen Teller vor sich her balancierend. Julian fragte sich, ob Refels wisse, was der Spaß koste. Er sah eigentlich nicht so aus wie jemand, der sich das Frühstücksbuffet im Hilton leisten konnte.

Der fehlende Stuhl irritierte Refels auch nicht. Er ergriff im Vorbeigehen einfach einen anderen und schleifte ihn hinter sich her, was ihm einige böse Blicke der Hotelangestellten eintrug, die er aber ignorierte. Unaufgefordert setzte er sich an Julians Tisch, fuhr sich genießerisch mit der Zungenspitze über die Lippen, begann jedoch noch nicht zu essen, sondern winkte erst einen Kellner herbei, um ein Bier zu bestellen.

»Hast du gut geschlafen?« begann er.

Deinem Aussehen nach zu schließen, wesentlich besser als du, dachte Julian, hielt aber weiter stur die Klappe. Irgendwann würde Refels schon aufgeben und gehen. Hoffentlich bald.

»Du sprichst nicht mit mir, wie?« fragte Refels. Er nickte.

»Du bist sauer. Auf die ganze Welt, auf alle Reporter und auf mich ganz besonders.«

Wider besseres Wissen sagte Julian: »Habe ich etwa keinen Grund dazu?«

»Das weiß ich nicht«, antwortete Refels. »Ich habe dir jedenfalls keinen geliefert.«

Julian rang angesichts dieser Unverfrorenheit hörbar nach Atem und starrte Refels an. »Wie, bitte? Nach dem, was Sie da zusammengeschrieben haben? Mein Vater ist regelrecht explodiert, als er den Bericht gelesen hat. Ich habe nichts von alledem gesagt!«

Refels wurde plötzlich sehr ernst. »O doch, das hast du«, sagte er. »Soll ich dir das Band vorspielen? Ich habe kein einziges Wort dazuerfunden.«

»Aber eine Menge weggelassen«, sagte Julian wütend. »Und mir das Wort im Mund herumgedreht. Ich habe niemals gesagt, daß mein Vater mit billigen Taschenspielertricks arbeitet, und ich habe auch nicht gesagt, daß mich das alles nicht interessiert!«

Refels legte eine Tonbandkassette auf den Tisch. »Möchtest du es hören?«

»Aber ich habe es nicht so gemeint!« protestierte Julian. Obwohl er sich mit aller Gewalt zu beherrschen versuchte, brannten schon wieder Tränen in seinen Augen. Tränen der Wut allerdings.

Refels seufzte. »Das alte Problem«, sagte er. »Du kannst dir nicht vorstellen, wie oft ich das schon erlebt habe. Die Leute sind immer völlig fasssungslos, wenn sie dann in der Zeitung lesen, was sie selbst gesagt haben. Es war dann immer *nicht so gemeint*. Warum sagen sie nicht einfach, was sie meinen, statt zu sagen, was sie nicht meinen, und sich dann lautstark zu beschweren?«

Julian spürte, daß Refels ihn geschickt in eine bestimmte Richtung manövrierte. Es war wirklich am besten, wenn er jetzt gar nichts mehr sagte. Trotzdem antwortete er zornig: »Ich wußte ja noch nicht einmal, daß ich ein Interview gebe!«

Refels wirkte ehrlich erstaunt. »Aber was hast du denn erwartet, wenn dich ein Journalist anspricht und zu einem Eis einlädt?« Er schüttelte den Kopf, dann lachte er kurz. »Ich gebe zu, ich war vielleicht nicht ganz fair zu dir. Aber glaub mir, einige meiner sogenannten Kollegen wären noch ganz anders mit dir umgesprungen. Betrachte es als Lehrgeld, das dich vielleicht später vor einem größeren Schaden bewahrt.«

»Sie sind auch nicht besser als die anderen«, sagte Julian.

Refels schüttelte traurig den Kopf. »Du tust mir wirklich unrecht, Julian«, sagte er. »Wenn ich so wäre, wie du glaubst, dann wäre ich jetzt kaum hier, sondern würde zusammen mit meinen Kollegen das Haus belagern, in dem die Eltern des armen Jungen leben, um ein Foto von der weinenden Mutter für die Titelseite zu ergattern.«

»So?« fragte Julian feindselig. »Und warum sind Sie es nicht?«

»Du«, antwortete Refels. »Ich heiße Frank, schon vergessen? Und was deine Frage angeht ... Weil ich nicht glaube, daß dein Vater etwas mit dem Verschwinden des Jungen zu tun hat.«

Nun war Julian ehrlich überrascht. »Wie?«

»Ich will dir auch erklären, wieso. Ich habe all den Aasgeiern dort draußen etwas voraus: Zum einen interessiert mich die Wahrheit mehr als eine vordergründige Sensation, über die morgen ja doch niemand mehr spricht. Und zum anderen habe ich gründliche Erkundigungen über deinen Vater eingezogen, schon lange *vor* dem gestrigen Abend. Ich weiß gern über die Leute Bescheid, über die ich schreibe, weißt du?«

Der Kellner kam und brachte das bestellte Bier, und Refels trank einen Schluck, wischte sich mit dem Handrücken den Schaum vom Mund und wartete, bis der Mann außer Hörweite war, ehe er fortfuhr: »Dein Vater hat nicht den geringsten Grund, diesen Jungen zu entführen. Ich meine, warum tun Leute so etwas? Aus zwei Gründen: Entweder um die Eltern oder andere Verwandte des Entführten zu erpressen; oder weil sie verrückt sind. Dein Vater ist reich. Ich meine, wirklich reich, nicht einfach nur wohlhabend. Er hat mehr Geld, als er in seinem ganzen Leben ausgeben kann. Und verrückt ist er ganz bestimmt nicht. Also ...«

Er sprach nicht weiter, sondern sah Julian fragend an, und Julian tat ihm den Gefallen, mit den Schultern zu zucken und zu wiederholen: »Also?«

»Also liegt der Schluß nahe, daß dein Vater nichts mit der

Sache zu tun hat«, sagte Refels triumphierend. »Irgend jemand plant da ein ganz linkes Ding. Und ich will wissen, wer und warum.«

»Also sind Sie doch nur hinter einer Story her«, sagte Julian. Er war enttäuscht. Für einen ganz kurzen Moment hatte er geglaubt, daß Refels es ehrlich meine, und er vielleicht sogar einen potentiellen Verbündeten in ihm gefunden habe.

»Ich bin hinter der Wahrheit her«, sagte Refels betont. »Wenn dabei eine Story herausschaut, dann um so besser. Hilf mir, und du hilfst deinem Vater.« Er stutzte, runzelte die Stirn. »He – was ist mit deinen Händen passiert?«

Julian blickte einen Moment auf die zahllosen winzigen Kratzer hinab, die seine Finger zierten, dann sagte er: »Oh, das kommt von der Stahlwolle.«

»Stahlwolle?«

Julian nickte. »Ich bin gerade dabei, mir ein Motorrad zu häkeln, wissen Sie?«

Zu seiner Überraschung wurde Refels kein bißchen wütend, sondern lachte im Gegenteil laut und herzlich. »Ich denke, das habe ich mir redlich verdient«, sagte er und blinzelte Julian zu. »Aber jetzt mal im Ernst – willst du mir helfen? Ich verspreche dir, daß ich nichts tue, was deinem Vater oder dir schaden könnte.«

»Ehrenwort?« fragte Julian.

»Großes Ehrenwort«, versprach Refels.

Julian zögerte eine genau berechnete Zeitspanne, dann fragte er: »Dieser Junge . . . Roger. Wie sieht er aus? Wie alt ist er?«

»Ungefähr so alt wie du«, sagte Refels. In seinen Augen blitzte Neugier und mühsam unterdrückte Erregung auf. Er witterte eine Story. »Ich habe nur ein Foto von ihm gesehen, aber ich glaube, er ist ziemlich groß. Nicht besonders kräftig, aber ein richtiger Riese.«

»Blond?« erkundigte sich Julian. »Mit ganz kurz geschnittenem Haar?«

»Genau!« Refels beugte sich erregt vor. »Woher weißt du das?«

»Weil ich ihn gesehen habe«, antwortete Julian. »Heute nacht.«

»Heute nacht?!« Refels hatte so laut gesprochen, daß einige Leute an den Nachbartischen irritiert aufblickten. Er lächelte verlegen und fuhr mit sehr viel leiserer, aber kein bißchen ruhigerer Stimme fort: »Heute nacht, sagst du? Wo?«

»Hier im Hotel«, antwortete Julian. »Er versteckt sich oben, in einem der leerstehenden Zimmer im dreizehnten Stockwerk.«

»Dreizehntes Stockwerk?«

Julian wußte nicht, warum, aber Refels' Begeisterung bekam einen sichtbaren Dämpfer. »Bist du sicher? Ich meine, nicht im zwölften oder im vierzehnten?«

»Nein«, sagte Julian. »Das dreizehnte. Es steht leer, weißt du? Es ist zum Teil in einem ziemlich schlechten Zustand. Ich nehme an, daß sie es demnächst renovieren werden. Aber im Moment gibt es an die hundert leerstehende Zimmer dort. In einem davon habe ich Roger vergangene Nacht gesehen.«

Refels starrte ihn noch einige Sekunden mit steinernem Gesicht an, dann stand er auf, ging zu einem Kellner und wechselte ein paar Worte mit ihm. Julian konnte nichts verstehen, aber der Kellner schüttelte den Kopf und machte ein bedauerndes Gesicht. Refels wirkte beinahe zornig, als er zurückkam. »Eine interessante Geschichte, die du mir da auftischst«, sagte er mit einem Unterton. »Sie hat nur einen Haken.«

»So?«

»Ja.« Refels nickte wütend. »Dieses Hotel hat kein dreizehntes Stockwerk. Ich habe mich erkundigt. Die wenigsten Hotels haben eine dreizehnte Etage. Ein alter Aberglaube, weißt du? Aus dem gleichen Grund gibt es auch in einem Flugzeug keine Sitzreihe mit der Nummer dreizehn. Nach zwölf geht es gleich mit vierzehn weiter.«

»Ich weiß«, sagte Julian ruhig. »Das ist ja gerade das komische an der Sache.«

Er weidete sich einen Moment lang an der Mischung aus Erstaunen und Zorn, die sich auf Refels' Gesicht breitmachte, dann winkte er dem Kellner. Der Mann kam diensteifrig herbei und hielt ihm ein Silbertablett mit einem kleinen Block und einem Kugelschreiber hin. Julian schüttelte den Kopf und deutete auf Refels.

»Und jetzt überlegen Sie mal, was Ihr Chefredakteur zu *dieser* Story sagt«, begann er. »Falls es Ihnen gelingt, sie ihm glaubhaft zu machen, heißt das. Ach ja – und vielen Dank auch für die Einladung.«

Er knüllte seine Serviette zusammen, warf sie auf den Tisch und erhob sich mit einem Ruck: Ein fast bühnenreifer Abgang war das, zu dem selbst der zornbebende Blick paßte, mit dem Refels ihn aufzuspießen versuchte.

Als er den Frühstücksraum verließ, sah er, wie Refels nach der Rechnung griff, die der Ober ihm hinhielt. Sein Gesicht verlor sichtlich an Farbe. »Für ein Frühstück?!« krächzte er. Julian gab sich keinerlei Mühe, sein schadenfrohes Grinsen zu unterdrücken, während er die Halle durchquerte und das Hotel verließ. Zum ersten Mal seit annähernd vierundzwanzig Stunden war er beinahe guter Laune, als er in eines der wartenden Taxis stieg und dem Fahrer sein Ziel nannte. Er war fast sicher, diesen aufdringlichen Kerl endlich loszusein. Und trotzdem – irgendwie gelang es ihm nicht, sich über diesen Sieg zu freuen. Nicht wirklich. Er versuchte sich mit aller Macht einzureden, Refels sei auch nicht besser als all die anderen kassettenrecorder- und kameraschwingenden Hyänen, sondern allenfalls ein wenig geschickter als diese. Es gelang ihm nicht. Tief in sich spürte er einen nagenden Zweifel, ob nicht diesmal vielleicht *er* es war, der sich irrte, und ob er Refels nicht vielleicht *wirklich* unrecht tat.

Mit Gewalt zwang er sich, an etwas anderes zu denken. Er würde sich nicht gestatten, Refels etwas weniger unsympathisch zu finden oder ihn gar zu mögen. Im Grunde trug dieser Kerl doch die Schuld an allem – wenigstens zum Teil. Hätte er diesen verdammten Artikel nicht geschrieben, über den sich sein Vater so aufgeregt hatte, daß sie in Streit gerieten, dann wäre er vielleicht nicht blindlings aus dem Hotel gelaufen und zum Kirmesplatz gegangen, hätte er niemals Roger und Lederjacke getroffen, und erst recht nicht die Trolle. Und folglich . . . wäre der Junge nicht aus der Vorstellung seines Vaters verschwunden?

Was für ein Unsinn!

Sein Roger und der Junge gleichen Alters, der gestern abend in den Trickspiegel seines Vaters getreten war, ohne auf der anderen Seite wieder herauszukommen, hatten rein gar nichts miteinander zu tun! Julian hatte noch nicht die geringste Vorstellung, was seine unheimlichen Erlebnisse zu bedeuten hatten, aber er war schließlich unterwegs, um genau das herauszufinden.

Obwohl auf den Straßen kaum Verkehr herrschte, brauchten sie fast eine halbe Stunde, um den Rummelplatz zu erreichen, denn das Gelände lag auf der anderen Seite des Flusses, und eine der Brücken war wegen eines schweren Verkehrsunfalls gesperrt.

Auf der Kirmes war noch nicht viel los. Es war ein Wochentag, und der Großteil des Besucherstromes, der am letzten Abend die schmalen Gassen zwischen den Buden fast zum Überkochen gebracht hatte, befand sich jetzt wohl an seinem Arbeitsplatz oder noch im Bett, um den Rausch vom vergangenen Abend auszuschlafen. Viele der Buden hatten noch geschlossen, und selbst einige der größten Unternehmen waren verwaist und lagen da wie große, schlafende Tiere, die auf den Abend warteten, um wieder zu buntem, hektischem, lautem Leben zu erwachen.

Während Julian durch die fast menschenleeren Gassen schlenderte, fiel ihm zum ersten Mal auf, wie trostlos ein Rummelplatz bei Tage wirkte – ehe die Stimmung wieder durch Musik und Lichter, durch das Schreien der Ausrufer und das rasende Wirbeln der Karussells künstlich aufgeputscht wurde –, noch dazu an einem Regentag wie heute, wenn die Luft grau war und sich die Feuchtigkeit wie ein dünner, schimmernder Film über alles gelegt hatte. Der Himmel war mit bauchigen grauen Wolken bezogen. Es regnete noch nicht, aber das graue Licht sah ganz nach Regen aus. Die bunten Vordächer und Markisen waren schwer vor Nässe, die vielfarbigen Fähnchen und Wimpel hingen traurig und schlaff herab. Ein kalter Wind wirbelte Abfall und bunte Papierfetzen vor sich her. Vor den Losbuden war der Boden mit roten und grünen und gelben Schnipseln bedeckt, von denen jedes eine enttäuschte Hoffnung darstellte.

Richtig depressiv konnte man da werden! dachte Julian. Aber er war ja nicht hier, um melancholische Gedanken zu wälzen, sondern um ein ganz bestimmtes Spiegelkabinett zu finden und einen ganz bestimmten Jemand zu fragen, was für ein übles Spiel er mit ihm spiele!

Da es hell war und sich auf dem Kirmesplatz keine fünfhundert Besucher befanden, gestaltete sich die Suche weniger schwierig, als er befürchtet hatte. Der Glaspalast lag am Ende der zweiten der fünf Gassen, an denen sich die Buden und Fahrgeschäfte reihten. Aber es war der falsche!

Er sah Rogers Spiegelkabinett noch nicht einmal ähnlich. Vor dem Eingang stand ein winziges Kassenhäuschen, in dem eine ältere Frau saß und ziemlich gelangweilt in die Gegend blickte. Anders als bei Rogers Kabinett bestand die Vorderfront dieses Gebäudes ebenfalls aus Glas, so daß man hineinsehen und sich über die armen Narren amüsieren konnte, die zwischen den gläsernen Wänden umhertappten und einen Ausweg suchten. Auch hier gab es in der Mitte einen Raum, eine halbrunde Kammer, die von außen einsehbar war und in der die üblichen Attraktionen standen und hingen: ein paar Holographien, einige mannshohe Zerrspiegel, und was einen sonst noch in einem ganz normalen Glaslabyrinth erwartete. Keine gewaltige Scherbe, die die Betrachter verwandelte, und schon gar keine Zauberspiegel, aus denen dunkelhaarige Mädchen hervortraten. Nach einer Weile bemerkte er, daß die Kassiererin in ihrem Glashäuschen ihn anstarrte. Was auch weiter kein Wunder war. Er war im Moment der einzige Besucher weit und breit, noch dazu einer, der die letzten fünf Minuten damit zugebracht hatte, sich die Nase an der Scheibe plattzudrücken.

»Willst du eine Karte?« fragte sie. »Kostet fünf Mark. Normalerweise.« Sie lächelte. »Aber weil du's bist und heute sowieso nichts los ist, geb ich sie dir für zwei.« Sie riß ein Billett von der Kartenrolle vor sich ab und hielt es ihm hin. »Na, wie ist es?«

Einen Augenblick lang war Julian durchaus versucht, ihr aus purer Freundlichkeit eine Karte abzukaufen. Aber er hatte keine Zeit dafür. Und es lohnte sich auch nicht. Er schüttelte den Kopf. »Ich suche das andere Glaslabyrinth«, sagte er zögernd. »Können Sie mir sagen, wo es ist?«

»Einen anderen Glaspalast?« Die Kassiererin wirkte noch immer freundlich, obwohl Julian ihr Angebot ausgeschlagen hatte. Sie schüttelte den Kopf, ohne auch nur eine Sekunde zu überlegen. »Es gibt hier keinen zweiten Glaspalast, Junge. So was ist schlecht fürs Geschäft. Wir achten auf solche Sachen, weißt du? Keine zwei gleichen Unternehmen auf derselben Kirmes.«

»Es liegt auf dem alten Teil«, sagte Julian. »Ich glaube, es hat noch gar nicht geöffnet. Sie hatten irgendwelche Schwierigkeiten mit dem –«

»Es gibt hier keinen *alten Teil,* Junge«, unterbrach ihn die Kassiererin. Einen Moment lang sah sie ihn nachdenklich an. »Was ist los mit dir? Willst du mich auf den Arm nehmen, oder hat man dich an der Nase herumgeführt?«

»Wieso?« fragte Julian.

»Weil es hier ebensowenig einen alten Teil gibt wie einen zweiten Glaspalast. Und schon gar keinen, der noch nicht geöffnet hat. Wessen Papiere nicht in Ordnung sind, der baut erst gar nicht auf. Hast du eine Ahnung, was die Standmiete hier am Tag kostet?«

Julian verneinte, und die Kassiererin fuhr fort: »Wüßtest du es, dann hättest du diese Frage erst gar nicht gestellt. So was kann einen ruinieren, in ein paar Tagen. Kein Schausteller würde einen solchen Fehler begehen.« Sie sah Julian wieder für einige Sekunden durchdringend an, seufzte und schüttelte den Kopf. »Entweder du bist auf der falschen Kirmes, oder jemand hat dich kräftig an der Nase herumgeführt, fürchte ich.«

Julian gab sich alle Mühe, seine Enttäuschung nicht zu sehr anmerken zu lassen. Er hätte wissen müssen, daß es nicht so einfach sein würde. Mit einem Nicken wandte er sich um, steckte die Hände in die Jackentaschen und schlenderte weiter. Er war zwar enttäuscht, aber keineswegs bereit, so rasch aufzugeben. Schlimmstenfalls würde er jede einzelne Bude auf diesem Rummel untersuchen. Und er hatte ja ein paar Anhaltspunkte. Einen davon entdeckte er, als er in die nächste Gasse einbog.

Der Hau-den-Lukas war eines der wenigen Geschäfte, an denen schon reger Betrieb herrschte. Vermutlich war diese frühe Zeit des Tages überhaupt die einzige, zu der an diesem Stand überhaupt ein nennenswertes Geschäft zu machen war, denn abends mußte es ihm schwerfallen, mit all den lauten, schillernden Attraktionen ringsum mitzuhalten. Einige Halbwüchsige standen da, lärmten, machten ihre Scherze oder feuerten sich gegenseitig an, wenn einer von ihnen seinen Hammer schwang. Julian beäugte sie mißtrauisch, und ertappte sich zu seiner Verärgerung dabei, wie er einen gehörigen Bogen um sie schlug. Lederjacke war nicht dabei, aber die Typen sahen trotzdem reichlich schräg aus.

Der Mann neben der Säule war ein anderer als gestern. Er stand reglos da, wirkte ein bißchen genervt und ein bißchen müde und betrachtete abwechselnd die Jungen mit dem Hammer und die Gasse hinter ihnen, wohl um festzustellen, ob dort nicht noch weitere potentielle Kunden sich näherten. Julian räusperte sich übertrieben. Der Mann musterte ihn abschätzend und wenig freundlich, dann steckte er die Hand aus. »Eine Mark der Schlag, sieben für fünf.«

»Ich will keine Karte«, antwortete Julian.

Das Interesse im Blick des Mannes erlosch wie abgeschaltet.

»Ich suche Ihren Kollegen«, sagte Julian. »Den, der gestern abend hier war.«

»Hier gibt's keinen Kollegen«, raunzte der Mann. »Ich war den ganzen Abend allein hier. Bin ich immer.«

»Aber –«

»Hau ab, hab ich gesagt!« unterbrach ihn der Mann. »Verschwinde, oder es setzt was!«

Hinter ihm fuhr der Hammer krachend auf den Block herab. Julian fuhr erschrocken zusammen, und da ertönte auch schon das schrille Klingeln der Glocke. Die Jungen johlten lautstark Beifall, und auf dem Gesicht des Mannes erschien ein heuchlerisches Lächeln. »Bravo!« rief er. »Weiter so!« Immer noch lächelnd, aber sehr viel leiser und an Julian gewandt fuhr er fort: »Willst du ein paar aufs Maul, oder gehst du endlich, Bürschchen?«

Julian sagte nichts mehr. Da war es wieder, dieses quälende Gefühl der Hilflosigkeit und Ohnmacht! Er mußte sich mit aller Macht beherrschen, damit ihm nicht schon wieder die Tränen in die Augen stiegen. Warum war er nicht so stark wie Roger, und ... ja, wenn es sein mußte, auch so rücksichtslos wie Lederjacke und seine Bande? Warum hatte er gestern abend nicht in den Spiegel geschaut? Dann wäre er jetzt groß und stark, und niemand würde es wagen, so mit ihm zu reden.

Etwas Seltsames geschah. Julian hatte sich nicht von der Stelle gerührt, was den Zorn des Mannes natürlich noch schürte. Er machte einen Schritt auf Julian zu, reckte kampflustig das Kinn vor – und blieb stehen. Ein Ausdruck der Verwirrung erschien auf seinem Gesicht, dann beinahe so etwas wie Furcht, als er in Julians Augen blickte. Er machte sogar einen Schritt zurück, ehe er sich wieder fing. »Hau endlich ab, oder du fängst ein paar«, knurrte er. Aber es klang nicht mehr echt. Seltsam war nur, daß Julian keinerlei Triumph empfand, sondern sich im Gegenteil eher unwohl zu fühlen begann.

Er ging. Und hatte ganz vergessen, daß er eigentlich Angst

vor den Halbstarken am Hauklotz haben sollte, denn er marschierte mitten durch die Gruppe hindurch, ohne deren empörte Blicke und zornige Rufe auch nur zu registrieren.

Eine gute halbe Stunde lang schlenderte er weiter über die Kirmes. Er fand weder das Spiegelkabinett noch die Geisterbahn und auch nicht das zweite, stillgelegte Riesenrad – aber nach dem, was ihm die Kassiererin gesagt hatte, war das ja eigentlich auch nur logisch. Es gab keine Kirmes mit zwei Riesenrädern. Es war zum Verrücktwerden! Als würde jener Teil der Kirmes, wo Roger ihn am vergangenen Abend geführt hatte, gar nicht existieren.

Julian war mittlerweile durchaus geneigt, alles nur als bösen Traum zu akzeptieren, hätte es da nicht ein paar Dinge gegeben, die entschieden dagegen sprachen. Da waren zum einen die zahllosen Kratzer und Schrammen, die er davongetragen hatte. Alpträume, ganz egal, wie realistisch sie sein mochten, pflegten keine Narben zu hinterlassen. Und: Wenn er sich das alles nur eingebildet hatte, wie hatte er da von Roger wissen können, noch bevor er ins Hotel zurückkam und von seinem Vater und Gordon die ganze Geschichte erfuhr? Fragen über Fragen und nicht die Spur einer Antwort.

Beinahe ohne sein eigenes Zutun steuerte er eine Losbude an, die schon geöffnet hatte. Dabei hielt er eigentlich gar nichts von Losen. Er wußte, wie gering die statistische Wahrscheinlichkeit war, den Hauptgewinn – oder überhaupt einen nennenswerten Preis – zu ziehen. Es war sehr viel sicherer, den Preis gleich zu kaufen. Dazu kam, daß Julian in seinem ganzen Leben noch nie etwas gewonnen hatte, nicht die kleinste Kleinigkeit.

Um so überraschter war er, als seine Hand wie von selbst in die Tasche glitt und mit einigen Münzen wieder zum Vorschein kam. Er legte sie auf den Tisch, griff in den gelben Plastikeimer, den ihm der Losverkäufer hinhielt, und nahm wahllos drei Lose heraus. Er öffnete das erste.

HAUPTGEWINN las er.

Julian starrte so ungläubig auf den kleinen gelben Zettel, daß der Losverkäufer um sein Tischchen herumgelaufen kam und ihm über die Schulter sah.

»He!« sagte er. »Das nennt man Glück! Gleich das erste Los, und schon ein Volltreffer. Du hast die Wahl.« Er machte eine großspurige Geste auf den angehäuften Tand auf seinem Wagen: billige Kassettenrecorder, noch billigere Radios aus Taiwan, die wahrscheinlich nicht einmal so lange hielten wie der erste Satz Batterien, Schachteln mit Bestecken aus Blech, einfache Kaffeeservice, die man in jedem Supermarkt als Angebot der Woche nachgeworfen bekam, dazu Plüschtiere in allen nur erdenklichen Größen und Farben.

»Warum machst du die anderen nicht auch noch auf?« fragte der Losverkäufer und blinzelte ihm zu. »Vielleicht gewinnst du noch was. Die Chancen sind gut. Es waren noch nicht viele Kunden da.«

Julian sah ihn unsicher an, dann öffnete er das zweite Los.

HAUPTGEWINN stand auf dem gelben Papier.

»Ups!« sagte der Losverkäufer. »Ja da soll mich doch gleich der . . . Also das nenne ich wirklich Dusel! So was. Mach das dritte auf, schnell.«

Er wirkte sehr irritiert. Julian war nicht irritiert. Er war erschrocken. Etwas stimmte hier nicht. Mit zitternden Fingern riß er das dritte Los auf:

HAUPTGEWINN.

Der Losverkäufer erstarrte. Sekundenlang blickte er Julian beinahe feindselig an, dann griff er wahllos in seinen Eimer, nahm eine ganze Handvoll Lose heraus und riß sie der Reihe nach auf. Es waren ausnahmslos Nieten.

»Na so was!« murmelte er verstört. »So etwas habe ich ja noch nie . . .« Er brach ab, schüttelte ein paarmal hintereinander den Kopf und gab sich dann einen spürbaren Ruck.

»Also das nenn ich Glück«, sagte er. »Dreimal hintereinander den Hauptgewinn. Ich mache das jetzt seit bald dreißig Jahren, aber so etwas habe ich in der ganzen Zeit noch nicht erlebt. Weißt du was? Dafür bekommst du einen besonderen Spezialpreis! Warte einen Moment!«

Er verschwand hinter seinem Wagen und ließ Julian allein und ziemlich fassungslos zurück. Dreimal hintereinander der Hauptgewinn? Das war so gut wie unmöglich. Die Chancen standen bei eins zu einer Million ... Ach was – eins zu *zehn Millionen!* Was war nur mit dieser verhexten Kirmes los?

Der Losverkäufer kam zurück, ein in braunes Packpapier eingeschlagenes, nicht sehr großes Paket unter den linken Arm geklemmt. Mit umständlichen, beinahe schon ehrfürchtigen Bewegungen legte er es vor Julian auf den Tisch und begann es auszuwickeln. »Das ist etwas ganz Besonderes«, sagte er. »Ich habe es von meinem Vater bekommen, als ich vor dreißig Jahren das Geschäft übernahm, und der hatte es wiederum von seinem Vater. Er hat immer zu mir gesagt, ich solle es nur jemandem geben, der es wirklich verdient. Du mußt gut darauf achtgeben. Es ist sehr, sehr wertvoll. Hier!«

Er hatte die letzte der drei oder vier Papierschichten entfernt, und Julian starrte auf das, was darunter zum Vorschein kam. Er konnte selbst spüren, wie ihm jeder Tropfen Blut aus dem Gesicht wich.

Es war ein Troll.

Er war vielleicht dreißig Zentimeter hoch und bestand aus schwarzbraunem, schon reichlich zerzaustem Plüsch. Eines der spitzen Fuchsohren war halb abgerissen, so daß die Strohfüllung hervorschaute, und das Fell war an zahlreichen Stellen weggescheuert. Trotzdem sah er nicht schäbig aus. Übrigens auch nicht böse, wenn man es genau nahm.

»Was hast du?« fragte der Losverkäufer. »Gefällt er dir nicht?«

»Doch!« antwortete Julian hastig. »Es ist nur ... ich meine, ich ...«

»Er gehört dir. Ich warte seit dreißig Jahren auf den Tag, an dem der Richtige kommt. Und ich weiß, daß du es bist. Er gehört dir.«

Julian griff zögernd nach der Trollfigur. Sie fühlte sich weicher an, als man vermuten konnte, und sie war erstaunlich schwer. Und sie sah wirklich nicht im geringsten böse aus.

Sie ähnelte ihren lebenden Vorbildern, auf die Julian am vergangenen Abend gestoßen war, bis ins letzte Detail, aber wo diese verschlagen und brutal wirkten, sah der Plüschtroll einfach niedlich aus. Die großen roten Augen, die krallenbewehrten Pranken, der vorstehende Unterkiefer, das alles war da, trotzdem wirkte dieser putzige kleine Kerl einfach nett.

»Er ist... sehr schön«, sagte Julian. »Danke.«

»Gib gut auf ihn acht«, sagte der Losverkäufer. »Er ist sehr kostbar. So etwas wird schon seit langer Zeit nicht mehr hergestellt.«

»Vielen Dank«, sagte Julian noch einmal. »Ich werde ihn hüten wie meinen Augapfel.« Er lächelte dankbar, drückte den Troll an sich und wandte sich um, um zu gehen, aber nach ein paar Schritten blieb er wieder stehen, um sich noch einmal zu bedanken.

Hinter ihm war keine Losbude mehr.

Wo sie gewesen war, stand jetzt ein Autoscooter-Unternehmen, das noch nicht geöffnet hatte. Die kleinen Elektrowagen waren noch abgedeckt. Regenwasser hatte sich in den Vertiefungen der Planen gesammelt, und auf der großen Metallfläche lagen Papierschnipsel und anderer Unrat.

Beinahe entsetzt schaute er nach unten. Er trug den Plüschtroll noch immer unter dem Arm. Aber wo war die Losbude?!

Allmählich wurde die Sache mehr als unheimlich. Mit einem keuchenden Laut schleuderte er den Plüschtroll von sich, der sich zweimal in der Luft überschlug und in einer Pfütze landete. Julian stolperte ein paar Schritte rückwärts, drehte sich um und stürzte in den erstbesten Eingang, den er entdeckte. Erst als er hindurch war und mit zitternden Fingern das Eintrittsgeld abzählte, das der Kassierer von ihm verlangte, beruhigte er sich wieder ein wenig. Und bemerkte, wo er da hineingeraten war.

Es war eine Abnormitätenschau. Eines von jenen Etablissements, die man heutzutage nur noch selten auf einem Jahrmarkt antraf und die man so schön auf neudeutsch *Freak-*

show nannte. Hier wurden mißgestaltete Menschen und Tiere gezeigt.

Julian hielt absolut nichts von dieser Art der Unterhaltung. Das einzige Mal, als er so etwas gesehen hatte, war es ihm peinlich gewesen, diese armen Geschöpfe zu begaffen. Und natürlich war er unangenehm berührt gewesen, denn der Anblick eines verkrüppelten Mannes, eines zweihundert Pfund schweren Babys oder einer bärtigen Frau führten ihm die Unzulänglichkeiten des menschlichen Körpers vor Augen, auch seines eigenen. Daneben hatte er eine tiefe Dankbarkeit empfunden, weil er von jeglichem Unglück verschont geblieben war und einen gesunden Körper hatte. Seine eigenen Probleme waren ihm plötzlich klein und lächerlich vorgekommen. Um so mehr hatte er sich für all diese Leute geschämt, die kichernd hinter ihm aus dem Zelt gekommen waren und nicht einmal begriffen, wie groß ihr Glück war, nicht selbst dort drinnen auf einem der unbequemen Holzstühle zu sitzen und begafft zu werden.

Jetzt erging es ihm nicht anders. Er wollte nicht dort hinein, trotzdem nahm er sein Billett entgegen und schloß sich dem dünnen Besucherstrom an, der im Inneren des Zeltes verschwand. Denn noch viel weniger wollte er jetzt wieder hinaus auf diesen unheimlichen Rummelplatz mit Losbuden, die sich in Luft auflösten.

Das Zelt war in zwei kleinere Räume unterteilt. In der ersten Abteilung waren alle möglichen unappetitlichen Monstrositäten in kleineren Glasvitrinen zur Schau gestellt – krankhaft veränderte, verletzte oder verkrüppelte Organe, das Gehirn eines angeblichen Massenmörders – das aus Wachs bestand, wie Julian mit einem Blick erkannte –, ein ungeborenes Baby mit vier Armen, und was es an Geschmacklosigkeiten sonst noch gab. Julian schenkte allem nur einen flüchtigen Blick. Das meiste bestand ohnehin nur aus Kunststoff und Wachs. Er war froh, als die Führung durch diesen Teil der Abnormitätenschau beendet war und sie die zweite, größere Abteilung betraten.

Der Raum war in ein halbes Dutzend kleiner Boxen unterteilt, die wie Schweineställe aussahen und auch ungefähr so rochen. Auf dem Boden lag feuchtes Stroh, das Licht war auf ein Minimum gedämpft, was nicht nur für eine angemessene schummrige Atmosphäre sorgte, sondern auch dafür, daß die Zuschauer nicht zu viel sahen.

Trotzdem erkannte Julian, daß es sich bei den meisten sogenannten *Monstern* um plumpe Fälschungen handelte. Der angeblich menschenfressende Gorilla war nichts weiter als ein Mann im Affenkostüm, die Tätowierungen eines Mannes waren Abziehbilder aus einen Kaugummiautomaten, und der menschenfressende Pygmäe aus den Wäldern Neuseelands war ein mageres Kind, das mit Schuhcreme schwarz angemalt worden war.

Das einzig Interessante war die sechste und letzte Box.

Auf einem niedrigen Schemel hockte ein zusammengesunkenes Etwas, das Julian erst auf den zweiten Blick als Menschen erkannte und das nur aus Narben, Knorpel und verhärteter, schwarzbraun verfärbter Haut zu bestehen schien. Ein kleines Schildchen an der Wand daneben bezeichnete die Jammergestalt als *Schildkrötenmenschen* und erzählte eine ebenso schauerliche wie von A bis Z erlogene Geschichte, der Julian allerdings keine Beachtung schenkte. Sein Blick war wie gebannt auf die entsetzlich verkrüppelte Gestalt auf dem Stuhl gerichtet.

Eine Frau neben ihm kreischte auf und schlug die Hand vor den Mund, eine andere schluckte ein paarmal und drehte sich mit einem Ruck um, aber die meisten blieben einfach stehen, glotzten oder wiesen kichernd mit den Fingern auf den Schildkrötenmenschen.

Alles, was Julian spürte, war ein tiefes, ehrlich empfundenes Mitleid, ein Gefühl von solcher Intensität, daß es ihm schier die Kehle zuschnürte. Das einzig halbwegs Menschliche an diesem Gesicht waren die Augen. Sanfte braune Augen wie die eines verwundeten Rehs, die voller Verwirrung in eine Welt blickten, die für sie nur Schrecken, Furcht und allenfalls noch Ekel übrig hatte. Er sah den Schildkrötenmenschen an, dann die gaffende Menge rechts und links von sich, und dann schaute er auf die Wand hinter der verkrüppelten Gestalt.

Jemand hatte einen mannshohen Spiegel an die Wand hinter dem Schildkrötenmenschen gestellt, damit den Zuschauern auch nicht die winzigste Kleinigkeit des verunstalteten Körpers entginge. Für Julian aber saß auf dem dreibeinigen Schemel ein ganz normaler, schlanker Mann mit grauem Haar und traurigen Augen, die Schultern weit nach vorne gebeugt unter der Last des Schmerzes und der Erniedrigung, die er sein Lebtag hatte erdulden müssen, auf seinem Gesicht der Ausdruck unauslöschlichen Kummers. Er war sehr alt, es war unmöglich, sein Alter zu schätzen, Julian versuchte sich vorzustellen, welches grausame Schicksal ihn hierher verschlagen haben mochte. Vielleicht hatte er einst ein ganz normales Leben geführt, vielleicht eine Familie, eine Frau und auch Kinder gehabt, aber wie immer dieses Leben auch ausgesehen haben mochte, es hatte ihn letztlich hierher geführt, ein Ausgestoßener aus einer Welt, die ihn nicht haben wollte, gestrandet an dem einzigen Ort, an dem ein Wesen wie er noch eine Existenzberechtigung hatte.

Und er war schön.

Julian hatte niemals – vielleicht mit Ausnahme des Mädchens aus seinem Traum in der vergangenen Nacht – einen schöneren Menschen gesehen. Seine Glieder und sein Körper waren schlank, fast zerbrechlich, seine Haut schimmerte wie Seide. Das Gesicht hätte das einer mittelalterlichen Engelsstatue sein können, obwohl das Alter tiefe Linien darin hinterlassen hatte. Wie in der vergangenen Nacht im Hotel war es Julian, als könnte er plötzlich *hinter* die Oberfläche der Dinge sehen, die zweite, verborgene Farbschicht unter der Tünche erkennen, die die meisten Menschen zeit ihres Lebens für die Wahrheit hielten. Und was er unter den Spuren all dieser Jahrzehnte, unter all den Narben und all dem Schmerz und Leid im Gesicht des alten Mannes las, das erschütterte ihn, denn da waren eine Kraft, ein unbeugsamer Wille und eine Entschlossenheit zu erkennen, wie es Julian noch nie zuvor bei jemandem begegnet war. Nichts davon war wirklich aktiv, aber es war da, verschüttet und halb vergessen.

Julian begriff in diesem Augenblick erst, was Roger letzte Nacht gemeint hatte, als er von seinem Zauberspiegel sprach, denn dieser Spiegel hier erfüllte denselben Zweck: er zeigte die, die sich darin spiegelten, wie sie wirklich waren, nicht, wie sie aussahen.

Es war allerdings nicht so, daß in diesem Spiegel keine Monster zu sehen gewesen wären. Im Gegenteil. Es wimmelte regelrecht davon. Sie standen auf der anderen Seite des Schildkrötenmenschen, kicherten, glucksten, zeigten mit den Fingern und sabberten vor Wonne, während sie die verkrümmte Gestalt auf dem Hocker vor sich anglotzten. Julian entdeckte sich selbst nicht unter dieser Meute, und er war froh darüber. Vielleicht war es sogar ganz gut, daß er am vergangenen Abend nicht in Rogers Zauberspiegel geschaut hatte, denn er war sich plötzlich nicht mehr so sicher, ob es wirklich jedermanns Sache war, seinem wahren Spiegelbild gegenüberzutreten.

Julian drehte sich um und stürzte aus dem Zelt, ließ das Hohngelächter und die spöttischen Bemerkungen der anderen Zuschauer hinter sich zurück.

Es hatte zu regnen begonnen. Das eisige graue Nieseln hatte auch noch die letzten Kirmesbesucher vertrieben, einige Stände schlossen schon wieder. Auf dem Platz gegenüber der Abnormitätenschau stand noch immer der Autoscooter-Salon. Der Plüschtroll, den er in eine Pfütze geworfen hatte, war verschwunden. Wahrscheinlich hatte ihn jemand aufgehoben und mitgenommen. Vielleicht hatte er auch niemals wirklich existiert.

Als er weitergehen wollte, löste sich eine Gestalt in einem zerknitterten Trenchcoat aus dem Schatten eines Zeltes und vertrat ihm den Weg. »Suchst du vielleicht das hier!« fragte

Refels und hob den Arm. In seiner Hand baumelte der Plüschtroll. Er war mit Wasser vollgesogen und bot einen bemitleidenswerten Anblick. »Ich glaube, das hast du verloren.« Julian riß dem Reporter den Troll aus der Hand und wich rasch einen Schritt zurück. Refels verzog das Gesicht, sagte aber vorsichtshalber nichts. Er konnte nicht wissen, wie erleichtert Julian in diesem Moment war, ihn zu sehen. Julian hätte sich in diesem Augenblick über den Anblick eines jeden Menschen gefreut, bei dem er sicher sein konnte, daß er wirklich existierte.

Natürlich ließ Julian sich davon nichts anmerken, sondern sah Refels so feindselig an, wie er nur konnte. »Wird man Sie eigentlich nie los?« fragte er.

»Nein«, antwortete Refels. »So ist das nun mal mit uns Presseleuten. Wir sind wie Sekundenkleber, weißt du? Wo wir einmal festsitzen, da bringt uns so schnell nichts mehr weg.«

»Ha, ha, ha«, machte Julian. »Sehr komisch. Wie haben Sie mich gefunden?«

»Berufsgeheimnis«, sagte Refels. »Aber mein Kompliment. Dein Trick war gar nicht so übel. Simpel, aber wirksam. Um ein Haar hättest du mich wirklich reingelegt.« Er zog eine Grimasse. »Ich bin gespannt, was mein Boß zu dieser Spesenabrechnung sagen wird. Dein Vater lebt auf ganz schön großem Fuß, wie?«

»Es geht«, antwortete Julian. »Die richtig guten Hotels waren leider alle belegt. Aber wir sind es durchaus gewohnt, auch einmal etwas bescheidener zu logieren.«

»Das saß«, murmelte Refels. »Danke.«

»Gern geschehen«, sagte Julian. »Und jetzt muß ich leider gehen. Ich habe noch eine Menge zu tun.«

Refels vertrat ihm abermals den Weg. »Ich könnte dich mitnehmen. Ich fahre sowieso in die gleiche Richtung.«

»Sie wissen doch gar nicht, wohin ich will.«

»Das macht nichts«, sagte Refels grinsend. »Ich fahre auf jeden Fall in deine Richtung, ganz egal, wohin du willst.«

Julian resignierte. Er sah ein, daß er Refels wohl so leicht nicht würde abschütteln können. Und außerdem war er nicht einmal sicher, daß er das auch wollte. Allein die Vorstellung, nicht allein über diesen unheimlichen Platz zurückgehen zu müssen, machte ihm Refels' Angebot akzeptabel.

»Also gut«, sagte er schließlich, wenn auch mit hörbarem Widerwillen. »Aber ich sage es gleich: Sie erfahren kein Wort von mir.«

»Ist schon klar«, grinste Refels. »Manchmal ist das, was die Leute nicht sagen, genauso interessant wie das, was sie sagen.«

»Ich werde auch nicht *nichts* sagen.«

Refels' Grinsen wurde noch breiter und fast noch unverschämter, aber es war seltsam – der junge Reporter wurde Julian dadurch plötzlich um vieles sympathischer. Irgendwie spürte er, daß sie beide sich ähnelten, obwohl es auf den ersten Blick gar nicht den Anschein hatte. Er fragte sich erneut, und diesmal allen Ernstes, ob er in Refels vielleicht einen Verbündeten gewinnen konnte. Aber dann versuchte er sich vorzustellen, wie der Zeitungsmensch wohl reagieren würde, wenn er ihm tatsächlich die Wahrheit erzählte, und legte den Gedanken sehr schnell wieder zu den Akten.

Nebeneinander näherten sie sich dem Parkplatz am Rande der Kirmes. Als sie auf die rostzerfressene Ente des Journalisten zugingen, deutete dieser auf den Plüschtroll und sagte: »Einen niedlichen kleinen Kerl hast du da. Gewonnen?«

»Ich dachte, Sie hätten mich die ganze Zeit beobachtet.«

»Hab ich auch«, bestätigte Refels, während er in seiner Manteltasche nach dem Schlüsselbund grub und dabei eine Grimasse zog. »Du hast jemanden gesucht, stimmt's? Zuerst beim Glaslabyrinth, dann beim Lukas und zum Schluß bei diesen Mißgeburten. Hast du ihn gefunden?«

Julian ignorierte die Frage. »Dann wissen Sie ja auch, woher ich den Troll habe.«

»Leider nicht.«

Julian hatte gehofft, daß der Reporter ihm helfen könnte, das Rätsel um die verschwundene Losbude aufzuklären.

»Ich habe dich für einen Moment aus den Augen verloren. Als ich dich wiedersah, hattest du das Ding da unter dem Arm. Und dann hast du ihn weggeworfen. Ich frage mich nur, warum. Ist doch eigentlich ein ganz hübscher kleiner Kerl. Ein bißchen mitgenommen vielleicht, aber ganz putzig.«

Sie hatten den Wagen erreicht, und der Umstand, daß Refels sich über den Beifahrersitz beugte, um die Tür zu öffnen und auch ihn einsteigen zu lassen, verschaffte Julian einige Sekunden Zeit, um sich eine überzeugende Ausrede einfallen zu lassen.

Aber es war gar nicht nötig, denn Frank bestand nicht auf einer Antwort. Auf dem Beifahrersitz lag ein ganzer Stapel zusammengefalteter Zeitungen. Julian wollte sie auf die Rückbank verfrachten, aber Refels schüttelte heftig den Kopf. »Nein«, sagte er. »Bitte nicht. Ich will dir etwas zeigen.«

Julian wunderte sich zwar ein bißchen, gehorchte aber und legte den klitschnassen Troll auf den Rücksitz. Den Zeitungsstapel behielt er auf dem Schoß.

»Wohin?« fragte Refels.

»Zu meinem Vater«, antwortete Julian. »Er arbeitet im –«

»Ich weiß, wo er zur Zeit auftritt«, unterbrach ihn Refels. Er startete den Motor. »Und jetzt lies.«

»Was soll ich lesen?«

»Die Zeitungen«, antwortete Refels. »Natürlich nicht alles. Du wirst schon sehen, was ich meine.«

Julian sah es sofort, und er sah viel mehr, als ihm recht war. Der Name und ein Foto seines Vaters schrien ihm von jeder Titelseite entgegen, dazu fünf Zentimeter dicke Schlagzeilen und – ganz wie Refels am Morgen behauptet hatte – natürlich auch Fotografien der gramgebeugten Eltern.

Julian war nicht einmal wütend. Er war empört, ein Gefühl, das sich im gleichen Maße steigerte, in dem er mit seiner Lektüre fortfuhr. Die Zeitungen überboten sich darin, die Geschehnisse des vergangenen Abends in der reißerischsten

Art auszuschlachten, wobei sie es mit der Wahrheit nicht immer ganz genau nahmen – vorsichtig ausgedrückt.

»Hübsch, nicht?« sagte Refels. Seine Stimme klang seltsam zynisch. »Das ist doch genau das, was du erwartet hast, nicht wahr? Und jetzt lies bitte das hier.« Er zog eine weitere, eng zusammengefaltete Zeitung aus der Manteltasche und warf sie Julian zu.

Verwirrt begann Julian darin zu blättern. Auch dieses Blatt berichtete natürlich über den Vorfall vom vergangenen Abend, aber nicht in der reißerischen Art der anderen, und auch nicht in einer Titelstory, sondern in einem kleinen, nur zwei Spalten umfassenden Artikel auf der zweiten Seite, der sich wenigstens Mühe gab, objektiv zu sein, auch wenn ihm das vielleicht nicht immer gelang. Auch in dieser Geschichte gab es für Julians Geschmack ein paar Fragezeichen zuviel, aber wenigstens stand sein Vater am Ende nicht schon als Kindesentführer, Mörder und Terrorist in einem fest. Julian zog die Brauen hoch, als er das Kürzel unter dem Artikel las.

»F. R.?«

»Frank Refels«, bestätigte Refels. »Der Artikel ist von mir. Vielleicht kannst du dir vorstellen, wie mein Chefredakteur getobt hat, als er die Schlagzeilen in den anderen Blättern sah. Ich habe mir eine Zigarre eingehandelt, an der ich noch nächstes Jahr rauchen werde.«

»Und warum . . . zeigst du mir das?« fragte Julian zögernd, ganz automatisch plötzlich zum vertrauten Du übergehend.

»Um mir zu beweisen, daß du es ehrlich meinst?«

»Ja«, antwortete Refels.

»Ich . . . glaube nicht, daß das etwas ändert«, sagte Julian. Er kam sich ein bißchen schäbig vor bei diesen Worten, aber es war fast, als hätte Refels das erwartet, denn er wirkte nicht im mindesten enttäuscht.

»Ich habe diesen Artikel nicht geschrieben, um mich bei dir einzuschmeicheln«, sagte er. »Damit das klar ist. Ich glaube zufällig, was da steht. Ich denke, dein Vater sagt die Wahrheit.«

»Und ich dachte immer, ihr Journalisten seid nur hinter einer großen Story her.«

»Sind wir auch«, bestätigte Frank ungerührt. »Aber ich glaube eben, daß die große Story in diesem Fall die ist, daß dein Vater nichts mit der Sache zu tun hat. Jemand will ihn aufs Kreuz legen, und ich will wissen, wer, und vor allem, warum. Wenn *das* keine große Story ist, dann weiß ich nicht, was man darunter versteht!« Er sah Julian durchdringend an. »Wie sieht's aus – sind wir Partner? Du hast nichts zu verlieren. Wenn ich recht habe, helfen wir deinem Vater gemeinsam. Und wenn nicht... nun, dann hast du jede Chance, mich in die Irre zu führen, die du dir nur wünschen kannst.«

Julian schwieg eine Weile, dann sagte er: »Du würdest mir ja doch nicht glauben.«

»Also weißt du doch etwas!«

»Nein«, antwortete Julian hastig und verbesserte sich dann gleich: »Oder doch, ja. Vielleicht.«

»Was denn nun? Ja, nein oder vielleicht?«

»Von allem etwas«, sagte Julian ausweichend. »Ich weiß, es hört sich verrückt an, aber wenn ich es dir jetzt erzählen würde, würde es sich noch verrückter anhören. Glaub mir.«

»Ich bin verrückte Geschichten gewöhnt«, sagte Frank.

»Solche nicht«, versicherte ihm Julian. »Ich mache dir einen Vorschlag: Laß mich zuerst noch einmal mit meinem Vater reden, ehe ich mich endgültig entscheide. Ich verspreche, daß ich es dir als erstem erzählen werde – *wenn* es etwas zu erzählen gibt.«

»Als erstem und einzigem«, verlangte Frank. »Ich will die Geschichte exklusiv.«

»Als erstem und einzigem«, bestätigte Julian.

»Das ist ein faires Angebot«, sagte Frank. »Einverstanden. Also fahren wir jetzt zu deinem Vater, und dann unterhalten wir uns.«

Zwanzig Minuten später hielten sie vor dem Varieté. Julian wollte ganz automatisch nach dem Troll auf der Rückbank greifen, aber dann fiel ihm ein, wie albern es aussehen mußte, wenn er mit einem halb aufgeweichten Stofftier unter dem Arm in das Varieté hineinspaziert käme. Sein Vater würde ohnedies unangenehm überrascht sein, wenn er einen Reporter mitbrachte.

Der Portier ließ sie kommentarlos passieren. Durch einen dunklen, sehr langen Korridor gelangten sie in den Zuschauerraum, der anders als sonst taghell erleuchtet war. Auf der Bühne waren die Utensilien seines Vaters aufgebaut – nicht alle, wohl aber die für seinen großen Auftritt, der den Abschluß jedes Abends bildete. Im gleißenden Licht der zahlreichen Scheinwerfer erkannte er nicht nur seinen Vater, Gordon und den Geschäftsführer des Varietés, sondern auch die beiden Polizisten von gestern abend und einen weiteren, ihm unbekannten Mann in einem grauen Maßanzug. Wahrscheinlich war es der Anwalt, von dem Gordon gestern gesprochen hatte.

Sein Vater sah ziemlich irritiert drein, als er Julian und gleich darauf den Reporter erkannte, sagte aber nichts. Gordon hingegen reagierte etwas heftiger.

»Was suchen Sie hier?« fuhr er Refels an. »Das ist eine inoffizielle Unterredung. Die Presse hat hier keinen Zutritt!«

»Schon gut, Martin«, sagte Julian rasch. »Er gehört zu mir. Er ist in Ordnung, wirklich.«

Frank warf ihm einen raschen, beinahe dankbaren Blick zu, aber er schien zu wissen, wie wenig ihm Julians Schützenhilfe in diesem Moment nützte, denn er versuchte erst gar nicht, sich auf eine Debatte mit Gordon einzulassen, sondern zuckte nur mit den Schultern und wandte sich zum Gehen – allerdings erst nach einem raschen, sehr aufmerksamen Blick in die Runde, dem nicht die kleinste Kleinigkeit entging.

»Wir sehen uns dann nachher«, sagte er.

Gordon blickte ihm stirnrunzelnd nach. »Aufdringlicher Kerl! Wie hat er es geschafft, dich rumzukriegen?«

»Er hat mich nicht *rumgekriegt!*« antwortete Julian scharf. »Frank ist in Ordnung.«

»Frank?« Gordons linke Augenbraue rutschte ein Stück nach oben. »Ihr seid also schon per du?«

»Das sind wir«, antwortete Julian, wobei er sich selbst ein wenig wunderte, daß ausgerechnet er plötzlich einen Reporter in Schutz nahm. »Und du täuschst dich in ihm. Er ist nicht wie die anderen!«

»Das sind sie nie«, antwortete Gordon abfällig. »Bis sie erfahren haben, was sie wollen.«

»Sie sollten auf den Jungen hören«, mischte sich der ältere der beiden Kriminalbeamten ein. »Ich kenne diesen jungen Mann. Er ist vielleicht nicht der talentierteste Reporter in der Stadt, aber er ist wenigstens fair. Sein Bericht in der ›Abendpost‹ von heute war der einzige, der sich wenigstens um Objektivität bemüht hat.«

»Und in Ihrer derzeitigen Situation«, mischte sich sein jüngerer Kollege ein, »könnte es sein, daß Sie demnächst dringend auf einen Freund bei der Presse angewiesen sind.«

»Meine Herren – bitte!« Allein der Tonfall, in dem der Grauhaarige sprach, überzeugte Julian endgültig davon, daß er Rechtsanwalt war. »Ich darf doch wohl um ein kleines bißchen mehr Sachlichkeit bitten!«

»Gern«, sagte der ältere Polizist, allerdings in merklich kühlerem Ton. »Sie wissen ja, was wir von Ihnen erwarten. Sagen Sie es uns, und Sie sind uns auf der Stelle los.«

»Und Sie wissen, daß das unmöglich ist«, erwiderte der Anwalt. »Mein Klient hat Ihnen alle Fragen bereits beantwortet.«

»Bis auf eine.« Der Polizist deutete auf den Spiegel. »Erklären Sie uns, wie das Ding funktioniert. *Das* würde uns möglicherweise überzeugen, daß er nichts mit dem Verschwinden des Jungen zu tun hat.«

»Aber das ist unmöglich!« sagte Julians Vater. »Ich kann es nicht erklären, so verstehen Sie doch! Selbst wenn ich es wollte! Es . . . es geht einfach nicht.«

»Wollen Sie uns erzählen, daß Sie es selbst nicht wissen?«

»Oder ist es vielleicht gar kein Trick?« fügte der jüngere Beamte spöttisch hinzu. »Ich meine: vielleicht sind Sie ja ein richtiger Zauberer und spielen nur den Illusionisten.« Er lachte, verstummte aber sofort wieder, als ihn ein eisiger Blick des Anwalts traf.

Julian hörte nicht mehr hin. Er hatte plötzlich das Gefühl, in einem äußerst ungünstigen Moment gekommen zu sein. Er begann unbehaglich auf der Stelle zu treten, bis er einen ärgerlichen Blick des Anwalts auffing. Aber es war ihm unmöglich, still zu stehen. Deshalb ging er gemächlichen Schrittes auf die Bühne und betrachtete die Zauberutensilien seines Vaters. Die Zaubereien waren tatsächlich nur Illusion – zugegeben, perfekte Tricks, aber eben nicht mehr. Für den großen Spiegel jedoch ...

Julian wäre auch ohne das, was ihm sein Vater am vergangenen Abend im Hotel erzählt hatte, nicht mehr so sicher gewesen, daß es bloß ein Trick war. Vielleicht war der Polizist mit seiner spöttischen Bemerkung der Wahrheit näher gekommen, als er ahnte.

Sein Vater hatte ihm *diesen* Trick niemals erklärt, und seit gestern wußte Julian ja auch, warum nicht. Aber er hatte Julian auch nie gestattet, den Schritt durch den Spiegel zu tun, obgleich er es Abend für Abend wildfremden Menschen zumutete. Zum ersten Mal fragte sich Julian, ob dahinter vielleicht mehr steckte als die Furcht seines Vaters, jemand könnte hinter sein großes Geheimnis kommen ...

Natürlich kannte er jeden Handgriff der Vorstellung auswendig. Er hatte sie unzählige Male gesehen und seinem Vater auch oft dabei assistiert. Er kannte auch den großen Spiegel, jeden Quadratzentimeter, jede noch so winzige Unebenheit seiner Oberfläche. Daß er sehr alt war, konnte man sehen. Das Glas war an vielen Stellen matt geworden, und wenn man ganz genau hinsah, dann erkannte man die haarfeinen Risse, die die Oberfläche durchzogen. Er war vor Jahren einmal zerbrochen. Sein Vater hatte ein Vermögen dafür ausgegeben, ihn aus Tausenden und Abertausenden von Splittern wieder zusammensetzen zu lassen. Die Firma, die den Auftrag übernommen hatte, hatte ein wahres Wunder vollbracht. Man mußte schon ganz genau hinsehen, um festzustellen, daß der Spiegel nicht aus einem Stück bestand, sondern aus zahllosen unterschiedlich großen, unterschiedlich geformten Splittern. Nur an einer einzigen Stelle hatten sie nicht ganz sauber gearbeitet: ein etwa fingerlanges sichelförmiges Stück in der unteren rechten Ecke ragte etwas vor, um den Bruchteil eines Millimeters, was aussah, als wäre das Glas dort etwas dicker.

Er hatte auch ein ungewöhnliches Format, war etwas zu hoch im Verhältnis zu seiner Breite. Und das war nicht das einzige Außergewöhnliche an ihm. Das seltsamste an diesem Spiegel war, daß er die Dinge irgendwie . . . nicht richtig wiederzugeben schien. Das waren nicht die Spiegelbilder, wie man sie in normalen Spiegeln sah.

»Mach dir nicht zu viele Sorgen.«

Julian sah Gordons Bild im Spiegel, und er begriff, daß Gordon ihn in den Spiegel hatte starren sehen. Wahrscheinlich beobachtete er ihn sogar schon geraume Zeit. Und natürlich hatte er die falschen Schlüsse daraus gezogen. Aber das war Julian im Moment nur recht. Er lächelte Gordon flüchtig zu und schaute dann zu seinem Vater hin, der sich noch immer mit den beiden Polizeibeamten stritt. Das hieß – eigentlich saß er dabei und ließ seinen Anwalt sich mit ihnen streiten.

»Damit werden wir schon fertig«, sagte Gordon zu Julian beruhigend. »Sie können uns nichts anhängen. Sie klammern sich einfach an deinen Vater, weil sie im Moment nichts anderes haben.« Er verzog die Lippen zu einem sarkastischen Lächeln. »Schlimmstenfalls gehen wir einfach für ein paar Jahre ins Ausland und lassen Gras über die Sache wachsen.« Er legte Julian den Arm um die Schulter und zog ihn ein paar Schritte mit sich. »Komm mit. Ich muß mit dir reden.«

Das klang nicht gut. Julian sah Gordon erwartungsvoll an, aber Martin zog ihn wortlos weiter mit sich, bis sie aus der Hörweite der beiden Polizisten waren. Oder seines Vaters?

»Eigentlich wollte dein Vater gestern abend schon mit dir reden«, begann Gordon, »aber ich glaube, der Moment war nicht sehr günstig. Und außerdem ...« Er zwang ein eindeutig verlegenes Lächeln auf sein Gesicht. »Dafür sind Agenten ja schließlich da, oder? Ich meine, um Unangenehmes zu erledigen.«

»Was für Unangenehmes?« fragte Julian mißtrauisch.

Gordon zögerte einen Moment. Was er zu sagen hatte, schien ihm wirklich unangenehm zu sein. »Also, dein Vater und ich sind der Meinung, daß es im Moment vielleicht das klügste wäre, wenn du ... deinen Urlaub abbrichst.«

»Wie, bitte?« fragte Julian fassungslos.

»Wir möchten, daß du ins Internat zurückkehrst.« Julian spürte, wie schwer es Gordon fiel, die Worte auszusprechen. »Es ist wirklich das beste. Der richtige Rummel geht erst los, glaub mir. Wenn der Junge nicht in ein, zwei Tagen wieder auftaucht, dann werden sich diese Presseleute wie die Aasgeier auf uns stürzen.«

»Ich bleibe hier!« sagte Julian entschieden.

»Und nicht nur auf uns«, fuhr Gordon unbeeindruckt fort. »Auch auf dich. Glaub mir, du hättest keine ruhige Sekunde mehr. Es ist am besten so. Wir haben schon alles mit dem Direktor des Internats besprochen.« Er griff in die Tasche und zog einen schmalen Briefumschlag hervor. »Hier drin ist deine Fahrkarte. Und dazu noch ein kleines Extra-Taschengeld für den entgangenen Ferienspaß.«

Julian hätte ihm am liebsten den Umschlag entrissen und auf den Boden geworfen. Er fühlte sich hintergangen, und der Gedanke, daß Gordon und sein Vater es nur gut meinten, änderte daran gar nichts.

»Ich will nicht weg!« sagte er mühsam beherrscht. »Ich bleibe hier!«

Gordon seufzte. »Mach es deinem Vater doch nicht noch schwerer, als es sowieso schon ist! Glaubst du etwa, es macht ihm Spaß, dich wegzuschicken?«

»Nein«, sagte Julian. »Aber dir! Das war doch bestimmt wieder deine Idee, oder?«

Gordons Lippen wurden zu einem dünnen Strich. Julian sah in seinen Augen, daß er ihn wirklich verletzt hatte, und seine Worte taten ihm sofort wieder leid. »Wenn du es gerne so hättest, ja«, sagte er frostig. Er wedelte mit dem Umschlag, den Julian noch immer nicht aus seinen Händen genommen hatte. »So oder so, der Zug geht in drei Stunden. Wir können uns bis dahin streiten, oder wir versuchen wie halbwegs zivilisierte Menschen miteinander auszukommen. Mir ist es gleich. Ich werde dich auf jeden Fall in genau zwei Stunden zum Bahnhof fahren und dich in den Zug setzen, ob es dir nun paßt oder nicht.«

Julian versuchte erst gar nicht, weiter zu widersprechen. Gordon hatte schließlich nur die undankbare Aufgabe übernommen, die Befehle seines Vaters auszuführen und den Kopf dafür hinzuhalten. Er wäre jetzt gern zu seinem Vater hingegangen, doch der war noch mit den beiden Polizeibeamten beschäftigt, so daß er eine kostbare Viertelstunde der noch verbleibenden Zeit darauf verschwenden mußte, einfach herumzustehen und zu warten.

Doch endlich, Julian war schon nahe daran, das Gespräch einfach zu unterbrechen, zumal es sich sowieso im Kreis drehte, erhoben sich die beiden Polizisten. »Also, wir haben uns verstanden«, sagte der ältere. »Sie halten sich zu unserer Verfügung, bis wir mehr wissen.«

»Im Klartext, ich darf die Stadt nicht verlassen«, sagte Julians Vater. »Und was ist mit meinem Auftritt?«

»Was soll damit sein? Sie können alles vorführen wie jeden Abend – mit Ausnahme des Spiegeltricks, versteht sich.«

»Die Leute kommen, um genau den zu sehen!« protestierte Gordon. »Aus keinem anderen Grund!«

»Ich fürchte, Sie werden für eine Weile darauf verzichten müssen«, sagte der Polizist kalt. »Ich kann das Gerät auch beschlagnahmen lassen, wenn Ihnen das lieber ist.«

»Nein!« sagte Julians Vater hastig. »Ich gebe Ihnen mein Wort, daß ich niemanden mehr ... durch den Spiegel schikken werde.«

Täuschte er sich, oder hatte sein Vater eigentlich etwas ganz anderes sagen wollen? Den Polizisten schien es ähnlich zu gehen, denn einen Moment lang sahen sie seinen Vater mißtrauisch an. Dann konnte Julian regelrecht sehen, wie sich der ältere in Gedanken eine Frage stellte und sie auch gleich beantwortete. »In Ordnung«, sagte er. »Ich melde mich, falls ich irgend etwas Neues in Erfahrung bringe.«

Die beiden gingen, und nach einem raschen, vielsagenden Blick Gordons zogen sich auch der Manager des Varietés und der Anwalt zurück, so daß Julian und sein Vater wenigstens für einige Augenblicke allein waren.

»Hat . . . Martin mit dir gesprochen?« begann sein Vater. Er wirkte verlegen, fahrig. Seine Hände weigerten sich, still in seinem Schoß zu liegen, und er brachte es nicht über sich, Julian länger in die Augen zu sehen.

»Ja«, antwortete Julian. Er erschrak, weil seine Stimme ablehnend und hart klang, und sein Vater war betroffen.

»Und jetzt bist du verbittert und zornig«, stellte er fest. »Ich kann das verstehen.«

»Ich hatte mich so auf die Ferien gefreut!« sagte Julian. »Fast ein ganzes Jahr lang. Du hast mir versprochen, daß wir –«

»Ich weiß selbst am besten, was ich dir versprochen habe«, unterbrach ihn sein Vater. »Und ich sagte dir bereits – ich kann gut verstehen, wie du dich fühlst. Ich werde es wieder gutmachen, glaub mir. Aber im Moment ist es einfach das beste, wenn du ins Internat zurückfährst.«

»Warum?« begehrte Julian auf. Plötzlich war er den Tränen nahe. »Doch nicht nur wegen dieses verschwundenen Jungen! Du hast doch nicht wirklich etwas damit zu tun!«

»Es ist eben besser so«, erwiderte sein Vater. »Ich kann es dir jetzt nicht erklären, aber es gibt einen Grund.«

»Welchen?« wollte Julian wissen.

»Jetzt nicht«, beharrte sein Vater. »Später, wenn . . . alles vorbei ist, werde ich zu dir kommen und dir alles erklären. Du wirst mich verstehen, wenn du erst alles weißt. Bis dahin kann ich dich einfach nur bitten, mir zu vertrauen.«

Aber das reichte Julian nicht. Tief in seinem Inneren fühlte, nein: *wußte* er, daß da noch mehr war. Sein Vater trug ein düsteres Geheimnis mit sich herum.

»Sag mir die Wahrheit«, bat er. »Bitte.«

»Jetzt nicht. Später. Wenn . . . wir uns wiedersehen.«

Und dabei blieb es. Etwas über eine Stunde später verabschiedete er sich von seinem Vater und stieg in Gordons zweisitzigen Sportwagen, der auf der Straße stand.

Der Regen war jetzt kein bloßes Nieseln mehr. Es goß in Strömen, und die Temperatur war um mindestens zehn Grad gefallen. Auf den Straßen sah man kaum noch Menschen, und die wenigen, die trotz allem unterwegs waren, hasteten geduckt unter ihren Regenschirmen dahin oder rannten mit hochgeschlagenen Kragen von Haustür zu Haustür. Julian mußte an die Kirmes denken. Für die Schausteller würde es kein besonders einträglicher Tag werden.

Und es wurde schlimmer mit jeder Minute, die verging. Der Himmel schien all seine Schleusen geöffnet zu haben, die Wolken hingen so tief, daß man sie beinahe anfassen zu können glaubte. Es wurde so dunkel, daß die Straßenlaternen angingen und die meisten Autofahrer ihre Scheinwerfer einschalteten. Die Autos krochen nur noch im Schrittempo dahin, und Gordon wurde immer nervöser.

Dabei bestand gar kein Grund dazu. Sie hatten genügend Zeit, denn der Bahnhof war nicht sehr weit entfernt, und Julian und sein Vater waren beide nicht in der Verfassung gewesen, den Abschied unnötig lange auszudehnen. Aber Gordon liebte es, schnell zu fahren, und Julian ahnte, wie sehr dieses Vorwärtskriechen im Fußgängertempo an seinen Nerven zerren mußte. Er trommelte bereits nervös mit den Fingerspitzen auf das Lenkrad, und sein Blick fiel immer öfter in den Rückspiegel, als suche er nach einer Möglichkeit, auszuscheren und die gesamte Kolonne vor sich zu überholen. Julian hoffte, daß er keine fände. Er war kein Feigling, was das Autofahren anging, aber Gordon hatte schon etlichen Leuten mit seinem Fahrstil vorzeitig zu ergrautem Haar verholfen.

Nach einer Weile drehte er sich in dem unbequemen Sportsitz herum und schaute nach hinten. Der strömende Regen machte es unmöglich, durch das Rückfenster des Cabriolets irgendwelche Einzelheiten zu erkennen. Aber zumindest sah er, daß ihnen ein einzelnes rundes Licht folgte. Ein Motorrad. Bei einem Wetter wie diesem ein eher ungewöhnlicher Anblick. Vielleicht schaute Gordon deshalb so oft in den Rückspiegel.

»Ich beobachte den Burschen schon eine ganze Weile«, sagte Gordon in diesem Moment und bestätigte damit seine Vermutung. »Er muß völlig den Verstand verloren haben. So dicht, wie der hinter uns ist, kracht er uns glatt hinten rein, wenn ich auf die Bremse trete. Bei diesem Wetter hat er doch keine Chance, seine Karre schnell genug zum Stehen zu bringen!« Er schüttelte noch ein paarmal den Kopf, dann wechselte er abrupt das Thema. »Auf dem Rücksitz liegt etwas für dich.«

Julian drehte sich zum zweiten Mal im Sitz herum und gewahrte eine große braune Papiertüte mit irgendeiner Umweltschutz-Aufschrift. Umständlich zog er sie von der schmalen Bank und öffnete sie. Sie enthielt den tropfnassen Plüschtroll und einen weißen Briefumschlag. Julian nahm den Troll heraus und setzte ihn auf den Rücksitz, wo er zu seiner Schadenfreude sofort begann, Gordons wertvolle Sitzbezüge vollzutrenzen. Den Umschlag steckte er ein, ohne ihn geöffnet zu haben. Er war zwar neugierig, aber er ahnte, daß Gordon noch sehr viel neugieriger war als er, und deshalb nahm er sich vor, erst hineinzusehen, wenn er im Zug war.

»Dein neuer Freund hat mir die Tüte gegeben«, sagte Gordon. »Dieser Reporter.«

»Frank?« fragte Julian. Nach einer Sekunde fügte er hinzu: »Er ist nicht mein Freund.«

»Konnte ich mir auch nicht denken«, sagte Gordon. Er warf einen neugierigen Blick auf die Jackentasche, in der der Briefumschlag verschwunden war, aber Julian blieb ungerührt.

»Was hat er gewollt?«

»Dasselbe wollte ich gerade dich fragen«, gab Gordon zurück, ohne seine Frage damit zu beantworten.

»Was Reporter immer wollen«, sagte Julian. »Informationen, was sonst? Aber ich glaube, du täuschst dich in ihm. Er hat mir seinen Artikel über gestern abend gezeigt. Er ist wirklich nicht wie die anderen.«

»Ich weiß«, antwortete Gordon. »Ich habe ihn gelesen. Und das war auch der einzige Grund, aus dem ich überhaupt ein Wort mit ihm gesprochen habe, statt ihn auf der Stelle zum Teufel zu jagen.«

»Was hat er gesagt?« fragte Julian noch einmal.

Diesmal gab Gordon Antwort. »Er wollte mit dir reden. Erzählte irgend etwas von einem Abkommen, das ihr zwei angeblich getroffen hättet. Ich habe ihm ein paar passende Worte dazu erzählt, und dann hat er sich getrollt.«

Gordon schien Julians Verwirrung zu bemerken, denn er fuhr fort: »Keine Angst, ich habe ihm nicht den Kopf abgerissen. Und ich habe alle Schuld auf mich genommen. Er ist bestimmt nicht böse auf dich.« Er schwieg ein paar Sekunden, dann: »Trotzdem würde ich dir raten, in Zukunft lieber einen großen Bogen um alle Reporter zu machen. Diese Burschen sind im Grunde alle gleich. Für eine gute Geschichte verkaufen sie ihre eigene Mutter.«

Sie näherten sich dem Bahnhof, und Gordon scherte aus dem Verkehrsstrom aus und suchte nach einem Parkplatz. Julian registrierte beiläufig, daß das Motorrad jetzt zwar einen merklich größeren Abstand hielt, aber immer noch hinter ihnen war.

»Was ist das für ein Ding?« fragte Gordon mit einer Kopfbewegung auf den Troll.

»Hab ich gewonnen«, antwortete Julian einsilbig.

»Gewonnen?« Gordon legte die Stirn in Falten. »Das alte Ding? Es sieht aus, als hätten es vor dir schon zehn andere gewonnen und nicht haben wollen.«

»Mir gefällt es.«

»Wirf es weg!« riet ihm Gordon. »Deine Freunde im Internat werden sich totlachen, wenn du mit einem Teddybären unter dem Arm zurückkommst.«

Julian antwortete nicht darauf, sondern nahm den Troll demonstrativ von der Sitzbank und steckte ihn in die Tüte zurück, und Gordon verstand und ging nicht weiter auf das Thema ein.

Mittlerweile waren sie vor dem Hauptportal des Bahnhofs angelangt. Gordon folgte dem Beispiel von ungefähr zwei Dutzend anderen Autofahrern vor ihm, ignorierte das Halteverbotsschild vor der Treppe und stieg aus, und auch Julian arbeitete sich mühevoll aus dem superflachen Sportflitzer heraus. Der Regen schlug ihm ins Gesicht, er erschrak fast, als er spürte, wie eisig es geworden war. Ein regelrechter Temperatursturz. Und wenn der Wind nur ein bißchen heftiger gewesen wäre, dann hätte man ihn mit Recht als Orkan bezeichnen können. Dabei war Hochsommer, und eigentlich sollte es brütend heiß sein. Oder wenigsten warm. Er zog den Kopf ein, preßte die Tüte mit dem Troll schützend an den Körper und rannte mit weiten Sprüngen neben Gordon die Treppe hinauf.

»Nicht so schnell!« rief Gordon. Er hatte den Kragen hochgeschlagen und den Kopf zwischen die Schultern gezogen. Als er mit Julian Schritt zu halten suchte, konnte man sehen, daß er leicht humpelte. Was kaum jemand wußte, war, daß der Agent leicht körperbehindert war. Er sprach ungern darüber und gab selbst auf direkte Fragen nur ausweichende oder gar keine Antworten. Sein rechtes Knie war halb steif. Normalerweise gelang es ihm mit eisernem Willen und einer ganz bestimmten Art, sich zu bewegen, über diese Behinderung – Julian vermutete, daß es die Folge einer alten Verletzung, wahrscheinlich nach einem Auto- oder Motorradunfall, war – hinwegzutäuschen. Vor allem bei plötzlichem Wetterumschwung machte ihm sein Knie zu schaffen. Julian ging trotz des strömenden Regens langsamer, damit Gordon mit ihm Schritt halten konnte.

Unter dem weit ausladenden Vordach hatten zahlreiche Menschen Schutz gesucht, so daß sie sich regelrecht durch die Menge kämpfen mußten. Unmittelbar vor dem Eingang blieben sie stehen. Julian schauderte, weil ihm Wasser in den Kragen getropft war und nun eiskalt seinen Rücken hinablief, und auch Gordon schüttelte sich wie ein nasser Hund und stampfte ein paarmal mit den Füßen auf. »Mistwetter!« schimpfte er. »Der reinste Weltuntergang!«

»Du solltest den Wagen wegfahren«, riet ihm Julian. »Sonst gibt's noch ein Protokoll!«

»Na und?« fragte Gordon. »Außerdem werden die Politessen bei *dem* Wetter ganz bestimmt nicht –« Er stockte. Bei Julians Worten hatte er ganz automatisch den Kopf gedreht, und auch Julian selbst schaute zum Wagen zurück. Der Ferrari stand am Fuße der riesigen Treppe, ein roter Farbtupfen, der sich in dem immer heftiger strömenden Regen allmählich aufzulösen schien. Hinter ihm hatte das Motorrad angehalten. Der Scheinwerfer war noch eingeschaltet und bildete eine Insel trübgelber Helligkeit in der grauen Sintflut.

»Donnerwetter!« sagte Gordon. »Ist das ein Ding!«

»Was?« fragte Julian, ohne den Blick von der Maschine zu lösen.

»Das Motorrad!« sagte Gordon. »Sieh es dir doch an! Weißt du, was das ist? Das ist eine uralte Norton! Die hat mindestens ihre siebzig, wenn nicht achtzig Jahre auf dem Buckel! Daß die überhaupt noch fährt!«

»Der Fahrer muß verrückt sein, bei diesem Wetter mit einem solchen Wrack herumzufahren«, pflichtete ihm Julian bei. Aber diese Antwort kam ganz automatisch, im Grunde fast ohne sein Zutun. Ohne daß er sagen konnte, warum, erfüllten ihn Gordons Worte mit einem Unbehagen.

»Wrack?« Gordon starrte ihn ungläubig an. »Das ist kein Wrack, das ist eine echte Kostbarkeit, Julian! Ich wußte gar nicht, daß dieses Modell noch existiert. Und dann auch noch fahrtüchtig! Die muß ich haben!«

Julian hörte die Worte nicht mehr. Er starrte den Fahrer an, eine große, kräftige Gestalt, die von Kopf bis Fuß in schwarzes Leder gehüllt war, das jetzt wie nasse Haut glänzte. Er trug einen schwarzen Helm mit ebenfalls schwarzem Visier, so daß Julian sein Gesicht nicht erkennen konnte. Und trotzdem spürte er genau, wie sich der Blick der Augen hinter diesem Kunststoffvisier in den seinen bohrte.

»Bleib hier, Martin!« sagte er erschrocken.

Es war zu spät. Gordon lief bereits geduckt im strömenden Regen die Treppe hinunter und auf das Motorrad zu.

Eine besonders kräftige Windböe heulte über den Bahnhofsvorplatz. Der Regen jagte für eine Sekunde fast waagerecht dahin und wurde so dicht, daß die grauen Schleier alles zu verschlingen schienen, was weiter als fünf oder sechs Schritte entfernt war.

Als der Windstoß vorüber war, war das Motorrad verschwunden. Gordon blieb mitten im Lauf stehen, sah sich zwei oder drei Sekunden lang völlig verdutzt um und machte dann auf der Stelle kehrt. Er war bis auf die Haut durchnäßt, als er zu Julian zurückkam und die große Glastür zum Bahnhof aufstieß, ohne auch nur im Schritt innezuhalten. »So ein Mist!« schimpfte er ungehemmt. »Ich hätte zu gerne mit ihm gesprochen!«

Julian konnte Gordons Enttäuschung verstehen. Gordon begeisterte sich nicht nur für supermoderne und schnelle Fahrzeuge, sondern auch für Oldtimer, ob sie nun vier, drei oder zwei Räder hatten. Er besaß mittlerweile eine kleine Sammlung davon, die von nicht geringem Wert war. Ein achtzig Jahre altes Motorrad, von dem er bisher geglaubt hatte, daß es gar nicht mehr existiere, müßte gewissermaßen die Krönung seiner Samlung darstellen.

»Wahrscheinlich hätte es sowieso nichts genützt«, sagte Gordon, der noch immer der verpaßten Gelegenheit nachtrauerte und wohl versuchte, sich zu trösten. »Ich würde so einen Schatz jedenfalls nicht mehr hergeben, wenn ich ihn einmal hätte. Nicht für alles Geld der Welt.« Er seufzte tief. »Allerdings würde ich auch nicht damit rumfahren. Schon gar nicht bei einem Wetter, bei dem schon Autofahren gefährlich ist!«

Sie bewegten sich langsam auf den Bahnsteig zu. Die Halle platzte vor Menschen fast aus den Nähten, denn das schlechte Wetter hatte jede Menge Passanten hereingetrieben, die nur Schutz vor dem Regen suchten. Der Zug stand bereits da. Bis zur Abfahrt waren noch fast zwanzig Minuten Zeit, aber Julian stieg trotzdem schon ein, denn es war zugig und kalt auf dem Bahnsteig. Er suchte sich ein leeres Abteil, setzte sich auf einen Fensterplatz und ertrug Gordons Gesellschaft eine weitere Viertelstunde, obwohl ihm nicht nach reden zumute war.

Julian war erleichtert und zugleich nervös, als Martin sich endlich von ihm verabschiedete und ging. Er fühlte, daß die Geschichte mit dem verschwundenen Jungen noch lange nicht zu Ende war. Sein Vater wußte mehr darüber, als er zugab, und es handelte sich hier nicht bloß um das Verschwinden eines x-beliebigen Kindes. Diese Sache war der eigentliche Grund, warum er ihn wegschickte.

Ein sachter Ruck ging durch den Zug. Er hob den Blick und schaute direkt in Gordons Gesicht. Gordon stand draußen auf dem Bahnsteig und winkte ihm durch das Fenster zu. Julian zwang sich zu einem Lächeln und hob die Hand. Und erstarrte. In der Meschenmenge auf dem Bahnsteig stand der Motorradfahrer.

Und er stand nicht einfach nur da. *Er starrte Julian an.* Denn obwohl Julian das Gesicht hinter dem Helmvisier jetzt so wenig erkennen konnte wie vorhin draußen im Regen, spürte er den Blick der Augen auf sich ruhen. Und diese Augen waren nicht die Augen eines Menschen.

Es war Lederjacke, der zugleich ein Troll war. Er war gekommen, um sich sein entgangenes Opfer doch noch zu holen.

Der Zug fuhr schneller, bewegte sich aber immer noch nicht so schnell, daß Lederjacke ihn nicht mit ein paar beherzten Schritten hätte einholen können. Aber Lederjacke rührte sich nicht von der Stelle. Nur sein Kopf drehte sich und folgte der Bewegung des Zuges.

Erst als die Menschenmenge auf dem Bahnhof und damit auch der Troll aus Julians Blickfeld verschwunden war, wagte er es, wieder zu atmen und sich in den Sitz zurücksinken zu lassen. Die Erleichterung, dem Troll in Lederjackes Gestalt entkommen zu sein, hielt nur ein paar Sekunden vor. Dann kam die Erkenntnis und traf ihn wie ein Hammerschlag. *Es war alles wahr!*

Die Kirmes. Die Trolle. Die Geisterbahn. Der Spiegel. Das dreizehnte Stockwerk.

Es waren keine Alpträume gewesen.

Seine Knie begannen zu zittern, und Augenblicke später bebte er am ganzen Leib. Zugleich hätte er schreien mögen, so übermächtig wurde mit einem Mal das Gefühl von Hilflosigkeit und Angst. Was geschah mit ihm?

Irgendwie brachte er das Kunststück zuwege, seine Angst noch einmal niederzukämpfen und Logik in seine Gedankengänge zu zwingen. Okay, es war also alles wahr. Es gab diese unheimliche Kirmes, es gab die Trolle und alles andere. Aber was hatte *er* damit zu tun? Und wieso geschah das alles ausgerechnet *jetzt?*

Das Gefühl der Beunruhigung, die Ahnung kommenden großen Unheils wurde immer drängender. Wenn er Hilfe hätte, oder wenigstens einen Menschen, mit dem er über all diese unheimlichen Geschehnisse reden konnte!

Aber vielleicht hatte er den ja . . .

Er zog den Briefumschlag hervor, den Gordon ihm von Refels übergeben hatte, riß ihn hastig auf und fand darin drei Polaroidfotos und einen handgeschriebenen Zettel. Der Zettel war nicht sehr ergiebig. Refels teilte ihm nur mit, daß er ihm nicht böse sei und daß Julian sich jederzeit vertrauensvoll an ihn wenden könne, wenn er Probleme habe oder einfach jemanden brauche, mit dem er sich aussprechen könne. Darunter stand Refels' private Telefonnummer.

Die Polaroidfotos waren Aufnahmen, die Frank offensichtlich heimlich von ihm gemacht hatte, während er auf der Kirmes war und Roger und sein geheimnisvolles Glaslabyrinth suchte, und für die er wohl jetzt keine Verwendung mehr hatte. Zwei von ihnen zeigten nichts als eben ihn selbst und die Kirmes.

Auch das dritte zeigte ihn. Und die Kirmes. Und die Losbude.

Julian war so verblüfft, daß das Bild seinen Fingern entglitt und zu Boden flatterte. Es fiel zwischen seine Füße und blieb mit der Rückseite nach oben liegen. Hastig hob er es wieder auf. Die Losbude war noch immer da – aber es war nicht die Bude, an der er den Troll gewonnen hatte.

Sie war alt. Uralt. Statt Kassettenrecordern und billigen Plastikradios aus Korea gab es bunte Windräder, Puppen in weißen Kleidern und Zinnsoldaten zu gewinnen. Die großen Lautsprecherboxen waren verschwunden, und an ihrer Stelle stand ein altmodisches Grammophon mit einem großen Trichter. Und auch der Losverkäufer selbst hatte sich verändert. Es war noch immer derselbe Mann, aber er trug jetzt eine gestreifte Jacke, Knickerbocker und eine Schlägerkappe anstelle des weißen Kittels und des zerbeulten Filzhutes.

Das alles hätte Julian vielleicht noch verkraftet. Aber die auf so unheimliche Weise veränderte Losbude war eben nicht alles. Neben dem Losverkäufer in seinen albernen Pumphosen stand das dunkelhaarige Mädchen aus seinem Traum.

Julian starrte das Foto eine geschlagene Minute lang an, dann legte er es langsam neben sich auf den Sitz und untersuchte die beiden anderen Bilder, dann noch einmal das erste, und schließlich legte er alle drei vor sich hin, um sie noch einmal sehr aufmerksam zu studieren.

Es nützte nichts. Die Losbude blieb, was sie war, und auch das Mädchen war weiter zu sehen. Und es war nicht irgendein Mädchen. Keine zufällige Ähnlichkeit. Er wußte, daß er das Mädchen mit dem dunklen Haar und dem engelsgleichen Gesicht niemals mit einem anderen Mädchen verwechseln würde. Er hätte sie unter Tausenden wiedererkannt. Es war dasselbe Mädchen, das gestern aus dem Spiegel getreten war, um ihn zu warnen.

Und plötzlich wußte er auch, warum der Troll am Bahnhof gewesen war. Nicht, um ihn doch noch zu holen. O nein. Er hatte ihn verfolgt, um sich davon zu überzeugen, *daß er auch tatsächlich die Stadt verließ!*

Julian sprang auf und stürzte aus dem Abteil, um die Notbremse zu suchen.

Die letzte Vorstellung

Er kam zur Besinnung, bevor er die Notbremse fand und sich mehr Ärger einhandeln konnte, als die Sache wert war. Ein Blick auf den Fahrplan zeigte ihm, daß der Zug ohnehin in einer halben Stunde anhielt und er aussteigen und mit dem nächsten Zug zurückfahren konnte.

Soweit die Theorie.

In der Praxis schien sich die ganze Welt gegen ihn verschworen zu haben. Es begann damit, daß der Bahnsteig, an dem der Zug anhielt, so überfüllt war, daß er alle Mühe hatte, den Wagen überhaupt zu verlassen. Fast hätte die Menge der Einsteigenden ihn gleich wieder in den Waggon zurückgeschoben.

Als nächstes fand er sich lange nicht im Fahrplan zurecht, und schließlich brauchte er eine gute Viertelstunde, um den Fahrkartenschalter zu finden und ein Billett für die Rückreise zu erstehen – mit dem Ergebnis, daß er gerade noch rechtzeitig auf dem Bahnsteig anlangte, um die Rücklichter seines Zuges in der Ferne verschwinden zu sehen. Der nächste fuhr in zweieinhalb Stunden.

Und seine Pechsträhne hielt an. Endlich zurück, mußte er

feststellen, daß das Unwetter in der Zwischenzeit keineswegs aufgehört, sondern im Gegenteil noch ein bißchen an Kraft zugelegt hatte. Zwischen Regen und Sturm zuckten jetzt auch Blitze vom Himmel, und das Heulen der Orkanböen wurde immer wieder vom dumpfen Krachen und Rollen der Donnerschläge unterbrochen, die manchmal so rasch hintereinander erfolgten, daß sie wie ein einziges anhaltendes Grollen klangen.

Natürlich war kein Taxi zu bekommen, und ein Anruf bei Refels verhalf ihm lediglich zu einer Unterhaltung mit einem zwar freundlichen, aber recht langweiligen Anrufbeantworter.

Irgendwie gelang es ihm schließlich doch, ein Taxi zu ergattern und zum Hilton zu fahren. Er kam gerade rechtzeitig an, um seinen Vater und Gordon um eine einzige Minute zu verpassen. Heute war wirklich nicht sein Tag.

Das Personal im Hilton war ziemlich erstaunt, ihn wiederzusehen, zugleich aber auch diskret genug, keinerlei neugierige Fragen zu stellen, sondern ihm kommentarlos den Schlüssel zur Suite seines Vaters auszuhändigen. Er fuhr nach oben – und hatte zumindest in einer Hinsicht Glück: Sein Vater war noch nicht dazu gekommen, seine Kleider einzupacken, die er ihm am nächsten Tag nachschicken wollte, so daß er aus den nassen Klamotten herauskam und sich umziehen konnte. Er überlegte, was weiter zu tun wäre. Im Grunde hatte er keine konkrete Vorstellung davon, was er überhaupt unternehmen wollte, geschweige denn einen Plan. Das einzige, was er mit ziemlicher Sicherheit wußte, war, daß er einen gehörigen Krach mit seinem Vater zu gewärtigen hatte. Vielleicht war es ganz gut, daß sie einander verpaßt hatten. Auf diese Weise blieb ihm wenigstens Zeit, sich eine passende Ausrede einfallen zu lassen.

Julian schaute auf die Uhr. In ziemlich genau einer Stunde begann die Vorstellung seines Vaters, und mindestens so lange würde er ungestört bleiben, denn Gordon wartete immer, bis die Vorstellung angefangen hatte. Er sah sich unschlüssig in dem großen, peinlich sauber aufgeräumten Zimmer um – und tat dann etwas, was ihm noch vor zwölf Stunden unmöglich vorgekommen wäre: Er begann das Zimmer seines Vaters zu durchsuchen.

Er hatte noch nie seinem Vater nachspioniert, so wenig wie dieser ihm. Obwohl sie sich so selten sahen, vertrauten sie einander doch bedingungslos. Weder Julian noch sein Vater hatten es bisher für nötig befunden, irgend etwas vor dem anderen zu verbergen. Was er jetzt tat, war ein Vertrauensbruch, für den er sich schämte.

Zugleich spürte er, daß er es tun mußte. Die Ahnung kommenden – und großen! – Unheils war noch stärker geworden, seit er wieder zurück in der Stadt war. Irgend etwas Schreckliches würde passieren, nicht in ein paar Wochen oder Tagen, nicht irgendwann, sondern heute. *Jetzt.*

Er durchsuchte das Zimmer sehr gründlich. Die Schubladen und Schränke erbrachten nichts, aber das hatte er im Grunde auch nicht wirklich erwartet. Schließlich war sein Vater nicht irgendwer, sondern ein Zauberkünstler, der wußte, wie man Dinge verschwinden ließ oder versteckte. Aber auch Julian war nicht irgendwer, sondern der Sohn eines Zauberkünstlers, und er hatte eine Menge Tricks aufgeschnappt. Er suchte nach doppelten Böden, geheimen Schubladen und Dingen, die nicht nach dem aussahen, was sie waren.

Schließlich kam ihm der Zufall zu Hilfe. Er hatte den großen Reisekoffer seines Vaters untersucht und einen doppelten Boden gefunden; aber der Hohlraum darunter war leer. Enttäuscht ließ er sich zu Boden sinken, starrte das offenstehende Geheimfach so feindselig an, als trüge es ganz allein die Schuld an seinem Unglück, und versetzte dem Koffer einen herzhaften Tritt. Nicht, daß solcherlei Wutausbrüche jemals zu irgend etwas geführt hätten, aber sie erleichterten ungemein.

Und diesmal nützte es tatsächlich.

Ein leises Klicken ertönte, vor Julians Augen faltete sich der Boden des Geheimfaches zusammen, und darunter kam ein weiterer Hohlraum zum Vorschein. Ein Geheimfach im Geheimfach? Es mußte schon etwas von enormer Wichtigkeit sein, wenn sein Vater sich *solche* Mühe gab, es zu verstecken! Aufgeregt beugte er sich vor. Das Fach war nicht leer, aber als er seinen Inhalt mit zitternden Fingern zu untersuchen begann, steigerte sich seine Verwirrung eher noch.

Das Fach enthielt mehrere Dinge. Zuerst war da eine enorme Summe Bargeldes. Julian zählte sie flüchtig durch und kam auf annähernd fünfzigtausend. Ein kleines Vermögen, das nur einen Haken hatte: Es war nicht einmal das Papier wert, auf dem es gedruckt war, denn die Banknoten waren gute hundert Jahre alt.

Als nächstes fand er gleich mehrere Reisepässe und andere Papiere, die allesamt auf den Namen ihm unbekannter Personen ausgestellt und so alt waren wie die Banknoten.

Als letztes fiel ihm ein schmales Fotoalbum in die Hände. Julian begann zu zittern, als er es aufschlug und langsam durchblätterte. Die Bilder waren ebenso alt, wenn nicht älter als das Geld und die Dokumente. Einige von ihnen waren bereits so verblaßt, daß man nur raten konnte, was einmal auf ihnen abgebildet gewesen sein mochte. Und es waren allesamt Aufnahmen von Rummelplätzen, von Artisten oder von Varieténummern.

Was bedeutete das alles?

Julians Verwirrung wuchs. Was er da in Händen hielt, hatte wohl kaum etwas mit einer Sammelleidenschaft seines Vaters zu tun. Er hatte sich nie für historischen Kram interessiert. Wären Geld und Papiere nicht längst ungültig gewesen, dann hätte er angenommen, sein Vater habe dieses Fach für den Fall angelegt, daß er unerwartet verschwinden oder untertauchen müsse.

An diesem Punkt seiner Überlegungen begann die Sache eindeutig lächerlich zu werden. Großer Gott, er begann über seinen Vater nachzudenken wie über einen Schwerverbrecher! Verlegen stopfte er Geld, Fotoalbum und Papiere wieder in das Geheimfach, verschloß den Koffer und schob ihn in den Schrank zurück. Genau in diesem Moment hörte er, wie sich jemand an der Tür zu schaffen machte.

Julian erstarrte. Er hatte von innen abgeschlossen, damit er auch bestimmt nicht gestört werde, während er das Zimmer durchsuchte. Aber natürlich hatte das Hotelpersonal Schlüssel, mit denen man trotzdem hereinkommen konnte.

Das Rumoren am Schloß hielt an, dann hörte er zorniges Gemurmel. Julian schlich auf Zehenspitzen zur Tür und spähte durch den Spion. Draußen auf dem Flur stand Gordon. Er betrachtete stirnrunzelnd abwechselnd die Tür und den Scheckkartenschlüssel, der sich plötzlich weigerte, das Schloß zu öffnen. Dann drehte er sich um und verschwand mit raschen Schritten.

Julian flüchte leise. Es war nicht besonders schwer zu erraten, wohin Gordon jetzt ging. Er würde zur Rezeption hinunterfahren und sich dort über das defekte Schloß beschweren, und dort würde man ihm nicht nur einen Generalschlüssel aushändigen, sondern auch von Julian erzählen, der sich seit einer halben Stunde hier oben im Zimmer aufhalte.

Das konnte er sich nicht leisten! Das letzte, wozu er jetzt Zeit hatte, war eine Auseinandersetzung mit Gordon!

Er wartete so lange, bis er sicher sein konnte, daß Gordon den Aufzug erreicht hatte und auf dem Weg nach unten war, dann verließ er das Zimmer. Er nahm nicht den Aufzug – es wäre doch etwas peinlich gewesen, unten anzukommen und sich Gordon gegenüberzusehen, der gerade auf den Lift wartete, um wieder nach oben zu fahren –, sondern lief die Treppe hinunter. Völlig außer Atem, aber auch sicher, daß ihn niemand entdecken würde, erreichte er das Erdgeschoß. Von seinem Platz an der Treppentür aus konnte er die Rezeption beobachten, ohne selbst gesehen zu werden. Was er sah, gefiel ihm überhaupt nicht. Gordon stand da und redete heftig gestikulierend auf den Empfangschef ein, der zwar äußerlich seine unerschütterliche Ruhe bewahrte, aber sichtlich an Farbe verloren hatte. Dabei deutete er abwechselnd nach oben, auf die Aufzugtüren und in die Runde. Die Bedeutung dieser Geste war klar: Gordon gab dem Hotelpersonal den Auftrag, ihn festzuhalten, falls er auftauchen sollte.

Nun, dachte Julian schadenfroh, da könnt ihr warten, bis ihr schwarz werdet! Die Treppe führte weiter in die Tiefgarage hinab, und von dort aus war er in ein paar Minuten draußen und am Taxistand.

Er hatte ausnahmsweise Glück. Trotz des schlechten Wetters standen noch zwei Wagen da und warteten auf Kundschaft. Und wenig später saß er in einem davon und fuhr in Richtung Stadtmitte.

Normalerweise hätte er auch bei diesem Unwetter allerhöchstens zehn Minuten gebraucht, um das Varieté zu erreichen, in dem sein Vater zur Zeit arbeitete. Aber er ließ das Taxi einen Umweg über den Kirmesplatz machen. Der Fahrer sah ihn zwar reichlich irritiert an, als er seinen Wunsch vorbrachte, wechselte aber gehorsam die Fahrspur und steuerte auf die Brücke zu.

Der Rummelplatz lag in völliger Dunkelheit da, als sie ihn erreichten. Der Parkplatz, auf dem das Taxi angehalten hatte, lag auf einem kleinen Hügel, so daß er das gesamte Gelände überblicken konnte. Nirgends brannte ein Licht, und die einzige Bewegung kam von den Schatten, die die fast regelmäßig über den Himmel zuckenden Blitze vor sich her trieben. Julian stieg nicht aus, aber er kurbelte das Seitenfenster herunter und nahm es in Kauf, daß ihm der Sturm eiskalte, nadelspitze Regentropfen ins Gesicht schleuderte.

Der Anblick des verlassenen Platzes hätte ihn beruhigen müssen, aber das Gegenteil war der Fall. Dieser Rummelplatz war einfach zu ruhig. Selbst bei einem Wetter wie diesem hätte irgendwo ein Licht brennen müssen, und sei es nur in den Wohnwagen, in denen die Schausteller lebten.

Schließlich hatte er genug gesehen und beschied dem Fahrer, ihn zum Varieté zu bringen. Der Mann musterte ihn etwas mißtrauisch, fuhr aber gehorsam los und reichte Julian sogar ein sauberes Papiertaschentuch, damit er sich das Gesicht trockenwischen konnte.

Zwanzig Minuten später hielten sie vor dem Varieté, und Julian stieg aus. Aufmerksam hielt er auf dem Parkplatz nach Gordons feuerrotem Sportflitzer Ausschau, entdeckte ihn aber nirgends. Wenigstens etwas, dachte er. Vielleicht suchte Gordon ja immer noch das Hotel nach ihm ab.

Die Vorstellung seines Vaters mußte bereits in vollem Gange sein. Wenn er Glück hatte, bekam er gerade noch das letzte Drittel mit, von dem die letzte, große Nummer ja an diesem Abend nicht gezeigt werden durfte. Trotzdem zögerte er noch einen Moment, ehe er das Varieté betrat, denn sein Blick fiel auf das vielfarbige Plakat, das in einem Glaskasten neben dem Eingang hing.

Es war das übliche Tourneeplakat seines Vaters, das ihn selbst im schwarzen Frack vor einem Spiegel zeigte, in dem wiederum ein Spiegel zu sehen war, der einen Spiegel zeigte und so weiter. Darüber stand in Buchstaben, die wie Chrom funkelten:

MISTER MIRROR.

Mister Mirror war der Künstlername seines Vaters, unter dem er weit bekannter war als unter seinem richtigen Namen. Aber jemand hatte einen Aufkleber quer über das Plakat geklebt, auf dem

HEUTE LETZTE VORSTELLUNG

stand, und darunter noch einen zweiten:

AUSVERKAUFT!

Daß die Vorstellung ausverkauft war, überraschte Julian kein bißchen. Die Vorstellungen seines Vaters waren immer gut besucht. Aber wieso die letzte Vorstellung? Das Engagement seines Vaters lief erst in gut zwei Wochen aus! Das wußte er genau, denn sie hatten sich vorgenommen, danach eine Woche irgendwohin zu fahren, um gemeinsam Urlaub zu machen.

Der Mann am Eingang schüttelte, ohne aufzusehen, den Kopf, als Julian auf ihn zutrat, und begann: »Tut mir leid, aber wir sind vollkommen –« Dann erkannte er Julian und zauberte übergangslos ein Lächeln auf seine Züge. »Ah, du bist es! Aber was tust du hier? Ich dachte, du wärst abgereist.«

»Es ist etwas dazwischengekommen«, sagte Julian. »Deshalb muß ich jetzt ja so dringend mit meinem Vater reden. Sie sind ausverkauft, sagen Sie?«

»Bis auf den letzten Platz«, bestätigte der Portier. »Aber für dich wird sich schon noch ein Eckchen finden. Du wirst wahrscheinlich stehen müssen, aber die Vorstellung ist sowieso in –«, er schaute auf die Uhr, »– zehn Minuten zu Ende. Geh nur einfach rein. Aber sei leise, hörst du?«

Julian versprach, niemanden zu stören, und betrat das Varieté. Anders als am Morgen war der Raum in Halbdunkel getaucht, und nur die Bühne war hell erleuchtet. Julians Vater führte gerade einen kleinen Trick mit aneinandergeknoteten Seidentüchern vor, die er meterweise aus der geschlossenen linken Faust zog, und unterhielt das Publikum gleichzeitig mit kleinen Späßen, auf die es mit gedämpftem Gelächter reagierte.

Julian suchte sich einen Platz gleich neben dem Eingang, wo sein Vater ihn bestimmt nicht entdecken würde. Er hatte selbst oft genug oben auf der Bühne gestanden, um zu wissen, daß der Zuschauerraum sich von dort aus nur als ein Gewirr aus Schatten und leeren weißen Gesichtern ausnahm. Die Schätzung des Portiers war richtig gewesen. Julian kannte den genauen Ablauf. Noch ungefähr zehn Minuten, dann käme eigentlich das große Finale – das an diesem Abend ja ausfiel. Der Spiegel und auch die große Kiste standen zwar da, aber sie waren heute nur reine Dekoration. Außerdem stimmte etwas nicht damit. Julian konnte nicht genau sagen, was, aber irgend etwas war anders als sonst.

Von seinem Versteck aus sah er sich um. Das Varieté war tatsächlich mehr als gut besucht. Sie hatten zusätzliche Stühle herbeigeschafft, so daß an jedem der kleinen Tische nun vier statt drei Gäste saßen, an manchen sogar fünf, und das Personal kam kaum nach, die Wünsche aller Gäste zu erfüllen. Julians Stimmung sank, als ihm klarwurde, warum diese

Leute gekommen waren. Sie waren nicht hier, um seinen Vater zu sehen. Was sie angelockt hatte, das war das Unglück vom vergangenen Abend. Es war die Sensationslust, die sie hergetrieben hatte, die geheime Hoffnung, daß vielleicht wieder etwas passieren würde, sie möglicherweise Zeugen eines weiteren, noch schrecklicheren Unglücks würden.

Aber nicht alle waren aus diesem Grund hier. Julian sah sich weiter um und entdeckte mehr und mehr bekannte Gesichter: Vaters Rechtsanwalt, die beiden Polizeibeamten und an einem Tisch neben ihnen sogar die Eltern des verschwundenen Jungen. Und schließlich Refels.

Julian wartete jenen Zeitpunkt der Nummer ab, von dem er wußte, daß sein Vater für die nächsten fünfundvierzig Sekunden viel zu beschäftigt sein würde, um seinen Blick in den Zuschauerraum zu werfen, und wand sich dann rasch zwischen den Tischen bis zu Refels hindurch. Der junge Reporter blickte überrascht auf, als er ihn sah. Aber eigentlich war seine Überraschung nicht so groß, wie Julian erwartet hatte.

»Hallo, Julian«, begrüßte er ihn. »Ich dachte, du wärst abgereist worden.«

Julian quittierte den kleinen Scherz mit einem Lächeln und antwortete: »Ich habe meine Pläne geändert.«

»Das dachte ich mir«, sagte Refels. Er blickte ihn scharf an, und das Lächeln in seinen Augen erlosch. »Du spürst es auch, nicht?«

»Was?« fragte Julian.

»He!« beschwerte sich eine Stimme hinter ihnen. »Ich sehe nichts!«

Julian ließ sich in die Hocke nieder, stützte sich mit den Unterarmen auf die Tischplatte und fragte noch einmal: »Was?«
Der Reporter zuckte mit den Schultern. »Das irgend etwas passieren wird. Es liegt in der Luft, weißt du?« Er machte eine Geste in die Runde. »Sie alle hier spüren es. Deshalb sind sie hier. Aber ich glaube beinahe, Julian, *du* fühlst es nicht. Du *weißt* es, nicht wahr?« fügte er nach einer ganz genau bemessenen Pause hinzu.

Wie um seinen Worten den gehörigen dramatischen Hintergrund zu geben, war in diesem Moment das Grollen eines besonders heftigen Donnerschlags zu hören. Julian fuhr erschrocken zusammen, und auch Refels blinzelte ein paarmal nervös. Er blickte Julian weiter an und wartete auf seine Antwort.

»Ich weiß wirklich nicht, was du meinst«, sagte Julian. »Ich –«

»Ruhe da!« maulte einer der Männer am Tisch. »Wenn ihr quatschen wollt, dann geht nach draußen!«

Auch die beiden anderen Gäste blickten böse, und Julian zauberte ein rasches, entschuldigendes Lächeln auf seine Züge. Er sah auf die Uhr und dann zur Bühne hinauf. Noch knapp fünf Minuten. Wieder fiel ihm fast beiläufig auf, daß etwas mit der Anordnung der Requisiten nicht stimmte, und wieder wußte er nicht genau, was es war.

»Also?« fragte Refels. Er flüsterte nur noch. Trotzdem blickte ihn der Mann, der sich gerade schon einmal beschwert hatte, zornig an. Refels quittierte seinen Blick mit einem unverschämten Grinsen.

»Irgend etwas . . . stimmt nicht«, flüsterte Julian. »Ich muß mit meinem Vater reden. Ich verspreche dir, daß ich –«

»Und ich verspreche euch, daß es gleich ein paar Backpfeifen setzt, wenn ihr nicht die Klappen haltet«, unterbrach sie der Gast. »Ich hab eine Menge Eintritt bezahlt und will was für mein Geld haben!«

»Kein Problem«, erwiderte Refels und straffte herausfordernd die Schultern. »Wie wär's mit einer anständigen Prügelei?«

Der Mann erhob sich halb aus seinem Stuhl, starrte Frank beinahe haßerfüllt an und ließ sich dann wieder zurücksinken. »Na warte, Freundchen«, grollte er. »Irgendwann kommst du ja mal raus!«

»He!« sagte Julian erschrocken. »Frank, was soll denn das? Bist du verrückt geworden?«

Was geschah hier? dachte er erschrocken. Nicht nur Frank

und der Mann neben ihm benahmen sich, als wären sie von
Sinnen. Im ganzen Saal herrschte eine gereizte, fast aggressive Atmosphäre. Es war eine Spannung, die ganz kurz vor
dem Ausbruch stand.

Um nicht einen Streit zwischen Frank und dem Unbekannten entstehen zu lassen, nickte er Refels beruhigend zu und
konzentrierte sich auf das Geschehen auf der Bühne. Und
dabei fiel sein Blick auf den mannshohen Spiegel.

Julian fuhr so heftig zusammen, daß die Gläser auf dem
Tisch klirrten. Der Mann neben ihm wandte zornig den
Kopf, und die Gestalt im Spiegel vollzog die Bewegung getreulich mit. Nur daß die Gestalt im Spiegel kein Mann war.
Julian drehte mit einem Ruck den Kopf und starrte das Gesicht neben sich an. Es war ein ganz normales Gesicht, alles
andere als sympathisch, vielleicht auch ein bißchen grob,
aber eben doch das Gesicht eines Menschen. Aber der Zauberspiegel seines Vaters zeigte ihm, daß er einem Troll gegenübersaß.

»Was glotzt du so?« fragte der Mann. Die Worte und vor allem der rüde Ton paßten überhaupt nicht zu seinem Aufzug,
der Fliege, dem schwarzen Frack und den gepflegten Fingern, an denen teure Ringe blitzten. Sie paßten aber sehr
wohl zu dem Gesicht im Spiegel: den rotglühenden Augen
und dem Bulldoggen-Unterkiefer.

Und es war nicht der einzige Troll hier. Je länger Julian in
den Spiegel sah, desto mehr der struppigen, fuchsohrigen
Wesen erblickte er. Fünf, zehn ... schließlich mehr als ein
Dutzend, die unerkannt unter den Menschen im Raum saßen, nur im Spiegel als das sichtbar, was sie wirklich waren –
und das wahrscheinlich auch nur für ihn, Julian.

»Mein Gott!« flüsterte er. »Trolle! Überall Trolle!«

Refels schaute ihn verwirrt an, und auch der Mann neben ihnen starrte.

»Was?« fragte Frank.

»Ich meine ... toll!« verbesserte sich Julian hastig. »Die
Nummer ist wirklich ganz toll, nicht?«

Weder Frank noch der Mann zu Julians rechter Seite waren mit dieser Antwort wirklich zufriedengestellt, aber Julian drehte sich hastig wieder zur Seite und tat so, als verfolge er gebannt die Vorführung. In Wirklichkeit schaute er aufmerksam in den Spiegel, um die Trolle im Auge zu behalten. Im ersten Moment hatte er das Gefühl, daß ihn alle diese Wesen voll brennendem Haß anstarrten. Aber das war natürlich Einbildung. Selbst der Troll neben ihm war vom Geschehen auf der Bühne viel zu abgelenkt, als daß Julians Benehmen ihn hätte mißtrauisch werden lassen. Alle diese Trolle im Spiegel starrten nicht *ihn* an, wie er geglaubt hatte, sondern den Spiegel. Sie warteten. Aber worauf?

In diesem Augenblick gewahrte er eine neue Bewegung im Spiegel und drehte sich um.

Martin Gordon betrat das Varieté. Er trug einen schmalen Aktenkoffer bei sich und wirkte sehr durcheinander, um nicht zu sagen wütend. Julian duckte sich noch tiefer hinter den Tisch. Es war nicht schwer, den Grund für Gordons Unmut zu erraten. Und Julian kannte Martin. Man konnte sich keineswegs darauf verlassen, daß er Rücksicht darauf nehmen würde, wo er sich befand oder wer alles zuhörte, wenn er einen seiner gefürchteten Wutausbrüche bekam.

Der Agent stürmte mit weit ausgreifenden Schritten durch den Zuschauerraum und sprang mit einem einzigen Satz die drei Stufen zur Bühne hinauf. Wortlos händigte er Julians Vater den Aktenkoffer aus und verschwand in der Dekoration.

Julian sah sich um. Die Zuschauer schienen Gordons Auftauchen für einen Teil der Nummer zu halten. Nicht allerdings die beiden Polizeibeamten. Sie waren plötzlich höchst aufmerksam geworden, und Refels saß gespannt da wie eine Stahlfeder.

Julians Vater überging Gordons unplanmäßiges Erscheinen mit einer scherzhaften Bemerkung, wartete den obligatorischen Applaus ab und hob die Arme. Das Klatschen und nach einer Sekunde auch die letzten geflüsterten Gespräche verstummten, und ein gebanntes, fast schon ehrfürchtiges Schweigen breitete sich im Zuschauerraum aus, als spüre das Publikum, daß nun etwas ganz Besonderes käme.

»Meine Damen und Herren!« begann Mr. Mirror. Julian wußte, daß das, was jetzt kam, nicht zum normalen Repertoire seines Vaters gehörte. Daß sein Vater während eines Auftrittes sprach, war ungewöhnlich genug. Er machte seine Scherze, aber es gehörte zu seinem Image, sich nie direkt an das Publikum zu wenden.

»Meine Damen und Herren«, sagte er noch einmal. »Ich freue mich, daß Sie so zahlreich erschienen sind, zumal an einem Tag wie heute.« Er lächelte dünn, als enthielten seine Worte eine verborgene Wahrheit, über die er selbst sich amüsiere. »Aus Gründen, die ich an dieser Stelle nicht weiter erläutern möchte, muß ich mein Gastspiel in Ihrer schönen Stadt leider vorzeitig beenden. Aus den gleichen Gründen bin ich auch leider nicht in der Lage, heute abend meinen großen abschließenden Trick vorzuführen, den zu sehen die meisten von Ihnen gekommen sind.«

Er legte eine kleine Pause ein, um seine Worte gehörig wirken zu lassen, und dann fuhr er mit einem bezeichnenden Blick in die Richtung der beiden Polizeibeamten im Zuschauerraum fort.

»Trotzdem sind Sie nicht umsonst gekommen, das verspreche ich Ihnen. Anstelle der üblichen Abschlußnummer bringe ich Ihnen heute eine Nummer, die ich noch nie vor Publikum gezeigt habe. Und auch nie wieder zeigen werde.«

Julian sah aus den Augenwinkeln, wie einer der beiden Polizisten aufstand, sah das Lächeln seines Vaters und blickte die Requisiten an. Etwas *stimmte* hier einfach nicht!

Und plötzlich wußte er es. »Die Kiste!« flüsterte er. »Es ... ist die Kiste, Frank!«

»Wie, bitte?« fragte Refels.

Hinter Julians Vater erschien jetzt Gordon. Er hatte sich umgezogen und trug jetzt nicht mehr einen seiner üblichen Maßanzüge, sondern Kleider im Stil der Jahrhundertwende.

In der rechten Hand hielt er eine gewaltige Reisetasche aus buntem Gobelinstoff.

»Was soll mit der Kiste sein?« fragte Refels. »Ich sehe nichts. Sie sieht aus wie immer.«

»Sie steht nicht am richtigen Fleck!« antwortete Julian. Plötzlich war er so aufgeregt, daß er sich mit aller Macht im Zaume halten mußte, um nicht aufzuspringen. »Verstehst du nicht? Es ist wichtig! Die Kiste muß auf den Zentimeter genau an der richtigen Stelle stehen, in der richtigen Entfernung und im richtigen Winkel zum Spiegel!«

»Und?« fragte Refels verstört. »Selbst wenn du recht hast – was machen die paar Zentimeter schon?«

»Alles!« flüsterte Julian. »Ich weiß nicht, warum, aber es ist ungeheuer wichtig für den Trick. Mein Vater hat schon Auftritte abgesagt, weil die Bühne nicht groß genug war, um Kiste und Spiegel in den richtigen Abstand zueinander zu bringen!«

»Was immer jetzt auch geschehen wird«, fuhr Julians Vater von der Bühne aus fort, »erschrecken Sie nicht. Und bedenken Sie bei allem, was Sie sehen: Es ist nur Illusion!«

Eine Reihe dumpfer Donnerschläge erklang, wie um seine Worte zu untermalen, und der Wind wurde so heftig, daß sein Heulen sogar hier drinnen zu hören war. Über der Stadt mußte ein regelrechter Orkan toben.

»Nichts als Illusion!« sagte Julians Vater noch einmal. Beim letzten Wort senkte er die Stimme zu einem dramatischen Flüstern. Gleichzeitig wurde das Licht im Zuschauerraum blasser und erlosch nach einigen Sekunden ganz, bis nur noch ein einziger starker Scheinwerfer brannte, der auf die Bühne gerichtet war. Und auch der verblaßte mehr und mehr und erlosch schließlich ebenfalls.

Trotzdem wurde es nicht dunkel. Ein erstauntes Raunen ging durch den Zuschauerraum. Anerkennende Ahs und Ohs wurden laut, und etwas fiel zu Boden und zerbrach klirrend. Über den großen Spiegel huschten rote und gelbe und orangegefarbene Lichter. Julian schaute zur Decke hinauf. Aber die

148

Scheinwerfer, die dort hingen und normalerweise dafür sorgten, daß der Spiegel in geheimnisvollem Zauberlicht erstrahlte, waren ausgeschaltet.

Julian war nicht der einzige, dem auffiel, daß hier etwas nicht stimmte. Auch der zweite Polizist war mittlerweile aufgestanden, und einige Gäste hatten sich ebenfalls von ihren Sitzen erhoben. Der Donner rollte jetzt ununterbrochen. Der Sturm heulte um das Haus, und der Regen prasselte so stark, daß es selbst hier drinnen zu hören war.

Das Blitzen und Flimmern hinter der Oberfläche des Spiegels nahm im gleichen Maße zu wie das Gewitter draußen. Schließlich wurden die Lichtreflexe zu einer gewaltigen Feuersbrunst, deren Flammen den Saal in unheimliches rötliches Licht tauchten. Julian war der einzige, der wußte, daß die Rückwand des Spiegels aus massivem Stahl bestand, eine weitere Vorsichtsmaßnahme, die sein Vater ergriffen hatte, um seinen kostbarsten Besitz vor allen nur denkbaren Beschädigungen zu schützen. Was sie sahen, war nicht einfach das Licht eines weiteren Scheinwerfers, der hinter dem Spiegel aufgestellt worden war, wie die meisten hier drinnen vielleicht glauben mochten. Der flackernde Schein kam *aus dem Spiegel selbst.*

»Nein!« flüsterte Julian entsetzt. »Er ... er darf nicht hineingehen!«

Sein Vater riß in einer dramatischen Geste die Arme in die Höhe. Wie er so dastand, groß, in einen schwarzen Umhang gehüllt, im lodernden Feuerschein des Spiegels, wirkte er mit einem Mal bedrohlich. Das Licht verlieh ihm eine geisterhafte zweite Silhouette, die nicht ganz auf die erste paßte.

Plötzlich machte er eine Bewegung mit beiden Händen, rief ein einzelnes, laut schallendes Wort und drehte sich sehr schnell einmal im Kreis, wobei er den Umhang von sich schleuderte. Der Mantel flatterte zu Boden wie die Schwinge eines schwarzen Riesenvogels, und als er die Drehung beendet hatte, da trug er nicht mehr den Frack, in dem er auf die Bühne gekommen war, sondern war auf ganz ähnliche Weise gekleidet wie Gordon: mit karierter Knickerbocker und Weste, Monokel und einer flachen Schlägermütze, dazu weißen Kniestrümpfen und schwerem, bis über die Knöchel reichendem Schuhwerk, eine Gestalt wie aus einem Sherlock-Holmes-Film.

»Nein!« schrie Julian entsetzt. »Tu es nicht!«

Aber sein Vater hörte die Worte nicht. Rasch, dennoch ohne Hast, nahm er den Aktenkoffer zur Hand, drehte sich um – und trat in den Spiegel hinein!

Er verschwand nicht einfach. Seine Gestalt tauchte in die Oberfläche des Spiegels ein wie in einen See aus Quecksilber. Für einen Moment war er noch inmitten der tobenden Flammen sichtbar, eingehüllt wie in einen Mantel aus hell loderndem Feuer, dann verschwand er ganz allmählich, ein Schatten, der sich in der Höllenglut hinter dem Spiegel auflöste.

»Nein!« rief Julian kreischend. Er rannte los. Hinter ihm sprang Refels so heftig auf, daß sein Stuhl umkippte und zu Boden fiel, und auch die beiden Polizisten begannen zu rennen.

Unterdessen näherte sich auch Gordon dem Spiegel. Er ging nicht einmal besonders schnell, aber es war trotzdem klar, daß er ihn erreichen würde, lange bevor irgend jemand ihn daran hindern konnte. Einen halben Schritt davor blieb er noch einmal stehen und drehte sich um. Sein Blick streifte kurz und fast spöttisch die beiden Polizisten und richtete sich dann auf Julian. Etwas wie Mitleid und ein tiefes Bedauern erschien in seinen Augen.

Trotzdem rannte Julian weiter, so schnell er konnte. Der Weg schien kein Ende zu nehmen. Er war nur noch drei oder vier Meter von Gordon und dem Spiegel entfernt, aber er wußte, daß er es nicht schaffen würde.

Gordon winkte ihm zum Abschied zu, trat in den Spiegel hinein und war verschwunden. Julian langte keuchend auf der Bühne an und blieb stehen. Fassungslos starrte er die riesige Glasscheibe an. Er konnte das Prasseln der Flammen hören, er spürte die Hitze auf dem Gesicht, er roch verbranntes Holz und heißes Metall.

Hinter ihm begannen die Zuschauer zu schreien. Panik und Tumult brachen los. Julian sah aus dem Augenwinkel, wie der ältere der beiden Polizisten über einen Stuhl stolperte und der Länge nach hinfiel, während der jüngere plötzlich mitten im Lauf die Richtung änderte und auf die Zauberkiste zusteuerte, in der Julians Vater und Gordon jetzt eigentlich sein sollten. Mit einer einzigen zornigen Bewegung riß er den Deckel auf.

Es war pures Glück, daß er es überlebte.

Aus der Kiste schoß eine Flammensäule. Der Polizist prallte mit einem Schrei zurück und hob schützend die Arme vor das Gesicht, während vor ihm ein lodernder Feuerpilz in die Höhe stieg, gegen die Decke prallte und sofort das Holz und einen Teil der Dekoration in Brand setzte.

Julians Gedanken überschlugen sich. Er mußte etwas tun! Noch Sekunden, und Refels und der zweite Polizist würden ihn eingeholt haben, und dann war seine letzte Chance dahin, seinen Vater jemals wiederzusehen. Er wußte einfach, daß es für immer sein würde, wenn er ihn jetzt verlor.

Aus dem Spiegel züngelten jetzt Flammen, die Hitze, die von der Glasscheibe ausging, war so groß, daß sie ihm schier den Atem nahm. Der Donner dröhnte über dem Haus wie Artilleriefeuer, und der Sturm hatte eine solche Gewalt erreicht, daß der Boden unter Julians Füßen erzitterte. Die Flammen zischten. Refels rannte auf ihn zu, der ältere Polizist rappelte sich hoch und schrie etwas, während der jüngere heulend auf der Stelle hüpfte und auf seinen rechten Ärmel einschlug, von dem grauer Rauch hochkräuselte. Schwarzer, fettiger Qualm erfüllte die Luft, unter den Zuschauern brach nun endgültig Panik aus. Und Julian wandte sich ab und sprang mit einem entschlossenen Satz in den Spiegel hinein.

Er fühlte nichts. Keinen Widerstand, keinen Druck, keine Berührung, nicht einmal die Hitze der Flammen, die ihn umgaben und ihm soeben noch die Tränen in die Augen getrieben hatten.

Aber er sah ...

Es war ein Bild, ein gräßliches Bild, und es dauerte nur so lange, wie Julians Sprung durch den Spiegel dauerte, nicht einmal eine Sekunde, und doch schien diese winzige Zeitspanne kein Ende zu nehmen.

Er sah den Kirmesplatz, aber er sah ihn in einer apokalyptischen Weltuntergangsvision. Der Rummel hatte sich in ein Flammenmeer verwandelt. Zelte, Buden und Geschäfte brannten lichterloh, und über allem tobte der ungeheuerlichste Sturm, den Julian jemals erlebt hatte. Aber der Orkan und der strömende Regen löschten die Flammen nicht, sondern schienen sie ganz im Gegenteil nur noch zu größerer Wut zu entfachen. In rasender Schnelligkeit griff das Feuer auch auf die letzten Gebäude über, die noch nicht brannten. Dazwischen bewegten sich Menschen und Tiere in Panik.

Auch das Riesenrad stand in Flammen. Die gewaltige Konstruktion, obwohl fast völlig aus Eisen und Stahl gefertigt, brannte lichterloh. Das Gewitter tobte noch immer, und Blitz auf Blitz schlug in das Riesenrad ein. Eine grausame Laune des Schicksals wollte es wohl, daß sich die riesige Maschine noch immer drehte, wobei sie Flammen und Trümmerstücke von sich schleuderte wie ein chinesisches Feuerrad Funken. Das Rad zitterte und bebte, und Julian hatte plötzlich das entsetzliche Gefühl, daß es gleich umstürzen und in weitem Umkreis alles zermalmen würde, was den Flammen bisher entkommen war.

Doch bevor es soweit war, erlosch die Vision, und Julian fand sich stolpernd und mit wild rudernden Armen um sein Gleichgewicht kämpfend im Inneren eines kleinen, von einer Petroleumlampe erhellten Zeltes wieder. Er prallte gegen die Zeltbahn, fiel zu Boden – und stöhnte auf vor Überraschung, als anderthalb Meter über ihm etwas materialisierte und als Trenchcoat mit ungefähr achtzig Kilo Inhalt aus dem Nichts auf ihn herabfiel.

Refels fing seinen Sturz mit Händen und Knien ab, so daß
Julian von Knochenbrüchen oder noch schlimmeren Verletzungen verschont blieb. Einen Moment lang war er benommen. »Um Gottes willen!« stammelte er dann. Er lag quer
über Julian. Verwirrt blinzelte er in das trübe Licht der Petroleumlampe, machte aber keinen Versuch, von Julian her-
unterzusteigen. »Was ist passiert? Wo . . . wo sind wir?«
Julian schob den Reporter ächzend von sich herunter und
kroch vorsichtshalber ein Stück zur Seite. Es war ja immerhin möglich, daß noch mehr kamen . . .
»Wo sind wir?« stammelte Refels noch einmal. »Was ist passiert?« Er schüttelte den Kopf, wie jemand, der vergeblich
wach zu werden versucht.
Julian ignorierte die Frage, rappelte sich auf und stürmte aus
dem Zelt. Sein Vater und Gordon! Sie hatten nur ein paar
Augenblicke Vorsprung, aber wenn er sie verlor, dann war
alles aus. Er stolperte aus dem Zelt, sah wild um sich und entdeckte die beiden am Ende der Gasse, bestimmt schon hundert oder zweihundert Meter entfernt! Und noch ehe er auch
nur Atem für einen Schrei sammeln konnte, bogen sie um
eine Ecke und waren verschwunden.
Julian stürmte mit einem Fluch los.
Ohne sonderliche Überraschung stellte er fest, daß sie wieder
auf der Kirmes waren. Der Regen und das tobende Unwetter
hatten aufgehört. Die meisten Geschäfte hatten wieder geöffnet und waren hell erleuchtet, und zwischen den Ständen flanierten schon wieder erstaunlich viele Menschen, die –
Julian blieb wie vom Donner gerührt stehen, als ihm zu Bewußtsein kam, was er da eigentlich sah. Alle diese Menschen
hier, die Besucher und Gäste, aber auch die Schausteller in
den Geschäften und ihre Gehilfen waren auf die gleiche altmodische Art gekleidet wie Gordon und sein Vater!
Und das war noch nicht alles.
Die Buden, die Karussells, die Fahrgeschäfte, die hellerleuchteten Losbuden und Fischbratereien, die Kettenkarussells
und Schiffsschaukeln und Raupen, das alles war alt, seit Jahr-

zehnten überholt und aus der Mode gekommen. Er sah kein einziges elektrisches Licht, hörte keine einzige Stereoanlage – diese ganze Kirmes schien komplett aus dem vergangenen Jahrhundert zu stammen!

Refels kam keuchend neben ihm an und sagte etwas. Julian verstand ihn zwar nicht, aber die Worte rissen ihn aus seiner Erstarrung. Er beschloß, sich später über die Umgebung zu wundern, und nahm die Verfolgung wieder auf.

Der Vorsprung der beiden war weiter gewachsen, als sie die Ecke erreichten. Sie waren jetzt gute zweihundertfünfzig Meter entfernt, und Julian erkannte sie inmitten all dieser Leute eigentlich nur noch an Gordons gewaltiger Reisetasche, mit der er immer wieder irgendwelche Leute anrempelte.

Er rannte, so schnell er konnte, aber es ging eben nicht sehr schnell. Der Besucherstrom, der ihm entgegenkam, wurde immer dichter, so daß er bald nicht mehr laufen konnte, sondern nur gehen. Und selbst bei diesem Tempo stieß er immer wieder mit jemandem zusammen, ebenso wie Refels, der wenige Schritte hinter ihm nachfolgte.

Daß sie Aufsehen erregten, war klar. Bald folgte ihnen ein Chor wütender Flüche und Rufe, so daß Julian froh war, in so großem Abstand hinter seinem Vater zu sein, so daß dieser den Lärm nicht hörte.

Nicht nur die Leute, die er anrempelte, starrten ihn an. Julian spürte von überall verwirrte, fragende Blicke, und er kannte auch den Grund dafür. Ihre Kleider mußten diesen Leuten sonderbar vorkommen, ja sogar noch viel sonderbarer als ihm die ihren, denn während Julian Kleider wie diese zumindest schon auf Bildern gesehen hatte, war seine eigene Mode den Kirmesbesuchern hier gänzlich unbekannt. Genaugenommen waren Refels und er es, die seltsam aussahen!

Zwei- oder dreimal verlor er Gordon und seinen Vater aus den Augen, fand sie jedoch jedes Mal wieder, ehe er in Panik geraten konnte. Schließlich wichen die beiden von den belebten Hauptwegen ab und verschwanden in einer Seitengasse. Julian legte noch einmal Tempo zu, bahnte sich rücksichtslos einen Weg durch die Menge und kam gerade noch rechtzeitig an der Ecke an, um zu sehen, wie sein Vater und Gordon in einem Artistenwagen mit großen hölzernen Rädern verschwanden. Eine steile Holztreppe führte zur Tür hinauf. Gordon blieb auf der obersten Stufe noch einmal stehen und warf einen langen, mißtrauischen Blick in die Runde, so daß Julian mit einer hastigen Bewegung hinter die Ecke zurücksprang. Erst als Gordon die Tür des Wohnwagens endgültig hinter sich zuzog, trat er aus seiner Deckung heraus und ging weiter.

Die hölzernen Treppenstufen knarrten überlaut, als er hinaufzusteigen versuchte. Julian erstarrte in der Bewegung. Mit klopfendem Herzen wartete er darauf, daß die Tür über ihm aufgerissen würde. Aber offensichtlich hatte man das Geräusch drinnen im Wagen nicht gehört, und so schlich er weiter, sah sich noch einmal nach allen Seiten um und preßte schließlich das Ohr gegen die Tür, um zu lauschen. Durch das dünne Holz waren die Stimmen so mühelos zu verstehen, als stünde er unmittelbar zwischen den beiden.

»... noch eine Menge Zeit«, vernahm er Gordons Stimme. »Der Zug geht erst in drei Stunden, und mit einer Droschke sind wir in zehn Minuten am Bahnhof.«

»Trotzdem«, erwiderte der Vater. »Laß uns von hier verschwinden. Wenn wir keinen Wagen bekommen –«

»– schaffen wir die Strecke leicht in einer halben Stunde zu Fuß«, fiel ihm Gordon ins Wort. Er lachte leise. »Warum bist du so nervös?«

»Das weißt du ganz genau!« fuhr ihn sein Vater an.

Julian hatte ihn nie so gereizt erlebt. Aber das war nicht bloß Nervosität. War das ... Angst? fragte sich Julian verwirrt.

»Ich will hier weg«, fuhr sein Vater fort. »Dieser Ort macht mich nervös. Wir hätten niemals hierher zurückkehren dürfen. Verdammt, wie konnte das überhaupt passieren?«

»Ich habe es dir erklärt«, sagte Gordon seufzend.

»Erklärt, erklärt!« schnappte sein Vater. »Ja, das hast du.

155

Und jetzt erkläre *ich* dir, daß ich hier weg will, und zwar so schnell wie überhaupt möglich. Ich habe, zum Teufel noch mal, keine Lust, dir zu begegnen, oder gar –«

»Dir selbst?« Gordon kicherte. »Das ist unmöglich, das weißt du doch. Wir wüßten es, wenn es passiert wäre. Außerdem kommen wir überhaupt erst in gut vier Stunden hierher. Bis dahin sitzen wir beide längst im Salonwagen nach Antwerpen und trinken eine Tasse Mokka.«

Julian verstand kein Wort, aber er lauschte mit angehaltenem Atem weiter. Was um alles in der Welt ging da drinnen vor?

»Ja«, sagte sein Vater. »Und eine Stunde später wird es passieren. Während wir dasitzen und Mokka trinken!«

»Jetzt hör endlich auf«, unterbrach ihn Gordon. »Du hilfst absolut niemandem, wenn du dasitzt und dich mit Selbstvorwürfen quälst.«

»Aber es ist meine Schuld!«

»Das ist es nicht«, widersprach Gordon. Er fuhr in kühlem, fast dozierendem Ton fort: »Schuld bedingt einen Vorsatz oder zumindest ein Wissen um die Folgen einer Tat und ihr billigendes Inkaufnehmen, nicht wahr? Hast du es absichtlich getan? Nein. Hast du es gewußt? Nein. Also hör endlich auf, dich selbst fertigzumachen.«

»Ich bin gewarnt worden. Wir sind beide gewarnt worden!«

»Gewarnt!« Gordon lachte abfällig. »Sicher. Von einer Jahrmarkthellseherin, die nicht einmal das Wetter von gestern richtig prophezeien kann! Blödsinn!«

»Trotzdem!« Die Stimme seines Vaters wurde so leise, daß Julian plötzlich Mühe hatte, sie weiter zu verstehen. »Ich frage mich, ob wir es vielleicht verhindern können.«

»Verhindern?«

»Es ist noch nicht passiert, oder?«

»Und?« fragte Gordon beinahe hämisch. »Was hast du jetzt vor? Willst du hinausgehen und dich selbst warnen? Bitte! Versuch es! Ich halte dich nicht auf!« Schnelle, schwere Schritte näherten sich der Tür. Die Klinke wurde heruntergedrückt, und Julian sah sich im Geiste schon einem ziemlich fassungslosen Martin Gordon gegenüber. Aber dann schnappte der Türgriff wieder nach oben, und Gordon fuhr erregt fort: »Geh doch! Geh und versuch es!«

»Du wirst nicht –«

»Ich werde nicht versuchen, dich an irgend etwas zu hindern«, sagte Gordon böse. »Das werden schon andere tun. Jemand – oder etwas.«

»Willst du mir drohen?«

»Ich?« Gordon lachte schrill. »Aber woher denn? Das habe ich weiß Gott nicht nötig. Geh. Ich weiß nicht, was passieren wird, aber irgend etwas *wird* passieren. Eine Zeltstange wird dich erschlagen. Du wirst in eine Messerstecherei geraten und getötet werden, oder ein durchgehendes Pferd trampelt dich zu Tode. Du weißt das. Du kannst es nicht verhindern, *weil es schon geschehen ist!*«

Julians Vater widersprach nicht mehr. Sekundenlang breitete sich lastendes Schweigen hinter der Tür aus, dann hörte man ein zweimaliges schnappendes Geräusch; die Schlösser, die sich an Vaters Aktenkoffer befanden, sprangen auf.

»Die Papiere sind soweit in Ordnung«, fuhr Gordon mit völlig veränderter Stimme fort. Er lachte wieder. »Mein Gott, wir könnten ein Vermögen machen, wenn wir den Laserkopierer mitgenommen hätten! Ist dir eigentlich klar, daß es in dieser Zeit absolut *nichts* gibt, was man mit dem Ding nicht perfekt fälschen könnte?« Er lachte wieder. »Die fünfzigtausend reichen für die ersten Jahre, und später sehen wir weiter. Ich habe ein wenig vorgesorgt, wie du siehst. In ein paar Jahren wird es hier in Europa ziemlich ungemütlich. Ich schlage vor, daß wir hinüber nach England gehen. Es gibt da einen kleinen Ort nahe der schottischen Grenze. Kilmarnock. Er wird von beiden Weltkriegen und allen anderen Katastrophen völlig unberührt bleiben. Das aufregendste, was in den letzten achtzig Jahren dort passiert ist, war der Tod eines Huhnes, das von einem Auto überfahren wurde ...«

Er brach ab, und Julian begriff eine halbe Sekunde zu spät,

was dieses plötzliche Schweigen zu bedeuten hatte. Die Tür wurde mit einem Ruck aufgerissen, prallte gegen seine Schläfe und schleuderte ihn rücklings die Treppe hinunter. Genau in Refels' Arme, der hinter ihm gestanden hatte. Frank taumelte unter Julians Anprall zurück, verlor aber nicht das Gleichgewicht und hielt auch ihn fest.

Unter der Tür erschienen Gordon und Julians Vater. Gordon sah sehr zornig aus, und dieser Zorn steigerte sich noch, als er Refels hinter Julian erblickte. Sein Vater war einfach nur fassungslos.

»Julian!« keuchte er entsetzt. »Was . . . wie kommst du hierher? Ich dachte, du –« Er fuhr mit einem Ruck zu Gordon herum. »Ich denke, du hast ihn in den Zug gesetzt?«

»Habe ich auch!« verteidigte sich Gordon. »Er muß wieder ausgestiegen sein!«

»Hast du das gewußt?«

»Ja«, preßte Gordon hervor. »Aber ich hatte keine Zeit mehr, es dir zu sagen. Was hätte ich denn tun sollen? Ihn in Ketten legen? Ich konnte doch nicht ahnen, daß er uns folgt. Und noch dazu jemanden mitbringt!« Sein Blick bohrte sich in den Refels', aber dieser hielt dem trotzig stand.

»Der Junge hat mich nicht mitgenommen«, sagte Refels. »Ich bin ihm einfach gefolgt, so wie er Ihnen. Gegen seinen Willen!«

»Und das wird Ihnen noch bitter leid tun«, sagte Gordon. Er trat vollends aus der Tür, blieb aber auf der obersten Stufe stehen. In der rechten Hand trug er jetzt einen polierten Stock mit einem Knauf aus Elfenbein, der die Form eines Hundekopfes hatte. Den Daumen hatte er unter den Knauf gelegt und diesen ein Stück nach oben gedrückt. Darunter blitzte Metall. Der Spazierstock war zugleich eine Waffe, und eine besonders heimtückische dazu. In dem polierten Eichenholz verbarg sich die rasiermesserscharfe Klinge eines Stockdegens.

Und trotzdem hatte die unverhohlene Drohung in seinen Worten nichts mit dieser Waffe zu tun oder mit der drohenden Haltung, die er auf der Treppe einnahm. Er meinte etwas anderes.

Refels schien das ebenso zu begreifen wie Julian, denn er antwortete nicht auf die provozierenden Worte Gordons.

»Vater, was bedeutet das alles?« fragte Julian verstört.

Sein Vater wollte antworten, aber Gordon kam ihm mit einer herrischen Geste zuvor. »Dazu ist nun wirklich keine Zeit«, sagte er. »Ihr müßt von hier verschwinden, und zwar so schnell wie möglich. Beide.«

»Verschwinden?« Refels fand allmählich seine Fassung wieder. »Aber wir sind doch gerade erst gekommen.«

»Und genau das hätte nie passieren dürfen«, sagte Gordon. »Sie müssen weg, solange Sie es überhaupt noch können, verstehen Sie das denn nicht!? Es ist keine Zeit für langwierige Erklärungen.«

»Ich verstehe vor allem, daß Sie nicht bereit zu sein scheinen, mir auch nur ein Minimum an Informationen zukommen zu lassen. Wäre es Ihnen lieber, wenn ich mir die Antworten auf die Fragen, die Sie nicht hören wollen, selbst ausdenke?«

»Tun Sie doch, was Sie wollen, junger Mann«, sagte Gordon kalt. »Schreiben Sie in Ihrer Zeitung, wonach immer Ihnen ist. Kein Mensch wird Ihnen glauben.«

»Ich ... weiß«, flüsterte Refels. »Ich glaube es ja selbst nicht.«

»Und daran tun Sie auch gut«, fügte Gordon hinzu. Er schürzte abfällig die Lippen. »Wenn es mir nicht um den Jungen ginge, dann würde ich mit Vergnügen zusehen, wie Sie mit alldem hier allein zurechtkommen. Es geht aber nicht nur um Sie, Sie junger Narr, also werde ich Ihnen helfen, halbwegs ungeschoren hier herauszukommen.«

»Vater!« sagte Julian beinahe verzweifelt. »Bitte du mußt –«

Nun unterbrach ihn sein Vater mit einer energischen Geste. »Martin hat recht, Julian«, sagte er. »Es ist keine Zeit für Erklärungen. Geht mit ihm. Er wird euch zeigen, wie ihr wieder zurückkommt. Ich melde mich bei dir, sobald alles vorbei ist. Ich verspreche es.«

Julian sagte nichts mehr, er wußte, wie sinnlos jedes weitere Wort war. Die Angst in den Augen seines Vaters war echt. Irgend etwas Schreckliches würde geschehen. Bald. Es würde geschehen, ob sie hier waren oder nicht, aber *falls* sie noch hier waren, wenn es geschah, dann würde es sie vernichten. Er dachte plötzlich wieder an die schreckliche Vision, die er gehabt hatte.

»Du wirst von mir hören«, versprach sein Vater noch einmal. »Geh zu meinem Anwalt. Er hat einen Brief für dich, in dem alle deine Fragen beantwortet werden.«

»Wunderbar!« raunzte Gordon. »Und jetzt laßt uns verschwinden. Ich weiß nicht, wie lange das Tor noch offenbleibt.«

»Wenn Sie von diesem verdammten Spiegel reden, durch den wir hergekommen sind, vergessen Sie es«, sagte Refels. »Als ich dem Jungen gefolgt bin, ging rings um mich gerade der ganze Laden in Flammen auf.«

Gordon preßte die Lippen zusammen. »Dann bleibt nur noch das Riesenrad«, sagte er.

»Das Kabinett ist näher«, widersprach Julians Vater.

»Bist du verrückt?« Gordon wurde blaß.

»Aber du hast es doch selbst gesagt – es sind noch Stunden. Es kann gar nichts passieren.«

»Kommt nicht in Frage!« sagte Gordon bestimmt. »Ich bringe sie zum Riesenrad, und punktum! Ich überzeuge mich davon, daß sie einsteigen, wenn es dich beruhigt. Du wartest hier auf mich. Rühr dich nicht von der Stelle, bis ich zurück bin.«

Damit kam er die Treppe herunter und ergriff Julian und Refels kräftig am Arm. Instinktiv stolperten sie vor ihm her. Erst als sie wieder in eine der belebten Gassen einbogen, riß Frank sich los.

»Zum Teufel noch mal, was soll das?« fragte er gereizt. »Ich will jetzt endlich ein paar Antworten von Ihnen! Ich rühre mich nicht mehr vom Fleck, ehe Sie nicht reden!«

Gordon lächelte dünn und maß ihn mit einem langen Blick. »Sie wollen also hierbleiben«, stellte er fest.

»Hierbleiben?« echote Revels.

»Nun, ich werde Sie nicht daran zu hindern versuchen«, fuhr Gordon ungerührt fort. »Es wird sicher eine interessante Erfahrung, zuzusehen, wie Sie zurechtkommen. Ohne Geld, ohne gültige Papiere, ohne einen einzigen Menschen, der Ihnen hilft oder Sie auch nur kennt.«

Refels wurde ein bißchen bleich. Nervös drehte er den Kopf, sah sich um und zwang sich schließlich zu einem Nicken.

Sie gingen weiter. Auch jetzt wurden Sie von fast jedem angestarrt und bestaunt, der ihnen begegnete, und Julian kam erneut zu Bewußtsein, wie sehr ihre modernen Kleider in dieser Umgebung auffallen mußten. Dabei hatten sie wahrscheinlich noch Glück, auf dem Rummelplatz herausgekommen zu sein. Hier würde man ihren ungewöhnlichen Aufzug einfach für Artistenkostüme halten. Unvorstellbar, wären sie mitten in der Stadt gelandet! Wenn seine Vermutung stimmte und sie sich irgendwo in der Welt der Jahrhundertwende befanden, dann verstanden die Behörden hier verdammt wenig Spaß. Herrschte nicht sogar gerade Krieg? Nein, noch nicht. Aber bald, in ein paar Jahren, und er warf seine Schatten bereits voraus.

Mit raschen Schritten, diesmal mit dem Besucherstrom schwimmend, so daß sie sehr viel schneller vorankamen, überquerten sie den Platz und näherten sich dem Riesenrad, das sich behäbig über ihren Köpfen drehte. In Julian stieg ein Gefühl des Unwohlseins hoch, wurde immer heftiger, je näher sie der gewaltigen Eisenkonstruktion kamen. Das Bild aus seiner Vision wollte ihm nicht aus dem Kopf. War es das, was sein Vater gemeint hatte, als er sagte, *es* würde bald passieren? Dieses Inferno, in dem Dutzende, wenn nicht Hunderte von Menschen den Tod gefunden haben mußten. Und wenn ja – was um alles in der Welt *hatte sein Vater damit zu tun?*

Auch Refels schienen ähnliche Überlegungen zu quälen, denn er wurde ständig nervöser. Schließlich blieb er erneut stehen und starrte Gordon herausfordernd an. »Was bedeutet das alles?« fragte er. »Ich will jetzt endlich wissen, was hier gespielt wird!«

Gordon seufzte und verdrehte die Augen. Aber er schien auch zu begreifen, daß der junge Reporter es diesmal ernst meinte, denn er überging seine Worte jetzt nicht mit einer zynischen Bemerkung, sondern machte eine weit ausholende Bewegung mit der linken Hand, in der er den Stockdegen hielt. »Also gut«, sagte er. »Das meiste können Sie sich wahrscheinlich sowieso schon denken. Wir befinden uns noch immer am gleichen Ort.«

»Aber nicht mehr in derselben Zeit«, vermutete Julian.

»Das ist richtig«, bestätigte Gordon. »Wir schreiben den vierten August neunzehnhundertacht. Und jetzt fragt mich bitte nicht, wie wir hierherkommen. Die Erklärung würde mehr Zeit in Anspruch nehmen, als wir haben.«

»Sie... Sie meinen, wir sind... *durch die Zeit gereist?*« ächzte Refels. Obwohl er es längst wußte, schien ihm die Erklärung noch im nachhinein einen Schock zu versetzen.

»In gewissem Sinne, ja«, bestätigte Gordon.

»Dann... dann ist dieser Spiegel so eine Art... Zeitmaschine«, stammelte Refels. »Wie der Apparat in dem Roman von H. G. Wells?«

»Nein«, antwortete Gordon. Er lächelte leicht. »Es hat nichts mit irgendwelchen Maschinen zu tun. Wells ist... *war* ein begnadeter Künstler, aber eben doch nur ein Romancier, dessen Geschichten nichts mit der Wirklichkeit zu tun haben. Der Weg, den ihr genommen habt, ist völlig anderer Natur. Das Problem dabei ist, daß er nicht allzu lange offenstehen wird.« Er lächelte Refels zu. »Wenn wir also noch lange hier herumstehen und reden, dann können Sie Ihrer Großmutter dabei helfen, die Windeln Ihres Vaters zu wechseln – falls er überhaupt schon geboren ist, heißt das.«

Julian mußte plötzlich wieder an das Gespräch zwischen Gordon und seinem Vater denken, das er belauscht hatte. Wie war das gewesen? Sein Vater hatte Angst gehabt, *sich selbst* zu begegnen? Aber war das denn überhaupt möglich?

Es dauerte einen Moment, bis Julian der schwere Fehler in dieser Überlegung auffiel. Wenn sein Vater fürchtete, sich selbst über den Weg zu laufen, dann würde das ja bedeuten, daß er ... *weit über hundert Jahre alt war!*

»Aber das ist doch unmöglich!« flüsterte er.

»Was ist unmöglich?« fragte Refels.

Gordon sah Julian nur an und runzelte die Stirn. Er schien ein bißchen nervös zu sein.

»Nichts«, sagte Julian hastig und lächelte schief. »Das alles kommt mir nur so völlig verrückt vor, das ist es.«

Sie eilten weiter und erreichten das Riesenrad nach knapp fünf Minuten. Da sie kein gültiges Geld hatten, löste Gordon drei Billetts für sie und begleitete sie durch die Sperre. Er deutete auf eine der kleinen runden Gondeln, machte aber keine Anstalten, selbst mit einzusteigen.

»Müssen wir etwas tun?« fragte Refels. »Ich meine, einen Zauberspruch aufsagen und dabei auf einem Bein stehen?«

»Nein.« Gordon war leicht verärgert. »Behalten Sie Ihre dummen Scherze für sich, okay? Sie brauchen gar nichts zu tun. Die Zeit ist ein kompliziertes und sehr empfindliches Gewebe. Sie vermag sich ganz gut selbst zu schützen. Sie und der Junge gehören nicht hierher. Sie werden ganz von selbst dorthin zurückkehren, wo sie hergekommen sind.«

»Und Sie?« fragte Refels mißtrauisch. »Sie und sein Vater? Wieso werden Sie nicht ... abgestoßen?«

Gordon lächelte grimmig und machte eine ungeduldige Handbewegung. »Steigen Sie endlich ein!«

Sie gehorchten, wenn auch widerwillig. Gordon legte die Sicherungskette vor und trat ein Stück zurück, als sich das Riesenrad weiterdrehte und danach wieder anhielt, damit die nächsten Gäste einsteigen konnten. Er hatte zwar versprochen, zu warten, bis sie sicher abgereist wären, schien aber der Meinung zu sein, seinem Versprechen damit Genüge getan zu haben, sie sicher in der Gondel abzuliefern, denn er winkte ihnen nur noch einmal zu und ging dann mit raschen Schritten davon.

163

»Es ist zum Heulen!« sagte Refels. »Die Geschichte meines Lebens, und ich kann nicht einmal darüber schreiben!«

Julian schaute wortlos zu, wie Gordon in der Menschenmenge verschwand. Das Riesenrad drehte sich weiter und blieb dann abermals stehen. Ihre Gondel befand sich jetzt gute drei Meter über dem Bogen. Hoch, aber nicht *zu* hoch. Julian stand auf.

»He!« sagte Refels. »Was hast du vor?«

»Ich bleibe hier«, sagte Julian entschlossen. Er setzte einen Fuß auf den Rand der Gondel, die daraufhin heftig zu schwanken begann. Hastig breitete er die Arme aus, um die Balance zu halten.

»Bist du verrückt geworden?« rief Refels.

»Keineswegs«, antwortete Julian. »Ich gehöre hierher. Zu meinem Vater. Du nicht. Geh zurück. Ich werde versuchen, dir irgendwie eine Nachricht zukommen zu lassen.«

»Aber du kannst doch nicht –!«

Julian sprang. Er kam nicht gut weg, denn die Gondel schwankte heftig, und entsprechend fiel die Landung aus. Er prallte auf den Planken auf, überschlug sich zweimal und blieb wunderbarerweise unverletzt. Über ihm schrie Refels irgend etwas, hinter sich hörte er zorniges Rufen und schnelle trappelnde Schritte, die rasch näher kamen.

Ungelenk stand er auf, sah eine Gestalt in grauen Hosen und einer schweren Arbeitsjacke auf sich zukommen und lief los. Er hatte wahrlich keine Zeit, sich jetzt irgendwelche Vorhaltungen anzuhören oder Hunderte von dummen Fragen zu beantworten. Er mußte bei seinem Vater sein, ehe er den Rummelplatz verließ!

Im Zickzackkurs und mit weit ausgreifenden Schritten überquerte er die gewaltige Plattform, auf der das Riesenrad stand, sprang auf der anderen hinunter und legte einen kurzen Sprint ein, ehe er wieder stehenblieb und sich umsah.

Eine Gestalt im grauen Trenchcoat kam ihm nachgelaufen. Sie humpelte leicht. Offensichtlich hatte Refels den Sprung vom Riesenrad nicht ganz so unbeschadet überstanden.

»Verdammt, nun warte doch auf mich!« keuchte der Reporter.

Julian blieb tatsächlich stehen, wenn auch eher aus Verblüffung. »Bist du übergeschnappt?« murmelte er. »Was soll denn das? Wieso bist du abgesprungen?«

»Bist du doch auch«, erwiderte Refels. Er war völlig außer Atem.

»Aber das ist doch etwas ganz anderes!« protestierte Julian. »Mein Vater ist hier. Er wird sich schon um mich kümmern!«

»Es sah vorhin nicht so aus, als wäre er sehr begeistert, dich zu sehen.«

»Er wird sich schon damit abfinden«, antwortete Julian. »Ich gehöre hierher, verstehst du? Ich bleibe bei meinem Vater! Aber du hast hier niemanden! Willst du für alle Zeiten hierbleiben?«

»Ich liebe das Risiko«, sagte Refels grinsend. Aber dieses Grinsen überzeugte Julian nicht. Vielleicht begriff Refels jetzt erst allmählich, was er getan hatte. Ein bißchen zu spät . . .

Julian seufzte. »Also gut, komm meinetwegen mit. Gordon wird zwar toben, aber vielleicht findet er ja noch einen anderen Weg, dich zurückzuschicken.«

Während sie weitergingen, sah Julian sich zum ersten Mal, seit sie das Riesenrad verlassen hatten, aufmerksam um. Sie befanden sich auf der Hinterseite der gewaltigen Konstruktion, und von hier aus wirkte das Riesenrad noch viel unheimlicher als von vorn. Es brannte kaum ein Licht, und nicht einmal zehn Meter über ihren Köpfen schien sich das stählerne Gespinst einfach im Nichts aufzulösen, verschmolz mit dem Dunkel des Nachthimmels.

Aber es war nicht nur das Riesenrad. Die ganze Umgebung war unheimlich. Es war, als befänden sie sich irgendwie auf der dunklen Seite der Kirmes, wo es nur Schwärze gab und Schatten und Grau in allen nur denkbaren Nuancen. Vor ihnen erhob sich eine dreifache Reihe buckeliger Wohnwagen, sie ähnelten dem, in dem sein Vater verschwunden war. Daneben stand ein Kinderkarussell, tot, außer Betrieb. Kein Laut war zu hören, aber in den Schatten ... war etwas.

»Was ist los?« fragte Refels. Offensichtlich war ihm Julians besorgter Gesichtsausdruck aufgefallen.

Julian zuckte mit den Achseln und schwieg. Es war keine Einbildung. In den Schatten war Bewegung, Dunkelheit in der Dunkelheit, Schwärze vor noch tieferer Schwärze, Schatten, die langsam zu Körpern gerannen. Er hörte ein Hecheln und Schnüffeln, das näher kam.

»Was ist los?« fragte Refels noch einmal, diesmal war seine Angst nicht zu überhören.

In der Dunkelheit vor ihnen bewegte sich etwas. Julian wich erschrocken einen Schritt zurück, drehte sich um.

Auch hinter ihnen war die Dunkelheit zu kriechendem Leben erwacht. Und nicht nur dort. Ein rascher Blick in die Runde bewies ihm, daß sie eingekreist waren. Die Nacht hatte einen Belagerungsring um sie errichtet, der allmählich enger wurde. Er mußte an das denken, was Gordon gesagt hatte. *Die Zeit weiß sich zu schützen* ... Vielleicht hatte er damit etwas ganz anderes gemeint. Vielleicht gab es so etwas wie ... einen *Wächter der Zeit?*

Sein Herz begann zu hämmern. Er glaubte jetzt Umrisse in der Dunkelheit zu erkennen, etwas Großes, Glänzendes mit Zähnen und Klauen und großen, rot leuchtenden Augen.

»Weg hier!« schrie Refels. Er rannte los und zerrte Julian einfach mit sich, auf die einzige Helle zu, die von den Schatten noch nicht völlig verschlungen worden war: das Kinderkarussell.

Julian war nicht einmal sonderlich überrascht, als dieses sich zu bewegen begann, kaum daß sie einen Fuß darauf gesetzt hatten. Leise Drehorgelmusik erklang, und ein roter, düsterer Schein tauchte die Figuren in unwirkliches Licht.

Es war ein sehr altes Karussell, selbst für diese Zeit. Kleine geschnitzte Ponys und Einhörner zogen bunte Kutschen, dazwischen standen lustige Figuren, die sich bewegten und sich vor Julian und Refels im Kreis drehten. Ein Zwerg schlug mit einem Hammer auf einen winzigen Amboß ein, Schneewittchen führte immer wieder einen Apfel zum Mund, ein Turner im Turnerdreß stemmte unentwegt eine Stange.

»Wir ... müssen da durch«, sagte Refels nervös.

Julian sah sich um. Die Kreaturen der Finsternis waren näher gekommen. Noch konnte man sie nicht genau erkennen, noch hatten sie keine wirklichen Körper, aber es konnte nicht mehr sehr lange dauern. Trotzdem zögerte er, zwischen die Figuren des Karussells zu treten. Etwas warnte ihn, es zu tun.

Refels schien diese Warnung nicht zu spüren – oder seine Angst vor den Schattenkreaturen war so groß, daß er sie nicht beachtete. Mit einem raschen Schritt trat er auf die sich drehende Scheibe des Karussells und verlor prompt das Gleichgewicht. Er fiel nicht hin, sondern fand im letzten Moment Halt am Kopf eines hölzernen Pferdes.

Julian sah die Bewegung zwar im letzten Augenblick, aber sein warnender Schrei kam zu spät. Auch wäre Refels wahrscheinlich viel zu verblüfft gewesen, um überhaupt zu reagieren.

Das Holzpferd bäumte sich auf und schlug mit den Vorderhufen nach Refels' Brust. Refels stöhnte vor Schmerz, taumelte zurück und stürzte rücklings in eine winzige zweirädrige Kutsche.

Im gleichen Moment erwachte das ganze Karussell zu furchtbarem Leben. Pferde und Wagen erzitterten, schwankten knirschend hin und her, versuchten sich von ihrem Platz zu lösen. Der Zwerg hörte auf, mit dem Hammer auf den Amboß zu schlagen, drehte sich schwerfällig zu Refels herum und starrte ihn an. In seine aufgemalten Augen trat ein tückisches Funkeln und Glühen. Schneewittchen ließ seinen Apfel fallen und versuchte ebenfalls, sich umzudrehen. Es gelang ihm nicht sofort. Plötzlich hörte Julian Holz zerbrechen. Lacksplitter stoben davon. Drüben, auf der anderen Seite des Karussells, warf sich der Gewichtheber die Hantel über die Schulter und machte sich ebenfalls auf den Weg. Der Ausdruck auf seinem geschnitzten Gesicht verhieß nichts Gutes.

Julian wollte Frank zu Hilfe eilen, aber er kam nicht von der Stelle. Etwas hielt ihn fest. Erschrocken blickte er an sich hinab und sah eine ganz Bande hölzerner Zwerge, die ihm kaum bis zu den Waden reichten, was sie aber nicht davon abhielt, sich mit aller Kraft an seine Beine zu klammern. Sie trugen rote und grüne Zipfelmützen und weiße Bärte und waren mit allen möglichen Werkzeugen ausgerüstet. Der Anblick war so bizarr, daß Julian für eine Sekunde sogar vergaß, welche Gefahr er bedeutete.

Plötzlich hielt einer der Knirpse einen gut zehn Zentimeter langen Stahlnagel in der Hand, dessen Spitze er auf seinen Schuh setzte, und ehe Julian auch nur begriff, wie ihm geschah, schwang ein zweiter seinen Hammer und trieb den Nagel bis zum Kopf in den Schuh! Julian spürte, wie der Stahlstift zwischen seinen Zehen hindurchglitt, dabei zwei dünne Streifen Haut mitnahm und seine Schuhsohle durchbohrte.

»Au!« schrie Julian. »He! Bist du verrückt geworden? Was soll denn das?«

Es war nicht nur eine ausgesprochen dumme, sondern auch noch eine überflüssige Frage – die der Zwerg trotzdem auf der Stelle beantwortete. Aber auf andere Art, als Julian recht sein konnte. Er brachte nämlich plötzlich einen zweiten Nagel zum Vorschein und setzte auch dessen Spitze auf seinen Schuh, ein gutes Stück höher als den ersten, so daß er unweigerlich seinen Fuß durchbohren mußte, wenn der andere Zwerg mit dem Hammer zuschlüge.

Julian quietschte vor Entsetzen, riß seinen anderen Fuß aus der Umklammerung der Zwerge und trat zu. Er traf nicht den Zwerg, wohl aber den Hammer in seiner Hand, und dieser flog in hohem Bogen davon – samt der Hand und einem Teil des Armes, zu dem sie gehörte.

Da sein rechter Fuß an den Boden genagelt war, konnte er

die Balance nicht richtig halten. Ein paar Sekunden lang kämpfte er mit rudernden Armen um sein Gleichgewicht, dann stürzte er hintenüber zu Boden, wobei er zwei der Zwerge unter sich begrub und mit seinem Gewicht zermalmte.

Die fünf anderen gaben keineswegs auf. Der Zwerg mit dem Nagel hüpfte vor Wut auf der Stelle und versuchte das Ding mit bloßen Händen durch seinen Schuh zu treiben. Es gelang ihm nicht einmal, das Leder zu durchstoßen, aber das änderte nichts an der Tatsche, daß es weh tat. Tränen des Schmerzes schossen in Julians Augen, während er sich auf die Ellbogen hochstemmte. Sein Versuch, ganz in die Höhe zu kommen, mißlang, weil sein rechter Schuh noch immer an den Boden genagelt war und sich nicht rührte, sosehr er auch zerrte und zog.

Die anderen Zwerge schleppten unterdessen weiteres Werkzeug herbei: Schraubenzieher, Nägel, Zangen, Äxte – zwei von ihnen mühten sich mit einer großen Baumsäge ab, die sie unverzüglich an seinem Knöchel ansetzten. Er brüllte vor Schrecken, trat mit dem freien Fuß zu und kickte einen der Zwerge davon. Er flog über den Rand des Karussells und verschwand in der Dunkelheit. Der andere Zwerg packte seine Säge und brachte sich mit einem erstaunlich weiten Satz in Sicherheit.

Fast in der gleichen Sekunde stürzten sich die anderen auf Julians linkes Bein, und obwohl sie so klein waren, waren sie vereint seinen Kräften doch überlegen und stark genug, ihn festzuhalten, sosehr er sich auch wehrte. Aus den Augenwinkeln sah er, wie der Zwerg mit der Säge mit der Hilfe anderer erneut seinem Knöchel zu Leibe rückte. Gleichzeitig versuchte ein anderer, ihm mit einem Schraubenzieher die Augen auszustechen, während ihn ein Dritter mit einer Kneifzange ins Ohr zwickte, und das kräftig. Julian fand, daß der Spaß nun allmählich ein wenig zu weit ginge.

Wütend entriß er dem Zwerg die Zange und schlug sie ihm so kräftig auf den Schädel, daß die ganze Figur zerbrach. Etwas stach in seine Wange. Julian entwaffnete auch den Zwerg mit dem Schraubenzieher, durchbohrte ihn mit seiner eigenen Waffe und schleuderte einen dritten Angreifer mit einem Fausthieb von seiner Brust. Von wegen Schneewittchen und die Sieben Zwerge! dachte er. Das waren nicht sieben, das mußten mindestens ein Dutzend sein, wenn nicht mehr.

Plötzlich schoß ein furchtbarer Schmerz durch seinen rechten Fuß. Julian sah aus tränenverschleierten Augen voller Entsetzen, daß die beiden Zwerge dort begonnen hatten, seinen rechten Fuß abzusägen! Sein Strumpf färbte sich rot. Die übrigen Zwerge klatschten johlend Beifall.

Julian kam endlich auf die rettende Idee und zog den Fuß aus dem festgenagelten Schuh. Er stand auf und trat einen Schritt zurück. Ein Zwerg schleppte einen Handbohrer herbei, offenbar mit der Absicht, ein Loch in sein linkes Knie zu machen. Er war viel zu klein, um überhaupt hinaufzureichen, aber das machte nichts: zwei seiner Kumpane bildeten eine Räuberleiter, so daß er die nötige Höhe erreichte.

Julian schlug dem Zwerg den Bohrer aus der Hand, packte ihn und warf ihn im hohen Bogen von sich. Er flog vom Karussell in die Nacht hinein, berührte einen der kriechenden Schatten dort draußen – und war verschwunden! Ein fürchterliches Krachen und Mahlen erscholl.

»Na also!« rief Julian triumphierend. »Habt ihr Hunger? Hier! Bedient euch! Freßt! Es ist genug da!« Und bei jedem Wort packte er einen weiteren Zwerg und warf ihn den Schattenkreaturen zu. Das Knirschen und Manschen schwoll an, die Zwerge verschwanden einer nach dem anderen.

Aber es war noch nicht vorüber. Julian war nicht der einzige, der sich in Gefahr befand. Refels war es nicht gelungen, sich aus dem Wagen zu befreien. Das Schneewittchen hockte auf seiner Brust und schnappte mit langen, messerscharfen Zähnen nach seiner Kehle, und der Gewichtheber hatte es sich auf seinen Beinen bequem gemacht und hielt sie mittels seiner Hantel nieder. Schneewittchen hatte keine Füße mehr.

Sie waren dort geblieben, wo es gestanden hatte, weswegen es sich nur mühsam auf dem Bauch liegend mit Hilfe der Hände vorwärts bewegen konnte. Trotzdem reichten Franks Kräfte kaum noch aus, sich das Haifischgebiß des kleinen Scheusals vom Hals zu halten.

Julian war mit einem Satz bei ihm, versetzte dem Gewichtheber einen Tritt, der ihn davonkollern ließ, und packte die Hantel und hob sie hoch. Das heißt, er *wollte* es.

Das Ding wog mindestens hundert Kilo. Sosehr Julian zerrte und zog, es rührte sich keinen Millimeter. Nach ein paar Sekunden gab er seine fruchtlosen Versuche auf, beugte sich über Schneewittchen und versuchte es von Refels' Brust zu zerren, aber das kleine Biest klammerte sich mit erstaunlicher Kraft fest. Sein Kopf drehte sich blitzartig um hundertachtzig Grad, das Haifischgebiß schnappte nach Julians Fingern und verfehlte sie nur um Haaresbreite.

Julian sprang mit einem Schreckensschrei zurück, sah sich nach einer Waffe um und griff in Ermangelung von etwas anderem nach dem Hammer, den er dem Zwerg aus der Hand getreten hatte. Er schlug zu, einmal, zweimal, dreimal, bis Schneewittchens Körper nur noch ein wildes Gemenge aus Holzspänen und Lack war.

Endlich ließ Schneewittchen los. Julian riß die Figur vollends von Refels herunter und schleuderte sie weg. Schneewittchen prallte gegen eine Strebe, dann segelten die Trümmer in die Dunkelheit hinaus und wurden von den Schattenkreaturen verschlungen, der Kopf aber hüpfte wie ein Ball zurück und blieb keinen halben Meter vor Julians Füßen liegen. Die Augen starrten voll unstillbarem Haß zu ihm hinauf, das Gebiß schnappte noch immer auf und zu.

Inzwischen war der Gewichtheber wieder herangekommen. Julian rechnete damit, daß er ihn unverzüglich anspringen werde, statt dessen griff er nach der Hantel, die Julian selbst nicht um einen Millimeter hatte bewegen können, hob sie ohne die geringste Anstrengung hoch und schwang sie wie eine Keule. Die zentnerschwere Eisenkugel sauste durch die

Luft und verwandelte das Rad des Wagens, in dem Refels noch immer lag, in Sägespäne. Julian versuchte nach ihm zu treten, aber das kleine Monster hatte aus dem Schicksal seiner Kameraden gelernt. Es wich seinem Fuß geschickt aus und ließ seine Hantel im gleichen Moment auf sein Standbein herunterkrachen.

Julian schrie auf. Hätte der Gewichtheber seinen anderen, nur mit einem Strumpf bekleideten Fuß erwischt, hätte er ihm wahrscheinlich sämtliche Knochen gebrochen. Aber auch so hatte er das Gefühl, mit den Zehen in eine Schrottpresse geraten zu sein. Heulend hopste er auf der Stelle und versuchte zugleich, den weiteren Hieben des nicht einmal dreißig Zentimeter großen Kraftbolzens zu entgehen.

Wahrscheinlich hätte er es nicht geschafft, hätte Refels sich in diesem Moment nicht doch aus seiner mißlichen Lage befreit und wäre ihm zu Hilfe gekommen. Er packte die Hantel und entriß sie dem Turner. Natürlich ging er unter dem Gewicht im nächsten Augenblick selbst zu Boden, aber Julian nutzte den winzigen Moment, um den Gewichtheber zu packen und so weit in die Nacht hinauszuschleudern, wie er nur konnte. Ein schreckliches Knirschen verkündete sein Ende.

Etwas zwickte Julian in den Fuß, als er sich herumdrehen wollte. Es war Schneewittchens Kopf, dessen Raubtiergebiß noch immer auf- und zuklappte, was klang wie eine zuschnappende Bärenfalle. Julian schleuderte den Kopf mit einem Tritt in die Dunkelheit hinaus und ging humpelnd zu Refels zurück.

Der Reporter hatte sich mit einiger Mühe unter der Hantel hervorgearbeitet. Schneewittchen mußte ihn wohl doch erwischt haben, denn sein Hals und die Brust seines Trenchcoats waren schwarz von Blut. Er zitterte am ganzen Leib und schien zu Tode erschöpft. Trotzdem grinste er über das ganze Gesicht, als er sich aufrichtete. »Das war knapp«, sagte er. »Aber wir beide sind ein ganz gutes Team, wenn's drauf ankommt, wie?«

»Das will ich hoffen«, sagte Julian mit einem Blick in die

Runde. »Ich hoffe sogar, daß wir noch viel besser sein können. Sonst sehe ich nämlich schwarz.«

Es war nämlich keineswegs vorbei. Von überallher krochen weitere, zu unheimlichem Leben erwachte Karussell-Tiere auf sie zu. Sie waren nicht sehr schnell. Die kleinen Pferde und Esel – sogar ein kleiner Elefant war dabei, der sicher lustig ausgesehen hätte, hätte er nicht ein Paar ekelhaft langer und spitzer Stoßzähne gehabt – mußten ihre Wagen und Schlitten hinter sich herzerren, so daß sie kaum von der Stelle kamen.

Aber das war es auch gar nicht. Der eigentliche Schrecken befand sich *außerhalb* des Karussells.

Das Kinderkarussell schien inmitten eines gewaltigen leeren Nichts zu schweben, eingehüllt in eine Wolke rauchiger Schwärze, in der sich konturlose, finstere Dinge bewegten. Und diese Dunkelheit rückte näher. Diesmal wirklich von allen Seiten zugleich.

Julian bückte sich nach der unteren Hälfte eines Zwerges und warf ihn hinaus. Er verschwand, wie alles andere vor ihm, und wieder war dieses grausige Bersten und Splittern wie von riesigen mahlenden Kiefern zu hören. Und für einen kurzen Moment kam der Vormarsch der Dunkelheit ins Stocken.

Frank und er begriffen im gleichen Augenblick. »Es hält sie auf!« schrie Refels. »Schnell! Hilf mir!«

Mit vereinten Kräften begannen sie, auch noch die übrigen Karusselltiere in die Nacht hinauszuwerfen – eine Aufgabe, die gar nicht so einfach war, denn die Holztiere waren schwer, und sie wehrten sich erbittert. Sowohl Julian als auch Frank bekamen mehr als einen Huftritt und Biß ab, und besonders die Stoßzähne des kleinen Elefanten erwiesen sich als gefährliche Waffe.

Es dauerte eine halbe Stunde, bis sie das Karussell völlig leergeräumt hatten. Die große Scheibe drehte sich noch immer, aber die Aufbauten waren bis auf den letzten Nagel in der fressenden Schwärze draußen verschwunden. Die Dunkelheit war während dieser Zeit nicht sichtbar näher gekommen, aber nun hatten sie nichts mehr, um den Hunger des Ungeheuers zu stillen.

»Das war's dann wohl«, sagte Refels düster. »Es sei denn, du hast noch irgendeinen Trick auf Lager.«

Sie waren auf die große Nabe in der Mitte des Karussells geklettert und saßen nun Rücken an Rücken und mit angezogenen Knien da, während sich die Welt rings um sie im Kreis drehte.

»Nein«, sagte Julian, »hab ich nicht.«

Refels schwieg einige Sekunden. Als er wieder sprach, hatte die Düsternis den Rand des Karussells erreicht und schlang ihre rauchigen Arme um die gedrechselten Streben. »Es ist noch nicht gesagt, daß es uns etwas tut«, sagte er. »Ich . . . ich meine, bisher hat es nur diese Monster verschlungen, oder? Vielleicht will es ja gar nichts von uns.«

Julian machte sich nicht die Mühe, auf Refels' Worte, die purer Verzweiflung entsprangen, zu antworten. Die fressende Schwärze kam näher. Der Rand des Karussells war schon nicht mehr zu sehen. Noch anderthalb Meter, vielleicht zwei. Fünf Minuten allerhöchstens noch . . .

Plötzlich erschien ein winziger Funke in der Dunkelheit, und in das unheimliche Schlurfen und Kriechen mischte sich ein neuer Laut.

Auch Refels hatte das Licht bemerkt. »Was ist das?« fragte er alarmiert.

Julian antwortete nicht. Das Karussell kreiste weiter, und als es seine nächste Drehung beendet hatte, war aus dem Funken eine Flamme geworden, in deren Zentrum sich etwas Dunkles bewegte. Der unheimliche Laut war jetzt eine Stimme, die *seinen Namen schrie!*

»Vater!« rief er ungläubig. »Das . . . das ist mein Vater, Frank!«

Nach einer weiteren Drehung war der dunkle Fleck zu einer Gestalt geworden, die mit weit ausgreifenden Schritten auf sie zugerannt kam. Sie brannte. Flammen leckten aus ihren

Haaren und Kleidern, und hinter ihr blieb in der Schwärze eine Spur brennender Fußabdrücke zurück. Dann hörte er die Stimme seines Vaters, die wie aus unendlicher Entfernung an sein Ohr zu dringen schien: »Julian! Lauf! Ich schütze euch!«

Eine endlose, von Entsetzen erfüllte Sekunde lang starrte Julian die Gestalt seines Vaters an, die lichterloh in Flammen zu stehen schien, dann hörte er ihn ein zweites Mal schreien, er solle loslaufen, und diesmal gehorchte er. Blindlings stürzte er sich in die Dunkelheit.

Für den Bruchteil einer Sekunde glaubte er etwas zu spüren, das weder Kälte noch Hitze war, ihn aber innerlich zugleich verbrennen und zu Eis erstarren ließ, dazu ein furchtbares Saugen und Schlürfen, als griffe etwas in ihn hinein. Und dann . . .

Der Kirmesplatz mußte vor neunzig Jahren gute drei Meter höher gelegen haben. Vielleicht war der Wasserstand des Flusses gefallen, oder man hatte das Ufer begradigt – wie dem auch sein mochte, Julian und Frank erscheinen mehr als drei Meter über den Köpfen einer staunenden Menge von Kirmesbesuchern buchstäblich aus dem Nichts, um in der nächsten Sekunde auf sie hinabzustürzen.

Warnung aus der Vergangenheit

Alles in allem vergingen fast zwei Tage, bevor Julian endlich dazu kam, den Anwalt aufzusuchen, um sich nach dem Brief zu erkundigen, von dem sein Vater gesprochen hatte. Die Zeiten der beiden Rummelplätze liefen keineswegs gleich schnell ab. Während Julian und Frank in der Vergangenheit geweilt hatten, war für sie dort kaum eine Stunde vergangen;

hier, in der Gegenwart, annähernd vierundzwanzig. Sie waren einen ganzen Tag nach der Abschiedsvorstellung seines Vaters auf – genauer gesagt: *über* – der Kirmes erschienen. Und damit nicht genug. Der Dreimetersturz hatte Julian gewissermaßen den Rest gegeben. Er hatte auf der Stelle das Bewußtsein verloren und die Augen erst Stunden später wieder aufgeschlagen; wie nicht anders zu erwarten, in einem Krankenhausbett, umgeben von einem ganzen Wust piepsender, blinkender und summender Apparaturen, eingewickelt wie eine Mumie und eine spitze Nadel in der rechten Vene, von der sich ein durchsichtiger Schlauch zu einer Flasche mit Glucose emporschlängelte, die über seinem Bett hing. Außerdem waren ungefähr zwei Dutzend bunte Kabel und Drähte mit Heftpflaster an seinem Körper befestigt.

Julian setzte sich mit einem Ruck im Bett auf, zog als erstes die Nadel aus seiner Vene, riß dann nacheinander sämtliche Kabel ab und registrierte mit grimmiger Befriedigung, daß einige der Geräte neben seinem Bett mit protestierendem Pfeifen und Piepsen auf diese grobe Behandlung reagierten. Rasch schwang er die Beine aus dem Bett, ging zum Schrank und suchte nach seinen Kleidern.

Sie waren nicht da. Nach allem, was sie – samt ihres Besitzers – mitgemacht hatten, wunderte Julian das allerdings kein bißchen.

Er war gerade dabei, sich den Kopf zu zerbrechen, wie um alles in der Welt er ohne Kleider aus dem Krankenhaus herauskommen sollte, als die Tür aufging und die Nachtschwester hereinkam. Erschrocken blickte sie sich um, sah zuerst das leere Bett an, danach Julian, und dann trat ein zorniger Ausdruck in ihr Gesicht. »Was . . . was fällt dir denn ein?« stammelte sie. »Bist du verrückt? Du kannst doch nicht –«

»Natürlich kann ich«, unterbrach sie Julian. »Ich kann sogar noch ganz anders. Wo sind meine Sachen? Ich will raus hier!«

»Im Müll, wo sie hingehören!« Die Schwester sagte es ganz automatisch. Erst jetzt wurde ihr Julians unverschämter Ton bewußt. »Mach sofort, daß du wieder ins Bett kommst, bevor der Oberarzt merkt, was du getan hast! Marsch! Marsch!« Sie packte Julian mit festem Griff bei den Schultern und bugsierte ihn so resolut ins Bett zurück, daß er nicht einmal auf den Gedanken kam, sich zu widersetzen. Aber als sie die herausgerissene Kanüle wieder in seine Vene stoßen wollte, zog er rasch den Arm zurück und schüttelte den Kopf.

»O nein«, sagte er entschieden. »Sie werden nichts in mich hineinstecken. Sie werden mir auch nichts verabreichen, nichts einflößen oder injizieren ohne mein Einverständnis.«

»Ich werde tun, was immer ich will«, erwiderte die Schwester. Aber es klang nicht mehr ganz so selbstsicher.

»Hängen Sie an Ihrem Job?« fragte Julian ruhig. »Ich meine ... was halten Sie von einer Anzeige wegen Körperverletzung und Nötigung?«

»Also das ist doch ...« Die Schwester wurde bleich.

»Ja?« fragte Julian ruhig.

Die Schwester sagte nichts mehr, sondern stand mit einem Ruck auf und stürmte aus dem Zimmer.

Im gleichen Augenblick begann Julian am ganzen Körper zu zittern. Er war innerlich nicht halb so ruhig, wie er getan hatte. Es bereitete ihm keineswegs Vergnügen, die Krankenschwester so zu behandeln, die doch schließlich nur ihre Pflicht tat. Er wunderte sich sogar ein wenig darüber, daß er überhaupt die Kraft aufgebracht hatte, so grob mit ihr umzuspringen. Er nahm sich vor, sich bei nächstbietender Gelegenheit bei ihr zu entschuldigen.

Was nichts daran änderte, daß er nicht nachgeben würde. Er wollte keinerlei Spritzen und Medikamente, und er mußte auf der Stelle hier heraus!

Das war allerdings leichter gesagt als getan. Die Krankenschwester ließ Julians Auftritt keineswegs auf sich beruhen, sondern kehrte nach wenigen Minuten in Begleitung eines Arztes zurück, der zwar nett und humorvoll war, sich aber von Julians zur Schau gestellter Großspurigkeit nicht im mindesten beeindrucken ließ.

177

Julian lernte an diesem Abend und dem darauffolgenden Morgen eine Menge über das Verhältnis zwischen Ärzten und Patienten, und er lernte vor allem eines: daß vierzehnjährige Jungen – vierzehnjährige Mädchen übrigens auch – keine, aber auch absolut keine Rechte hatten. Er war direkt froh, als er am nächsten Mittag Besuch von den beiden Polizeibeamten bekam. Sie waren ihm jetzt keineswegs sympathischer als bisher, aber wenigstens kam nun Bewegung in die Sache. Er würde entweder hier herauskommen oder zumindest erfahren, warum man ihn festhielt.

Er versuchte es nicht mit irgendwelchen Ausflüchten oder Lügen, sondern hielt sich mit allen Antworten streng an die Wahrheit, obwohl er natürlich einiges wegließ. Aber wie sich zeigte, war dies eine der Situationen, in denen es entschieden besser gewesen wäre zu lügen. Der ältere der beiden Polizisten sagte bald gar nichts mehr, sondern starrte ihn nur an, als wolle er ihn mit seinen Blicken durchbohren, während die Stimme des jungen immer ausdrucksloser wurde. Es dauerte eine gute halbe Stunde, und spätestens während des letzten Drittels ihrer Unterhaltung argwöhnte Julian immer mehr, daß ihm die beiden Männer nicht so recht glaubten ...

»Kommen wir zu der Verletzung an deinem rechten Fuß«, sagte der Polizist. »Doktor Bertram erklärt uns, sie wäre eindeutig von einer Stich- oder Hiebwaffe. So etwas kann man heutzutage feststellen, weißt du.«

»Es war ein Nagel«, korrigierte ihn Julian.

»Bist du daraufgetreten?«

»Nein. Ich sagte doch – die Zwerge wollten mich festnageln. Um ein Haar hätten sie es sogar geschafft.«

»Zwerge?«

»Die vom Karussell«, erklärte Julian geduldig. »Ein paar von ihnen hielten mich fest, und zwei wollten meinen Fuß festnageln.«

»Aha«, sagte der Polizist. »Dann nehme ich an, die Schnittwunden an deinem Knöchel stammen auch daher.«

»Ja, aber das war eine Säge. So eine Art großer Baumsäge für zwei Leute, wissen Sie? Offensichtlich gefiel ihnen mein rechter Fuß nicht. Ich habe einem von ihnen ein Ding verpaßt, daß sein Kopf wegflog, aber die anderen waren ziemlich hartnäckig. Sie wissen doch, wie Zwerge sind.«

»Sicher«, bestätigte der Polizist. Seine Augen wurden leicht glasig. »Aber bist du sicher, daß es die Sieben Zwerge waren und nicht Schneewittchen?«

»Ganz sicher«, sagte Julian. »Schneewittchen war gar nicht da. Es versuchte gerade, Frank den Hals durchzubeißen.«

»O ja, natürlich«, gab ihm der Polizist recht. »Wie konnte ich das nur vergessen? Aber wieso konnte sich dein Freund nicht gegen so ein kleines Ding wehren? Er ist doch groß und kräftig.«

»Sie haben Schneewittchens Zähne nicht gesehen«, sagte Julian, ohne die Miene zu verziehen. »Außerdem war da noch der Gewichtheber.«

Die Augen des Polizisten wurden groß. »Gewichtheber?«

»Sicher«, sagte Julian. »Er hielt Frank fest, während Schneewittchen auf ihn losging. Es hatte keine Füße mehr, deshalb war es nicht sehr schnell. Aber Sie hätten seine Zähne sehen sollen.« Er zeigte die Größe mit Daumen und Zeigefinger. »*So* lang. Brrr!«

»Hmpf!« machte der jüngere Polizist. Seine Hände begannen leicht zu zittern. Und plötzlich brüllte der ältere mit vollem Stimmaufwand los: »*Jetzt reicht es aber, du Bengel! Was glaubst du eigentlich, mit wem du es hier zu tun hast? Wir sind doch nicht aus Langeweile hier!*«

Er war halb von seinem Stuhl aufgesprungen und hatte sich erregt vorgebeugt. Sein Gesicht hatte plötzlich die Farbe einer reifen Tomate. Es sah ganz so aus, als würde er jeden Moment platzen. Aber bevor er weiterbrüllen konnte, wurde die Tür aufgerissen, und der Arzt steckte den Kopf herein.

»Meine Herren!« sagte er mißbilligend. »Ich bitte Sie! Wir sind hier doch nicht auf dem Fußballplatz!«

»Aber anscheinend in einem Tollhaus!« polterte der Polizist, nun nicht mehr ganz so laut, aber immer noch alles andere als leise. Mit einer wütenden Geste in Julians Richtung fuhr er fort: »Dieser Bengel versucht uns auf den Arm zu nehmen! Wissen Sie, was er erzählt?«

Der Arzt nickte, zog die Tür hinter sich zu und lehnte sich mit in den Kitteltaschen versenkten Händen dagegen. »Ja. Eine wilde Geschichte von Trollen und Zwergen und einem Schneewittchen mit langen Zähnen.«

Julian war nicht der einzige, der den Arzt verblüfft ansah. Der Doktor lächelte flüchtig, wurde aber sofort wieder ernst. »Du hast im Fieber gesprochen, in der ersten Nacht, als du hergebracht worden bist.«

»Soll das heißen, Sie *glauben* den Quatsch?« stieß der Polizist hervor.

»Nein«, sagte der Doktor. »Aber er.«

Er sah Julian beinahe schuldbewußt an. »So etwas kommt häufig vor. Nach einem schweren Schock verwechselt man manchmal Realität und Vision. Das passiert auch Erwachsenen. Es dauert eine Zeit, bis sich alles wieder einrenkt.«

»Wir *haben* aber keine Zeit«, polterte der Polizist.

»Sie werden sie haben müssen«, antwortete der Arzt beinahe fröhlich. »Ich will Sie natürlich nicht von der Ausübung Ihrer Pflichten abhalten. Aber wenn Sie dazu unbedingt herumbrüllen müssen, dann tun Sie das bitte draußen auf dem Parkplatz, aber nicht in meiner Klinik.«

Der Arzt begann mit gemessenen Schritten im Zimmer auf und ab zu gehen. Als er an dem Spiegel über dem Waschbecken vorbeikam, schien ein Schatten über das Glas zu huschen. Julian fuhr leicht zusammen, aber gottlob bemerkten es weder der Arzt noch die beiden Polizeibeamten.

»So verstehen Sie doch«, fuhr der ältere Polizist in gemäßigtem Tonfall fort. »Es geht hier um mehr als eine Routineuntersuchung. Die Eltern des verschwundenen Jungen haben Anzeige erstattet.«

»Gegen Julian?«

»Nein. Aber gegen seinen Vater. Und der Staatsanwalt macht mir ebenfalls die Hölle heiß.«

»Das mag schon sein. Aber was hat der Junge damit zu tun?«
»Genau das will ich ja herausfinden«, antwortete der Polizist.
»Er weiß etwas, da bin ich ganz sicher!«
»Wieso?« fragten der Arzt und Julian wie aus einem Mund.
Der Polizist ignorierte Julian und fuhr an den Doktor gewandt, aber mit heftigen Gesten in Julians Richtung, fort:
»Sehen Sie sich ihn doch an! Wenn Sie meine Meinung hören wollen, dann ist dieser Junge in den letzten Tagen ein paarmal gründlich zusammengeschlagen worden, hat um sein Leben laufen müssen und ist völlig eingeschüchtert. Jemand hat versucht, ihn umzubringen!«
»Unsinn«, sagte Julian.
»Ach?« In den Augen der Polizisten blitzte es kampflustig auf. »Was war mit dir los an dem Abend, als du ins Hotel kamst? Du sahst aus wie durch den Wolf gedreht! Und die Kette in deiner Tasche? Ich habe mich über dich erkundigt, Kleiner. Du giltst als stiller, zurückgezogener Junge. Du bist kein Schläger! Wieso schleppst du eine Kette mit dir herum?«
»Es könnte ja sein, daß ich irgendwo ein Fahrrad finde, an dem die Kette fehlt«, antwortete Julian trotzig.
»Ha, ha, ha«, machte der Polizist. »Soll ich dir sagen, wie ich die Sache sehe? Dein Vater hat diesen Jungen irgendwie verschwinden lassen, wahrscheinlich um die Eltern zu erpressen. Aber dann ist irgendwas schiefgegangen. Wahrscheinlich hat er Ärger mit seinen Komplizen bekommen.«
»Welchen Komplizen?« fragte Julian verwirrt.
»Das frage *ich dich*«, blaffte der Polizist. »Mit denen, vor denen er und sein sauberer Agent auf der Flucht sind. Und die dich gejagt haben! Ich habe mich ein bißchen über deinen Vater erkundigt, weißt du? Er ist ziemlich vermögend.«
»Ist das ein Verbrechen?« fragte Julian patzig.
Der Arzt lächelte, gab ihm aber gleichzeitig durch Gesten zu verstehen, daß er den Bogen besser nicht überspannen solle.
»Junge, dein Vater hat so viel Geld, daß er die ganze *Stadt* kaufen könnte, wenn er wollte!« antwortete der Polizist. »Er

ist nicht einfach nur *reich.* So viel Geld verdient man nicht mit ein paar Taschenspielertricks!«

Julian war ehrlich schockiert. Er hatte gewußt, daß sein Vater ein wohlhabender Mann war, aber daß er derart reich sein sollte ...

»Ich bin sicher, daß er seine Finger in irgendwelchen schmutzigen Geschäften hat«, fuhr der Polizist fort. »Und ich werde herausfinden, in welchen.«

»Aber natürlich«, sagte Julian höhnisch. »Wer Geld hat, muß Dreck am Stecken haben, wie?«

»Wenn in seiner Umgebung ständig Menschen verschwinden, ja!« konterte der Polizist. »Wo warst du? Du warst vierundzwanzig Stunden verschwunden, und ich will wissen, wo du und dein Reporterfreund in dieser Zeit gewesen seid!«

»Also gut«, lenkte Julian ein. »Ich sage es Ihnen. Wir waren auf dem Rummelplatz.«

»Den haben wir Zentimeter für Zentimeter abgesucht!«

»Wir waren da, aber auch wieder nicht«, antwortete Julian ausweichend. »Verstehen Sie, wir waren ... in der Vergangenheit. Es war eine Art ... Zeitreise. Wir waren im Jahr 1908. Ich weiß, es klingt verrückt, aber das ist die Wahrheit!«

Die Gesichtsfarbe des Polizisten wechselte von Rot zu Kreidebleich. Er schnappte nach Luft wie der berühmte Fisch auf dem Trockenen. Aus den Augenwinkeln sah Julian, daß auch sein Assistent zusammenfuhr, während der Arzt alle Mühe hatte, nicht vor Lachen laut herauszuplatzen.

Julians Blick suchte den Spiegel hinter dem Doktor. Der Schemen war noch immer da, aber Julian war nicht sicher, daß es sich dabei wirklich um das handelte, was er befürchtete. Spiegel zeigten manchmal ein zweites, geisterhaftes Spiegelbild, wenn man in einem bestimmten Winkel davor stand oder wenn sie nicht ganz sauber gearbeitet waren. Einer der Tricks seines Vaters beruhte gerade auf diesem Effekt.

»Jetzt reicht's!« preßte der Polizist hervor. »Du wirst mir jetzt auf der Stelle sagen, was –«

»Ich sage überhaupt nichts mehr«, unterbrach ihn Julian. »Ich will mit dem Rechtsanwalt meines Vaters sprechen.« Etwas im Blick des Polizisten schien zu erlöschen. Der Zorn war plötzlich verschwunden und hatte einer Kälte Platz gemacht. »Entweder, du hast zu viele amerikanische Kriminalfilme gesehen«, sagte er, »oder du bist das abgebrühteste kleine Miststück, dem ich je begegnet bin.« Er stand mit einem Ruck auf. »Aber das mit dem Anwalt ist gar keine so schlechte Idee. Jetzt, wo dein Vater nicht mehr da ist, wäre die Frage zu klären, was mit dir geschieht. Schließlich bist du noch nicht volljährig. Wir müssen einen Vormund für dich finden, fürchte ich.«

Er drehte sich mit einem Ruck um, rannte aus dem Zimmer und warf die Tür hinter sich zu. Das heißt, er wollte es. Aber sein Assistent war ihm gefolgt, und dummerweise befand sich dessen Hand zwischen der zufallenden Tür und dem Rahmen.

Diesmal protestierte der Arzt nicht gegen das Gebrüll, das über den Flur schallte, sondern hatte im Gegenteil alle Mühe, nicht in schadenfrohes Gelächter auszubrechen.

Aber er wurde sehr rasch wieder ernst, als er sich zu Julian umdrehte. »Mach dir keine Sorgen«, sagte er. »So leicht ist das mit dem Vormund nicht. Schon gar nicht, wenn dein Vater wirklich ein so reicher Mann ist. Du wirst dir einen guten Anwalt leisten können, der diesem sturen Amtsschimmel seine Grenzen zeigt.« Er zögerte einen Moment. »Aber in einem Punkt hat er recht, fürchte ich.«

»So?« fragte Julian mißtrauisch.

»Ich will jetzt nicht in die gleiche Bresche schlagen wie er«, fuhr der Arzt fort, »aber du warst wirklich in einem erbärmlichen Zustand, als man dich herbrachte. Und dein Freund auch. Wenn du in Gefahr bist, dann solltest du mit jemandem reden. Wir können dir nicht helfen, wenn wir nicht wissen, was los ist. Wenn du jemanden zum Reden brauchst . . .« Er breitete die Hände aus und lächelte flüchtig. »Du weißt ja, daß wir Ärzte der Schweigepflicht unterliegen.«

183

Julian sah ihn stumm an. Sein Lächeln wirkte echt, und für einen Moment war er nahe daran, dem Arzt alles zu erzählen. Aber dann fiel sein Blick wieder auf den Spiegel hinter dem Mann. Der Schatten war noch immer da. Und er schien sich zu bewegen, obwohl der Arzt vollkommen still stand.

Doktor Bertram hatte seinen Blick bemerkt, drehte sich ebenfalls zu dem kleinen Spiegel über dem Waschbecken um und musterte ihn nachdenklich. »Ist irgend etwas mit dem Spiegel?« fragte er.

Julian schüttelte beinahe hastig den Kopf. »Nein. Ich mußte nur . . . an etwas denken.«

»Dein Vater hat mit Spiegeln gearbeitet, nicht wahr?« Der Arzt seufzte tief. »Du tust mir wirklich leid. Wenn du mit mir reden willst, kannst du mich jederzeit rufen. Ich bin fast immer hier.«

Er wollte gehen, aber Julian rief ihn noch einmal zurück. »Ja?«

»Frank«, sagte Julian. »Ich meine, Herr Refels . . . ist er auch hier?«

»Der junge Reporter?« Der Arzt nickte. »Ja. Er hatte ein bißchen weniger Glück als du. Jemand hat versucht, ihm die Kehle durchzuschneiden – aber das weißt du vermutlich besser als ich. Er wird noch eine ganze Weile hierbleiben müssen. Willst du ihn sehen?«

»Wenn das möglich wäre . . .«

»Warum nicht?« Der Arzt überlegte einen Moment. »Weißt du was? Ich bringe dich zu ihm, und während du mit ihm redest, telefoniere ich mit dem Anwalt deines Vaters. Nur zur Sicherheit – ehe dieser Polizist noch irgendwelchen Unsinn anstellt. Komm.«

Julian schlüpfte in seinen Krankenhaus-Morgenmantel und verließ hinter dem Arzt das Zimmer. Sein Blick streifte nervös den Spiegel. Er brannte darauf, mit Frank zu reden, aber das war nicht einmal der Hauptgrund für seine Bitte. Er wollte nicht allein sein in diesem Zimmer. Nicht mit diesem Spiegel.

Sie mußten fast bis zum entgegengesetzten Ende der Klinik gehen, denn Frank befand sich in einem anderen Flügel. Julian erschrak ein wenig, als sie eine Tür durchschritten, über der »Intensivstation« stand, aber der Arzt beruhigte ihn und erklärte, es handele sich um eine reine Vorsichtsmaßnahme. Als weitere »Vorsichtsmaßnahme« entdeckte Julian einen Streifenpolizisten, der auf einem unbequemen Schemel vor Refels' Tür hockte und ihn mißtrauisch beäugte, aber keinerlei Einwände erhob, als Julian und der Arzt das Zimmer betraten.

Julian erschrak erneut und sehr viel heftiger, als er Frank sah. Als sie auf dem Karussell gewesen waren, war ihm gar nicht aufgefallen, *wie* schlimm die kleinen Monster den Reporter zugerichtet hatten, aber er sah wirklich beängstigend aus. Sein Hals war dick bandagiert und zusätzlich mit einer Manschette versehen, so daß er kaum den Kopf drehen konnte. Sein linker Arm und das rechte Bein waren eingegipst, und hätte er für jeden Kratzer, den Julian sah, eine Mark bekommen, dann hätte er sich wahrscheinlich auf der Stelle seine eigene Zeitung kaufen können. Sein Gesicht war dort, wo es nicht mit Heftpflastern beklebt oder mit Jod eingepinselt war, fast so weiß wie das Kopfkissen, auf dem er lag.

Trotzdem lächelte er erfreut, als er Julian erkannte, und versuchte sich im Bett aufzurichten. Der Arzt schüttelte mahnend den Kopf, und Frank sank zurück. Aber sein Grinsen blieb.

»Okay«, sagte der Arzt. »Ich lasse euch zehn Minuten allein.« Er ging. Julian blieb reglos stehen, bis die Tür hinter ihm sich geschlossen hatte. Dann trat er wortlos an den Spiegel über dem Waschbecken und versuchte ihn abzuhängen. Als es ihm nicht gelang, nahm er ein Handtuch und hängte den Spiegel damit zu, so gut es ging.

»Was tust du da, wenn ich fragen darf?« erkundigte sich Frank stirnrunzelnd. Seine Stimme klang, als bereite ihm das Sprechen große Mühe. Schneewittchen mußte ihm schlimmer zugesetzt haben, als Julian in jener Nacht bemerkt hatte.

Mit einiger Verspätung zuckte Julian mit den Schultern. »Oh, nichts«, sagte er. »Eine reine Vorsichtsmaßnahme.« Er deutete auf Franks Bein. »Was ist passiert? Mir ist gar nicht aufgefallen, daß es dich so schlimm erwischt hat.«

»Hat es auch nicht«, sagte Frank. Er grinste schief. »Ich Trottel hab mir das Bein bei dem Sturz verstaucht, als wir ... zurückkamen.«

Beinahe gegen seinen Willen mußte Julian lachen. »War die Polizei auch bei dir?« fragte er dann.

»Und wie!« Frank versuchte zu nicken, was aber von seiner Halskrause nachhaltig verhindert wurde. »Sie haben mich ausgequetscht wie eine Zitrone! Ich kam mir vor wie Al Capone!«

»Und was hast du ihnen gesagt?«

»Ich?« Frank kicherte und hob die unverletzte Hand an den Hals. »Nichts. Ich kann doch nicht sprechen. Waren sie auch bei dir?«

»Sicher.«

»Und was hast du ihnen gesagt?«

»Die Wahrheit«, antwortete Julian. Er grinste, als er sah, wie Frank zusammenfuhr. »Aber irgendwie habe ich das Gefühl, daß sie mir nicht glauben. Als ich vom Schneewittchen anfing, ist der Kommissar fast vom Stuhl gefallen.«

Frank lachte, aber es klang nicht sehr überzeugend. Irgend etwas hinter Julian raschelte. »Früher oder später werden wir ihnen irgend etwas erzählen müssen«, sagte Frank. »Wir sollten uns auf eine Geschichte einigen, die halbwegs überzeugend klingt.«

»Wie wäre es mit der Wahrheit?« schlug Julian vor. Das Rascheln wiederholte sich. Julian schaute nach hinten. Täuschte er sich, oder hatte sich das Handtuch bewegt, das er über den Spiegel gehängt hatte?

»Die glaubt uns doch kein Mensch«, sagte Frank. »Ich glaube sie ja selbst nicht. Ich schlage vor, wir erzählen einfach, wir wüßten nichts. Wir sind in den Spiegel gesprungen, und dann gingen vierundzwanzig Stunden die Lampen aus.

Das nächste, woran wir uns erinnern, ist, daß wir auf den Kirmesplatz gestürzt sind. Einverstanden?«

»Das werden sie uns genausowenig glauben«, sagte Julian. Mißtrauisch starrte er das Handtuch an. Er hätte schwören können, daß es sich bewegt hatte.

»Natürlich nicht«, sagte Frank. »Aber mit der Geschichte landen wir wenigstens nicht sofort in der geschlossenen Abteilung der Irrenanstalt.« Er richtete sich nun doch in seinem Bett auf, obwohl einer der Apparate, an die er angeschlossen war, mit einem ärgerlichen Pfeifen darauf reagierte.

Julian riß seinen Blick endlich vom Spiegel los und wandte sich vollends Frank zu.

»Sag mal, wie um Himmels willen hat dein Vater das gemacht? Wenn ich nicht wüßte, daß es völlig unmöglich ist, dann würde ich schwören, daß das wirklich Zauberei gewesen ist.«

»Vielleicht war es das«, sagte Julian ganz leise.

Erstaunlicherweise antwortete Frank nicht darauf, sondern sah ihn nur betroffen an, und Julian fuhr nach sekundenlangem Schweigen fort: »Ich weiß es nicht, Frank. Ehrlich. Aber ich werde es herausfinden, das schwöre ich!«

»Wir«, verbesserte ihn Frank. »Wir werden es herausfinden, nicht du allein.«

»Willst du unbedingt umgebracht werden?« fragte Julian. »Sieh dich mal an. Viel hat diesmal schon nicht gefehlt.«

»Danke, gleichfalls«, antwortete Frank. »Außerdem: Du glaubst doch nicht, daß du mich jetzt noch einmal loswirst? Das ist die Geschichte meines Lebens! Für eine Story wie diese würde so mancher Journalist seine Seele verkaufen!«

»Vielleicht hast du das schon getan«, flüsterte Julian. Er mußte wieder an die Kreaturen denken, die in den Schatten lebten, und an das fürchterliche Mahlen und Schlingen. Plötzlich hatte er wieder Angst. Vielleicht waren all die Geschichten und Legenden von der Hölle, von Teufeln und Dämonen und der ewigen Verdammnis nicht ganz so weit hergeholt, wie jedermann glaubte. »Ich rede heute abend oder morgen mit dem Anwalt meines Vaters«, sagte er. »Vielleicht wissen wir danach schon mehr.«

»Wir? Ich bin also dabei?«

Julian zog eine Grimasse. »Habe ich denn eine Chance, dich loszuwerden?«

»Kaum«, antwortete Frank grinsend. Der Vorhang vor dem Spiegel raschelte. Ein Schauer lief über Julians Rücken. Er widerstand nur mit äußerster Mühe der Versuchung, sich wieder umzudrehen.

In diesem Moment wurde die Tür geöffnet, und der Arzt kam zurück. »Ende der Besuchszeit«, erklärte er fröhlich. Ebenso fröhlich drohte er Frank mit dem Finger, als er sah, daß dieser sich im Bett aufgesetzt hatte.

»Sie sollten sich doch nicht so überanstrengen«, sagte er. »Jede überflüssige Anstrengung kann Sie einen weiteren Tag in unserem Luxushotel kosten. Wollen Sie das etwa?« Er seufzte, als er das Handtuch bemerkte, das vor dem Spiegel hing, bedachte Julian mit einem raschen, stirnrunzelnden Blick und trat ans Waschbecken. Julian wollte etwas sagen, hielt sich aber dann im letzten Moment zurück. Was hätte er schon sagen sollen?

Der Arzt nahm das Handtuch herunter, und als er es tat, da war es Julian, als husche ein Schatten über das Glas. Nein, nicht *über* das Glas, es war, als ... zöge sich etwas *in den Spiegel zurück.*

»Auf, auf!« sagte der Arzt und klatschte in die Hände. »Gehen wir. Du kannst deinen Freund morgen wieder besuchen.«

Als sie draußen auf dem Gang und außer Hörweite des Polizeibeamten vor Franks Tür waren, sagte er: »Ich habe mit dem Rechtsanwalt telefoniert. Er war heilfroh, daß ich anrief. Er hat dich nämlich schon überall gesucht, weißt du? Er wird in einer Stunde hier sein.« Er lachte leise. »Du mußt dir übrigens keine Sorgen machen. Als ich ihm von diesem Polizisten erzählte, ist er regelrecht explodiert. Sie werden dich ganz bestimmt nicht noch einmal belästigen. Zumindest«, schränkte er nach kurzem Zögern ein, »werden sie es nicht wagen, dich noch einmal so zu behandeln.«

Julian sagte nichts dazu. Ihm fiel nichts ein, was er hätte sagen können, nichts, was wirklich genützt hätte. Und so gingen sie schweigend und jeder in seine Gedanken versunken nebeneinander her, bis sie den Aufzug erreichten.

Vier Etagen tiefer stiegen sie wieder aus – und Julian fand sich mit einem brutalen Ruck in einen Alptraum zurückbefördert.

Die Klinik war nicht nur sehr groß, sie war einer jener supermodernen Bauten, in denen Beton, Stahl und Glas dominierten. Die Stirnwand des Korridors, auf den sie nun hinaustraten, bestand aus einem einzigen riesigen Spiegel. Julian sah sich selbst darin, den Arzt, eine Krankenschwester, die vor ihnen ging – und eine Gestalt in schwarzer Motorradbekleidung und schwarzem Helm, die ihnen folgte.

Entsetzt blieb er stehen und fuhr mit weit aufgerissenen Augen auf dem Absatz herum.

Hinter ihnen war niemand.

Der Arzt, die Krankenschwester und er waren allein in dem hohen, leeren Korridor.

Aber als er sich umdrehte und wieder in den Spiegel sah, war Lederjacke noch immer da. Er war stehengeblieben, in zwei, allerhöchstens drei Schritt Entfernung, und winkte Julian spöttisch zu. Und obwohl sein Gesicht hinter dem schwarzen Kunststoffvisier des Motorradhelmes nicht zu erkennen war, glaubte Julian sein höhnisches Grinsen zu sehen.

»Was hast du?« fragte der Arzt besorgt.

Aber das brach auch den Bann. Lederjacke hob noch einmal die Hand, um ihm zuzuwinken, dann begann seine Gestalt zu verblassen wie ein Fernsehbild, das allmählich ausgeblendet wird. Zwei Sekunden später zeigte der Spiegel nur Julian, die Schwester und den Arzt.

»Nichts«, sagte Julian. Er mußte sich zusammenreißen, um überhaupt sprechen zu können. »Ich habe mich nur . . . über etwas erschreckt.«

Der Arzt warf einen langen, aufmerksamen Blick in den Spiegel, dann drehte er sich herum und schaute ebenso aufmerksam den Gang hinunter. »Da ist nichts«, sagte er.

»Eben . . .« Julian lächelte unsicher. »Ich sagte doch, es war eine Täuschung.«

Die Antwort stellte den Arzt ganz und gar nicht zufrieden, aber er sagte nichts mehr, sondern begleitete Julian wortlos bis zu seinem Zimmer und trat hinter ihm ein.

Julian ging zu seinem Bett und legte sich hin, aber der Arzt gab plötzlich einen überraschten Laut von sich. Als Julian den Blick hob, erkannte er auch den Grund dafür.

Der Spiegel über dem Waschbecken hatte ein Loch.

Er war nicht zerschlagen oder gesprungen, sondern hatte ein mehr als faustgroßes rundes Loch genau in der Mitte, von dem ein Spinnennetz haarfeiner Risse und Sprünge ausging, das sich über die ganze Fläche des Spiegels ausbreitete.

Julian trat mit klopfendem Herzen näher, und auch der Arzt war einfach fassungslos. Zögernd hob er die Hand, zog die Finger aber dann im letzten Moment doch wieder zurück, als wage er es nicht, den Spiegel zu berühren.

»Was ist denn das?« murmelte er. Und seine Ratlosigkeit wuchs noch, als er sah, daß sich weder im Waschbecken unter dem Spiegel noch auf dem Fußboden auch nur ein einziger Splitter fand. »Direkt unheimlich«, murmelte er. »Als wäre irgend etwas hineingeflogen.«

»Oder heraus«, sagte Julian leise.

Er hatte Angst, furchtbare Angst. Hatte er sich wirklich eingebildet, es wäre vorbei nach ihrem Abenteuer am Karussell? Vielleicht fing es ja erst an.

»So eine Schweinerei!« schimpfte der Arzt. »Da hat irgend jemand den Spiegel zerschlagen und die Splitter klammheimlich weggeräumt, ohne es für nötig zu finden, Bescheid zu geben.« Er sah Julian an, und Julian konnte direkt sehen, wie er sich in Gedanken eine Frage stellte – und diese auch gleich darauf selbst beantwortete, denn er schüttelte den Kopf.

Dann hob er die Hand und berührte doch noch den Spiegel. Und es passierte genau das, womit Julian gerechnet hatte: Die Spiegelscherben verloren endgültig ihren Halt und fielen klirrend und scheppernd ins Waschbecken. Stirnrunzelnd betrachtete der Arzt die zum Teil mikroskopisch kleinen Splitter, die sich fast über die Hälfte des Zimmers verteilt hatten.

»Ja, so habe ich mir das gedacht«, sagte der Arzt. »Paß auf, wo du hintrittst. Du hast nur Latschen an.« Er überlegte eine Sekunde, dann machte er eine auffordernde Handbewegung. »Oder noch besser: Komm mit. Du kannst in meinem Büro auf den Rechtsanwalt warten. Ich lasse inzwischen diese Schweinerei hier beseitigen und einen neuen Spiegel aufhängen.«

»Das ist nicht nötig«, sagte Julian hastig. »Ich meine, ein neuer Spiegel. Ich . . . komme ganz gut ohne aus.«

Wieder sah ihn der Arzt sehr lange und sehr nachdenklich an. Aber zu Julians Überraschung sagte er nichts mehr, sondern nickte nur zustimmend und schob einige der größeren Scherben mit dem Fuß aus dem Weg.

Julian vermied es krampfhaft, den großen Spiegel am Ende des Flurs anzusehen, als er dem Arzt zu seinem Büro folgte. Er spürte die Blicke des Mannes die ganze Zeit auf sich ruhen, und obwohl es durchaus freundliche Blicke waren, fühlte er sich mit jeder Sekunde weniger wohl. Soviel guten Willen konnte der Doktor gar nicht aufbringen, um ihn nicht für verrückt zu halten! Er fragte sich ja schon selbst, ob er das alles wirklich erlebt hatte oder ob er schlicht und einfach in die Klapsmühle gehörte.

Aber da war ja auch noch Frank, der dasselbe erlebt hatte wie er. Also müßten sie gemeinsam den Verstand verloren haben . . .

Der Arzt bot ihm einen Platz auf der kleinen Sitzgruppe an, die in einer Ecke seines Büros stand, und er versuchte sogar, sich die Zeit für ein Gespräch mit ihm zu nehmen, was allerdings nicht klappte. Ununterbrochen klingelte das Telefon, schaute die Sekretärin herein, um sich irgendeine Unterschrift zu holen, oder einer der anderen Ärzte, die eine Frage oder ein Anliegen vorzubringen hatten. Aber dieses hektische Treiben hatte auch seine Vorteile: er war keine Sekunde allein und die Zeit bis zur Ankunft des Anwaltes verging wie im Flug, obwohl der Mann sich um fast eine halbe Stunde verspätete.

Damit hörten dann aber die guten Nachrichten auf.

Der Anwalt kam nicht allein. In seiner Begleitung befanden sich zwei Personen, die Julian eigentlich nicht so rasch wiederzusehen gehofft hatte: die beiden Polizeibeamten.

»Sie schon wieder!« begrüßte Julian sie unfreundlich. Ohne sich auch nur mit einem Gruß aufzuhalten, wandte er sich an den Anwalt: »Muß das sein?«

»Nein«, antwortete der Anwalt. Er maß die Polizisten mit einem kühlen Blick. »Die beiden Herren haben schon draußen vor der Klinik auf mich gewartet. Wenn du darauf bestehst, schicke ich sie hinaus. Aber ich halte es für besser, wenn sie bleiben und wir die Sache gleich hier klären. Es wird gar nicht lange dauern.«

Er betrachtete den älteren der beiden Polizisten mit einem Lächeln, das keines war, wartete einen Moment auf eine Antwort und legte Julians Schweigen schließlich als Zustimmung aus, denn er legte seinen Aktenkoffer auf den Tisch und klappte ihn auf. Nacheinander entnahm er ihm einen Schreibblock und einen goldenen Füllfederhalter, mehrere schmale Aktenhefter sowie einen hellbraunen Briefumschlag, der mit einem auffälligen roten Siegel verschlossen war. Umständlich klappte er den Koffer wieder zu, schraubte die Hülle von seinem Füllfederhalter und setzte eine schmale, goldgefaßte Brille auf, alles mit umständlichen, fast provozierend gemächlichen Bewegungen. Der Polizeibeamte wurde immer nervöser, und Julian war nicht ganz sicher, ob die übergenaue Art des Anwaltes nicht genau das bezwecken wollte.

»Meine Herren«, begann er endlich, »lassen Sie uns sofort

zur Sache kommen. Doktor Bertram –«, er deutete auf den Arzt, der mit verschränkten Armen auf seinem Schreibtischsessel saß und zu Julians insgeheimer Schadenfreude keine Anstalten machte, das Büro zu verlassen, »– informierte mich, daß Sie die Frage einer eventuellen Vormundschaft aufgeworfen haben. Etwas übereilt, wie ich meine. Immerhin ist der Vater meines Klienten gerade erst seit vierundzwanzig Stunden verschwunden.«

»Die Umstände«, antwortete der Polizist, »lassen darauf schließen –«

»– daß Sie nichts unversucht lassen, meinen Klienten unter Druck zu setzen«, unterbrach ihn der Anwalt kühl. »Ich will mich hier jeglichen Kommentars über die moralische Qualität ihres Vorgehens enthalten. Nur so viel: Julians Vater hat schon vor Jahren vorgesorgt und entsprechende Anweisungen für einen Fall wie diesen getroffen. Sollte er binnen einer Frist von einem Jahr nicht wieder auftauchen, ist die Frage einer eventuellen Vormundschaft bereits geklärt. Bis dahin obliegt es mir, mich um Julian zu kümmern. Eine entsprechende Vollmacht habe ich hier.«

Er reichte dem Beamten ein engbeschriebenes Blatt Papier, gab ihm ausreichend Zeit, es zu studieren, und ließ es wieder in seinem Aktenkoffer verschwinden.

»Ihr Klient muß ja verdammt viel Dreck am Stecken haben, wenn er so gründlich vorsorgt«, grollte der Polizist.

»Keineswegs. Er ist lediglich ein Vater, der sich um das Wohl seines Sohnes sorgt. Er hat einen gefährlichen Beruf. Und er ist viel auf Reisen: mit dem Flugzeug, der Bahn, dem Auto oder auch Schiff. Sie wissen, wie viele Unfälle heutzutage geschehen. Ich wollte, es gäbe mehr Väter wie diesen.«

»Ja, ja«, knurrte der Polizist. »Ist ja schon gut!«

»Nein, das ist es nicht«, sagte der Anwalt. »Ich bedaure, daß ich erst jetzt von Ihrem unerhörten Benehmen in Kenntnis gesetzt worden bin. Sie behandeln Julian wie einen Verbrecher! Muß ich Sie tatsächlich daran erinnern, daß er unter das Jugendschutzgesetz fällt?«

»Sein Vater –«

»Was sein Vater getan hat oder nicht, das steht hier nicht zur Debatte«, sagte der Anwalt.

»Aber er weiß etwas!« blieb der Beamte fest. Er hatte sich von seinem Schwächeanfall erholt und versuchte nun etwas von dem verlorenen Terrain zurückzugewinnen. Allerdings mit wenig Aussicht auf Erfolg. »Ich bin sicher, daß er uns wertvolle Informationen verschweigt!«

»Und selbst wenn es so wäre! Ein Sohn ist nicht verpflichtet, gegen seinen Vater auszusagen. Außerdem verschweigt Ihnen Julian nichts. Das stimmt doch, oder?«

Julian nickte.

»Und wo warst du dann die letzten vierundzwanzig Stunden?«

»Ich ... erinnere mich nicht«, antwortete Julian ausweichend.

»Wie praktisch. Du –«

»Genug!« sagte der Anwalt scharf. »Julian wird keine einzige Frage mehr beantworten. Überdies betrachte ich diesen Teil des Gespräches als beendet. Sollten Sie weiterhin der Meinung sein, ihn verhören zu müssen, würde ich vorschlagen, daß Sie mit einem Gerichtsbeschluß wiederkommen.«

Der Polizist starrte ihn eine Sekunde lang wütend an, dann stand er mit einem Ruck auf und wandte sich zur Tür. Sein Assistent folgte ihm.

»Herr Kommissar«, sagte der Anwalt. »Bevor Sie jetzt auf die Idee kommen, Herrn Refels zu verhören, nehmen Sie zur Kenntnis, daß ich auch ihn vertrete.«

»Ihr *Klient* hat wirklich an alles gedacht, wie?« sagte der Polizist ironisch.

»Das will ich hoffen«, antwortete der Anwalt. »Wenn Sie noch irgendwelche Fragen haben – meine Telefonnummer haben Sie ja.«

Der Polizist sah plötzlich so aus, als hätte er eine Kröte verschluckt. Er sagte kein Wort mehr, sondern knallte die Tür hinter sich zu. Sein Assistent – der vorsichtshalber die Hände in die Manteltaschen gesteckt hatte – folgte ihm in einigem Abstand.

»Danke«, murmelte Julian. »War das . . . die Wahrheit? Das mit Refels, meine ich.«

»Dein Vater hat mir eindeutige Anweisungen gegeben«, bestätigte ihm der Anwalt. »Ich soll dafür sorgen, daß ihr beide in keiner Weise belästigt werdet, was diese . . . Angelegenheit betrifft.«

Julian war äußerst verwirrt. Daß sein Vater Anweisungen für den Fall gegeben hatte, daß er plötzlich verschwinden müsse, war ungewöhnlich genug. Aber wieso Frank? Wie hatte er *wissen* können, in welch unangenehme Lage er geraten würde, *bevor* es passierte?

Der Arzt räusperte sich hörbar, stand auf und verließ mit den gemurmelten Worten das Büro, daß er sie jetzt besser für einen Moment allein lasse.

»Bevor wir zu den Einzelheiten kommen«, fuhr der Anwalt fort, »muß ich dir unbedingt etwas mitteilen. Eine persönliche Botschaft deines Vaters.«

Julians Herz begann zu klopfen.

Der Anwalt nahm den Brief mit dem auffälligen Siegel und reichte ihn Julian. Mit zitternden Fingern nahm er ihn entgegen und drehte ihn in den Händen. Es war ein sehr alter, vergilbter Umschlag, auf den in der Handschrift seines Vaters Julians Name geschrieben stand. Die Tinte war verblichen, die Buchstaben waren mindestens zweimal nachgezogen worden. Das Papier knisterte, als er es berührte.

»Ich soll dir diesen Brief übergeben«, sagte der Anwalt völlig überflüssigerweise, »und dir folgendes sagen: Dein Vater lebt. Du brauchst keine Angst zu haben. Ihm ist nichts zugestoßen.«

»Er lebt?« Julian richtete sich auf. »Wo ist er? Was ist ihm passiert?«

»Ich weiß es nicht«, antwortete der Anwalt und hob besänftigend die Hände. »Ich würde es dir sagen, wenn ich es wüßte, glaub mir, aber ich weiß es nicht. Ich habe sehr präzise Anweisungen, was dich und deinen Freund betrifft, aber ansonsten weiß ich ebensowenig wie du.«

Er legte eine kurze, mitfühlende Pause ein und wechselte das Thema. »Dr. Bertram ist der Meinung, du solltest noch zwei Tage hierbleiben«, fuhr er fort. »Nur zur Sicherheit. Ich halte das auch für das beste.«

»Und . . . danach?« fragte Julian zögernd.

»Das liegt bei dir. Das Hotelzimmer ist bis zum Ende der Schulferien gebucht und bezahlt. Du kannst hierbleiben. Aber wenn ich ehrlich sein soll, dann halte ich das nicht für eine gute Idee. Wir haben noch eine Menge Formalitäten zu erledigen, aber danach wäre es sicher besser, wenn . . .«

». . . ich ins Internat zurückfahre?«

»Das oder auch irgendwoanders hin. Du könntest zwei, drei Wochen Urlaub machen. Wo immer du willst.«

Und so ging es weiter. Sie redeten noch gut zwei Stunden über Hunderte Dinge, die jetzt zu tun waren, und erst gegen Ende dieser Zeit wurde Julian allmählich bewußt, was die eigentliche Bedeutung dieser hochkomplizierten und detaillierten Anweisungen und Ratschläge war, die sein Vater ihm hinterlassen hatte.

Er hatte nicht vor wiederzukommen.

Als ihm das klarwurde, überkam ihn eine tiefe, verzweifelte Traurigkeit. Er hatte den Verlust seines Vaters bisher nicht akzeptiert, noch nicht einmal richtig *begriffen,* und er tat es auch jetzt nicht. Nicht wirklich. Die Versicherung des Anwaltes, daß er noch am Leben und an einem sicheren Ort sei, tröstete ihn nicht. Er begann zu begreifen, daß er ihn niemals wiedersehen würde, und wo war da ein Unterschied, ob er tot war oder für alle Zeiten verschwunden? Zwar erleichterte ihn das Wissen, daß sein Vater die Begegnung mit den Schattenkreaturen überlebt hatte, ungemein, zugleich aber fühlte er sich irgendwie verraten und im Stich gelassen.

Erst nach einer geraumen Weile bemerkte er, daß er allein war. Der Anwalt hatte seine Unterlagen zusammengepackt und war gegangen, ohne daß Julian es gemerkt hatte. Nur der Brief mit Julians Namen und dem auffälligen roten Siegel lag noch auf der großen, spiegelblank polierten Tischplatte. Julian griff danach, machte ihn aber noch immer nicht auf. Etwas in ihm sträubte sich dagegen, das Siegel zu erbrechen, als wäre es etwas Heiliges, dessen Zerstörung einen nicht wieder gutzumachenden Schaden anrichten müsse.

Er stand auf und ließ den Brief in die Tasche seines Morgenmantels gleiten. Er würde den Brief lesen, aber nicht hier, sondern in seinem Zimmer, wo er allein und ungestört war. Doktor Betram saß auf der Schreibtischkante und unterhielt sich halblaut mit seiner Sekretärin, als er das Büro verließ. Er lächelte Julian zu, sagte aber nichts, und Julian begriff plötzlich, daß er die ganze Zeit geduldig hier draußen gewartet hatte, bis er wieder aus dem Zimmer käme. Offensichtlich hatte seine Sekretärin sogar das Telefon dort drinnen abgestellt, damit er eine Weile ganz für sich allein und ungestört sein könnte. Julian empfand ein flüchtiges, aber tiefes Gefühl von Dankbarkeit. Er sprach es nicht aus, doch er spürte auch, daß das gar nicht nötig sei.

Es begann zu dämmern, als er in sein Zimmer zurückkam. Jemand hatte die Spiegelscherben weggeräumt, zu Julians Erleichterung aber keinen neuen Spiegel aufgehängt, und die Schwester hatte während seiner Abwesenheit das Abendessen gebracht. Es war noch warm, aber Julian verspürte wenig Appetit. Obwohl er im Grunde hungrig war, stocherte er nur eine Weile lustlos darin herum und schob den Teller dann von sich. Der Hunger konnte warten. Er bekam im Moment sowieso keinen Bissen hinunter und hatte im Augenblick Wichtigeres zu tun.

Er nahm den Brief aus der Tasche. Noch bevor er ihn öffnete, fiel ihm auf, wie dunkel es mittlerweile im Zimmer geworden war. Er stand auf, schaltete das Licht ein und setzte sich auf den Stuhl neben seinem Bett. Wieder griff er nach dem Brief, aber er öffnete ihn auch jetzt noch nicht, denn als er das Siegel erbrechen wollte, streifte sein Blick das Fenster.

Das grelle Neonlicht über seinem Bett verwandelte die Fensterscheibe in einen Spiegel.

Er sah sein Bett, seine Tür, die spärliche Einrichtung und sich selbst, und hinter – *hinter?*, nein, eigentlich eher *in* – seinem eigenen Spiegelbild erblickte er einen zweiten, geisterhaften Umriß!

Sekundenlang saß er da und starrte das Fenster an, dann erhob er sich ganz langsam und ging darauf zu. Sein Spiegelbild – und auch dessen geisterhafter Begleiter – vollzogen die Bewegung gehorsam mit.

Sein Herz begann stärker zu pochen, aber er ging trotzdem weiter. Das Glas war so kalt, daß er es auf der Haut spüren konnte, noch bevor er es berührte. Er hob den Arm. Sein Spiegelbild hob den Arm, und auch das Geisterbild hob den Arm. Langsam spreizte er die Finger der linken Hand und berührte das kalte Glas. Die Fingerspitzen seines Spiegelbildes berührten die seinen, und obwohl er wußte, daß es nur die Kälte des Glases war, ließ ihn das Prickeln darin zusammenfahren. Auch sein geisterhafter Begleiter hatte die Hand gehoben und die Finger gespreizt, aber sie berührten sein Spiegelbild nicht wirklich, sondern . . .

Und endlich begriff er. Am liebsten hätte er vor Erleichterung laut aufgelacht und kam sich reichlich dumm vor.

Das Gespenst war sein Spiegelbild. Ein ganz ordinäres Spiegelbild, mehr nicht. Das Fenster hatte eine Doppelverglasung, zwei hintereinanderliegende Scheiben, also hatte er zwei Spiegelbilder, die sich überlagerten, aber nicht ganz aufeinanderpaßten. So simpel war die Erklärung.

Doch trotz seiner Erleichterung blieb eine spürbare Beunruhigung zurück. So komisch sein Irrtum im ersten Moment auch aussah, es machte Julian endgültig klar, in welcher Verfassung er sich befand. Wenn er nicht endlich Antworten auf gewisse Fragen fand oder diese verrückte Geschichte irgendwie zu Ende brachte, dann würde er früher oder später den Verstand verlieren. Zum dritten Mal nahm er den Brief zur Hand, und diesmal brach er das Siegel auf.

Das Siegelwachs zerbröselte unter seinen Fingern zu Staub. Es mußte uralt sein. Der Umschlag enthielt nur ein einziges Blatt. Es war mit einer schmalen, fast schon kalligraphisch zu nennenden Handschrift bedeckt, die Julian unschwer als die seines Vaters erkannte, die allerdings schon so verblichen war, daß er große Mühe hatte, die Worte überhaupt zu entziffern.

Mein lieber Sohn! las Julian. Was für eine ungewöhnliche Anrede, wenn man das herzliche, fast schon kumpelhafte Verhältnis bedachte, das sein Vater und er hatten. Von einem Gefühl leiser Beunruhigung erfüllt, las er weiter.

Wenn du diesen Brief in Händen hältst, bedeutet das, daß es mir gelungen ist, den Geschöpfen aus dem Zwischenreich zu entkommen. Du kannst also beruhigt sein. Und auch ich bin davon überzeugt, daß du und dein junger Freund unbeschadet wieder nach Hause gekommen seid.

Wie du ja bereits weißt, habe ich meinen Advokaten angewiesen, sich in jeder Beziehung um dein Wohl zu kümmern. Er wird dir die Behörden vom Halse halten und dir auch in allen anderen Fragen beiseite stehen. Wie du bereits wissen dürftest, ist zumindest deine wirtschaftliche Zukunft gesichert. Es ist mein Wunsch, kein Befehl, daß du deine Schule beendest und ein Studium entsprechend deiner Neigungen und Talente absolvierst.

Julian unterbrach verwirrt die Lektüre. Was war das für eine sonderbare Sprache? Die Handschrift gehörte zweifelsfrei seinem Vater. Aber dieses gestelzte Gerede? Sonderbar. Er las weiter.

Ich kann mir vorstellen, daß dir tausend Fragen auf der Seele liegen. Ich habe bei unserem letzten Zusammentreffen versprochen, sie alle zu beantworten. Leider werde ich dieses Versprechen nicht halten können, denn mir bleibt nicht die Zeit dazu; und ich bin, nach reiflicher Überlegung, zu dem Schluß gekommen, daß es sicherer für dich ist, wenn du nicht weißt, was an diesem Abend wirklich geschehen ist.

Leider ist die Gefahr noch nicht vorüber. Mein Eingreifen an jenem Karussell führte dazu, daß gewisse Mächte auf mich auf-

merksam wurden, Mächte, die eifersüchtig über ihren Herr-
schaftsbereich wachen und keinerlei Einmischung dulden. Mar-
tin und ich sind guten Mutes, uns ihren Nachstellungen mit Er-
folg zu entziehen, denn wir beide sind nicht ganz wehrlos, wie
du bereits selbst erlebt hast.
Was dich und deinen Freund angeht, so hoffe und bete ich, daß
ihr dort, wohin ich euch zurückgeschickt habe, in Sicherheit
seid. Trotzdem – sei eine Weile auf der Hut. Meide die Nähe
von Spiegeln, und geh nie wieder an jenen schrecklichen Ort,
wo der Jahrmarkt stand.
Vielleicht finde ich einen Weg, mich noch einmal bei dir zu mel-
den. Versuche nicht, mich zu finden. Es würde dir nicht gelin-
gen.
Ich denke in Liebe an dich.

Dein Vater.

Hin und her gerissen zwischen Verwirrung und immer größer werdender Furcht, ließ Julian das Blatt sinken, hob es
gleich darauf erneut und las es noch einmal. Er suchte nach
einer zweiten Nachricht, einer geheimen Botschaft, die vielleicht zwischen den Zeilen verborgen und nur für seine
Augen bestimmt war. Aber da war nichts. So aufmerksam er
auch las, der Text war einfach nur verwirrend und unheimlich. Allerdings fiel ihm auf, daß die Schrift immer unsaube-
rer und fahriger geworden war, bis sie kaum noch Ähnlichkeit mit den beinahe gemalten Zeilen am Beginn des Briefes
hatte. Sein Vater mußte gegen Ende sehr erschöpft gewesen
sein – oder in großer Hast.
Was um alles in der Welt bedeuteten diese Worte? *Meide die*
Nähe von Spiegeln . . .
Fast gegen seinen Willen fiel Julians Blick auf die Stelle über
dem Waschbecken, wo der Spiegel gehangen hatte. Vielleicht
war der Schatten, den er darin erblickt hatte, doch mehr als
bloß ein Streich gewesen, den ihm seine Nerven spielten . . .
Er war schon wieder dabei, sich selbst verrückt zu machen.
Er mußte zu Frank, ihm diesen Brief zeigen und mit ihm darüber reden. Er schob das Kuvert zurück in die Tasche, warf

einen letzten unsicheren Blick zum Fenster – *Spiegel,* hatte
sein Vater geschrieben, nicht spiegelnde Fensterscheiben –
und verließ das Zimmer.

Da die offizielle Besuchszeit schon lange vorüber war, war es
still auf den langen, geraden Fluren geworden. Hier und da
nur Bewegung. Eine Schwester schob einen kleinen Wagen
voller Spritzen und kleiner weißer Schälchen mit Tabletten
vor sich her; ein Mann im Morgenmantel schlurfte ihm entgegen und starrte ihn so finster an, als wäre er schuld an all
dem Unheil in dieser Klinik. Vor manchen Zimmern hörte
man Stimmen, Radiomusik oder war das blaue Licht eines
Fernsehers zu sehen.

Julian war etwas überrascht, daß ihn niemand aufhielt, als er
die Intensivstation betrat. Und er war noch überraschter, als
vor Franks Zimmer kein Posten mehr stand. Die größte
Überraschung aber war die, daß er, als er die Tür öffnete, das
Zimmer leer fand. Das Bett war frisch bezogen, die Türen
des Waschschrankes standen offen. Er war leer.

»Suchst du deinen Freund?«

Julian fuhr erschrocken herum und sah sich Doktor Bertram
gegenüber. Er hatte nicht einmal gemerkt, daß der Arzt hinter ihn getreten war. Wortlos nickte er.

»Er ist nicht mehr auf der Intensivstation. So schlimm waren
seine Verletzungen nicht.« Der Arzt warf einen raschen Blick
auf einen Zettel, der draußen im Flur an der Wand hing.
»Zimmer sechsunddreißig, Abteilung neun«, sagte er. »Ein
Stockwerk höher.«

»Kann ich ihn besuchen?«

»Warum nicht?« fragte der Arzt. »Aber tu mir einen Gefallen, ja?«

»Und welchen?«

Doktor Bertram lächelte. »Laß den Spiegel ganz. Die Dinger
sind ziemlich teuer.«

Julian zwang sich ebenfalls zu einem, wenn auch nicht ganz
geglückten Lächeln, dann ging er rasch an dem Arzt vorbei
und eilte auf den Lift zu, um nach oben zu fahren. Als die

Türen aufgingen, sah Julian, daß die Rückseite der Liftkabine aus einem deckenhohen Spiegel bestand.

Er nahm die Treppe, um in das nächsthöhere Stockwerk zu gelangen.

Zur Abwechslung begann es wieder einmal zu regnen, während er die Treppe hinaufging. Irgendwo, noch sehr weit im Westen, wetterleuchtete es in den schweren, grauschwarzen Wolken, die sich vor den Himmel geschoben hatten, und manchmal war ein dunkles Grollen zu hören. Das Wetter spielte wirklich verrückt. Wenn man dem Kalender glauben wollte, dann war jetzt Hochsommer, und eigentlich sollte die ganze Stadt unter den Strahlen einer glühenden Augustsonne stöhnen. Aber seit einer knappen Woche schien irgend jemand ernsthafte Vorbereitungen für die nächste Sintflut zu treffen.

Er fand Franks Zimmer auf Anhieb. Der junge Reporter war wach und lächelte freudig überrascht, als er Julian erblickte. Er war immer noch blaß, aber die Halskrause war verschwunden, und er trug den Arm jetzt in einer Schlinge. Offensichtlich ging es ihm wirklich schon sehr viel besser als noch am Nachmittag. Aber Julians Freude hielt sich trotzdem in Grenzen. Frank war nämlich nicht allein. Das Bett unmittelbar neben ihm war zwar leer, aber in dem direkt am Fenster lag ein Patient. Und zwar ausgerechnet jener finster dreinblickende Mann, dem Julian schon einmal draußen auf dem Flur begegnet war. Ein kleiner Fernseher flimmerte auf einem Regalbrett an der Wand vor sich hin.

Julian erwiderte Franks Lächeln, trat aber nicht direkt an sein Bett, sondern ging kommentarlos zum Waschbecken, nahm den Spiegel ab und lehnte ihn mit der Vorderseite gegen die Wand. Sowohl Frank als auch sein Zimmergenosse verfolgten es stirnrunzelnd.

»Tut mir leid«, sagte Julian mit einem verlegenen Lächeln. »Ich habe eine Spiegelallergie. Ich bekomme sofort einen fürchterlichen Ausschlag, wenn ich auch nur in die Nähe eines Spiegelbildes komme.«

Frank riß erstaunt die Augen auf, während sein Zimmergenosse Julian mit Blicken regelrecht aufspießte. Julian ignorierte letzteres, zog sich einen Stuhl an Franks Bett heran und nahm den Brief seines Vaters aus der Tasche.

»Lies.«

Während Frank die Zeilen mit wachsender Bestürzung las, schaute Julian nach draußen. Der Regen hatte an Heftigkeit zugenommen und trommelte jetzt gleichmäßig gegen die Fenster. Am Horizont flackerten die ersten Blitze.

»Was ... soll das?« fragte Frank stockend, nachdem er den Brief zu Ende gelesen hatte. »Ich fürchte, ich verstehe nicht ganz.«

»Nicht so laut!« flüsterte Julian. Er warf einen warnenden Blick auf das Bett am Fenster. Der Mann blickte anscheinend konzentriert auf den Fernseher, aber man konnte nicht vorsichtig genug sein. Julian wäre viel wohler gewesen, hätte er mit Frank irgendwo hingehen können, wo sie allein waren und ungestört reden konnten. Aber erstens hatte er auf dem Weg hierher gesehen, daß der Besucherraum belegt war, und zweitens konnte Frank mit seinem eingegipsten Fuß gar nicht laufen. Also senkte er die Stimme und sprach so leise weiter, daß Frank die Worte gerade noch verstand.

»Jetzt frag mich bloß nicht, was das alles zu bedeuten hat«, flüsterte er. »Ich weiß es nämlich genausowenig wie du.«

»Und dieser Anwalt?«

Julian zuckte mit den Schultern. »Angeblich weiß auch er nichts«, sagte er. »Das heißt – ich glaube ihm sogar.«

»Ich auch«, sagte Frank zu Julians Überraschung. Er wedelte mit dem Brief. »Dieses Ding ist alt und kommt aus der Vergangenheit. Wir beide wissen das, nicht wahr?«

»Und?« fragte Julian ausweichend. Plötzlich war er gar nicht mehr sicher, daß es wirklich eine so gute Idee gewesen war, hierherzukommen. »Was ... was nützt uns das?«

»Im Moment noch nicht viel«, gestand Frank. »Vielleicht würde ich klarer sehen, wenn du mir endlich auch den Rest der Geschichte erzählen würdest.«

Erneut warf Julian einen raschen Blick auf das Bett am Fenster. »Nicht hier«, sagte er.

Refels verstand. »Okay. Ich nehme an, du wirst in ein, zwei Tagen entlassen? Was tust du danach?«

»Keine Ahnung«, gestand Julian. »Erst mal zurück ins Hotel, denke ich. Und dann . . .« Er zuckte mit den Schultern. »Wir werden sehen.«

Frank sah Julian mit einer Mischung aus Mitgefühl, aber auch Entschlossenheit an. »Ich denke nicht daran, diese beiden sauberen Herren so einfach davonkommen zu lassen.«

»Du sprichst nicht zufällig auch von meinem Vater, wie?« fragte Julian gereizt.

»Doch«, antwortete Frank. »Ich weiß, wie du dich jetzt fühlen mußt. Okay, es ist dein Vater, und dieser Gordon ist wahrscheinlich ein guter Freund. Aber die beiden haben Dreck am Stecken, das spüre ich. Und ich werde herausfinden, was es ist. Ob mit oder ohne dich.«

»Und dabei soll ich dir auch noch helfen, wie?«

»Das hatten wir doch schon einmal, oder?« gab Refels unwillig zurück. »Ich will dir nichts Böses, Julian. Und auch deinem Vater nicht. Aber ich werde die Wahrheit herausfinden.«

»Prima«, maulte der Mann im Bett nebenan. »Dann tut das, ihr beiden. Aber tut es leiser, und am besten woanders. Ich würde nämlich gerne etwas vom Fernsehprogramm mitbekommen.«

Frank runzelte verärgert die Stirn, aber Julian fühlte sich eher erleichtert. Früher oder später würden sie um ein klärendes Gespräch nicht herumkommen, doch im Moment war es ihm einfach lieber, noch nicht über die Sache nachdenken zu müssen. Vielleicht deshalb, weil er im Innersten spürte, daß Frank recht hatte. Wenn sein Vater und Gordon tatsächlich nichts mit dem Verschwinden des Jungen zu tun hatten, wieso waren sie dann geflohen, noch dazu auf so dramatische Art und Weise?

Am Horizont flackerte ein blasses, bläuliches Licht, und ein paar Sekunden später war das Echo eines noch fernen Donnerschlages zu hören.

»Endlich wieder einmal ein Gewitter«, spöttelte Frank. »Wurde ja auch Zeit. Bei diesem dauernden schönen Wetter wird man ja ganz trübsinnig.«

Der Man im anderen Bett warf ihm einen bösen Blick zu, und in diesem Moment erhellte ein zweites Wetterleuchten den Himmel. Diesmal kam der Donner wesentlich früher und war auch lauter. Und . . .

Nein, dachte Julian erschrocken. Das konnte nicht sein. Er mußte sich irren!

»Was hast du?« fragte Frank. »Du bist blaß geworden.«

»Nichts«, antwortete Julian hastig. »Ich bin . . . ein bißchen schreckhaft geworden, was Gewitter angeht.«

»Das kann ich verstehen«, sagte Frank. »Mir geht dieses Wetter allmählich auch auf den Geist. Da muß –«

Der nächste Blitz. Für eine Sekunde verwandelte das grelle, strahlend weiße Licht die große Fensterscheibe in einen Spiegel, und für die gleiche, unendlich kurze Zeitspanne sah Julian sich selbst und Frank darin, aber nicht das Krankenzimmer, auch nicht den Mann im Bett am Fenster. Er sah sie beide auf einem Kinderkarussell, das sich immer schneller und schneller inmitten einer schwarzen Leere drehte, und von allen Seiten krochen Dinge heran, gestaltlose schwarze Dinge, die fraßen und schlürften und schnüffelten.

Dann erlosch das Licht. Aus dem Spiegel wurde wieder ein Fenster, und Frank führte eben seinen angefangenen Satz zu Ende: »– man ja Depressionen bekommen.« Aber er sagte es sehr seltsam. Seine Stimme war nur noch ein Flüstern und zitterte, und auch sein Gesicht hatte alle Farbe verloren.

Er hat es auch gesehen! dachte Julian. Es hätte ihn erleichtern müssen, bewies es ihm doch, daß er sich nicht alles nur einbildete und also auch nicht verrückt war. Aber das genaue Gegenteil war der Fall. Wenn er nicht verrückt war, dann war das alles wahr, und das war vielleicht noch schlimmer, als den Verstand verloren zu haben.

»Vielleicht . . . war dein Vater ein bißchen zu optimistisch«, sagte Frank unsicher. Seine Stimme schwankte, und sein Blick irrte immer wieder zwischen Julian und dem Fenster hin und her. Er sprach nicht weiter, aber Julian ahnte, was er hatte sagen wollen. Schwer zu erraten war es nicht. Möglicherweise waren sein Vater und Gordon nicht die einzigen, die die Aufmerksamkeit »gewisser Mächte« auf sich gezogen hatten . . .

Als es diesmal weiß und grell über der Stadt aufflammte, war es kein Wetterleuchten mehr, sondern ein gewaltiger, vielfach verästelter Blitz, der den ganzen Himmel in Stücke zu reißen schien. Für Sekunden erschien wieder das Karussell im Fenster, viel deutlicher jetzt.

»Vielleicht sollten wir . . . von hier verschwinden«, sagte er stockend.

Noch bevor Frank antworten konnte, versetzte der Patient am Fenster böse: »Das ist eine ausgezeichnete Idee! Vielleicht komme ich dann dazu, etwas von meinem Spielfilm zu sehen!«

Julian war nicht einmal zornig. Offensichtlich sah der Mann nicht, was sich da vor seinen Augen abspielte. Die Visionen waren nur für sie bestimmt.

Und sie kamen näher. Als der nächste Blitz aufleuchtete, war das Karussell so nahe, daß Julian fast das Gefühl hatte, es anfassen zu können. Das Zimmer war plötzlich von eisiger Kälte erfüllt. Er sah, wie Frank eine Gänsehaut bekam. Sein eigener Atem wurde zu Dampf vor seinem Gesicht.

Frank richtete sich mit einem Ruck auf, verzog schmerzhaft das Gesicht, hielt aber nicht in der Bewegung inne, sondern schlug die Decke ganz zur Seite und schwang die Beine aus dem Bett. Es gab einen hörbaren dumpfen Ton, als er den eingegipsten Fuß auf dem Boden aufsetzte.

Julian half ihm, sich ganz aufzurichten. Trotz der Kälte, die mittlerweile im Zimmer herrschte, war Franks Stirn schweißbedeckt. Er wankte so heftig, daß Julian alle Mühe hatte, ihn festzuhalten. Aber Frank gab nicht auf. Mit zusammengebissenen Zähnen und sich an jeden erreichbaren Halt klammernd, ging er schwankend durch das Zimmer und auf die Tür zu.

»Ihr beide seid mir vielleicht zwei Spinner!« sagte der Mann am Fenster. Dabei löste er seinen Blick keine Sekunde vom Fernseher. Das war wohl auch gut so. Julian glaubte nicht, daß er in Gefahr war, solange er sich nicht einmischte.

Als sie die Tür erreicht und aufgestoßen hatten, erhellte ein Blitz das Zimmer mit einem so grellen Leuchten, als wäre unmittelbar unter der Decke eine winzige weiße Sonne aufgegangen. Julian schrie geblendet auf und riß schützend beide Hände vor das Gesicht, und natürlich verlor Frank durch die unerwartet heftige Bewegung die Balance, machte noch einen torkelnden Schritt auf den Flur hinaus und fiel der Länge nach hin.

In diesem Moment zerbarst die Fensterscheibe.

Ein eiskalter Sturmwind fegte ins Zimmer, aber die Scherben des zersplitterten Fensters flogen trotzdem nach draußen, so als würden sie hinausgesogen.

Julian versuchte verzweifelt, die Tür zuzumachen, aber irgend etwas hinderte ihn daran. Er hörte den Mann am Fenster schreien, sah ihn wütend gestikulieren. Etwas . . . kam herein. Raste auf ihn zu. *Berührte* ihn.

Julian wankte zurück. Seine Arme fuhren wild durch die Luft, versuchten einen Feind zu treffen, den man nicht treffen konnte, weil er keinen Körper hatte, und wieder hatte er das gleiche gräßliche Gefühl wie in jener Nacht auf dem Karussell. Etwas schien ihn einzuhüllen, in ihn zu dringen, und gleichzeitig glaubte er, in einen unsichtbaren Sog geraten zu sein, der sein Innerstes nach außen kehrte. Er mußte plötzlich wieder an das gräßliche Mahlen und Bersten denken, das er gehört hatte, als er die Zwerge in die Dunkelheit hinauswarf, und Angst überkam ihn.

Er stolperte über Franks Gipsbein, fiel nach hinten und fing den Sturz im letzten Augenblick mit den Ellbogen auf, aber der unsichtbare Verfolger war bereits über ihm, unsichtbar, saugend und lautlos wie eine Spinne, die über ihr Opfer herfällt, das sich in ihrem Netz verfangen hat und nicht einmal merkt, daß es sich mit jeder Bewegung nur noch tiefer verstrickt.

Plötzlich sah er etwas Weißes über sich. Eine Krankenschwester war wahrscheinlich durch das Geschrei und das Klirren der Fensterscheibe angelockt worden. Julian wollte ihr eine Warnung zurufen, doch seine Kehle war wie zugeschnürt.

Aber das Wunder geschah. Die Schatten verschlangen die Krankenschwester nicht, sondern schienen im Gegenteil vor ihr zurückzuweichen. Zwei, drei Sekunden lang war es Julian, als bäume sich etwas ungeheuer Großes, Wildes hinter den Mauern der Wirklichkeit auf, schlüge mit unsichtbaren Krallen und Klauen nach der Schwester – und verschwände. Aber erst als sie sich ihm direkt zuwandte und Julian sah, daß die Krankenschwester gar keine Krankenschwester war, begriff er. Es war das Mädchen aus dem Glaslabyrinth. Das Mädchen, das ihm schon einmal das Leben gerettet hatte. Und sie war so schön wie beim ersten Mal.

Julian vergaß schlagartig alles, was geschehen war, selbst die Gefahr, in der Frank und er – und vielleicht auch sie! – sich wahrscheinlich immer noch befanden. Wie hypnotisiert blickte er in dieses engelsgleiche Gesicht, völlig unfähig, an irgend etwas anderes zu denken als daran, wie es sein mußte, sie zu berühren, mit den Fingerspitzen über dieses schwarze, seidig schimmernde Haar zu streichen . . .

»Julian! Um Gottes willen, steh auf!«

Das Mädchen mußte dreimal rufen, ehe Julian die Worte überhaupt zur Kenntnis nahm. Und erst jetzt gewahrte er den Ausdruck der Furcht in ihren Augen.

»Ihr müßt fliehen! Sie werden wiederkommen, und ich bin nicht stark genug, sie jedes Mal zurückzutreiben!«

»Wer?« fragte Julian verstört. »Von wem redest du? Und wer bist du?«

»Mein Name ist Alice«, antwortete das Mädchen rasch, fast gehetzt. »Du kennst mich nicht, aber ich kenne dich. Jetzt ist keine Zeit für lange Erklärungen, aber du kannst mir vertrauen. Ich werde euch helfen.« Sie warf einen Blick über die Schulter ins Krankenzimmer zurück, als müsse sie sich überzeugen, daß überhaupt noch Zeit dazu war, ehe sie weitersprach. »Hört zu! Ihr müßt aus diesem Gebäude verschwinden, denn sie werden nicht aufgeben, ehe sie ihr Opfer bekommen haben.«

»Sie?« fragte Frank. »Wen meinst du damit?«

Julian schaute überrascht zu Frank hinunter. Er hatte nicht damit gerechnet, daß Frank das Mädchen ebenfalls sah. Absurderweise war das einzige, was er in diesem Moment empfand, ein völlig widersinniges Gefühl von Eifersucht.

»Die Herren des Zwielichts«, sagte Alice. »Und nun kommt! Ich zeige euch den Weg!«

Frank versuchte aufzustehen, aber sein Gipsbein ließ den Versuch in einer mittleren Katastrophe enden. Er stürzte, und das so unglücklich, daß es ihm dieses Mal nicht gelang, einen Schmerzensschrei zu unterdrücken.

Als er sich zum zweiten Mal in die Höhe zu arbeiten versuchte, kam eine – diesmal echte – Krankenschwester um die Ecke gestürmt. Für eine Sekunde stockte sie mitten im Schritt, als sie Julian und Frank am Boden liegen beziehungsweise hocken sah, dann schlug sie erschrocken die Hände vors Gesicht und rannte noch schneller auf sie zu.

»Ogottogott! Was ist denn hier los? Was habt ihr beiden nur getan?«

Julian verschwendete weder Zeit noch Atem darauf, zu antworten, sondern versuchte weiter, Frank in die Höhe zu bekommen. Frank half nach Kräften mit, auch wenn sich dabei sein Gesicht vor Schmerz verzerrte und er Julian eigentlich nur behinderte.

»Was ist denn hier passiert?« fragte die Schwester.

»Das waren diese beiden Spinner!« keifte eine Stimme aus Franks Zimmer. »Sehen Sie sich nur an, was sie getan haben!«

Die Schwester sog hörbar die Luft ein, als ihr Blick durch die noch offenstehende Tür ins Krankenzimmer fiel. Und auch Julian riskierte einen raschen Blick hinein.

Das Zimmer bot wirklich ein Bild der Verwüstung. Zwar war jeder einzelne Glassplitter nach draußen gesogen worden, so daß der Mann in seinem Bett am Fenster vor dem Schlimmsten bewahrt worden war, aber der Sturm hatte alles durcheinandergewirbelt, was nicht niet- und nagelfest war, und zudem triefte alles vor Nässe. Der Wind heulte ungehindert herein.

Mittlerweile kamen mehr und mehr Schwestern herbeigelaufen und auch zwei Männer in weißen Kitteln, wahrscheinlich Ärzte, die Bereitschaftsdienst hatten und den Lärm ebenfalls gehört hatten. Ein Dutzend Fragen prasselte gleichzeitig auf ihn herab, und jemand berührte ihn ziemlich unsanft an der Schulter.

Plötzlich erstrahlte der Gang in so grellweißem Licht, als wäre draußen vor dem Fenster eine Bombe explodiert. Ein ungeheurer Donnerschlag ließ das Krankenhaus erzittern, und fast in der gleichen Sekunde hörte man hinter mindestens vier oder fünf Türen das Klirren und Bersten zersplitternder Fensterscheiben, gefolgt von einem Chor erschrockener Schreie und Rufe. Eine der Schwestern riß eine Tür auf und prallte mit einem Schrei zurück, als ihr eine Sturmböe eiskaltes Regenwasser ins Gesicht schleuderte.

Das Interesse an Julian und seinem Freund erlosch schlagartig. Plötzlich waren alle damit beschäftigt, Türen aufzureißen und mit gesenkten Köpfen gegen den Sturm anzukämpfen, der durch die zerborstenen Fenster blies.

Aber es war nicht nur der Sturm. Julian wußte, daß mit dem eiskalten Sprühregen noch etwas anderes, ungleich Gefährlicheres hereingekommen war. Er dachte an Alices Worte. *Sie werden nicht aufgeben, ehe sie nicht ihr Opfer bekommen haben!* Verzweifelt bemühte er sich, Frank auf die Füße zu bekommen. Es gelang ihm erst, als einer der herbeigeeilten Pfleger ihm half.

»Wir müssen hier weg!« sagte Julian schwer atmend.

»Das würde ich auch vorschlagen«, sagte der Pfleger grimmig. »Hier ist ja der Teufel los!« Er stützte Frank mit einer Hand, sah sich suchend um und deutete mit der anderen auf eine Tür, ein knappes Dutzend Schritte entfernt. »In der Kammer dort sind Rollstühle, hol einen!«

Julian flitzte los, erreichte die Tür und dachte vorsichtshalber erst gar nicht darüber nach, ob sich dahinter vielleicht ein Fenster verberge, sondern riß sie auf. Die Kammer dahinter war winzig – und fensterlos. Gott sei Dank! Drei zusammengeklappte Rollstühle standen da. Julian zerrte einen hervor und rannte bereits in Richtung auf Frank und den Pfleger los, noch während er ihn auseinanderklappte.

Mittlerweile hatten die Schwestern und die Ärzte begonnen, sämtliche Türen zu öffnen und die Patienten aus den ungeschützten Zimmern herauszuholen. Julian rannte, so schnell er nur konnte, ehe noch jemand auf die Idee kam, den Rollstuhl für einen Patienten zu reklamieren, der ihn nötiger hatte als Refels. Hastig hievten er und der Pfleger den jungen Reporter in den Rollstuhl, und Julian rannte los, bevor Frank richtig saß.

Natürlich geschah genau das, was er befürchtet hatte. Eine Schwester deutete heftig gestikulierend auf seinen Rollstuhl und versuchte ihm den Weg zu verstellen, als er keine Anstalten machte anzuhalten. Julian fuhr einen scharfen Bogen um sie, schaffte es aber nicht ganz, so daß er ihr mit zwei Rädern über die Zehen fuhr. Die Schwester kreischte und sprang zurück. Und da sie dabei gegen einen Arzt prallte, der gerade aus einem Zimmer kam, vergrößerte sich das allgemeine Chaos auf dem Flur noch, was Julian im Moment allerdings nur recht sein konnte.

Er rannte noch schneller, erreichte das Ende des Korridors und sah sich ratlos um. Der Flur, auf den er gestoßen war, erstreckte sich nach beiden Richtungen gute dreißig, vierzig Meter weit – und endete in beiden Richtungen vor einem deckenhohen Spiegel, wie fast alle Korridore in diesem Krankenhaus.

In einem davon erschien plötzlich ein dunkelhaariges Mädchen in einem weißen Rüschenkleid.

Frank zuckte zusammen – schließlich erlebte er zum ersten Mal Alices etwas eigenwillige Art, zu erscheinen – und Julian rannte los, ohne auch nur eine Sekunde zu zögern. Alice stand deutlich sichtbar im Spiegel, aber sie sah ihn nicht an, sondern hielt den Blick gesenkt, so daß er nur ihr dunkles Haar erkennen konnte. Die Hände hatte sie hinter dem Rücken verschränkt.

Die Bedeutung ihres Erscheinens war klar. Frank sah das offensichtlich auch so, denn er wurde zusehends nervöser, während Julian schneller und schneller den Rollstuhl vor sich herschob. »He!« protestierte er. »Du hast doch nicht etwa vor –«

»Doch«, keuchte Julian, »genau das habe ich! Wenn Alice meint, das wäre der Ausweg, dann *ist* das der Ausweg!«

Er versuchte noch schneller zu laufen. Der Spiegel war jetzt etwa zwanzig Meter entfernt. Franks immer lautstärkeren und verzweifelnder werdenden Protest ignorierte er.

Als sie noch zehn Meter von der Spiegelwand entfernt waren, flog vor ihnen eine Tür auf, und Alice trat auf den Gang heraus.

»Nicht!« rief sie. »Das ist eine Falle!«

Julian starrte das dunkelhaarige Mädchen eine Sekunde lang verblüfft an und rannte noch ein paar Schritte weiter, ehe er anzuhalten versuchte. Doch es war gar nicht leicht – wenn nicht unmöglich –, den Rollstuhl auf einer Strecke von nicht einmal mehr sechs oder sieben Meter zum Stehen zu bringen. Julian hielt zwar mit aller Kraft den Rollstuhl zurück, aber ebensogut hätte er versuchen können, einen Mercedes mit bloßen Händen aufzuhalten. Alles, was er fertigbrachte, war, daß der Rollstuhl nun zu allem Überfluß auch noch zu schlingern begann.

Sie waren etwa fünf Meter vom Spiegel entfernt, als die Gestalt im Spiegel, die er bisher für Alice gehalten hatte, den Kopf hob und die Hände hinter dem Rücken hervornahm.

Spätestens jetzt war der Betrug eindeutig erkennbar. Denn mit dieser Bewegung hörte jede Ähnlichkeit zwischen dem Ding im Spiegel und der echten Alice schlagartig auf. Das Kleid stimmte, das Haar auch, jedenfalls soweit es Farbe und Länge anging, denn es handelte sich um nichts anderes als eine kunstvoll angefertigte Perücke. Allerdings machte sie sich nicht sonderlich gut auf dem kantigen, spitzohrigen Schädel mit den rotglühenden Augen und der sabbernden Bulldoggen-Schnauze. Ebensowenig wie die spitzenbesetzten Ärmel des weißen Kleides zu den plumpen, nur aus drei Fingern und einem breiten Daumen bestehenden Pfoten paßten. Julian schrie auf und verdoppelte seine Anstrengungen, den Rollstuhl zum Halten zu bringen. Frank brüllte plötzlich wie am Spieß und griff rücksichtslos mit beiden Händen in die Speichen, wodurch der Rollstuhl zwar tatsächlich auf der Stelle zum Stehen kam, Julian aber wuchtig gegen die Haltestange stieß, so daß Frank nicht nur einiger Fingernägel verlustig ging, sondern auch kopfüber aus dem Stuhl geschleudert wurde. Er schlug einen halben Salto in der Luft und landete mit den Beinen voran im Spiegel.

Wahrscheinlich wäre es jetzt unweigerlich um sie beide geschehen gewesen, wäre der Troll nicht in genau diesem Moment aus dem Spiegel herausgetreten. Kichernd und mit einem hämischen Grinsen auf den Lippen trat er aus der schimmernden Fläche – und direkt in Franks Gipsbein, das in diesem Augenblick kerzengerade auf sein Gesicht zugeschossen kam.

Es knirschte hörbar, als der Gipsverband in das häßliche Trollgesicht traf und in Stücke ging. Der Troll wurde zurückgeschleudert, und im selben Moment traf Franks anderer Fuß den Spiegel und zerschmetterte ihn. In einem Regen von blitzenden Spiegelscherben fiel Frank zu Boden und blieb stöhnend liegen.

Julian war mit einem Satz bei ihm und ließ sich auf die Knie nieder. Frank war benommen. Mehrere seiner Fingernägel waren abgebrochen, die Finger bluteten, der Gips an seinem rechten Fuß war bis zum Knöchel hinauf verschwunden. Einige der gipsgetränkten Gazestreifen, die auf dem Boden lagen, schwelten, es roch deutlich verbrannt. Julian erinnerte sich plötzlich daran, daß auch er sich die Hände verbrannt hatte, als er versuchte, nach einem der schrecklichen Wesen zu schlagen. Frank hatte Glück gehabt. Hätte er mit dem anderen Bein zugetreten, dann hätte er jetzt Probleme mit beiden Füßen gehabt.

Für den Troll war die Sache weniger gut ausgegangen. Er war in den Spiegel zurückgeschleudert worden, aber als Frank die Scheibe zerschlug, waren seine Beine bis zu den Knien noch auf dem Gang gewesen.

Und dort waren sie noch.

Julian schaute rasch weg, ehe ihm übel werden konnte, und versuchte statt dessen, Frank in den Rollstuhl zurückzuheben, der wie durch ein Wunder nicht umgestürzt oder beschädigt war. Es gelang ihm, zumal Frank allmählich wieder zu sich kam, aber es kostete ihn jedes bißchen Kraft, so daß er völlig erschöpft neben dem Rollstuhl niedersank und keuchend nach Luft rang, als er es endlich geschafft hatte.

»Was . . . was war denn das?« stöhnte Frank. »Was, um Gottes willen, ist passiert?«

Julian wollte antworten, aber ihm fehlte einfach die Kraft dazu. Frank sah ihn aus verschleierten Augen an, setzte zu einer neuen Frage an und hielt plötzlich erschrocken den Atem an, als sein Blick auf das fiel, was vor dem zerbrochenen Spiegel lag.

»Großer Gott!« entfuhr es ihm. »Was ist das?!«

Julian antwortete auch jetzt nicht. Er hatte endlich wieder genug Kräfte gesammelt, um sich in die Höhe zu stemmen. Wortlos trat er hinter den Rollstuhl und drehte ihn auf der Stelle um.

Alice stand noch vor der Tür, aus der sie getreten war. Sie sah kein bißchen erleichtert aus, obwohl sie alles mit angesehen hatte. »Schnell!« sagte sie. »Es sind noch mehr da! Folgt mir!«

Julian zögerte nun keine Sekunde mehr. Ohne auf Franks Protestgeheul zu achten, bugsierte er den Rollstuhl hinter Alice durch die Tür.

»Bist du wahnsinnig?« kreischte Frank plötzlich. »Das ist die Treppe!«

Tatsächlich befanden sie sich im Treppenhaus. Nur wenige Zentimeter vor den Rädern des Rollstuhls befand sich die erste von einem guten Dutzend breiter Marmorstufen, die in die Tiefe führten. Die gegenüberliegende Wand bestand aus Glasbausteinen, hinter denen es wieder grell und weiß aufblitzte. Das Gewitter mußte mittlerweile unmittelbar über dem Krankenhaus toben. Alice stand jetzt am unteren Ende der Treppe und winkte ihm zu.

Julian warf einen raschen Blick über die Schulter zurück. Auf dem Flur hinter ihnen bewegte sich etwas. Schatten. Es konnten Patienten oder auch das Krankenhauspersonal sein, das kam, um nach der Ursache des Lärms zu sehen. Julian hatte wenig Lust herauszufinden, was es war.

»Kannst du laufen?« fragte er.

»Nein«, antwortete Frank. »Aber das heißt nicht, daß –«

»Dann halt dich gut fest!« riet ihm Julian. »Es wird schon gutgehen.« Er warf sich mit aller Kraft gegen die Haltestangen des Rollstuhles, so daß das Gefährt mit den Vorderrädern frei in der Luft schwebte, als Julian es weiterschob.

Auf den ersten vier oder fünf Stufen klappte es sogar. Aber dann spürte Julian, wie sich die Vorderräder des Rollstuhles immer mehr neigten, und gleichzeitig wurde er gegen seinen Willen immer schneller. Er überwand auf diese Weise weitere vier oder fünf Stufen, dann wurde ihm der Rollstuhl einfach aus der Hand gerissen und Frank legte das letzte Drittel seiner Fahrt entschieden schneller zurück, als ihm recht war.

Wie durch ein Wunder blieb er auch dieses Mal unverletzt, obgleich er einen noch eindrucksvolleren Salto schlug als zuvor. Und ein zweites Wunder wollte es, daß der Rollstuhl so gut wie unbeschädigt war, als Julian ihn wieder aufrichtete. Eines der Räder eierte ein wenig, aber das war auch alles.

Allerdings weigerte sich Frank, sich von ihm helfen zu lassen. Er schlug sogar nach ihm, als Julian nach seinen Armen greifen wollte, und zog sich mit zusammengebissenen Zähnen aus eigener Kraft wieder in den Stuhl.

»O verdammt«, stöhnte er. »Wer dich zum Freund hat, der braucht wirklich keine Feinde mehr!«

»Schnell« drängte Alice. »Sie sind gleich hier! Ich kann sie fühlen!« Sie hatte die Tür zum Korridor geöffnet und gestikulierte wild mit beiden Händen.

»Ich fühle was ganz anderes!« grollte Frank. »Verdammt, hört endlich mit diesem Unsinn auf, ihr beiden! Oder erschießt mich gleich, das geht schneller und tut nicht so weh!«

Julian beachtete ihn auch diesmal nicht. Hastig folgte er Alice auf den angrenzenden Flur hinaus. Zur Linken war der Gang zu sehen, gute fünfzig Meter lang, von zahllosen Türen gesäumt und von dem üblichen mannshohen Spiegel abgeschlossen. Zur Rechten erstreckte sich der Korridor allerhöchstens noch fünf Meter weit, ehe er vor einer zweiflügeligen Glastür endete. Dahinter war das weiße Neonlicht der großen Eingangshalle der Klinik zu sehen. Julian wollte sich instinktiv dorthin wenden, aber Alice winkte ab und deutete heftig gestikulierend in die entgegengesetzte Richtung.

Julian zögerte. Licht bedeutete aller Wahrscheinlichkeit nach Menschen und damit Sicherheit. Aber bisher hatte Alice ihn stets gut geleitet – und er spürte einfach, daß es auch diesmal besser war, auf sie zu hören. Mit einem entschlossenen Ruck drehte er den Rollstuhl herum und rannte los.

Natürlich begann Frank auch jetzt wieder sofort und sehr lautstark zu protestieren und versuchte sich auch noch auf der Sitzfläche des Rollstuhles zu ihm herumzudrehen, wodurch das ganze, ohnehin angeschlagene Gefährt gefährlich zu schwanken begann. »Bist du verrückt?« rief er. »Noch ein paar Schritte und wir wären draußen gewesen!«

»Alice weiß, was sie tut!« antwortete Julian keuchend. Er brauchte all seine Kraft, um den Rollstuhl zu schieben. »Vertrau ihr!«

»Vertrauen?!« kreischte Frank. »Du weißt ja noch nicht einmal, wer dieses Mädchen ist!«

Julian antwortete diesmal nicht, sonden sparte sich seinen Atem lieber dafür auf, den Rollstuhl noch mehr zu beschleunigen, denn Alice rannte so schnell vor ihnen her, daß er seine liebe Mühe hatte, mit ihr mitzuhalten. Trotzdem vergrößerte sich der Abstand zwischen ihnen immer mehr. Alices Vorsprung betrug gute zwanzig Meter, als sie den Spiegel erreichte und ohne zu zögern weiterlief. Sie tauchte einfach in den Spiegel und war verschwunden.

Einten Atemzug später erschien ein Troll an ihrer Stelle.

Dieses Mal hatte sich das Wesen nicht die Mühe gemacht, sich zu tarnen, sondern trat nach und nach in seiner ganzen Häßlichkeit aus dem Spiegel heraus. In der rechten Hand hielt es einen mit spitzen Dornen gespickten Knüppel, den es grinsend immer wieder in seine linke Handfläche klatschen ließ.

Julian stemmte sich gegen den Zug des Rollstuhls, brachte ihn zum Stehen und starrte den Troll an. Dann fuhr er herum – und schrie auf. Auch hinter ihnen war ein Troll auf dem Flur erschienen. Er war auf die gleiche Weise bewaffnet wie der erste und wie dieser keine zwanzig Meter mehr von ihnen entfernt. Beide kamen grinsend näher, schienen es aber nicht besonders eilig zu haben.

»Was . . . sind das für Dinger?« stammelte Frank.

»Trolle«, antwortete Julian. »Ich nenne sie so. Keine Ahnung, wie sie wirklich heißen.«

»Irgendwie paßt es.« Franks Blick irrte nervös zwischen den beiden Kreaturen hin und her. »Werden wir mit ihnen fertig? Ich meine, ich kann zwar nicht laufen, aber besonders kräftig sehen sie nicht aus.«

»Vergiß es«, sagte Julian. »Erinnerst du dich an die Brandflecken auf meiner Jacke?« Frank nickte, und Julian fügte düster hinzu: »Da hat mich eins von den Dingern berührt.«

»Oh«, murmelte Frank. »Ich fürchte, dann hilft nur noch eines: schreien, so laut wir können.«

»Tu dir keinen Zwang an«, sagte Julian. »Aber ich fürchte, es wird nicht sehr viel nützen. Ist dir nicht aufgefallen, daß wir bis jetzt keinem einzigen Menschen begegnet sind?«

Die beiden Geschöpfe schlenderten gemächlich näher, wobei sie so breit grinsten, daß ihre Münder bis zu den Ohren reichten. Julian mußte plötzlich an Rogers Worte denken, wonach Trolle von Angst und Furcht lebten. Wenn das stimmte, dann boten sie ihnen wahrscheinlich ein Festmahl, wie sie es nicht alle Tage bekamen ...

»*Vertrau Alice, sie weiß, was sie tut!*« sagte Frank spöttisch. »Daß ich nicht lache! O ja, sie weiß sicher genau, was sie tut. Sie hat uns in eine Falle gelockt, deine Kleine!«

Julian wollte Frank anschreien, aber er brachte kein Wort heraus. Seine Kehle war wie zugeschnürt, und Tränen füllten seine Augen. Er verstand nicht, warum Alice das getan hatte! Wenn sie wirklich mit den Trollen im Bunde war – und alles in ihm weigerte sich einfach, das zu glauben! –, warum hatte sie ihnen dann überhaupt geholfen, so weit zu kommen?

Die beiden Trolle kamen immer näher. Etwas am Ausdruck ihrer häßlichen Gesichter änderte sich. Julian begriff. Offensichtlich hatten sie genug von der Vorspeise. Das Buffet war eröffnet. Aus dem Spiel wurde Ernst.

Die Haltestangen des Rollstuhls waren zwei kurze, gummiummantelte Eisenrohre, die in das Gestänge des Krankenfahrzeuges hineingeschoben und bei Bedarf ausgewechselt werden konnten. Jetzt zog Julian sie heraus, gab eine davon Frank und wog die andere prüfend in der Hand. Es waren kleine, aber äußerst schwere Eisenknüppel, die gegen jeden anderen Feind wahrscheinlich hervorragende Waffen abgegeben hätten. Gegen die Trolle wirkten sie einfach lächerlich. Aber sie waren alles, was sie hatten, und Julian war entschlossen, sein Leben so teuer wie möglich zu verkaufen. Den Trollen entlockte der Anblick ihrer Waffen nur ein müdes Grinsen.

Aber es kam ganz anders.

Plötzlich erschütterte ein ungeheurer Donnerschlag das Gebäude, und in der gleichen Sekunde schien aus allen Richtungen zugleich das Klirren zerbrechenden Glases zu ertönen. Nicht nur Julian und Frank, sondern auch die Trolle fuhren erschrocken zusammen.

Plötzlich flogen vor und hinter ihnen fünf, sechs, schließlich acht oder neun Türen nahezu gleichzeitig auf, mit solcher Wucht, daß sie gegen die Wand krachten und der Putz abbröckelte. Kälte und eisiger Wind fegten in den Flur – und mit ihnen kam noch etwas.

Die Herren des Zwielichts waren wieder da! Sie waren nicht wirklich fortgewesen, sondern hatten die ganze Zeit über nur auf eine Gelegenheit gewartet, ihre Beute zu stellen. Und diese Gelegenheit war jetzt gekommen, denn sie saßen in der Falle, von den Trollen, die wahrscheinlich nichts anderes waren als die Schergen der Schattenwesen, genau dahin getrieben, wo sie sie haben wollten.

Julian begriff den Fehler in seiner Überlegung, als die Trolle zu schreien begannen. Die beiden Geschöpfe hatten ihre Waffen fallen gelassen und versuchten zu fliehen, aber irgend etwas hielt sie zurück, eine Art Schatten, der nie da war, wenn man genau hinsah. Und doch war selbst dieser flüchtige Eindruck, den Julian von den Herren des Zwielichts bekam, schon entsetzlich genug. Er wußte plötzlich mit unerschütterlicher Gewißheit, daß der bloße Anblick dieser Geschöpfe ihn töten würde. Entsetzt wandte er den Blick ab. Und schaute in den Spiegel.

Alice war wieder da. Sie stand *hinter* dem Spiegel und winkte heftig mit beiden Armen. Und Julian zögerte nicht. Frank erhob auch keine Einwände mehr, als Julian den Rollstuhl in Bewegung setzte.

Hinter ihnen hob ein schreckliches Mahlen und Schlürfen an, als er den Rollstuhl mitsamt dem jungen Reporter mit aller Gewalt in den Spiegel hineinstieß.

Auf Sherlock Holmes' Spuren

Vier Stunden später hörte Frank allmählich wieder auf, ihn abwechselnd – oder auch gleichzeitig – zu beschimpfen, mit Vorwürfen zu überhäufen und ihm seine Zukunft in düstersten Farben auszumalen. Julian konnte ihn verstehen. Wie er fast erwartet hatte, hatten sie sich auf dem Kirmesplatz unten am Fluß wiedergefunden, nachdem sie durch Alices magischen Spiegel gegangen waren. Zwar waren sie diesmal nicht aus zwei Meter Höhe abgestürzt, aber Franks Rollstuhl war umgekippt und Frank selbst mit dem Gesicht voran in einer schlammigen Pfütze gelandet. Entsprechend war natürlich seine Laune gewesen, nachdem es Julian endlich gelungen war, ihn wieder in die Höhe und in seinen arg mitgenommenen Rollstuhl zu hieven. Von Erleichterung, mit dem Leben davongekommen zu sein, oder Dankbarkeit bei Frank keine Spur.

Aber jetzt waren sie hier in der – wenn auch wahrscheinlich nur eingebildeten – Sicherheit des Hotelzimmers, und nach einem heißen Bad, einem gewaltigen Imbiß, den der Zimmerservice ungeachtet der vorgerückten Stunde noch heraufgebracht hatte, und einer weiteren Stunde, in der Julian seine Tiraden klaglos über sich hatte ergehen lassen, begann Frank sich allmählich zu beruhigen.

Er war sehr müde, aber das war auch zu erwarten nach *diesem* Abend. Mitternacht war längst vorbei, und im Grunde wunderte er sich ein bißchen darüber, daß es nicht längst an der Tür geklopft hatte und seine beiden Freunde von der Polizei aufgetaucht waren.

Aber was nicht war, dachte er matt, das konnte ja noch werden. Obwohl der Tag weiß Gott genug Aufregungen gebracht hatte, war er ziemlich sicher, daß die Sache noch lange nicht vorbei war.

»Sag mal – hörst du mir überhaupt zu?« fragte Frank in diesem Augenblick.

Julian fuhr leicht zusammen und sah zu ihm hin. Dann zuckte er mit den Schultern und gestand mit einem leicht verlegenen Lächeln: »Ehrlich gesagt: nein.«

Frank bedachte ihn mit einem stummen, aber vielsagenden Blick, stemmte sich umständlich aus seinem Sessel hoch und humpelte zur Bar, um sich eine Flasche Bier zu holen. Julian registrierte beiläufig, daß es die dritte war, seit sie das Zimmer betreten hatten. Außerdem hatte Frank ein Dutzend Zigaretten geraucht, und die Luft im Zimmer war entsprechend schlecht. Abgesehen von dem Umstand, daß er Reporter war, schien Frank noch eine Menge anderer Fehler zu haben.

»Eigentlich kann ich es dir nicht einmal verdenken«, sagte Frank, nachdem er sich wieder gesetzt hatte. »Ich war ziemlich wütend. Wird Zeit für eine Entschuldigung, denke ich.« Er trank einen Schluck Bier und sank sofort wieder um mehrere Grade in Julians Sympathie, weil er hinzufügte: »Wir hätten uns eine Menge Ärger ersparen können, wenn du mir gleich die Wahrheit gesagt hättest.«

»Welche?« fragte Julian mit einer Ruhe, die ihn selbst überraschte. »Die Geschichte von den Trollen? Oder die von Alice?«

Frank seufzte: »Okay, ein Punkt für dich. Ich hätte dir kein Wort geglaubt. Aber das ändert nicht viel. Ich glaube es auch jetzt nicht.«

Julian sah ihn verwirrt an. Frank nahm einen weiteren Schluck Bier, zündete sich seine dreizehnte Zigarette an und fuhr ganz ernst fort: »Wenn du meine Meinung hören willst: Ich habe mir bei dem Sprung durch den Zauberspiegel deines Vaters eine ziemlich üble Kopfverletzung zugezogen und liege jetzt im Koma. Wahrscheinlich phantasiere ich mir das nur alles zusammen, während die Ärzte verzweifelt um mein Leben kämpfen.«

»Ha, ha, ha«, sagte Julian. »Sehr witzig.«

»Das klingt immer noch überzeugender als das, was ich in den letzten paar Tagen erlebt habe«, sagte Frank säuerlich.

»Immerhin hast du es selbst gesagt.«

»Was?«

»*Zauberspiegel*«, antwortete Julian. »*Zauberspiegel deines Vaters.*«

»Also gut«, seufzte Frank. »Erzähle – auch wenn es mir wahrscheinlich noch das letzte bißchen Verstand rauben wird.«

Julian lächelte flüchtig, begann aber dann doch zu erzählen. Er ließ nichts aus, mit Ausnahme seines Besuches in der Freakshow, den er für unwichtig hielt, und Frank hörte wortlos zu, schüttelte nur hin und wieder den Kopf, schnitt Grimassen und gab sich überhaupt alle Mühe, Julian zu verstehen zu geben, daß er wohl nicht alle Tassen im Schrank habe. Aber die spöttische Bemerkung, auf die Julian wartete, blieb aus, auch als er zu Ende gekommen war und mit den Worten schloß: »Den Rest kennst du. Ich bin meinem Vater gefolgt. Und du mir.«

»Was ich wahrscheinlich bis ans Ende meiner Tage bereuen werde«, fügte Frank grollend hinzu. Das Bier begann seine Wirkung zu tun. Er schüttelte heftig den Kopf. »Das ist die abgefahrenste Geschichte, die ich in meinem ganzen Leben gehört habe.«

»Und du glaubst natürlich kein Wort.«

»Doch.« Frank zog ein Gesicht, als hätte Julian ihn gezwungen, in eine saure Zitrone zu beißen. »Ich glaube jedes Wort. Das ist ja gerade das schlimme.«

Er langte nach seiner Flasche, stellte fest, daß sie leer war und warf einen sehnsüchtigen Blick zur Bar. Aber dann ließ er sich wieder zurücksinken. »Ich fürchte, daß uns so oder so nicht allzuviel Zeit bleibt«, sagte er. »Denn entweder die Polizei oder deine Troll-Freunde werden früher oder später anfangen, nach uns zu suchen. Und ich fürchte, eher früher als später.«

»Wir müssen meinen Vater finden«, sagte Julian. »Und –«

Refels unterbrach ihn mit einer Geste. »Als erstes müssen wir Ordnung in das Chaos bringen, das du mir da aufgetischt hast.«

»Chaos?« fragte Julian verwirrt.

»Ich kenne mich in diesen Dingen ein bißchen besser aus als du, Junge«, sagte Frank.

»In was für Dingen? Zauberei? Oder Zeitreisen?«

»Recherchen«, sagte Frank ungerührt. »Nachforschungen sind mein Job. Ich bin da vielleicht nicht allzu gut, aber die Grundregeln beherrsche ich immerhin. Und die besagen, daß du unmöglich Licht in eine Sache bringen kannst, wenn du nicht einmal weißt, worum es geht.«

»Aber das wissen wir doch!« protestierte Julian. »Mein Vater ist in Gefahr, und wir müssen ihm helfen!«

Warum sah Frank ihn plötzlich so seltsam an? Er wirkte beinahe verlegen.

»Was ist los?« fragte er. »Habe ich was Falsches gesagt?«

»Nein«, sagte Frank.

Natürlich wußte Julian im Grunde ganz genau, was Frank im Auge hatte. Er aber wollte den Dingen nicht ins Auge sehen. Wenigstens jetzt noch nicht. Frank sollte ihm noch eine kleine Weile die Illusion lassen, die Welt sei wirklich so einfach, wie sie es für ihn noch vor einer Woche gewesen war.

»Ich weiß, was jetzt in dir vorgeht, Junge«, sagte Frank. »Ich würde es dir gern ersparen, aber erstens denke ich, daß du es sowieso schon weißt, und zweitens haben wir keine Zeit für überflüssige Sentimentalitäten.«

Er mußte wohl merken, wie weh seine Worte Julian taten, denn er schwieg ein paar Sekunden lang verlegen und fuhr dann spürbar gehemmt fort: »Ich will dir jetzt einmal erklären, wie ich die Sache sehe. Von mir aus kannst du mich danach rauswerfen oder auch ein bißchen mit mir rumbrüllen, aber versuch mir einfach zuzuhören.«

»Okay«, sagte Julian. Aber er meinte es nicht. Nichts war okay. Er wußte, was Frank sagen würde, denn schließlich war er nicht blöd und auch nicht blind. Aber er wollte sich einfach noch an die Illusion klammern, daß die Welt klar in Gut und Böse aufgeteilt war, und vor allem, daß die Bösen immer die *anderen* waren.

»Versuchen wir am Anfang anzufangen«, begann Frank.
»Auf diesem Rummelplatz.«

»Auf dem ich Roger getroffen habe«, ergänzte Julian.

Aber Frank verneinte. »Auf dem anderen. Auf dem vom vierten August neunzehnhundertacht. Dein Vater hat damals irgend etwas getan. Ich weiß nicht, was, aber es muß sehr weitreichende Folgen gehabt haben. Und wahrscheinlich ziemlich üble Folgen. Du hast das Gespräch zwischen Gordon und deinem Vater ebenso gehört wie ich. Was immer damals geschehen ist, es führte wahrscheinlich dazu, daß dein Vater zu dem wurde, was er heute ist: ein berühmter Zauberer, der ein bißchen mehr beherrscht als die üblichen Taschenspielertricks. Und wahrscheinlich«, seine Stimme wurde ein wenig leiser und fast traurig, »ist es auch der Grund für alles andere. Die verschwundenen Leute, deine Trolle, diese Zwielichtwesen.«

Julian schluckte ein paarmal. »Wie . . . kommst du darauf?«

»Es ist bisher das einzige, was überhaupt Sinn macht.«

»Und was soll er so Schreckliches getan haben?« fragte Julian. Er versuchte vergebens, seiner Stimme einen gleichmütigen Klang zu geben. Wieder hörte er die Stimme seines Vaters, wie sie durch die Tür des Wohnwagens gedrungen war: *Noch vier Stunden, bevor es geschieht . . .* Und er hatte Angst vor dem, was Frank weiter sagen würde.

»Das weiß ich nicht«, sagte Frank. »Ich habe nicht einmal eine leise Vorstellung, ehrlich gesagt. Meine Erfahrungen mit Zauberei sind nicht besonders groß. Aber sobald in meiner Redaktion morgen früh wieder jemand da ist, werde ich ein paar Anrufe tätigen, und vielleicht sind wir danach schon schlauer.«

»So einfach ist das, wie?«

»So einfach wird es ganz bestimmt nicht«, sagte Frank ernst. »Aber irgendwo müssen wir anfangen. Wir haben einen Ort, und wir haben ein Datum. Das ist immerhin etwas. Was immer damals passiert ist, es muß etwas ziemlich Dramatisches gewesen sein. Wir finden es heraus.«

»Und dann?«

Wieder bestand Franks Antwort nur aus einem Schulterzukken. »Das weiß ich noch nicht. Wir suchen einfach ein bißchen herum, sammeln die Puzzleteile und versuchen sie zusammenzusetzen. Mal seh'n, was dabei herauskommt.«

»Du redest wie ein Detektiv«, sagte Julian.

»Und genau wie Detektive werden wir auch vorgehen«, bestätigte Frank. Er lächelte matt. »Wir schlüpfen einfach ein paar Tage in die Rollen von ...« Er überlegte einen Moment, und plötzlich hellte sich sein Gesicht auf. »Sherlock Holmes und Dr. Watson! Ich finde, das paßt. Und in Anbetracht des Umstandes, daß ich momentan etwas ... derangiert bin –«, er placierte seinen verletzten Fuß demonstrativ auf dem Tisch, »– schlage ich vor: ich übernehme den Part von Sherlock Holmes, und du spielst den Dr. Watson.«

»Wieso?«

Franks Grinsen wurde noch breiter. »Weil Holmes immer die Denkarbeit und Watson die Beinarbeit übernimmt.«

»Du meinst, ich soll deinen Laufburschen spielen«, sagte Julian mit gespieltem Groll.

»Gut erkannt, mein lieber Watson«, grinste Frank. »Aus Ihnen wird noch einmal ein richtiger Detektiv.« Er grinste noch breiter und wurde dann übergangslos wieder ernst. »Ich hoffe, sie lassen uns wenigstens bis morgen früh in Ruhe. Ich brauche dringend ein bißchen Schlaf.«

Er gähnte demonstrativ, schwang das Bein vom Tisch und verzog gleich darauf das Gesicht, denn die Bewegung fiel vielleicht ein bißchen schwungvoller aus, als gut war. »Und Sie gehen auch ins Bett, mein lieber Watson«, sagte er.

Julian erhob keinerlei Einwände. Er war immer noch ziemlich sicher, daß diese Nacht noch die eine oder andere Überraschung für sie bereithielt. Trotzdem half er Frank kommentarlos, ins Schlafzimmer zu humpeln, um sich auf dem Bett seines Vaters auszustrecken, und äußerte auch dann nichts von allen seinen Befürchtungen, sondern ging wortlos in sein eigenes Zimmer.

Obwohl er sehr müde war, fand er keinen Schlaf. Er weigerte sich noch immer zu glauben, Franks Behauptung entspreche der Wahrheit. Das Verhältnis zwischen seinem Vater und ihm war stets etwas ganz Besonderes gewesen, obwohl oder vielleicht gerade weil sie sich so selten sahen. Julian hatte zwar stets gespürt, daß es da etwas im Leben seines Vaters gab, von dem er nichts wußte und vielleicht auch besser nie etwas erfuhr. Aber natürlich hatte er angenommen, daß es sich bei diesem Geheimnis – wenn es denn eines gab – um irgendeine *Gefahr* handelte, und selbstverständlich um eine, an der er selbst völlig unschuldig war. Sein Vater als unschuldiges Opfer irgendeiner schrecklichen Verschwörung – okay. Das war gerade noch glaubhaft. Aber sein Vater als Drahtzieher einer Verschwörung? Sein Vater ein Verbrecher? Unmöglich! Es konnte nicht sein, weil es nicht sein durfte, und damit basta!

Franks Theorie war im übrigen nicht mehr als eben Theorie, die so wenig bewiesen war wie alles andere. Daß sie ein bißchen einleuchtender klang, bedeutete gar nichts.

Der Gedanke beruhigte Julian ein wenig, aber nicht genug, daß er Schlaf gefunden hätte. Nach einer Weile gab er es auf und ging ins Bad, um ein Glas Wasser zu trinken. Als er sich zum Lichtschalter vortastete, stieß sein Fuß gegen etwas Weiches. Überrascht blieb er einen Moment lang stehen und schaltete dann das Licht ein. Es war der Troll. Die Stoffpuppe, die er auf der Kirmes gewonnen hatte. Er hatte sie hier zurückgelassen, und wahrscheinlich hatte ein Zimmermädchen sie aufgehoben und ans Fußende seines Bettes gesetzt. Julian bückte sich, klemmte sich den Troll unter den Arm und setzte seinen Weg ins Bad fort. Er setzte den Troll auf den Waschbeckenrand, ließ ein Glas mit eiskaltem Wasser vollaufen und leerte es mit zwei gewaltigen Schlucken. Es klirrte hörbar, als er das Glas zurückstellte, und der Troll, der ohnehin ziemlich wackelig auf der Waschbeckenkante saß, neigte sich nach vorne und wäre zu Boden gefallen, hätte Julian ihn nicht im letzten Moment aufgefangen. Er hielt ihn fest, klemmte ihn sich nach kurzem Zögern wieder unter seinen Arm und schaute noch einmal in den Spiegel über dem Waschbecken. Er hatte es getan, als er hereingekommen war, und auch schon vorher, gleich nachdem sie das Hotelzimmer betreten hatten, und weder jetzt noch vorhin hatte er Beunruhigung dabei empfunden, geschweige denn Angst.

Eigentlich war das seltsam. Spätestens seit den Geschehnissen im Krankenhaus hätte ihn eigentlich schon beim bloßen Anblick eines Spiegels die nackte Panik überkommen müssen, aber das Gegenteil war der Fall.

Vielleicht lag es an diesem Zimmer, daß er sich so sicher fühlte. Es war immer noch das Zimmer seines Vaters, ein Raum, in dem Vater wochenlang gelebt hatte, und möglicherweise war irgendwie etwas von ihm zurückgeblieben, etwas, das ihn, Julian, jetzt noch beschützte.

Er lächelte seinem Spiegelbild zu, drehte sich um – und eisiger Schrecken befiel ihn. Millimeter für Millimeter drehte er sich wieder zum Waschbecken um und schaute erneut in den Spiegel.

Sekundenlang stand er einfach nur da und starrte, löste den Blick vom Spiegel, senkte ihn mit großer Willensanstrengung, sah die zerzauste Stoffpuppe unter seinem linken Arm und schaute schließlich wieder in den Spiegel.

Er hatte sich nicht getäuscht. Der Troll war im Spiegel nicht zu sehen.

Er sah sich selbst, wie er dastand, den linken Arm ein wenig vom Körper abgespreizt, aber darunter *war nichts zu sehen.*

Trotzdem war der Troll da. Er konnte ihn fühlen. Er konnte ihn sehen, ja er konnte sogar den leichten Modergeruch wahrnehmen, den die uralte Stoffpuppe verströmte.

Er verließ beinahe in Panik das Bad, setzte den Troll wieder an seinen Platz am Fußende des Bettes und legte sich hin. Nach ein paar Sekunden stand er wieder auf, legte den Troll in den Kleiderschrank und verbarg ihn unter einem Stapel Wolldecken.

Irgendwie fand er doch noch Schlaf, und er träumte nicht

einmal. Frank weckte ihn am anderen Morgen, wie Julian mit einem raschen Blick auf den Radiowecker neben seinem Bett registrierte, gut zwei Stunden bevor es eigentlich nötig gewesen wäre. Aber Frank war so aufgeregt, daß Julian die ärgerliche Bemerkung herunterschluckte, die ihm auf der Zunge lag, und ihm ins Wohnzimmer folgte.

Der Fernseher lief. Der zweite Punkt an diesem frühen Morgen, der Julian mit einem Gefühl leiser Verärgerung erfüllte. Ganz anders als die meisten seiner Altersgenossen war er ganz und gar nicht versessen aufs Fernsehen, was nicht hieß, daß er nicht eine informative Sendung oder auch einen guten Spielfilm dann und wann zu schätzen wußte. Aber er hatte etwas gegen *zu viel* Fernsehen. Und diese neue Unsitte des sogenannten *Frühstücksfernsehens* war geradezu pervers.

Frank hatte einen der lokalen Kabelsender eingestellt, auf dem gerade eine Nachrichtensendung lief. Julian, der noch ein bißchen benommen war, hatte im allerersten Moment Mühe, die Bilder zu identifizieren. Doch dann machte die Kamera einen langsamen Schwenk über einen langen, von zahlreichen Türen gesäumten Flur, und er begriff, daß er das Krankenhaus sah.

»Was ist passiert?« fragte er erschrocken. Jede Spur von Müdigkeit war plötzlich wie weggeblasen.

Frank antwortete nicht, aber der Nachrichtensprecher berichtete in diesem Moment, daß wie durch ein Wunder niemand in der Klinik zu Schaden gekommen sei, und das trotz des enormen Sachschadens, der bis jetzt noch nicht einmal abzuschätzen wäre.

»Sachschaden?« murmelte Julian verstört. »Was ist denn überhaupt passiert?«

»Was passiert ist?« Frank war eher zum Heulen als zum Lachen zumute. »Die Story des Jahres ist passiert! Und ich war mittendrin und hab sie mir praktisch vor der Nase wegschnappen lassen, das ist passiert! Wenn mein Chef erfährt, daß ich praktisch live dabeiwar, ohne auch nur eine Zeile zu schreiben, reißt er mir den Kopf ab!«

»Aha«, sagte Julian. »Und was *ist* also passiert?«

Frank seufzte. »Jemand hat die Fenster im Krankenhaus zerschlagen.«

»Das weiß ich. Ich meine, was ist –« Julian stockte. »Moment mal! Du meinst: alle? Sämtliche Fenster im Krankenhaus?«

»Jede einzelne Scheibe«, bestätigte Frank. Er schloß die Hand zur Faust und öffnete sie blitzartig wieder, wie um eine Explosion anzudeuten. »Und alle Splitter sind nach draußen gesogen worden.« Er machte eine Kopfbewegung auf den Bildschirm. »Sie haben schon ein paar Eierköpfe von der Universität interviewt, die ein paar verrückte Theorien aufgestellt haben. Irgendwas von Unterdruck und einer atmosphärischen Aberration – oder so ähnlich. Ich hab gar nicht richtig hingehört.« Seine Augen wurden schmal. »Ich denke, wir beide wissen, was wirklich passiert ist, nicht wahr?«

Julian schwieg. *Alle* Fenster im Krankenhaus. Wenn das stimmte und wenn es das bedeutete, was er glaubte, dann waren sie in größerer Gefahr gewesen, als sie geahnt hatten.

»Schätze, dein Vater hat in seinem Brief kräftig untertrieben«, fuhr Frank fort, als er keine Antwort bekam. »Wir haben mehr Glück als Verstand gehabt, diesen ... diesen *Dingern* entkommen zu sein.«

»Das war kein Glück«, widersprach Julian. »Alice hat uns gerettet.«

»Alice ...« Frank seufzte auf eine Art, die Julian nicht besonders gefiel. Dann stand er auf, humpelte zum Fernseher und schaltete ihn aus. »Du magst dieses Mädchen, wie?«

»Sie ist ganz nett«, sagte Julian ausweichend.

»Nett?« Frank lächelte spöttisch. »Hör auf, Kleiner. Ich habe dich beobachtet, gestern. Du bist in die Kleine verknallt, und zwar bis über beide Ohren!«

»Bin ich nicht!« protestierte Julian heftig. Gleichzeitig fragte er sich, warum er es leugnete. Natürlich hatte Frank recht.

»Ich bin nicht blind.« Frank lächelte.

»Und wenn schon!« sagte Julian patzig. »Wäre das so schlimm?«

»Das erste Mal, wie?« Frank grinste und winkte hastig ab, als Julian antworten wollte. »Schon gut, das geht mich nichts an. Ich frage mich nur, ob du vielleicht den Blick für die Realität ein bißchen verloren hast.«

»Worauf willst du hinaus?« fragte Julian scharf.

»Auf nichts«, antwortete Frank. »Ich frage mich nur, wer dieses Mädchen ist. Du weißt absulut nichts über sie, stimmt's? Du weißt nicht einmal, ob sie wirklich auf unserer Seite steht. Geschweige denn, welche Pläne sie verfolgt.«

»Hör auf!« sagte Julian laut. »Alice würde mir nie etwas zuleide tun. Sie hat uns gestern abend das Leben gerettet!«

»Stell dir vor, das ist auch mir aufgefallen«, sagte Frank spöttisch. »Aber irgendwie hat mir die Art nicht gefallen, wie sie es getan hat.«

»Wieso?« Julian mußte sich zusammenreißen, um nicht einfach aus dem Zimmer zu rennen und die Tür hinter sich zuzuwerfen. Warum mußte Frank alles kaputtmachen? Gab es denn nichts und niemanden, der vor ihm sicher war? Erregt fuhr er fort: »Du hast sie doch selbst gehört! Die Herren des Zwielichts hätten nie aufgegeben. Sie jagen so lange weiter, bis sie ihr Opfer bekommen haben!«

»Ja, und das hat sie ihnen geliefert, nicht?« sagte Frank kalt. »Sie hat diese beiden Trolle eiskalt ins offene Messer rennen lassen. Das war kein Zufall, da unten im Gang! Deine Alice hat den Trollen eine Falle gestellt, und wir waren der Köder.«

»Wäre es dir lieber, sie hätten uns erwischt?«

»Natürlich nicht«, antwortete Frank ruhig. »Aber das ändert nichts an der Tatsache, daß deine Kleine ein eiskalter Killer —«

Julian flankte mit einem Satz über die Couch und schlug Frank ins Gesicht. Frank verlor die Balance und stürzte rückwärts gegen den Fernseher, den er mit sich zu Boden riß. Ein einzelner blauer Funke sprang aus dem Apparat, gefolgt von dünnem, grauem Rauch. Frank rollte sich hastig zur Seite, als hätte er Angst, daß der Fernseher explodieren könnte. Verblüfft sah er zu Julian hoch, die linke Hand gegen die Wange gepreßt, wo ihn der Schlag getroffen hatte. Julian war nicht weniger verblüfft. Mit einer Mischung aus Schrecken und Unbehagen blickte er seine Hand an. »Das . . . das wollte ich nicht«, stammelte er. »Es tut mir leid. Wirklich!« Er bückte sich hastig, um Frank wieder auf die Beine zu helfen, und Frank nahm seine Hilfe auch tatsächlich an.

»Schon gut«, sagte Frank. Auch er war ein bißchen verlegen. »Ich habe auch ein bißchen übertrieben, glaube ich. Dir ist es wirklich ernst mit diesem Mädchen, wie?«

»Hm«, machte Julian verlegen.

»Ich glaube auch nicht, daß wir irgend etwas von ihr zu befürchten haben«, sagte Frank. »Aber trotzdem – und nun schlag mir nicht gleich den Schädel ein, bitte! –, wir sollten versuchen, ein bißchen mehr über deine hübsche Freundin herauszufinden. Ich kann mir nämlich beim allerbesten Willen nicht vorstellen, daß sie uns nur wegen deiner hübschen blauen Augen geholfen hat.«

»Ich habe grüne Augen«, sagte Julian.

»Eben.« Frank humpelte zu einem Stuhl und setzte sich. »Übrigens war die Polizei schon hier«, sagte er unvermittelt.

Julian erschrak. »Wie?«

»Heute morgen, gegen vier Uhr.« Frank hob beruhigend die Hand. »Keine Panik. Sie wollten nur wissen, wo du geblieben bist, das ist alles. Kein Grund, dich zu wecken.«

»Und sie haben nichts gemerkt?« fragte Julian ungläubig.

»Was? Daß wir beide auf einer Zeitreise im Jahr neunzehnhundertacht waren und uns dabei den Zorn unsichtbarer Ungeheuer zugezogen haben, die Trolle fressen?« Frank lachte. »Das wissen sie bereits. Die Polizei ist im Moment meine geringste Sorge.«

»Und was *macht* dir Sorgen?« fragte Julian.

»Das alles hier.« Frank seufzte. »Ich begreife einfach nicht, was hier los ist. Und das gefällt mir nicht.« Er schaute auf die Uhr. »Noch ungefähr eine Stunde, bis ich in der Redaktion jemanden erreichen kann. Was hältst du davon, wenn wir die Zeit nutzen, und uns einmal dein ominöses dreizehntes Stockwerk ansehen?«

»Kannst du denn laufen?« fragte Julian.

»Es wird schon gehen«, sagte Frank. Plötzlich lachte er leise. »Ich denke, das ist auf jeden Fall ungefährlicher, als mich weiter von dir chauffieren zu lassen.«

Der kleine Scherz brach den Bann endgültig. Sie lachten beide, und Julian spürte, daß ihm Frank seine Entgleisung wirklich verziehen hatte.

Julian zog sich an, und Frank fand im Kleiderschrank von Julians Vater ein paar Sachen, die ihm halbwegs paßten. Schließlich konnte er nicht gut in einem zerrissenen Krankenhaus-Morgenrock über die Flure des Hilton-Hotels schlurfen. Sie machten sich auf den Weg nach oben.

Ihre Expedition zum 13. Stockwerk war allerdings schnell zu Ende. Es gab nämlich keins.

Wie Frank behauptet hatte, hatten die Architekten des Hotels die 13. Etage einfach ausgelassen. Es gab einen Knopf für die 14., und als Julian von dort aus die Treppe hinunterging, suchte er vergeblich nach einer Tür mit der Ziffer 13. Aber er fand etwas anderes heraus: Die 14. Etage war tatsächlich unbewohnt und wurde im Moment renoviert. Überall standen Farbeimer und große Rollen mit Kunststoffolie herum, letztere dafür bestimmt, die wertvollen Teppiche vor Farbspritzern zu schützen. Und als Julian in eines der leerstehenden Zimmer ging und ans Fenster trat, bot sich ihm fast derselbe Anblick wie in jener verzauberten Nacht, in der er hier oben auf Roger getroffen war. Die Stadt lag im Halbdunkel unter ihm, die schwarzen Shilhouetten waren fast so wie damals. Es waren mehr Lichter da, einige Umrisse waren neu, aber im Grunde war der Anblick derselbe. Es war, als betrachte er ein Bild, das seit dem letzten Mal weitergemalt worden war, nun war es komplexer und größer, aber das ursprüngliche Bild war noch immer zu erkennen. Die Welt jener unheimlichen Geister-Kirmes unterschied sich nicht allzusehr von der hier.

Ins Hotelzimmer zurückgekehrt, telefonierte Frank, sprach mit jemandem und kritzelte etwas auf einen Block.

»Hast du etwas erfahren?« fragte Julian.

»Ich bin nicht ganz sicher«, antwortete Frank mit einem Gesichtsausdruck, der das Gegenteil behauptete. »Unser Computerarchiv reicht nur fünfzehn Jahre zurück. Alles, was älter ist, ist entweder auf Mikrofilm abgelegt oder noch auf die ganz alte Methode in Aktenordnern und Karteikästen. Das wird eine verdammte Sucherei.«

»Und warum siehst du dann so zufrieden aus?« Julian nahm sich eine Flasche Coca-Cola aus der Minibar. Manchmal hatte es doch gewisse Vorteile, allein zu sein. Ein Frühstück, das nur aus Cola und Salzstangen bestand, hätte ihm sein Vater schwerlich erlaubt.

»Weil einem meiner Kollegen bei dem Stichwort Kirmes etwas eingefallen ist«, antwortete Frank. »Er konnte sich nicht genau erinnern, aber er meint, es hätte da einen Unfall gegeben. Vor ziemlich langer Zeit, so um die Jahrhundertwende. Na, klingelt es bei Ihnen, Dr. Watson?«

»Ein Feuer«, vermutete Julian.

»Sogar ein ziemlich großes«, bestätigte Frank.

»Dann laß uns zu deiner Redaktion fahren und in Akten wühlen.«

»So einfach ist das leider nicht«, seufzte Frank. »Die ›Abendpost‹ existiert erst seit fünfunddreißig Jahren. Aber es gibt ein Stadtarchiv. Da finden wir bestimmt etwas. Wenn es eine Katastrophe solchen Ausmaßes war, dann gibt es bestimmt noch Aufzeichnungen.«

»Worauf warten wir dann noch?«

»Darauf, daß es zehn Uhr wird. Dann machen die nämlich erst auf. Aber das macht nichts. Ich muß vorher noch zu meiner Wohnung, ein paar Sachen holen – einen neuen Fotoapparat, mein Diktiergerät... Ach ja, und da gibt es noch ein kleines Problem.« Frank druckste einen Moment herum. »Weißt du, ich bin im Moment ein bißchen pleite, und ich glaube nicht, daß mein Chef mir einen Vorschuß gibt.«

»Aha«, machte Julian.

»Nachforschungen kosten Geld«, sagte Frank verlegen. »Und im Moment –«

»Schon gut«, unterbrach ihn Julian. »Ich hab verstanden. Mein Vater hat immer ein bißchen Bargeld im Hotelsafe liegen. Ich will sehen, daß ich da rankomme.«

Er ging zurück ins Schlafzimmer, nahm den Troll aus dem Schrank und wickelte ihn sorgfältig in eine Decke ein, bis vom Inhalt des unförmigen Paketes nichts mehr zu erkennen war. Eine knappe Viertelstunde später hatte er seinen wertvollen Besitz im Hotelsafe deponiert und an seiner Stelle einen schmalen weißen Briefumschlag an sich genommen, den er im Schließfach gefunden hatte. Zu seiner nicht geringen Überraschung hatte er seinen Namen in der Handschrift seines Vaters auf dem Umschlag entdeckt, was sich als großer Vorteil erwies, denn so erhob der Hotelmanager keine Einwände, als er den Brief mitnahm. Dem Mann war nicht besonders wohl dabei, Julian an den Safe zu lassen, das war deutlich zu merken. Julian konnte das auch verstehen. Immerhin war er erst vierzehn, und die Vorfälle um seinen Vater hatten für genügend Aufregung gesorgt, um auch dem Hotelpersonal bekannt zu sein. Vielleicht hatte die Polizei auch entsprechende Anweisungen gegeben, denn Julian entging keineswegs der Umstand, daß der Manager zum Telefon griff, kaum daß er ihn an der Rezeption verließ, und eine ziemlich lange Nummer zu wählen begann.

Der Umschlag enthielt zweierlei: genügend Bargeld, um Julian in den nächsten Monaten aller finanziellen Sorgen zu entheben, und eine handschriftliche Notiz seines Vaters, die nur aus drei Worten bestand:

Geh nach Abaddon.

»Was soll denn das nun wieder heißen?« murmelte Julian.

»Du weißt nicht, was dieses Wort bedeutet?« fragte Frank.

Sie saßen im Taxi, um zu Franks Wohnung zu fahren, und Frank hatte sich über Julians Schulter gebeugt, um den Text zu lesen.

Julian faltete das Blatt mit raschen Griffen zusammen und warf Frank einen verärgerten Blick zu. Berufliche Neugier war ja schön und gut, aber Frank übertrieb es manchmal entschieden. »Nein«, knurrte er.

»Ein Wort aus der Bibel«, erklärte Frank, Julians Ärger einfach ignorierend. »Abaddon ist das Reich der Toten.«

Julian starrte ihn an. Normalerweise wären Worte wie diese dazu angetan gewesen, ihn in ein herzhaftes Gelächter ausbrechen zu lassen. Das Reich der Toten? Lächerlich. Ja, es mochte so etwas geben, aber bestimmt nicht dergestalt, daß da irgendwo ein tiefes Loch war, in das man hinabstieg zu den Toten. So etwas waren Geschichten, mit denen man kleine Kinder erschreckte.

»So?« fragte er. Er versuchte zu lachen, um seine Unsicherheit zu überspielen, aber natürlich unterstrich er sie damit nur noch. »Dann müssen wir ja nur noch das Tor zum Totenreich finden, wie?«

Frank blieb ganz ernst. »Vielleicht haben wir es schon aufgestoßen«, sagte er.

Der Taxifahrer warf ihnen durch den Spiegel einen schrägen Blick zu, und Frank bedeutete Julian mit einer verstohlenen Geste, lieber still zu sein.

Abaddon . . . Julian erschauderte. Das Wort hatte einen unheimlichen, düsteren Klang, aber den sollte es wohl auch haben.

Aber das war es nicht allein. Eine Frage drängte sich ihm auf, die ihm fast noch mehr angst machte als dieses unheimliche Wort: Wieso hatte sein Vater diese Nachricht überhaupt für ihn zurückgelassen? Als er den Umschlag mit dem Geld und der Notiz in den Hotelsafe gelegt hatte, da hatte er doch noch gar nicht wissen können, was geschehen würde . . .

Sie fuhren eine ganze Weile schweigend durch den allmählich erwachenden Berufsverkehr der Stadt. Julian fiel auf, daß sich Frank immer öfter umdrehte. »Ist etwas?« fragte er schließlich.

»Nein.« Franks Antwort kam beinahe zu schnell. »Ich bin

nur nervös, das ist alles. Wahrscheinlich fange ich auch schon an, Gespenster zu sehen.«

»Wenn Sie ein Gespenst auf einem schwarzen Motorrad meinen«, sagte der Taxifahrer, »dann sehe ich es auch.«

Auch Julian drehte sich nun auf der Sitzbank um und sah aufmerksam aus dem Rückfenster. Aber im grauen Morgenlicht konnte er kein Motorrad entdecken.

»Der Kerl war die ganze Zeit hinter uns«, fuhr der Taxifahrer fort. »Jetzt ist er verschwunden, aber ich bin sicher, daß er gleich wieder auftaucht. Ist er hinter euch her?«

»Unsinn«, sagte Frank heftig. Ein bißchen leiser und hörbar nervös fügte er hinzu: »Wie kommen Sie darauf?«

Der Taxifahrer hob die Schultern. »Nur so. In meinem Job kriegt man ein Gefühl dafür, wenn man verfolgt wird.«

»Werden wir bestimmt nicht«, brummte Frank.

»Dann ist es ja gut«, meinte der Taxifahrer. Zehn Sekunden Schweigen, dann: »Wenn er euch nämlich verfolgt, dann könnte ich ihn abhängen, wißt ihr? Kein Problem. Kostet nur eine Kleinigkeit extra.« Wieder legte er eine Pause ein, dann sagte er beinahe im Plauderton: »Übrigens, er ist wieder da.«

Julian und Frank fuhren gleichzeitig herum. Hinter ihnen fuhr ein Mercedes mit eingeschalteten Scheinwerfern, aber hinter diesem Wagen war deutlich die Silhouette eines Motorrades zu erkennen. Der Scheinwerfer schien Julian anzublinzeln wie ein einzelnes trübes gelbes Auge. Obwohl Julian das Motorrad nur als Umriß erkennen konnte, wußte er, worum es sich handelte: um eine uralte Norton, in deren Sattel eine schlanke Gestalt in schwarzem Leder mit einem schwarzen Helm saß.

»In Ordnung«, sagte er. Frank blickte ihn erschrocken an, aber Julian ignorierte das und fuhr fort: »Ich meine, wir werden wirklich verfolgt oder dergleichen –«

»Natürlich nicht direkt«, sagte der Taxifahrer spöttisch.

»– aber es interessiert mich, ob ein Auto wirklich ein Motorrad abhängen kann. Ich glaube das nämlich nicht.«

»So, glaubst du nicht?« Der Taxifahrer lachte leise. »Na, dann paß mal auf!« Und damit trat er das Gaspedal bis zum Boden durch.

Julian wurde in den Sitz gepreßt, als der schwere Wagen wie von der Sehne geschnellt losschoß. Das Heck ihres Vordermannes kam mit bedrohlicher Geschwindigkeit näher, Julian hörte es in Gedanken schon krachen, aber der Taxifahrer riß seinen Wagen im allerletzten Moment zur Seite und setzte mit kreischenden Reifen zum Überholen an. Ein wütendes Hupkonzert folgte ihnen, als sie ein Stück weit auf der Gegenfahrbahn dahinrasten, ehe der Fahrer den Wagen in eine Lücke hineinquetschte. Ein Blick durch das Heckfenster zeigte Julian allerdings, daß das Motorrad noch immer hinter ihnen war.

»So schnell geht das nicht«, sagte der Taxifahrer. »Aber keine Sorge – ich hab noch ein paar Tricks auf Lager.«

Ohne jede weitere Vorwarnung riß er den Wagen nach rechts in eine schmale Seitenstraße hinein. Wieder hupte es hinter ihnen, und diesmal schien der Fahrer sein Können ein wenig überschätzt zu haben, denn der Wagen hoppelte unsanft mit zwei Rädern über den Bürgersteig, Julian und Frank wurden fast gegen das Wagendach geschleudert und fielen ziemlich unsanft in die Polster zurück. Hastig rappelte sich Julian wieder hoch und schaute nach hinten. Das Motorrad folgte ihnen in halsbrecherischem Tempo, wobei sich der Fahrer so stark in die Kurve legte, daß sein Knie fast den Asphalt berührte. Im letzten Moment, als Julian schon sicher war, er würde stürzen, riß er seine Maschine wieder hoch und gab Gas.

Der Taxifahrer auch. Julian sah sein Gesicht im Rückspiegel und bemerkte, wie er anerkennend die Lippen schürzte. Lederjacke fuhr auch wirklich gut. Sogar ein bißchen *zu* gut für Julians Geschmack. Der Kerl war doch höchstens fünfzehn oder sechzehn! Wieso konnte er so gut motorradfahren?

Der Taxifahrer änderte nun seine Taktik. Da er erkannt hatte, daß er ihren Verfolger nicht durch ein paar einfache

Manöver abhängen konnte, lenkte er den Wagen in Richtung Stadtautobahn, wohl, um das uralte Motorrad einfach durch Gechwindigkeit abzuschütteln.

Es klappte nicht. Die Tachometernadel des großen Mercedes kletterte fast auf zweihundert, aber Lederjacke fiel nie weiter als hundert Meter zurück. Der Taxifahrer knurrte ärgerlich, gab noch mehr Gas und trat plötzlich so hart auf die Bremse, daß sich der Wagen fast querstellte und mit kreischenden Reifen in die Ausfahrt schleuderte, ein Manöver, das ein Motorradfahrer nicht nachmachen konnte, ohne sich den Hals zu brechen.

Lederjacke konnte.

Diesmal stürzte er wirklich. Die Maschine legte sich auf die Seite, krachte zu Boden und schlitterte funkensprühend durch die Kurve. Krachend prallte sie gegen die Leitplanke, wurde zurückgeschleudert – und Lederjacke richtete sein Motorrad auf und raste weiter.

Der Taxifahrer riß Mund und Augen auf und hätte um ein Haar die rote Ampel am Ende der Ausfahrt übersehen. Mit quietschenden Reifen kam der Mercedes zum Stehen, nur noch Millimeter von der Stoßstange des Vordermannes entfernt. Fassungslos starrte der Fahrer in den Rückspiegel. Das schwarze Motorrad hatte dreißig Meter hinter ihnen angehalten. Der Scheinwerfer war zerbrochen, brannte aber unheimlicherweise weiter.

»Mein Gott!« flüsterte der Taxifahrer. »So etwas hab ich noch nicht erlebt! Der Kerl fährt wie der Teufel!«

Julian und Frank sahen sich an. Vielleicht kam der Mann mit seinen Worten der Wahrheit näher, als er ahnte ...

Und plötzlich tat Julian etwas, was er im ersten Moment selbst nicht verstand. Er riß die Tür auf, sprang aus dem Wagen und rannte mit weiten Sätzen auf das Motorrad zu.

Lederjacke starrte ihm reglos entgegen. Seine Hände lagen auf dem Lenker des Motorrades, er spielte nervös am Gas, regte sich aber ansonsten nicht, als Julian näher kam. Ein Autofahrer hupte, als er an ihm vorbeifuhr, ein anderer zeigte ihm verärgert einen Vogel. Julian rannte weiter, blieb einen Meter vor dem Motorrad stehen und sah Lederjacke herausfordernd an.

»Was willst du?« fragte Julian. »Warum spionierst du mir nach? Was soll das? Ich habe dir nichts getan!«

Lederjacke starrte ihn wortlos an. Julian glaubte den Blick seiner Augen durch das getönte Kunststoffvisier des Helmes hindurch regelrecht zu fühlen. Im gleichen Maße, in dem sein Zorn verrauchte, regte sich Unruhe in ihm. Möglicherweise war es doch keine so gute Idee gewesen, Lederjacke zur Rede zu stellen . . .

Bevor die in ihm aufsteigende Furcht übermächtig werden konnte, raffte er all seinen Mut zusammen und fragte noch einmal: »Was wollt ihr von mir?! Verdammt, sag es mir, oder laß mich in Ruhe!«

Lederjackes linke Hand löste sich vom Lenker des Motorrades. Ganz langsam hob er den Arm und deutete mit dem ausgestreckten Zeigefinger direkt auf Julians Gesicht. Er sagte kein Wort, aber die Bedeutung dieser Geste war so eindeutig und unheimlich zugleich, daß Julian instinktiv einen Schritt zurückwich.

Sekundenlang stand er so da, zitternd vor Angst, aber gleichzeitig auch gelähmt und unfähig, sich zu rühen, während Lederjackes ausgestreckte Hand weiter auf ihn deutete. Es war ein unheimlicher, fast gespenstischer Augenblick. Der Junge vor ihm wie ein gepanzerter apokalyptischer Reiter, der direkt aus den tiefsten Tiefen – wie hatte sein Vater es genannt? Abaddon? – heraufgestiegen war, um ihn zu verderben.

Er hörte, wie hinter ihm eine Autotür ins Schloß fiel, und im gleichen Augenblick gab Lederjacke Gas und raste mit durchdrehendem Hinterreifen davon. Julian sprang hastig beiseite, ebenso der Taxifahrer, der aus seinem Wagen gestiegen war und sich im letzten Moment in Sicherheit brachte, um nicht von Lederjacke über den Haufen gefahren zu werden. Fassungslos starrte er dem davonrasenden Motorrad nach, als Julian schon wieder am Wagen war und die hintere

Tür öffnete. Frank blickte ihm entgegen. Er war bleich. »Was war das?« flüsterte er.

Julian ersparte sich jede Antwort, zog nur wortlos die Tür hinter sich zu und gab dem Fahrer ein Zeichen weiterzufahren. Sie legten den Rest des Weges bis zu Franks Wohnung ohne ein weiteres Wort zurück. Obwohl der Taxifahrer sein Versprechen nicht eingelöst hatte, gab Julian ihm ein großzügiges Trinkgeld, ehe er Frank half, aus dem Wagen zu steigen und in den Aufzug des Hochhauses zu humpeln, in dessen 10. Stockwerk der junge Reporter wohnte.

Franks Wohnung sah genau so aus, wie sich Julian die Wohnung eines zwanzigjährigen unverheirateten Jungreporters vorgestellt hatte: mit einem Wort chaotisch. Sie bestand aus einem einzigen großen Zimmer, einer winzigen Kochnische und einem noch winzigeren Bad. Ein gewaltiger Schreibtisch, der direkt vor dem Fenster stand, stellte neben einer abgewetzten Schlafcouch und einer etwas windschiefen, total überladenen Regalwand praktisch die gesamte Einrichtung dar, aber das fiel kaum auf, denn der Boden war fast kniehoch mit Zeitungen, losen Notizblättern, Büchern, Fotos, Aktenordnern und anderen Dingen bedeckt, die eigentlich auf den Schreibtisch oder in die Regale gehört hätten, wären diese nicht unter der Last ähnlichen Krams schier zusammengebrochen.

»Entschuldige die Unordnung«, sagte Frank mit einem leicht verlegenen Lächeln. »Meine Putzfrau ist krank geworden.«

»Vor wie vielen Jahren?« fragte Julian, während er stelzbeinig versuchte, sich hinter Frank einen Weg durch das Labyrinth auf dem Boden zu suchen.

»Warte hier«, sagte Frank. »Ich muß nur ein paar Dinge heraussuchen.«

Julian nickte. Wohin hätte er auch gehen sollen? Neugierig sah er sich um. Das allgemeine Durcheinander setzte sich an den Wänden fort. Sie waren mit Fotos, Zeitungsausschnitten und Computerausdrucken fast bis unter die Decke bedeckt. Frank brauchte etwa eine Viertelstunde, bis er sich umgezo-

gen und seine Reserveausrüstung zusammengesucht hatte:
eine ziemlich kompliziert aussehende Kamera, ein winziges
Taschendiktiergerät und eine Pistole, die er in der Tasche
seines schmuddeligen Trenchcoats verschwinden ließ. Es war
nicht derselbe Mantel, den er im Krankenhaus zurückgelassen hatte, aber er sah genauso alt und mitgenommen aus. Julian fragte sich, ob Frank seine Kleidung prinzipiell auf dem
Flohmarkt erstand.

»Was hast du mit der Pistole vor?« fragte er mit einer Geste
auf Franks Manteltasche.

»Welche Pistole?« Frank grinste.

»Die in deiner Manteltasche«, sagte Julian ärgerlich. »Was
soll der Unsinn? Wir gehen doch nicht auf Gangsterjagd.«

»Mir wäre sehr viel wohler, wenn es nur eine solche wäre«,
sagte Frank ernst. »Ich bin mir nämlich nicht sicher, ob uns
das Ding gegen deine Freunde etwas nützt.«

»Die Trolle sind nicht meine *Freunde*«, erwiderte Julian betont.

Frank ging nicht darauf ein. »Dieser Motorradfahrer vorhin,
er gehört auch zu ihnen, nicht wahr?«

»Nein«, antwortete Julian. »Oder vielleicht doch, ja. Ich . . .
ich weiß es nicht. Irgendwie schon. Aber auch wieder nicht.
Ich weiß es selber nicht genau.«

»Aha«, machte Frank.

»Verdammt, ich weiß nicht, was diese . . . Kreaturen von mir
wollen!« sagte Julian beinahe verzweifelt. »Wir müssen noch
einmal zu diesem Rummelplatz. Alles hat dort angefangen.«

»Das werden wir«, versprach Frank. »Aber zuerst fahren wir
zum Stadtarchiv. Ich möchte wissen, was vor neunzig Jahren
passiert ist. Ich weiß nämlich gerne, mit wem ich es zu tun
habe.«

Julian widersprach nicht mehr. Da Frank mit seinem verletzten Fuß nicht selbst fahren konnte, nahmen sie wieder ein
Taxi, um zum Rathaus zu gelangen, in dessen Keller sich das
Stadtarchiv befand. Sowohl Julian als auch Frank behielten
die Straße aufmerksam im Auge, konnten aber dieses Mal

keinen Verfolger entdecken. Trotzdem wurde Julian das Gefühl nicht los, beobachtet zu werden. Frank erging es genauso.

Der Himmel bezog sich schon wieder mit Wolken, als sie aus dem Taxi stiegen. Ein kalter Wind war aufgekommen und trieb Papier und anderen Unrat vor sich her. Das Rathaus war ein großes, sehr altes Gebäude mit zahllosen Zinnen und Türmchen, Erkern und Vorsprüngen, Nischen und Winkeln. Die alten Mauern strahlten einen fühlbar eisigen Hauch aus. Frank schlug fröstelnd den Kragen seines Mantels hoch, während er neben Julian die Treppe hinaufhumpelte. Es war, als näherten sie sich einer düsteren Burg.

Julian wollte plötzlich nicht mehr in dieses Haus. »Bist du sicher, daß wir hinein müssen?« sagte er zögernd.

Refels hielt an. Vielleicht war er ganz froh, seinem schmerzenden Fuß eine kleine Pause gönnen zu können. »Spricht irgend etwas dagegen?« fragte er.

»Nein«, antwortete Julian. »Es ist nur ...« Er biß sich auf die Unterlippe und schaute zum Himmel. Das Firmament schien sich rasend schnell mit Wolken zu beziehen, wie in einem Film, der im Zeitraffer ablief. Es wurde so schnell kälter, daß man direkt spüren konnte, wie die Temperatur fiel.

»Sauwetter!« sagte Frank nachdrücklich. »Und so was nennt sich Sommer! Komm nur schnell ins Haus, ehe der Zauber losgeht!«

Trotz seines wehen Fußes humpelte er so schnell los, das plötzlich Julian es war, der alle Mühe hatte, ihm zu folgen.

Das unheimliche Abgleiten der Realität ins Alptraumhafte hörte auf, kaum daß sie das Rathaus betreten hatten. Auch die Eingangshalle war groß und düster, aber sie war eben nichts weiter als eine Halle aus Marmor und viel uraltem Holz.

Frank hinkte zum Empfang und begann Fragen zu stellen, Julian sah sich inzwischen in dem riesigen leeren Raum um. Es gab moderne Neonleuchten unter der Decke, die summenden Gitterschlitze der Klimaanlage und hier und da ein

Hinweisschild in einem chromgefaßten Glasrahmen. Im großen und ganzen hätte der Saal aber auch die Eingangshalle einer mittelalterlichen Burg sein können. Die Düsternis, die Julian draußen empfunden hatte, war auch hier drinnen fühlbar. Irgend etwas verbarg sich in den Schatten unter der Treppe, in den dunklen, schmalen Winkeln unter den Fenstern, huschte über die schattigen Bereiche des Fußbodens, haarigen Spinnen gleich, die das Licht flohen.

Julian schüttelte den Gedanken ab, und irgendwie gelang es ihm auch, seiner Ängste Herr zu werden, zumindest soweit, daß er Frank nachfolgen und zuhören konnte, wie es um ihr Anliegen stand.

Das Stadtarchiv schien nicht so leicht zugänglich zu sein, wie Frank geglaubt hatte, letztendlich war es wohl sein Presseausweis, der ihnen den Weg in den Keller freimachte. Eine der jungen Frauen vom Empfang fuhr mit ihnen im Aufzug in den Keller hinunter, in dem sich in endlosen, von kaltem Neonlicht erhellten Räumen Reihe nach Reihe Metallregale voll von Aktenordnern und gewaltigen Stapeln staubiger Papiere dahinzog. In einem der Kellerräume befand sich ein winziges Büro, das gerade Platz für einen Schreibtisch samt dazugehörigem Stuhl und einem metallenen Schrank mit zahllosen Schubladen bot. Die Tür stand offen, so daß man sehen konnte, daß der Bewohner dieses Büros im Augenblick nicht da war.

»Herr Effer wird sicher gleich zurückkommen«, sagte die Beamtin, die sie herunterbegleitet hatte. »Vielleicht warten Sie hier einfach einen Moment. Aber bitte rühren Sie nichts an. Effer ist da ziemlich eigen.«

»Wahrscheinlich muß man das sein, um hier Ordnung zu halten«, sagte Julian.

»Das kannst du laut sagen«, bestätigte die junge Frau. »Effer ist besser als jeder Computer. Du brauchst nur eine Frage zu stellen, und er rasselt den richtigen Gang, die Nummer des Regals, das richtige Fach und die Nummer des Aktenordners herunter, in dem du die gewünschte Information findest.«

»Das ist genau der Mann, den wir brauchen«, sagte Frank.

»Sie haben übrigens Glück, daß er da ist«, sagte die junge Frau. »Eigentlich müßte er noch im Krankenhaus liegen, aber Sie haben ja gehört, was da heute nacht passiert ist.« Frank nickte.

»Sie haben alle leichten Fälle nach Hause geschickt, und Effer ist kein Mann, der tatenlos herumsitzen kann, also ist er wieder zum Dienst erschienen. Sie werden sehen –« Sie unterbrach sich, weil ein leises Klicken die Ankunft des Aufzuges anzeigte. Sie alle drehten sich um, als die Lifttüren auseinanderglitten.

Frank wurde sichtbar blässer. Der Mann, der aus dem Aufzug trat, ebenfalls. Seine Augen wurden groß. »O nein!« entfuhr es ihm. »Die beiden Bekloppten aus dem Krankenhaus!«

Effer war kein anderer als der unfreundliche Mann, der in Franks Zimmer gelegen hatte. Und er machte seinem Ruf auch gleich alle Ehre. »Was sucht ihr denn hier?« fuhr er sie an. »Hier gibt es keine Fenster, die ihr zerschlagen könnt!«

Julian und Frank tauschten einen Blick, und die junge Frau schien es für klüger zu halten, wieder an ihren Arbeitsplatz zurückzukehren, und verschwand im Aufzug.

Frank räusperte sich umständlich. »Hören Sie«, begann er, »ich kann Ihnen das erklären . . .«

»Da bin ich aber gespannt«, sagte Effer feindselig.

Julian zog sich diskret zurück, während Frank damit begann, Effer eine ebenso haarsträubende wie überzeugende Geschichte aufzutischen, die darauf hinauslief, daß er Schriftsteller sei und an einem phantastischen Roman arbeite, den er mit einigen echten Fakten aus der Geschichte der Stadt würzen wolle. Effer hörte mit unbeweglichem Gesicht zu – aber das Wunder, auf das Julian kaum noch zu hoffen gewagt hatte, geschah. Er warf sie nicht dreikantig hinaus, sondern machte am Schluß sogar einen fast interessierten Eindruck – was in seinem Fall allerdings nichts anderes hieß, als daß er ein ganz kleines bißchen weniger unfreundlich dreinschaute.

Wie die junge Frau vom Empfang gesagt hatte, mußte er sich nicht erst die Mühe machen, in irgendwelchen Listen oder Karteikästen nachzusehen, sondern kritzelte einfach aus dem Gedächtnis eine erstaunlich lange Kolonne von Zahlen und Buchstaben auf einen Zettel, den er Frank in die Hand drückte. »In diesen Akten finden Sie alles, was Sie brauchen«, knurrte er. »Da hinten steht ein Tisch, an dem sie arbeiten können. Aber werft mir nichts durcheinander, ist das klar? Und alles kommt wieder genau an den Platz, an dem es gestanden hat!«

»Versprochen!« sagte Frank. Seine Erleichterung war ihm deutlich anzumerken. »Sie sind ein Engel! Ich verspreche Ihnen ein kostenloses Exemplar meines Romans, sobald er erschienen ist!«

»Das will ich auch hoffen«, maulte Effer. »Und jetzt habe ich zu arbeiten. Entschuldigen Sie mich.«

Während er sich in sein winziges Büro zurückzog, humpelte Frank zu dem Tisch, den Effer ihm angewiesen hatte. Er war blaß. Die Anstrengung, so weit zu laufen und dann die ganze Zeit auf dem verletzten Fuß zu stehen, war ihm deutlich anzumerken, so daß Julian es freiwillig übernahm, mit Effers Zettel in der Hand die labyrinthischen Gänge und Regalfluten zu durchsuchen. Es dauerte eine Weile, bis er mit Effers persönlichem Ordnungssystem zurechtkam, aber schließlich türmte sich ein gewaltiger Papierberg auf dem Tisch, an dem Frank saß und sich bereits emsig Notizen machte. Von Zeit zu Zeit warf Effer einen mißtrauischen Blick zu ihnen heraus, wohl um sich davon zu überzeugen, daß sie auch wirklich nichts durcheinanderbrachten.

»Wunderbar, Watson«, sagte Frank aufgeräumt, als Julian mit dem vorletzten Stapel staubiger Akten an den Tisch kam. »Jetzt brauche ich nur noch diesen Ordner –«, er wies mit dem Zeigefinger auf die letzte Buchstaben- und Ziffernkolonne auf seinem Zettel, »– und dann kann's losgehen. Er müßte in dem Raum ganz hinten an der Treppe sein.«

»Zu Befehl, Mister Holmes«, sagte Julian seufzend und

machte sich auf den Weg. Eigentlich war ihm nicht nach Scherzen zumute. Sein Rücken tat ihm bereits weh von der elenden Schlepperei, und er hatte haufenweise Staub geschluckt. Bei dem Gedanken, den ganzen Krempel auch wieder zurückbringen und einsortieren zu müssen, wurde ihm ganz schwindelig. »Das nächste Mal verstauche *ich* mir den Fuß, und du rennst dir die Beine in den Bauch!« knurrte er beim Hinausgehen.

Frank lachte, und selbst in Effers Gesicht stahl sich die Andeutung eines Lächelns – oder was er dafür halten mochte.

Er mußte bis zum anderen Ende des Kellers gehen, und der Raum, in den er gelangte, war so alt und verstaubt, daß die Luft zum Husten reizte, kaum daß man sie einatmete. Unter der Decke hingen Glühlampen in kleinen Gitterkörbchen, nicht die hier sonst üblichen Neonröhren, und die Regale waren aus Holz und bogen sich unter der Last des Papiers durch, so daß man glauben konnte, sie würden zusammenbrechen, wenn man sie berührte.

Als Julian die Tür hinter sich schloß und sich wieder umdrehte, stand er Roger gegenüber. Er war ganz sicher, daß der Junge vor einer Sekunde noch nicht dagewesen war, aber jetzt lehnte er mit lässig in den Hosentaschen vergrabenen Händen an einem der Regale, eine brennende Zigarette im Mundwinkel, und blickte Julian an.

»Hallo«, sagte er.

Julian schluckte ein paarmal. »Hal ... lo«, stotterte er.

Roger nahm die Zigarette aus dem Mund und schnippte die Asche auf den Boden. Julians Blick folgte dem winzigen Glutfunken, bis er auf halbem Wege zum Fußboden erlosch.

»Hat ziemlich lange gedauert, nicht?« fragte Roger.

»Was?« Julian wich einen Schritt zurück und stieß gegen die Tür. Er fühlte sich gar nicht gut.

»Bis wir uns wiedersehen«, sagte Roger. »Warum bist du weggelaufen?«

»Ich ... ich weiß nicht«, antwortete Julian nervös. »Ich bin ...«

»Ja?« fragte Roger, als er nicht weitersprach.

»Ich bin nicht sicher, ob du ... ob du mein Freund bist«, stieß Julian hervor.

»Wer hat je behauptet, daß ich das bin?« sagte Roger. »Ich bin nicht dein Feind, du Trottel. Das ist vielleicht schon mehr, als du erwarten kannst, so wie die Dinge liegen.«

Er trat seine Zigarette aus und kam näher. »Es wird Zeit, daß du das eine oder andere begreifst, Blödmann«, sagte er hart. »Was glaubst du wohl, warum ich das alles riskiert habe? Nur wegen deines hübschen Gesichts bestimmt nicht!«

»Riskiert?« Julian verstand nicht ganz, was er meinte.

»Es ist nicht unbedingt ungefährlich für mich, hierherzukommen«, erklärte Roger. »Muß ich das wirklich näher ausführen?«

»Du meinst die Trolle und alles andere.«

»Unter anderem«, knurrte Roger. »Du wirst das alles kapieren, wenn du mit mir kommst.«

»Mit dir?« sagte Julian erschrocken. »Wohin? In dein Glaslabyrinth?«

Roger lachte hart. »O nein. Die Chance hast du gehabt. Du wolltest ja nicht. Ich will dir nur etwas zeigen.«

»Was?«

»Interessiert es dich nicht, was dein Vater getan hat?« fragte Roger.

Julian schwieg. Sein Herz begann zu klopfen. Er hatte Angst.

»Worauf wartest du?« fragte Roger.

»Ich ... weiß nicht«, sagte Julian zögernd. »Ich verstehe das alles nicht, Roger. Ich weiß nicht, was ... was das alles bedeutet. Diese Trolle und ... und das Mädchen ...«

»Alice?« Die Andeutung eines Lächelns erschien auf Rogers Gesicht. »Was soll mit ihr sein?«

»Sie hat mich gewarnt«, erinnerte Julian ihn. »Ich frage mich nur –«

»– auf welcher Seite sie steht?« fiel ihm Roger ins Wort. Das war es eigentlich nicht, was Julian hatte sagen wollen, aber er widersprach auch nicht, und so fuhr Roger mit einem

Kopfschütteln fort: »Keine Angst. Alice ist in Ordnung. Wir sind manchmal nicht ganz derselben Meinung, aber wir stehen auf derselben Seite, wenn es das ist, was dir Sorgen macht. Sie hat euch gestern gegen die Trolle geholfen, so wie ich vorhin, nicht wahr?«

»Du?« fragte Julian überrascht.

Roger lachte. »Was glaubst du wohl, wieso Lederjacke so einfach wieder abgezogen ist? Er hatte dich doch praktisch schon.«

»Das warst du?« sagte Julian überrascht.

»Im gewissem Sinne schon«, tat Roger geheimnisvoll.

»Aber was wollte er von mir?«

Ein unwilliger Ausdruck huschte über Rogers Gesicht. Er wirkte gleichermaßen ungeduldig und leicht verärgert. »Im Grunde dasselbe wie ich und auch Alice. Weißt du, ich verlange nicht, daß du es jetzt wirklich verstehst, aber dadurch, daß du in ihrer Welt gewesen bist, bist du leichter für sie zu erreichen als andere. Es ist sehr einsam dort, wo wir leben. Sie suchen Gesellschaft. Sie würden alles tun, um der Einsamkeit für ein paar Augenblicke zu entfliehen.«

Julian mußte plötzlich wieder an das denken, was Roger ihm nachgerufen hatte, damals im Aufzug: *Laß mich nicht allein, Julian!* »Dasselbe wie du?« flüsterte er.

Roger zuckte mit den Schultern. »In gewisser Weise, ja«, sagte er. »Nur glaube ich nicht, daß du ihre Art des Zeitvertreibs besonders spaßig finden würdest. Kommst du?« Er machte eine einladende Geste.

Julian zögerte. »Frank wartet auf mich«, sagte er. »Und –«

»Ah, keine Sorge«, beruhigte ihn Roger. »Du wirst so schnell wieder zurück sein, daß er nicht einmal merkt, daß du weggewesen bist. Das verspreche ich dir. *Wenn* du überhaupt zurück willst, heißt das.«

Seine Worte verstärkten Julians Unbehagen noch. Aber trotzdem löste er sich von seinem Platz an der Tür und ging mit langsamen Schritten auf Roger zu. »Wohin bringst du mich?« fragte er.

»An einen Ort, der dir gefallen wird«, antwortete Roger. »Du kannst dort tun, was immer du willst. Du kannst *sein*, was immer du willst, Julian. Und . . .« Er lächelte, als hätte er Julians geheimste Wünsche und Gedanken erraten, und vielleicht zum ersten Mal, seit sie sich wiedergesehen hatten, war es ein wirklich echtes, warmes Lächeln, das Lächeln eines Freundes, nicht eines Fremden. ». . . du wirst Alice wiedersehen. Sie wartet schon auf dich.«

Und das gab den Ausschlag. Ohne noch eine weitere Sekunde zu zögern, trat Julian neben ihn und folgte Roger in die Welt hinter den Spiegeln.

Reise ins Gestern

Die Regalreihen schienen kein Ende zu nehmen. Der Weg, auf dem Roger ihn diesmal führte, war kein schneller Schritt in den Spiegel, sondern ähnelte Julians Abenteuer im Hotel – er führte einfach tiefer und tiefer ins Archiv hinein, ohne daß das andere Ende des Ganges sichtbar näher gekommen wäre. Sie entfernten sich auch nicht vom Eingang, wie Julian überrascht feststellte, als er nach einer Weile einmal stehenblieb und einen Blick über die Schulter zurückwarf. Die Tür schien noch immer fünf oder sechs Schritte entfernt, obgleich sie mittlerweile eine gute Viertelstunde unterwegs sein mußten.

Dafür begann sich die Umgebung immer stärker zu verändern. Es war nichts, worauf Julian den Finger hätte legen können, sondern eher eine Veränderung der Dinge insgesamt, als sehe er die Wirklichkeit plötzlich aus einem anderen Blickwinkel, als käme unter der Realität, die er kannte, eine bisher verborgen gewesene zweite Schicht zum Vorschein.

»Dieser Weg ist sicherer als der, den dein Vater genommen

hat«, sagte Roger plötzlich. Offenbar hatte er Julians besorgte Blicke bemerkt und richtig gedeutet. »Er ist zwar länger, aber man läuft nicht Gefahr, gewisse ... Dinge zu wecken.«

»Gewisse Dinge?« Julian sah ihn schräg von der Seite her an. »Du meinst die Herren des Zwielichts.«

Roger war überrascht, aber auch verärgert. »Alice redet entschieden zu viel«, sagte er. »Es gibt Dinge, über die man besser nichts weiß, wenn es nicht unbedingt nötig ist.«

Julian ignorierte die kaum überhörbare Warnung in diesen Worten. »Wer sind sie?« fragte er. »Und wer ist Alice? Was hat sie mit dir zu schaffen – und mit dieser ganzen Sache hier?«

Roger sah ihn eine Sekunde lang an. »Welche Frage soll ich zuerst beantworten?«

Julian hörte den verborgenen Spott in Rogers Stimme sehr wohl, aber er beherrschte sich. Roger wollte ihn aus der Fassung bringen. Aber das sollte ihm nicht gelingen. »Wer ist Alice?« sagte er.

»Das wird sie dir selbst erzählen«, antwortete Roger. »Sie wartet bereits auf dich.«

»Und diese ... Kreaturen?«

»Die Herren des Zwielichts?« wiederholte Roger ganz überflüssigerweise und wohl nur, um Zeit zu gewinnen. Er zuckte die Achseln. »Ich weiß es nicht.«

Julian sah ihn zweifelnd an. Roger nickte. »Ich weiß es wirklich nicht«, sagte er. »Niemand weiß es. Ich weiß nur, daß es sie gibt, und das ist eigentlich schon mehr, als ich wissen will. Niemand hat bisher eine Begegnung mit ihnen lange genug überlebt, um davon berichten zu können.« Er lachte leise und hob beruhigend die Hand. »Keine Panik. Wir sind hier sicher. Sie kommen niemals hierher.«

»Du meinst, bisher hat noch niemand davon *berichtet*, daß sie hierhergekommen sind«, verbesserte ihn Julian. Er war noch immer ein wenig verärgert, gab sich aber Mühe, es sich nicht zu deutlich anmerken zu lassen. Roger konnte schließlich nichts dafür, daß ihm sein Abenteuer allmählich mehr angst zu machen begann, als er zugeben wollte.

Roger starrte ihn eine Sekunde lang verblüfft an, dann begann er schallend zu lachen, und irgendwie brach dieses Lachen die Spannung. »Du bist gar nicht so dumm, wie du aussiehst«, sagte er. »Aber keine Angst, wir sind hier wirklich sicher. Es gibt selbst hier gewisse Regeln, die nicht gebrochen werden können. Und außerdem sind wir schon fast da.«

Gewisse Regeln? dachte Julian. Er fragte sich, wer sie aufgestellt hatte und wer darüber wachte, daß sie eingehalten wurden. Aber er sprach die Frage nicht aus, zumal Roger jetzt schneller ging, so daß er sich sputen mußte, um mit ihm Schritt zu halten. Er fragte sich, ob Roger absichtlich ein so scharfes Tempo vorlegte, weil das Gespräch eine Wendung genommen hatte, die ihm nicht paßte.

Das Archiv hatte sich weiter verändert. Wie in jener Nacht im Hotel gingen sie längst nicht mehr über grüngestrichenen Beton, sondern über festgestampften Lehm, auf dem da und dort kleine Pfützen schimmerten. In den Geruch nach alten Akten und Staub hatte sich ein neues, undefinierbares Aroma gemischt, und die Wände bestanden längst nicht mehr aus endlosen Regalreihen. Julian gewahrte stellenweise morsche Bretterwände, durch deren Ritzen graues Licht durchschien, manchmal auch Fels. Und bald glaubte er auch wieder die vertrauten Klänge einer Drehorgel zu vernehmen, weit entfernt, als wehten sie über einen Abgrund an sein Ohr.

Schließlich erreichten sie eine Tür.

Der Anblick war bizarr. Die Tür bestand tatsächlich zur Hälfte aus uralten Aktendeckeln, deren Rücken mit einer sauberen, aber bis zur Unkenntlichkeit verblichenen Handschrift markiert waren. Irgendwo auf halbem Wege vom Boden zur Decke begann aus diesen Ordnern wieder morsches Holz zu werden, als hätte die Akten sich entschlossen, in ihre ursprüngliche Form zurückzukehren, diese Verwandlung aber nicht ganz geschafft. Das obere Drittel der Tür schließlich war dann eine ganz normale Tür.

»Unheimlich«, murmelte Julian.

Roger lachte. »Wenn dir *das* schon unheimlich vorkommt, dann warte mal ab, bis du sie aufgemacht hast«, sagte er und machte eine auffordernde Handbewegung. »Na los schon. Sie beißt nicht.«

Zögernd streckte Julian die Hand nach der Klinke aus – die im übrigen gar keine richtige Klinke war, sondern ein Mittelding aus einem jener kleinen Drahtbügel, mit denen man die Papiere in den Ordnern festklemmte, und etwas, das Julian nicht identifizieren konnte, das aber auf unangenehme Weise fast lebendig aussah und sich auch so anfühlte – und drückte sie herunter.

Er hatte mit zwei Dingen gerechnet: entweder mit der Kirmes selbst oder mit Rogers unheimlichem Glaslabyrinth. Vor ihm aber lag ein finsterer Gang, dessen Ende er nicht sehen konnte und von dem zahllose Türen abzweigten. Der Boden und die Wände bestanden aus einer sonderbaren Masse, die irgendwie keine Farbe zu haben schien und sich zugleich federnd und weich und hart wie Stahl anfühlte. Es war ein sehr unangenehmes Gefühl. Er glaubte etwas wie ein Pulsieren zu spüren, wie das Schlagen eines unendlich großen, unendlich mächtigen Herzens.

»Was ist das?« fragte er schaudernd.

»Zeit«, antwortete Roger.

Noch erstaunlicher als Fußboden und Wände waren die Türen. Keine glich der anderen, obwohl es Hunderte, wenn nicht Tausende oder gar Zehntausende sein mußten. Viele sahen aus wie ganz normale Türen, aber es gab auch riesige finstere Portale aus Stein und schwarzem Eisen, blitzende Tore aus Eis und milchigem Glas. Daneben Gebilde, deren bloßer Anblick ihm körperliches Unbehagen bereitete: schwarze Schächte, die direkt in die Ewigkeit zu führen schienen, oder winzige Durchlässe, in denen kaum seine Hand Platz fand. Hinter manchen dieser Türen schimmerte Licht, ein paarmal glaubte er Geräusche zu hören, ein dumpfes Rauschen und Brausen, das ferne Grollen eines Gewitters, aber auch sphärische Klänge von überirdischer Schönheit, von denen eine kaum zu widerstehende Verlockung ausging, manchmal Gelächter oder auch Worte in fremden Sprachen, dann wiederum Schreien, Stöhnen und Wehklagen.

Er fragte Roger nicht, welche Bewandtnis es mit diesen Türen habe, denn er hatte seine Worte von vorhin keineswegs vergessen, glaubte sie im Gegenteil jetzt besser zu verstehen: Es gab Dinge, von denen man besser nichts wußte, wenn es nicht unbedingt nötig war. Und er war sicher, diese Türen gehörten dazu.

Nach einer Zeit, die unmöglich abzuschätzen war, es konnten Minuten sein, ebensogut aber auch Stunden oder Jahrhunderte – denn auch die Zeit selbst hatte in diesem unheimlichen Gang keine Macht mehr –, blieb Roger wieder stehen. Sie hatten eine Tür erreicht, die sich wohltuend von den meisten anderen hier unterschied, weil sie nicht nur ganz normal aussah, sondern auch eindeutig die Tür zu einer Kirmesbude war. Sie war in bunten Farben gestrichen, und in Augenhöhe war ein geschnitztes Clownsgesicht angebracht, dessen rote Nase wie eine Glühbirne leuchtete. Der Griff war kein Griff, sondern ein lustiges Fähnchen, das die Tür öffnete, wenn man daran zog.

Dahinter lag der Kirmesplatz.

Julian zögerte, durch die Tür zu treten. Etwas in ihm warnte ihn, daß er vielleicht nie wieder zurück könnte, wenn er die Tür durchschritte. Aber die gleiche innere Stimme erklärte ihm auch, daß es sowieso zu spät sei, jetzt noch umzukehren. Und so trat er vor Roger durch die Tür und fand sich unversehens auf dem Rummelplatz wieder. Rasch machte er einen Schritt zur Seite und drehte sich um.

Die Tür schwebte einfach im Nichts, ein wuchtiges, altmodisches Gebilde, das jetzt ohne sichtbaren Halt zwanzig Zentimeter über dem Erdboden hing, so daß Roger zu ihm herabsteigen mußte. Seltsam – er selbst erinnerte sich gar nicht, dasselbe getan zu haben. Kaum hatte Roger den Boden berührt, verschwand die Tür mitsamt dem Rahmen. Julian starrte verdattert auf die Stelle, wo sie gewesen war, dann riß er sich mühsam von dem Anblick – der ja eigentlich gar keiner war – los und sah Roger an.

»Nur keine Angst«, erklärte Roger grinsend. »Das ist gar nichts Besonderes. Nur ganz normale Zauberei.«

»Aha«, brachte Julian krächzend hervor.

Roger lachte, ergriff ihn am Arm und zog ihn mit sich. »Komm mit«, sagte er. »Ich zeige dir alles.«

Erst nachdem sie einige Schritte weit gegangen waren, fiel Julian auf, daß es wieder Nacht war. Ein kühler Wind wehte, und überall auf dem Boden schimmerten Pfützen wie kleine runde Spiegelscherben. In der Luft lag der Geruch von Regen, und Julian begann bald in seiner dünnen Jacke zu frösteln.

Es war wieder die alte Kirmes, auf die Roger ihn damals geführt hatte und wo er noch ein zweites Mal gewesen war, als er und Frank seinen Vater verfolgt hatten.

Die Zahl der Besucher war noch gering; wahrscheinlich hatte der Regen, der gerade erst vorüber war, die allermeisten Gäste vertrieben, und sie wagten sich erst zögernd wieder hierher. Aber auch diese wenigen unterschieden sich deutlich von jenen Kirmesbesuchern, die Julian aus seiner Zeit kannte. Es gab keine Betrunkenen, keine grölenden Horden, niemand hetzte von Bude zu Bude, krakeelte oder schrie, um sich vor seinen Freunden zu produzieren. Die Menschen flanierten gemächlich zwischen den Ständen, blieben vielleicht einmal stehen, um einen Ball zu werfen oder ein Los zu kaufen, zu schießen oder sich eine Portion Zuckerwatte zu genehmigen. Jedermann schien Zeit zu haben und fröhlich zu sein. Es war dies hier nicht die aggressive, schreiende Welt einer Kirmes von heute, sondern ein Ort der Beschaulichkeit, ein Platz, an dem jeder Zeit und Muße zu haben schien. Natürlich gab es auch hier Lärm und Licht, natürlich gab es auch hier Attraktionen, vor denen sich die Menschen drängten. Da war die Geisterbahn, die er kannte und nicht unbedingt in guter Erinnerung hatte. Vor dem Kassenhäuschen hatte sich trotz des schlechten Wetters schon wieder eine lange Schlange gebildet, und aus ihrem Inneren drangen das Rumpeln der Wagen, Rufe, Schreie und lautes Gelächter. Das Riesenrad drehte sich gemächlich, die Benutzer der gro-ßen Schiffsschaukel daneben genossen es, die Welt unter sich in ruhigem Takt schrumpfen und wieder wachsen zu sehen. Roger führte ihn zu einem Kettenkarussell, das aussah, als wäre es für Kinder gedacht, sich aber so rasend schnell drehte, daß Julian schon vom bloßen Hinsehen schwindelig wurde. Und es gab eine Boxbude, in der jeder, der Mut hatte, gegen einen muskelbepackten Champion antreten konnte: ein Spaß, der allerhöchstens für die Zuschauer einer war. Dann betraten sie ein Zelt. Das Schild über dem Eingang verkündete, daß es sich um ein Horrorkabinett handle. Na-türlich bestanden die ausgestellten Ungeheuer, Massenmör-der und Gruselgestalten nur aus Wachs und Draht, Puppen, wie man sie sonst nur in einem Wachsfigurenkabinett fand, aber mit großem Geschick und ebenso großer Liebe zum Detail gefertigt. Staunend ging Julian durch das nur schwach erhellte Zelt und besah sich eine Puppe nach der anderen. Der Besitzer des Etablissements hatte sich ausschließlich auf »authentische« Gestalten verlegt: da gab es Nachbildungen von Vlad Dracul, vielleicht besser als Graf Dracula bekannt, von König Blaubart und Dschingis-Khan, von einem Henker der Französischen Revolution, komplett mit schwarzer Ka-puze und einem Beil, an dem noch das Blut seines letzten Opfers klebte, von Jack the Ripper und anderen berüchtig-ten Massenmördern, aber auch von Gestalten aus der Mytho-logie oder aus bekannten Gruselgeschichten: eine Mumie etwa, neben der ein handgemaltes Schild mitteilte, daß sie an-geblich ein Dutzend Forscher getötet habe, die den Frevel begingen, ihre ewige Ruhe zu stören und ihren Sarkophag aufzubrechen, das Monster Frankenstein, eine gut zwei Me-ter große, erschreckend lebensechte Teufelsgestalt, und noch ein Dutzend anderer Ungeheuer, von denen Julian zum Teil noch nie gehört hatte, die aber allesamt so lebendig wirkten, daß es ihn nicht gewundert hätte, wären sie plötzlich aus ihrer Starre erwacht und losmarschiert.

Schließlich gelangten sie zu einem Gebäude, von dem Julian sich nicht denken konnte, was es sein könnte. Er hatte es schon von weitem gesehen, denn es überragte die meisten Stände hier um ein Mehrfaches, ein wahrlich riesenhafter Rundbau, ganz aus Brettern und stabilen Balken errichtet, der an ein in der Mitte durchgeschnittenes Faß erinnerte. Ein dumpfes Dröhnen und Poltern drang aus seinem Inneren, und in gleichmäßigem, aber sehr schnellem Rhythmus raste ein kleines, helles Licht hinter den Brettern entlang. Über dem Kassenhäuschen verkündete ein in grellem Rot gemaltes Schild, daß es sich bei dem Riesenfaß um den »Todeskessel« handle – was auch immer darunter zu verstehen sein mochte.

Roger winkte dem Mann hinter der Kasse nur flüchtig zu, woraufhin sie durchgelassen wurden, ohne bezahlen oder sich anstellen zu müssen. Das Dröhnen und Vibrieren wurde lauter, als sie durch den schweren Vorhang traten, der die Stelle einer Tür einnahm.

Im gleichen Moment wußte Julian, wo er war. Er hatte von so etwas gehört und auch Bilder davon gesehen. Erst als er diesen Gedanken gedacht hatte, fiel ihm der Fehler darin auf. Er war ja nicht im *Jetzt*. Das hier war etwas, was es *schon gab*. Aber er würde wohl manches nicht finden, weil es es *noch nicht* gab.

Der »Todeskessel« war ein runder, nach oben hin offener Bau, dessen Wände im oberen Drittel senkrecht himmelwärts strebten, während sie sich nach unten allmählich aufeinander zu bewegten. Es war wirklich eine Art Kessel, auf dessen Boden eine Anzahl hölzerner Sitzbänke aufgestellt war. Ein gewaltiges Stahlnetz schützte die Zuschauer davor, von allen möglichen Dingen erschlagen zu werden, die vom Himmel stürzen mochten – wie zum Beispiel von dem knatternden Motorrad, das im Kreisrund an der Wand entlangsauste und dabei sämtlichen Gesetzen der Schwerkraft Hohn zu sprechen schien. Nur wenige Bänke waren besetzt. Eine Attraktion ohne Dach lockte wohl an einem Abend wie diesem nicht viele Besucher an.

Julian legte den Kopf in den Nacken und schaute durch das Stahlnetz. »He!« sagte er überrascht. »Das ist doch –«

»Mike«, unterbrach ihn Roger. »Du nennst ihn Lederjacke, aber Mike ist sein richtiger Name, wenigstens hier. Eigentlich heißt er auch nicht Mike, aber jedermann kennt ihn unter diesem Namen. So wie jeder deinen Vater als Mister Mirror kennt, aber kaum unter seinem wirklichen Namen, verstehst du?« Er lächelte, als er Julians Unsicherheit bemerkte. »Nur keine Sorge. Er tut dir nichts. Er ist kein Troll. Jedenfalls nicht hier.«

Troll ist auch gar nicht nötig, dachte Julian. Lederjacke war ihm auch in seiner menschlichen Erscheinungsform unsympathisch genug. Er fragte sich, warum Roger ihn hierhergebracht hatte. Und er stellte diese Frage nach wenigen Augenblicken auch laut.

Roger zögerte. Dann deutete er auf den Vorhang, durch den sie hereingekommen waren. »Laß uns draußen reden. Ist ziemlich laut hier. Und es dauert sowieso noch, bis Mikes Vorstellung zu Ende ist. Wir sind ziemlich früh dran.«

Julian wäre gerne noch ein bißchen geblieben, denn was Lederjacke – Mike – da auf seinem Motorrad zeigte, war wirklich phantastisch. Mike war auf seinem Motorrad ein wahrer Zauberer. Er fuhr nicht nur im Kreis an der senkrechten Wand empor, sondern stand dabei auch noch aufrecht im Sattel und vollführte allerlei Kunststücke, die das Publikum mit begeistertem Applaus quittierte. Aber Roger schob ihn bereits mit sanfter Gewalt aus dem Todeskessel hinaus. Für ihn war das hier wahrscheinlich nichts Besonderes mehr, er mußte es schon unzählige Male gesehen haben.

»Also?« fragte Julian, kaum daß sie den Kessel verlassen hatten. »Was soll ich hier?«

Roger sah ihn auf eine Weise an, als wäre er über diese Worte enttäuscht. »Ich dachte, es gefällt dir«, sagte er.

»Tut es auch«, antwortete Julian, und das war die Wahrheit. Der Ort übte eine Faszination auf ihn aus, die er mit Worten kaum beschreiben konnte, die aber nicht nachließ, sondern im Gegenteil mit jedem Augenblick stärker zu werden schien und ihn erschreckte, denn er spürte auch die Gefahr, die in dieser Verlockung lag. Vorhin, als er den Platz betreten hatte, hatte er für einen Moment gezögert, aus Angst, ihn vielleicht nicht mehr verlassen zu können. Aber vielleicht lag die größere Gefahr darin, ihn nicht mehr verlassen zu *wollen*, wenn er zu lange hierblieb. »Du hast mir etwas versprochen – schon vergessen?«

»Nein«, seufzte Roger. Er warf einen fast bedauernden Blick zurück zum Todeskessel, dann zuckte er mit den Schultern. »Warum eigentlich nicht? Wir haben noch Zeit, und Mike wird auf uns warten, sollten wir uns verspäten.«

»Zeit? Wozu?«

Roger tat so, als hätte er die Frage nicht gehört. »Hör mir zu, Julian«, sagte er ernst. »Es ist sehr wichtig. Was immer jetzt passiert, und was immer du siehst oder hörst, du darfst auf gar keinen Fall wieder weglaufen wie damals. Wenn dich die Trolle diesmal erwischen, dann ist es aus mit dir. Niemand wird dir dann mehr helfen können. Du hast damals einfach nur Glück gehabt, weil sie dich unter- und sich selbst überschätzt haben. Noch einmal wird das nicht passieren. Hast du verstanden?«

»Ja«, antwortete Julian und fügte ängstlich hinzu: »Ich denke, es gibt hier keine Trolle?«

»Das habe ich nicht gesagt«, sagte Roger. »Ich habe gesagt, daß du auf keine stoßen wirst, solange ich in deiner Nähe bin. Das ist ein Unterschied.«

Genaugenommen hatte er auch das nicht gesagt, und Julian wurde so bang, daß er ihn gar nicht erst darauf hinwies, sondern nur aus großen Augen ansah.

»Also abgemacht«, fuhr Roger fort. »Du bleibst in meiner Nähe, egal, was passiert. Und du tust, was ich sage. Dein Wort drauf.«

Julian nickte stumm, und Roger machte eine Handbewegung. Damit war der Pakt besiegelt.

»Dann komm mit.« Er machte einen Schritt, blieb wieder stehen und fügte hinzu: »Auch wenn du es nicht verstehst – denk immer daran, daß alles bereits geschehen *ist*. Du kannst nichts mehr daran ändern.«

Er gab Julian keine Gelegenheit, nach der Bedeutung dieser anscheinend völlig sinnlosen Worte zu fragen, sondern ging plötzlich mit weit ausgreifenden Schritten los, so daß Julian alle Mühe hatte, zu folgen. Vielleicht wollte er zurück sein, ehe Mikes Vorstellung zu Ende war.

Ihr Ziel lag fast am entgegengesetzten Ende der Kirmes. Der Rummelplatz war zwar um vieles kleiner als der, auf dem alles begonnen hatte, aber noch immer groß genug. Je weiter sie sich den Randbezirken näherten, desto kleiner und einfacher wurden die Buden. Bald waren es nur noch ein paar schmucklose, ja schon beinahe schäbige Bauten, die den aufgeweichten Weg säumten, hier und da ein Zelt oder ein Stand, an dem Zukkerwatte oder türkischer Honig feilgeboten wurden, aber keine großen, bunten und lauten Schaubuden mehr.

Als Julians Blick auf das Schild über dem Eingang eines dieser Zelte fiel, blieb er wie vom Donner gerührt stehen. Das Zelt war ein bißchen größer als die Stände rechts und links und ganz in Schwarz gehalten. Ein handgemaltes Plakat neben dem Eingang forderte dazu auf, die dickste Frau der Welt zu besichtigen, einen zweiköpfigen Hund oder den Jungen mit dem Krokodilsgesicht. Rotes, fast unheimliches Licht drang hinter dem schwarzen Stoff des Eingangs hervor, und auf dem Schild darüber stand in schwarzen Buchstaben auf feuerrotem Grund:

ABADDON
Aus dem Reich des Schreckens – nur für
Besucher mit starken Nerven! Herzkranke sowie Kinder bitten
wir, in ihrem eigenen Interesse von einem Besuch unserer
Vorführung abzusehen!

Einem Werbetexter der Gegenwart hätte das Schild wahrscheinlich nur ein müdes Grinsen entlockt, aber wenn Julian bedachte, wo und vor allem in welcher Zeit er sich befand, dann war dieser Text geradezu reißerisch.

Trotzdem war nicht das der Grund, warum Julian wie versteinert dastand und das Zelt anstarrte.

»Was ist los?« fragte Roger ungeduldig. »Komm weiter. Wir haben keine Zeit, hier herumzustehen.«

Geh nach Abaddon. Das waren die Worte, die sein Vater geschrieben hatte. Einen Moment lang überlegte Julian, ob er Roger von dieser Nachricht erzählen sollte, entschied sich aber dagegen. Ihm war schon nicht wohl dabei gewesen, daß Frank sie gelesen hatte. Die Nachricht war für ihn bestimmt, einzig für ihn. Fast gewaltsam riß er seinen Blick von dem schwarzen Zelt los und eilte an Rogers Seite weiter. Aber er ertappte sich ein paarmal dabei, sich nach dem schwarzen Zelt umzudrehen.

Sie hatten ihr Ziel jetzt fast erreicht. Es handelte sich ebenfalls um ein Zelt, das aber viel kleiner war und aus roten, grünen und blauen Stoffbahnen bestand. Ein Schild über dem Eingang verkündete, daß »Madame Futura« darin residiere, die »Seherin des Kommenden«.

»Eine Wahrsagerin?« fragte Julian überrascht.

Roger gab ihm mit einer Geste zu verstehen, daß er still sein und einen Schritt zurücktreten solle. Julian gehorchte. Sie standen im Schatten einer kleinen Wurfbude, so daß sie für jeden, der vorüberging, nur umrißhaft erkennbar waren, selbst aber ausgezeichnet sehen konnten. Roger griff in seine Weste, zog eine altmodische Taschenuhr hervor und klappte den Deckel auf. »Er müßte jetzt dort drinnen sein«, sagte er nach einem Blick auf das Zifferblatt. »Aber nicht mehr sehr lange.«

»Er?« fragte Julian. »Von wem sprichst du?«

Roger lächelte nur und antwortete nicht, aber eine Antwort war auch gar nicht mehr nötig, denn in derselben Sekunde wurde der Vorhang vor der Tür zu Madame Futuras Zelt mit einem Ruck beiseite geschlagen, und kein anderer als Julians Vater trat heraus! Er trug jetzt eine schwarze, einfache Arbeitsjacke und dazu passende Hosen aus schwerem Leinen, sein Haar war etwas länger, als Julian es gewohnt war, aber es war sein Vater, da war gar kein Zweifel möglich!

Julian machte ganz automatisch einen Schritt auf seinen Vater zu, blieb wieder stehen, als Roger ihn auch schon grob am Arm zurückzerrte. »Denk daran, was du mir versprochen hast!« zischte er. »Wir sehen nur zu, sonst nichts. *Sonst nichts!*«

Julian blickte Roger an, für ein paar Augenblicke hin und her gerissen zwischen dem fast unwiderstehlichen Wunsch, zu seinem Vater zu laufen, und dem Gefühl, daß es besser war, zu gehorchen.

In diesem Moment wurde die Zeltplane ein zweites Mal zurückgeschlagen und eine alte, in ein buntgemustertes Zigeunerkleid gehüllte Frau stürmte heraus und hielt Julians Vater am Arm zurück. »Warten Sie!« rief sie. »So warten Sie doch. Nur noch einen Augenblick!«

Julians Vater wollte sich losreißen, aber die alte Frau hielt ihn mit erstaunlicher Kraft fest. Sie sprach mit schriller, aufgeregter, fast hysterischer Stimme. »Sie dürfen es nicht tun!« fuhr sie fort. »Ich sehe großes Leid in meiner Kugel! Lassen Sie ab von Ihrem Entschluß, ich flehe Sie an!«

Julians Vater riß sich mit einem zornigen Ruck los. Die Bewegung war so heftig, daß nicht nur er, sondern auch die alte Frau ein Stück zurücktaumelte und nur mühsam ihr Gleichgewicht wiederfand.

»Was soll der Unsinn?« fragte er aufgebracht. »Lassen Sie mich gefälligst in Ruhe! Sie haben Ihr Geld bekommen, oder etwa nicht?«

»Es geht doch nicht um Geld!« sagte die Wahrsagerin. Ihre Hände glitten in die Tasche und kamen mit einigen Münzen wieder zum Vorschein. »Hier, ich gebe es Ihnen zurück, damit Sie sehen, daß ich es ernst meine! Sie müssen auf mich hören! Was immer Sie vorhaben, tun Sie es nicht! Sie werden großes Unglück über sich und andere bringen! Entsetzliches Unglück! Über sich und andere! Viele andere!«

Sie sprach in so beschwörendem Ton, daß Julians Vater für einen Moment tatsächlich unentschlossen wirkte. Und vielleicht hätte er sogar weiter mit ihr geredet, wäre nicht genau in diesem Augenblick eine zweite Gestalt aus der Dunkelheit aufgetaucht, die Julian genausogut kannte. Zwar war Gordon auf die gleiche altmodische Art gekleidet wie sein Vater, und sein kurzgeschnittener, dichter Vollbart war ebenso verschwunden wie die goldgefaßte Brille, aber es gab keinen Zweifel an seiner Identität.

Gordon erfaßte die Situation mit einem einzigen Blick, trat rasch zwischen Julians Vater und Madame Futura und herrschte die alte Frau an: »Verschwinden Sie, oder es gibt Ärger!«

»Aber —«

»Muß ich erst die Polizei holen und Sie verhaften lassen?« fragte Gordon kalt.

»Das . . . das können Sie nicht!« sagte Madame Futura konsterniert. »Ich habe doch gar nichts getan!«

»Oh, mir fällt schon etwas ein«, antwortete Gordon lächelnd. »Auf jeden Fall genug, um Ihnen eine Menge Ärger zu machen. Und jetzt hau endlich ab und such dir einen anderen, dem du mit deinem Geschwätz auf die Nerven gehen kannst!«

»Bitte!« flehte Madame Futura. »Sagen Sie ihrem Freund, daß er es nicht tun soll! Etwas Entsetzliches wird geschehen, wenn —«

Gordon trat drohend auf sie zu und hob die Hand, und die Wahrsagerin verstummte erschrocken mitten im Wort. Für die Dauer eines Atemzuges starrte sie Gordon und Julians Vater noch aus schreckgeweiteten Augen an, dann drehte sie sich auf der Stelle um und verschwand in ihrem Zelt.

Gordon wandte sich in ärgerlichem Ton an Julians Vater. »Bist du verrückt geworden?« sagte er scharf, aber auch so leise, daß Julian sich plötzlich anstrengen mußte, um ihn überhaupt noch zu verstehen. »Was hast du ihr erzählt?«

»Nichts!« verteidigte sich Julians Vater. »Ich schwöre dir, ich habe kein Wort gesagt. Aber sie ... sie schien irgend etwas zu wissen!«

»Ja«, sagte Gordon höhnisch. »Wahrscheinlich ist sie eine echte Hellseherin, wie? Zum Teufel noch mal, ich suche dich überall, und du verplemperst deine Zeit mit ... mit diesem Unsinn!«

»Ich bin nicht sicher, daß es wirklich nur Unsinn ist«, sagte Julians Vater zögernd. Er wirkte plötzlich sehr nervös. Sein Blick irrte über das Zelt der Wahrsagerin, und er schien mit einemmal nicht mehr still stehen zu können, sondern bewegte sich fahrig auf der Stelle. »Vielleicht sollten wir alles abblasen. Wenigstens für heute. Was sie gesagt hat, das ... das hat mich beunruhigt.«

»Sonst noch was?« fauchte Gordon. Er lachte böse. Das größte Ding, das wir je geplant haben, und du willst es *abblasen*, nur weil eine verrückte Alte –«

Er verstummte mitten im Satz, Julian begriff den Grund für sein plötzliches Schweigen um eine Kleinigkeit zu spät, nämlich erst, als Roger neben ihm erschrocken die Luft einsog und dann wie der Blitz verschwand. Ehe Julian selbst auch nur den Entschluß fassen konnte, Roger zu folgen, war Gordon auch schon mit zwei schnellen Schritten bei ihm und packte ihn grob an der Schulter.

»He!« rief Gordon, während er Julian aus dem Schatten der Wurfbude zerrte. »Wen haben wir denn da? Was stehst du da rum und lauschst, Bursche?«

Julian wand sich unter seinem Griff, erreichte damit aber nur, daß Gordon noch fester zupackte. »Laß mich los!« keuchte er. »Du tust mir weh!«

Gordon lachte. »Daß ist der Sinn der Sache! Paß mal auf, Bürschchen – ich werde dir gleich noch sehr viel mehr weh tun, wenn du nicht auf der Stelle das Maul aufmachst. Wer bist du? Wie lange schnüffelst du schon hier herum und wieso?«

»Ich schnüffle nicht!« sagte Julian. Der Schmerz trieb ihm

die Tränen in die Augen. Er hörte auf, sich zu wehren, damit Gordon nicht noch fester zugriffe und ihm womöglich die Schulter ausrenkte. »Verdammt, Martin, laß mich los! Du brichst mir den Arm!«

Gordon runzelte überrascht die Stirn. Tatsächlich lockerte er seinen Griff ein wenig – allerdings nur, um sofort wieder noch fester zuzupacken und Julian so herumzuzerren, daß sein Gesicht im Licht war. »Kennen wir uns?« fragte er.

Julian hätte am liebsten gelacht, aber der Schmerz in seiner Schulter machte es unmöglich. »Machst du Witze? Wir –«

Er sprach nicht weiter, als er Gordons Gesicht sah. Darin waren Verwirrung zu lesen, Mißtrauen, Neugier und Zorn – aber kein *Erkennen!*

Ein Teil von Julians Bewußtsein begriff sehr wohl, was das bedeutete, der andere weigerte sich einfach, es zu akzeptieren. Sowohl Gordon als auch sein eigener Vater *erkannten ihn nicht!* Weil sie nämlich gar nicht Martin Gordon und sein Vater waren, oder doch, aber nicht *der* Gordon und *der* Vater, die er kannte . . .

Alles drehte sich in Julians Kopf, er hatte das Gefühl, den Boden unter den Füßen zu verlieren. Es war so verwirrend und gleichzeitig auf so schreckliche Weise einfach.

Gordon rüttelte so heftig an seiner Schulter, daß Julians Zähne aufeinanderschlugen. »Red endlich, Kerl!« sagte er. »Oder du lernst mich von einer anderen Seite kennen!« Plötzlich blitzte die Klinge eines Schnappmessers in seiner Hand, und Julians Herz tat einen schmerzhaften Sprung.

»He, he – langsam!« Julians Vater legte die Hand auf Gordons Arm. »Mach keinen Blödsinn! Der Kleine war bestimmt nur neugierig. Er wird nichts sagen!«

»Ganz bestimmt nicht, wenn ich ihm die Kehle durchschneide«, sagte Gordon grimmig.

»Unsinn! Laß ihn in Frieden. Er hat ja gar nichts gehört. Außerdem wäre es ziemlich dumm, ihn hier aufzuschlitzen. Wir können keinen Ärger gebrauchen. Wir haben noch was vor, oder hast du das schon vergessen?«

Julian starrte seinen Vater ungläubig an. Seine Kehle war wie zugeschnürt, nicht nur wegen des Messers, das Gordon noch immer in der Hand hielt. Sein Vater stand jetzt ganz nahe vor ihm, sah ihm ins Gesicht und mußte ihn so deutlich sehen wie Julian ihn, aber er erkannte ihn nicht! Auch er war einfach nur mißtrauisch und ein wenig zornig, wenn auch lange nicht so sehr wie Gordon.

»Laß ihn los!« sagte sein Vater noch einmal. »Der Kleine macht sich doch vor Angst gleich in die Hosen, siehst du das nicht? Der macht uns ganz bestimmt keinen Ärger.«

»Also gut.« Gordon ließ das Messer in der Jackentasche verschwinden und versetzte Julian einen Stoß, der ihn hintenüber fallen ließ. Damit nicht genug, trat er ihm noch kräftig in die Rippen. Julian keuchte vor Schmerz. »Aber wenn du uns weiter nachspionierst, Bürschchen, dann schlitze ich dich auf, hast du das kapiert?«

»Ja«, antwortete Julian mühsam. Er bekam kaum Luft. »Ich . . . werde verschwinden. Ich verspreche es.«

»Vergiß dein Versprechen lieber nicht«, riet Gordon zum Abschied. »Um deinetwillen, Kleiner.« Er verschwand zusammen mit Julians Vater in der Dunkelheit.

Julian sah den beiden aus tränenverschleierten Augen nach, aber er rührte sich erst wieder, als Roger aus dem Schatten der Wurfbude auftauchte und neben ihm niederkniete.

»Alles in Ordnung?« fragte er.

»Ja.« Julian preßte die Hand auf die schmerzenden Rippen. Es tat weh, aber viel schlimmer als der körperliche Schmerz war der Umstand, daß Gordon ihn geschlagen hatte. Und er hatte mit dem Messer nicht bloß herumgefuchtelt, um ihn einzuschüchtern. So absurd es Julian auch vorkommen mochte – er war plötzlich sicher, daß Gordon ihn ohne die geringsten Skrupel getötet hätte, hätte sein Vater ihn nicht davon abgehalten!

»Das kommt davon, wenn man nicht auf mich hört«, sagte Roger. Er hob die Hand, als Julian widersprechen wollte. »Ja, ja, ich weiß – es war nicht deine Schuld. Trotzdem hast du verdammtes Glück gehabt. Du könntest jetzt tot sein, weißt du das?«

»Ich weiß«, sagte Julian. Er versuchte auf die Füße zu kommen, schaffte es aber nur mit Rogers Hilfe. Seine rechte Seite schmerzte, und jedesmal, wenn er Luft holte, tat es weh. Hoffentlich hatte Gordon ihm keine Rippe gebrochen. Julian kannte die medizinische Versorgung dieser Zeit natürlich nur vom Hörensagen, aber was er darüber gehört hatte, war nicht gerade vertrauenerweckend.

»Wenn mein Vater nicht gewesen wäre ...«

»Dieser Mann ist nicht dein Vater«, sagte Roger ernst. »*Noch* nicht. Außerdem – täusch dich da bitte nicht. Auch er ist ziemlich schnell mit dem Messer bei der Hand. Er ist nur ein bißchen klüger als sein Freund. Es wäre wirklich ziemlich dumm gewesen, hier einen Mord zu begehen. Die beiden können im Moment alles gebrauchen, nur kein Aufsehen.«

»Mein Vater?« fragte Julian ungläubig. »Du bist verrückt!«

»Ich wollte, ich wäre es«, antwortete Roger ernst. Er seufzte tief. »Das tut weh, ich weiß. Aber früher oder später mußt du es erfahren. Ich habe dich gewarnt, daß dir nicht gefallen wird, was du hier siehst. Du wolltest es trotzdem wissen. Willst du es immer noch? Der Rest der Geschichte wird dir nämlich noch sehr viel weniger gefallen, fürchte ich.«

Julian schwieg lange. Endlich nickte er. Was immer er auch noch hören oder sehen sollte, nichts konnte schlimmer sein als die Ungewißheit, die ihn jetzt quälte.

»Also gut«, sagte Roger. »Aber nicht jetzt.«

»Wieso nicht?« Julian fuhr herum.

»Weil die Zeit nicht mehr ausreicht. Du bist eigentlich schon viel zu lange hier. Ich kann es dir jetzt nicht erklären, aber –«

»Das wirst du aber müssen«, unterbrach ihn Julian. Roger wollte widersprechen, doch Julian fuhr in lauterem, entschlossenem Ton fort: »Ich bin es leid, dein ständiges *Ich kann es dir jetzt nicht erklären* und *Du wirst es zwar nicht verstehen, aber* – zu hören! Ich rühre mich nicht mehr von der Stelle, ehe du mir nicht endlich erklärst, was hier vorgeht!«

Roger seufzte. Er schien zu spüren, wie ernst es Julian war, denn er versuchte es nicht mehr mit irgendwelchen Ausflüchten. »Also gut«, sagte er. »Ich werde es versuchen. Das hier ist nicht deine Zeit, Julian. Du gehörst nicht hierher.«

»So wenig wie du!«

»Das stimmt sogar«, antwortete Roger. »Aber es ist trotzdem etwas anderes, und das kann ich dir jetzt *wirklich* nicht erklären. Aber man kann nicht nach Belieben mit der Zeit herumspielen und dann erwarten, daß man nichts dafür bezahlen müßte. Wenn du zu lange hierbleibst, wirst du nie wieder in deine Zeit zurückkehren können.«

»Gordon und mein Vater sind auch hiergeblieben!« protestierte Julian. Er machte eine Kopfbewegung in die Dunkelheit. »Und ich meine nicht die beiden da.«

»Ich weiß«, antwortete Roger. »Aber sie hatten auch nie vor zurückzukehren. Und sie hatten Ärger genug, das kann ich dir versprechen. Also, wie ist es? Willst du hierbleiben, oder kommst du mit mir?«

Julian war unentschlossen. Er wollte seinem Vater und Gordon folgen, um zu sehen, was weiter geschah. Aber zugleich hatte er auch Angst davor, auf ewig in dieser Zeit gefangen zu sein, wenn stimmte, was Roger sagte. Allein in einer fremden Welt, die der seinen zwar ähnelte, in der die Menschen beinahe gleich aussahen und beinahe die gleiche Sprache sprachen und die trotzdem so verschieden von der ihm bekannten war, daß sie ebensogut auf einem anderen Planeten hätte liegen können.

Irgendwo in diesem Gedanken war ein Fehler, aber er wußte nicht, wo, und ehe er noch weiter darüber nachdenken konnte, ergriff Roger ihn am Arm und zog ihn mit sanfter Gewalt mit sich, den Weg zurück, den sie gekommen waren.

»Verrat mir eines«, sagte Julian, während sie sich wieder dem »Todeskessel« näherten. »Dieser verschwundene Junge, mit dem alles angefangen hat . . . er heißt auch Roger, genau wie du.«

»Ich weiß.«

»Bist du es?«

»Und wenn ich es wäre?« Roger sah ihn prüfend an. »Welchen Unterschied macht es?«

»Einen gewaltigen. Mein Vater –«

»– hat nichts damit zu tun«, fiel ihm Roger ins Wort. Er blieb stehen, sah Julian an und zog dann eine seiner unvermeidlichen Zigaretten aus der Tasche. Er setzte sie in Brand, blies das Streichholz aus und schnippte es zielsicher in eine drei Meter entfernte Pfütze, ehe er fortfuhr. »Jedenfalls nicht direkt. Es war sicher nicht seine Schuld. Vermutlich hat die Putzfrau im Varieté die Kiste ein kleines Stück weggerückt. Es waren wahrscheinlich nur ein paar Zentimeter, aber statt in der Zauberkiste deines Vaters fand ich mich an ... einem anderen Ort wieder. So funktioniert der Trick nun einmal.« Er schaute Julian fragend an. »Dein Vater hat ihn dir nie erklärt?«

Julian verneinte, und Roger nickte, als hätte er nichts anderes erwartet. »Frag mich nie, wieso, aber so ist es eben. Die Kiste muß auf den Millimeter genau an ihrem Platz stehen, oder du findest dich wer weiß wo wieder.«

»Zum Beispiel hier«, sagte Julian.

»Wenn du Glück hast«, erklärte Roger. »Es dauerte eine Weile, bis er herausfand, wie wichtig die genaue Position der Kiste ist.«

»Du willst damit sagen, daß du nicht der erste bist, bei dem es schiefgegangen ist?«

Roger zögerte. »Früher oder später erfährst du es ja sowieso: Es gab schon einmal einen solchen ... Unfall. Vor langer Zeit. Dein Vater hat es nie vergessen. Damals war es –«

»Alice«, fiel ihm Julian ins Wort.

Roger blies überrascht den Rauch aus der Nase. »Woher weißt du das?«

»Ich habe mich schon gefragt, wie sie hierhergekommen ist«, antwortete Julian. »Außerdem hat mein Vater eine Andeutung gemacht – an dem Abend, an dem du verschwunden bist. Aber eines verstehe ich nicht.«

»So?«

»Warum bist *du* hiergeblieben? Du kannst doch zurückgehen! Du hast es doch auch getan, um mich zu holen. Du hättest einfach nach Hause gehen können.«

»Das hätte ich«, gab Roger zu. »Aber wer sagt dir, daß ich es wollte?«

»Aber warum denn nicht? War es so schlimm bei deinen Eltern?«

»Nein«, antwortete Roger. »Es war da ganz okay.« Julian fiel auf, daß er das Wort Zuhause vermied. »Aber hier gefällt es mir besser. Hast du dir noch nie einen Platz gewünscht, an dem du alles haben kannst? An dem alle deine Wünsche wahr werden? An dem du alles sein kannst? An dem dir niemand Vorschriften macht? Wo du wirklich frei bist?«

Wer wünscht sich das nicht? dachte Julian. Und trotzdem: Träume waren eine Sache, die Wirklichkeit eine andere. »Ich glaube, das hatten wir schon«, sagte er.

Roger lächelte etwas bitter, versuchte aber trotzdem nicht noch einmal, ihn zu überzeugen. Er nahm einen Zug aus seiner Zigarette, ließ sie fallen und trat sie übertrieben sorgfältig mit der Schuhspitze aus. Sein Blick glitt über den Kirmesplatz, und seine Stimme nahm einen sonderbaren, fast ehrfürchtigen Ton an, als er weitersprach.

»Ich habe diesen Ort gefunden«, fuhr Roger fort. Er machte eine weite Geste. »Das hier. Ich bin glücklich hier, Julian. Glücklicher und freier, als ich es je war. Und du könntest es auch sein.«

Julian ging auf den letzten Satz bewußt nicht ein. »Und was ist mit deinen Eltern?« fragte er. »Macht es dir gar nichts aus, daß ihnen vor Kummer vielleicht das Herz bricht?«

»Doch«, antwortete Roger. Ein Schatten huschte über sein Gesicht, und plötzlich war doch etwas wie Trauer in seiner Stimme. »Doch«, wiederholte er. »Ich habe es mir nicht leichtgemacht, das kannst du mir glauben. Aber ich habe mich entschieden. Ich bleibe.«

»Hier?« fragte Julian zweifelnd. So friedlich und schön diese nächtliche Kirmes auch sein mochte, es war nur ein Ort, ein wunderschöner Platz irgendwo zwischen Schlaf und Wirklichkeit, halb Traum, halb Realität. Aber so schön dieser Traum auch sein mochte, es war einfach nicht genug.

»Hier«, bestätigte Roger. Er lächelte. »Ich weiß, was du jetzt denkst. Am Anfang ging es mir auch nicht anders. Es dauert eine Weile, bis man merkt, wie schön es hier wirklich ist.«

»Am Anfang?« wiederholte Julian mißtrauisch. »Was soll das heißen? Du bist doch auch erst ein paar Tage hier!«

»Nach deiner Zeit«, antwortete Roger geheimnisvoll. »Ich habe es dir schon einmal gesagt: Die Zeit ist ein viel komplizierteres Gebilde, als die Menschen glauben. Ich bin schon lange hier. Sehr lange.«

»Hier?« fragte Julian. »Oder meinst du: jetzt?«

»Das ist dasselbe«, sagte Roger. »Hier ist immer jetzt.«

»Und das ist also deine Vorstellung vom Paradies«, sagte Julian kopfschüttelnd. Plötzlich überkam ihn ein heftiges Gefühl von Trauer. »Weißt du, woran ich dabei denken muß, Roger? An die Hölle.«

»Jetzt fährst du aber ein schweres Geschütz auf«, meinte Roger lächelnd.

Julian blieb ernst. *Laß mich nicht allein, Julian! Bitte, laß mich nicht allein!* Er hatte Rogers Worte nicht vergessen.

»Auch ich habe ähnlich gedacht, ganz am Anfang«, fuhr Roger fort. »Gib mir eine Chance, Julian. Laß mich dir alles zeigen und entscheide dann, ob du hierbleiben oder wieder nach Hause willst.«

»Kann ich das denn überhaupt noch?« fragte Julian leise.

»Niemand zwingt dich hierzubleiben«, antwortete Roger. Die Frage schien ihn verletzt zu haben, und Julian schämte sich, daß er sie gestellt hatte. »Ich habe dir mein Wort gegeben, dich zurückzubringen, und ich werde es halten. Wenn ich das nicht wollte, hätte ich nur den Mund zu halten brauchen, als du den beiden nachwolltest. Der Rest hätte sich von selbst erledigt.«

»Ich weiß«, sagte Julian. »Entschuldige.«

Roger winkte ab. »Schon gut. Aber jetzt komm endlich. Die anderen warten bestimmt schon auf uns. Wir haben nicht mehr allzuviel Zeit.«

Für jemanden, der behauptete, alle Zeit des Universums zu haben, war Roger eigentlich immer ziemlich in Eile, fand Julian. Aber er sparte sich eine diesbezügliche Bemerkung und beeilte sich, Roger zu folgen, der plötzlich wieder ein scharfes Tempo vorlegte. Sie näherten sich dem »Todeskessel«, wichen aber ein kleines Stück zuvor vom Hauptweg ab, so daß sie auf der Rückseite des gewaltigen Rundbaus anlangten.

Der Platz hinter dem Kessel wurde zur Linken von der senkrecht aufstrebenden Wand des Todeskessels begrenzt, die andere Seite verlor sich in wogenden Schatten. In der Mitte des Platzes war ein leeres Ölfaß aufgestellt worden, in dem ein Feuer brannte, das flackernde Helligkeit verbreitete. Im Schein der Flammen konnte Julian ein gutes Dutzend Gestalten erkennen, die in kleinen Gruppen beieinanderstanden und redeten: Jungen und Mädchen verschiedenen Alters, von denen aber niemand deutlich jünger als zehn und niemand älter als sechzehn oder siebzehn zu sein schien. Ganz am Rande des flackernden Kreises aus rotgelber Helligkeit war ein Motorrad aufgebockt, und Julian mußte nicht zweimal hinsehen, um den Jungen zu erkennen, der lässig gegen die Maschine gelehnt dastand und mit einem anderen, ebenso wie er in schwarzes Leder gekleideten, etwas kleineren Jungen redete. Statt des schwarzen Kunststoffhelmes trug er jetzt zwar eine lederne Motorradkappe und eine altmodische Schutzbrille, die er weit in die Stirn geschoben hatte, aber er war ganz eindeutig Lederjacke. Oder Mike. Oder der Anführer der Trolle, die Julian verfolgt hatten.

»Keine Angst«, sagte Roger. »Er tut dir nichts. Er ist ein Freund.«

Wenn das stimmt, dachte Julian, warum flüstert Roger plötzlich? Trotzdem ging er weiter und brachte es sogar fertig, nicht vor Angst zu schlottern, als Mike sich von dem Motorrad abstieß und auf ihn zukam. Er hielt sogar seinem Blick stand, obwohl er dabei das Gefühl hatte, von den bohrenden Blicken des Jungen förmlich seziert zu werden.

»Du hast ihn also tatsächlich hergebracht«, sagte Lederjacke. Die Worte galten Roger, obwohl er Julian dabei unentwegt ansah.

»Julian ist freiwillig hier«, sagte Roger. Hörbar nervös fügte er hinzu: »Er hat mein Wort, daß ich ihn zurückbringe, wenn er das will.«

»So?« Lederjacke schürzte abfällig die Lippen. »Hat er das? Na, meinetwegen.« Er ließ offen, ob es ihm gleich war, daß Julian wieder von hier weg konnte, oder ob er sich nicht darum zu scheren gedachte, was Roger ihm versprochen hatte.

Endlich ließ der Blick seiner schrecklichen kalten Augen den Julians los, und er wandte sich direkt an Roger. »Hat er es dabei?«

»Was?« fragte Julian, ehe Roger antworten konnte.

»Nein«, sagte Roger hastig. Er versuchte zu lächeln, aber es geriet zur Grimasse. »Wir . . . reden später darüber, okay? Es ist wirklich nicht wichtig.« Er schluckte ein paarmal und drehte sich dann mit sichtlicher Überwindung wieder zu Lederjacke herum. »Ich habe ihm versprochen, ihn ein bißchen herumzuführen und ihm alles zu zeigen.«

»So, hast du das?« Lederjacke lachte böse. »Ohne mich zu fragen? Wie leichtsinnig von dir. Oder hast du etwa vergessen, daß du diesmal in *meinem* Revier bist?«

Er sprach ganz ruhig, aber die Drohung in seinen Worten war nicht zu überhören, zumal die anderen sich jetzt im Kreis um ihn, Julian und Roger aufstellten. Es gehörte nicht viel Phantasie dazu, und sie wurden in Julians Augen zu einer Bande kleiner struppiger Trolle.

»Was soll das?« sagte Roger. Seiner Stimme war die Angst deutlich anzumerken. »Du hast es auf deine Methode versucht, oder? Es hat nicht funktioniert, weil es nämlich nie funktioniert. Jetzt bin ich dran.«

Julians Blick wanderte von einem zum anderen. Allmählich fühlte er doch so etwas wie Zorn. »Würde es euch etwas ausmachen, mir zu erklären, worüber ihr redet?« sagte er. Die Worte – und vor allem der Ton, in dem er sie hervorbrachte – überraschten ihn selbst, aber Lederjacke schnaubte nur verächtlich, und Roger machte eine rasche, beruhigende Geste und sagte hastig: »Tut nichts zur Sache. Das ist eine reine Privatangelegenheit zwischen uns.«

»Das Gefühl habe ich aber nicht«, wandte Julian ein.

»Also gut.« Lederjacke zog eine Grimasse. »Meinetwegen mach, was du willst. Ihr zwei Blödmänner habt freies Geleit. Seht euch in Ruhe um.« Er machte eine entsprechende Handbewegung und trat einen Schritt zurück, um demonstrativ den Weg freizugeben. Aber als Roger und Julian an ihm vorbeigingen, fügte er in hämischem Tonfall hinzu: »Aber vergiß nicht, zwischendurch auf die Uhr zu sehen. Und wenn du deine kleine Freundin triffst, dann richte ihr Grüße von mir aus. Wir zwei haben noch eine Rechnung offen.«

Julian wollte etwas sagen, aber Roger warf ihm einen beschwörenden Blick zu, und so schwiegen beide, bis sie wieder auf dem belebten Hauptweg waren. Erst dort blieb Roger stehen und atmete hörbar auf. »Das war knapp«, sagte er. »Ich hätte nicht gedacht, daß er so wütend ist.«

»Hast du nicht behauptet, er wäre ein Freund?«

»Das war vielleicht ein bißchen übertrieben«, gestand Roger mit einem schiefen Grinsen. »Aber so schlimm ist er normalerweise nicht. Er ist wohl noch ziemlich aufgebracht wegen dem, was Alice getan hat. Immerhin hat er zwei seiner Leute verloren.«

»Alice?« Julian erschrak. »Er wird ihr doch nichts tun?«

»Keine Bange«, antwortete Roger. »Sie kann ganz gut auf sich selbst aufpassen. Wenn hier jemand Grund hätte, Angst zu haben, dann *er* vor *ihr,* und nicht umgekehrt.«

Julian hatte da so seine Zweifel, nach allem was er bisher erlebt hatte, aber er zog es vor, nicht weiter auf dieses Thema

einzugehen. Statt dessen stellte er eine Frage, die ihn bewegte, seit sie Lederjacke begegnet waren. »Bist du wirklich
sicher, daß das hier der Ort deiner Träume ist? Also, wenn
ich die Wahl hätte, dann würde ich mir keinen Platz aussu-
chen, an dem ich um mein Leben fürchten muß.«

»Nein?« fragte Roger. »Würdest du einen Platz vorziehen, an
dem du vor Langeweile stirbst?« Er weidete sich an Julians
verblüfftem Gesicht, ehe er mit einem leisen Lachen fortfuhr:
»Hast du noch nie davon geträumt, große Gefahren und
Abenteuer zu bestehen? Ich kann dir sagen – ohne Mike und
seine Bande wäre es hier todlangweilig. Und so schlimm sind
sie nun auch wieder nicht. Bis jetzt bin ich jedenfalls noch
immer mit ihnen fertig geworden.«

»Und wenn du es eines Tages einmal nicht mehr schaffst?«

»Das wird nicht passieren«, sagte Roger überzeugt. »Mike
braucht mich genauso wie ich ihn. Es macht wenig Spaß, Ty-
rann an einem Ort zu sein, an dem man niemanden tyranni-
sieren kann.«

Nein, dachte Julian schaudernd. *Das ist nicht das Paradies.*
Aber auch nicht die Hölle. Das ist ein Irrenhaus!

Vorsichtshalber sprach er es nicht laut aus.

»Komm schon«, sagte Roger. »Ich zeige dir alles.«

Im Grunde wollte Julian gar nichts mehr sehen. Wäre es
nach ihm gegangen, dann wären sie auf der Stelle ins Stadtarchiv zurückgekehrt, wo Frank sicher schon ungeduldig auf
ihn wartete und sich allmählich Sorgen um ihn machte. Wie
lange war er jetzt hier? Eine Stunde? Wahrscheinlich eher
zwei.

Trotzdem widersprach er nicht, und das aus zwei Gründen.
Spätestens seit dem Streit mit Lederjacke und seinen Kumpanen war im klar geworden, daß Roger ihm nicht ganz die
Wahrheit sagte. Er belog ihn oder verschwieg ihm zumindest
irgend etwas Wichtiges, und er mußte herausfinden, was es
war.

Und wegen Alice. Roger hatte versprochen, daß er sie wiedersehen würde, und das wollte er unbedingt. Er hatte so

viele Fragen an sie – und er wollte sie einfach sehen und in ihrer Nähe sein. Wenn er Alice gegenüberstand, ja, wenn er nur an sie dachte, überkam ihn eine Empfindung, die er mit Worten kaum beschreiben konnte. An Franks spöttischer Bemerkung mußte wohl doch etwas dran sein. Aber das Gefühl war so rein und schön, daß er völlig ohne Scham darüber nachdenken oder auch reden konnte.

Und noch etwas: Der Rummelplatz zog ihn mehr und mehr an. Während er Roger von Stand zu Stand, von Attraktion zu Attraktion folgte, spürte er fast gegen seinen Willen immer mehr von der Faszination, die er auch schon bei Roger bemerkt hatte, als dieser von *seiner* Welt sprach. Sie fuhren mit der Schiffsschaukel und dem Kettenkarussell, spielten an mehreren Wurf- und Losbuden – natürlich alles umsonst – und gingen in ein Zelt, in dem der angeblich stärkste Mann der Welt mit Eisenkugeln und Hanteln hantierte, die jede für sich schwerer sein mußten als Julian und Roger zusammen.

Er fragte auch ein paarmal nach Alice, aber Roger antwortete stets, daß sie sie noch treffen würden und er sich ein wenig in Geduld fassen solle, schließlich hebe man sich das Beste ja immer für den Schluß auf.

Dann kamen sie an einen Stand, an dem ein Feuerschlucker seine Kunststücke zum besten gab. Es war ein sehr großer, muskulöser Mann mit kurzgeschnittenem schwarzem Haar und ohne Augenbrauen und -wimpern, die wahrscheinlich schon vor Jahren Opfer seines Berufes geworden waren. Er trug nur eine gelbe Pluderhose, so daß man die schlimmen Brandwunden sehen konnte, die seine Brust und seine Schultern entstellten. Julian sah allerdings auch, daß die meisten nur aufgemalt waren.

Und dann hatte er, während er dastand und die lodernde Feuerzunge betrachtete, die der Artist in die Luft spie, eine Vision.

Plötzlich waren die Flammenstöße, die aus dem Mund des Feuerschluckers kamen, ein Meer von Flammen, das den Mann einhüllte wie ein lodernder Mantel. Er schrie und taumelte, Kopf, Schultern und Haar in weißes Feuer gebadet, und noch während er zurücktaumelte und verzweifelt mit den Händen auf die Flammen einschlug, griffen sie in Windeseile auch auf seine Hose über, bis er als lebende Fackel über den Platz wankte. Auch die Zuschauer schrien, denn das Feuer griff mit unheimlicher Schnelligkeit um sich, leckte nach Hosen, Jacken, Kleidern, Hüten und Haaren ...

Julian schloß mit einem erschrockenen Laut die Augen, und als er sie wieder öffnete, war die Vision verschwunden. Der Feuerschlucker stand da wie zuvor und pustete Flammen in den Himmel, einige Zuschauer applaudierten oder warfen Münzen in den Hut zu seinen Füßen, aber einige wandten sich Julian zu und sahen ihn an. Er mußte wohl ziemlich laut geschrien haben.

Auch Roger blickte ihn fragend an. »Was hast du?«

Julian schüttelte wortlos den Kopf.

»Komm weiter«, sagte Roger. »Es wird allmählich Zeit.« Er sah sich nervös nach allen Seiten um, während sie sich aus dem Kreis der Zuschauer lösten und weitergingen.

»Wir sollten nicht zu lange an einem Ort bleiben«, fuhr er nach ein paar Augenblicken fort. »Du fällst auf, weißt du? Deine Klamotten passen nicht ganz hierher.«

Das klang zwar einleuchtend, war aber wohl nicht der wirkliche Grund für seine plötzliche Nervosität. Auch Julian fühlte sich mit jeder Sekunde weniger wohl in seiner Haut. Die Vision hatte die Vorstellung, sich in einer Art verzauberter Märchenwelt zu befinden, ein für allemal zerstört. Plötzlich empfand er seine Umgebung nur noch als bunt und laut und hektisch. Und irgendwie bedrohlich. Oder auch *bedroht*. Ja, das war es! Er konnte es spüren, eine unsichtbare, aber drückende Last, die sich langsam auf alles hier herabsenkte.

»Was geht hier vor?« fragte er. »Ich will jetzt endlich wissen, was hier passiert, Roger.«

»Nichts.« Roger wich seinem Blick aus.

»Aber etwas *wird* passieren, nicht wahr?« fragte Julian. »Und du weißt, was es ist.«

»Ja«, antwortete Roger. Er sah ihn noch immer nicht an. »Aber glaub mir, es ist nicht zu ändern. Niemand kann das, weil –«

»Wer sagt denn, daß ich das will?« unterbrach ihn Julian. »Aber ich will jetzt endlich wissen, was hier geschehen ist, oder meinetwegen auch geschehen wird.« Er vertrat Roger den Weg. »Rede endlich! Was wird geschehen? Und wieso bringst du mich nicht endlich zu Alice?«

Roger machte eine ärgerliche Bewegung. »Reg dich nicht künstlich auf! Da kommt sie ja schon.«

Julian drehte sich um, und tatsächlich gewahrte er in diesem Moment das dunkelhaarige Mädchen, das aus einem nur ein paar Schritte entfernten Zelt trat. Wenn das noch ein Zufall war, dachte er, dann wollte er Hase heißen. Und überhaupt – wie hatte Roger eigentlich *wissen können,* daß Alice aus diesem Zelt kommen würde, noch ehe sie es tat?

Alice entdeckte ihn im gleichen Moment und eilte auf ihn zu. Sie sah nicht besonders erfreut aus. Genaugenommen war sie zornig. Sie streifte Julian nur mit einem flüchtigen Blick und wandte sich mit zornbebender Stimme an Roger. »Was sucht *er* hier? Bist du völlig verrückt, ihn hierherzu-bringen? Und ausgerechnet jetzt?«

»Er ist freiwillig da«, verteidigte sich Roger trotzig.

»Ach?« sagte Alice. »Und was hast du ihm erzählt, damit er dir folgt?«

»Nichts«, fauchte Roger. »Er wollte die Wahrheit über seinen Vater wissen, das ist alles.«

»Das stimmt«, sagte Julian.

Alice sah ihn überrascht an, und Julian fragte sich, warum er Roger eigentlich in Schutz nahm. Aber vielleicht tat er das ja gar nicht. Vielleicht ertrug er es nur nicht, Alice so zornig zu sehen.

»Ich wollte mitkommen«, fuhr er fort. »Ich hätte so oder so hierhergefunden. Roger hat mir nur geholfen, es etwas schneller zu schaffen, das ist alles.«

»Das bezweifle ich«, sagte Alice, wobei Julian nicht ganz klar war, was sie damit meinte. Sie war auch schon wieder ein bißchen ruhiger.

»Du mußt zurück«, sagte sie bestimmt. »Je eher, desto besser.« Sie sah Roger an, dann Julian, während sie überlegte. »Wir bringen dich zum Riesenrad«, entschied sie. »Das ist der sicherste Weg.«

»Das hat Gordon auch behauptet, und dann –«

»Und er hatte auch recht damit«, unterbrach ihn Alice. »Dir und deinem Freund wäre nichts passiert, hättet ihr getan, was man euch sagte.«

»Du weißt, was geschehen ist?« entfuhr es Julian.

»Sei froh, daß sie es wußte«, antwortete Roger an Alices Stelle. »Wäre es nicht so, wärt ihr jetzt tot.«

Alice schloß mit einer Handbewegung das Thema ab. »Wir gehen jetzt zum Riesenrad«, sagte sie. »Komm. Wir können unterwegs reden.«

Bis zum Riesenrad war es nicht sehr weit. Sie würden allerhöchstens fünf Minuten brauchen, dachte er enttäuscht. Dabei gab es so vieles, was er Alice fragen wollte. Und nicht nur das. Er wollte einfach in ihrer Nähe sein.

Er betrachtete das dunkelhaarige Mädchen verstohlen von der Seite, während er zwischen ihr und Roger ging. Es war im Grunde das allererste Mal, daß er sie in Ruhe ansehen konnte, und sie kam ihm jetzt noch schöner vor. Um so ärgerlicher fand er es, daß er jetzt nichts von alldem herausbrachte, was er ihr hatte sagen wollen. Die zahllosen Fragen waren wie weggewischt, in seiner Kehle saß plötzlich ein dikker Kloß. Fast die halbe Strecke zum Riesenrad legten sie schweigend zurück.

»Ist es wahr, daß du ... die erste warst, die hierherkam?« fragte er schließlich.

»Du redest entschieden zu viel, weißt du das?« sagte Alice zu Roger. Dann sah sie Julian mit einer Mischung aus Amüsiertheit und leiser Verärgerung an. »Ja und nein«, sagte sie. »Ich war die erste, die durch den Spiegel ging, das ist wahr. Außer deinem Vater.«

»Das heißt, es gibt noch andere Wege?« fragte Julian aufgeregt. Er war schließlich selbst auf einem dieser anderen Wege hierhergekommen.

»Die gibt es«, sagte Alice. »Aber manche von ihnen sind gefährlich. Trotzdem sind nur sehr wenige von uns durch den magischen Spiegel gekommen.«

»Können sie auch nicht«, fügte Roger unaufgefordert hinzu. »Es funktioniert nur bei deinem Vater.«

»Wieso?«

»Weil nur er sein Geheimnis kennt«, sagte Alice.

Der große Zauberspiegel seines Vaters stand, wie all seine anderen Utensilien, noch immer im Varieté, und dort würde er auch bleiben, bis entschieden war, was damit geschehen sollte. Unvorstellbar, wenn der Weg in diese unheimliche Welt jedem offenstünde. Der Spiegel würde zu einer tödlichen Falle. Julian beschloß spontan, ihn zu zerstören, sobald er seinen Vater gefunden hatte. Dann fiel ihm etwas ein:

»Frank und ich sind auch durch den Spiegel gegangen, als wir das erste Mal hier waren.«

»Ihr seid eurem Vater gefolgt«, sagte Roger. »Der Zauber hielt noch für einen Moment an.«

»Er ist nur *mein* Vater«, korrigierte Julian Roger. »Frank ist nicht mein Bruder, sondern nur ein Freund.« Er wandte sich zu Alice um und sah gerade noch den erschrockenen Blick, den sie Roger zuwarf. Sie hatte sich ausgezeichnet in der Gewalt, der erschrockene Ausdruck verschwand blitzartig von ihrem Gesicht. Aus irgendeinem Grund wollte sie nicht, daß Roger von Julians Vater sprach. Vielleicht nur, um ihn nicht unnötig zu quälen.

»Wie viele seid ihr hier?« fragte Julian.

»Genug«, antwortete Alice ausweichend. »Manchmal kommt jemand dazu, manchmal geht jemand.« Sie kam Julians nächster Frage zuvor, ehe er sie aussprechen konnte. »Ein paar sind auf die gleiche Weise gekommen wie Roger und ich, einige auf anderen Wegen. Aber die meisten waren schon vorher hier.«

»Wie lange?« fragte Julian.

»Das weiß niemand. Zeit hat keine Bedeutung.«

»Kann ich diese anderen kennenlernen?« wollte Julian wissen.

Alice setzte zu einer Antwort an, aber Roger kam ihr zuvor.

»Warum nicht? Es ist noch etwas Zeit. Sie würden sich sicher freuen.«

Alices Geduld mit Roger schien nun endgültig zu Ende zu sein. Sie schrie fast. »Wozu? Damit er ums Leben kommt? Oder für alle Ewigkeiten hier festsitzt wie sein Vater und dessen Freund? Du Narr! Begreifst du nicht, daß du nicht nur ihn in Gefahr bringst, sondern vielleicht auch unsere letzte Chance verspielst, jemals hier herauszukommen?«

Wie sein Vater und dessen Freund... Julian starrte Alice an. Wie hatte er nur so dumm sein können! Alice sprach natürlich nicht von den beiden Männern, die ihn vor dem Zelt der Wahrsagerin niedergeschlagen hatten, sondern von jenen beiden, die jetzt in dem Wohnwagen am Rande des Kirmesplatzes saßen und ihre Reisevorbereitungen trafen! Sie existierten ja hier zweimal – einmal als die beiden Männer, die er beobachtet hatte, und ein zweites Mal als Zeitreisende, die vom Ende des Jahrhunderts zurückgekehrt waren, um hier ein neues Leben zu beginnen. Er hatte Gordons Worte noch deutlich genug im Ohr, als dieser seinem Vater erklärte, wie gefährlich es sei, sich selbst zu begegnen!

»Ich muß weg!« sagte er aufgeregt.

»Bist du verrückt?« entfuhr es Roger. »Eine Minute zu lange hier, und du kannst nie wieder zurück!«

»Aber das will ich ja auch gar nicht!« rief Julian. Und damit fuhr er herum und stürmte los.

Hinter ihm schrien Alice und Roger gleichermaßen erschrocken und entsetzt auf, aber Julian achtete nicht darauf, sondern legte im Gegenteil Tempo zu, als er bemerkte, daß Roger zur Verfolgung ansetzte. Begriffen die beiden denn nicht, welchen Fehler sie bei ihren Überlegungen begingen? Es spielte für ihn keine Rolle mehr, ob er in seine Zeit zurückkehren konnte oder nicht. Alles, was er wollte, war, bei seinem Vater zu sein. Und das konnte er jetzt! Ja, sein Vater und vor allem Gordon würden wenig begeistert sein, wenn er plötzlich wieder auftauchte, aber sie würden ihn wohl kaum hier zurücklassen, es stimmte, daß er nie wieder in seine Zeit zurückkehren konnte. Der Gedanke beflügelte ihn so sehr, daß er noch schneller lief.

»Julian, um Gottes willen, bleib hier!« schrie Roger hinter ihm. »Du läufst in dein Verderben! Was du vorhast, kann nicht funktionieren! Es ist zu spät!«

Julian warf einen Blick über die Schulter und sah, daß Roger ein gutes Stück zurückgefallen war. Und der Abstand zwischen ihnen wuchs. Er hätte ihm gern erklärt, wie sehr er sich irre, aber er wagte es nicht, aus Angst, dabei seinen kostbaren Vorsprung aufzugeben.

»Julian!« schrie Roger noch einmal. »Tu es nicht, ich flehe dich an! Du bist alles, was wir noch haben!«

Den letzten Satz verstand Julian so wenig wie vieles andere, was Roger gesagt hatte, aber jetzt war keine Zeit, darüber nachzudenken. Er versuchte noch schneller zu laufen, merkte, daß es nicht ging, und verlegte sich auf eine andere Taktik. Er versuchte in der Menschenmenge unterzutauchen, rannte im Zickzack und wich ein paarmal nach rechts oder links in andere Gassen aus, bis er ganz sicher war, Roger abgeschüttelt zu haben.

Allerdings hatte er nun auch gründlich die Orientierung verloren, wie er feststellte, als er stehenblieb und sich schwer atmend umblickte. Er war allein – soweit es Roger, Lederjacke oder andere mögliche Verfolger anging. Rings um ihn herum bewegte sich eine allmählich immer größer werdende Menschenmenge, die ihm ausreichend Deckung gewährte. Natürlich würden Roger und die anderen weiter nach ihm suchen, und selbstredend kannten sie sich hier besser aus als er, aber Julian rechnete sich trotzdem ganz gute Chancen aus. Wenn er seinen Vater und Gordon fand, würden sie es sicher nicht mehr wagen, irgend etwas gegen ihn zu unternehmen.

Allerdings mußte er die beiden erst einmal finden, und das konnte durchaus zu einem Problem werden. Als Orientierungspunkte dienten ihm einerseits das Riesenrad, andererseits der gewaltige Rundbau des Todeskarussells, was ihm wenigstens half, nicht unentwegt im Kreis herumzulaufen und so etwas wie System in seine Suche zu bringen. Zweimal mußte er sich mit einem Sprung in Sicherheit bringen, weil Lederjacke oder einer seiner Kumpanen seinen Weg kreuzten, aber schließlich fand er eine Stelle, die er wiederzuerkennen glaubte. Wenn er jetzt in die nächste Gasse rechts hineinging, mußte er den Wohnwagen erreichen, in dem sein Vater und Gordon waren.

Plötzlich hatte er einen verrückten Einfall. Was wäre, wenn er jetzt um die Ecke bog und vor sich selbst stand? Aber im gleichen Augenblick wurde ihm auch klar, warum das nicht sein konnte: Weil es nicht so *gewesen* war. Er war ja schon einmal hiergewesen und müßte sich daran erinnern, wäre er sich selbst begegnet. Allmählich beginnt die Sache kompliziert zu werden! dachte er spöttisch. Zeitreisen hatten so ihre Tücken ...

Er schob seine letzten Bedenken beiseite, bog mit raschen Schritten um die Ecke und sah den Wohnwagen vor sich. Aber weder sich selbst noch Frank. Seinen Vater und Gordon sah er allerdings auch nicht.

Julian ahnte es bereits, als er die kurze Holzleiter hinaufstieg. Die Tür war nur angelehnt, dahinter brannte kein Licht. Mit klopfendem Herzen öffnete er die Tür vollends und spähte in dem wenigen Licht, das von draußen hereinfiel, ins Wageninnere. Umrißhaft konnte er die Möbel erkennen, den Tisch, an dem sein Vater und Gordon gesessen hatten, dahinter ein einfaches Regal und ein schmales Bett. Er war zu spät gekommen. Der Wagen war leer.

Julian machte einen Schritt in den Wagen hinein und tastete instinktiv nach dem Lichtschalter, aber natürlich fand er keinen. Elektrisches Licht würde erst in zehn oder zwanzig Jahren allgemeine Verbreitung finden.

Hilflos und enttäuscht sah er sich um. Er hätte es besser wissen müssen! Schließlich hatte er seinen Vater und Gordon doch selbst belauscht, als die davon sprachen, zum Bahnhof zu fahren –

Der Bahnhof! durchfuhr es ihn. Natürlich, das war es! Er mußte nur zum Bahnhof gehen und in den Zug nach Amsterdam steigen, den sein Vater nehmen wollte ... Amsterdam? Oder war es Antwerpen gewesen? Verdammt, warum hatte er nicht besser aufgepaßt?

Aber so leicht gab er nicht auf. Nicht jetzt, wo er so dicht vor dem Ziel war. Wenigstens hatte er sich den Namen jenes kleinen englischen Dorfes gemerkt, in dem sich Gordon und sein Vater niederlassen wollten: Kilmarnock. Wie er allerdings allein, ohne Geld, ohne Papiere und in einer Zeit, von der er so gut wie nichts wußte, nach England kommen sollte, darüber wollte er im Moment lieber noch nicht nachdenken. Er verließ den Wagen, stieg die Leiter hinunter und sah sich unschlüssig um. Den Weg zum Bahnhof würde er sicher leicht erfragen können. Aber zuvor hatte er noch etwas zu erledigen, auch wenn seine Zeit allmählich knapp zu werden begann. Er mußte einfach wissen, was hier geschah – beziehungsweise geschehen sollte.

Das Zelt von Madame Futura wiederzufinden, war kein Problem. Er war daran vorbeigekommen und hatte sich den Weg gemerkt, so daß er nach kaum fünf Minuten wieder vor dem Eingang stand. Zu seiner Enttäuschung war er jedoch verschlossen, und die rote Sturmlaterne, die Kunden anlocken sollte, brannte nicht mehr. Julian klopfte und rief ein paarmal, erhielt aber keine Antwort. Schnell warf er einen raschen, sichernden Blick nach rechts und links, bückte sich und kroch auf Händen und Knien unter dem Rand des Zeltes hindurch.

In der nächsten Sekunde hatte er das Gefühl, der Himmel fiele ihm auf den Kopf. Ein dröhnender Schmerz explodierte in seinem Schädel, und bunte Sterne tanzten vor seinen Augen. Er fiel mit dem Gesicht auf den Boden, blieb einen

Moment liegen, drehte sich stöhnend auf den Rücken und riß erschrocken beide Hände an den Kopf.

Madame Futura stand breitbeinig über ihm. Statt des Zigeunerkostüms trug sie jetzt ein schwarzes Kleid, und auch das bunte Kopftuch war verschwunden. Statt einer Wahrsagerin war sie jetzt einfach nur noch eine alte Frau, eine ziemlich resolute, alte Frau allerdings, wie der kurze Knüppel in ihrer rechten Hand und das zornige Blitzen in ihren Augen bewiesen.

»Hab ich dich erwischt!« sagte sie leise. »Ihr verdammtes Diebsgesindel werdet auch immer dreister! Ist man denn nirgends mehr sicher vor euch?«

Sie hob drohend den Knüppel, und Julian zog erschrocken den Kopf ein. »Nicht schlagen!« sagte er hastig. »Ich bin kein Dieb!«

»Oh, natürlich nicht«, sagte Madame Futura spöttisch. Sie spielte mit ihrem Knüppel, und zwar auf eine Art, die Julian klarmachte, daß sie ausgezeichnet damit umzugehen verstand. »Das seid ihr nie, wenn man euch erwischt. Ich nehme an, du hast nur einen Platz gesucht, um dich vor dem Regen unterzustellen, wie?«

»Ich bin wirklich kein Einbrecher!« sagte Julian hastig. »Ich muß mit Ihnen reden. Ich habe gerufen, aber Sie haben nicht geantwortet.«

»Reden?« Madame Futura lachte und fuhr fort, drohend mit ihrem Knüppel über Julians Gesicht herumzufuhrwerken. »Worüber wollen wir zwei uns wohl unterhalten? Wo ich meine Ersparnisse verstecke?«

»Es geht um meinen Vater«, sagte Julian. »Den Mann, der vorhin hier war. Sie haben versucht, ihn zurückzuhalten. Sie haben ihn vor irgend etwas gewarnt. Einer schrecklichen Gefahr. Erinnern Sie sich?«

Eine erstaunliche Veränderung war in Madame Futuras Gesicht wahrzunehmen. Mißtrauen und Zorn erloschen, an ihrer Stelle erschien ein Ausdruck abgrundtiefen Erschrekkens. Einen Moment lang starrte sie Julian an, dann legte sie den Knüppel aus der Hand und bückte sich rasch, um Julian auf die Füße zu helfen.

»Dein Vater, sagst du? Und dieser andere Kerl . . .«

». . . ist ein Bekannter von ihm«, sagte Julian hastig, wobei er das Wort *Freund* absichtlich vermied. Er hatte das Gefühl, daß Madame Futura im Moment nicht besonders gut auf Gordon zu sprechen sei.

»Du mußt deinen Vater aufhalten«, fuhr Madame Futura fort. »Schnell! Lauf ihm nach und versuch ihn von seinem Vorhaben abzubringen. Vielleicht hört er auf dich. Obwohl ich fürchte, daß es schon zu spät ist. Ich weiß zwar nicht, was er wirklich vorhat, aber es ist etwas Furchtbares, das nicht geschehen darf!«

Es fiel Julian schwer, seine Enttäuschung zu verbergen. Er hatte gehofft, mehr von dieser alter Wahrsagerin zu erfahren.

»Aber ich weiß ja nicht einmal, wo er ist!« sagte er. »Ich dachte, sie könnten mir helfen.«

»Ich?« Madame Futura lachte, aber es klang fast wie ein Schrei. »Wie könnte ich dir wohl helfen? Ich bin nur eine alte Frau, die den Menschen weismacht, sie könne die Zukunft lesen.«

»Können Sie es denn nicht?« fragte Julian. Seine Enttäuschung wurde immer größer.

Wieder lachte die alte Frau. »O nein, mein Junge. Ich bin nur eine Schaustellerin, die manchmal Ahnungen hat, aber nur manchmal, und selbst da täusche ich mich oft genug.«

Julian sah sich im Inneren des Zeltes um. Es war so gut wie leer. Der Tisch, auf dem normalerweise vielleicht eine Glaskugel, ein Tarotspiel, eine Schale mit Teeblättern oder Kaffeesatz oder irgendein anderer Hokuspokus stand, war leer, und auch das kleine Regal an der Wand neben der Tür enthielt nichts. Dafür stand neben dem Ausgang eine gepackte Reisetasche, die fast aus den Nähten platzte.

»Diesmal scheint es aber mehr als eine Ahnung zu sein.«

Madame Futuras Gesicht verdüsterte sich. »O ja«, sagte sie schaudernd. »Schlimm genug, daß ich gehe. Ich bin noch nie in meinem Leben vor etwas davongelaufen, mein Junge, das kannst du mir glauben. Aber diesmal ...« Sie schloß die Augen, ihre Stimme wurde leise, sank beinahe zu einem Flüstern herab. »Es war entsetzlich. Ich weiß nicht, was geschehen wird, aber es wird grauenhaft sein. Schlimmer als die Hölle. Ich sehe Flammen. Überall Flammen und Feuer und Leid –«

Die Stimme versagte ihr. Beinahe mühsam öffnete sie wieder die Augen. Ihre Hände zitterten leicht. »Ich kann dir nicht helfen, mein Junge«, sagte sie. »Ich bin nicht einmal sicher, ob ich mir selbst helfen kann. Und jetzt muß ich gehen. Es ist nicht mehr sehr viel Zeit.«

Madame Futura eilte zum Ausgang, bückte sich nach der schweren Tasche und hob sie mit sichtlicher Anstrengung auf. »Ich muß fort«, sagte sie noch einmal. »Und für dich wäre es das beste, wenn du ebenfalls flüchten würdest. Glaub mir, es wird geschehen. Bald. Niemand kann es mehr aufhalten. Lauf weg, solange du es noch kannst.« Sie warf ihm einen letzten, beinahe beschwörenden Blick zu, schlug die Zeltplane vor dem Eingang zur Seite und war verschwunden.

Julian blieb in einem Zustand tiefster Verwirrung zurück. Er fühlte sich hilflos wie nie zuvor in seinem Leben. Es war ihm, als versuche er mit bloßen Händen einen Wasserfall aufzuhalten. War es wirklich so, wie Roger sagte – daß er nichts mehr ändern konnte, weil es schon geschehen war?

Aber es durfte nicht sein! Schließlich war er hier, und wer irgendwo *war*, der konnte auch etwas *tun*.

Er verließ das Zelt, sah sich einen Moment unschlüssig um und ging schließlich in die gleiche Richtung los, in der Gordon und sein Vater verschwunden waren. Natürlich wußte er, wie lächerlich gering seine Aussichten waren, die beiden wiederzufinden.

Aber er stand auch nicht mit ganz leeren Händen da. Gordon hatte von »der größten Sache, die sie jemals geplant hatten« geredet. Das mit Rogers Behauptungen und allem, was er zuvor gehört und selbst gesehen hatte, ließ eigentlich nur

einen einzigen Schluß zu, so schrecklich und absurd Julian
der Gedanke auch immer noch vorkam: Die beiden planten
irgendein Verbrechen, einen Überfall, einen Diebstahl oder –
was am wahrscheinlichsten schien – einen Einbruch. Die
großen Geschäfte, in denen viele Menschen arbeiteten und
die von Besuchern umlagert waren, kamen dafür im Grunde
nicht in Frage. Wahrscheinlich würde es ein kleines Geschäft
sein, und wenn er bedachte, wie sehr Gordon auf die Einhal-
tung seines Zeitplanes gedrungen hatte, dann ließ das im
Grunde nur den Schluß zu, daß dieses Geschäft geschlossen
und vielleicht unbewacht sein würde, möglicherweise deshalb, weil seine Besitzer immer zu einem bestimmten Zeitpunkt Pause hielten. Damit verringerte sich die Zahl der Buden, die er kontrollieren mußte, auf eine überschaubare Anzahl. Verteilt über den ganzen Rummelplatz, versteht sich.
Wenn er allerdings die Möglichkeit in Betracht zog, daß
Gordon und sein Vater vielleicht vorhatten, einen der Wohnwagen auszurauben, die hinter den Geschäften standen, dann
stieg diese Zahl auf drei- bis vierhundert. Worüber machte er
sich also Sorgen?
Sein eigener Sarkasmus half ihm zwar nicht weiter, erleichterte es ihm aber ein wenig, seine schier unmögliche Aufgabe
in Angriff zu nehmen. Und natürlich fand er die, die er
suchte, nur durch reinen Zufall. Aber immerhin, er fand sie.
Eingedenk seiner letzten Begegnung mit Gordon – und vor
allem mit dessen Messer – zog er es vor, sich im Hintergrund
zu halten und vorerst einmal nur zu beobachten. Vorsichtig
wich er in den Schatten einer Bude zurück, nachdem er sich
davon überzeugt hatte, daß jeder, der dort stand, *wirklich*
nicht entdeckt werden konnte.
Im Moment machten die beiden allerdings keinerlei Anstalten, irgend etwas auszufressen. Sie standen unbefangen zwischen all den anderen Kirmesbesuchern an einer Bude, wo
man mit Ringen nach Flaschenhälsen werfen konnte, und
schienen sich wie alle anderen zu amüsieren. Julian fiel jedoch auf, wie nervös sein Vater war. Fast alle seine Würfe

gingen daneben; dabei wußte Julian, wie geschickt sein Vater war. Normalerweise hätte er seine Ringe aus doppelter Entfernung sicher ins Ziel geworfen.

Die beiden richteten ihre Aufmerksamkeit anderswohin. Sein Vater und vor allem Gordon blickten immer wieder zu einem kleinen, fast schäbig wirkenden Gebäude auf der anderen Seite des Weges hinüber, unauffällig, aber doch so, daß es Julian nicht entging. Er beschloß, sich das betreffende Geschäft etwas genauer anzusehen.

Vorsichtig verließ er seine Deckung, umging die Wurfbude in weitem Bogen und näherte sich dem kleinen Bretterbau von der Rückseite.

Es war wirklich nicht mehr als ein Verschlag, gerade fünf mal fünf Schritt groß und völlig schmucklos. Es gab keine Fenster, aber durch die Ritzen der altersschwachen Bretter fiel trübrotes Licht. Julian preßte das Auge gegen eine dieser Ritzen, aber er konnte nichts erkennen außer ein paar Schatten, die im Licht verschwammen. Er fragte sich, was es dort drinnen geben mochte, das zu stehlen es sich lohnte.

Plötzlich erlosch der rote Schein im Inneren der Bude. Julian hörte Schritte, dann das Geräusch der Tür. Seine Vermutung war richtig gewesen – der Besitzer machte Pause, was sein Vater und Gordon wahrscheinlich nutzen wollten, um den geplanten Einbruch durchzuführen. Alles in ihm sträubte sich dagegen, seinen eigenen Vater als Einbrecher zu sehen. Und doch gab es im Grunde keinen Zweifel mehr daran.

Er stützte sich mit der Linken an der Bretterwand ab, um sich wieder aufzurichten, und wäre um ein Haar der Länge nach in den Dreck gefallen, denn das morsche Holz gab unter seinem Gewicht nach.

Nach einigen Augenblicken griff er beinahe gegen seinen Willen zu, entfernte das zerbrochene Brett ganz und lockerte auch noch ein weiteres, bis er eine Lücke geschaffen hatte, die groß genug war, um hindurchzukriechen. Unter einigem Geschlängel und Gequetsche gelang es ihm, ins Innere der kleinen Bude zu kommen.

Drinnen blieb Julian eine Weile reglos und mit angehaltenem Atem liegen und lauschte. Er hörte nichts. Das Gebäude war verlassen. Behutsam richtete er sich auf und sah sich im Dunkeln um. Seine Augen hatten sich bereits an das schwache Licht gewöhnt, aber er konnte noch immer nicht viel erkennen. Was allerdings eher daran lag, daß es hier drinnen nicht viel zu sehen gab. Das Gebäude war fast leer. Julian erkannte einen wackeligen Tisch mit zwei ebenso wackeligen Stühlen, eine große, eisenbeschlagene Kiste und etwas, das er im ersten Augenblick für einen Bilderrahmen hielt, bis er sich bewegte, eine gleiche Bewegung wahrnahm und begriff, daß es ein Spiegel war.

Spiegel!

Julian durchfuhr es wie ein elektrischer Schlag. Plötzlich hatte er das Gefühl, der Lösung des Rätsels ganz, ganz nahe zu sein. Wieder huschte ein Lichtreflex über das Glas, und es war nur Julians Geistesgegenwart, die ihn rettete, denn er sprang instinktiv einen Schritt zurück und ging hinter der Holztruhe in Deckung – nur eine Sekunde bevor die Tür aufging und zwei Schatten hereinhuschten.

Julian starrte den Spiegel über den Rand seiner Deckung hinweg fassungslos an. Er wußte, daß es völlig unmöglich war, aber er hatte das Öffnen der Tür im Spiegel gesehen, *bevor* es wirklich geschehen war! Aber das war doch ... unmöglich. Vollkommen und hundertprozentig *unmöglich!*

»Alles in Ordnung«, drang in diesem Moment Gordons Stimme in seine Gedanken. »Ich hab dir doch gesagt, der Alte ist nicht da. Wir haben jede Menge Zeit. Vor einer halben Stunde kommt er nie zurück. Ich habe ihn lange genug beobachtet.«

»Ich hoffe, du hast recht«, antwortete die Stimme seines Vaters. Julian starrte angestrengt in die Dunkelheit, aber er konnte die beiden nicht einmal als Schatten erkennen. »Er hat nicht einmal die Tür abgeschlossen!«

»Das tut er nie«, sagte Gordon. »Ich habe dir doch gesagt, der Alte hat sie nicht alle beisammen! Hat einen Riesenschatz in dieser Kaschemme und macht sich nicht einmal die Mühe, ein Schloß an der Tür anzubringen. Er glaubt anscheinend noch immer an das Gute im Menschen.« Er lachte glucksend. »Ich fürchte, der alte Trottel wird eine herbe Enttäuschung erleben, wenn er zurückkommt.«

»Hör auf zu reden«, sagte Julians Vater nervös. »Laß uns das Ding einpacken und verschwinden.« Ein kurzes Zögern, dann: »Glaubst du, daß es stimmt, was man sich über diesen Spiegel erzählt? Daß man damit wirklich in die Zukunft sehen kann?«

»Blödsinn!« stieß Gordon heftig hervor. Wieder war sein glucksendes Lachen zu hören. »Aber der Alte glaubte es, und *das* zählt! Ich schwöre dir, der zahlt jeden Preis, um seinen Schatz wiederzubekommen.«

»So wie es hier aussieht, hat er wahrscheinlich nicht einmal genug Geld, um sein nächstes Abendessen zu bezahlen.«

»Ich habe dir doch gesagt, der Alte ist verrückt«, erklärte Gordon. »Ein echter Exzentriker. Er hat Tausende auf der Bank, sag ich dir, Tausende! Der zahlt jeden Preis. Hast du den Sack?«

»Sicher.« Ein Rascheln erklang in der Dunkelheit, dann noch einmal die Stimme seines Vaters: »Mach bitte mal Licht.«

»Moment«, knurrte Gordon. Julian hörte ihn eine Weile im Dunkeln hantieren, dann vertrieb die stark flackernde Flamme eines Sturmfeuerzeuges die Dunkelheit. Allerdings nur ein oder zwei Sekunden lang, ehe das Feuer abrupt erlosch und Gordon heftig zu fluchen begann. Offenbar hatte er sich die Finger verbrannt. Das Feuerzeug polterte zu Boden, Gordon fluchte erneut und noch lauter. Julian hörte, wie er in der Dunkelheit herumzusuchen begann. Und ehe er auch nur richtig begriff, was geschah, berührte eine tastende Hand seinen rechten Fuß.

»He!« rief Gordon überrascht. Leider war er nicht so überrascht, die Hand zurückzuziehen, sondern griff ganz im Gegenteil noch fester zu. Julian strampelte und begann sich zu wehren, so fest er nur konnte, aber es reichte nicht. Gordon zerrte ihn am Bein hinter seinem Versteck hervor, griff blitzschnell auch noch mit der anderen Hand zu und stellte ihn unsanft auf die Füße.

»Was ist denn das?« sagte er. »Ein verdammter Schnüffler! Hör auf herumzuzappeln, Kerl, oder es setzt was!«

Wieder ein Rascheln, dann hörte Julian ein Geräusch, das ihm das Blut in den Adern gefrieren ließ: das kalte metallische Klicken von Gordons Schnappmesser. Ganz instinktiv erstarrte er zur Reglosigkeit, und das rettete ihm vielleicht das Leben, denn Gordon hätte zweifellos mit seinem Messer zugestoßen, hätte er sich weiter gewehrt.

»Mach Licht!« befahl Gordon. »Ich will sehen, wen wir da haben!«

Es vergingen einige Sekunden, dann flammte ein Streichholz auf, das einen Augenblick später den Docht einer Kerze in Brand setzte. Julian blinzelte in das ungewohnt grelle Licht, als sein Vater die Kerze vom Tisch nahm und sie so nah vor sein Gesicht hielt, daß er die Hitze spüren konnte.

»Holla!« sagte Gordon überrascht. »Wenn das nicht der kleine Schnüffler von vorhin ist!« Er rüttelte heftig an Julians Schulter. »Was suchst du hier? Schnüffelst uns wieder nach, wie? Ich dachte, meine Warnung wäre deutlich genug gewesen!«

»Ihr dürft das nicht tun!« sagte Julian verzweifelt. »Ich schnüffle euch nicht nach, ehrlich! Ich will euch nur warnen. Ihr dürft –«

Gordon schlug ihm ins Gesicht. Der Schlag war so wuchtig, daß Julians Kopf in den Nacken flog und er sein eigenes Blut auf der Zunge schmeckte. »Ich frage dich zum letzten Mal«, sagte Gordon drohend. »Was suchst du hier? Wer hat dich geschickt?«

»Niemand«, antwortet Julian. Seine Augen füllten sich mit Tränen. Gordon hatte so fest zugeschlagen, daß sein Schädel noch immer wie eine Glocke dröhnte. »Niemand hat mich geschickt«, sagte er noch einmal. »Ihr dürft das nicht tun! Et-

was Furchtbares wird passieren, wenn ihr den Spiegel weg-
nehmt! Ihr dürft ihn nicht anrühren!«

Gordon lachte nur, aber auf dem Gesicht von Julians Vater
erschien ein fast betroffener Ausdruck. »Das ist dasselbe, was
die Wahrsagerin gesagt hat.«

»Derselbe Blödsinn, ja«, knurrte Gordon. »Der Kleine hat
den Quatsch aufgeschnappt und plappert ihn nach. Du
glaubst diesen Unsinn doch nicht etwa?«

»Ich weiß nicht«, murmelte Julians Vater. »Irgendwie habe
ich kein gutes Gefühl bei der Sache. Vielleicht sollten wir es
abblasen.«

»Abblasen?« keuchte Gordon. »Bist du verrückt? In spätestens zwei Tagen sind wir reich! Keine kleinen Betrügereien
mehr! Keine Taschendiebstähle! Keine Wettrennen mehr mit
der Polizei, sondern so viel Geld, wie du dir nur vorstellen
kannst.«

»Ich weiß. Aber –«

»Nichts aber!« unterbrach Gordon ihn herrisch. »Wir haben
fast ein Jahr gebraucht, um die Sache auszubaldowern, und
du sprichst von abblasen, weil dieser Bengel Unsinn redet!
Bist du übergeschnappt?« Er machte eine befehlende Geste.
»Pack das Ding in den Sack. Ich kümmere mich inzwischen
um diese kleine Ratte hier!«

Julian konnte regelrecht fühlen, wie sich jedes einzelne Haar
auf seinem Kopf senkrecht aufstellte, weil er begriff, was
Gordon damit meinte.

»Nein!« stammelte er. »Bitte nicht! Ich . . . ich wollte euch
doch nur warnen!« Gordons Messer blitzte im Kerzenlicht
wie der Giftzahn einer eisernen Schlange. Julians Herz raste.
Die Angst raubte ihm fast die Sinne.

»Zu spät, Kleiner!« sagte Gordon mit einem häßlichen Grinsen. »Du hättest auf mich hören sollen.«

Julian keuchte. Gordon würde ihn *ermorden!* Aber das war
doch nicht möglich. Das konnte nicht sein! Doch nicht Gordon, der Mann, der sein bester Freund war, beinahe schon so
etwas wie ein Vater!

»Vater!« schrie er. »Bitte nicht!«

Gordon blinzelte. Die Spitze seines Messers verharrte reglos wenige Millimeter vor Julians Kehle in der Luft. Auch Julians Vater drehte sich herum und sah ihn stirnrunzelnd an.

»Was hast du gesagt?« murmelte Gordon. Er wandte den Kopf, sah Julians Vater an und grinste plötzlich. »He, hast du gehört, was der Kleine gesagt hat? Hast du mir vielleicht etwas verschwiegen?«

»Vater, bitte!« flehte Julian. »Ihr dürft das nicht tun!«

»Was soll der Blödsinn?« sagte sein Vater. »Ich habe diesen Jungen nie zuvor gesehen!«

»Aber vielleicht seine Mutter«, grinste Gordon.

Julians Vater warf Gordon einen eisigen Blick zu, dann wandte er sich wieder Julian zu. Er sah sehr nachdenklich drein und ein bißchen verwirrt. Aber Julian suchte vergeblich irgendeine Spur von Erkennen in seinem Blick.

»Schluß jetzt«, sagte Gordon entschieden. »Pack das Ding ein, und dann machen wir, daß wir hier wegkommen. Wir haben schon viel zuviel Zeit verloren.«

Julian sagte nichts mehr. Er versuchte auch nicht mehr, sich zu wehren. Verzweifelt und von einem Gefühl tiefster Niedergeschlagenheit erfüllt, sah er seinen Vater an – den Mann, der noch gar nicht sein Vater war, sondern es erst werden sollte, irgendeines Tages in einer fernen, unendlich weit entfernten Zukunft.

»Also gut«, sagte sein Vater leise. »Aber mach es schnell.«

Die Worte erschreckten Julian kaum noch. Sein eigener Vater gab den Befehl, ihn umzubringen, aber es war, als hätte er die Grenzen dessen erreicht, was ein Mensch an Schrecken und Angst empfinden konnte. Er wußte, er würde jetzt sterben, und alles, was er fühlte, war eine tiefe dunkle Leere, die sich immer rascher in seinem Inneren ausbreitete.

Sein Vater griff nach dem Spiegel und nahm ihn von der Wand. Gordon hob sein Messer und ließ die Klinge blitzen. Und im gleichen Augenblick flog die Tür auf, und in der Öffnung erschien eine gebeugte Gestalt.

»Was geht hier vor?« fragte eine scharfe Stimme. »Was tut ihr hier? Wer seid ihr?«

Gordon fuhr mit einem Fluch herum, ließ Julian aber nicht los. Auch sein Vater fuhr erschrocken zusammen und hätte um ein Haar den Spiegel fallen gelassen. Julian erwachte endlich aus seiner Erstarrung und begann sich zu wehren. Es gelang ihm, sich loszureißen und einen Schritt zu machen. Sofort setzte ihm Gordon nach, aber im gleichen Augenblick trat der Mann vollends in den Raum, und Gordon war für einen Moment unschlüssig, welchem der beiden Gegner er sich zuwenden sollte.

Julian zögerte keinen Augenblick. Nachdem die Lähmung einmal von ihm abgefallen war, erwachte sein Überlebensinstinkt mit doppelter Kraft. Vielleicht hatte er doch noch eine Chance. Blitzschnell sprang er vor, schlug Gordons Hand, die das Messer hielt, beiseite und versetzte Gordon einen Tritt gegen das Knie. Gordon schrie auf, wenn auch wahrscheinlich eher vor Überraschung und Zorn als vor Schmerz, kämpfte eine halbe Sekunde lang mit wild rudernden Armen um sein Gleichgewicht und prallte gegen den Tisch.

Julian versuchte an ihm vorbei zur Tür zu entkommen, aber der Platz reichte einfach nicht. Gordon erwischte ihn am Arm und zerrte ihn zurück. Sein Messer blitzte auf, zeichnete eine schimmernde Spur in die Luft und hinterließ einen tiefen, brennenden Schnitt auf Julians Handrücken. Gleichzeitig stürzte sich der Mann, der durch die Tür gekommen war, mit einem Schrei auf Julians Vater und versuchte ihm den Spiegel zu entringen.

»Ihr dürft das nicht tun!« schrie er mit einer Stimme, die vor Angst beinahe brach. »Ihr wißt ja nicht, was ihr da tut!«

In der winzigen Hütte brach ein unbeschreibliches Chaos los. Julian versuchte verzweifelt, sich loszureißen und gleichzeitig Gordons Schnappmesser auszuweichen, das immer wieder nach ihm stieß, und auf der anderen Seite des Tisches rang sein Vater verbissen mit dem Besitzer des Spiegels, der vor der Zeit zurückgekommen war und jetzt mit aller Kraft um seinen Schatz kämpfte, wobei er unentwegt schrie, daß die beiden nicht wüßten, was sie täten.

Der Tisch wankte, die Kerze fiel um, rollte über die Platte und fiel zu Boden, ging aber wie durch ein Wunder nicht aus. Ganz im Gegenteil flackerte plötzlich ein zweites kleines Flämmchen auf, als die trockenen Sägespäne Feuer fingen, mit denen der Boden bedeckt war.

Julian wich einem weiteren Messerhieb aus, wand sich in Gordons Griff und trat rasch und gezielt zweimal hintereinander zu, genau auf Gordons Knie, das er schon einmal getroffen hatte. Ein häßliches Knirschen erscholl, und diesmal keuchte Gordon vor Schmerz. Er krümmte sich, ließ aber weder sein Messer fallen, noch lockerte er seinen Griff. Die Flammen griffen langsam, aber beharrlich weiter um sich. Ein gut metergroßes Stück des Bodens stand bereits in Flammen, und das Feuer leckte am Tischbein empor. Die Luft in dem winzigen Raum wurde schlecht.

Julian mußte einem weiteren Messerhieb ausweichen, so daß er dem Kampf seines Vaters nicht weiter folgen konnte. Er wußte, daß ihnen nur noch Sekunden blieben. In wenigen Augenblicken würde die ganze Bretterbude in Flammen stehen! Das trockene Holz brannte wie Zunder.

Gordon warf sich mit einem Schrei nach vorn und stieß mit dem Messer nach seinem Hals. Julian schlug die Klinge mit der bloßen Hand beiseite, wobei er sich einen weiteren schmerzhaften Schnitt in der Handfläche zuzog, machte einen raschen Schritt zur Seite und trat noch einmal zu. Er kämpfte um sein Leben, übte keinerlei Rücksicht mehr und zielte zum vierten Mal auf Gordons Knie. Und er legte alle Kraft in diesen einen Tritt.

Er traf. Gordon kreischte vor Schmerz, ließ endlich sowohl sein Messer als auch Julians Arm los und fiel wimmernd auf die Knie. Julian versetzte ihm einen Stoß, der ihn rücklings zu Boden stürzen ließ, und fuhr herum.

Das Feuer hatte weiter um sich gegriffen. Der Tisch, der halbe Fußboden und ein Teil der Wand, an der der Spiegel gehangen hatte, standen bereits in Flammen. Und sein Vater und der alte Mann rangen noch immer miteinander.

Julian sah den Besitzer des Spiegels jetzt zum ersten Mal genau. Er war ein uralter, weißhaariger Mann, der eine schwarze Robe trug, die mit silbernen und goldenen Stikkereien verziert war, wie die eines Zauberers. Julians Vater mußte mindestens dreimal so stark sein wie er, aber die Angst verlieh dem alten Mann übermächtige Kräfte. Mit aller Gewalt klammerte er sich an den Spiegel und versuchte ihn an sich zu reißen, und so sehr sich Julians Vater auch bemühte, es gelang ihm nicht, den Griff des alten Mannes zu sprengen. Schließlich löste er eine Hand vom goldenen Rand des Spiegels, ballte sie zur Faust und schlug sie seinem Gegenüber mit aller Kraft ins Gesicht. Der alte Mann krümmte sich, ließ den Spiegel los und prallte gegen den brennenden Tisch. Sofort fing sein Gewand Feuer, aber er schien es gar nicht zu merken, denn er stürzte sich unverzüglich wieder auf Julians Vater.

Doch dieser hatte mit dem Angriff gerechnet. Blitzschnell wich er zur Seite aus, und plötzlich funkelte auch in seiner Hand die schmale Klinge eines Schnappmessers. Die Spitze war aufwärts auf den Leib des alten Mannes gerichtet, so daß dieser unweigerlich hineinlaufen mußte, wenn er auch nur noch einen Schritt machte.

»*Vater, nein!*« schrie Julian mit überschnappender Stimme.

Für den Bruchteil einer Sekunde war sein Vater abgelenkt. Verwirrt sah er zu Julian hin, und der alte Mann nutzte die winzige Chance, die sich ihm bot, um mit einer einzigen Bewegung zugleich das Messer beiseite zu stoßen wie auch den Spiegel an sich zu reißen.

Er stolperte. Vergeblich versuchte er sein Gleichgewicht wiederzufinden, prallte erneut gegen den brennenden Tisch und stürzte. Der Spiegel entglitt seinen Fingern, fiel gegen ein Tischbein und zerbrach.

Es war, als würde die Zeit stehenbleiben. Alles schien plötzlich zehnfach verlangsamt abzulaufen, zugleich waren Julians

Wahrnehmungen von geradezu phantastischer Klarheit, so daß ihm auch nicht die winzigste Kleinigkeit dieses schrecklichen Moments entging.

Der Spiegel zerbarst, aber er fiel nicht einfach auseinander. Ein schriller, furchtbarer Ton erklang, wie Julian ihn noch nie zuvor im Leben gehört hatte, nicht wie das Zerspringen von Glas, sondern ein Laut wie ein Schrei, wie der Wehlaut einer gepeinigten Kreatur. Ein Muster aus dünnen, haarfeinen Linien erschien auf der Oberfläche des Spiegels, gefolgt von einem Knistern und Rascheln wie von dünnem zerbrechendem Eis. Dann zerplatzte das Glas endgültig.

Es fiel nicht einfach aus dem Rahmen, sondern explodierte regelrecht, als hätte eine Faust von hinten dagegengeschlagen. Eine Sturzflut blitzender Scherben ergoß sich über den brennenden Tisch und auf den Boden, Hunderte und Tausende unterschiedlich großer, unterschiedlich geformter Scherben und Splitter, und jeder einzelne glühte im Widerschein der Flammen auf. Es war, als ergieße sich ein brennender Wasserfall über den Tisch, und jeder einzelne Tropfen schien Teil einer zerbrochenen Welt, jede Scherbe schrie ihren Schmerz hinaus, mit einer lautlosen, aber unüberhörbaren Stimme.

Dann berührte die erste Scherbe den Boden, und der Zauber erlosch. Die Zeit schnellte wie ein überdehnt gewesenes Gummiband wieder in ihren normalen Ablauf zurück. Die Spiegelscherben trafen klirrend und scheppernd auf Tisch und Boden auf, der grauenhafte Ton verstummte, und plötzlich spürte Julian wieder die Hitze und die kaum noch atembare Luft. Die Flammen hatten weiter um sich gegriffen. Fast die Hälfte des Raumes brannte, und er hatte nur noch Sekunden, wenn er lebend hier herauskommen wollte!

Trotzdem blieb er stehen und schaute zurück. Gordon versuchte wimmernd in die Höhe zu kommen, aber sein verletztes Knie gab immer wieder unter seinem Gewicht nach. Und die Flammen fraßen sich rasend schnell auf ihn zu!

Julian reagierte, ohne zu denken. Aus den Augenwinkeln sah

er, wie sich sein Vater nach etwas bückte und dann mit einem Satz aus der Tür verschwand, und er sah auch, daß sich die letzte Lücke in der Flammenwand zwischen ihm und der Tür in wenigen Augenblicken geschlossen haben würde. Statt diese letzte Chance zu nutzen und sich in Sicherheit zu bringen, ehe das Feuer ihn endgültig einschloß, stürzte er zu Gordon zurück.

Die Flammen hatten diesen fast erreicht. Er schrie vor Angst, und als Julian näher kam, hob er abwehrend die Hände über das Gesicht. Wahrscheinlich fürchtete er, daß Julian zurückkäme, um ihm den Rest zu geben.

Julian trampelte einen Moment lang vergebens auf den brennenden Sägespänen am Boden herum, ehe er die Sinnlosigkeit seines Tuns einsah. Das zundertrockene Zeug fing rasch wieder Feuer.

Mit einem Satz war er neben Gordon und trat gegen die Wand. Er legte all seine Kraft in diesen Tritt, und die morschen Bretter gaben nach und flogen nach draußen. Julian trat noch einmal zu, bis er die Lücke weit genug vergrößert hatte, dann bückte er sich, griff unter Gordons Achseln und versuchte ihn nach draußen zu zerren.

Gordon schrie vor Schmerz. Der Stoff seiner Hose hatte sich über dem rechten Bein dunkel gefärbt, die Flammen leckten bereits nach seinen Schuhen. Aber trotz der schier unerträglichen Schmerzen, die er erleiden mußte, begriff er, was Julian vorhatte, und half mit. Mit vereinten Kräften krochen und robbten sie gerade noch rechtzeitig aus der Hütte, ehe die Flammen auch den Teil des Bodens erfaßten, auf dem Gordon gerade noch gelegen hatte.

Julian zerrte Gordon so weit von der Hütte weg, bis er sicher sein konnte, daß er nicht von einem brennenden Trümmerstück erschlagen würde, wenn der ganze Bau zusammenbrach. Dann ließ er ihn los und richtete sich auf.

Gordon streckte blitzartig die Hand aus und hielt ihn fest. Sein Gesicht war grau vor Schmerz, aber in seinen Augen stand nur Fassungslosigkeit. »Warum tust du das?« fragte er.

»Ich . . . ich wollte dich umbringen, und du rettest mir das Leben!«

»Das wirst du später noch verstehen«, sagte Julian. Mit sanfter Gewalt machte er sich los und drehte sich um. Sein Vater stand an der Ecke der brennenden Hütte und schaute völlig verstört auf ihn und Gordon herab. Er mußte gesehen haben, was Julian getan hatte, und verstand es sowenig wie Gordon. In seiner rechten Hand schimmerte etwas silbern.

Julian stürmte an ihm vorbei und rannte um die Hütte herum. Aus alten Ritzen quollen jetzt Rauch oder Flammen, die Hitze war selbst hier draußen beinahe unerträglich. Und trotzdem mußte er noch einmal hinein. Der alte Mann war noch drinnen, und vielleicht lebte er noch!

Mittlerweile waren auf dieser Seite des Baus viele Menschen zusammengelaufen, die den Brand bemerkt hatten und aufgeregt durcheinanderriefen. Allerdings machte niemand Anstalten, das Feuer zu löschen oder gar nachzusehen, ob sich im Inneren der brennenden Hütte noch jemand befände. Julian kämpfte sich fluchend durch die Menge der Gaffer, aber als er die Tür sah, kamen auch ihm Bedenken. Aus dem geschwärzten Rahmen quoll dicker Rauch, und manchmal schossen Flammenzungen wie weißglühende Speere ins Freie. Da hineinzugehen war glatter Selbstmord!

Einige der Umstehenden schienen wohl zu dem gleichen Schluß gekommen zu sein, denn Hände griffen nach ihm und versuchten ihn zurückzuhalten, und aufgeregte Stimmen schrien, er solle Vernunft annehmen und draußen bleiben.

Julian fegte die Arme, die ihn festzuhalten suchten, zur Seite, hörte auf seine innere Stimme, statt auf die seiner Vernunft, die ihm dasselbe zubrüllte wie die Männer und Frauen hinter ihm, und sprang geduckt durch die Tür.

Die Luft war so heiß, daß sie auf der Haut weh tat. Er konnte kaum atmen und war so gut wie blind. Hitze und flackernder Feuerschein trieben ihm die Tränen in die Augen, er sah nur tanzende Flammen und Schatten.

Aber dann gewahrte er den dunklen Umriß nur einen Schritt

von der Tür entfernt inmitten des Flammenmeeres. Mit einem Satz war er dort, kniete nieder und hielt sich schützend die linke Hand vor das Gesicht, während er mit der anderen versuchte, den alten Mann auf den Rücken zu drehen. Es gelang ihm, aber er sah auch, daß jede Hilfe zu spät kam. Das schwarze Gewand des Zauberers brannte an mehreren Stellen, aber das war nicht das Schlimmste. Als er gestürzt war, mußte er nach einer der Spiegelscherben gegriffen haben und sie an sich gedrückt haben, und der rasiermesserscharfe Splitter hatte sich wie ein gläserner Dolch in einen Leib gebohrt.

Er lebte noch. Seine Augen standen offen, aber ihr Blick war trübe, und Julian erkannte, daß er neben einem Sterbenden kniete. Trotzdem griff er nach den Schultern des alten Mannes und versuchte ihn zur Tür zu schleifen.

»Nein!« stöhnte der Alte. »Laß das. Du ... tust mir weh ...«

»Aber ich kann Sie doch nicht hier verbrennen lassen!« sagte Julian verzweifelt. Er hustete. Eine Flamme züngelte an seinem Hosenbein empor. Er schlug darauf und erstickte sie.

»Ich sterbe ... sowieso«, stöhnte der alte Mann. Seine Stimme war im Brausen der Flammen kaum noch zu hören, sein Blick trübte sich weiter. »Geh«, flüsterte er. »Bring dich ... in Sicherheit, solange du es noch kannst. Verlasse ... diesen Ort, ehe es zu spät ist! *Schnell!*«

Das letzte Wort hatte er mit ganzer Kraft hervorgestoßen. Julian sah endlich ein, daß er nichs mehr tun konnte. Er half diesem alten Mann nicht, wenn er sich selbst umbrachte. Es war ohnehin ein Wunder, daß er überhaupt noch am Leben und sogar unverletzt war. Widerwillig richtete er sich auf und sah sich um. Sein Blick fiel auf den zerbrochenen Spiegel, der neben dem Tisch auf dem Boden lag. Auch der Rahmen hatte jetzt Feuer gefangen. Die dünne Goldauflage schmolz, das trockene Holz darunter wurde in Sekundenschnelle schwarz und ging in Flammen auf.

»*Lauf!*« schrie der alte Mann noch einmal. »Lauf, ehe es zu spät ist!«

Und Julian lief. Er versuchte gar nicht erst, die Tür zu erreichen, denn eine geschlossene Feuerwand verwehrte ihm den Weg. Statt dessen warf er sich mit aller Kraft gegen die Wand und betete, daß das Holz auch hier so morsch sein möge wie auf der Rückseite.

Sein Gebet wurde erhört. In einem Hagel von brennendem Holz und verkohlten Trümmern taumelte Julian nach draußen, fiel hin, rappelte sich wieder hoch und wankte ein paar Schritte weiter, ehe er abermals niedersank, diesmal, um lange Zeit einfach dazuhocken und keuchend und hustend und mit schmerzenden Lungen nach Atem zu ringen.

Er hatte es geschafft. Alles drehte sich um ihn, es gab keine Stelle an seinem Körper, die nicht weh tat, und der Schnitt in seiner rechten Hand blutete stark. Aber er hatte es geschafft! Er war buchstäblich im allerletzten Moment herausgekommen.

Julian atmete noch einmal tief ein, hob den Kopf und schaute in die Höhe. Und im gleichen Moment wurde ihm klar, daß der sterbende Mann mit »zu spät« nicht das brennende Haus gemeint hatte. Am Himmel über dem Jahrmarkt tat die Hölle ihre Pforten auf.

Inferno

Auf den ersten Blick sah es aus wie ein Riß im Himmel, eine dünne gezackte Linie, einem erstarrten Blitz gleich, der sich quer über das Firmament zog. Aber sie war nicht von dem kalten Blauweiß eines normalen Blitzes, sondern glühte in einem unheimlichen, düsteren Rot von einer Tiefe und Leuchtkraft, wie Julian sie noch nie zuvor im Leben gesehen hatte. Drei, vielleicht vier Sekunden lang stand die Linie bewegungslos am Himmel.

Dann fiel sie auseinander.

Der Riß öffnete sich, wurde breiter wie eine Wunde, und rotes Licht und ein ungeheuerliches Brausen und Rauschen quollen daraus hervor. Gleichzeitig schien der Himmel ringsum irgendwie zu erlöschen, als sauge ihm dieses rote, schwärende Ding jedes bißchen Farbe und Licht aus. Alles ging sehr schnell und war von einer so brutalen Schönheit, daß es Julian unmöglich war, den Blick davon zu wenden.

Allerdings war er so ziemlich der einzige, der nach oben schaute. Mittlerweile waren mehr und mehr Menschen zu dem brennenden Gebäude gelaufen, und endlich machten sich ein paar beherzte Männer daran, das Feuer zu bekämpfen – was allerdings im Grunde darauf hinauslief, die benachbarten Gebäude mit Wasser zu überschütten und brennende Trümmerstücke auszutreten oder davonzuschleudern, um ein Übergreifen der Flammen zu verhindern. Die Bude des alten Mannes war ohnehin nicht mehr zu retten und würde in wenigen Augenblicken völlig niedergebrannt sein. Und keiner von all diesen Menschen, die aus allen Richtungen herbeigelaufen waren und meist tatenlos herumstanden, schien die furchtbare Erscheinung am Himmel auch nur zu bemerken!

Julian näherten sich jetzt zwei Männer. Einer blieb stehen und sah plötzlich sehr betroffen drein, aber der andere griff nach seinem Arm und zog ihn rasch in die Höhe. Er erschrak sichtlich, als er sah, in welch bemitleidenswertem Zustand Julian war. »Großer Gott, Junge!« stieß er hervor. »Was ist passiert? Bist du verletzt?«

Julian hörte die Worte gar nicht. Ohne es zu bemerken, schob er die helfende Hand des Mannes von sich und blickte weiter in den Himmel. Der Spalt wurde immer breiter. In das rote Licht mischten sich jetzt Flammen, dazwischen konnte er dunkle Dinge erkennen, die wie formlose Klumpen geronnener Schwärze dem Boden entgegenstürzten.

»Mein Gott, Vater!« flüsterte er. »Was hast du getan?«

Der Mann neben ihm verstand die Worte offensichtlich

falsch, denn er wandte sich jäh zu dem brennenden Haus um. »Dein Vater? Ist er . . . noch da drinnen?«

Julian wankte einen Schritt zurück. Er starrte noch immer in den Himmel, war noch immer unfähig, den Blick von der fürchterlichen Erscheinung zu nehmen. Wieso sahen sie alle denn nicht, was geschah? Er konnte hier doch nicht der einzige sein, der begriff, was passierte!

Und doch war es so. Der Mann, der ihm geholfen hatte, trat wieder auf ihn zu und streckte die Hände aus. Ein Ausdruck tiefen Mitleids lag auf seinem Gesicht. »Das mit deinem Vater tut mir wirklich leid, mein Junge«, sagte er. »Aber du kannst –«

Julian schrie ihn an: »Er ist nicht mein Vater! Seht ihr denn nicht, was hier geschieht?! Verdammt, lauft weg! Lauft weg, oder ihr werdet alle sterben!«

Der Mann lächelte verzeihend. Er nahm wohl an, der Schmerz über den Verlust seines Vaters habe Julians Geist verwirrt. »Bitte beruhige dich«, sagte er. »Ich verstehe dich ja, aber du mußt jetzt –«

»Sie verstehen überhaupt nichts!« brüllte Julian. »Ihr alle versteht nicht! Ihr werdet sterben, wenn ihr nicht weglauft!«

Aber alles, was er auf dem Gesicht seines Gegenübers las, war ein Ausdruck tiefen Mitgefühls – und wie sollte er auch irgend etwas anderes empfinden? Schließlich sah er nicht, was Julian sah. Niemand hier konnte es sehen, außer ihm.

Er wich ein paar Schritte zurück, griff sich den erstbesten Kirmesbesucher und schüttelte ihn wild. »Ihr müßt weg!« schrie er. »Lauft um euer Leben!«

Die Antwort des Mannes bestand aus einem verständnislosen Blick, eine Sekunde später aus einem Stoß, der Julian zurücktaumeln ließ.

Er versuchte es bei einem zweiten, dritten und vierten, aber er erntete nur Stöße und Spott, bestenfalls mitleidige Blicke. Der Riß im Himmel wurde indessen immer breiter, aber niemand außer ihm sah die tödliche Gefahr, die sich über ihren Köpfen zusammenbraute.

Plötzlich zuckte ein gewaltiger, gleißendheller Blitz aus dem Riß im Firmament, eine gezackte Linie aus weißem Feuer lief mit irrsinniger Geschwindigkeit in Richtung Erde und schlug zischend in eine Pfütze ein, nur wenige Meter von Julian entfernt. Niemand sah den Blitz, aber die gewaltige Dampfwolke, die plötzlich von da aufstieg, wo er eingeschlagen hatte, wurde sehr wohl bemerkt. Eine Frau sprang mit einem erschrockenen Schrei zur Seite, und auch einige andere blieben stehen und starrten verblüfft die kleine Pfütze an, die ohne ersichtlichen Grund zu kochen begonnen hatte.

Ein gewaltiger Donnerschlag ließ den Himmel erzittern, in der gleichen Sekunde begann es wie aus Eimern zu regnen. Julian blickte auf und sah, daß auch der Regen aus diesem furchtbaren Höllentor am Himmel strömte. Und er war *heiß*. Nicht warm, sondern heiß.

Die Menschen begannen zu schreien. Weder das rote Licht noch die Blitze waren von irgend jemandem bemerkt worden, aber beim Regen setzte nun eine allgemeine Flucht ein. Die Menschen stürzten kreischend davon, suchten irgendwo Unterschlupf oder zogen die Köpfe zwischen die Schultern, während sie mit gewaltigen Sätzen davonrannten.

Nur zu viele liefen in ihr Verderben.

Julian sah das Unheil kommen, aber er war unfähig, irgend etwas dagegen zu tun oder auch nur eine Warnung zu rufen – wer hätte schon auf ihn gehört?

Ein weiterer Blitz zuckte vom Himmel, und er schlug nicht harmlos in eine Pfütze ein, sondern explodierte im Dach eines Zeltes und setzte es in Brand.

Aus der Flucht vor dem Platzregen wurde nun Panik. Das Zelt, in das der Blitz eingeschlagen hatte, stand binnen Sekunden lichterloh in Flammen, und die Menschen, die eben noch unter seinem weit ausladenden Vordach Schutz vor dem Regen gesucht hatten, stürzten davon, wobei viele sich gegenseitig über den Haufen rannten. Wer stolperte oder fiel, hatte kaum eine Chance und wurde einfach niedergetrampelt.

Julian wurde von der Menge mitgerissen. Ganz instinktiv hatte er die Richtung zur Mitte des Rummelplatzes hin genommen, zurück zum Todeskessel, um Roger oder Alice wiederzufinden, aber die Menschenmenge bewegte sich in die entgegengesetze Richtung, hin zum Rand des Kirmesplatzes, so daß er mit aller Kraft darum kämpfen mußte, wenigstens dort zu bleiben, wo er war.

Wieder zuckte ein Blitz vom Himmel. Seine weißglühende Spitze fuhr in das Dach eines Kettenkarussells, und dieses zerstob. Flammen und lodernde Trümmerstücke flogen in alle Richtungen davon und regneten auf die schreiende Menschenmenge nieder, und blaues Elmsfeuer raste an den Metallteilen des Karussells entlang. Die Ketten, an denen die buntbemalten Sitze hingen, glühten rot und den Bruchteil einer Sekunde später weiß auf und zerschmolzen, und fast im gleichen Augenblick war das Karussell eine einzige Flamme. Die Hitze war so groß, daß Haare und Kleider der Menschen in unmittelbarer Nähe des Karussells zu schwelen begannen.

Sturm kam auf. Wie der Regen begann er warnungslos. Eine heulende Orkanböe fegte durch die Gassen, riß Zelte und Vordächer mit sich, warf Menschen um und wirbelte die Einrichtung der Stände durcheinander. Die Schreie der Menschenmenge gingen im ungeheuren Brüllen des Orkans unter.

Und es war erst der Anfang. Blitz auf Blitz zuckte vom Himmel, und wenn auch die meisten auf halbem Wege erloschen oder harmlos in den Boden fuhren, brannte es doch bald an einem Dutzend Stellen. Die Luft war von einem summenden elektrischen Knistern erfüllt und schmeckte metallen. Lodernder roter Feuerschein tauchte den ganzen Kirmesplatz in höllisches Licht.

Julian war gegen eine Zeltstange geworfen worden und zu Boden gefallen, aber wie durch ein Wunder hatte die fliehende Menge ihn nicht zu Tode getrampelt, und es war ihm sogar gelungen, wieder auf die Füße zu kommen. Aber er versuchte vergeblich, sich gegen den Strom zu bewegen. Wenn er sich einen Schritt vorwärtskämpfte, wurde er zwei oder drei Schritte zurückgedrängt. Schließlich gab er es auf, ließ sich einfach mittreiben und wich bei der ersten Gelegenheit vom Hauptweg ab, um es abseits der Budengassen zu versuchen.

Doch auch hier war es kaum weniger schlimm. Nicht nur die Jahrmarktbesucher, sondern auch die Schausteller und ihre Familien suchten ihr Heil in der Flucht, so daß sich Julian auch hier einer in Panik geratenen Menschenmenge gegenübersah, der er nur mit Mühe ausweichen konnte. Auch einige der Wohnwagen standen in Flammen, und der strömende Regen hatte den Boden binnen Sekunden in einen knöcheltiefen Morast verwandelt, in dem man kaum noch von der Stelle kam. Unheimlicherweise löschte der Regen die Flammen nicht, und der heulende Sturm schien das Feuer nur zu noch größerer Wut anzufachen. Die tobenden Flammen griffen immer rascher um sich, setzten nun auch Wagen und Zelte in Brand, die nicht von einem Blitz getroffen worden waren.

Trotzdem kam er langsam voran. Von Zeit zu Zeit blieb er stehen, blinzelte gegen den beinahe waagrecht heranpeitschenden Regen zum Todeskessel hinüber. Das gewaltige Gebäude erhob sich riesig und schwarz inmitten des brennenden Rummelplatzes, es war wie durch ein Wunder bis jetzt noch nicht von einem Blitz getroffen worden und stand unbeschädigt da. Er mußte dorthin, mußte Alice oder Roger wiederfinden. Er war hierhergekommen, um bei seinem Vater zu bleiben, aber nicht, verdammt noch mal, um hier zu *sterben!*

Irgendwie gab ihm der Gedanke neue Kraft. Mit gesenktem Kopf und schräg gegen den Sturm gelehnt taumelte er weiter, wich brennenden Zelten, verkohlten Wagen oder schreienden Menschen aus und arbeitete sich langsam, aber beharrlich weiter auf den gewaltigen Rundbau zu.

Dann und wann blieb er stehen, um Atem zu schöpfen oder

einen Blick in den Himmel hinaufzuwerfen. Der Riß war nicht mehr größer geworden, aber er spie weiter Blitze und Flammen aus, und dazwischen gewahrte er noch immer dunkle, formlose Dinge, die lautlos und sacht wie schwarzer Schnee zu Boden sanken. Obwohl Julian noch immer nicht erkennen konnte, worum es sich dabei handelte, machten ihm vor allem diese dunklen Massen angst, denn er spürte, daß es sich dabei um etwas unbeschreiblich Böses und Gefährliches handelte.

Irgendwie gelang es ihm tatsächlich, sich bis zum Todeskessel durchzuschlagen, obwohl er selbst nicht zu sagen gewußt hätte, wie er es geschafft hatte. Auch hier brannte es bereits an einem Dutzend Stellen, auch hier wimmelte es von rennenden, flüchtenden Menschen. Aber das Chaos war nicht annähernd so schlimm wie gegen den Rand des Platzes zu. Die meisten Besucher hatten wohl schon die Flucht ergriffen, obwohl Julian sich fragte, wohin sie sich wohl geflüchtet haben könnten – der Rummelplatz hatte sich in ein einziges tosendes Flammenmeer verwandelt, das von einem Ende der Welt zum anderen zu reichen schien.

Verzweifelt hielt er nach Alice und Roger Ausschau, konnte sie aber nirgends entdecken. Im Moment hätte er sich sogar über Lederjackes Anblick gefreut.

»Alice!« schrie er. »Roger? Wo seid ihr?« Aber alles, was er sah, waren rennende, flüchtende Menschen. Er kannte keines dieser Gesichter. Er machte einen Schritt auf den Weg hinaus und blieb wieder stehen. Zum ersten Mal wurde ihm bewußt, daß er sich in Gefahr befand, vielleicht sogar in größerer Gefahr als alle diese Menschen hier, denn selbst wenn er dem Feuer und den Blitzen entkam, mochte es noch immer sein, daß er sich lebend, aber für alle Zeiten in einer fremden Welt gefangen wiederfand.

Plötzlich entdeckte er einen hellen Fleck am anderen Ende des Weges, und einen Herzschlag später erkannte er dunkles Haar über einem weißen Gesicht. Auch Alice hatte ihn entdeckt. Sie hob die Arme und winkte ihm zu, während sie versuchte, sich durch die Menschenmenge einen Weg zu ihm zu bahnen. Ihre Stimme ging im Brüllen der Flammen und den Schreien der Menge unter, aber ihre Blicke trafen sich, und Julian sah, wie ihre Lippen seinen Namen formten. Er rannte los.

Als sie noch zwanzig Meter voneinander entfernt waren, explodierte der Todeskessel.

Ein einzelner weißglühender Blitz senkte sich wie der Zeigefinger des Teufels selbst vom Himmel und berührte das gewaltige Bauwerk. Für den Bruchteil einer Sekunde schien das Gebäude unter einem blauweißen inneren Licht aufzuglühen, dann verwandelte es sich mit einem einzigen berstenden Donnerschlag in einen flammenspeienden Vulkan. Eine fünfzig Meter hohe Feuersäule schoß senkrecht in den Himmel. Brennende Balken und Holz fuhren unter die Flüchtenden, setzten Zelte und Dächer in Brand oder bohrten sich wie weißglühende Meteore in den Boden. Die Hitze war so gewaltig, daß sämtliche Gebäude in der unmittelbaren Nachbarschaft des Kessels wie trockenes Stroh aufflammten, und die Druckwelle warf jedermann in weitem Umkreis um.

Auch Julian fühlte sich herumgewirbelt wie ein trockenes Blatt im Sturm. Er flog meterweit durch die Luft und prallte gegen etwas Weiches, das unter seinem Anprall nachgab und seinem Fall die ärgste Wucht nahm, als er zu Boden stürzte. Trotzdem blieb er sekundenlang benommen liegen. Mit aller Macht kämpfte er darum, nicht das Bewußtsein zu verlieren. Mühsam drehte er sich auf den Rücken, fegte automatisch einen schwelenden Fetzen Zeltplane beiseite, der auf seine Beine gefallen war, und versuchte sich aufzusetzen. Im ersten Moment gelang es ihm nicht. Seine Arme schienen nicht einmal mehr genug Kraft zu haben, das Gewicht seines Oberkörpers zu stützen. Erst beim dritten Ansatz kam er in die Höhe. Er blinzelte. Der Rauch trieb ihm die Tränen in die Augen. Allmählich klärte sich sein Blick.

Die Straße sah aus wie nach einem Bombenangriff. Wohin er auch blickte, loderten Flammen. Schwelende Trümmer und

Asche bedeckten den Boden, der Sturm trieb Schauer kleiner glühender Funken vor sich her, die nach seinem Gesicht und seinen Augen schnappten und den zahllosen Kratzern und Wunden, die er bisher davongetragen hatte, neue hinzufügten.

Julian kam auf die Füße, machte ein paar Schritte und bückte sich, um einem jungen Mann aufzuhelfen, der auf den Knien lag und seine linke Hand gegen den Leib preßte. Der Fremde starrte ihn aus großen Augen an und murmelte etwas, das sich wie ein Dank anhörte, ehe er mit unsicheren, steifen Schritten im Rauch verschwand.

Julian sah sich um. Der Todeskessel war verschwunden. Wo er gestanden hatte, befand sich ein rotglühender Krater, aus dem noch immer Flammen, Rauch und rotglühende Funken schlugen, die Nachhut der brüllenden Feuerarmee, die jetzt ausschwärmte, um zu verbrennen, was der ersten Flammenwelle entgangen war. Zahllose Menschen lagen verletzt oder einfach starr vor Schrecken am Boden, oder sie irrten kopflos umher und riefen verzweifelt nach ihren Freunden und Angehörigen.

Wo war Alice? Julian erinnerte sich daran, daß sie der Explosion näher gewesen war als er und daß er selbst im Grunde nur wie durch ein Wunder einer Verletzung oder gar dem Tod entronnen war. Hätte nicht etwas seinen Sturz gedämpft, hätte er sich zweifellos sämtliche Knochen im Leib gebrochen.

Halb verrückt vor Angst begann Julian nach Alices weißem Kleid Ausschau zu halten, während er ununterbrochen ihren Namen rief. Er bekam keine Antwort, entdeckte sie aber auch nicht unter den Toten und Verletzten. Meter für Meter kämpfte er sich näher an den Krater heran. Vom Himmel zuckten noch immer Blitze, aber sie schlugen jetzt nicht mehr in seiner unmittelbaren Nähe ein, als fänden sie hier keine lohnenden Ziele mehr.

Nach Atem ringend, blieb er am Rande des Kraters stehen und schaute in die Tiefe. Unten war ein See aus Feuer, in dem geschmolzenes Gestein und Erdreich kochten. Und inmitten dieser kochenden, brodelnden Lava bewegte sich etwas. Dunkle, formlose Dinge, die sich hin und her warfen, zuckend wie etwas Lebendiges. Julian wandte grauenerfüllt den Blick ab und entfernte sich rasch vom Kraterrand. Das war kein normaler Blitz gewesen, sowenig, wie das Gewitter, das über dem Platz tobte, ein normales Gewitter war. Indem sein Vater und Gordon den Spiegel zerschlugen, hatten sie Mächte entfesselt, deren Gewalt über jede menschliche Vorstellung hinausging.

Er stolperte über etwas, fiel auf die Hände und Knie und erkannte erst, was es war, als er sich wieder hochrappelte: Halb in den heißen Morast versunken, lag das ausgeglühte Skelett eines Motorrades vor ihm. Die Reifen, der Sattel, überhaupt alles, was nicht aus Metall war, war einfach verschwunden, und der Rest war immer noch so heiß, daß die Regentropfen, die auf ihn auftrafen, zischend verdampften. Er hatte Lederjacke nicht gemocht, aber ein solches Ende hätte er ihm doch nicht gewünscht.

Regen und Sturm hatten ein wenig nachgelassen. Das Zentrum des Chaos hatte sich verlagert, die Armee des Schreckens war weitergezogen, um auch noch zu verwüsten, was ihr bisher entgangen war. Nicht sehr weit entfernt wurden Zelte und brennende Trümmer in die Luft gewirbelt, und dazwischen senkten sich noch immer diese unheimlichen formlosen Dinge vom Himmel, von denen Julian nicht wußte, was sie bedeuteten.

Wenige Augenblicke später bekam er zumindest auf diese Frage eine Antwort. Einer jener dunklen, scheinbar formlosen Umrisse sank in Julians Nähe vom Himmel, und als die schwarze Masse nahe genug war, sah Julian ein sonderbares Blitzen und Schimmern, den Widerschein von rotem und weißem und orangefarbenem Licht, das offenbar von dem Ding zurückgeworfen wurde. Völlig überrascht blieb er stehen und starrte das Etwas an, das sich schnell, aber nicht so schnell, wie es hätte fallen müssen, dem Boden näherte. Was er für einen formlosen Klumpen gehalten hatte, das war eine mannsgroße gezackte *Spiegelscherbe!* Wie ein fallendes Beil zischte sie herab, bohrte sich unweit eines vorbeilaufenden Mannes in den Boden und blieb zitternd stecken.

Etwas Unglaubliches geschah. Es ging ganz schnell und so lautlos und beinahe undramatisch, daß Sekunden vergingen, ehe Julian überhaupt begriff, was passierte. Eben noch spiegelte sich der Körper des Flüchtenden lebensgroß in der schimmernden Oberfläche der Spiegelscherbe – und im nächsten Augenblick war er *verschwunden!* Er war einfach weg, als hätte es ihn niemals gegeben! Die Scherbe zerbrach vollends, und aus den davonstiebenden Trümmern trat die häßliche Gestalt eines Trolls hervor!

Das Wesen stand unentschlossen da. Seine furchtbaren Klauen öffneten und schlossen sich unentwegt, als suche es irgend etwas, das es packen und zermalmen könnte, und der Blick der schrecklichen Feueraugen irrte ziellos hierhin und dorthin, ehe er sich in den Julians bohrte.

Der Troll machte einen Schritt in seine Richtung, und die Bewegung brach den Bann. Julian schrie auf, wich zwei Schritte zurück, fuhr dann herum, um wie von Furien gehetzt davonzustürzen. Er hörte den Troll hinter sich vor Enttäuschung und Zorn brüllen.

Der lautlose Regen von Spiegelscherben hielt an. Jeder einzelne dieser schwarzen Dinger, die aus dem Riß im Himmel stürzten, war ein weiteres Bruchstück des magischen Spiegels, und jeder einzelne bedeutete einen weiteren unschuldigen Menschen, der sich in einen Troll verwandeln würde. Es mußten nun schon Dutzende sein, wenn nicht Hunderte, und der Regen von schimmernden Bruchstücken hörte noch lange nicht auf.

Minutenlang irrte Julian ziellos zwischen den brennenden Gebäuden umher, schrie immer abwechselnd Alices und Rogers Namen. Von weit, weit her drang ein schrilles Klingeln an sein Ohr: die Feuerwehr, die aus der Stadt ausrückte. Julian wußte, daß sie zu spät kamen. Er hatte die Bilder seiner

Vision keineswegs vergessen. Und so wußte er auch, daß es noch immer nicht vorbei war. Ganz im Gegenteil – das Schlimmste stand noch bevor.

Plötzlich entdeckte er Roger, und im gleichen Moment sah Roger auch ihn, denn er rannte los, ohne zu zögern. Auch Julian machte einen Schritt in Rogers Richtung, blieb aber gleich wieder stehen.

Hinter Roger erschien eine zweite, Julian wohlbekannte Gestalt, die jäh aus der Flammenwand hinter Roger hervorbrach. Sowohl das Motorrad als auch ein Teil der Lederkleidung brannten, so daß er eine lodernde Schleppe aus Feuer hinter sich herzog.

Ohne auch nur eine Sekunde zu warten, wirbelte Julian auf dem Absatz herum und stürzte davon. Er hörte, wie Roger hinter ihm irgend etwas schrie, aber die Worte gingen im allgemeinen Lärm und dem Dröhnen des Motorrades unter.

Im Laufen blickte er über die Schulter zurück. Mike hatte Schwierigkeiten, das Motorrad auf dem schlammigen Untergrund unter Kontrolle zu halten. Trümmer, brennender Stoff und flüchtende Menschen zwangen ihn zusätzlich zu einem Zickzackkurs, so daß die Geschwindigkeit seiner Maschine kaum zum Tragen kam. Trotzdem war Julians Vorsprung schon in wenigen Augenblicken auf weniger als die Hälfte zusammengeschmolzen. Noch Sekunden, und Lederjacke würde ihn eingeholt haben.

»Bleib stehen!« brüllte Lederjacke. »Verdammter Idiot, ich will dir doch nur helfen!«

Julian glaubte ihm auf Anhieb. Deshalb rannte er noch schneller, schlug einen blitzschnellen Haken nach rechts und wandte sich sofort in die entgegengesetzte Richtung. Lederjacke versuchte das Manöver mit seinem Motorrad nachzuvollziehen, aber diesmal hatte er sein Können wohl überschätzt. Die Maschine rutschte auf dem schlammigen Boden unter ihm weg, Lederjacke wurde aus dem Sattel geschleudert. Sofort war er fluchend wieder auf den Beinen, sah sich wild nach Julian um und rannte zu seinem Motorrad zurück, um es wieder aufzurichten. Julian hatte noch einmal wertvolle Sekunden gewonnen.

Mit gewaltigen Sätzen rannte er weiter, wahllos einmal nach rechts, dann wieder nach links, und registrierte voller Entsetzen, daß Lederjacke bereits wieder hinter ihm her war. Das Motorrad kam näher. Ein Teil des Hinterreifens und Lederjackes rechtes Hosenbein brannten, sein Gesicht war voller Schmutz, Blut und Ruß. »Bleib doch stehen!« schrie er. »Ich will dir helfen, Idiot! Du bringst dich um!«

Julian blieb nicht stehen, sondern schlug im Gegenteil einen Haken nach rechts und raffte all seinen Mut und seine Kraft zusammen, um mit einem gewaltigen Satz mitten durch die Überreste einer brennenden Kirmesbude zu springen. Flammen hüllten ihn ein, aber er war zu schnell hindurch, als daß sie ihm wirklich etwas anhaben konnten. Er fiel, ließ sich über die Schulter abrollen und kam mit dem Schwung seines eigenen Sturzes wieder auf die Füße. Taumelnd machte er ein paar Schritte und schaute zurück.

Lederjacke hatte die Verfolgung keineswegs aufgegeben, sondern brach soeben mit seinem Motorrad rücksichtslos durch den brennenden Stand. Brennendes Holz und Flammen stoben auseinander, aber diesmal verlor er nicht die Gewalt über seine Maschine, sondern jagte weiter auf Julian zu, eine gewaltige Schlammfontäne und Millionen winziger rotglühender Funken hinter sich aufwirbelnd.

Julian versuchte abermals auszuweichen, doch diesmal war es zu spät. Mike raste kerzengerade auf ihn zu, als wolle er ihn kurzerhand über den Haufen fahren. Im allerletzten Moment riß er die Maschine schleudernd zur Seite, sprang aus dem Sattel und warf sich mit weit ausgebreiteten Armen auf Julian. Aneinandergeklammert rollten sie über den Boden. Julian wehrte sich mit der Kraft der Verzweiflung, trat und stieß und schlug um sich, aber er hatte keine Chance. Lederjacke preßte ihn scheinbar ohne Anstrengung gegen den Boden, hielt seine Arme und Beine fest und schrie ihm immer wieder zu, daß er aufhören solle. Als Julian sich im Gegenteil immer verzweifelter unter ihm aufbäumte, wurde es ihm zu bunt. Er versetzte Julian einen Fausthieb in den Bauch, der ihm den Atem nahm.

»Dämlicher Idiot!« schimpfte er. »Bleib hier liegen, bis ich zurückkomme! Rühr dich ja nicht von der Stelle, oder ich breche dir sämtliche Knochen im Leib!«

Julian hätte nicht davonlaufen können, selbst wenn er es gewollt hätte. Er bekam keine Luft mehr, und in seinem Körper schien kein bißchen Kraft mehr zu sein. Lederjackes Hieb hatte ihm nach allem, was er sich bisher abverlangt hatte, den Rest gegeben. Sekundenlang balancierte er auf dem schmalen Grat zwischen Bewußtlosigkeit und Wachsein. Er hörte, wie Lederjacke sein Motorrad wieder aufrichtete, den Starter trat und zurückkam, spürte, wie er ihn grob in die Höhe riß, aber er hatte weder die Kraft noch den Willen, sich dagegen zu wehren. Mike setzte ihn auf das Motorrad und stieg hinter ihm in den Sattel.

Das Motorrad setzte sich schlingernd in Bewegung. Mike hielt ihn von hinten mit einem Arm fest, so daß er nur noch eine Hand frei hatte, das Motorrad durch Schlamm und Sturm und Flammen zu lenken.

Das Zentrum des Gewitters hatte sich abermals verlagert. Die Blitze zuckten jetzt vornehmlich im westlichen Teil des Platzes vom Himmel, in der Nähe des Riesenrades, das längst aufgehört hatte sich zu drehen und schwarz und reglos in den Nachthimmel ragte. Noch verfehlten die Blitze die gewaltige Stahlkonstruktion, aber Julian wußte, daß das nicht mehr lange so bleiben würde. Und er wußte auch, was dann geschehen würde. Er hatte es *gesehen!*

Um so entsetzter war er, als er begriff, daß Lederjacke genau auf das Riesenrad zuhielt! Erschrocken begann er sich in Lederjackes Griff zu winden. Das Motorrad schleuderte. Lederjacke fluchte, bekam die Maschine im letzten Augenblick wieder unter Kontrolle und versetzte ihm einen Hieb in den Nacken.

»Halt endlich still! Willst du uns beide umbringen?!«

»Nicht dorthin!« stöhnte Julian. »Nicht . . . zum Riesenrad!
Es wird –«

»Ich weiß, was passieren wird!« unterbrach ihn Mike. »Was
glaubst du wohl, warum ich das alles riskiere? Und jetzt halt
die Klappe und hilf mir lieber! Ich hoffe nur, wir schaffen es
noch!«

Julian hatte nicht die mindeste Ahnung, wie er Mike helfen
sollte, also klammerte er sich am Tank des Motorrades fest,
so daß Mike wenigstens beide Hände frei hatte. Sie näherten
sich dem Riesenrad und somit wieder dem Zentrum des Gewitters. Die Brände nahmen an Heftigkeit zu, zwei- oder
dreimal schlug ein Blitz in ihrer unmittelbaren Nähe ein,
aber Lederjacke wich den Flammen und brennenden Trümmer mit unglaublichem Geschick aus. Er war wahrhaftig ein
Zauberer mit seinem Motorrad – aber das mußte er auch
sein, denn wäre es anders gewesen, sie hätten ihr Ziel kaum
lebend erreicht.

Mike brachte das Motorrad mit einem harten Ruck zum Stehen und sprang ab. Julian reagierte zu langsam. Lederjacke
hatte sich nicht die Mühe gemacht, sein Fahrzeug richtig ab-
zustellen, sondern ließ es einfach zur Seite kippen, so daß Julian um ein Haar darunter begraben worden wäre, hätte Lederjacke ihn nicht blitzschnell weggezogen und aufgefangen.
Er preßte verärgert die Lippen aufeinander, enthielt sich aber
jeden Kommentars. Julian fragte sich, warum Mike ihm
plötzlich half und dabei sein eigenes Leben riskierte.

Das flache, fensterlose Gebäude, vor dem sie angehalten hatten, war nichts anderes als Rogers Glaslabyrinth. Die Tür
flog auf, als sie noch zwei Schritte davon entfernt waren, und
Roger stürmte ihnen aufgeregt entgegen. »Um Gottes willen,
wo bleibt ihr denn?« rief er. Er war bleich und zitterte. »Wir
müssen weg! Es wird jeden Moment soweit sein!«

Julian stand bloß da, aber Lederjacke versetzte ihm einen
Stoß in den Rücken, der ihn an Roger vorbei durch die Tür
stolpern ließ. »Sind die anderen schon da?« fragte Mike.

»Ihr seid die letzten!« sagte Roger ungeduldig. »Nun beeilt

euch schon, ehe es zu spät ist!« Er warf die Tür hinter sich zu und wedelte nervös mit beiden Händen. Durch die dünnen Wände drang das elektrische Zischen eines Blitzes herein, gefolgt von einem Donnerschlag, der den Boden unter ihren Füßen erzittern ließ.

Roger, Lederjacke und er waren nicht allein. Außer ihnen hielten sich noch gut zwei oder drei Dutzend Jungen und Mädchen vor dem Eingang des Glaslabyrinthes auf – und zu seiner großen Erleichterung entdeckte Julian auch Alice unter ihnen. Sofort wollte er zu ihr gehen, aber Roger hielt ihn mit kräftigem Griff zurück. »Dafür ist jetzt keine Zeit!« sagte er. »Ihr könnt später Wiedersehen feiern! Jetzt zählt jede Sekunde! *Los!*

Das letzte Wort schrie er, und es galt nicht nur Julian, sondern allen Anwesenden im Raum. Der erste Junge betrat das Glaslabyrinth, ging einige Schritte weit und wandte sich dann plötzlich nach links, statt der Biegung des Weges zu folgen. Julian erwartete, daß er gegen die Glasscheibe prallen werde, die ihm den Weg verwehrte, doch statt dessen streckte er die Hände aus – und trat direkt in die Glasscheibe hinein! Für den Bruchteil einer Sekunde war sein Körper noch als schattenhafter Umriß zu sehen, dann war er verschwunden. Ein zweiter, dritter und vierter Junge traten in das Glaslabyrinth und waren Sekunden später auf die gleiche unheimliche Weise verschwunden wie der erste!

»Was . . . was ist das?!« flüsterte Julian.

»Der einzige Ort, an dem wir sicher sind«, antwortete Roger leise. »Es tut mir leid. Ich wollte das alles nicht, das mußt du mir glauben! Aber du hast alles verdorben! Warum bist du nur weggelaufen?«

Gut ein Drittel der Jungen und Mädchen war bereits verschwunden, die anderen traten immer rascher in das gläserne Labyrinth, im ihren Freunden zu folgen.

Alice war noch nicht unter denen, die den Weg ins Labyrinth genommen hatten. Sie war zu weit von Julian entfernt, als daß er mit ihr hätte reden können, und Julian war auch ziemlich sicher, daß Roger es nicht zulassen würde. Aber sie warf ihm einen Blick zu, der voller Mitleid und Trauer war. Plötzlich sah er sie vor sich, wie sie ihm zum ersten Mal begegnet war. Damals war sie aus dem Glas herausgetreten, und auf ihrem Gesicht war der gleiche Ausdruck von Entsetzen und Leid gewesen wie jetzt.

Mit einem Male wußte er, daß er nicht in dieses Labyrinth hineingehen durfte. Um keinen Preis! Was immer ihn hinter den verzauberten Spiegeln erwarten mochte, er wußte, es war schlimmer als der Tod, schlimmer als alles, was ihm hier geschehen konnte.

»Nein!« stieß er hervor. »Ich gehe dort nicht hinein! Niemals!«

»Willst du sterben, du Narr?« fragte Roger. Er machte eine zornige Handbewegung. »Du kannst hier nicht mehr weg! In ein paar Augenblicken liegt hier alles in Schutt und Asche! Du hast keine Wahl mehr!«

Aber er durfte dort nicht hineingehen! Wenn er es tat, dann war alles verloren, nicht nur er und Alice und Roger und alle anderen hier, sondern auch sein Vater und Gordon und all die anderen Menschen dort draußen. Er wußte nicht, woher ihm dieses plötzliche Wissen kam, aber es war da und war so fest und unerschütterlich, daß er nicht an seinem Wahrheitsgehalt zweifelte. Wenn er in die unbekannte Welt hinter den Spiegeln trat, dann gab es kein Zurück mehr für ihn!

Die Donnerschläge wurden lauter, folgten jetzt so rasch aufeinander, daß es fast zu einem einzigen, unaufhörlichen Krachen und Rumpeln wurde. Der Boden zitterte, manchmal war grelles, weißes Licht durch die Ritzen der dünnen Bretterwände zu sehen. Er mußte hier raus – aber wie? Roger und Mike standen zwischen ihm und der Tür, er würde nicht einmal mit einem von ihnen fertig werden, geschweige denn mit beiden! Seine Gedanken gingen wild im Kreis, aber er fand einfach keinen Ausweg.

Außer Alice und zwei oder drei anderen waren bereits alle in Rogers Labyrinth verschwunden. Es blieben nur noch Sekunden, bis auch er an der Reihe war – und Roger und Mike würden ihn nötigenfalls mit Gewalt in das Glaslabyrinth zerren –

Ein ungeheures Dröhnen und Krachen ließ den Glaspalast in seinen Grundfesten erzittern. Die Scheiben klirrten und schepperten, als wollten sie jeden Moment zerbrechen. Roger und Lederjacke fuhren erschrocken zusammen. Für einen winzigen Moment waren sie abgelenkt, und Rogers Griff lockerte sich. Julian nutzte die Chance, die sich ihm bot.

Mit einer einzigen, raschen, kraftvollen Bewegung riß er sich los, versetzte Lederjacke einen Stoß und sprang zur Tür. »Halt!« schrie Roger. »Bleib stehen! Du rennst in dein Verderben!« Julian taumelte ins Freie und rannte mit wild rudernden Armen davon.

Vor ihm tobte ein Flammenmeer. Der Wind schlug ihm wie eine glühende Faust ins Gesicht. Die Flammen erhoben sich fauchend und brüllend zehn Meter hoch, und die Luft war so heiß, daß das Atmen weh tat.

Hinter sich hörte er Mike rufen. Er rannte mit schützend über den Kopf erhobenen Armen direkt auf eine Lücke in der Feuerwand zu und stürzte sich blindlings hinein. Flammen leckten nach seinen Kleidern und nach seinem Gesicht. Julian verließ sich keine Sekunde lang darauf, daß Mike die Verfolgung aufgeben würde, sondern raste in unverändertem Tempo weiter. Außerdem *konnte* er gar nicht stehenbleiben. Er wäre verbrannt, wäre er nicht in Bewegung geblieben.

Die Hitze wurde immer schlimmer, die Flammen schienen von allen Seiten zugleich auf ihn einzustürmen. Selbst der Boden war jetzt so heiß, daß er bei jedem Schritt aufstöhnte. Irgendwie fand er immer wieder eine Lücke in den Flammen, aber diese Breschen wurden immer seltener und immer kleiner. Mehr als einmal war er gezwungen, mit angehaltenem Atem durch die Flammen zu springen, und nicht immer wußte er, was ihn auf der anderen Seite erwartete.

Manchmal sah er das Riesenrad durch die Flammen. Es

zeigte bereits Spuren der Blitze, die immer rascher und in immer schnellerer Folge auf die gewaltige Stahlkonstruktion hieben. Zwei der Gondeln brannten lichterloh, da und dort glühte einer der stählernen Träger. Ihm blieb nicht mehr viel Zeit.

Aber wohin sollte er fliehen? Selbst wenn es ihm gelang, den Rummel zu verlassen, wohin sollte er gehen? Sein Vater und Gordon saßen längst im Zug nach England, und er kannte in dieser Stadt – in dieser *Zeit!* – keine Menschenseele! Vielleicht war es doch keine so gute Idee gewesen, nicht auf Roger und Mike zu hören ...

Als wäre dieser Gedanke ein Stichwort gewesen, hörte er plötzlich den wohlvertrauten Ton hinter sich – das Dröhnen des Motorrades! Er blieb stehen, fuhr herum und blickte aus weit aufgerissenen Augen zurück.

Er hatte eine winzige Lichtung in dem Wald aus Feuer erreicht. Auf der anderen Seite des Weges brannte eine Bretterbude wie ein gewaltiger Scheiterhaufen und brach soeben funkensprühend in sich zusammen. Und auch vor und hinter ihm bildeten die Flammen eine undurchdringliche Barriere. Er aber befand sich auf einer winzigen feuerfreien Insel, auf der er vielleicht nicht auf Dauer, aber zumindest für kurze Zeit in Sicherheit war.

Das Dröhnen des Motorrades wurde lauter. Julian glaubte einen Schatten inmitten des Feuers zu sehen, und schon wurde dieser zum Umriß einer in schwarzes Leder gekleideten Gestalt auf einem Motorrad.

Nicht nur Mikes Maschine, sondern auch seine Kleidung brannte. Weit nach vorn gebeugt, lenkte er sein Fahrzeug durch die Feuerwand, kaum mehr einem Menschen gleich, sondern ein Dämon der direkt aus einem anderen Reich, das nicht von dieser Erde war, hierherkam –

Aus einem Reich, nicht von dieser Welt! Wie hatte er es nur vergessen können? *Geh nach Abaddon,* hatte sein Vater geschrieben. Und er wußte jetzt, was er damit gemeint hatte!

Julian erwachte aus seiner Erstarrung und tat ganz instinktiv etwas, wozu er bei klarer Überlegung niemals den Mut aufgebracht hätte. Statt sich umzudrehen und vor Lederjacke zu flüchten, sprang er ihm im Gegenteil entgegen und empfing ihn mit einem Fausthieb, daß er glaubte, sein Arm würde in Stücke brechen.

Lederjacke flog in hohem Bogen vom Motorrad. Noch bevor er auf dem Boden aufschlug, wirbelte Julian herum und rannte mit Riesensätzen davon. Er hatte eine weitere Lücke in der Flammenwand entdeckt, sprang mit angehaltenem Atem hindurch und raste weiter. Es war wie ein Spießrutenlauf durch die Hölle, und Julian wußte hinterher selbst nicht zu sagen, wie er es überhaupt geschafft hatte. Doch nach einer Weile erreichte er einen Teil des Rummelplatzes, wo das Feuer nicht ganz so schlimm wütete. Auch hier brannte es überall, auch hier war die Luft so heiß, daß ihre Berührung auf der Haut weh tat, aber es gab ein Durchkommen. Und was das allerwichtigste war: Er wußte, wo er sich befand! Wenn er bei der übernächsten Gasse nach links abbog, dann erreichte er das schwarze Zelt Abaddon!

Ein dunkles Etwas senkte sich vor ihm vom Himmel, bohrte sich wie eine Schwertklinge in den aufgeweichten Boden und blieb zitternd stecken. Es war eine der verzauberten Spiegelscherben, die noch immer aus dem Riß im Himmel quollen! Julian prallte mit einem Schrei zurück, stürzte rücklings zu Boden und blickte genau in den Spiegel. Im allerersten Moment erkannte er nichts außer dem Widerschein der Flammen, die sich im schimmernen Glas brachen, dann aber erschien ein Umriß darin, der plötzlich aus dem Nichts auftauchte und mit unheimlicher Schnelligkeit Form annahm. Und zugleich spürte Julian, wie er selbst irgendwie verging.

Es war ein Gefühl, das er unmöglich mit Worten beschreiben konnte. Es ähnelte dem schrecklichen Saugen, das er in der Nähe der Herren des Zwielichts gespürt hatte, war aber zugleich auch wieder ganz anders. Es war, als löse sich sein Körper auf, verlöre im gleichen Maße an Substanz, wie der Troll im Spiegel an Realität gewann, als stehle ihm diese schreckliche Kreatur seine Lebenskraft, um selbst zu finsterem, bösem Leben zu erwachen. Und zugleich spürte er, wie etwas Neues, unbeschreiblich Finsteres in ihm heranwuchs. Und plötzlich begriff er, daß er zum Troll wurde. Noch eine Sekunde, und es würde ihn nicht mehr geben, und an seiner Stelle würde eine weitere jener finsteren Kreaturen existieren, die nur aus Bosheit, Haß und Neid auf alles Menschliche bestanden.

Der Spiegel zerbarst, und inmitten der stiebenden blitzenden Glasscherben erschien ein lichterloh brennendes Motorrad, in dessen Sattel zusammengekrümmt eine Gestalt hockte. Lederjackes Kleider schwelten, sein Haar und sein Gesicht waren schwarz vor Ruß, und er hatte kaum mehr die Kraft, seine Maschine zu halten. Hilflos schlingerte er auf Julian zu, kippte plötzlich zur Seite und fiel schwer zu Boden.

Julian sprang hastig auf. Sein erster Impuls war, einfach davonzulaufen, aber dann blieb er doch stehen und sah unschlüssig auf Mike hinab. Auch wenn es ihm schwerfiel, es sich einzugestehen, aber Mike hatte ihm soben zum zweiten Mal das Leben gerettet, ja mehr noch, er hatte ihn vor einem Schicksal bewahrt, das schlimmer war als der Tod.

Julian warf einen Blick zum Riesenrad hinauf. Blitz auf Blitz schlug in die gewaltige Konstruktion ein, die jetzt an zahllosen Stellen glühte. Knisternde elektrische Funken liefen über Träger und Verstrebungen, und Julian glaubte ein gewaltiges Stöhnen und Wehklagen zu vernehmen. Da schrie es unter den Schmerzen, die ihm zugefügt wurden, wie ein lebendes Wesen auf. Bald, dachte er, vielleicht schon in der nächsten Minute, würde es zusammenbrechen und in seinem Sturz alles unter sich zermalmen, was dem Untergang bisher noch entgangen war.

Trotzdem wandte er sich zu Lederjacke um, statt die vielleicht letzte Chance zu ergreifen, die ihm noch blieb, um sein Heil in der Flucht zu suchen.

Mikes rechtes Bein war unter dem brennenden Motorrad eingeklemmt. Verzweifelt versuchte er sich zu befreien, aber seine Kraft reichte nicht mehr. Vielleicht war das Bein auch gebrochen. Julians Herz tat einen entsetzten Sprung, als er sah, daß die Flammen bereits nach dem Tank des Motorrades leckten. In wenigen Augenblicken würde die Maschine wie eine Bombe explodieren und Mike in Stücke reißen! Und ihn übrigens auch, wenn er dann noch hier war. Mit aller Kraft versuchte er das Motorrad in die Höhe zu heben, damit Mike das Bein darunter hervorziehen könnte, aber es ging nicht. Das Metall war so heiß, daß er sich die Finger daran verbrannte und die Hände mit einem Schmerzensschrei zurückzog.

Statt es noch einmal zu versuchen, packte er Lederjacke bei den Schultern und zog und zerrte mit aller Kraft. Mikes Jacke schwelte noch immer, das Leder war so heiß, daß er sich schon wieder die Finger daran verbrannte. Aber diesmal ließ er nicht los, sondern biß die Zähne zusammen und zog und zerrte, bis es ihm mit Mikes Hilfe gelang, ihn unter dem Motorrad hervorzuziehen. Julian stolperte ein paar Schritte rückwärts, verlor das Gleichgewicht und fiel, und in der gleichen Sekunde explodierte das Motorrad und spie Flammen, glühende Trümmer und brennendes Benzin in alle Richtungen. Die Wunder, die Julian bisher am Leben erhalten hatte, vermehrten sich um ein weiteres, denn er bekam nicht einmal einen Kratzer ab, obwohl sich etliche rotglühende Trümmer wie Schrapnells direkt neben ihm in die Erde bohrten.

Mike hatte weniger Glück. Julian sah, wie sich brennendes Benzin über seine Hosenbeine ergoß. Ein glühender Metallsplitter, lang und scharf wie die Klinge eines Dolches, bohrte sich in seinen rechten Arm, ein anderer traf seine Schulter und hinterließ eine tiefe blutende Wunde darin.

Mit einem Satz war Julian bei ihm, schlug mit bloßen Händen die Flammen aus, die aus dem Leder seiner Motorradhose züngelten, und griff nach Mikes Schultern, um ihn aus dem Gefahrenbereich zu ziehen. »Mein Gott, Mike!« keuchte er. »Bist du –«

Er verstummte mitten im Wort. Lederjackes Gesicht war

schwarz. Aber es war kein Ruß, wie Julian bisher geglaubt hatte. Und er wußte plötzlich auch, wieso Mikes Jacke so heiß gewesen war, daß er sich die Finger daran verbrannt hatte. Er begriff es im gleichen Augenblick, in dem Mike den Kopf hob und er in seine rotglühenden Höllenaugen sah.

Mit einem verzweifelten Satz sprang er auf, und Lederjackes Krallen schnappten nach seinem Bein und fetzten ein Stück Stoff aus seiner Hose. Ein brennender Schmerz schoß durch sein rechtes Bein und riß ihn endgültig in die Wirklichkeit zurück. Der Troll richtete sich mit einem wütenden, zischelnden Schrei auf, aber da hetzte Julian schon mit Riesensprüngen davon.

Lederjacke verfolgte ihn, doch zumindest in einer Beziehung war Julian der Trollkreatur überlegen – er rannte, während Lederjacke es bestenfalls zu einem grotesken Humpeln und Schlurfen brachte, immer noch überraschend schnell, aber nicht halb so schnell wie Julian. Sein Vorsprung wuchs mit jedem Schritt. Er begann wieder Hoffnung zu schöpfen.

Leider hatte er vergessen, daß Lederjacke nicht der einzige Troll hier war. Und er war auch kein x-beliebiger Troll, sondern der Anführer dieser Wesen!

Lederjacke gab einen weithin schallenden krächzenden Schrei von sich, und plötzlich tauchten überall in den Flammen kleine struppige Gestalten auf, die sich auf Julian zu stürzen versuchten.

Das Feuer schien ihnen nicht das mindeste auszumachen, manche traten direkt aus den Flammen heraus, einige von ihnen brannten sogar. Julian sprang nach links, nach rechts, vor und zurück, wich den Klauen und Kiefern immer wieder im letzten Moment aus, aber ihrer wurden immer mehr. Bald verfolgte ihn ein Dutzend der fürchterlichen Kreaturen. Wie viele von diesen Bestien gab es hier? Und warum verfolgten sie ihn?

Endlich sah er sein Ziel vor sich.

Das schwarze Zelt war wie durch ein Wunder beinahe unversehrt geblieben. Nur das Schild über seinem Eingang, das die ausgestellten Attraktionen als die schlimmsten Schrecken der Hölle anpries, stand in Flammen. Die Zeltplane vor dem Eingang war zurückgeschlagen, gelbes Petroleumlicht war zu sehen, aber Julian konnte keine Bewegung wahrnehmen. Wahrscheinlich waren die Bewohner des Zeltes geflohen. Julian warf einen Blick über die Schultern zurück, sah, daß sein Vorsprung vor den Trollen wieder ein wenig gewachsen war, und nahm all seine Kraft zu einem letzten Spurt zusammen. Er war noch fünf Meter vom Zelteingang entfernt, als ein Troll darin erschien. Er kam mit einem hämischen Grinsen aus dem Zelt geschlendert und hob wie zur Begrüßung die Hände. Er hatte dort drinnen auf Julian gewartet!

Es war zu spät, um anzuhalten. Wohin hätte er auch ausweichen können? Julian setzte alles auf eine Karte.

Statt abzubremsen, rannte er noch schneller, stieß sich mit aller Kraft ab und flog, nahezu waagrecht in der Luft liegend, auf den Troll zu – ein Sprung wie aus einem jener Kung-Fu-Filme, die er sich von Zeit zu Zeit gern im Kino oder auf Video ansah. Im Film hätte es vermutlich auch geklappt, aber der Troll besaß nicht die Freundlichkeit, in aller Ruhe stehenzubleiben, damit ihn Julians vorgestreckte Füße treffen und zurückschleudern könnten. Statt dessen machte er fast gemächlich einen Schritt zur Seite, wartete, bis Julian mit einem überraschten Schrei an ihm vorbeiflog, und versetzte ihm einen Hieb in den Nacken. Julian schlug mit Wucht auf dem mit Sägespänen bestreuten Boden auf und schlitterte noch drei, vier Meter weiter, ehe er endlich zur Ruhe kam.

Ein hämisches Lachen erklang hinter ihm. Julian stemmte sich hoch, sah den Troll verschwommen auf sich zutorkeln und trat nach ihm. Der Troll wich zurück, aber sein Grunzen klang eher zornig, und er griff sofort wieder an. Julian wich den Klauen aus und fegte das kleine Scheusal mit einem Tritt von den Füßen. Aber er wußte, daß er diesen Kampf nicht gewinnen konnte. Abgesehen davon, daß es draußen weitere Trolle gab, Lederjacke nicht zu vergessen, der ganz allein reichte, um ihn zu überwältigen.

Gehetzt blickte er sich um. Er war im Zelt – aber nun fragte er sich, was er hier solle. Geh nach Abaddon! hatte sein Vater geschrieben.

Er *kannte* dieses Zelt. Obwohl er genau wußte, daß es nicht sein konnte, erkannte er jeden Fußbreit Boden wieder. Auch wenn es völlig ausgeschlossen war: es war die gleiche Freak-Show, in der er schon einmal gewesen war – *fast ein Jahrhundert später!*

Und plötzlich glaubte er zu wissen, wohin er sich wenden mußte.

Mit einem gewaltigen Satz sprang er über den Troll hinweg, der sich gerade wieder hocharbeitete, verpaßte ihm bei der Gelegenheit gleich noch einen Tritt, der ihn abermals zu Boden schleuderte, und lief tiefer in das Zelt hinein. Es war verlassen, wie er gehofft hatte. Die »Monster« hatten ihre Verkleidungen abgestreift und ihr Heil in der Flucht gesucht.

Die kleinen Holzverschläge waren leer, die Stühle umgeworfen, die Tür des Königs stand offen. Julian erreichte die letzte Box, in der er den alten Mann mit den vielen Narben gesehen hatte, und blieb schwer atmend stehen. Auch der alte Mann war nicht da, aber der Spiegel hing unverändert an der Stelle, an der er gehangen hatte.

Nur, daß es kein Spiegel mehr war.

Der geschnitzte Rahmen war leer. Dahinter aber erstreckte sich ein finsterer, schmaler Gang, dessen Ende nicht zu erkennen war. Ein Fluchtweg? Oder eine neue, tödliche Falle? Obwohl er nichts so wenig hatte wie Zeit, zögerte er noch einmal. Er wußte, daß dieser Weg in die Freiheit führte oder zumindest fort von hier, aber er hatte auch nicht vergessen, was das letzte Mal geschehen war, als Frank und er versucht hatten, *diesen* Weg zurück in ihre Zeit zu nehmen.

Die Entscheidung wurde ihm abgenommen.

Hinter sich hörte er das Reißen von Stoff, und als er sich umdrehte, sah er sich nicht mehr einem, sondern sieben oder acht Trollen gegenüber, die sich ihren Weg direkt durch die Zeltwand gebahnt hatten. Einer von ihnen hatte eine häßliche, heftig blutende Wunde in der rechten Schulter – Lederjacke!

Die Trolle begannen ihn zu umzingeln. Und immer neue folgten, fetzten sich mit ihren furchtbaren Klauen einen Weg durch die Zeltbahnen.

Plötzlich ertönte draußen ein unvorstellbarer Donnerschlag. Die Erde bäumte sich auf. Julian sprang erschrocken rückwärts, prallte gegen den leeren Spiegelrahmen und klammerte sich verzweifelt daran fest. Sein Blick fiel durch die zerfetzte Zeltbahn nach draußen und suchte das Riesenrad. Die gewaltige Stahlkonstruktion glühte in greller Weißglut. Blitz auf Blitz hämmerte mit furchtbarer Gewalt in die Stahlträger, bis das ganze Gerüst in sich zusammenbrach. Tonnen von glühendem Stahl regneten vom Himmel und schlugen wie Bomben zwischen und in brennenden Zelten ein.

Die Trolle gerieten in Panik, stürmten kreischend auf den Zauberspiegel los, und Julian wurde einfach mitgerissen, ob er wollte oder nicht. Er stürzte durch den Rahmen, schlug anderthalb Meter tiefer auf der anderen Seite auf und rollte sich instinktiv ein Stück zur Seite, um die Trolle nicht zu berühren und sich an ihren glühenden Körpern zu verbrennen. Dann sprang er auf und stolperte davon.

Auf der anderen Seite der Tür in die Zeit ging die Welt unter. Nur zwei der mehr als zwanzig Trolle schafften den rettenden Sprung. Dann schlug ein glühendes Trümmerstück des Riesenrades in das Zelt ein und zermalmte es samt allem, was sich darin befand.

Julian rannte, hinter ihm humpelte und hüpfte der Troll. Aber das war nicht die größte Gefahr. Sie waren hier. Julian spürte die Anwesenheit von etwas Unsichtbarem, Finsterem, Bösem, das sich aus dem Nichts heraus zu verdichten begann, noch nicht ganz real, aber näher kommend, kriechend und gierig. Die Herren des Zwielichts. Er war erneut in ihr Reich eingedrungen, und sie hatten seine Spur wiedergefunden.

Und er spürte, daß da noch etwas war. Eine zweite unsichtbare Kraft, beinahe ebenso mächtig wie die der Herren des Zwielichts, etwas, das sich ihnen entgegenstemmte, vielleicht nicht stark genug, sie zurückzuschlagen, aber stark genug, sie aufzuhalten.

Etwas *beschützte* ihn. Und er wußte, was es war. Wer es war. *Lauf, Julian! Lauf!*

Und Julian rannte. Er rannte durch den schwarzen Korridor, ohne nach rechts und links zu blicken. Es kam näher, aber er wußte, daß er eine Chance hatte. Wenn seine Kräfte reichten, wenn er dem Troll entkam, der noch immer geifernd und zischend hinter ihm hersprang, dann hatte er eine Chance. Der Gang war nicht mehr länger ein schwarzes Loch in der Wirklichkeit, sondern begann sich zu verändern. Vor Julians Augen spielte sich die gleiche unheimliche Verwandlung ab wie vor Stunden, als er hierhergekommen war, nur in umgekehrter Reihenfolge. Aus der erstarrten Schwärze wurde Fels, dann brüchiger alter Ziegel, und schließlich rannte er durch einen schmalen, schier endlosen Gang, dessen Wände hinter Reihen uralter, mit verstaubten Akten vollgestopfter Regale verborgen waren.

Er spürte, wie die unsichtbare Kraft, die ihn beschützte, nachließ, aber sein Ziel lag jetzt auch schon fast zum Greifen nahe. Der Gang hatte plötzlich ein Ende, eine staubige graue Wand mit einer Tür aus grüngestrichenem Eisen tauchte auf, und der Anblick mobilisierte noch einmal alle Kräfte in ihm. Es war ein Wettrennen mit dem Tod, und er gewann es nur um Haaresbreite. Mit einem verzweifelten Satz warf er sich gegen die Tür, sprengte sie mit der Schulter auf und taumelte hindurch. Er fiel, warf sich noch im Sturz zur Seite und spürte, wie der Atem der Hölle hinter ihm aus der Tür herausbrach.

Auf Händen und Knien kroch Julian ein paar Meter weit weg, ehe er es wagte, sich umzudrehen und aufzurichten. Die Tür hatte sich in einen flammenden Höllenschlund verwandelt.

Irgend etwas bewegte sich inmitten dieser weißglühenden

Hölle, ein Schatten, der taumelnd auf die Tür zugewankt kam. Obwohl Julian wußte, daß ihn dieses Wesen, ohne eine Sekunde zu zögern, in Stücke reißen würde, empfand er für einen Moment nichts als ein tiefes Mitleid mit dieser gepeinigten Kreatur. Es war nicht Feuer, vor dem der Troll schreiend floh, sondern etwas ungleich Schrecklicheres.

Er schaffte es nicht.

Kopf, Schultern und Brust der Trollkreatur waren bereits im Freien, als etwas nach ihm griff und ihn zurückriß. Die Schreie des Trolls brachen ab, und wieder hörte Julian dieses fürchterliche Fressen und Mahlen.

Es war vorbei. Er war entkommen, gegen jede Wahrscheinlichkeit, und im gleichen Moment, in dem ihn diese Erkenntnis überkam, schien jedes bißchen Energie aus ihm zu weichen. Plötzlich spürte er, wie erschöpft er war, spürte er die zahllosen Kratzer und Schrammen und Verbrennungen, die er davongetragen hatte. Ihm wurde übel, und seine Beine hatten kaum noch die Kraft, das Gewicht seines Körpers zu tragen.

Der Archivar sprang erschrocken von seinem Stuhl auf, als Julian durch die Tür taumelte. Frank, der über seine Akten gebeugt dasaß, hob bloß die Hand und winkte ihm zu.

»Da bist du ja endlich!« sagte Frank, ohne den Blick von seinen Papieren zu nehmen. »Wo warst du die ganze Zeit? Na, auch egal. Hast du die Akten? Ich glaube, ich weiß, was damals passierte . . .« Er wandte den Kopf, verstummte und starrte Julian aus hervorquellenden Augen an.

»Ich auch«, flüsterte Julian. »Ich weiß es sogar ganz genau.« Das war das letzte, was er hervorbrachte, ehe er zusammenbrach.

Die Scherbe

»Und ich sage dir, es war mein Vater!« Er schlug mit der flachen Hand auf die Bettdecke, um den Worten den gehörigen Nachdruck zu verleihen, und bereute diesen Gefühlsausbruch sofort wieder, denn ein brennender Schmerz schoß durch seine Handfläche. Seine rechte Hand war so dick verbunden, daß er die Finger kaum bewegen konnte. Seine linke übrigens auch – ebenso wie Arme, Oberschenkel, Brust und Rücken ... Es gab kaum eine Stelle auf seinem Körper, die nicht verbunden, mit Salbe beschmiert oder mit Heftpflaster beklebt war. Julian kam sich vor wie eine ägyptische Mumie, die man nur in den Sarg zu legen vergessen hatte.

»Ich weiß es, Frank! Ich habe seine Stimme so deutlich gehört, als hätte er neben mir gestanden.«

»Aber das ist vollkommen unmöglich, Julian.« Frank seufzte, schüttelte den Kopf und atmete tief ein. »Du hast doch gehört, was er und sein Freund im Wohnwagen besprochen haben. Zu der Zeit, als du geflohen bist, saßen die beiden längst im Zug nach Amsterdam. Und niemand kann an zwei Orten zugleich sein. Nicht einmal dein Vater.«

»Vielleicht doch«, antwortete Julian. »Vielleicht haben sie ihre Pläne geändert und sind nicht gefahren, vielleicht sind sie zurückgekommen ...« Er zuckte mit den Schultern. »Ich weiß es einfach nicht. Ich weiß nur, daß er mir die Nachricht geschickt hat, in dieses Zelt zu gehen. Und daß er mich vor diesen ... Dingen beschützt hat.«

»Sag mal, fällt dir nicht selbst auf, wie verrückt das klingt?« fragte Frank.

Julian sah ihn zornig an. Aber er sprach die scharfe Antwort, die ihm auf der Zunge lag, nicht aus. Statt dessen schlug er vorsichtig die Decke zur Seite, stand auf und humpelte zum Fenster. Die Ärzte hatten ihm strengste Bettruhe verordnet, aber natürlich hielt er sich nicht daran. Er fühlte sich auch schon wieder sehr viel besser als vor drei Tagen, als er sich in einem Krankenhausbett wiedergefunden hatte, ohne sich genau erinnern zu können, wie er dort hingekommen war. Die meisten seiner zahllosen Wunden waren nur leichter Natur, schmerzhafte, aber lediglich oberflächliche Verbrennungen und Kratzer. Zudem heilten sie mit einer Schnelligkeit, die nicht nur sämtliche Ärzte und Schwestern, sondern auch ihn selbst in Erstaunen versetzte. Aber er war in einem solchen Zustand der Erschöpfung hergebracht worden, daß er sich nur allmählich davon erholte. Die drei Tage, die er jetzt hier war, hatte er bis auf ganz wenige Stunden schlafend verbracht.

Allerdings bedauerte er das nicht sehr. Frank hatte ihm erzählt, was nach seiner abermaligen Rückkehr aus der Vergangenheit passiert war. Selbstverständlich hatten ihn die beiden Polizisten schon wieder erwartet, kaum daß er die Augen aufgeschlagen hatte. Der Rechtsanwalt hatte schon mehr als ein kleines Wunder vollbringen müssen, um zu erreichen, daß sie ihn in Ruhe ließen. Er hatte immerhin einen Gerichtsbeschluß erwirkt, wonach die beiden Polizisten nicht einmal mehr auf fünfzig Meter an ihn herankommen durften, aber der Preis dafür war hoch. Er würde in einen Zug steigen und ins Internat zurückkehren müssen, sobald er aus dem Krankenhaus entlassen wurde. Und der Anwalt hatte keinen Zweifel daran gelassen, daß er diesmal dafür sorgen würde, daß Julian es auch wirklich tat.

Nein, er wollte nicht daran denken. Das bißchen Zeit, das ihm noch blieb, war viel zu kostbar, um es mit Trübsalblasen zu vergeuden. Er lehnte sich mit der rechten Schulter gegen die Fensterscheibe, verschränkte die Arme vor der Brust und schaute nach draußen. Es war sehr warm. Der Sommer hatte sich endlich dazu entschlossen, sich entsprechend der Jahreszeit zu verhalten, und über der Stadt spannte sich ein strahlend blauer, wolkenloser Himmel.

»Ich weiß selbst, daß es verrückt klingt«, sagte er mit einiger Verspätung. »Aber ich weiß auch, was ich erlebt habe. Es *war* mein Vater.« Er drehte sich zu Frank um. »Ich habe nicht nur seine Stimme gehört, verstehst du? Ich habe genau *gespürt*, daß er es war. Und dann dieser Brief, der im Safe lag. Er hat gewollt, daß ich zu diesem Zelt gehe. Und dafür gibt es nur eine einzige logische Erklärung: Er muß genau gewußt haben, was passieren würde.«

Bei dem Wort »logisch« verzog Frank das Gesicht. Julian konnte sich ziemlich lebhaft vorstellen, was er empfand, aber zu seiner Erleichterung verzichtete Frank darauf, ihm einen Vortrag darüber zu halten, wieviel oder auch wie wenig diese ganze Geschichte mit Logik zu tun habe. Er stand auf, trat neben Julian und blickte ebenfalls aus den Fenster.

»Sie sind weitergezogen«, sagte er unvermittelt. »Ich war heute morgen noch einmal auf dem Rummelplatz. Alles weg.« Er seufzte. »Na ja, wenigstens hat sich das Wetter beruhigt.« Er sah Julian nachdenklich an. »Ich habe mich beim meteorologischen Amt erkundigt. Die Unwetter der letzten Tage waren nur hier. Ich meine, wirklich *nur* hier, in unserer Stadt. Schon komisch, nicht?«

Julian antwortete mit einem angedeuteten Nicken. Er wußte, was Frank meinte. Auch in der Nacht, in der die Katastrophe geschehen war, hatte ein Unwetter über der Stadt getobt. Sicherlich gab es da einen Zusammenhang. Alles hing irgendwie zusammen. Spätestens seit seiner Rückkehr war Julian sicher, daß er die Lösung aller Rätsel, die Antworten auf alle seine Fragen praktisch schon in Händen hielt. Er hatte immer mehr das Gefühl, vor einem ungeordneten Haufen von Puzzleteilen zu stehen, von denen aber keines fehlte. Er mußte sie nur richtig zusammensetzen, um alle Anworten zu bekommen. Das Problem war nur, daß er nicht die mindeste Ahnung hatte, wie das fertige Bild aussehen sollte ...

»Sie sind weitergezogen, sagst du?« Er fragte sich, ob der Umstand, daß er während der letzten beiden Tage weder von Alpträumen geplagt noch von Trollen oder irgendwelchen anderen Monstern, die aus Spiegeln kamen, heimgesucht worden war, damit zu tun habe, daß die Kirmes nicht mehr in der Stadt war. Wahrscheinlich.

»Ja. Aber ich war auch nicht untätig, während du deinen Winterschlaf gehalten hast.« Frank lächelte. »Ich habe meine Beziehungen ein bißchen spielen lassen und das eine oder andere herausbekommen. Es war übrigens gar nicht so leicht. Aus irgendeinem Grund reden die Leute hier in der Stadt nicht gerne über das, was damals passiert ist. Außerdem ist es lange her – immerhin fast neunzig Jahre. Es gibt keine lebenden Zeugen mehr. Trotzdem ist eines schon irgendwie komisch: Da passiert die größte Katastrophe, die diese Stadt jemals erlebt hat, und jedermann tut so, als wäre rein gar nichts geschehen.«

»Wer erinnert sich schon gerne an ein Unglück?« sagte Julian.

»Jeder«, antwortete Frank. »Du irrst dich, Junge. Die Menschen erinnern sich gern an Katastrophen und Unglück. Sehr gern. Frag mal die alten Leute, die den Krieg noch miterlebt haben, woran sie sich erinnern. An jeden Schrecken, an jeden Bombenangriff, an jedes Feuer. Das Gute vergißt man schnell.«

Seine Worte machten Julian betroffen, aber sie verwirrten ihn auch. Frank hatte es regelrecht wütend gesagt, und das verstand er nicht. Immerhin lebte ein Reporter davon, den Menschen ständig neue Sensationen zu bieten.

»Nicht einmal in unserer Redaktion wußte irgend jemand etwas darüber«, fuhr Frank fort. »Ich selbst habe bis vor ein paar Tagen nicht einmal gewußt, daß es dieses große Feuer damals gab. Dabei war es eine richtige Katastrophe. Wußtest du, daß damals an die fünfhundert Menschen ums Leben gekommen sind?«

Julian war überrascht. Nach dem, was er mit angesehen hatte, hatte er mit weit mehr Opfern gerechnet.

»Und das sonderbarste war«, fuhr Frank nach einer Pause fort, »daß fast hundert davon einfach verschwunden waren. Man hat nichts mehr von ihnen gefunden. Keine Leichen, nicht die mindeste Spur.«

Das wiederum überraschte Julian kein bißchen. Er wußte, wo

sie waren, aber die Zahl erschreckte ihn. Es war nicht besonders fair, ihm zuzumuten, es ganz allein mit hundert Trollen aufzunehmen ...

Frank drehte sich mit einem Ruck vom Fenster weg. »Ich muß jetzt gehen«, sagte er. »Vielleicht komme ich heute abend wieder. Ich warte auf einen Anruf eines Kollegen aus England.«

»England?« Julian wurde hellhörig.

»Kilmarnock«, sagte Frank. »Schon vergessen? Immerhin habe ich schon herausbekommen, daß es diesen Ort wirklich gibt. Ich habe einen Freund gebeten, sich dort ein wenig umzusehen.«

Der Gedanke erfüllte Julian mit Unbehagen. Er wußte nicht, warum, aber das Gefühl war da. »Du gibst nie auf, wie?«

Frank schnaubte. »Was glaubst du wohl? Das ist die Story meines Lebens!«

»Und du bist bereit, selbiges dafür zu riskieren?«

Frank wußte das kleine Wortspiel nicht zu würdigen. Er machte nur eine abfällige Geste. »Das gehört zu meinem Job. Andere Journalisten riskieren noch viel mehr, um viel weniger herauszubekommen. Willst du etwa nicht wissen, wie es deinem Vater und Gordon ergangen ist?«

»Doch«, antwortete Julian. »Aber ich glaube, es wäre besser, wenn ich dem allein nachginge. Besser für dich.«

»Keine Chance, Kleiner.« Frank grinste. »Ich habe dir gesagt, du wirst mich nicht mehr los. Aber ich halte dich auf dem laufenden.«

Er ging zur Tür. Julian sah ihm nachdenklich und sehr besorgt nach, ehe er wieder zum Bett zurückging und sich niederlegte.

Er fühlte sich niedergeschlagen und enttäuscht. War es vorbei? Vielleicht. Vielleicht hatte er in den letzten Tagen das große Abenteuer seines Lebens gehabt, und wer sagte eigentlich, daß große Abenteuer immer gut enden mußten oder auch nur befriedigend? Er lag lange mit offenen Augen auf dem Bett, starrte die Decke an, weigerte sich, den Gedanken zu akzeptieren. Und doch war es so: Er hatte jede Verbindung zu seinem Vater verloren, der Rummelplatz war leer, der Zauber erloschen, und es gab keine Möglichkeit mehr, in die gleichermaßen faszinierende wie entsetzliche Welt der Vergangenheit zurückzukehren.

Er mußte wohl eingeschlafen sein, denn als er erwachte, war das Licht im Zimmer grau geworden, und auf seinem Nachttisch stand ein Glas Milch, das eine Schwester gebracht und dort hingestellt hatte, ohne ihn zu wecken.

Und er war nicht mehr allein.

Julian fuhr zusammen, setzte sich im Bett auf und drehte sich herum. Neben seinem Bett stand das schlanke Mädchen mit dem dunklen, schulterlangen Haar und dem Engelsgesicht.

»Alice!« sagte er überrascht.

Alice hob hastig die Hand, legte den Zeigefinger über die Lippen und schaute erschrocken zur Tür. Julian verstand und dämpfte seine Stimme ein wenig, als er weitersprach. »Alice! Was tust du denn hier? Wie kommst du –?« Er sprach den Satz nicht zu Ende. Es war wirklich eine äußerst naive Frage.

Alice ging auch nicht weiter darauf ein, sondern trat auf ihn zu, blieb aber stehen, als er die Hand nach ihr ausstreckte. »Ich wollte nur nach dir sehen«, sagte sie, »und mich überzeugen, daß es dir wirklich gutgeht. Du bist verletzt?«

Es war eher eine Feststellung als eine Frage. Aber Julian schüttelte trotzdem den Kopf und schwang die Beine aus dem Bett, um sein gutes Befinden zu beweisen. Natürlich wurde ihm sofort schwindlig, aber er hatte sich gut genug in der Gewalt, sich nichts davon anmerken zu lassen. »Es ist nichts«, sagte er großspurig. »Nur ein paar Kratzer. Aber wie geht es dir? Und Roger und den anderen? Seid ihr unverletzt?«

»Natürlich sind wir das«, antwortete Alice in einem Ton, als hätte er etwas sehr Dummes gefragt. »Uns passiert nie etwas. Wir waren nicht dabei, damals, als . . . es geschah.« Sie brach ab. Lange Sekunden stand sie einfach da und blickte Julian schweigend an. Er ahnte, warum sie gekommen war. Und als sie das Schweigen endlich brach, da bestätigten schon ihre ersten Worte seine Vermutung.

»Es . . . tut mir sehr leid, Julian«, sagte sie. »Ich wollte nicht, daß du das alles siehst, glaub mir. Ich weiß nicht, was in Roger gefahren ist, dich in diese Geschichte hineinzuziehen.«

»Das hat er nicht«, antwortet Julian. Alice wollte widersprechen, aber er ließ sie nicht zu Wort kommen. »Wenn überhaupt, dann waren es mein Vater und Gordon, die mich da hineingezogen haben, nicht Roger. Und schon gar nicht du.« Er atmete hörbar ein. »Was ist damals passiert, Alice?«

»Du hast es doch gesehen«, antwortet Alice, ohne ihn anzusehen. Ein Ausdruck von tiefer Trauer legte sich über ihr Gesicht. »Du warst dabei.«

»Aber ich verstehe es nicht«, murmelte Julian. »Das Feuer und . . . und die Spiegelscherben . . . Was war das?«

»Magie«, antwortete Alice nach einem neuerlichen Schweigen. »Reinste Magie. Jedenfalls ist es das einzige Wort, das mir dafür einfällt.«

»Wie, bitte?« fragte Julian verstört. »Du . . . du meinst das wirklich? Du redest von *Zauberei?*«

»An die du nicht glaubst, ich weiß«, sagte Alice. »Das habe ich auch nicht, am Anfang. Aber es gibt sie, Julian. Jedenfalls gab es sie einmal. All die Legenden von Zauberern und Hexen, von Magiern und Drachen haben einen Ursprung, weißt du? Es gab eine Zeit, in der Zauberei und Magie ebenso selbstverständlich für die Menschen waren, wie es heute die Wissenschaft und die Technik sind.«

»Aha«, sagte Julian.

Seiner Stimme mußten wohl deutlich seine Zweifel anzumerken sein, denn Alice fuhr fort: »Hast du dich eigentlich nie gefragt, warum wir so gerne Geschichten über Hexen und Drachen und Zauberei hören? Weil es all diese Dinge einmal gegeben hat und weil wir uns tief in unserem Inneren daran erinnern.«

»Und was hat das . . . mit der Katastrophe zu tun?«

»Alles«, sagte Alice. »Der Spiegel, den dein Vater zerschlug, war vielleicht der letzte wirkliche magische Gegenstand, oder zumindest einer der letzten. Es war ein Gerät von unvorstellbarer magischer Macht. Der Mann, der ihn besaß, ahnte nichts von seiner wirklichen Kraft, und das war vermutlich auch gut so. Der Spiegel war Tausende von Jahren alt, weißt du, und Tausende von Jahren hatte er die Kraft der Magie gespeichert und gesammelt. Und als er zerstört wurde, da wurde diese magische Energie mit einem Schlag frei. Es war wie eine Explosion.«

»Aber es war so . . . so negativ«, murmelte Julian. »Ich . . . ich dachte immer, Zauberei wäre etwas Gutes.«

»Sie ist weder gut noch böse«, sagte Alice. Sie lächelte. »So wie auch Technik und Naturwissenschaften weder gut noch böse sind. Die Wissenschaftler haben das Penicillin erfunden, den elektrischen Strom und alle anderen Dinge, die uns das Leben erleichtern und es manchmal retten. Aber auch die Atombombe. Es kommt immer darauf an, was man damit macht.«

»Und mein Vater hat –«

»Es war nicht seine Schuld«, fiel ihm Alice ins Wort. »Glaubst du, er hätte es getan, hätte er auch nur *geahnt,* was passieren würde? O nein. Er ist beinahe daran zerbrochen, Julian.« Sie schwieg eine Sekunde, ehe sie ganz leise, fast nur für sich selbst hinzufügte: »Ja, das ist er.«

»Du kanntest meinen Vater?«

»Ich war die erste, die er durch den Spiegel geschickt hat.«

»Und warum?«

Sie seufzte, machte eine Bewegung, als wollte sie näher kommen, tat es aber dann doch nicht. Statt dessen wandte sie den Kopf und schaute rasch zur Tür, wie um sich zu überzeugen, daß sie noch allein waren. Immerhin konnte jeden Moment eine Schwester oder ein Arzt hereinkommen. Aber vielleicht hatte sie auch Angst vor etwas anderem.

»Um dir das zu erklären, bin ich hier. Ich fürchte, mir bleibt jetzt keine andere Wahl mehr.«

»Nach solchen Einleitungen kommt meist etwas Unangenehmes«, sagte Julian.

Alice blieb ernst. »Du hast mit eigenen Augen gesehen, was geschah, als der Spiegel zerstört wurde«, sagte sie. »Aber du hast nicht alles gesehen. Das Schlimmste weißt du noch nicht.«

»Das Schlimmste?« Julian riß die Augen auf. Was konnte es denn noch Schlimmeres geben als das, was er miterlebt hatte?

»Es geschieht immer wieder«, sagte Alice.

»Wie, bitte?« fragte Julian verständnislos.

»Es geschieht jede Nacht aufs neue«, sagte Alice noch einmal. »Was du erlebt hast, wiederholt sich Abend für Abend, in jeder Nacht, seit damals.«

Julian begriff nicht. Das heißt – irgendwie begriff er schon. Aber er wollte es nicht wirklich begreifen, weil die Vorstellung einfach zu entsetzlich war.

»Du . . . du meinst . . .«

»Seit damals wiederholt sich die Katastrophe Nacht für Nacht«, sagte Alice. »Und das ist der wahre Fluch des Zauberspiegels.«

Julian versuchte im Kopf auszurechnen, wie viele Nächte das waren. Was er erlebt hatte, hatte ihm fast den Verstand geraubt, und er hatte es *nur ein einziges Mal* erlebt.

Nein. Unmöglich. Er konnte und wollte es nicht glauben. Trotzdem fragte er: »Und es hört niemals auf?«

»Es begann, als der Spiegel zerbrach«, sagte Alice anstelle einer direkten Antwort. »Und es wird nicht enden, ehe er nicht wieder völlig zusammengesetzt ist.«

»Aber warum tut ihr es dann nicht?« fragte Julian.

»Meinst du, das hätten wir nicht versucht?« gab Alice leise zurück. »Wir haben es versucht. Wir haben nach jedem noch so winzigen Splitter gesucht und ihn gefunden. Aber einer fehlt. Wir wissen nicht, wo er ist. Niemand weiß es. Und solange wir nicht im Besitz dieser letzten Scherbe sind, wird es niemals enden, Julian.«

»Dein Vater hat sie sein Leben lang gesucht«, antwortete

Alice. »Er hat sie nicht gefunden, aber nichts unversucht gelassen. Deshalb hat er den Zauberspiegel erfunden, und deshalb hat er mich und die anderen hindurchgeschickt. Nicht wegen einer billigen Sensation. Alles, was er tat, hatte nur ein einziges Ziel: die verschwundene Spiegelscherbe zu finden und zurückzubringen.«

»Aber er hat sie nicht gefunden.«

»Nein«, bestätigte Alice traurig.

»Und wie kommt ihr auf die Idee, daß ich sie finden könnte?« fragte Julian.

»Du bist sein Sohn«, antwortete Alice. »Vielleicht ist etwas von seiner Zauberkraft auf dich übergegangen. Ich weiß, wie winzig diese Hoffnung ist, aber es ist die letzte, die wir noch haben. Wenn wir die Scherbe nicht finden, wird es niemals enden. Bis in alle Ewigkeit nicht.«

Ihre Worte erschütterten Julian, aber er ließ sich davon nicht beirren. »Wieso . . . wieso jagen sie mich dann?« fragte er. »Mike und seine Trolle?«

»Nicht Mike«, sagte Alice. »Ich weiß, es ist schwer zu begreifen, wie alles, was mit der Zeit zu tun hat. Mike, der Junge mit dem Motorrad, den du kennengelernt hast, steht auf unserer Seite. Er ist vielleicht nicht unser Freund, aber er ist kein Troll. Der, der dich gejagt hat, ist der Troll, zu dem er wurde, nachdem er in die Spiegelscherbe schaute.«

»Du meinst, nachdem er durch meine Schuld in die Scherbe gefallen war«, sagte Julian düster.

»Was geschehen ist, ist geschehen.« Alice sagte also nicht, es sei *nicht* seine Schuld gewesen. Julian versetzte es einen schmerzhaften Stich. »Und er jagt dich, weil er dich fürchtet, wie alle Trolle.«

»Mich?« fragte Julian ungläubig.

»Du bist vielleicht der einzige Mensch – außer deinem Vater und seinem Freund –, vor dem er wirklich Angst hat«, erklärte sie. »Denn du bist der einzige, der ihn und die anderen vernichten könnte.«

»Aber wieso denn?«

»Weil alles endet, wenn wir die verschollene Scherbe finden und in den Spiegel einsetzen«, sagte Alice. »Das Sterben und das Leid hätten ein Ende, aber auch die Welt der Trolle würde aufhören zu existieren. Deshalb bin ich hier, Julian. Um dich zu warnen.«

»Oh, danke«, sagte Julian spöttisch. »Das ist wirklich sehr aufmerksam.«

»Ich meine es ernst, Julian«, sagte Alice. »Sie wissen, wer du bist, und sie wissen, *was* du bist.« Sie warf wieder einen nervösen Blick zur Tür. »Ich wollte nicht, daß es soweit kommt, glaub mir. Aber nun ist es zu spät. Sie werden dich nicht mehr in Ruhe lassen, und es gibt keinen Ort auf der Welt, an dem du wirklich sicher vor ihnen wärst.«

Die Bedeutung ihrer Worte sickerte in sein Bewußtsein. »Dann . . . dann habe ich keine Chance mehr? Ist es das, was du mir sagen willst? Du meinst, ich kann ihnen nicht entkommen, egal, was ich tue?«

»Wir haben nur eine Chance«, sagte Alice. »Wir müssen die Scherbe finden, ehe die Trolle dich finden.«

Es war lachhaft. Vor einer Minute hatte er noch nicht einmal gewußt, daß es diese magische Spiegelscherbe überhaupt gab, und jetzt verlangte Alice von ihm, sie zu finden, am besten innerhalb weniger Tage oder gar Stunden.

»Vielleicht hat dein Vater irgend etwas gesagt«, sagte Alice. »Irgendeine Bemerkung, der du keine Bedeutung zugemessen hast. Irgendein Wort, eine Andeutung . . .« Sie verstummte. Der beschwörende Klang ihrer Worte mußte ihr bewußt machen, wie verzweifelt ihre Lage war. »Ich weiß, daß ich das Unmögliche von dir verlange«, fuhr sie fort. »Aber mir bleibt keine Wahl. Nicht nur um unseretwillen, Julian. Ich . . . muß jetzt gehen. Aber ich komme später noch einmal wieder, zusammen mit Roger.«

»Und wenn sie vorher kommen?« fragte Julian. »Oder mir etwas einfällt? Wie kann ich euch erreichen.«

»Für eine Weile können wir dich noch schützen«, sagte Alice. »Ich komme wieder.«

Julian wollte eine weitere Frage stellen, aber sie hatte sich bereits umgedreht und ging zur Tür, und ehe er ihr folgen konnte, war sie verschwunden. Julian wußte, wie sinnlos es gewesen wäre, ihr nachzulaufen. Es gab sehr viele Spiegel dort draußen.

Zutiefst verstört und niedergeschlagen ließ er sich wieder auf sein Bett zurücksinken. Hinter seiner Stirn tobte ein wahrer Sturm von Gefühlen. Wie konnte er ihnen helfen, wenn er nicht einmal genau wußte, wonach er überhaupt suchen sollte . . .

Und plötzlich glaubte er den großen Zauberspiegel seines Vaters noch einmal vor sich zu sehen, aus Tausenden von Splittern zusammengesetzt, in dem ein einziges Teil nicht richtig zu passen schien, was aussah, *als wäre dort das Glas etwas dicker!*

Der Gedanke elektrisierte ihn regelrecht. Julian setzte sich mit einem so plötzlichen Ruck im Bett auf, daß ihm sofort schwindelig wurde. Aber er beachtete es nicht. Er hatte also doch eine Spur – vielleicht war dieses letzte noch fehlende Puzzleteilchen der Schlüssel, der aus dem scheinbar sinnlosen Durcheinander ein klar erkennbares Bild machte. Wie hatte er das nur vergessen können?

Julian war mit einem Mal so aufgeregt, daß es ihm unmöglich wurde, länger reglos auf dem Bett liegenzubleiben. Er ging zum Schrank, nahm seine Kleider heraus und fragte sich, wie er in diesen zerfetzten Klamotten aus dem Krankenhaus herauskommen sollte, ohne aufzufallen. Und selbst wenn er tadellose Kleidung anhatte, würde er auffallen, denn er war überall bandagiert und eingewickelt. Er würde sich also in Geduld fassen müssen. Später, wenn es dunkel geworden und Ruhe in den langen Gängen und Korridoren eingekehrt war, hatte er vielleicht eine Chance, ungesehen zu fliehen.

Es wurde der längste Tag seines Lebens. Es war so aufgeregt, daß er keinen Schlaf fand, und diesmal bedurfte es keiner Magie, um die Gesetze der Zeit außer Kraft zu setzen. Julian hatte das Gefühl, seit einem Jahr im Bett zu liegen und dem Weiterkriechen des Sekundenzeigers auf der Uhr zuzusehen, als die Nachtschwester endlich ihre Runde drehte und das Licht draußen auf dem Flur erlosch. Bis zum nächsten Morgen würde jetzt niemand mehr sein Zimmer betreten, wenn er nicht selbst nach der Schwester klingelte.

Trotzdem ließ er noch eine gute halbe Stunde verstreichen, ehe er das Bett verließ und ins Badezimmer schlich, um sich umzuziehen. Die meisten Verbände entfernte er. Sie waren ohnehin nicht mehr nötig, wie er feststellte, als er mit zusammengebissenen Zähnen die Mullbinden von seinen Händen entfernte. Seine Haut war noch ein bißchen rot und brannte, aber wenn die Heilung weiter solche Fortschritte machte, dann würde morgen schon nichts mehr von den Verletzungen zu sehen sein.

Er zog sich an, verließ das Zimmer und trat Minuten später auf die Straße hinaus.

Julian wurde sich bald unangenehm der Tatsache bewußt, daß die Passanten, denen er begegnete, ihn anstarrten, was ja auch kein Wunder war. Seine Kleider hingen in Fetzen herab. Er brauchte neue. Und neben all diesen Sorgen durfte er nicht den Fehler begehen, die Polizei zu vergessen und schon gar nicht den, sie zu unterschätzen. Sein Verschwinden aus dem Krankenhaus würde nicht lange unentdeckt bleiben, und wie er aussah, konnte er sich genausogut gleich ein Schild mit der Aufschrift »Gesucht« um den Hals hängen. Obwohl er sich des Risikos durchaus bewußt war, entschloß er sich schweren Herzens, ins Hotel zurückzukehren. Er stieg in eine der Taxen, die vor dem Krankenhaus warteten. Der Fahrer sah ihn mißtrauisch an, startete den Wagen aber ohne Kommentar, als Julian die Adresse des Hotels nannte. Julian war nervös. Er erinnerte sich an seine letzte Fahrt im Taxi, und so war es kein Wunder, daß er sich immer wieder umsah und nach eventuellen Verfolgern Ausschau hielt. Er entdeckte niemanden, obwohl er nicht sicher sein konnte, denn die Straßen waren voller Autos, und es war auch erstaunlich, wie viele Motorräder unterwegs waren. Leider sahen sie in der Dunkelheit alle gleich aus: weiße runde Lichter, denen man nicht ansehen konnte, ob sie acht Tage, einen Monat – oder knapp neunzig Jahre alt waren.

Im Hotel angekommen, durchquerte er im Schlangenlinienkurs die Halle, um in seinem heruntergekommenen Aufzug nicht dem Personal hinter dem Empfang aufzufallen. Er hatte sehr wenig Lust, endlose Erklärungen abzugeben und neugierige Fragen zu beantworten. Unbemerkt schlüpfte er in den Aufzug, fuhr nach oben und zog die kleine Plastikkarte aus der Tasche, die das Schloß elektronisch aufsperrte. Sie funktionierte nicht mehr.

Enttäuscht zog Julian sie wieder aus dem Schlitz, versuchte es noch einmal und blickte dann abwechselnd die Tür, die sich beharrlich weigerte, aufzugehen, und das rechteckige Kunststoffkärtchen an. Er hatte es die ganze Zeit über in der Tasche gehabt, und die Strapazen, die es ausgehalten hatte, hatten deutlich sichtbare Spuren auf seiner Oberfläche hinterlassen. Wahrscheinlich war die Kodierung des kleinen Magnetstreifens zerstört worden. Ganz normale, altmodische Schlüssel, dachte Julian, hatten vielleicht doch auch ihre Vorteile ...

»Die funktioniert nicht mehr«, sagte eine Stimme hinter ihm. Julian wandte den Kopf und sah sich einem jungen Mann des Hilton-Personals gegenüber, der ihn anlächelte.

»Das habe ich gemerkt«, antwortete er. Er drehte das kleine Kärtchen in der Hand und seufzte bedauernd. »Schätze, ich hätte etwas sorgfältiger damit umgehen sollen.«

»Daran liegt es nicht«, sagte der Hotelangestellte. »Die Kodierung ist geändert worden. Tut mir leid, aber ich fürchte, du wirst das Zimmer nicht mehr betreten können.«

»Mein Vater hat für die nächsten zwei Wochen im voraus bezahlt«, sagte Julian stirnrunzelnd. »Außerdem sind alle meine Sachen noch da drin. Sie sehen doch, wie ich aussehe.«

Der junge Mann hob besänftigend die Hände. »Ich weiß, ich weiß. Deine Sachen sind unten, im Büro des Direktors, keine

Sorge. Und er wird dir auch alles erklären, wenn du mitkommst.« Er zögerte eine Sekunde. »Ich denke, es ist besser, wenn wir den Personalaufzug nehmen.«

»So wie ich aussehe, könnte ich wohl dem Ruf des Hotels schaden«, meinte Julian böse.

»Das auch. Aber unten in der Halle lungern ein paar Reporter herum, und ich dachte mir, daß du ihnen im Moment lieber aus dem Weg gehen willst.«

»Reporter?«

»Sie warten schon seit drei Tagen auf dich – oder auf sonst jemanden, über den sie herfallen können. Wir werfen sie zwar regelmäßig raus, aber sie kommen immer wieder. Die Burschen sind eine echte Pest.« Sie hatten den Personalaufzug erreicht. Der junge Mann zog einen Schlüssel aus der Tasche, öffnete die Tür und machte eine einladende Handbewegung. »Also komm. Der Manager wartet schon auf dich. Und . . . tust du mir einen Gefallen?«

»Welchen?« fragte Julian.

Sein Gegenüber sah plötzlich ein wenig verlegen aus. »Ich hatte den Auftrag, unten die Augen offen zu halten, falls du kommst. Könntest du ihm . . .«

». . . verschweigen, daß ich Ihnen durch die Lappen gegangen bin?« Julian nickte. »Kein Problem.«

Der junge Mann war sichtlich erleichtert. »Danke. Du hast etwas gut bei mir. Unser Boß ist ein echtes Ekel, weißt du. Der kleinste Fehler und . . .« Er fuhr sich mit dem Zeigefinger an der Kehle entlang.

Julian verstand. Aber die Sorgen des jungen Hotelangestellten interessierten ihn im Moment wenig, er hatte selbst genug um die Ohren. Was war jetzt wieder geschehen? Hatte sich denn alles gegen ihn verschworen?

»Was ist dir denn passiert?« fragte der junge Mann, während sie nach unten fuhren. Er deutete mit einer Kopfbewegung auf Julians zerfetzte Kleider. »Hattest du einen Unfall?«

»Es sieht schlimmer aus, als es war«, sagte Julian ausweichend.

»Das hoffe ich. Es sieht *ziemlich* schlimm aus.«

Julian schwieg. Der Mann wollte nur freundlich zu ihm sein, aber Julian wollte jetzt nicht reden. Vielleicht hätte er sich seine Flucht aus dem Krankenhaus doch etwas besser überlegen sollen.

Er war davon ausgegangen, daß irgendwie alles gut gehen würde, aber diese Annahme war vielleicht doch etwas zu optimistisch gewesen. Genaugenommen hätte er der Polizei kaum einen größeren Gefallen tun können. Der Gerichtsbeschluß, der ihnen verbot, mit ihm zu reden, nutzte Julian herzlich wenig, wenn sie ihn hier erwischten. Schließlich war er aus der Klinik weggelaufen, und kein Gericht der Welt würde ihnen verbieten, nach einem vermißten Vierzehnjährigen zu suchen – und ihn bei dieser Gelegenheit gleich ein bißchen auszuquetschen.

Die Beschreibung, die der junge Mann von seinem Chef gegeben hatte, erwies sich als durchaus zutreffend. Seine Freundlichkeit war nur Routine. Hinter dem berufsmäßigen Lächeln verbarg sich eine Kälte, die Julian instinktiv vorsichtig werden ließ. Er gab sich nicht einmal die Mühe, Julian zu begrüßen, sondern deutete nur mit einer knappen Geste auf einen Stuhl vor seinem Schreibtisch, ehe er die Tür schloß und selbst Platz nahm. Angesichts solch demonstrativer Unfreundlichkeit sah Julian nun auch keinen Grund mehr, besonders höflich zu sein.

»Wieso kann ich nicht in mein Zimmer?« fragte er.

Der Hotelmanager sah ihn über die riesige, spiegelblank polierte Fläche seines Schreibtisches hinweg an und schien einen Moment ernsthaft darüber nachzusinnen, ob er sich überhaupt dazu herablassen sollte, ihm zu antworten. Dann verzog er die Lippen zu etwas, das er wahrscheinlich für ein Lächeln hielt. »Es ist nicht freigegeben.«

»Freigegeben?«

»Von der Polizei. Letzte Nacht wurde dort eingebrochen. Die Polizei war schon da, aber sie haben mich gebeten, das Zimmer vorerst nicht wieder zu vermieten – was im übrigen auch gar nicht möglich wäre. Die Einbrecher haben ganze Arbeit geleistet. Die Suite muß von Grund auf renoviert werden. Womit wir gleich beim Thema wären.«

Julian ignorierte den letzten Satz geflissentlich. »Dann geben Sie mir eben ein anderes Zimmer«, sagte er. »Mein Vater hat schließlich bezahlt, oder?«

»Dein Vater, junger Mann«, antwortete der Manager betont, »ist leider nicht mehr da. Ich muß die näheren Umstände wohl nicht noch einmal erklären, aber ich hoffe, daß du verstehst, daß wir uns derzeit nicht mehr in der Lage sehen, dich in unserem Haus aufzunehmen.«

»Mit anderen Worten«, sagte Julian böse, »Sie schmeißen mich raus. Warum?«

»Selbstverständlich werden wir dem Anwalt deines Vaters den Restbetrag zurückerstatten«, fuhr der Manager unbeeindruckt fort. »Und um auf deine Frage zu kommen: Du wirst verstehen, daß wir uns ... Umstände wie diese nicht leisten können.«

»Einen Gast, der von der Polizei gesucht wird, meinen Sie.«

Sein scharfer Ton prallte wirkungslos von dem Mann auf der anderen Seite des Schreibtisches ab. Dieser nickte ungerührt. »Und dazu kommt noch der Einbruch, dann diese Journalisten ... so etwas ist nicht gut für unseren Ruf. Davon ganz abgesehen – wie die Dinge im Moment liegen, *dürfen* wir dich gar nicht mehr beherbergen. Die Polizei war in diesem Punkt unmißverständlich. Es tut mir sehr leid.«

Er sah ganz wie jemand aus, der gleich vor Mitleid zerfließen würde. Aber Julian war sich auch darüber im klaren, daß es sinnlos wäre, den Streit fortzusetzen. »Kann ich wenigstens meine Sachen haben?« fragte er.

»Eigentlich nicht«, antwortete der Manager. »Es ist alles dort im Nebenzimmer, aber die Polizei –«

Julian seufzte. »Ich verstehe.«

»Andererseits sehe ich auch ein, daß du nicht weiter in diesen Fetzen herumlaufen kannst«, sagte der Manager plötzlich. »Es ist wohl nichts dagegen einzuwenden, wenn ich dir ge-

statte, frische Hosen und ein sauberes Hemd anzuziehen.«
Er deutete auf eine Tür an der Schmalseite des Büros. »Es ist
alles dort in der Kammer. Geh und zieh dich um.«
Vielleicht war in dem Mann doch noch eine Spur von
menschlichem Gefühl zu finden, dachte Julian. Er stand auf,
ging ins Nebenzimmer und entdeckte seine und die Sachen
seines Vaters tatsächlich säuberlich in die Koffer verpackt auf
einem Regal. Aber bevor er die Koffer öffnete, trat er aus
einem plötzlichen Impuls heraus noch einmal zur Tür zurück und warf einen verstohlenen Blick ins Büro.
Der Manager hatte ihm den Rücken zugekehrt und telefonierte. Obwohl er sich Mühe gab, leise zu sein, konnte Julian
doch jedes Wort verstehen, das er sagte.
»Ja, vor ein paar Minuten. – Jetzt gerade? Hier bei mir. Er
zieht sich um. – Ich denke schon, aber beeilen Sie sich besser. – Gut, dann in zehn Minuten.« Er hängte ein, und Julian
trat rasch von der Tür zurück, um nicht gesehen zu werden.
Soviel zu seiner Menschenkenntnis. Es gehörte wahrlich
nicht viel Phantasie dazu, sich den Gesprächspartner vorzustellen und den fehlenden Teil des Gespräches zusammenzu-
reimen. In zehn Minuten würde die Polizei hier sein, um ihn
abzuholen.
Julian ließ es nicht zu, daß er in Panik geriet. Er hatte im
Grunde ja nichts zu befürchten. Er war weder eines Verbre-
chens angeklagt, noch verdächtigte ihn jemand, irgend etwas
mit Rogers Verschwinden und der Flucht seines Vaters zu
tun zu haben. Aber er konnte sich eben nicht frei bewegen,
und für das, was er vorhatte, war genau das die Grundvoraus-
setzung. Das letzte, was er jetzt gebrauchen konnte, war ein
neugieriger Polizist, der ihn mit Fragen löcherte und ihm
womöglich auf Schritt und Tritt nachschnüffelte. Manchmal
war es schon ein Kreuz, von aller Welt als unmündiges Kind
behandelt zu werden.
Er zog sich um und versuchte ein möglichst unbeteiligtes Gesicht zu machen, als er ins Büro des Managers zurückkehrte.
»Ich glaube, ich gehe dann wieder«, sagte er. »Es war sehr

freundlich von Ihnen, mich an die Koffer zu lassen. Vielen Dank.«

Von schlechtem Gewissen war auf dem Gesicht des Mannes keine Spur zu sehen. »Und wo willst du hin?« fragte er.

Julian zuckte mit den Schultern. »Ehrlich gesagt, weiß ich das selbst noch nicht«, gestand er. »Ich werde schon etwas finden.« Er drehte sich zur Tür um.

»Warte«, sagte der Manager.

Julian blieb stehen und sah in an. Der Mann stand umständlich hinter seinem Schreibtisch auf und kam ebenso umständlich auf ihn zu. Jede seiner Bewegungen diente nur dem einen Zweck, Zeit zu gewinnen. Er war ein ausgezeichneter Lügner. Der besorgte Ton in seiner Stimme hätte Julian zweifellos überzeugt, hätte er nicht gewußt, was er wirklich beabsichtigte.

»Wo willst du denn hin? Es ist schon spät. Du kannst nicht einfach in die Nacht hinausrennen.«

»Aber hierbleiben kann ich auch nicht. Sie haben selbst gesagt, daß ich –«

»Ich weiß, was ich gesagt habe«, wurde er unterbrochen. »Und es bleibt dabei. Aber das habe ich als Direktor dieses Hotel gesagt. Ich bin kein Unmensch. Wenn du nicht weißt, wohin, dann werden wir schon ein Plätzchen finden, wenigstens für diese Nacht.«

Julian konnte sich lebhaft vorstellen, wie dieses Plätzchen aussah. Trotzdem tat er so, als denke er ernsthaft über den Vorschlag nach.

»Warum gehst du nicht ins Restaurant und trinkst inzwischen eine Cola, während ich ein paar Freunde anrufe und alles für dich organisiere?« fuhr der Manager fort. Er war wirklich ein verdammter Lügner.

»Das ist . . . nett von ihnen«, sagte er zögernd. Eine Sekunde lang spielte er mit dem Gedanken, einfach davonzurennen, verwarf ihn aber sofort wieder. Er war ziemlich sicher, daß man ihn sehr bald einfangen würde.

Der Manager begleitete Julian auf den Flur hinaus, wo der

junge Mann in der Hoteluniform wartete. »Kümmern Sie
sich ein wenig um unseren jungen Freund«, sagte er. »Passen
Sie gut auf ihn auf, verstanden?«

»Selbstverständlich.«

Julian suchte vergeblich nach irgendeiner Spur von Verrat
oder Lüge in dem Lächeln des jungen Hotelangestellten. Offenbar wußte dieser tatsächlich nicht, was vorging. Das
machte es ein wenig leichter.

»War es schlimm?« fragte der junge Mann.

»Nein«, sagte Julian. »Warum auch? Ich habe schließlich
nichts getan.«

Julian warf einen nervösen Blick durch die großen Glastüren
nach draußen, während sie nebeneinander zum Restaurant
gingen. In der Einfahrt erschien ein Scheinwerferpaar, aber
er konnte nicht erkennen, ob es sich um ein Polizeifahrzeug
handelte oder nicht.

Sein Begleiter lachte leise. »Du hättest ihn hören sollen, als
er das Zimmer sah.«

»Wegen der Einbrecher?«

»Das waren keine normalen Einbrecher. Das waren Verrückte. Ich weiß ja nicht, was sie gesucht haben, aber das
Zimmer sah hinterher aus wie nach einem Bombenangriff.
Das müssen die ersten Einbrecher der Welt sein, die statt
einer Brechstange einen Flammenwerfer benützen.«

Julian fuhr erschrocken zusammen. »Wie bitte?« fragte er.

Ein heftiges Nicken. »Es hat gebrannt. Der Mann von der
Feuerwehr sagte, daß das Feuer nur wie durch ein Wunder
nicht auf die anderen Zimmer übergegriffen hat.«

Der Wagen hatte den Eingang erreicht und hielt an. Die
Scheinwerfer erloschen, und zwei Männer in hellen Trenchcoats stiegen aus. Julian ging ein wenig schneller, erreichte
das Restaurant noch vor seinem Begleiter und setzte sich an
einen Tisch gleich neben dem Eingang, von dem aus er die
Halle überblicken konnte, selbst aber nicht gleich zu sehen
war. Die beiden Polizisten betraten das Hotel und steuerten
zielsicher das Büro des Managers an.

»Freunde von dir?« fragte der junge Mann. Julians Blick war ihm nicht entgangen. »Sie sagten, ich hätte etwas bei Ihnen gut«, sagte Julian, ohne auf die Frage einzugehen. »War das ernst gemeint?«

Der andere seufzte. »Du treibst deine Schulden aber schnell ein.«

Julian wollte antworten, aber der andere machte eine abwehrende Geste. »Schon in Ordnung. Die Tür da hinten, gleich neben der Küche, siehst du sie? Dahinter ist ein Korridor. An seinem Ende liegt eine Tür, die auf den Parkplatz hinausführt. Paß auf, daß dich der Parkplatzwächter nicht sieht.« Er lächelte kurz. »Wenn sie fragen, wo du geblieben bist, werde ich behaupten, du seist auf die Toilette gegangen. Das bringt dir bestimmt noch einmal fünf Minuten.«

»Kriegen Sie keinen Ärger?«

»Ärger?« Der andere grinste plötzlich. »Was kann ich dafür, wenn du mich anlügst?«

Julian stand auf. »Jetzt schulde ich Ihnen etwas.«

»Stimmt. Und nun verschwinde endlich, bevor es ich mir anders überlege.«

Die Tür, die ihm der junge Mann gezeigt hatte, führte tatsächlich auf den Parkplatz hinaus. Geduckt und weit nach vorne gebeugt, um einem zufälligen Beobachter nicht aufzufallen, lief er zwischen den abgestellten Wagen hindurch und suchte nach einer Stelle, an der er ungesehen über die meterhohe Mauer steigen konnte, die den Parkplatz an drei Seiten umschloß. Einfach durch das Tor hinauszuspazieren wagte er nicht. Der Parkplatzwächter in seinem kleinen Häuschen hätte ihn sehen können. Vorsichtig schlich er weiter, erreichte die Mauer und duckte sich in einen Schatten.

Er mußte nicht lange warten. Genau gesagt, es vergingen nur einige Sekunden, bis die Tür mit einem Ruck aufflog – und zwei kleine, struppige Trolle herausgestolpert kamen.

Julian unterdrückte im letzten Moment einen Schrei. Die beiden Trolle schlurften auf den Parkplatz heraus. Sie trugen graue Mäntel, die ihnen um mindestens fünf Nummern zu groß waren. Nicht irgendwelche Mäntel. Julian hatte genau diese Mäntel vor nicht einmal fünf Minuten gesehen. Die Trolle waren die beiden Polizeibeamten, die der Hotelmanager gerufen hatte!

Die Erkenntnis traf Julian fast noch schwerer, als das plötzliche Auftauchen der Trolle. Das war doch unmöglich! Zwar hatte er schon bei Lederjacke und seinen Kumpanen erlebt, daß die zottigen Nachtgeschöpfe durchaus in der Lage waren, menschliche Gestalt anzunehmen, aber das war etwas völlig anderes gewesen. Er hatte stets gespürt, daß mit Mike etwas nicht stimmte, selbst beim allerersten Mal, als er noch gar nicht von der Existenz der Trolle gewußt hatte. Die beiden Polizisten ... *waren* Menschen! Er hatte mit ihnen geredet und zumindest den jüngeren sogar ein wenig sympathisch gefunden. Da war nichts von der tierischen Wildheit gewesen, die er stets an diesen Kreaturen gespürt hatte, nichts von dem brodelnden Haß auf alles Lebendige, den man selbst durch ihre menschlichen Masken hindurch fühlte. Er hätte es gewußt, wären sie verkleidete Trolle gewesen. Die beiden Polizeibeamten waren vielleicht nicht seine Freunde, aber sie waren Menschen. Wenigstens waren sie das noch gewesen, als er das letzte Mal mit ihnen gesprochen hatte.

Jetzt waren sie es nicht mehr. Die fast bühnenreife Vorstellung, die die beiden augenblicklich gaben, führte um ein Haar dazu, daß er die tödliche Gefahr vergaß, in der er schwebte.

Sie stolperten noch immer ungeschickt zwischen den abgestellten Autos umher. Der eine verhedderte sich jetzt so hoffnungslos in die Beine seiner viel zu langen Anzughose, daß er sein Gleichgewicht nicht mehr halten konnte und der Länge nach hinfiel. Schimpfend und geifernd vor Wut rappelte er sich wieder hoch und befreite sich aus seiner menschlichen Kleidung auf die direkteste und schnellste Art: indem er sie sich vom Leib riß.

Julian verspürte ein Schaudern, als er sah, wie mühelos die

Klauen des Trolls den Stoff zerfetzten. Sie würden dasselbe mit ihm tun. Es wurde Zeit, daß er von hier wegkam.

Geduckt schlich er an der Mauer entlang, suchte sich eine günstige Stelle und schwang sich darüber. Auf der anderen Seite begann eine mit Gras und Buschwerk bewachsene Böschung, so daß er auf dem abgeschrägten Gelände prompt das Gleichgewicht verlor. Er fiel auf Hände und Knie, sprang wieder auf und rannte weiter bergab.

Der Hang senkte sich zur Hauptstraße hinab, wo er vor einer dichten Hecke endete. Julian zwängte sich hindurch und drehte sich zu seinen Verfolgern um.

Köpfe und Schultern der beiden Trolle waren als schwarze Silhouetten jenseits der Parkplatzmauer zu sehen. Die Augen leuchteten wie kleine rote Lämpchen in der Dunkelheit, und von den Schultern des einen kräuselte sich dünner grauer Rauch, wo ein Stück seines Hemdes verkohlte.

Der Anblick brachte Julian auf eine Idee.

Während er die Böschung hinuntergelaufen war, hatte er gesehen, daß sich die Grünanlage auf der anderen Seite der Straße fortsetzte. Es gab dort einen kleinen, still daliegenden Park, und zwischen den Bäumen hatte er ganz deutlich das silberne Blitzen von Wasser gesehen.

Automatisch warf er einen Blick nach rechts und links und rannte los, sobald er feststellte, daß die Straße frei war. Hinter ihm erscholl ein zorniges Gekreische. Die beiden Trolle hatten ihn gesehen und setzten zur Verfolgung an. Aber schließlich sollten sie das in diesem Fall ja auch.

Julian erreichte den Park, sah sich nach den Trollen um und reduzierte sein Tempo, als er feststellte, daß die beiden Kreaturen bereits ein gutes Stück zurückgefallen waren. Der Anblick beruhigte ihn ein wenig. Zumindest auf freiem Gelände würde er den beiden jederzeit entkommen.

Er lief noch langsamer und blieb schließlich ganz stehen, als er den See erreichte. Im Grunde war es nur ein Teich, keine zehn Meter im Durchmesser. Aber für seine Zwecke reichte das durchaus.

Die beiden Trolle humpelten nebeneinander über die Straße. Julian fragte sich, wie er sie dazu bringen könnte, sich zu trennen. Er konnte es schlecht mit beiden zugleich aufnehmen, auch wenn sein Plan funktionierte.

Ausnahmsweise kam ihm das Schicksal zu Hilfe. Es erschien in Form eines grellen Scheinwerferpaares hinter der Straßenbiegung, und mit einem Male standen die beiden Trolle in helles weißes Licht gebadet mitten auf der Straße. Der eine humpelte weiterhin unbeirrt auf Julian zu, sein Kamerad blieb stehen, drehte den Kopf und sah dem näher kommenden Wagen wie gelähmt entgegen.

Bremsen quietschten. Aus dem Scheinwerferpaar wurde ein kastenförmiger Kleintransporter, plötzlich erscholl ein Krachen und Splittern, der Troll flog in hohem Bogen durch die Luft und verschwand in der Dunkelheit. Der Kleinlaster schlitterte mit quietschenden Reifen noch ein gutes Stück weiter, ehe sein Fahrer ihn endgültig zum Stehen brachte. Julian erhaschte einen flüchtigen Blick auf sein schreckensbleiches Gesicht, aber ihm blieb keine Zeit, weiter auf ihn zu achten, denn der zweite Troll war ihm mittlerweile bereits bedrohlich nahe gekommen.

Julian wich einen Schritt zurück, bis er unmittelbar am Wasser stand. Dann streckte er dem Troll die Zunge heraus, drehte ihm eine lange Nase und hüpfte herausfordernd auf der Stelle. Der Troll kreischte vor Wut, rannte, so schnell er nur konnte, auf ihn zu und hob die Krallen. Julian trat im allerletzten Moment einen Schritt zur Seite und streckte das Bein vor.

Aus dem Wutgeheul der Kreatur wurde ein überraschtes Kreischen, als er über Julians Bein stolperte und einen Salto in der Luft schlug.

Er landete einen halben Meter vom Ufer entfernt im Wasser. Der See mußte wohl doch tiefer sein, als Julian angenommen hatte, denn der Troll ging unter, und es dauerte eine geraume Weile, bis er prustend und Wasser spuckend heftig paddelnd wieder an die Oberfläche kam. Leider kam er wieder an die Oberfläche. Dampf stieg zischend von seinem Fell hoch, aber das Wasser begann weder zu kochen, noch löste sich der Troll in Rauch auf. Diese Wesen mochten sich im Feuer wohl fühlen wie Fische im Wasser, aber leider bedeutete das nicht, daß sie umgekehrt im Wasser zugrunde gingen.

Der Troll kletterte prustend und schimpfend ans Ufer. Das unfreiwillige Bad war ihm sichtlich unangenehm gewesen, aber auch nicht mehr. Es steigerte seinen Zorn nur noch. Seine Augen loderten wie glühende Kohlen, als er sich in die Höhe stemmte und Julian ansah.

Julian wich ein paar Schritte zurück, dann drehte er sich um und begann zu laufen. Er war sicher, daß der zweite Troll noch lebte und ganz in der Nähe war, aber zumindest im Moment konnte er keine Spur von ihm entdecken. Trotzdem schlug er vorsichtshalber einen großen Bogen um alle Büsche und Schatten, die der Kreatur als Versteck dienen mochten, als er zur Straße zurücklief.

Der Lastwagen stand noch da, wo er zum Stehen gekommen war. Julian entdeckte eine gewaltige Beule in seiner flachen Schnauze, und einer der Scheinwerfer war zerbrochen. Der Fahrer war ausgestiegen und starrte in die Dunkelheit.

»Steigen Sie ein!« schrie Julian, während er sich mit Riesensätzen dem Wagen näherte. »Um Gottes willen, schnell, ehe sie zurückkommen!«

Der Fahrer sah ihn eine Sekunde lang völlig verständnislos an, dann reagierte er ganz automatisch. Hastig stieg er in seinen Wagen, entriegelte die Beifahrertür und half Julian sogar beim Einsteigen. Julian stockte der Herzschlag, als er sah, daß die Fahrertür noch weit offenstand.

»Die Tür zu – schnell!«

Der Fahrer drehte sich um und sog erschrocken die Luft ein. Etwas Schwarzes, Struppiges mit flammenden Augen raste aus der Dunkelheit heran.

Im letzten Moment beugte sich der Mann vor und schlug die Tür zu, und nicht einmal eine Sekunde später krachte etwas von außen mit solcher Wucht dagegen, daß der ganze Wagen zu schaukeln begann.

»Fahren Sie!« rief Julian. »Schnell! Es sind Trolle!«

Der Fahrer starrte ihn an, und bevor er etwas sagen konnte, erscholl draußen ein wütendes Geifern und Kreischen. Wieder das Metall der Tür, dann erschien eine dreifingrige Klaue vor dem Fenster, gefolgt von einem schwarzen Gesicht mit rotglühenden Augen. Der Fahrer schrie auf, ließ den Motor an und stieg aufs Gaspedal, so daß der Wagen mit kreischenden Reifen ins Schlingern geriet und Julian für einen Moment sogar Angst hatte, er könnte umkippen. Erst als sie um die nächste Ecke gebogen waren, nahm der Fahrer ein wenig Tempo zurück. Aber er hielt keineswegs an, sondern fuhr noch immer sehr schnell, und sein Blick wanderte nervös zwischen dem Rückspiegel und Julians Gesicht hin und her.

»Gütiger Himmel!« flüsterte er. »Was war das? Was hast du gesagt... Trolle?«

»Tollwütig«, improvisierte Julian hastig. »Ich meinte, tollwütige Hunde.«

Der Fahrer war nicht sehr überzeugt. Aber dann schien er es einfach vorzuziehen, Julians Erklärung Glauben zu schenken.

»Es waren zwei«, fuhr Julian unaufgefordert fort. »Zwei von diesen riesigen schwarzen Kampfhunden, wissen Sie. Ich weiß nicht, wo sie hergekommen sind. Sie waren plötzlich da und griffen mich an. Wenn Sie nicht gekommen wären, hätten sie mich umgebracht.«

»Ich kenne diese Biester«, sagte der Fahrer. »Unberechenbare Scheusale, die verboten gehören!« Plötzlich atmete er hörbar auf. »Gott sei Dank«, sagte er erleichtert. »Und ich hatte schon Angst, ich hätte ein Kind überfahren!«

»Sie haben vermutlich jemandem das Leben gerettet«, beruhigte ihn Julian. »Diese Biester müssen völlig verrückt gewesen sein. Oder wirklich tollwütig.«

»Diese Pitbulls sind vollkommen unberechenbar«, sagte der Fahrer. »Und so gefährlich wie eine Handgranate. Ich werde an der nächsten Telefonzelle anhalten und die Polizei anrufen, damit man sie abschießt.«

Keine schlechte Idee, dachte Julian. Er bezweifelte zwar ernsthaft, daß eine Pistolenkugel den Trollen Schaden zufügen konnte, aber die Vorstellung, daß die Polizei jetzt mit Netzen und Gewehren Jagd auf ihren eigenen Chef machen würde, der sich in einen Troll verwandelt hatte, erheiterte ihn.

Letztere Überlegung führte ihn unbarmherzig zu der Frage, wieso sich die beiden Polizeibeamten plötzlich in Trolle verwandelt hatten. Er fand keine Erklärung dafür. Es erschien ihm sogar immer unlogischer, je länger er darüber nachdachte.

Der Fahrer hatte eine Telefonzelle entdeckt und hielt an.

»Ich steige dann gleich mit aus«, sagte Julian. »Ich kann mir ja von hier aus ein Taxi bestellen.«

Er machte Anstalten, die Tür zu öffnen, aber der Fahrer winkte ab. »Wohin willst du denn?« fragte er. Julian nannte die Adresse des Varietés, und der Mann sagte: »Das ist kein großer Umweg für mich. Ich bring dich hin, wenn du willst.«

»Danke.« Julian war allein schon deshalb mehr als bereit, das Angebot anzunehmen, um nicht möglicherweise zu Fuß durch die halbe Stadt zu müssen, was nicht unbedingt das war, was er sich wünschte – jetzt, wo er außer von der Polizei auch noch von den Trollen gejagt wurde.

Der Fahrer schlug die Tür zu und ging zur Telefonzelle. Er hob den Hörer ab, aber Julian sah, daß er die Münze nicht einwarf, sondern zehn Sekunden lang einfach nur dastand und die Zelle dann wieder verließ, ohne telefoniert zu haben. Er ging zweimal um seinen Wagen herum und untersuchte ihn sorgfältig, ehe er wieder einstieg.

»Du hast Trolle gesagt«, sagte er ruhig, während er die Tür hinter sich zuzog, »und nicht tollwütig. Und was ich gesehen habe, war auch kein Hund.«

Julian schwieg. Was hätte er auch sagen sollen.

»Stimmt's?«

»Hm«, machte Julian. »Die Geschichte ist . . . ein bißchen kompliziert.«

»Das glaube ich«, sagte der Fahrer. »Aber ich glaube auch, daß ich sie gar nicht hören will.« Er ließ den Motor an. »Ich fahre dich jetzt dorthin, wo du gesagt hast, und dann vergesse ich das Ganze. Meiner Versicherung werde ich schon irgendeine wilde Geschichte erzählen.«

Julian atmete erleichtert auf. Der Mann hatte ihm – wenn auch unfreiwillig – geholfen. Es war besser, wenn er nicht weiter in die Geschichte hineingezogen wurde und womöglich noch zu Schaden kam.

Die Fahrt dauerte nicht lang. Zu Fuß hätte er sicher eine Stunde gebraucht, aber es war fast Mitternacht, und auf den Straßen herrschte kaum noch Verkehr, so daß sie nach nicht einmal zehn Minuten in der Straße ankamen, an der das Varieté lag. Julian ließ den Fahrer gute zweihundert Meter vor dem Varieté anhalten und öffnete die Tür.

»Vielen Dank noch«, sagte er.

»Gern geschehen.« Der Fahrer zwang sich zu einem Lächeln. »Eigentlich sollte ich mich bei dir bedanken. Wann bekommt man schon einen leibhaftigen Troll zu Gesicht?« Er wurde wieder ernst. »Kann ich dir sonst noch irgendwie helfen?«

Julian schüttelte stumm den Kopf, stieg aus und trat einen Schritt zurück. Der Wagen setzte sich in Bewegung.

Julian konnte sich gerade noch mit einem Satz in Sicherheit bringen, als das schwarze, struppige Wesen vom Wagendach auf die Straße herunterplumpste. Die Krallen des Ungeheuers verfehlten sein Gesicht so knapp, daß er den Luftzug fühlen konnte. Der Troll war auf das Wagendach geklettert und hatte sich dort oben festgeklammert, während sie glaubten, ihn abgeschüttelt zu haben!

Julian wich ein paar Schritte zurück, während sich der Troll aufrappelte und mit ruckhaften Bewegungen nach ihm Ausschau hielt. Er hatte keine sehr große Angst. Er würde der Kreatur spielend davonlaufen können, das wußte er. Was ihn erschreckte, war die Hartnäckigkeit, mit der diese Geschöpfe ihn verfolgten, und das, was das in letzter Konsequenz bedeutete.

Lederjacke wußte von seinem Gespräch mit Alice. Er wußte, daß Julian das Geheimnis um die verschwundene Spiegelscherbe kannte und es somit in seiner Macht stand, den Teufelskreis zu durchbrechen, in dem der Rummelplatz mit all seinen Besuchern seit annähernd einem Jahrhundert gefangen war, und damit ihn und alle seine Dienerkreaturen vernichten würde. Kein Wunder, daß er alles aufbot, um ihn zu vernichten, bevor er die Scherbe in die Hände bekam!

Rückwärts gehend entfernte er sich ein paar Schritte von dem Troll. Die Kreatur folgte ihm, aber sie hatte aus ihren Fehlern gelernt, versuchte nicht mehr, sich auf ein Wettrennen mit ihm einzulassen, sondern bewegte sich, dabei ächzende Schreie ausstoßend, mit kleinen trippelnden Schritten im Zickzackkurs, um ihn in die Enge zu treiben.

Julian überlegte. Er konnte dem kleinen Scheusal einfach davonlaufen, aber er hatte ja mit eigenen Augen gesehen, daß diese Geschöpfe einer Spur zu folgen vermochten wie Bluthunde. Und das Letzte, was er in den nächsten Stunden gebrauchen konnte, war ein struppiges kleines Monster, das ihm auf Schritt und Tritt nachschnüffelte! Er mußte diese Kreatur irgendwie auf andere Weise loswerden!

Schritt für Schritt wich Julian weiter vor dem Troll zurück. Dieser folgte ihm, bewegte sich aber niemals schneller als Julian, um ihn nicht zu einem Wettlauf zu provozieren, den nur Julian gewinnen konnte.

Julians Gedanken rasten. Er war in den letzten Wochen oft genug hier gewesen, um zu wissen, daß die Straße nach etwa hundert Metern in eine breite Einkaufspromenade mündete. Bestimmt war diese selbst zu dieser Zeit noch belebt, zumal das Wochenende vor der Tür stand. Er glaubte nicht, daß der Troll ihm ins helle Licht der Einkaufsstraße folgen würde.

Julian lief los, blieb an der Ecke noch einmal stehen und stellte fest, daß der Troll hinterherschlurfte. Die Hauptsache war jetzt einmal, den Troll von hier wegzulocken, fort aus der unmittelbaren Nähe des Varietés. Wenn noch mehr von diesen Geschöpfen – oder gar Lederjacke selbst – hier auftauchten, dann würden sie zwei und zwei zusammenzählen und sich die Scherbe selbst holen.

Er wandte sich um, überquerte die Straße und blieb im Licht eines großen Schaufensters stehen. Er war nicht allein. Wie erwartet, hatten die erleuchteten Schaufenster und der warme Abend eine Menge Spaziergänger angelockt. Aus der offenstehenden Tür einer Pizzeria drangen Musik und Gelächter, ein Stück weiter hatten einige Motorradfahrer ihre Maschinen abgestellt und unterhielten sich lachend und lautstark. Die meisten Passanten machten einen respektvollen Bogen um sie.

Julian riß seinen Blick von der Rockerbande los und sah sich wieder nach dem Troll um. Er entdeckte ihn nirgends. Vielleicht hatte er doch Hemmungen, im hierher zu folgen. Aber Julian spürte, daß er noch in der Nähe war. Er und vielleicht auch noch andere. Lederjacke hatte mit Sicherheit alles aufgeboten, um Julian zu stellen, ehe er in den Besitz der magischen Spiegelscherbe kam. Immerhin ging es für ihn und all seine Kreaturen ums Überleben.

Aber wie sollte er sie erkennen, wenn sie in der Lage waren, jederzeit in eine menschliche Gestalt zu schlüpfen – wie das Schicksal der beiden Polizisten eindeutig bewies?

Julian äugte mißtrauisch zu den Motorradfahrern hin. Sie waren laut und benahmen sich ziemlich ausgelassen, und ihre Maschinen waren japanische Modelle aus Plastik und blitzendem Chrom und keine achtzig Jahre alten Oldtimer.

Das Schaufenster, vor dem er Schutz gesucht hatte, gehörte zu einem jener supermodernen Kaufhäuser, die ein Dutzend Geschäfte unter einem Dach vereinigten und in denen es noch ein Kino, mehrere Lokale und alle möglichen anderen Vergnügungen gab, die um einen gepflasterten, überdachten Innenhof gruppiert waren, den sogar Bäume in Töpfen zierten. Die Geschäfte waren natürlich geschlossen, aber alle Schaufenster waren hell erleuchtet, und auf dem Innenhof, wo Tische und Stühle im Freien standen, herrschte noch reger Betrieb. Dort drinnen würde er wenigstens für den Moment sicher sein. Er öffnete die große Glastür und trat ein. Einige Gäste sahen von ihrem Bier oder ihrer Pizza auf. Vor einem Kino am anderen Ende des Platzes wartete eine Besucherschlange auf den Beginn der Spätvorstellung, und durch die Türen einer Diskothek drang gedämpfte Musik. Eine Rolltreppe führte zu einer zweiten, halboffenen Etage hinauf, die ebenfalls hell erleuchtet war. Irgend etwas dort oben kam ihm eigenartig vor.

Er konnte getrost nachsehen, was es da oben gab. Ein Blick auf die Armbanduhr sagte ihm, daß er noch mehr als eine Stunde Zeit hatte, biß das Varieté schloß. Außerdem war da noch der Troll, der draußen in der Dunkelheit auf ihn wartete.

Er überquerte den Innenhof und fuhr mit der Rolltreppe nach oben. Schon auf halbem Wege wurde ihm klar, was ihn an dem Anblick gestört hatte. Auch hier oben gab es Dutzende von beleuchteten Schaufenstern, dazu eine Unzahl geschickt angebrachter Scheinwerfer, die alles in taghelles Licht tauchten. Es waren noch erstaunlich viele Besucher hier, bedachte man die vorgerückte Stunde und die Tatsache, daß die Geschäfte geschlossen hatten. Aber viele dieser Besucher bewegten sich nicht, sondern standen reglos da. Und genau das war es, was seine Aufmerksamkeit erregt hatte.

Sie konnten sich gar nicht bewegen, denn sie waren keine Menschen, sondern Puppen. Im allerersten Moment versuchte er sich noch einzureden, es wären nur Schaufensterfiguren, die ein Dekorateur hier draußen aufgestellt hatte, um Kunden anzulocken. Aber diese Hoffnung währte nicht einmal so lange, bis er von der Rolltreppe heruntertrat.

Es waren keine Schaufensterpuppen. Es waren Wachsfiguren. Und nicht irgendwelche.

Julian trat mit klopfendem Herzen näher an die lebensgroßen Puppen heran. Sie waren alle da – König Blaubart mit seinem feisten Lächeln, Frankenstein, Dracula in seinem schwarzen, mit blutroter Seide gefütterten Cape, der Henker mit seinem blutigen Beil, Dschingis-Khan, die Mumie –, alles Figuren aus dem Zelt, in das Roger ihn geführt hatte! Sie standen in einem lockeren Halbkreis da, von einer roten Kordel vor dem Zugriff neugieriger Zuschauer geschützt. Ein kleines Messingschildchen trug das Verbot, sie zu berühren, und wies die Figuren gleichzeitig als Leihgabe des »Horrorkabinetts« aus.

Julian glaubte zu fühlen, wie sich ihm jedes einzelne Haar auf dem Kopf sträubte. Das war doch nicht möglich! Nein! Er weigerte sich, weiter darüber nachzudenken. Lederjacke bot wirklich alles auf, was in seiner Macht stand, um ihn zu kriegen!

Er fuhr herum, rannte die Rolltreppe hinunter und stürzte durch den Hof. Diesmal blickten einige Gäste irritiert auf, aber Julian stürmte mit Riesensätzen weiter, riß die Glastür auf – und kam gerade noch im letzten Moment zum Stehen, ehe er gegen die in schwarzes Leder gekleidete Gestalt prallen konnte, die lässig gegen den Sattel eines uralten Motorrades gelehnt dastand und ihn angrinste.

»Hallo, Julian«, sagte Lederjacke.

Julian starrte ihn an. »Du?«

»Überrascht, wie?« Mike grinste noch breiter, aber in seinen Augen war plötzlich etwas, das dieses Lächeln Lügen strafte.

»Was . . . was willst du?« stieß Julian mühsam hervor.

»Frag nicht so blöd«, sagte Lederjacke ärgerlich. »Das weißt du doch ganz genau!« Er nahm die Arme herunter, legte den Kopf auf die Seite und sah Julian prüfend an. »Aber wenn ich es mir recht überlege, könnte es sein, daß du es vielleicht wirklich nicht weißt. Was haben dir Alice und Roger erzählt?«

Julians Gedanken überschlugen sich. Verzweifelt sah er sich nach einem Fluchtweg um. Zurück konnte er nicht, denn er war ziemlich sicher, daß sich die »Leihgabe« des Horrorkabinetts nicht bloß dort drinnen befand, um die Kaufhausbesucher zu erfreuen. Zur Linken standen noch immer die

Rocker, zur Rechten verlor sich die Straße in wattiger Dunkelheit. Etwas Kleines, Struppiges schien sich in der Schwärze zu bewegen.

»Alles«, antwortete er mit einiger Verspätung auf Lederjackes Frage.

»Das bezweifle ich«, sagte Lederjacke.

»Auf jeden Fall genug«, versetzte Julian. Er wandte sich nach links und ging mit langsamen Schritten los. Er hatte plötzlich eine verzweifelte Idee. Zu seiner Überraschung – aber auch zu seiner maßlosen Erleichterung – hielt ihn Lederjacke nicht zurück, sondern folgte ihm, wobei er sein Motorrad neben sich herschob.

»Genug? Hm«, meinte Lederjacke spöttisch. »Sie haben dir also erzählt, daß alles aufhört, wenn du den Splitter zurückbringst. Und jetzt rennst du los, um ihn zu holen.«

»Ich weiß nicht einmal, wo er ist«, sagte Julian, obwohl ihm eine innere Stimme sagte, daß es besser war, überhaupt nicht mit Lederjacke zu reden.

»Sicher«, sagte Lederjacke und lachte. »Du hast mich gefragt, was ich von dir will«, fuhr er fort. »Ich will es dir sagen. Ich bin hier, um dir eine allerletzte Chance zu geben. Sag mir, wo der Splitter ist, und wir lassen dich in Ruhe. Für immer. Und deinen Vater auch.«

Julian schwieg verbissen. Sie hatten die Motorradfahrer fast erreicht, und auch diese waren auf sie aufmerksam geworden. Die Bierflaschen hatten aufgehört zu kreisen, neugierige Blicke trafen Julian, Lederjacke und vor allem das Motorrad. Es war tatsächlich eine Rockergruppe, verwegen aussehende langhaarige Burschen in schwarzen Lederjacken, über denen sie ausgefranste Jeans-Westen mit Totenköpfen und Iron-Maiden-Aufnähern trugen. Genau die Art von Typen, um die Julian normalerweise einen sehr großen Bogen schlug. Aber im Moment waren sie vielleicht seine einzige Chance. Er ging schnurstracks auf das halbe Dutzend Motorräder und seine Besitzer zu, und Lederjacke folgte ihm.

Einer der Rocker prostete ihnen spöttisch mit seiner Bierflasche zu. »He, ihr Vögel« schrie er. »Aus welchem Museum habt ihr denn diesen Schrotthaufen geklaut?«

Seine Kumpanen quittierten die Bemerkung mit grölendem Gelächter. Lederjacke ignorierte sie. »Überlege es dir«, sagte er zu Julian ernst. »Bisher war alles, was passiert ist, nichts als eine Warnung. Wir können auch anders. Aber wir haben gar kein Interesse daran, dir etwas zu tun.«

»Bist du sicher?« antwortete Julian in zweifelndem Ton und fuhr jetzt ganz laut fort: »Also ich finde nicht, daß es japanischer Schrott ist!«

Der Rocker, der ihnen zugeprostet hatte, verschluckte sich an seinem Bier, und Lederjacke sah ihn völlig verwirrt an. Die Gespräche der anderen Motorradfahrer verstummten.

»Sieh dir nur mal die rote Kawasaki da hinten an«, redete Julian weiter. »Wieso nennst du das Ding einen Joghurtbecher? Ich finde es todschick.«

»Was faselst du da?« fragte Lederjacke verstört.

Eine Bierflasche klirrte zu Boden, und eine zornige Stimme sagte: »He, Freundchen! Warte doch mal!«

Lederjacke ignorierte auch das, und Julian sagte unüberhörbar: »Und was hast du gegen Rocker? Sie sehen vielleicht ein bißchen komisch aus, aber versoffenen Abschaum würde ich sie nun doch nicht nennen.«

Aus Lederjackes Gesicht wich plötzlich jedes bißchen Farbe, als er endlich begriff, was Julian vorhatte. Aber dieses Begreifen kam entschieden zu spät.

Einer der Motorradfahrer vertrat ihm den Weg, so daß er stehenbleiben mußte, und die anderen bildeten einen engen Kreis um ihn und Julian. Ein halbes Dutzend bärtiger Gesichter blickte zornig auf sie herab.

»Wie war das?« fragte der Rocker. »Was hast du gesagt, Freundchen?«

Lederjacke hielt seinem Blick gelassen stand. »Hau ab«, sagte er kalt. Er versuchte weiterzugehen, aber der Rocker gab den Weg nicht frei, sondern versuchte ihn im Gegenteil an der Schulter zu packen.

Lederjacke war schneller. Blitzschnell schloß er die Finger um die Faust des Rockers und drückte zu.

Ein verblüffter Ausdruck erschien auf dem Gesicht des Rokkers und machte nur eine Sekunde später dem Ausdruck von Schmerz Platz. Lederjacke war um einen guten Kopf kleiner und viel schlanker als er, aber er zwang seinen Gegner trotzdem ohne sichtbare Anstrengung in die Knie. Julian konnte die Knöchel des Rockers knirschen hören, während sich Lederjackes Finger fester und fester um seine Hand schlossen. Ein keuchender Schrei kam über seine Lippen.

Dann stürzten sich die anderen fünf wie ein Mann auf Lederjacke.

Julian nutzte das Durcheinander, um sich rasch in Sicherheit zu bringen. Der Ausgang des Kampfes hätte ihn wohl interessiert, denn er war keineswegs sicher, daß die sechs Rocker mit Lederjacke fertig wurden, aber er mußte den winzigen Vorteil, den er hatte, nutzen. Abgesehen von allem anderen, war es gut möglich, daß einer der Passanten die Polizei rief, wenn er den Kampf zwischen der Rockerbande und Lederjacke bemerkte. Und auch die Polizei war etwas, was er im Moment ganz und gar nicht brauchen konnte.

Er bog blindlings in die erste Seitenstraße ein und warf einen Blick über die Schulter zurück. Von dem Troll war nichts zu sehen, und Julian hoffte auch, daß das so bleiben würde. Wenn das Geschöpf noch in der Nähe war, dann würde es wohl eher seinem Herrn und Meister zu Hilfe eilen, als ihn weiter zu verfolgen. Und wenn ja, nun, dieses Risiko mußte er einfach eingehen. Julian gestand sich ein, daß er seinen ursprünglichen Plan wahrscheinlich nicht mehr ausführen konnte. Lederjackes plötzliches Erscheinen hatte ihm endgültig klargemacht, daß er sich vor ihm und seinen Trollen nicht verstecken konnte. Er mußte einfach auf die einzige Eigenschaft vertrauen, in der er den spitzohrigen Nachtgeschöpfen überlegen war: seine Schnelligkeit.

Während er in einen ausgreifenden, aber kräftesparenden Trab fiel, überlegte er, wie er am besten in das Varieté hineinkäme. Es gab einen Notausgang, das wußte er, aber er hatte zwei Nachteile: die Tür war nur über die Mauer eines Hofes zu erreichen, ließ sich nur von innen öffnen, und im Büro des Geschäftsführers ging ein rotes Licht an, sobald dies geschah, und nebenbei auch noch ein Monitor, der mit einer Videokamera über der Tür verbunden war. Sowenig ihm der Gedanke gefiel, in Anbetracht der Umstände blieb ihm nur der direkte Weg durch den Haupteingang.

Julian lief einmal um den Häuserblock herum, um noch ein wenig Vorsprung herauszuholen, falls ihm der Troll wider Erwarten doch noch folgen sollte, und fiel wieder in ein normales Tempo zurück, als er in die Straße einbog, in der das Varieté lag. Die letzten hundert Meter ging er noch langsamer, damit sich sein Atem ein bißchen beruhigte, obwohl ihn diese Verzögerung wertvolle Zeit kostete.

Er blieb noch einmal stehen und sah sich verstohlen nach allen Richtungen um, ehe er das Varieté betrat. Kein Lederjacke. Keine Trolle. Aber das hatte er schon einmal gehabt. Julian schätzte, daß ihm allerhöchstens fünf Minuten blieben. So knapp diese Frist war, sie mußte reichen.

Der Portier in seiner hellgrauen Phantasieuniform staunte nicht schlecht, als Julian plötzlich vor ihm stand. »Du?« sagte er überrascht. Er versuchte zu lächeln, aber es mißlang.

Julian ließ ihm keine Zeit, seine Überraschung zu verdauen, sondern marschierte forschen Schrittes auf ihn zu und an ihm vorbei. »Ich muß den Geschäftsführer sprechen«, sagte er. »Bemühen Sie sich nicht – ich kenne den Weg.«

»Also, ich weiß nicht –«, begann der Portier, aber Julian reagierte weder auf seine Worte noch auf die eher zaghafte Bewegung, die er machte, um ihn festzuhalten, sondern schlug bereits den Vorhang beiseite und verschwand mit schnellen Schritten im Gang dahinter. Er atmete auf. Die erste Hürde hatte er genommen, leider nicht die schwerste. Sicher würde der Portier schon in diesem Moment zum Telefon greifen und den Geschäftsführer anrufen. Von jetzt an mußte er mit jeder Sekunde geizen.

Er erreichte die Tür mit der Aufschrift »Privat«, die sich direkt vor dem Durchgang zum Zuschauerraum befand, öffnete sie und schlüpfte in den dahinterliegenden Korridor. Das Büro des Geschäftsführers lag auf der gegenüberliegenden Seite, und Julian war darauf gefaßt, die Tür in diesem Moment aufgehen und den Manager herauskommen zu sehen. Er hatte keine Ahnung, war er dann tun oder sagen sollte.

Die Tür öffnete sich nicht, aber er hörte das Schrillen des Telefons dahinter, zweimal, dreimal. Niemand nahm ab. Offensichtlich war der Manager nicht in seinem Büro. Gut. Der Portier würde weiter nach ihm suchen, aber vielleicht verschaffte ihm das den entscheidenden Vorsprung, den er brauchte. Plötzlich war er sehr froh, ein paarmal mit seinem Vater hiergewesen zu sein, so daß er sich auskannte.

Julian wandte sich nach links, ging an den Toiletten und den beiden Garderoben vorbei und näherte sich dem Lagerraum am Ende des Korridors. Er betete, daß die Tür nicht abgeschlossen sein möge und daß sich die Utensilien seines Vaters noch darin befänden. Wenn der Rechtsanwalt oder gar die Polizei die Sachen hatten abholen lassen, dann war alles vorbei. Lederjacke würde ihn binnen kürzester Zeit wiedergefunden haben – so dumm war er nicht, daß er nicht genau wußte, was Julian hier suchte.

Seine Gebete wurden erhört. Die Tür war nicht verschlossen, und als er das Licht einschaltete, sah er die Zauberkiste seines Vaters gleich einem Sarg aufrecht an der Rückwand des Lagers lehnen. Daneben erhob sich ein etwas kleinerer, mit einem weißen Tuch verhängte Umriß. Der Spiegel!

Julian atmete deutlich hörbar auf, versperrte sorgfältig die Tür und näherte sich dem Spiegel. Sein Herz begann zu klopfen, seine Schritte wurden immer langsamer, je näher er dem verhängten Spiegel kam. Es kam ihm ganz und gar nicht so vor, als wäre er am Ziel. Er hatte einfach das Gefühl, daß es zu leicht gewesen war. Das Schwierigste stand ihm ja noch bevor. Es war nicht damit getan, die Spiegelscherbe zu finden. Er mußte auch noch damit von hier rauskommen und den Splitter zurück auf die Kirmes bringen.

Sein Zögern hatte noch einen Grund, der ihm erst so richtig klarwurde, als er das Tuch wegzog. Dieser Spiegel war alles, was sein Vater hatte. Er war sein Lebenswerk, sein *Leben*, und er, Julian, war hier, um ihn zu zerstören. Danach würde dieser Spiegel nichts anderes sein als eben ein Spiegel. Plötzlich war Julian nicht mehr sicher, ob er ein Recht hatte, das zu tun.

Aber dann war es ihm, als sehe er Flammen über den Spiegel huschen, als höre er Schreie und das dumpfe Grollen von Donnerschlägen, als spüre er die infernalische Hitze des Feuers. Nichts von alldem war wirklich, aber die Bilder, die aus seiner Erinnerung heraufstiegen, waren so deutlich und klar, daß Julian am ganzen Leib zu zittern begann. Er sah brennende Menschen, brennende Zelte, Feuer, das vom Himmel fiel, und schwarze Spiegelscherben, die Menschen in Ungeheuer verwandelten.

Es mußte aufhören.

Er konnte das Geschehene nicht ungeschehen machen. Die Vergangenheit ließ sich nicht mehr ändern. Aber er konnte dafür sorgen, daß es *aufhörte*. Er mußte es tun, ganz gleich, welchen Preis sein Vater – oder auch er selbst – dafür würden zahlen müssen.

Behutsam strich er mit den Fingerspitzen über das Glas. Im schwachen Licht konnte er die haarfeinen Risse und Sprünge nicht sehen, aber er fühlte die leichte Unebenheit, wo die Scherbe des magischen Spiegels in das Glas eingepaßt worden war. Julian mußte lächeln. Dieses Versteck war geradezu genial. Wer würde schon eine Spiegelscherbe in einem *Spiegel* suchen? Und zusätzlich machte diese Scherbe aus einem ganz normalen Spiegel ein magisches Instrument!

Julian sah sich suchend nach etwas um, das er als Werkzeug benützen könnte, und fand schließlich ein gut zehn Zentimeter langes, gebogenes Eisenstück mit einer scharfen Kante. Er ließ sich vor dem Spiegel in die Knie sinken und begann mit seinem improvisierten Werkzeug das Glas zu bearbeiten. Es gelang ihm, ein kleines Stück des normalen Spiegelglases herauszubrechen, das an die Scherbe grenzte, so daß er einen Punkt hatte, wo er direkt ansetzen konnte. Seine Finger zitterten plötzlich, und er wartete einige Sekunden, bis sie sich wieder beruhigt hatten. Unendlich behutsam begann er, die Spiegelscherbe aus dem Glas herauszulösen.

Er war in Schweiß gebadet. Ein paarmal knirschte das Glas bedrohlich unter dem Druck, so daß er erschrocken innehielt. Es dauerte länger als zehn Minuten, mithin mehr als doppelt so lange, als er sich für seine ganze Aktion Zeit gegeben hatte. Ein paarmal hörte er draußen auf dem Flur Schritte und Stimmen, und einmal wurde an der Tür gerüttelt, aber schließlich hielt er die sichelförmige Scherbe unbeschädigt in Händen.

Es war ein seltsames, fast ehrfürchtiges Gefühl. Was er da vor sich auf der Handfläche liegen hatte, war kein normales Glas. Er konnte das unvorstellbare Alter, von dem Alice gesprochen hatte, regelrecht fühlen und spürte die gewaltige Macht, die selbst diesem winzigen Teil des magischen Spiegels noch innewohnte. Sehr vorsichtig schob er die Scherbe in die Innentasche seiner Jacke, hängte das Tuch wieder über den Spiegel und ging zur Tür. Er schaltete das Licht aus, lauschte einen Moment und schlüpfte, als er nichts hörte, wieder in den Korridor hinaus.

In einer der Garderoben brannte jetzt Licht, und als er am Büro des Direktors vorbeischlich, hörte er aufgeregte Stimmen. Es war wohl tatsächlich so, daß der schwere Teil seiner Aufgabe erst noch vor ihm lag.

Aber zumindest für die nächsten Minuten blieb ihm das Glück noch hold. Er wußte, daß er nicht einfach wieder durch den Haupteingang hinausspazieren konnte, denn der Portier hatte ganz bestimmt Anweisung erhalten, ihn festzuhalten. Und am Notausgang gab es diese Videokamera. Sicher gewann er ein paar Sekunden, bis der Geschäftsführer auf das rote Licht aufmerksam wurde und auf seinem Monitor sah, was vor sich ging. Aber der Notausgang führte nur auf den von einer Mauer umschlossenen Innenhof, und er war nicht sicher, daß ihm Zeit genug blieb, über die Mauer zu entkommen. Ein Lokal wie dieses war vor Zechprellern nicht sicher. Das Personal war also einigermaßen darin geübt, den Notausgang binnen Sekunden zu erreichen.

Er entschied sich doch wieder für den Haupteingang.

Und damit strapazierte er sein Glück eindeutig zu sehr. Das wurde ihm aber erst klar, als er die Tür öffnete, auf die Straße hinaustrat, feststellte, daß der Portier nicht dastand und auf ihn wartete, was aber leider nicht hieß, daß die Straße vor dem Varieté leer war ...

»Das war keine schlechte Idee«, sagte Lederjacke. Sein Gesicht war übel zugerichtet, was Julian normalerweise mit einem gesunden Maß an Schadenfreude erfüllt hätte, wären die Umstände nur ein ganz kleines bißchen anders gewesen. Jetzt machte es ihm einfach nur angst. »Wirklich«, fuhr Lederjacke fort, »ich beginne allmählich beinahe so etwas wie Respekt vor dir zu entwickeln. Es macht sehr viel Spaß, einen Gegner zu besiegen, der sich auch zu wehren versteht, weißt du?«

Julian schwieg. Lederjacke grinste, und seine Stimme klang sogar ein wenig amüsiert. Plötzlich schoß sein Arm vor. Er streckte herausfordernd die Hand in Julians Richtung. »Gib es mir!«

In seiner Stimme lag ein so befehlender, herrischer Klang, daß Julian ganz automatisch die Hand hob. Er führte die Bewegung nicht ganz zu Ende, aber in Lederjackes Augen blitzte es triumphierend auf, und Julian verfluchte sich in Gedanken für seine Unbeherrschtheit. Jetzt hatte es wenig Sinn, weiter so zu tun, als wisse er gar nicht, was Lederjacke von ihm wollte.

»Und wenn ich es nicht tue?« fragte er patzig.

Lederjacke seufzte. »Zwing mich nicht, dir weh zu tun, Julian«, sagte er kopfschüttelnd. »Bis jetzt hast du dich wirklich gut geschlagen, Kleiner. Ich sage das nicht, um dir zu schmeicheln, glaub mir. Ich meine es ernst. Du warst tapfer, und du hast dich nicht einmal dumm angestellt. Verdirb nicht alles, indem du mich zwingst, dich windelweich zu prügeln.« Julian sah sich verstohlen auf der Straße um. Kein Mensch war zu sehen, und auch hinter der Tür in seinem Rücken herrschte mit einem Mal Totenstille. Es war fast absurd – noch vor ein paar Sekunden war er aus dem Haus geschlichen, um nur ja niemandem zu begegnen, und jetzt hätte er alles darum gegeben, einen anderen Menschen zu sehen.

»Mach dir keine Hoffnungen«, sagte Lederjacke. »Es wird niemand kommen, der dir hilft.« Er wiederholte seine auffordernde Handbewegung. Eine Spur von Ungeduld schlich sich in seine Stimme, als er weitersprach. »Gib sie heraus!«

Julian rührte sich nicht, und Lederjacke seufzte, schüttelte den Kopf und schwang sich mit einer kraftvollen Bewegung vom Motorrad. Und genau in dieser Sekunde trat Julian mit aller Gewalt gegen den Tank der Maschine.

Lederjacke versuchte den Sturz aufzufangen, aber Julian half mit einem zweiten Fußtritt nach, so daß Lederjacke nicht nur vollends nach hinten kippte, sondern auch noch unter dem Motorrad zum Liegen kam, setzte mit einem gewagten Sprung über ihn hinweg und rannte mit Riesensprüngen die Straße hinunter. Das alles dauerte keine drei Sekunden, und Julian begriff im Grunde erst hinterher richtig, was er getan hatte. Sein Verstand rief ihm zu, daß seine Flucht der reine Wahnsinn sei und er keine Chance habe zu entkommen. Aber er war nicht in der Verfassung, auf Vernunftsargumente zu hören. Hinter sich hörte er Lederjacke schimpfen und ihm nachrufen, daß er stehenbleiben solle und der Spaß jetzt endgültig vorbei sei. Und als er sich im Laufen umdrehte, sah er, daß Lederjacke schon wieder dabei war, sein Motorrad aufzurichten. Er versuchte, sein Tempo noch mehr zu steigern, sah aber schon nach wenigen Schritten ein, daß er damit nur seine Kräfte verschwendete. Er konnte Lederjacke nicht davonlaufen. Julian hatte noch nicht einmal das Ende der Straße erreicht, als er das Motorrad hinter sich aufbrüllen hörte. Wider besseres Wissen legte er einen Zwischenspurt ein, wandte sich nach rechts und fand sich auf der Straße vor dem Kaufhauskomplex wieder.

Nichts hatte sich verändert. Hinter den Schaufenstern brannte noch immer Licht. Der Innenhof war noch immer von Menschen bevölkert, und selbst die Rockerbande war noch da. Julian warf einen gehetzten Blick über die Schulter zurück und sah, daß Lederjacke keine zwanzig Meter hinter ihm mit kreischenden Reifen um die Ecke geschleudert kam. Er mobilisierte noch einmal alle Kräfte und sprintete auf die Rockerbande zu. »Er ist wieder da!« schrie er. »Schnappt ihn euch!« Vielleicht funktionierte, was einmal geklappt hatte, auch ein zweites Mal.

Aber die Rocker rührten sich nicht. Sie standen einfach da und starrten ihn an. Etwas stimmte nicht mit ihnen.

Julian blieb zehn Meter von ihnen entfernt stehen. Die Rokker rührten sich noch immer nicht, aber er sah jetzt, daß sie ihre Helme aufgesetzt und die Visiere heruntergeklappt hatten. Er entdeckte keine Bierflaschen oder qualmende Zigaretten mehr, dafür fiel ihm auf, daß die Motoren der Maschinen liefen.

Verwirrt warf er einen Blick über die Schulter zurück. Lederjacke hatte zehn Meter hinter ihm angehalten. Er grinste.

Und plötzlich begriff Julian, was geschehen war. Er wußte es, noch bevor er sich wieder zu der Motorradbande umdrehte und das unheimliche rote Glühen hinter den geschlossenen Helmvisieren sah; und den dünnen Rauch, der kräuselnd aus den Motorradanzügen aufstieg.

Die Rocker waren keine Rocker mehr. Lederjacke hatte sie in Trolle verwandelt!

»Gib endlich auf, du Narr!« sagte Lederjacke hinter ihm. »Du hast dir und der ganzen Welt jetzt zur Genüge bewiesen, was für ein tapferer Kerl du bist.«

Julian hätte vermutlich auch nicht antworten können, wenn er es gewollt hätte. Er starrte noch immer die Rocker an, und der Anblick lähmte ihn regelrecht. Die Gestalten bewegten sich jetzt langsam auf ihre Motorräder zu. Das rote Glühen hinter den Visieren war intensiver geworden. Überall kräuselte sich Rauch aus Jacken, Ärmeln und Hosenbünden, und der Kunststoffhelm einer der Gestalten begann sich zischend und blasenwerfend zu verformen. Ein scharfer, Übelkeit erregender Geruch hing in der Luft.

»Gib auf!« sagte Lederjacke noch einmal. Seine Stimme klang plötzlich hart wie Glas. »Das ist deine allerletzte Chance!«

»Ja, das ist sie wohl«, sagte Julian.

Und stürzte los.

Lederjacke mußte wohl damit gerechnet haben, denn er schwang sich mit einer blitzartigen Bewegung aus dem Sattel des Motorrades und vertrat ihm mit erhobenen Händen den Weg, aber Julian lief nicht in die Richtung, mit der er gerechnet hatte. Statt sich nach links zu wenden, in die einzige Richtung, in der es scheinbar noch einen Fluchtweg gab, rannte er zwei Schritte weit geradewegs auf Lederjacke zu und machte dann einen blitzschnellen Schwenk nach rechts – direkt auf das Kaufhaus zu! Lederjacke stand verblüfft da, aber in seine Rockerbande kam plötzlich hektische Bewegung. Zwei, drei von ihnen sprangen mit fast affenartiger Geschicklichkeit auf ihre Maschinen, ein anderer rannte hinter ihm her und grabschte nach ihm, verfehlte ihn aber, und Julian stieß die gläserne Tür zum Arkadenhof des Kaufhauses auf.

»Packt ihn!« kreischte Lederjacke. »Er darf nicht entkommen!«

Hinter Julian brüllten zwei, drei Motoren gleichzeitig auf. Reifen kreischten, blitzende Lichtreflexe huschten über das Glas der großen Scheiben. Die Besucher des Kaufhauses wandten überrascht die Köpfe, ein Kellner ließ erschrocken sein Tablett fallen, dessen Last klirrend auf dem Boden zerbarst, einen Schauer von Glasscherben und Splittern in weitem Umkreis verteilend. Etwas an diesem Anblick war wichtig. Julian wußte es einfach. Wieder hatte er das sichere Gefühl, der Lösung ganz nahe zu sein, aber er hatte einfach keine Zeit, den Gedanken weiterzudenken. Mit gewaltigen Schritten hetzte er durch den Hof und blickte sich im Laufen um.

Gleich drei Mitglieder von Lederjackes Trollbande rasten auf ihren Motorrädern auf die Glastüren zu. Sie machten keinerlei Anstalten, ihre Maschinen abzubremsen, sondern preschten tief über die Lenker gebeugt heran – und brachen klirrend und berstend einfach durch die großen Glastüren! Einer von ihnen verlor bei diesem gewagten Manöver die Gewalt über seine Maschine und schlug schwer hin, aber die beiden anderen jagten unbeeindruckt weiter, direkt auf Julian zu –

Ein fürchterlicher Schlag traf Julian zwischen die Schulterblätter und fegte ihn von den Füßen. Er fiel, sah voller Entsetzen eines der schweren Motorräder direkt auf sich zurasen und riß instinktiv die Hände vor das Gesicht, obwohl er genau wußte, wie lächerlich dieser Schutz war, wenn vier oder fünf Zentner Stahl und Kunststoff gegen ihn prallten.

Im allerletzten Moment riß der Troll seine Maschine herum, schlingerte in zehn Zentimeter Abstand an Julian vorbei und verlor ebenfalls das Gleichgewicht. Die Maschine schlug krachend hin, begrub ihren Fahrer unter sich und rutschte funkensprühend in die Sitzgruppe, die vor der Tür einer Pizzeria aufgebaut war. Julian sah, wie sich die Gäste mit entsetzten Sprüngen in Sicherheit zu bringen suchten, während das Motorrad eine breite Gasse durch die Tischreihe pflügte. Der Troll lag auf dem Rücken und regte sich nicht mehr. Über seinem Helm und aus Jacke und Hose seiner zerschrammten Lederkombination kräuselte sich grauer Rauch.

Aber es waren noch immer vier Rocker übrig, Lederjacke selbst nicht mit eingerechnet. Julian sprang auf die Beine. Aus dem von leiser Musik, Gläserklirren und Lachen erfüllten Arkadenhof war binnen Sekunden ein Hexenkessel geworden. Gäste und Personal versuchten sich schreiend in Sicherheit zu bringen, und am Geländer der oberen Etage erschienen neugierige Gesichter, die nach der Ursache des Lärms Ausschau hielten.

Die Rocker und Lederjacke selbst waren mittlerweile alle im Innenhof. Wieder schoß ein Motorrad auf Julian zu, und wieder gelang es ihm nicht, ihm völlig auszuweichen. Ein zweiter Faustschlag traf seine Schulter und ließ ihn taumeln, warf ihn aber nicht zu Boden.

Das dritte Motorrad schoß heran. Julian duckte sich und versuchte einen Schritt zur Seite zu machen und tat damit wohl genau das, womit der Troll gerechnet hatte, denn er lief so direkt in den Faustschlag der Kreatur hinein, daß ihm die Luft wegblieb und bunte Sterne vor seinen Augen tanzten, während er auf die Knie sank.

Keuchend arbeitete er sich wieder hoch und kassierte Sekunden später einen Handkantenschlag, der seinen linken Oberarm traf und lähmte. Die Rockerbande spielte mit ihm ein böses, grausames Spiel. Wahrscheinlich hätten sie ihn schon mit dem allerersten Hieb ausschalten können, aber das wollten sie gar nicht. Irgendwie gelang es ihm, dem nächsten Schlag auszuweichen, aber er war umzingelt. Drei Motorradfahrer umkreisten ihn auf ihren Maschinen, die beiden anderen machten sich einen Spaß daraus, die Passanten und Kellner vor sich herzuscheuchen. Der sechste rührte sich noch immer nicht. Offensichtlich war es mit der Unverwundbarkeit dieser Wesen doch nicht so weit her.

Wieder prasselten Hiebe auf ihn herab. Keiner von ihnen war stark genug, ihn ernsthaft zu verletzen. Hilflos taumelte er in dem immer enger werdenden Kreis, den die Motorräder um ihn bildeten, umher. Dann sah er, wie Lederjacke seine Maschine abstellte, gemächlich aus dem Sattel stieg und mit einem höhnischen Grinsen auf ihn zukam. Seine Augen loderten rot. Seine Hände schlossen sich unentwegt zu Fäusten und öffneten sich wieder, und Julian bemerkte, daß sie plötzlich von schwarzem, drahtigem Fell bedeckt waren. Aus den Fingernägeln wurden fürchterliche Krallen, und Mittel- und Ringfinger des Jungen begannen zusammenzuwachsen.

Der Anblick erfüllte ihn mit einem solchen Entsetzen, daß er blindlings losstürmte. Er hätte keine Chance gehabt, den Kreis zu durchbrechen, aber offensichtlich hatten sie noch nicht genug von ihrem grausamen Spiel und ließen ihn durch, wobei ihm allerdings einer einen Hieb in die Seite versetzte, der ihn schon wieder auf die Knie zwang. Seine Umgebung begann vor seinen Augen zu verschwimmen, er schmeckte sein eigenes Blut. Vergebens hielt er nach einem Fluchtweg Ausschau. Einer der Rocker blockierte den Ausgang, ein zweiter stand mit seiner Maschine zwei Meter daneben und spielte herausfordernd am Gashebel, um ihn über den Haufen zu fahren, sollte er trotzdem versuchen, auf diesem Weg zu entkommen. Es gab keinen anderen Weg.

»Heda!« schrie eine Stimme von der oberen Etage herunter. Julian hob den Kopf und gewahrte das Gesicht eines grauhaarigen Mannes über dem Geländer. »Was ist denn da los! Hört sofort auf! Ich werde die Polizei rufen!« Die Ankündigung entlockte den Rockern nur ein höhnisches Gelächter, aber Julian brachte sie auf eine verzweifelte Idee.

Ohne auch nur noch eine Sekunde zu zögern, rannte er auf die Rolltreppe zu. Lederjacke schrie überrascht auf, zwei seiner Kreaturen setzten sofort zur Verfolgung an, aber da hatte Julian die Treppe auch schon erreicht und lief nach oben.

Einer der Rocker folgte ihm. Mit aufbrüllendem Motor lenkte er seine Maschine auf die fahrende Rolltreppe, gab noch mehr Gas und richtete sich halb im Sattel auf, als er das Gleichgewicht zu verlieren drohte.

Einen Moment lang sah es sogar so aus, als könnte er es schaffen. Doch dann verlor er die Kontrolle über seine Maschine. Das Vorderrad stieg steil in die Luft, der Rocker segelte mit einem spitzen Schrei und hilflos rudernden Armen rückwärts aus dem Sattel, und die zentnerschwere Honda vollführte einen kompletten Salto nach hinten und folgte ihrem Besitzer in die Tiefe. Am Fuße der Rolltreppe schlug sie auf und begrub den Troll unter sich.

Julian war oben angekommen. Auch die obere Etage war

mittlerweile voller Menschen, die aus den Kinos und Diskotheken gelaufen waren, um nach der Ursache des Lärmes zu sehen. Jemand sprach ihn an, ein anderer versuchte nach ihm zu greifen, aber Julian stürmte hakenschlagend weiter. Er hatte etwas vergessen. Er wußte nicht, was, aber es war wichtig.

Es fiel ihm wieder ein, als eine Gestalt in einem graubraunen Fellmantel mit der rechten Hand nach ihm griff und mit der anderen einen meterlangen Krummsäbel schwang, um ihn um einen Kopf kürzer zu machen.

Es war die Dschingis-Khan-Puppe. Nur, daß es keine Puppe mehr war. *Die Wachsfiguren waren zum Leben erwacht!*

Julian war nicht einmal besonders überrascht. Er hatte gewußt, daß die »Leihgabe« an das Kaufhaus kein Zufall war. Aber wie um alles in der Welt hatte Lederjacke wissen können, daß seine verzweifelte Flucht ihn hierher führen würde? Konnte der Kerl in die Zukunft sehen?

Julian beschloß, sich später den Kopf darüber zu zerbrechen, und konzentrierte sich jetzt auf die näherliegende Aufgabe, am Leben zu bleiben. Hastig duckte er sich unter dem Krummsäbel, versuchte sich loszureißen und warf sich gleich darauf mit aller Gewalt gegen die Wachsfigur. Dschingis-Khan taumelte. Julian rammte ihm ein zweites Mal und noch härter die Schulter in den Leib, und die Wachsfigur verlor endgültig die Balance und stürzte zu Boden. Ihr rechter Arm, der das Schwert hielt, brach über dem Ellbogengelenk ab und schlitterte davon. Eine Frau, die in der Nähe stand und dies beobachtete, fiel mit einem Kreischen in Ohnmacht, und auch die anderen Zuschauer prallten entsetzt zurück oder starrten aus ungläubig aufgerissenen Augen auf das entsetzliche Bild.

Auch die übrigen Wachsfiguren bewegten sich, allerdings relativ langsam und so ungelenk, daß sie im Grunde keine große Gefahr darstellten. Aber zwei der Rocker hatten versucht, das Kunststück ihres unglücklichen Kameraden zu wiederholen – und hatten wesentlich mehr Erfolg dabei! Am oberen Ende der Rolltreppe tauchten hintereinander die voll aufgeblendeten Scheinwerfer zweier schwerer Motorräder auf. Der Helm des einen Fahrers war bereits völlig geschmolzen und bildete einen grotesken Kragen um seinen schwarzen, spitzohrigen Schädel. Flammen züngelten aus den kochenden Kunststoffresten.

Der Anblick ließ auch hier oben auf der Stelle Panik ausbrechen. Ein paar beherzte Männer versuchten zwar, sich den Rockern in den Weg zu stellen, aber die beiden Trolle rasten rücksichtslos weiter. Die Motoren ihrer Maschinen kreischten überdreht. Diesmal würden sie keine Rücksicht mehr nehmen, dachte Julian. Das Spiel war vorbei. Die beiden würden ihn schlicht und einfach über den Haufen fahren.

Eine zwei Meter große Wachspuppe tapste auf ihn zu. Julian wartete, bis Frankenstein ihn fast erreicht hatte, duckte sich unter seinen Händen durch, machte blitzschnell einen Schritt zur Seite und versetzte ihm einen Stoß. Frankenstein taumelte an ihm vorüber, vollführte dabei eine halbe Drehung und prallte gegen eines der Motorräder.

Das Ergebnis war eine regelrechte Explosion aus Staub und Wachs, das Motorrad kam ins Schlingern, brach aus und prallte gegen das Geländer. Der Troll wurde aus dem Sattel katapultiert und verschwand mit einem Kreischen in der Tiefe.

Julian sprang zurück, als er aus den Augenwinkeln eine blitzende Bewegung wahrnahm. Knirschend bohrte sich das gewaltige Beil des Henkers dort in den Boden, wo gerade noch seine Zehenspitzen gewesen waren, und fast gleichzeitig berührte ihn etwas an der Schulter und riß ihn grob herum. Julian starrte in ein Gesicht, das nur aus grauen Stoffstreifen bestand. Gleichzeitig raste der zweite Motorradfahrer auf ihn zu. Seine Jacke hatte mittlerweile vollends zu brennen angefangen, und die Flammen griffen bereits auf die Hose und den Sattel der Maschine über. Wahrscheinlich würde sie in ein paar Augenblicken explodieren, dachte Julian. Aber das würde ihm nichts mehr nützen. Mumie und Henker hatten ihn an beiden Armen gepackt und hielten ihn fest. Die Wachsfiguren waren nicht sehr stark, aber zu zweit waren sie ihm doch überlegen. Brutal zerrten sie ihn herum und hielten ihn fest, während das Motorrad mit dem lichterloh brennenden Troll auf ihn zuschoß. Offensichtlich legte Lederjacke keinen besonderen Wert mehr darauf, ihn lebend in die Hände zu bekommen. Es ging ihm nur um die Spiegelscherbe.

Die Todesangst verlieh Julian übermenschliche Kräfte. Im allerletzten Moment warf er sich zur Seite, riß sich aus der Umklammerung der Mumie und prallte mit seinem ganzen Körpergewicht gegen den Henker. Die Gestalt mit der schwarzen Kapuze ließ ihn noch immer nicht los, aber sie wankte. Das Motorrad verfehlte Julian um Millimeter, streifte die Mumie, ehe es fünf Meter dahinter klirrend eine Scheibe durchbrach und den Inhalt des Schaufensters in ein Chaos verwandelte. Heftig schlingernd schoß es weiter und traf wie ein Geschoß auf den wandgroßen Spiegel, der die Rückwand der Boutique bildete. Der Fahrer machte einen unfreiwilligen Kopfsprung in den Spiegel hinein, und Julian hatte nur noch drei Gegner. Nicht zu vergessen die Wachspuppen.

Ein Fetzen aus der Bandage der Mumie hatte sich in dem vorüberrasenden Motorrad verfangen, so daß das Geschöpf eine groteske Pirouette vollführt hatte und jetzt nur mühsam sein Gleichgewicht wiederfand. Der Stoff hatte Feuer gefangen. Eine knisternde blaue Flamme fraß sich wie an einer Lunte an der abgewickelten Bandage entlang auf die Mumie zu. Sie ergriff auf der Stelle die Flucht, erreichte damit bloß, daß sich die Bandage weiter abwickelte. Leider nicht so schnell, wie das Feuer sich an ihr weiterfraß.

Julian blieb keine Zeit, sich an dem grotesken Anblick zu erfreuen. Der Henker hielt ihn noch immer fest und ließ einfach nicht los, und von rechts und links kamen Blaubart, Jack the Ripper und Vlad Dracul auf ihn zugewankt.

Daß er noch am Leben war, war ein Wunder. Hätten sich

seine Gegner nicht so unbeschreiblich dämlich angestellt und hätte er nicht scheinbar alles Glück der Welt auf seiner Seite gehabt, er wäre längst tot oder in ihrer Hand gewesen. Und keine Glückssträhne hielt ewig. Er war hier oben gefangen. Es gab keinen anderen Weg hinunter außer der Rolltreppe – und auf dieser näherten sich bereits Lederjacke und die ihm noch verbliebenen zwei Trolle, unglücklicherweise zu Fuß, so daß kaum Aussicht bestand, daß auch sie sich die Hälse brachen.

Julian setzte alles auf eine Karte. Mit beiden Händen ergriff er die Axt des Henkers, entriß sie ihm mit einem verzweifelten Ruck und schlug ihm die flache Seite der Klinge gegen den Schädel. Die schwarze Kapuze zerriß und flog davon, das Wachsgesicht darunter war plötzlich eingedrückt, so daß man in das Innere des hohlen Schädels blicken konnte. Der Henker war keineswegs ausgeschaltet, aber er tat einen taumelnden Schritt nach hinten – und wieder kam Julian der Zufall zu Hilfe. Der Henker trat auf die brennende Binde der Mumie, und die Flammen setzten sofort seine Kleider in Brand. Julian versetzte ihm einen Stoß, der ihn weiter torkeln ließ, wirbelte herum, schwang die erbeutete Axt gegen Jack the Ripper und traf ihn voll. Mit einem Sprung war er zwischen ihm und Dracula hindurch und rannte auf das zerborstene Schaufenster zu. Glasscherben knisterten unter seinen Füßen, als er durchs Schaufenster in die Boutique lief. Auf der Rückseite gab es neben dem zerborstenen Spiegel eine Tür. Und sie beendete seine Glückssträhne schlagartig und wohl auch endgültig. Sie war versperrt.

Julian schwang verzweifelt seine Axt. Mit aller Gewalt ließ er sie auf die Tür niedersausen. Die Axt wurde ihm fast aus der Hand geschlagen. Er unterdrückte einen Schmerzensschrei. Was wie Holz aussah, war in Wirklichkeit massiver Stahl, der sich unter einer dünnen Furnierschicht verbarg. Die Boutique war eine Falle.

Ohne auf den Schmerz zu achten, drehte sich Julian um und packte seine Waffe wieder fester. Die Wachsfiguren waren bereits bedrohlich nahe gekommen, schienen aber zu zögern, sich ihm ganz zu nähern.

Julian wußte auch, woran es lag. Er stand in unmittelbarer Nähe des brennenden Motorrades und spürte die Hitze der Flammen bereits. Für die Wachsfiguren, noch dazu in ihren hundert Jahre alten, zundertrockenen Kleidern stellten Feuer und Hitze eine tödliche Gefahr dar. Rasch wich er weiter zurück, noch näher an das brennende Wrack heran. Glas- und Spiegelscherben knirschten unter seinen Füßen. Silberne Splitter bedeckten den Boden in weitem Umkreis. Es waren Tausende unterschiedlich großer, unterschiedlich geformter . . .

Spiegelscherben!

Hastig hielt er nach Lederjacke und den beiden anderen Trollen Ausschau, konnte sie noch nicht entdecken und faßte einen verzweifelten Entschluß. Wenn er die Spiegelscherbe schon nicht bekam, dann sollten Lederjacke und seine Trollbande sie auch nicht haben.

Er schwang drohend seine Axt, um die Wachsfiguren auf Distanz zu halten, ließ sich auf die Knie nieder und zog die Scherbe des magischen Spiegels aus der Jacke. Eine Sekunde lang zögerte er noch, denn er hatte wieder das absurde Gefühl, etwas Lebendiges, beinahe Atmendes in der Hand zu halten. Aber er hatte keine Wahl. In ein paar Sekunden war Lederjacke hier, und dann standen seine Chancen, noch einmal davonzukommen, ungefähr so gut wie die, mit einem Stein nach dem Mond zu werfen und ihn tatsächlich zu treffen.

Behutsam legte er die Scherbe zwischen die anderen Spiegelscherben auf den Boden, versuchte sich ein paar Sekunden lang ihre Lage einzuprägen und stand wieder auf. Er rückte von dem brennenden Motorrad ab und hielt erst vor der Tür an. Jack, Blaubart und Dracula kamen drohend näher.

Aber sie griffen ihn auch diesmal nicht an, denn plötzlich erschien Lederjacke in dem zerborstenen Schaufenster. Seine beiden Gehilfen folgten ihm. Sie hatten sich ihrer verschmorten Motorradkleidung entledigt und waren vollends zu Trollen geworden. Die Wachsfiguren wichen respektvoll zur Seite, als der Herr der Trolle näher kam und vor Julian stehenblieb. Wortlos streckte er die Hand aus.

Julian hob drohend die Axt. Lederjacke lachte. Der Troll zu seiner Rechten zischelte drohend, aber Lederjacke scheuchte ihn mit einer fast ärgerlichen Bewegung zurück.

»Laß den Unsinn«, sagte er, an Julian gewandt. »Du warst wirklich gut, aber jetzt ist Schluß. Auch ein Held sollte wissen, wann er verloren hat.«

»Was willst du von mir?« fragte Julian.

In Lederjackes Augen loderte die Wut. »Hör endlich auf, den Idioten zu spielen!« sagte er, »du weißt ganz genau, was ich will!«

»Nein«, erwiderte Julian. »Das . . . das weiß ich nicht.«

Lederjackes Augen wurden schmal. »Die Scherbe!« sagte er. »Die Spiegelscherbe, die dein Vater gestohlen hat! Gib sie raus!«

Es kostete Julian alle Selbstbeherrschung, nicht zu den Zehntausenden Splittern auf dem Boden zu sehen.

»Ich habe sie nicht!« behauptete er. »Ich . . . ich weiß nicht einmal, wo sie ist!«

»Du lügst!« sagte Lederjacke.

»Nein. Ich . . ich habe sie gesucht. Ich habe geglaubt, zu wissen, wo sie ist, aber da war sie nicht. Ich weiß so wenig wie du, wo mein Vater den Splitter versteckt hat! Durchsucht mich doch, wenn ihr mir nicht glaubt.«

»Worauf du dich verlassen kannst«, knurrte Lederjacke. Er packte Julian mit beiden Händen und hielt ihn fest, während die beiden Trolle ihn rasch, aber sehr gründlich durchsuchten. Ihre glühenden Hände verbrannten seine Haut, wo sie sie berührten, aber er biß tapfer die Zähne zusammen, um Lederjacke nicht die Freude zu machen, ihn vor Schmerz wimmern zu hören.

»Du hast sie also wirklich nicht«, sagte Lederjacke. Er war offensichtlich verblüfft. »Warum bist du dann weggelaufen?«

»Also das ist die blödeste Frage, die ich seit einem Jahr höre«, antwortete Julian.

Zu seiner Überraschung lächelte Lederjacke sogar flüchtig, wurde aber sofort wieder ernst. »Du hast sie«, behauptete er. »Ich weiß es. Ich spüre es. Du hast sie versteckt!«

Seine Stiefel knirschten auf zerbrochenem Glas, während er das sagte, und Julian verstand von Sekunde zu Sekunde weniger, wieso Lederjacke nicht erriet, wo die Scherbe war. Es war doch so offensichtlich!

»Und wenn ich sie versteckt hätte, würde ich dir ganz bestimmt nicht sagen, wo«, sagte Julian.

Die Belohnung für diese Antwort war eine schallende Ohrfeige, die ihm Lederjacke versetzte. »O doch«, sagte er drohend, »das wirst du. Das wirst du sogar ganz bestimmt!«

Er machte eine Handbewegung. »Bringt ihn weg!«

Die Falle

Er wußte nicht, wie er hierhergekommen war. Lederjackes Trolle hatten ihn nach unten und auf eines der beiden noch verbliebenen Motorräder gezerrt, und danach waren sie eine gute halbe Stunde kreuz und quer durch die Stadt gebraust, wobei es so etwas wie Verkehrsregeln für die Troll-Rocker nicht zu geben schien; Julian schätzte, daß die Mindestgeschwindigkeit irgendwo knapp unter hundert Stundenkilometern gelegen hatte, und er hörte nach zehn Minuten auf, die roten Ampeln und Stoppschilder zu zählen, die sie überfuhren. Einmal hörte er sogar das Heulen einer Polizeisirene hinter sich, aber der Streifenwagen hatte nicht die geringste Chance gehabt, die Kamikaze-Piloten einzuholen.

Irgendwann waren ihm die Sinne geschwunden. Eigentlich fuhr er gerne Motorrad – Gordon hatte ihn öfter mitgenommen, und er hatte es genossen, obwohl Gordons Fahrstil auf zwei Rädern beinahe noch abenteuerlicher war als auf vier. Aber er schätzte es nicht besonders, wie ein nasser Sack quer über den Tank einer Maschine geworfen zu werden, so daß ihm schon nach der ersten Kurve übel geworden war.

Er kam erst wieder zur Besinnung, als sie anhielten und ihn über eine Treppe in einen verdreckten Betonkeller hinunterschleiften. Er wurde grob auf eine vergammelte Matratze geworfen, die nach kaltem Zigarettenrauch und Erbrochenem roch, und einer der Trolle versetzte ihm nur so aus Spaß noch einen Tritt.

Mühsam richtete er sich auf, blinzelte die grauen Schleier weg, die ihm den Blick trübten, und sah sich um. Sie mußten sich im Hauptquartier der Rockerbande befinden – der Keller war riesig, auf dem Boden lagen mehr als ein Dutzend Matratzen, dazu gab es eine Anzahl wackeliger Stühle und einige umgedrehte Kisten, die wohl als Tische dienten. In einer Ecke stand ein Schrank, der nur noch eine Tür hatte, und von der Decke baumelte an einem Draht eine nackte Glühbirne, die von zwei großen Autobatterien gespeist wurde. Die schmalen Fenster unter der Decke hatten zwar Gitter, aber kein Glas mehr, und hier und da schimmerten ölige kleine Pfützen auf dem Betonboden. Wahrscheinlich war das hier ein Abbruchhaus. Keine Chance, daß zufällig jemand vorbeikam und ihm half, dachte Julian resignierend. Diesmal saß er wirklich in der Tinte.

Der Troll holte zu einem weiteren Tritt aus, aber Lederjacke hielt ihn zurück. »So, du hast die Scherbe also nicht mehr«, führte er sein unterbrochenes Gespräch fort, als wäre gar keine Zeit vergangen. »Und du willst mir allen Ernstes erzählen, daß du auch nicht weißt, wo sie ist?«

»Ja«, sagte Julian.

»Ich glaube dir kein Wort«, knurrte Lederjacke. Zornig beugte er sich vor. »Du kannst mir nicht weismachen, daß du ein solches Risiko eingehst, ohne überhaupt zu wissen, warum.«

»Was für ein Risiko?« fragte Julian. Das vernünftigste wäre wahrscheinlich gewesen, überhaupt nicht mit Lederjacke zu reden, aber diese Willenskraft hatte er nicht. Vielleicht kam er damit durch, den Unwissenden zu spielen. Es war allemal besser, Lederjacke hielt ihn für einen Dummkopf als für einen Lügner.

»Was hast du im Varieté gesucht?« fuhr Lederjacke ihn an. »Du warst hinter dem Spiegel deines Alten her, stimmt's? Der alte Scheißer hat die Scherbe in seinem Spiegel versteckt, nehme ich an.«

»Ja«, gestand er mit perfekt gespielter Zerknirschung. »Das stimmt. Ich meine, das habe ich angenommen. Aber sie war nicht da.«

»Du lügst!« Lederjacke ballte die Hand zur Faust, daß sich Julian angstvoll duckte, schlug aber nicht zu.

»Ich sage die Wahrheit!« beteuerte Julian. »Denkst du wirklich, ich hätte sie dagelassen, nachdem ich extra hingegangen war, um sie zu holen? Der Spiegel ist ein ganz normaler Spiegel! Ich weiß nicht, wo mein Vater die Scherbe versteckt hat. Vielleicht hatte er sie ja auch gar nicht.«

»Ich glaube dir kein Wort«, geiferte Lederjacke.

»Ihr habt mich doch durchsucht, oder?« sagte Julian patzig. »Hatte ich sie etwa bei mir?« Er richtete sich auf und versuchte einen herausfordernden Ton in seine Stimme zu legen. Zornig riß er sich die Jacke vom Leib und warf sie den Trollen vor die Füße. »Hier! Seht ruhig noch einmal nach, wenn ihr mir nicht glaubt!«

Lederjacke funkelte ihn mit unverhohlener Mordlust in den Augen an. »Du hast sie!« zischte er. »Oder du weißt jedenfalls, wo sie ist.« Warnungslos packte er Julian am Kragen, zerrte ihn in die Höhe und stieß ihn so grob zurück, daß er mit dem Hinterkopf gegen die Wand prallte und schon wieder Sterne sah. »Aber ich komme dir schon auf die Schliche!« versprach er. »Wer weiß – vielleicht hast du sie ja dagelassen, weil du wußtest, daß wir draußen auf dich warten.«

»Dann geh doch hin und sieh nach.«

»Das ist vielleicht gar keine so schlechte Idee!« Lederjacke richtete sich auf, trat einen Schritt zurück und machte eine befehlende Geste zu einem der Trolle. »Paß auf ihn auf, bis wir zurück sind. Aber rühr ihn nicht an, verstehst du? Ich brauche ihn vielleicht noch.« Zu Julian gewandt, fügte er hinzu: »Und dir gebe ich eine letzte Chance, Kleiner. Wenn ich mit leeren Händen zurückkommen sollte, dann ziehe ich andere Saiten auf. Überleg dir lieber, ob du an deinem Leben und deiner Gesundheit hängst. Die Scherbe nützt weder deinem Alten noch deiner kleinen Freundin etwas, wenn du selber dein Leben verlierst.«

Julian verzichtete vorsichtshalber auf eine Antwort, die ihm sowieso nichts eingebracht hätte. Schweigend starrte er Lederjacke an, bis der rothaarige Junge sich umdrehte und in Begleitung des zweiten Trolls den Keller verließ. Der, der bei ihm blieb, ließ ein drohendes Knurren hören, setzte sich neben ihn auf den nackten Betonboden und starrte ihn aus seinen roten Flammenaugen an.

Julian richtete sich in eine sitzende Stellung auf und machte es sich so bequem, wie es angesichts der Umstände möglich war. Es war kalt hier unten. Vorsichtig angelte er nach seiner Jacke und zog sie wieder an. Der Troll knurrte erneut, machte aber keine Anstalten, ihn daran zu hindern, so daß Julian ein wenig mutiger wurde und aufzustehen versuchte. Die nächsten Minuten brachte er damit zu, die Brandwunde an seinem rechten Handgelenk zu massieren, bis der Schmerz ein wenig nachließ. Dabei hatte der Troll nicht einmal sehr fest zugepackt. Den Gedanken, sich auf einen Kampf mit der Kreatur einzulassen, legte er sehr schnell wieder zu den Akten. Wahrscheinlich hätte er nicht einmal in einem Asbestanzug und mit einem Maschinengewehr bewaffnet eine Chance gehabt, die Kreatur auszuschalten, in die Lederjacke den Rocker verwandelt hatte.

Aber er mußte hier raus! Bisher hatte ihm Lederjacke nicht wirklich etwas getan, aber Julian zweifelte keine Sekunde daran, daß er tatsächlich *andere Saiten* aufziehen würde, wenn er zurückkam, ohne den Splitter gefunden zu haben. Immerhin ging es für ihn und seine Trolle ums Überleben. Nachdenklich betrachtete er den Troll. Das Wesen erwiderte seinen Blick mit seinen roten Augen, und Julian fragte sich, was hinter seiner Stirn vorgehen mochte. Hatte er überhaupt das Recht, die Trolle mitsamt ihrer Welt zu vernichten? – Denn auf nichts anderes lief das, was er vorhatte, hinaus. Sicher, sie waren abscheuliche, widerwärtige Kreaturen, die sich schlimmer als wilde Tiere benahmen und nur Haß und Bosheit zu kennen schienen. Aber stimmte das wirklich, oder schien es nur so? Wenn er es genau nahm, dann hatten die Trolle bisher – von ihm selbst einmal abgesehen – niemandem etwas zuleide getan. Er fürchtete sie, weil sie häßlich und roh waren. Aber wer sagte ihm eigentlich, daß Menschen nicht umgekehrt für die Trolle ein ebenso verabscheuungswürdiger Anblick waren? Julian hatte bisher ganz selbstverständlich angenommen, daß in diesem Kampf er auf der Seite der Guten stehe – aber stimmte das wirklich?

Er verscheuchte den Gedanken. Zum einen führten solcherlei Überlegungen im Moment zu rein gar nichts, und zum anderen hatte er im Moment ganz andere Sorgen.

Er sah wieder den Troll neben sich an und zwang sich zu einem Lächeln, ohne überhaupt zu wissen, ob das Geschöpf seinen Gesichtsausdruck zu deuten wußte. »Verstehst du, was ich sage?« fragte er.

Der Troll knurrte. Ob das eine Antwort war? Lederjacke hatte mit ihnen gesprochen, ja, aber das bedeutete nicht, daß sie auch Julian verstanden. Er mußte einfach annehmen, daß sie die Sprache der Menschen verstanden.

»Du gehörst gar nicht wirklich zu seiner Bande, nicht wahr?« fuhr er fort. Er machte eine weit ausholende Geste. »Eigentlich gehörst du hierher, habe ich recht? Das hier ist euer Zuhause, deines und das deiner Kameraden.«

Der Troll beobachtete ihn aufmerksam aus seinen flammenden Augen. Julian versuchte sich wenigstens einzureden, daß der Ausdruck in seinem Blick Interesse sei.

»Stört es dich gar nicht, was Mike mit euch gemacht hat?«
fragte er. »Ich meine ... ihr wart doch ganz glücklich hier,
oder? Und jetzt sind vier von deinen Freunden tot, und was
er mit euch anderen machen wird, ist noch die Frage. Aber
ich glaube nicht, daß es euch gefallen wird.«

Der Troll bewegte zischelnd die Krallen. War das eine Reaktion auf das, was Julian gesagt hatte? Er hoffte es.

»Ich kann euch helfen«, fuhr er fort. »Wenn ... wenn du
mich laufenläßt, dann kann ich dafür sorgen, daß du wieder
zum Menschen wirst.« Er hatte keine Ahnung, ob das wirklich stimmte, aber darauf mußte er es ankommen lassen. »Du
könntest wieder hier leben, so wie du willst, zusammen mit
deinen Freunden.«

Der Troll starrte ihn an. Seine Hände öffneten sich, und ein
neuer, Julian bisher unbekannter Laut kam über seine Lippen, etwas wie ein Stöhnen, das Julian innerlich erschauern
ließ. Zum ersten Mal spürte er so etwas wie Mitleid mit diesem Wesen. Vielleicht war es nicht nur häßlich und gemein,
verbarg sich unter dem schwarzen Fell und der Teufelsfratze
ein lebendes, fühlendes Wesen, das auch *leiden* konnte.

»Ich kann dir nicht versprechen, ob es funktioniert«, sagte er
aus einem ihm selbst unverständlichen Bedürfnis heraus, dem
Geschöpf die Wahrheit zu sagen. »Aber ich verspreche dir, es
wenigstens zu versuchen.«

Plötzlich hob der Troll den Kopf, stieß ein warnendes Zischeln aus und drehte sich um. Sein Blick irrte zum Eingang.
Auf der Treppe bewegte sich ein Schatten, und der Troll
sprang mit einem Satz in die Höhe.

Lederjacke und der andere Troll kamen also bereits zurück.
Er hatte seine Chance vertan!

Aber es war nicht Lederjacke. Unter der Tür erschien eine
schlanke schwarzhaarige Gestalt in einem weißen Rüschenkleid, und Julian und der Troll schrien im gleichen Augenblick auf, Julian überrascht, der Troll voller Zorn und Wut,
aber auch hörbar erschrocken.

»Alice!« rief Julian. »Paß auf!«

386

Seine Warnung war völlig überflüssig. Alice zeigte keine Spur von Schrecken oder Überraschung, als der Troll mit erhobenen Krallen auf sie losging. Ruhig und ohne die mindeste Spur von Furcht sah sie der struppigen Kreatur entgegen. Als sich der Troll Alice bis auf fünf Schritte genähert hatte, geschah etwas Seltsames: Seine Bewegungen wurden langsamer. Seine Arme sanken herab, sein Knurren und Zischeln wirkte plötzlich unentschlossen, drohend zwar, aber auf abwehrende, fast ängstliche Weise.

Alice sah das Geschöpf ruhig an. Seine Krallen fuhren durch die Luft, als suchten sie nach einem unsichtbaren Gegner, den sie packen und zerreißen konnten. Aber es wagte nicht, näher als zwei Schritte an Alice heranzugehen.

Alice trat ihrerseits lächelnd einen Schritt auf den Troll zu – und das spitzohrige Scheusal wich vor ihr um die gleiche Distanz zurück!

»Geh«, sagte Alice ruhig. »Geh in Frieden, mein Freund. Dies ist nicht dein Streit.«

Der Troll knurrte. Wieder hob er die Klauen, und wieder schien es, als hielte ihn eine unsichtbare Kraft davon ab, die Bewegung zu Ende zu führen. Er begann zu geifern und zu zischeln, knurrte und spuckte – und wich einen weiteren Schritt zurück, als Alice sich vorbewegte.

»Willst du das wirklich?« fragte Alice.

Der Troll schlug nach ihr. Seine Klauen zischten nur Millimeter vor ihrem Gesicht durch die Luft, aber Alice zuckte nicht einmal mit der Wimper. Sie lächelte sogar weiter, und es war ein ehrliches Lächeln, kein verkapptes wie das höhnische Grinsen Lederjackes.

Langsam, Schritt für Schritt wich der Troll weiter vor dem Mädchen zurück. Geifer tropfte von seinen Hauern, seine Krallen schlugen immer wilder und hektischer, aber aus irgendeinem Grund wagte er es nicht, Alice zu berühren. Schließlich stand er zitternd mit dem Rücken gegen die Wand gepreßt da. Sein roter Feuerblick suchte vergebens nach einem Ausweg.

Alice blickte ihn sekundenlang schweigend und ernst an, dann trat sie zwei Schritte zurück und machte eine Handbewegung. »Geh«, sagte sie.

Der Troll schoß mit einem geifernden Zischeln an ihr vorbei, stieß noch einen wütenden Schrei in Julians Richtung aus und humpelte zur Treppe. Julian blickte ihm erstaunt nach.

Das Mädchen ging auf Julian zu, umarmte ihn kurz und schob ihn dann auf Armeslänge von sich. Anstelle des Lächelns erschien ein sehr ernster, besorgter Ausdruck in ihren Augen. »Bist du verletzt?« fragte sie.

»Nein«, antwortete Julian ganz automatisch. Dann verbesserte er sich: »Oder doch. Aber es ist nicht schlimm. Ich glaube, wir sollten von hier verschwinden, ehe er es sich anders überlegt und zurückkommt.«

»Das wird er nicht«, antwortete Alice. »Aber du hast recht – Mike könnte wiederkommen, und ich bin nicht sicher, ob ich mit ihm fertig werde. Verschwinden wir von hier.«

»Wie . . . wie hast du das gemacht?« fragte Julian verwirrt.

Alice zögerte eine Sekunde, dann schüttelte sie den Kopf. »Ich glaube nicht, daß du das wirklich wissen willst«, sagte sie. »Außerdem haben wir Wichtigeres zu tun. Hast du die Scherbe gefunden?«

Julian nickte. »Ja. Aber ich . . . habe sie nicht mehr.« Er sah den Schrecken in Alices Augen und fuhr schnell fort: »Aber Lederjacke hat sie auch nicht. Ich habe sie versteckt. Ich glaube nicht, daß er sie findet.«

»Aber du weißt, wo sie ist?«

»Ich hoffe es«, murmelte Julian. Er schaute auf die Uhr. Es war fast drei Uhr morgens. Wenn nicht schon jetzt, dann würden die Inhaber der Boutique spätestens in drei Stunden damit beginnen, das Chaos in ihrem Geschäft zu beseitigen. Dann hatte er praktisch keine Chance mehr, den magischen Splitter zu finden.

Er erklärte Alice in knappen Worten, was geschehen sei und wo er die Scherbe versteckt habe, und in dem Gesicht des Mädchens waren zugleich Anerkennung und Sorge zu sehen.

»Das war wirklich nicht dumm von dir«, sagte sie, als er zu Ende war. »Aber uns bleibt nicht viel Zeit. Wenn sie die Trümmer wegräumen, dann kannst du die nächsten sechs Wochen damit zubringen, die städtische Müllkippe abzusuchen.« Sie lächelte kurz. »Glaubst du, daß du sie wiederfindest?«

»Ich denke schon«, antwortete Julian. Ein wenig verlegen fügte er hinzu: »Aber ich bin nicht sicher, daß ich das Kaufhaus wiederfinde. Ich habe keine Ahnung, wo ich bin, weißt du?«

Alice seufzte. Sie überlegte einen Moment, und ihrem Gesichtsausdruck war zu entnehmen, daß es keine besonders angenehmen Dinge waren, über die sie nachdachte. »Gut«, sagte sie schließlich. »Ich bringe dich hin. Aber danach . . . bist du auf dich selbst gestellt. Glaubst du, daß du es schaffst?«

»Habe ich denn eine Wahl?« fragte Julian.

Alices Worte und vor allem das unangenehme Schweigen in den Pausen zwischen ihren Worten erfüllten ihn mit leiser Sorge, aber er ahnte, daß er auf eine entsprechende Frage sowieso keine Antwort bekommen würde, also ließ er es gleich bleiben.

Sie gingen die Treppe hinauf und kamen in einen von Unrat und kaputten Möbeln förmlich übergehenden Hausflur. Durch die offene Tür am Ende des Flurs fiel blasses Mondlicht herein, und Alice ging rasch darauf zu, blieb aber dann so plötzlich stehen, daß Julian beinahe gegen sie geprallt wäre.

»Was ist los?« fragte er erschrocken.

Alice antwortete nicht, sondern preßte heftig die Lippen aufeinander, und als Julians Blick an ihr vorbei nach draußen fiel, da verstand er auch, warum.

Hintereinander, aufgereiht wie eine Perlenkette an einer unsichtbaren Schnur, rollten acht, zehn, schließlich ein Dutzend schwerer Motorräder auf den mit Müll und Bauschutt übersäten Platz vor dem Abbruchhaus. Es waren nicht Mike und sein Troll, die zurückkamen, aber es war fast ebenso schlimm. Der Rest der Rockerbande kehrte ins Hauptquartier zurück, und Julian konnte sich lebhaft vorstellen, was sie mit ihm und Alice machen würden, wenn sie sie hier erwischten.

»Verdammter Mist!« fluchte er. »Und was jetzt? Verstecken wir uns?«

Alice überlegte angestrengt, während die ersten Motoren bereits verstummten. Schließlich schüttelte sie den Kopf. »Nein, dafür ist keine Zeit. Komm mit!«

Sie zogen sich wieder in den Flur zurück. Julian erwartete, daß Alice in den Keller zurücklaufen würde, statt dessen wandte sie sich in die entgegengesetzte Richtung und kletterte geschickt über die Müllberge im Hausflur, wobei sie nicht einmal die Hände zu Hilfe nehmen mußte. Als Julian ihr sehr viel weniger elegant, aber ebenso schnell folgte, erkannte er ihr Ziel. Es war ein zerbrochener Schrank, der schräg gegen die Rückwand des Flures gelehnt dastand. Genauer gesagt, war es seine Tür, die aus einem mannshohen Spiegel bestand, der an einer Ecke geborsten war. Alice hielt einen halben Schritt davor an und wartete, daß Julian zu ihr aufhole. Als sie sich umwenden wollte, hielt Julian sie am Arm zurück.

»Kannst du ... durch jeden Spiegel gehen?« fragte er unsicher. Ohne daß er selbst sagen konnte, warum, erfüllte ihn der Gedanke mit dumpfer Angst.

»Durch die meisten«, antwortete Alice. Es klang ein bißchen nervös. »Aber nicht immer.« Sie streckte die Hand aus. »Du darfst mich auf keinen Fall loslassen, Julian«, sagte sie. »Ganz gleich, was du siehst und was passiert.«

»Ich weiß«, sagte Julian. Er lächelte gequält. »Das kenne ich schon.«

Alice erwiderte sein Lächeln, nahm ihn an der Hand und trat in den Spiegel hinein. Und noch ehe Julian richtig begriff, was geschah, folgte er ihr.

Wie beim vorigen Mal, als er diesen unheimlichen Weg be-

390

schritten hatte, fühlte er nichts, keinen Widerstand, keinen Druck, weder Wärme noch Kälte – die Welt erlosch einfach rings um ihn herum und machte einem Universum aus Schwärze und Schweigen Platz, in dem es kein Oben und Unten, kein Hinten und Vorne zu geben schien. Er spürte den Boden unter seinen Füßen, aber er sah nichts außer seinem eigenen Körper und den von Alice, die mit schnellen Schritten vor ihm her ging und sich immer wieder und immer nervöser umsah.

»Wo sind wir?« fragte er. Er sprach die Worte aus, aber er hörte sie nicht, als hätten Geräusche hier so wenig Existenzberechtigung wie Licht und Wärme.

Trotzdem drehte sich Alice nach einigen Sekunden zu ihm um. »Still!« flüsterte sie.

Julian registrierte erst nach einigen Sekunden, daß er das Wort gar nicht wirklich hörte, sondern nur irgendwie zu fühlen schien. Er nickte stumm, und Alice ging noch schneller als bisher weiter.

Es war ja nicht das erste Mal, daß Julian die unheimliche Welt hinter den Spiegeln betrat, doch obwohl sie jedes Mal anders zu sein schien, war eines immer gleich: er konnte nicht sagen, wie lange es dauerte. Manchmal vergingen Stunden im Heute, manchmal auch nur Sekunden, während er im Gestern weilte. Die Zeit hatte hier jede Bedeutung verloren, mehr noch – es *gab* sie nicht mehr! Irgendwann tauchte vor ihnen ein winziger heller Punkt auf, der nach und nach zu einem von mildem weißen Licht erfüllten Rechteck heranwuchs. Ein wenig Helligkeit drang bis zu ihnen, und Julian konnte Bruchstücke seiner Umgebung erkennen, nicht mehr als flüchtige Eindrücke, die ihm vielleicht sogar ein falsches Bild der Dinge vermittelten. Ein kantiger, harter Umriß hier, ein Lichtsplitter auf einem formlosen weichen Etwas da. Nach und nach hatte er das Gefühl, sich in einer gewaltigen Höhle zu befinden, aber wie gesagt, er war nicht sicher, nicht einmal sicher, ob sie sich irgendwo befanden und ob diese Welt jenseits der Wirklichkeit überhaupt existierte.

Dafür fühlte er etwas anderes um so deutlicher: Sie waren nicht mehr allein. Irgend etwas war in ihrer Nähe, unsichtbar, aber mächtig, lauernd und böse.

Alice schien seine Angst zu fühlen, denn sie drehte sich abermals um und warf ihm einen beinahe beschwörenden Blick zu. Julian verstand die stumme Botschaft und preßte tapfer die Lippen zusammen, um auch nicht den leisesten Laut von sich zu geben. Innerlich aber starb er tausend Tode, während sie weiter auf das hellerleuchtete Rechteck zugingen, dem sie jetzt nur noch mit quälender Langsamkeit näher zu kommen schienen.

Auf den letzten Metern begann Alice zu laufen. Sie legte ein solches Tempo vor, daß Julian kaum noch mit ihr Schritt zu halten vermochte und schließlich um ein Haar hingefallen wäre. Hätte Alice ihn nicht gehalten und gleichzeitig mit sich gezerrt, wäre er zweifellos gestürzt. Er stolperte blindlings auf das lichterfüllte Rechteck zu und hinduch – und fand sich jäh in einer winzigen, von blassem gelben Licht erfüllten Kammer wieder.

Instinktiv riß er die Hände vors Gesicht und versuchte abzubremsen, prallte aber trotzdem heftig gegen die Wand.

Die Kammer war winzig und beinahe leer. Neben der Tür erhob sich eine kunstvoll aufgestapelte Pyramide aus verschieden großen Kartons, die höher war als er selbst, und an einer der drei anderen Wände lehnte ein anderthalb Meter hoher, in Chrom gefaßter Spiegel von der Art, wie man sie in Kaufhäusern und Modegeschäften fand, der in Form und Größe mit dem Ausgang übereinstimmte, den er von der anderen Seite aus gesehen hatte. Alice war nicht mehr da.

So laut er konnte, rief er ihren Namen. Zuerst schien es, als würde er vergeblich nach ihr rufen, aber dann begannen plötzlich schwarze und graue Schleier über den Spiegel zu huschen, und Augenblicke später schälte sich Alices Gestalt aus den tobenden Wirbeln.

Julian erschrak, als er sie sah. Ihr Gesicht hatte jede Farbe verloren, sie wirkte total erschöpft. Sie wankte vor Schwäche, und als sie den Arm hob und ihm zuwinkte, sah er, daß diese kleine Bewegung sie jedes bißchen Kraft zu kosten schien, das sie noch aufzubringen vermochte.

»Alice! Was ist mit dir?« rief er erschrocken. Er machte einen Schritt auf den Spiegel zu, aber Alice schüttelte hastig den Kopf, und er blieb stehen.

»Kümmere dich nicht um mich!« rief sie. »Mir geschieht nichts. Geh! Geh und hol die Scherbe, bevor Mike und die anderen hier auftauchen!«

Ihr Bild begann zu verblassen. Julian trat nun doch an den Spiegel heran und streckte die Hände nach ihr aus, aber es war bereits zu spät. Seine Finger stießen gegen hartes Glas, das Mädchen war verschwunden, ebenso die schwarzen Schlieren und Schleier. Der Spiegel war nichts als ein ganz normaler Spiegel, aus dem ihm sein eigenes, schreckensbleiches Gesicht entgegenblickte.

Langsam ging er zur Tür, drückte die Klinke herunter und stellte erleichtert fest, daß nicht abgeschlossen war. Durch den Türspalt fiel helles Neonlicht, und er hörte aufgeregte Stimmen.

Er befand sich wieder im Innenhof des Kaufhauses, und es waren mehr Menschen da als am Abend. Er schätzte, daß sich an die zweihundert Menschen in dem gepflasterten Hof aufhielten und sicher noch einmal hundert oben auf der ersten Etage: Besucher und Personal, eine Unzahl von Polizisten und Feuerwehrleuten und natürlich jede Menge Neugieriger, die weder etwas gesehen noch gehört hatten und einfach gekommen waren, um zu gaffen. So unangenehm diese Menschenansammlung auch war, sie hatte doch auch ihren Vorteil: Julian konnte sein Versteck verlassen und nach oben gehen, ohne jemandem aufzufallen. Er trat aus der Kammer und begann den Innenhof in Richtung Rolltreppe zu durchqueren.

Zwei Feuerwehrleute waren gerade dabei, ein fast bis zur Unkenntlichkeit zertrümmertes Motorrad fortzuschaffen, und Julian fing einige Gesprächsfetzen auf, während er sich der

Rolltreppe näherte. »... können sie doch unmöglich überlebt haben! Das Ding sieht ja aus, als wäre eine Dampfwalze
darübergerollt!« – »Aber sie haben keine Verletzten gefunden. Nicht einen einzigen. Vielleicht haben ihre Kumpel sie
weggeschafft.« – »Vor all den Leuten hier? Und niemand soll
etwas gemerkt haben?«
Julian ging weiter. Die Rolltreppe war ein Problem. Sie war
nicht gesperrt, aber auf dem Weg nach oben war er für jedermann hier drinnen deutlich sichtbar. Es war immerhin möglich, daß ihn jemand wiedererkannte.
Aber dieses Risiko mußte er eingehen. Vorsichtshalber zog
er seine Jacke aus, knüllte sie zu einem Ball zusammen, den
er sich unter den linken Arm klemmte, und senkte Kopf und
Schultern. Unbehelligt erreichte er das obere Ende der Rolltreppe und betrat die erste Etage.
Hier oben war es schlimmer als unten. Es waren zwar viel
weniger Menschen hier, aber dafür war auch sehr viel weniger Platz, so daß das Gedränge stärker war als unten im Hof.
Julian stellte sich auf die Zehenspitzen, um zu der Boutique
hinüberzusehen, konnte aber nicht viel erkennen. Mit gesenktem Kopf begann er sich einen Weg durch die Menschenmenge zu bahnen.
Auch hier schnappte er Gesprächsfetzen auf, und sie waren
noch aufschlußreicher. »Wenn ich es Ihnen doch sage, Herr
Kommissar! Es waren Affen. Große schwarze Affen mit spitzen Ohren!« – »Die auf Motorrädern fuhren! Wollen Sie
mich auf den Arm nehmen?« – »Vielleicht waren sie dres-
siert. Ich habe es ja zuerst selbst nicht geglaubt, aber meine
Frau hat es ebenfalls gesehen. Fragen Sie sie!«
Julian unterdrückte ein Lächeln. Er konnte sich lebhaft vorstellen, was am nächsten Morgen in der Zeitung stehen
würde. Aber immer noch besser das, als die Wahrheit – obwohl die wahrscheinlich sowieso niemand glauben würde.
»Massenhysterie, wenn du mich fragst«, sagte eine Stimme.
»Irgendwer schreit etwas, und zweihundert Trottel plappern
es nach.«

Er hatte die Boutique erreicht. Damit fingen die Probleme im Grunde erst an. Der winzige Laden war voller Menschen. Das zertrümmerte Motorrad war bereits weggeschafft worden, aber Feuerwehr, Polizei und wohl auch die Besitzer des Ladens suchten überall herum, um den Schaden zu begutachten, und auch die Gaffer ließen sich durch die Gesten und Zurufe der Polizisten nicht davon abhalten, umherzustreifen und damit das allgemeine Gewühle noch zu vergrößern. Julian sah eine vielleicht vierzigjährige Frau in einem Abendkleid, das ein mittleres Vermögen gekostet haben mußte, die einen seidenen Schal aus den Splittern der Schaufensterscheibe zog, sich rasch nach rechts und links umsah und das Ding dann in ihrer Handtasche verschwinden ließ.

Das brachte ihn auf eine Idee.

Mit zwei schnellen Schritten trat er durch das zerbrochene Schaufenster, sah sich suchend um und entdeckte nach ein paar Sekunden einen dunkelhaarigen Mann mit unrasierten Wangen und einem so unglücklichen Ausdruck im Gesicht, daß er einfach niemand anders sein konnte als der Inhaber der zertrümmerten Boutique.

»Verzeihung«, sagte er, »ist das . . . Ihr Geschäft?«

Der Mann blickte müde auf ihn herab. »Ja. Was willst du? Verschwinde, ich habe jetzt keine Zeit für dich.«

»Ich weiß«, antwortete Julian. »Es ist nur . . . die Frau da hinten.« Er deutete auf die Frau im Abendkleid, die noch immer vor dem Schaufenster stand und so tat, als wäre sie einfach nur neugierig. »Ich habe gesehen, wie sie einen Schal in ihre Handtasche gesteckt hat. Ich dachte, es würde Sie interessieren.«

Seine Rechnung ging auf. Obgleich der Wert des Seidenschals in Anbetracht des Schadens, der hier entstanden war, geradezu lächerlich sein mußte, stürmte der Ladenbesitzer zornig auf die Frau los, entriß ihr ohne ein Wort die Handtasche und zog sein Eigentum heraus. Augenblicke später war der schönste Streit im Gange, der an Lautstärke zunahm und die allgemeine Aufmerksamkeit auf sich zog.

Mehr brauchte Julian nicht. Mit wenigen schnellen Schritten durchquerte er die Boutique, erreichte den zertrümmerten Spiegel und atmete erleichtert auf, als er sah, daß die Splitter noch nicht fortgeräumt worden waren. Und er hatte noch einmal Glück: Er entdeckte die magische Scherbe auf Anhieb, bückte sich danach und schob sie unter sein Hemd, ohne daß jemand es merkte.

Als er sich umdrehte, um die Boutique wieder zu verlassen, vertrat ihm ein Mann in billigen Schuhen, einem schlechtsitzenden Hemd und mit einer Kamera, die dafür um so teurer gewesen sein mußte, den Weg. Julians Herz tat einen Hüpfer, als er in sein Gesicht blickte und ihn erkannte. Es war einer der Journalisten, die seinem Vater und ihm an jenem Abend, an dem alles begann, in der Hotelhalle aufgelauert hatten.

»He, Kleiner, nicht so hastig!« sagte der Reporter. »Was tust du denn hier um diese Zeit – und noch dazu . . .« Er stockte, seine Augen wurden schmal. »Warte mal«, murmelte er. »Dich kenne ich doch. Du bist doch der Sohn von diesem Zauberkünstler, oder?«

»Ich weiß gar nicht, was Sie von mir wollen«, log Julian. »Meinem Vater gehört der Laden hier.«

»Interessant«, sagte der Reporter und hob die Kamera. Und ehe Julian sich's versah, flammte das Blitzlicht auf und blendete ihn. Als er wieder sehen konnte, hatten sich etliche der Leute hier umgedreht und schauten ihn an. Und dann geschah genau das, was Julian schon die ganze Zeit über befürchtet hatte.

»Moment mal!« rief eine Stimme von jenseits der zerbrochenen Schaufensterscheibe. »Das ist er doch! Na klar, ich erkenne ihn wieder! Das ist der Junge, den die Rocker gejagt haben!«

Totenstille breitete sich aus, Julian spürte nicht zum ersten Mal, was für ein unangenehmes Gefühl es war, von Dutzenden neugieriger Augenpaare gleichzeitig angestarrt zu werden. Schritt für Schritt wich er zurück, bis er mit dem Rükken gegen die Tür stieß, an der seine Flucht schon einmal geendet hatte.

»Sind Sie sicher?« Einer der Polizeibeamten wandte sich mit einem fragenden Blick an den Mann, der Julian wiedererkannt hatte.

»Ganz bestimmt! Er hatte eine blaue Windjacke an. Sehen Sie, er trägt sie jetzt unter dem Arm!«

Julians Gedanken rasten wieder einmal. Weglaufen war völlig sinnlos bei all den Menschen, die ihn plötzlich anstarrten. Aber wenn er jetzt hier lange aufgehalten oder gar verhaftet wurde, dann war alles aus.

Wahrscheinlich war es das sowieso, denn in diesem Moment teilte sich die Menschenmenge und eine grauhaarige Gestalt in einem angesengten Trenchcoat erschien in der Gasse.

Julian hatte das Gefühl, von einer eisigen Hand im Nacken berührt zu werden. Es war der ältere der beiden Polizisten. Und er humpelte. Seine Kleider sahen aus, als hätte er sie aus der Mülltonne geholt, und sein Gesicht und seine Hände waren mit Kratzern und Schrammen übersät. Aber er hatte wieder seine menschliche Gestalt angenommen und kam jetzt ohne Zögern und mit einem bösen roten Lodern in den Augen auf Julian zu!

Einer der hier tätigen Streifenpolizisten wandte sich zu ihm um. Auf seinem Gesicht erschien ein verdutzter Ausdruck, als er sah, in welchem Zustand sich der Kriminalbeamte befand, aber er beherrschte sich meisterhaft. »Herr Kommissar! Gut, daß Sie kommen. Dieser Junge da —«

»Ich weiß Bescheid«, unterbrach ihn der Beamte. »Gut gemacht. Ich werde Sie lobend in meinem Bericht erwähnen. Aber jetzt kümmere ich mich um den Jungen. Machen Sie hier weiter!«

Er ignorierte den verstörten Blick, den ihm der junge Polizist zuwarf, näherte sich Julian und legte ihm in einer scheinbar freundschaftlichen Geste die Hand auf die Schulter. »Nun, mein Freund?« sagte er mit einem Lächeln, das von dem roten Feuer tief in seinen Augen Lügen gestraft wurde. »Du hast dich ja wirklich tapfer geschlagen. Dein Vater wäre stolz auf dich, wenn er dich jetzt sehen könnte. Aber nun ist es ja vorbei.«

Sein Griff wurde unmerklich stärker, bis es weh zu tun begann. »Ich glaube, du hast etwas, das uns gehört«, sagte er. Lächelnd streckte er die freie Hand aus. Sein Lächeln war kein Lächeln mehr, sondern eine Grimasse.

Eine tiefe Verzweiflung breitete sich in Julian aus. Er hatte die winzige Hoffnung gehabt, daß der Troll mit ihm hinausgehen würde, ehe er die Scherbe von ihm verlangte, so daß ihm draußen vielleicht doch noch eine Chance blieb, zu entkommen, und sei sie noch so winzig. Aber worauf sollte der Troll eigentlich Rücksicht nehmen? Mochten die Leute sich auch noch so wundern, daß er Julian eine Glasscherbe wegnahm – sobald er sie hatte und damit entkommen war, konnte es ihm gleich sein, was man über sein sonderbares Benehmen dachte.

»Gib sie mir«, verlangte er.

Julian resignierte. Mit einem lautlosen Seufzen zog er die Spiegelscherbe unter dem Hemd hervor und hielt sie dem Polizisten hin. In den roten Augen blitzte es gierig auf. Die Hand zuckte, widerstand aber der Versuchung, Julian den Splitter einfach zu entreißen. Und es war dieses Zögern, das Julian zu der Verzweiflungstat trieb.

Blitzschnell drehte er die Scherbe in der Hand herum, schwang sie wie eine Messerklinge und brachte dem Polizisten einen tiefen Schnitt quer über den Handrücken bei.

Der Kommissar schrie auf. Einer der Polizisten machte einen Schritt auf Julian zu – und prallte entsetzt mitten in der Bewegung zurück!

Mit dem Polizeibeamten ging eine unheimliche Verwandlung vor sich. Der Schnitt in seiner Hand hörte auf zu bluten und schloß sich fast so schnell, wie er entstanden war. Aber das war nicht alles. Die Hand begann zu zucken. Für einen Moment sah sie aus wie ein Klumpen heißes Wachs, der in der Hitze zu schmelzen begann, dann bildete sie sich neu.

Aber es war jetzt keine *menschliche* Hand mehr, sondern eine dreifingrige, krallenbewehrte Pfote, die mit schwarzem, drahtigem Fell bedeckt war.

Und die Veränderung ging weiter. Unter dem zerschlissenen Trenchcoat begann es zu wabern und zu kochen. Die Hand auf Julians Schulter wurde plötzlich glühend heiß, dann begann die ganze Gestalt vor ihm zu schrumpfen, wurde aber auch gleichzeitig breiter und massiger.

Nur Sekunden nachdem seine magische Spiegelscherbe die Hand berührt hatte, stand Julian einem geifernden, rotäugigen Troll gegenüber.

Mit einem Schrei schlug Julian die Hand beiseite, die plötzlich wie ein Stück weißglühendes Eisen auf seiner Schulter lag, wich zurück und gab das Signal zur neuerlichen Panik. Es war die reinste Hölle. Alles rannte, schrie, stürzte, und Julian vermochte hinterher selbst nicht mehr zu sagen, wie er aus der Boutique heraus- und die Rolltreppe hinuntergekommen war. Aber irgendwie kam er durch, der Strom kopflos flüchtender Menschen riß ihn fast ohne sein eigenes Zutun mit hinaus auf die Straße und noch ein gutes Stück von dort weiter. Er kam erst wieder zu sich, als er auf der anderen Straßenseite und gute hundert Meter von der zerborstenen Glasfront des Kaufhauses entfernt war. Er lief noch ein paar Schritte weiter, bis er den Schutz einer dunklen Toreinfahrt erreichte. Erst jetzt wagte er es, stehenzubleiben und sich umzusehen.

Das Chaos beschränkte sich nicht mehr auf das Kaufhaus. Auch die Straße davor hatte sich in einen reinen Hexenkessel verwandelt, und um die Verwirrung komplett zu machen, schien einer der Polizeibeamten es wohl für eine gute Idee zu halten, vorsichtshalber Blaulicht und Sirene seines Wagens einzuschalten. Nach ein paar Sekunden machten es ihm seine Kollegen und auch die Besatzungen der Feuerwehrwagen, die vor dem Kaufhaus standen und die Straße blockierten, nach. Nein – für die nächsten Minuten brauchte er wirklich keine Angst zu haben, daß irgend jemand auf ihn aufmerksam werde. Julian verbarg die Spiegelscherbe wieder in seiner Jacke, drehte dem Getümmel den Rücken zu und begann die Straße hinunterzugehen, um irgendwo ein Taxi zu suchen.

Der Morgen dämmerte bereits, als Julian vor dem Hochhaus, in dem Frank wohnte, aus dem Wagen stieg. Der Reporter war zu Hause, denn sein rostiger Citroën 2CV stand auf dem Parkplatz. Da die Haustür offen war, ging gleich zum Fahrstuhl und fuhr nach oben.

Er mußte mehrmals klopfen, bis er deutlich hören konnte, daß die Kette vorgelegt wurde. Die Tür wurde einen Fingerbreit geöffnet, und ein einzelnes Auge spähte zu ihm heraus. »Du?« fragte Frank verblüfft.

»Hast du jemand anders erwartet?« Julian sah sich ungeduldig um. Er war überzeugt, daß er nicht verfolgt worden war und die Trolle abgeschüttelt hatte, aber seine Nervosität ließ sich von dieser Überzeugung nicht beeindrucken. »Mach schon auf!«

»Nein.« Die Tür wurde zugeschlagen und einen Augenblick später wieder geöffnet, nachdem Julian zum zweiten Mal das Klirren der Kette gehört hatte. Frank fuhr in übellaunigem Ton fort: »Ich *hatte* schon Besuch. Für einen Tag reicht es vollkommen, danke.«

Julian betrat das Appartement und sah Frank fragend an.

»Bei mir ist eingebrochen worden. Ich weiß noch nicht, ob etwas fehlt, aber sie haben gehaust wie die Vandalen.«

Das Appartement bot tatsächlich einen chaotischen Anblick. Der Boden war knöchelhoch mit Papieren, Fotos, Büchern und Akten bedeckt, Schreibtisch und Regale waren durchwühlt worden. »Ich finde, es sieht aus wie immer«, sagte er.

Franks Gesichtsausdruck verfinsterte sich noch mehr. »Danke«, knurrte er. »Das ist genau die Art von Aufmunterung, die ich jetzt brauche.« Er schlug die Tür zu, stiefelte durch das Chaos zur Kochnische und riß den Kühlschrank auf. »Und vor allem brauche ich jetzt ein Bier«, maulte er. »Willst du auch was trinken?«

Julian blickte ihm über die Schulter und sah, daß der Kühlschrank bis oben mit Bierdosen vollgestopft war. Das war alles. Hastig lehnte er ab.

»Irgendwo muß hier auch noch ein Liter Milch ... ah, da haben wir ihn ja.« Frank drehte sich um, eine bereits aufgerissene Dose Bier in der rechten, den Milchkarton in der linken Hand. »Hier. Damit man mir nicht noch nachsagt, ich hätte dich zum Trinken verführt.«

Er nahm einen gewaltigen Schluck aus seiner Bierdose, fuhr sich mit dem Handrücken über den Mund, rülpste und nahm einen zweiten, noch größeren Schluck. Julian warf einen Blick auf die Milchtüte, stellte fest, daß das Verfallsdatum um etwas mehr als sechs Monate überschritten war, und stellte den Karton unauffällig in das Regal hinter sich.

»Was hast du da?« Frank zeigte auf Julians Brust.

Als Julian an sich hinabsah, stellte er fest, daß die Spitze der Spiegelscherbe seine Jacke durchstoßen hatte und gute drei Zentimeter herausragte.

»Vielleicht das, was sie auch hier gesucht haben«, antwortete Julian und zog die Scherbe vorsichtig unter der Jacke hervor.

»Du bist nicht der einzige, der Besuch hatte. In unser Hotelzimmer ist ebenfalls eingebrochen worden. Sie haben nichts mitgenommen, nur alles verwüstet. Fehlt hier irgend etwas?«

»Das weiß ich noch nicht«, sagte Frank. »Aber es sieht bisher nicht so aus.« Er leerte seine Bierdose, ließ sie einfach zu Boden fallen und betrachtete die Scherbe aufmerksam.

»Das sieht aus wie ein Stück kaputtes Glas«, stellte er fest. Dann hob er den Kopf. »Was tust du überhaupt hier? Ich denke, du bist im Krankenhaus und läßt dich pflegen?«

»Mir geht es schon wieder ganz gut«, sagte Julian. Er erzählte nichts von dem, was seit seiner Flucht aus der Klinik passiert war. Dazu war später noch Zeit genug. Statt dessen fragte er geradeheraus: »Kann ich hierbleiben? Im Hotel sind sie im Moment nicht besonders gut auf mich zu sprechen. Außerdem hatte dieser Manager nichts Besseres zu tun, als die Polizei zu rufen.«

»Sicher kannst du hierbleiben«, antwortete Frank. »Aber warum eigentlich?« Er sah Julian mit gerunzelter Stirn an. » Weißt du eigentlich, daß du dich nicht besonders klug benimmst?«

»Ach?«

»Ich verstehe dich nicht ganz«, fuhr Frank fort. »Ich meine – wenn man es genau nimmt, dann macht dir niemand bisher irgendeinen Vorwurf. Aber du tust alles, um dich verdächtig zu machen. Wieso läufst du vor der Polizei davon wie ein Verbrecher? Sie haben nichts gegen dich in der Hand. Eigentlich wollen sie nicht einmal was von dir.«

»Weil die Polizei eine neue Spezialeinheit hat«, murmelte Julian. »Eine mit schwarzem Fell und Krallen, weißt du?«

»Wie?«

»Ich muß meinen Vater wiederfinden«, sagte Julian. »Egal, wie. Und dabei werden die mir bestimmt nicht helfen.«

»Ich verstehe.« Frank seufzte. »Du hast Angst, daß du sie auf seine Spur führst, ohne es zu wollen. Du benimmst dich nicht sehr klug, ist dir das eigentlich klar?«

»Auf welcher Seite stehst du eigentlich?« fragte Julian gereizt. »Willst du mir jetzt helfen oder nicht?«

Frank hob abwehrend die Hände. »Schon gut, schon gut. Natürlich helfe ich dir. Ich habe ja nur gemeint, daß du dich vielleicht etwas geschickter verhalten könntest, das ist alles.«

»Ach? Und wie, zum Beispiel?«

Frank ging zum Kühlschrank und holte sich eine neue Dose Bier, ehe er antwortete. »Zum Beispiel, indem du tust, was dir dieser Rechtsanwalt vorgeschlagen hat, noch ein paar Tage im Krankenhaus bleibst und dann zurück in dein Internat fährst.«

»Ich verstehe. Einfach so, wie? Es ist ja auch gar nichts passiert.«

»Einfach so«, bestätigte Frank. »Laß einfach ein bißchen Gras über die Sache wachsen. Ein, zwei Wochen genügen vielleicht schon.«

»Ein, zwei Wochen!«, ächzte Julian. »Und in dieser Zeit –«

»– werde ich bestimmt nicht untätig bleiben«, unterbrach ihn Frank. »Mein Kollege hat noch nicht angerufen, aber ich bin sicher, daß er sich noch meldet. Er ist sehr zuverlässig. Und wenn nicht, dann fahre ich schlimmstenfalls selbst nach England und sehe mich dort um. Glaub mir, das ist nicht halb so auffällig, als wenn du es tust. Selbst wenn du deinen Vater findest, würdest du sie geradewegs zu ihm führen.«

»Dazu müßten sie mich erst einmal finden«, sagte Julian trotzig.

Frank schnaubte. »Mach dich nicht lächerlich! Was glaubst du, wie weit du allein kommst? Ganz bestimmt nicht bis nach England. Wahrscheinlich nicht einmal aus der Stadt heraus. Die Polizei ist nicht so blöd, wie sie im Fernsehen immer dargestellt wird.«

Aber es war gar nicht die Polizei, vor der Julian sich fürchtete. Erneut fragte er sich, warum er Frank eigentlich nicht einfach alles erzählte, was in den vergangenen Stunden passiert war. Laut sagte er: »Aber so viel Zeit habe ich nicht. Sieh dich doch um! Glaubst du wirklich, es war Zufall, daß sie gleichzeitig hier und im Hotel eingebrochen haben?«

Die Frage lenkte Franks Aufmerksamkeit wieder auf die Scherbe. »Was ist an dem Ding so kostbar?«

»Komm mit«, sagte Julian. Die Scherbe in der linken Hand schwenkend, wandte er sich um und ging ins Bad. Frank folgte ihm neugierig.

Julian trat ans Waschbecken, überzeugte sich davon, daß Frank ihm wirklich zusah, und streckte die linke Hand nach dem Spiegel aus. Er wußte nicht einmal, ob es funktionieren würde.

Aber es klappte.

Seine Finger tauchten in die schimmernde Oberfläche des Glases ein, ohne daß er auch nur den geringsten Widerstand fühlte. Dahinter war wieder die körperlose, prickelnde Kälte, die er schon kannte.

Franks Unterkiefer klappte herunter. Seine Augen wurden weit. »Was . . .?« krächzte er. »Was ist das?«

Julian genoß den Augenblick in vollen Zügen. Gut eine halbe Minute lang ließ er die Hand genau da, wo sie war, dann wechselte er die Scherbe von der linken Hand in die Rechte und versenkte den anderen Arm bis zur Schulter in den Spiegel. Er mußte sich dazu auf die Zehenspitzen stellen und sich am Waschbecken festhalten, um nicht das Gleichgewicht zu verlieren, deshalb demonstrierte er dieses Kunststück nicht so lange wie das andere.

»Verstehst du jetzt, was sie gesucht haben?« Julian hielt die Spiegelscherbe demonstrativ in die Höhe. »Du glaubst doch nicht etwa, daß sie Ruhe geben, bevor sie sie haben?«

Frank hörte die Frage anscheinend gar nicht. Er starrte noch immer fassungslos auf das Stück Glas in Julians Hand. »Ich glaube, ich spinne!«

»Da könntest du recht haben«, sagte Julian grinsend.

»Woher hast du das?« fragte Frank.

»Es war die ganze Zeit direkt vor unserer Nase«, antwortete Julian. »Wo versteckt man am besten einen Baum, hm? Ich denke, im Wald.«

»Aha.« Franks Augen bekamen plötzlich einen leicht glasigen Ausdruck, und Julian mußte mit aller Mühe ein neuerliches Grinsen unterdrücken. In knappen Worten erzählte er Frank von Alices Besuch und davon, wie er an die Scherbe gekommen war, ließ aber alles, was mit Lederjacke und seinen Trollen zu tun hatte, auch diesmal weg. Frank hörte zu, ohne ihn zu unterbrechen.

»Und das funktioniert immer?« murmelte er schließlich. »Bei jedem? Oder nur bei dir?«

»Keine Ahnung«, gestand Julian. »Probier es doch aus!«

»Ich?« Erschrocken hob Frank die Hände und wich einen Schritt zurück. »Gott bewahre! Ich will mit diesem Zauberkram nichts zu tun haben!«

»Das ist keine Zauberei«, sagte Julian.

»Mir ist völlig egal, wie du es nennst«, erwiderte Frank und schüttelte noch einmal und noch heftiger den Kopf. Trotzdem kam er näher und beobachtete mit unübersehbarer Faszination, wie Julian die Hand erneut bis zum Gelenk in den Spiegel versenkte.

»Spürst du irgend etwas?« fragte er.

Julian verneinte. »Nur eine Art... Kälte. Aber es ist nicht einmal unangenehm.« Er überlegte einen Moment. »Was meinst du«, fragte er dann, »ob ich wohl... ganz hineingehen kann?«

Frank antwortete nicht darauf, sondern hob plötzlich seinerseits die Hand und berührte den Spiegel.

Das Glas weigerte sich, sich auch ihm aufzutun. Seine Finger stießen auf Widerstand.

Aber nur für einen Augenblick, denn dann tat Frank etwas, was eigentlich irgendwie naheliegend war. Er berührte Julians Schulter mit der einen Hand und streckte die andere erneut nach dem Spiegel aus. Diesmal tauchten seine Finger so mühelos hinein wie die Julians.

»Du hast recht«, sagte Frank halb laut. »Es ist nicht einmal unangenehm. Eigentlich kribbelt es nur ein bißchen.« Er überlegte einen Moment. »Ob wir etwas mit hineinnehmen können?«

Ohne Julians Antwort abzuwarten, griff er nach seiner Zahnbürste, nahm sie zwischen Daumen und Zeigefinger und versenkte die Hand erneut in den Spiegel.

»Es funktioniert!« sagte er. »Man kann – Hoppla!«

Überrascht und mit einem Ruck zog er den Arm wieder zurück. Seine Hand war leer.

»Wo ist die Zahnbürste?« fragte Julian.

»Keine Ahnung«, sagte Frank. »Ich muß sie wohl fallen gelassen haben.« Es klang aber nicht sehr überzeugt.

Auch Julian fühlte sich plötzlich ein bißchen verunsichert. Nachdenklich sah er den Spiegel an. Irgendwie war aus dem Spiel plötzlich Ernst geworden.

»Ich möchte wissen, was dahinter liegt«, murmelte er. »Vielleicht können wir meinen Vater auf diesem Weg finden. Was meinst du, ob wir einen Blick...?«

Die verschwundene Zahnbürste schien Franks Unternehmungsgeist wieder gehörig gedämpft zu haben. »Möglich. Aber ich weiß nicht, ob –« Er stockte, drehte sich ganz plötzlich um und lief aus dem Bad. »Warte einen Moment! Rühr nichts an. Ich bin sofort zurück.«

Julian hörte ihn draußen hantieren und fluchend in Dingen kramen, dann kam er aufgeregt zurück. In den Händen hielt er eine Polaroidkamera. »So!« sagte er triumphierend. »In zwei Minuten wissen wir, wie es auf der anderen Seite aussieht! Faß mich an!«

Julian schloß die linke Hand fester um die Scherbe, berührte mit der anderen Franks Arm und sah gespannt zu, wie Frank den Fotoapparat hob und in den Spiegel hineintauchte. Ihm fiel auf, wie vorsichtig Frank dabei war. Er gab sich redliche Mühe, nur das Objektiv der Kamera, nicht aber die Hände in den Spiegel zu schieben. Und er zog den Apparat sehr hastig wieder zurück, kaum daß er den Auslöser gedrückt hatte.

Summend wurde das Bild ausgeworfen. Julian und Frank blickten gebannt und mit angehaltenem Atem auf das schokoladenbraune Rechteck, das sich zuerst hellgrau und dann wieder dunkel zu färben begann. Es dauerte eine gute Minute, bis das Foto völlig entwickelt war.

»Faszinierend«, sagte Frank. Er gab sich keine Mühe, seine Enttäuschung nicht merken zu lassen.

»Tatsächlich«, bestätigte Julian im gleichen sarkastischen Ton. »Wirklich hochinteressant.«

Das Bild war leer. Jedenfalls fast. Auf den ersten Blick hätte man meinen können, es sei nichts geworden oder zeige eben nichts als eine nachtschwarze Wand. Man mußte schon sehr genau hinsehen, um zu erkennen, daß die Kamera doch etwas aufgenommen hatte. Man konnte aber beim besten Willen nicht sagen, was es war.

Es konnte ein Stollen sein, der unendlich weit in die schwarze Tiefe führte, aber auch ein Schacht, eine Höhle oder auch nichts von alldem. Eines allerdings wußte Julian genau: daß er keine große Lust verspürte, diese unheimliche Welt hinter den Spiegeln neuerlich zu betreten.

Frank erging es wohl ebenso. »Ich weiß nicht, ob es eine gute Idee wäre, dorthin zu gehen.«

»Genau«, gab Julian ihm recht. Zumindest in diesem Punkt waren sie hundertprozentig einer Meinung.

Sie verließen das Bad, nachdem Frank das Foto achtlos in die Hemdtasche gesteckt hatte. Julian schaufelte sich einen Sitzplatz auf dem Bett frei, während Frank zum Kühlschrank ging, um sich wieder eine Dose Bier zu holen. Er hatte Schaum auf der Oberlippe, als er zurückkam.

»Also gut«, begann er in dozierendem Ton. »Fassen wir zusammen: Die Geschichte, die dir Alice erzählt hat, scheint zumindest zum Teil zu stimmen. Dieses Stück Glas *ist* etwas Besonderes.«

»Es ist ein Schlüssel!« sagte Julian aufgeregt. »Ein Schlüssel zu einer anderen Welt –«

»– in der wir jedes Mal in tödliche Gefahr geraten sind, wenn wir nur die Nasenspitze hineingesteckt haben«, fiel ihm Frank ins Wort. »Das erste Mal wir beide, dann du allein. Ich kann mir nicht vorstellen, daß dein Vater möchte, daß du es benutzt – nachdem er zweimal alle Hände voll zu tun gehabt hat, dich lebendig wieder zurückzubringen. Außerdem bezweifle ich noch immer, daß er es überhaupt kann.«

Er setzte sich neben Julian auf die Bettkante, ließ die Schultern nach vorne sinken und stützte die Ellbogen auf die Knie, während er weitersprach.

»Wenn er nach Belieben in der Zeit herumreisen könnte, dann würde er wohl kaum als Varietézauberer arbeiten.«

»Vielleicht macht es ihm Spaß?«

»Also mir fallen auf Anhieb ungefähr hundert Sachen ein, die mir mehr Spaß machen würden, wenn ich *solche* Tricks auf Lager hätte.«

»Wer sagt denn, daß er wirklich nach Belieben in der Zeit herumreisen kann?« gab Julian zurück. »Ich habe es auch zweimal getan, und ich war jedes Mal in derselben Zeit am selben Ort. Vielleicht führt der Weg durch die Spiegel immer nur dorthin.«

Frank nickte. »Daran habe ich auch schon gedacht. Und nach dem, was dir Alice erzählt hat, ergibt es sogar Sinn. Aber wenn das stimmt, dann ist das Ding für uns völlig wertlos. Dein Vater ist nicht mehr da.« Er seufzte, sah zum Fenster und nippte wieder an seinem Bier. Er wirkte ein bißchen nervös, fand Julian.

»Ich muß ihm die Scherbe bringen«, sagte Julian stur.

»Du weißt ja nicht einmal, wo er ist.«

»Aber ich werde ihn finden.« Julian hob demonstrativ den Glassplitter, dann deutete er auf den Badezimmerspiegel. »Wenn mir gar keine andere Wahl bleibt, riskiere ich es eben.«

»Das würde ich mir überlegen, an deiner Stelle«, sagte Frank. Er druckste einen Moment herum und sah wieder zum Fenster. Die Dämmerung zog herauf. »Da ist etwas, was ich dir nicht gesagt habe, weißt du? Gerade als wir das Experiment mit der Zahnbürste gemacht haben... erinnerst du dich?«

Das war ungefähr fünf Minuten her. Natürlich erinnerte er sich.

»Ich habe... nicht ganz... die Wahrheit gesagt«, fuhr Frank gedehnt fort. »Ich habe sie nicht fallen gelassen, weißt du?« Er machte eine kleine Pause, um seine Worte gehörig wirken zu lassen. Mit der linken Hand zog er das Polaroidfoto aus der Brusttasche, hielt es aber so, daß Julian das Bild nicht sehen konnte.

»Wie meinst du das?« fragte Julian.

»Etwas hat sie mir aus der Hand gerissen«, sagte Frank betont. Er reichte ihm das Foto. Julian drehte es um, und Frank sagte in fast amüsiertem Ton: »Obwohl ich mich frage, wozu um alles in der Welt es eine Zahnbürste braucht.«

»Das Bild war nicht mehr leer. Julian konnte auch jetzt noch nicht wirklich sagen, was es zeigte, im Grunde erkannte er nur etwas Schwarzes, das aus dünnen Armen, Stacheln und Klauen und einem endlos langen, sich windenden Leib bestand. Und Zähnen. Einer Unzahl langer, nadelspitzer Zähne, die ein gräßliches, weit aufgerissenes Maul säumten.

Er konnte keine Augen oder andere Sinnesorgane erkennen, aber er glaubte auch nicht, daß dieses Ding irgendwelche Sinnesorgane brauchte, denn wenn überhaupt, dann hatte seine Existenz nur einen einzigen Zweck: Fressen. Fressen, Zerstören, Vernichten, das war der Urgrund, aus dem diese Kreatur erschaffen war, der einzige Zweck, aus dem sie lebte. Und da war noch etwas. Obwohl es nur ein Foto war, schien sich das unheimliche Geschöpf zu bewegen wie ein schwarzer, gefährlicher Fisch, der sich immer wieder mit weit aufgerissenem Maul gegen die Scheiben seines Aquariums warf, um den Betrachter auf der anderen Seite zu verschlingen.

»Was ist das?« flüsterte Julian.

»Du kennst sie unter dem Namen *Herren des Zwielichts*«, sagte Frank. »Meinen Glückwunsch. Du bist der erste Mensch, der diesen Anblick überlebt hat. Hoch lebe die moderne Technik.«

»Aber wieso habe ich es vorhin nicht gesehen? Wieso war es nicht auf dem Foto?«

»Oh, es war schon drauf«, antwortete Frank. »Ich hielt es nur für besser, wenn du es nicht gleich siehst. Der Anblick hätte dich nur unnötig erschreckt.«

Julian wandte den Kopf – und schrie auf.

Franks Augen färbten sich rot. Pupille und Iris verschwanden, Julian hatte plötzlich das Gefühl, in zwei lodernde Feuerseen zu blicken. Mit einem entsetzten Keuchen prallte er zurück, verlor das Gleichgewicht und fiel hilflos rücklings auf das Bett.

Frank lachte. Es war eher ein Meckern, das Julian einen Schauer über den Rücken laufen ließ. »Eigentlich müßte ich mich jetzt bei dir bedanken«, sagte er. »Du hast ja keine Ahnung, wie lange wir schon danach suchen. Ohne dich hätten wir es vielleicht nie gefunden.« Er hob ein Handtuch vom Boden auf, nahm Julian vorsichtig die Scherbe aus der Hand, ohne sie mit den bloßen Fingern zu berühren, und wickelte sie darin ein.

»Dabei hatten wir sie die ganze Zeit praktisch vor der Nase«, fuhr er fort. »Wirklich gerissen von deinem alten Herrn, das muß ihm der Neid lassen.«

Jemand klopfte gegen die Tür. Frank warf Julian einen warnenden Blick zu, ging hin und drückte die Klinke herunter, ohne vorher nachzusehen, wer draußen stand. Beinahe lautlos traten drei hochgewachsene Gestalten in schwarzem Leder ins Zimmer. Eine davon trug einen schwarzen Motorradhelm. Julian wußte, welches Gesicht sich unter dem Helm verbarg, noch ehe sein Träger die Hände hob und ihn abnahm.

»Hast du es?« fragte Lederjacke. Die Worte galten Frank, aber er sah Julian dabei aus Augen an, die ebenso schrecklich und flammend rot waren wie die Franks und seiner beiden Begleiter.

»Ja.« Frank hob triumphierend die Spiegelscherbe in die Höhe. »Er war so freundlich, sie selbst herzubringen.«

Lederjacke streifte die Scherbe nur mit einem flüchtigen Blick, ehe er sich in Julians Richtung in Bewegung setzte. Ein hämisches Grinsen erschien auf seinem Gesicht. »Dann müssen wir uns ja direkt bei ihm bedanken«, sagte er.

»Julian erhob sich – und fiel mit einem unterdrückten Schmerzensschrei auf das Bett zurück, als Lederjacke ihm warnungslos mit der flachen Hand ins Gesicht schlug. Sein Schädel dröhnte. Er fühlte warmes Blut, als er die Hand an die Lippen hob. Mühsam richtete er sich auf die Ellenbogen auf, schüttelte den Schmerz und die Benommenheit ab und duckte sich, als Lederjacke abermals die Hand hob.

Aber er schlug nicht noch einmal zu. Sekundenlang blickte er finster auf Julian herab und weidete sich an dessen Furcht. Dann ließ er die Hand sinken. »Keine Angst«, sagte er abfällig. »Ich werde mir nicht die Hände an dir schmutzig machen. Den einen war ich dir schuldig.«

»Was ... was habt ihr mit Frank gemacht?« fragte Julian stöhnend.

»Mit deinem neugierigen Freund?« Lederjacke warf dem Troll in Franks Gestalt einen Blick zu und kicherte. »Keine

Angst. Ihm ist nichts passiert. Wir haben uns nur einen ...
Teil von ihm ausgeliehen. Ihm geschieht nichts, wenn du vernünftig bist. Genausowenig wie dir.« Er fuhr mit einem Ruck
herum und wandte sich mit einer herrischen Geste an die
beiden, die in seiner Begleitung waren.

»Ihr zwei paßt auf ihn auf, bis wir in Sicherheit sind.«

»Ihr ... ihr laßt mich in Ruhe?« fragte Julian ungläubig.

Lederjacke schnaubte verächtlich. »Du überschätzt dich, Blö-
dian«, sagte er. »Ich hätte zwar große Lust, dir alle Knochen
im Leib zu brechen, aber nimm die Tatsache, daß ich es nicht
tue, einfach als Belohnung.« Er kicherte wieder. Seine roten
Augen schienen Flammen zu sprühen. »Du ahnst ja nicht,
welchen Gefallen du uns getan hast.«

Lederjackes Grinsen wurde noch breiter. »Wir werden uns
kaum wiedersehen. Jedenfalls solltest du dir das lieber nicht
wünschen.«

Er drehte sich mit einem Ruck um, verließ ohne jedes weitere
Wort das Appartement, und Franks Doppelgänger folgte
ihm auf den Flur hinaus. Julian blieb allein mit den beiden
Trollen zurück.

Mit einer Mischung aus Furcht und Neugier musterte er die
beiden Wesen. Sie waren gar keine richtigen Trolle. Wie Lederjacke selbst schienen sie eine schreckliche Mischung aus
Mensch und Troll zu sein, als hätten sie versucht, sich von
der einen in die andere Gestalt zu verwandeln und wären irgendwo auf halbem Wege steckengeblieben. Ihre Gesichter
waren breit, die Nasen flach wie die von Affen, die Augen
schreckliche rote Tümpel. Die Ohren des einen waren spitzer als die des anderen, und Büschel schwarzen, drahtigen
Haares wuchsen daraus hervor. Ihre Gestalten waren massig,
sie schienen ihm plötzlich viel kleiner zu sein als noch vorhin, als sie zusammen mit Lederjacke hereingekommen waren. Und Julian entging auch nicht, wie nervös die beiden
Kreaturen waren. Was geschah mit ihnen?

Die unheimliche Verwandlung war jetzt deutlicher zu sehen.
Die Gestalten der beiden Mensch-Trolle schienen in einem

labilen Gleichgewicht zu sein. Mal waren sie mehr Mensch, mal mehr Troll, aber niemals nahmen sie eine der beiden Gestalten wirklich an.

Der Anblick war unheimlich, zugleich aber so faszinierend, daß Julian sogar seine Angst vergaß. Er wollte aufstehen, aber einer seiner beiden Bewacher machte eine drohende Bewegung, und Julian sank wieder zurück. Gebannt sah er zu, was weiter geschah.

Die beiden Kreaturen begannen leise zu wimmern. Ihre Gestalten wechselten jetzt immer rascher, wirkten jedesmal ein bißchen unfertiger, als verlören sie mit jedem Versuch, die eine Gestalt anzunehmen, etwas von der Kraft, in die andere zurückzukehren.

»Was ist mit euch?« fragte er. Er versuchte wieder aufzustehen, und diesmal hinderten ihn die Trolle nicht mehr daran. Sie konnten es nicht. Der eine stand immer noch auf seinen Beinen, aber nur noch wankend, und er keuchte, als koste es ihn alle seine Kraft, auch nur zu atmen. Der andere war auf die Knie gesunken. Vielleicht war er auch *geschmolzen*, denn sein Leib verlor immer mehr an Substanz, schien mittlerweile keine richtige Form mehr zu haben. Der Anblick drehte Julian den Magen um, aber er löste auch tiefes Mitleid in ihm aus. Er wollte diesen Geschöpfen helfen. Aber es gab nichts, was weniger in seiner Macht stand.

Auch der zweite Troll sank nun in die Knie. Seine rechte Hand, die sich in eine dreifingrige Kralle verwandelt hatte, fuhr scharrend über den Fußboden und hinterließ tiefe Kratzer darin. Ein wimmernder, unendlich qualvoller Ton kam über seine Lippen.

Vorsichtig näherte Julian sich den beiden Geschöpfen. Von der Furcht, mit der ihn ihre Anwesenheit anfangs erfüllt hatte, war nichts mehr geblieben. Die schreckliche Veränderung, die mit den Trollen vor sich ging, erfüllte ihn mit Ekel und Furcht, aber von der Bedrohung, die von den beiden ausgegangen war, war nichts mehr geblieben.

Eines der Geschöpfe hob den Blick und sah ihn an, und Julian las in seinen Augen einen solchen Schmerz und ein solches Entsetzen, daß er unwillkürlich die Hand ausstreckte, um es zu berühren und ihm damit ein wenig Trost zu spenden, wenn es sonst schon nichts gab, was er tun konnte. Aber er führte die Bewegung nicht zu Ende. Die Hand des Trolls war keine Hand mehr. Sie hatte einmal fünf Finger, einmal drei, dann gar acht und dann wiederum war sie ein formloser Klumpen, dessen Haut in Bewegung war, als kröche eine Armee winziger Ameisen darunter herum. Er brachte es nicht über sich, sie anzufassen. Und er spürte die Hitze, die davon ausging.

Daß die Körper der Trolle so heiß waren, daß man sich verbrannte, wenn man sie berührte, das hatte er ja schon auf recht schmerzhafte Weise selbst erfahren. Aber das hier war schlimmer. Von der Hand und gleich darauf dem ganzen Arm des Geschöpfes ging ein glühender Hauch aus, der Julian das Gesicht abwenden und einen Schritt zurückweichen ließ. Es roch plötzlich nach verbranntem Papier, und dort, wo der Troll kniete, kräuselte sich grauer Rauch in die Luft. Ein winziges Flämmchen flackerte auf und erlosch sofort wieder, als der Troll mit einem schrillen Wimmern zusammenbrach und es unter sich begrub. Gleich darauf war die Hitze erloschen, in der nächsten Sekunde wurde es so kalt im Zimmer, daß Julian seinen Atem als grauen Dampf sah. Und plötzlich war es vorbei. Der unheimliche Wechsel von Hitze und Kälte hörte auf, der Troll wand sich nicht mehr, sondern schien endgültig eine Form gefunden zu haben, die keiner seiner beiden ursprünglichen Erscheinungen entsprach, aber wenigstens stabil blieb, und seine Flammenaugen blickten Julian fast flehend an. Er versuchte zu sprechen, brachte aber nur ein Krächzen und Würgen heraus, aus dem Julian nur manchmal ein paar Brocken und Satzfetzen zu entnehmen glaubte.

»... Zeit«, stammelte das Wesen. »... falsche ... Zeit ... kann hier nicht ... leben ... gegangen ... allein ... Sonne ... tötet.«

Zwischen den einzelnen Worten gabe es immer wieder unverständliche Laute, Geräusche, die vielleicht Worte einer fremden Sprache sein mochten, vielleicht auch nur Ausdruck der Pein. ». . . verlassen . . .« verstand Julian noch. Dann wurden die Worte vollendens unverständlich.

Julian glaubte plötzlich zu begreifen, was hier geschah, und mit diesem Begreifen überfiel ihn lähmender Schrecken. Die beiden Trolle starben, und einem solchen schrecklichen Ende war er selbst nur um Haaresbreite entgangen. Roger und Alice hatten es ihm wohlweislich verschwiegen, aber *das* war es, was auch ihm widerfahren wäre, wäre er zu lange auf jenem nächtlichen Rummelplatz geblieben. Sie waren in der falschen Zeit. Indem Lederjacke sie jetzt am Morgen zurückgelassen hatte, hatte er sie zum Tode verurteilt. Sie konnten hier nicht leben, im Sonnenlicht. Sie konnten in ihrer Trollgestalt hier ebensowenig existieren wie Julian es als Mensch in der unheimlichen Welt hinter den Spiegeln konnte. War es dieses Schicksal, das auch seinem Vater und Gordon widerfahren war, als sie in die Vergangenheit flohen?

Die Gestalten der beiden Trolle begannen sich weiter aufzulösen. Sie verloren irgendwie an Substanz, wurden durchscheinend, als glitten ihre Körper allmählich von dieser Wirklichkeit hinüber in eine andere, bis sie am Ende ganz verschwunden waren und nur zwei verbrannte Abdrücke auf dem Teppich zurückblieben. Julian blieb die ganze Zeit über reglos neben ihnen sitzen. Er hatte das Gefühl, es ihnen schuldig zu sein.

Danach dauerte es noch eine geraume Weile, bis er sich aus seiner Starre löste. Es fiel ihm schwer, aufzustehen, seine Jacke zu nehmen, zur Tür zu gehen und das Appartement zu verlassen.

Ein Gefühl tiefer Niedergeschlagenheit hatte ihn überkommen. Es war vorbei. Das Schicksal der beiden Trolle bewies, daß Lederjacke mit der Spiegelscherbe in sein düsteres Zwischenreich zurückgekehrt war, und es gab für Julian jetzt nicht mehr die geringste Möglichkeit ihm zu folgen. Er hatte verloren. Er hatte *versagt*. Er war die letzte Chance für Roger, Alice und all die anderen – einschließlich seines Vaters und Gordons – gewesen, dem Teufelskreis zu entrinnen, in dem sie seit beinahe einem Jahrhundert gefangen waren. Und er hatte sie verspielt. Zum erstenmal im Leben spürte Julian wirklich, was es hieß, verloren zu haben. Es gab nichts mehr, was er noch tun konnte.

Was am meisten weh tat, war der Gedanke, daß er es ihnen leichtgemacht hatte. Jetzt, im nachhinein, kam ihm alles so einleuchtend vor, daß er einfach nicht begreifen konnte, wie er ihnen hatte auf den Leim gehen können. Wieso hatte er es nicht gemerkt? Hatte er wirklich geglaubt, ganz allein den Trollen getrotzt zu haben? War er wirklich so närrisch gewesen, sich einzubilden, er sei der große Held, der es mit bloßen Händen und ganz allein mit einer ganzen Armee dieser gräßlichen Kreaturen aufnehmen könne?

In Wahrheit hatten sie nur mit ihm gespielt. Und zwar vom ersten Moment an. Sie hatten ihn entkommen *lassen*, immer wieder, um ihm Angst zu machen, ihm zugleich aber auch das Gefühl zu geben, ihm könne gar nichts passieren, so daß er leichtsinnig wurde und sie am Schluß zum Versteck der magischen Scherbe führte.

Die Rechnung war aufgegangen. Sie hatten sich nicht einmal besonders anstrengen müssen. Kein großes Finale, kein Rennen und kein Flüchten, kein verzweifelter Kampf, so daß er wenigstens – wenn es denn schon sein mußte – mit fliegenden Fahnen untergehen konnte. Er hatte ihnen die Siegestrophäe praktisch auf dem silbernen Tablett serviert. Wahrscheinlich hatte sich Lederjacke halb totgelacht, während er kreuz und quer durch die Stadt gehetzt war und sich eingebildet hatte, seinen Verfolgern wirklich entkommen zu sein!

Er hörte Schritte hinter sich, und als er aufblickte, stand Roger im Zimmer. Er wirkte sehr traurig, aber Julian suchte vergebens nach einer Spur von Zorn oder Vorwurf in seinen Augen.

Julian schluckte ein paarmal. Er wollte etwas sagen, aber sein

Mund war so trocken, daß er dreimal ansetzen mußte, um überhaupt einen Ton herauszubekommen. »Sie sind –«

»Ich weiß, was geschehen ist«, unterbrach ihn Roger.

Julian schwieg. Warum schrie Roger ihn nicht an? Wieso machte er ihm keine Vorwürfe oder sagte ihm wenigstens, daß er alles vermasselt habe?

»Es ist alles vorbei, nicht?« fragte Julian. Seine Stimme zitterte. »Ich habe . . . alles falsch gemacht.«

»Ja«, sagte Roger ruhig, »das hast du. Aber es ist nicht deine Schuld.«

»Nicht meine Schuld?!« Julian lachte auf. Zumindest sollte der Laut ein Lachen sein, aber es klang wie ein Schluchzen.

»Niemand hätte Mike und seine Trolle besiegen können«, antwortete Roger ernst. »Du machst dir keine Vorstellung von der Verschlagenheit dieser Kreaturen. Sie haben vom ersten Moment an alles geplant. Du hattest keine Chance.«

»Ich weiß«, sagte Julian. Plötzlich packte ihn der Zorn. »*Jetzt* weiß ich das auch. Aber *ihr* habt es von Anfang an gewußt. Du und . . . Alice und all die anderen! Warum habt ihr mich nicht gewarnt! Ein einziges Wort, und –«

»Weil wir es nicht durften«, unterbrach ihn Roger. »Und nicht konnten.«

»Warum?« fragte Julian vorwurfsvoll. »Aus Angst vor den Trollen?«

»Auch«, gestand Roger. Julian blickte ihn mit unverhohlenem Zweifel an, und Roger fügte erklärend hinzu: »Wir sind nicht so stark, wie du glaubst, Julian. Sie können uns vernichten, wenn sie das wirklich wollen. Du weißt, wie stark sie sind. Und sie sind viele. Viel mehr als wir.«

»Wenn das stimmt, warum haben sie es dann nicht längst getan?«

Diesmal dauerte es einige Zeit, bis Roger antwortete. Aber Julian hatte das Gefühl, daß er nicht etwa zögerte, weil er ihm etwas verschweigen wollte. Vielmehr schien er sich jedes einzelne Wort genau zu überlegen, damit Julian ihn wirklich verstehe.

»Unsere und ihre Welt sind gar nicht so verschieden«, begann er schließlich. »Sie sind stärker als wir, und sie wissen es auch. Aber gleichzeitig fürchten sie uns auch. Sie wissen, daß sie uns wahrscheinlich vernichten könnten, wenn sie es wirklich wollten, aber sie wissen nicht, welchen Preis sie dafür bezahlen müßten. Wir würden nicht einfach aufgeben. Sie sind stark und verschlagen, aber sie sind auch feige.« Er lächelte. »Außerdem glaube ich, daß sie es gar nicht wirklich wollen. Erinnerst du dich, was ich dir über mich und Mike erzählt habe?«

Julian nickte.

»Wir sind vielleicht Feinde«, fuhr Roger fort, »doch wir brauchen einander auch. Sie lassen uns in Ruhe, solange wir sie in Ruhe lassen. Aber sie hätten nicht zugelassen, daß wir dich warnten. Es ging um ihre Existenz.«

»Um eure nicht?« fragte Julian. »Sie haben gewonnen, Roger. Endgültig!«

»Ich weiß«, sagte Roger.

Rogers Ruhe schürte Julians Zorn noch. »Und das ist alles, was du dazu sagst?« fragte er. »Ihr habt jetzt keine Hoffnung mehr, Roger! Es . . . es wird niemals aufhören! Ihr werdet für alle Zeiten in euren verdammten Spiegeln gefangen sein!«

»So schlimm ist es dort nicht«, sagte Roger. Er lächelte wieder. »Du kennst unsere Welt doch gar nicht, Julian. Wie kannst du darüber urteilen? Glaubst du, ich wäre freiwillig dort geblieben, wenn es so arg wäre?«

»Das weiß ich nicht«, antwortete Julian. »Und ich will es auch nicht wissen! Warum bist du gekommen? Nur um mich zu quälen?«

Nicht einmal das brachte Roger aus der Ruhe. Er lächelte nur verzeihend. »Um dich zu holen«, sagte er.

»Um mich –« Julian verschlug es die Sprache. Ungläubig starrte er Roger an.

»Um dich zu holen«, wiederholte Roger. »Du kannst noch immer zu uns kommen. Es wird dir gefallen.«

»Und was soll ich dort?« fragte Julian.

»Was willst du hier?« entgegnete Roger. Er machte eine Geste durch das verwüstete Zimmer. »Es gibt hier nichts mehr, wofür es sich zu bleiben lohnte. Dein Vater ist fort. Du hast hier keine Freunde. Niemanden, zu dem du gehörst. Niemanden, der auf dich wartet. Bei uns hättest du Freunde. Du gehörst zu uns. Und zu Alice.«

Julian fuhr beim Klang dieses Namens sichtbar zusammen. Alice. Er glaubte ihr Gesicht vor sich zu sehen, so deutlich, als stünde sie vor ihm. Er hatte sie nicht vergessen, und er würde sie auch nie vergessen. Mit Ausnahme seines Vaters war sie der einzige Mensch, der jemals ganz uneigennützig freundlich zu ihm gewesen war, der einzige Mensch, bei dem er jemals so etwas wie echte Zuneigung gespürt hatte. Er fragte sich, ob das, was er für Alice empfand, wohl das war, was die Erwachsenen meinten, wenn sie von Liebe sprachen. Vielleicht. Es spielte keine Rolle. Obwohl er sich vollkommen darüber im klaren war, daß Roger ihren Namen nur deshalb genannt hatte, um ihn zu überzeugen, brachte das die Entscheidung. Roger hatte recht. Mit dem Splitter des magischen Spiegels war ihm jede Möglichkeit genommen worden, seinen Vater wiederzufinden. Es gab hier nichts mehr, wofür sich das Bleiben lohnte. Und dort, wohin Roger ihn bringen würde, wartete Alice auf ihn.

»Gehen wir«, sagte er.

Roger nickte, und Julian folgte ihm ohne ein weiteres Wort in die Welt hinter den Spiegeln.

Die andere Seite

Auch diesmal war es wie damals im Hotel und ein paar Tage später im Stadtarchiv: Sie verließen die Wohnung und wandten sich draußen auf dem Korridor nach links, als wollten sie zum Aufzug gehen. Aber der Aufzug war nicht mehr da, und der Flur schien plötzlich endlos. Jeder Schritt brachte sie ein kleines Stück weiter in die Vergangenheit, bis sie schließlich erneut auf den Rummelplatz am 4. August 1908 hinaustraten. Julian blieb unwillkürlich stehen und schaute nach oben. Der Himmel hing sehr tief, der Wind hatte die Gewitterwolken noch nicht ganz vertrieben. Es war kalt, und die Luft roch nach Regen. Er dachte daran, wie es sein würde, diesen Himmel für immer so zu sehen, für immer die Kälte zu spüren, den Regen zu riechen ... nie wieder die Sonne zu sehen.

Roger hatte seinen Blick bemerkt, aber falsch ausgelegt. »Keine Sorge«, sagte er. »Es ist noch lange nicht soweit. Wir haben noch viel Zeit.«

»Viel Zeit? Was verstehst du darunter?« fragte Julian. »Vier Stunden? Fünf?« Es gelang ihm nicht ganz, den bitteren Ton aus seiner Stimme zu vertreiben, und ein Schatten huschte über Rogers Gesicht.

»Etwas mehr als vier«, gestand er.

»Und das ist jetzt für dich das Paradies?« fragte Julian. »Vier Stunden bis zum Weltuntergang? Und das Nacht für Nacht?«

»Wir sind nicht in Gefahr«, sagte Roger. In leicht vorwurfsvollem Ton fügte er hinzu: »Außerdem muß ich nicht jedes Mal in dieses Chaos hinaus, um einen Dummkopf daran zu hindern, offenen Auges in sein Verderben zu rennen.«

Julian überhörte den Vorwurf. »Vier Stunden«, murmelte er. »Dann müßten sie jetzt ...«

»... etwa beim Zelt der Wahrsagerin sein«, sagte Roger. »Ich weiß, was du jetzt denkst. Wir haben es versucht, glaub mir. Man kann die Vergangenheit nicht ändern. Niemand kann das.«

»Woher willst du das wissen?« fragte Julian.

Roger seufzte. »Weil wir es versucht haben«, sagte er geduldig. Er sah Julian mit einer Art verzeihendem Vorwurf an. »Wofür hältst du uns? Glaubst du, all dieses Entsetzen, all dieses Sterben ließe uns kalt?«

Julian spürte selbst, wie er einen roten Kopf bekam. »Nein«, flüsterte er. »Natürlich nicht. Entschuldige.«

»Wir haben es versucht«, fuhr Roger fort, als wäre dies etwas, was er sich schon lange von der Seele hatte reden wollen. »Immer und immer wieder. Einige von uns haben dabei ihr Leben verloren. Niemand kann es, weißt du? Die Zeit schützt sich selbst. Wenn du es versuchst, dann geschieht ... irgend etwas.«

Julian nickte stumm. Er erinnerte sich noch gut an Gordons Worte, als er ihn und seinen Vater in jenem Artistenwagen belauscht hatte. Aber er verstand es erst jetzt wirklich.

»Und das ist auch gut so«, fuhr Roger fort.

»Wieso?«

»Weil es das Ende der Welt bedeutete, könnte man nach Belieben in der Zeit herumpfuschen.«

»Man könnte viel Unheil verhindern«, gab Julian zu bedenken. »Man könnte Kriege verhindern, die Menschen vor Katastrophen warnen ...«

»Und damit ein unvorstellbares Chaos anrichten«, unterbrach ihn Roger. Er lächelte. »Um bei deinem Beispiel zu bleiben: Gut, du gehst in die Vergangenheit und warnst die Menschen. Sagen wir, vor einem Vulkanausbruch, bei dem zehntausend Menschen ums Leben kommen werden.«

»Was spricht dagegen?« fragte Julian.

Roger hob besänftigend die Hände. »Laß mich zu Ende reden. Sagen wir, sie glauben dir und bringen sich in Sicherheit. Niemand kommt zu Schaden. Die Katastrophe findet niemals statt, also *weißt* du auch nichts *davon,* weil diese zehntausend nie ums Leben gekommen sind. Und also hast du auch überhaupt keinen Grund, in die Vergangenheit zurückzureisen und diese Menschen zu warnen. Wenn du es aber nicht tust, dann kommen sie ums Leben, weil niemand sie gewarnt hat. Du müßtest also doch in die Vergangenheit gehen. Wenn du es aber tust, dann nimmst du dir selbst den Grund für diese Reise, und so weiter, und so weiter. Verstehst du allmählich?«

Julian schwindelte. Aber er begann zu begreifen. »Das wäre —«

»– ein Teufelskreis, aus dem es kein Entkommen mehr gäbe«, sagte Roger. »Und nicht nur für dich. Auch für diese zehntausend Menschen, deren Anverwandte und Freunde, ihre Kinder, für die Forscher, die gelehrte Bücher über die Katastrophe geschrieben, die Siedler, die auf den Ruinen eine neue Stadt errichtet haben . . . für die ganze Welt, Julian. Vielleicht würde sie aufhören zu existieren.«

»Aber das . . . kann nicht sein«, sagte Julian. Oh, es war so schwer, darüber nachzudenken! Er mußte jedes einzelne Wort wie ein zentnerschweres Gewicht hin und her drehen und wenden, bis es an seinem richtigen Platz war. »Ich . . . *habe* die Vergangenheit verändert, Roger!« sagte er. »Überlege doch! Als ich aus dem Glaslabyrinth weggelaufen bin, da habe ich es getan. Ich bin zur Bude dieses alten Mannes gelaufen, und ich habe Gordon und meinen Vater aufgehalten, wenn auch nicht lange! Ich . . . ich habe Gordons Knie gebrochen! Du mußt dich irren! Man *kann* die Vergangenheit ändern! Ich habe es getan!«

»Nein«, sagte Roger ernst. »Das hast du nicht.«

Julian blieb stehen und sah Roger erstaunt an.

»Ich habe das auch geglaubt, Julian«, fuhr Roger leise fort. »Aber es stimmt nicht. Du hast die Vergangenheit nicht verändert. Du hast sie erschaffen.« Seine Stimme wurde noch leiser. »Beantworte mir eine Frage, Julian. Du hast gesagt, daß du es warst, der Gordons Knie verletzt hat?«

Julian nickte.

»Wie lange humpelte er schon?« fragte Roger.

»Solange ich ihn kannte«, antwortete Julian.

»Nicht erst seit deiner Reise in die Vergangenheit?«

»Nein«, antwortete Julian. »Ich habe ihn doch danach gar nicht mehr . . .« Seine Stimme versagte. Aus ungläubigen, entsetzten Augen starrte er Roger an.

»Es ist passiert, weil du das warst«, sagte Roger leise.

»Du bist nicht in die Vergangenheit gereist, um sie zu verändern, Julian. Du hast sie erst *erschaffen!* Verstehst du nicht? Es ist passiert, weil du damals aus der Zukunft kamst und die

Dinge überhaupt erst möglich machtest. Du *mußtest* diese Reise machen.«

Julians Gedanken bewegten sich plötzlich nur noch wie durch einen zähen, klebrigen Sirup. »Du ... du meinst, das alles ist nur passiert, *weil* ich mich eingemischt habe?« fragte er stockend.

»Du sagst es.« Roger nickte. »Gordon hat dir niemals erzählt, wie er zu seiner Verletzung gekommen ist, aber er hat sie, solange du ihn kennst. Und hatte sie auch schon vorher. Er hat sie, seit du mit ihm gekämpft und ihm dabei das rechte Knie gebrochen hast.«

Julian blickte Roger an. Roger wußte es also, hatte es vom ersten Moment an gewußt, aber nichts sagen können, weil Julian es damals einfach noch nicht verstanden hätte.

»Dann ist alles meine Schuld, nicht wahr?« flüsterte er. Er suchte Rogers Augen, aber der Junge hatte plötzlich nicht mehr die Kraft, seinem Blick standzuhalten, und schaute weg. Julian fuhr mit zitternder Stimme fort: »Wenn ... wenn ich mich nicht eingemischt hätte, dann wäre gar nichts passiert, nicht wahr? Mein Vater und Gordon hätten den Spiegel gestohlen und wären in aller Ruhe verschwunden, lange ehe der alte Mann zurückgekommen wäre, und am nächsten Tag hätte er ihnen das Geld gegeben, um das sie ihn erpreßten. Nichts wäre passiert. Aber weil ich mich eingemischt habe, wurden sie aufgehalten, und ... und als ich mit Gordon kämpfte, fiel die Kerze um, die den Brand auslöste.«

Er hielt erschöpft inne und wartete. Aber Roger sagte nichts, und so fuhr Julian nach sekundenlangem Schweigen fort: »Dann ist alles meine Schuld. Ohne mich ... wäre überhaupt nichts geschehen. Der Spiegel wäre nicht zerbrochen, und ...«

»... der magische Sturm wäre niemals losgebrochen«, fuhr Roger fort, ohne ihn anzusehen.

»Dann ist also alles meine Schuld«, flüsterte Julian. Ein trockenes Schluchzen brach sich aus seiner Kehle Bahn.

Roger drehte sich nun doch zu ihm herum. »Nein, Julian«,

sagte er ernst. »Du hast es *getan*, aber das bedeutet nicht, daß
es deine Schuld ist. Was geschehen mußte, ist geschehen.
Ebensogut könntest du mir die Schuld geben, weil ich dich in
die ganze Geschichte hineingezogen habe. Oder Alice, weil
sie dir das Leben gerettet hat. Oder sogar deiner Mutter, weil
sie dich auf die Welt gebracht hat! Wir alle waren nur Werk-
zeuge des Schicksals.«

Julian ballte in einer Geste hilfloser Verzweiflung die Fäuste.
Warum erinnerten ihn Rogers Worte an das, was Gordon in
jener Nacht im Artistenwagen zu seinem Vater gesagt hatte?
Warum klang es so nach einer verlogenen Ausrede?

»Dann war alles umsonst, was geschehen ist und noch geschehen wird«, sagte er. »Ist es das, was du mir sagen willst?
Wenn ... wenn das wahr wäre, Roger, warum gibt es uns
dann überhaupt? Wozu ist unser Leben dann gut? Warum leben wir überhaupt? Nur um ... um zu agieren wie Figuren
auf einem Schachbrett, die ... nicht einmal merken, daß sie
bloß herumgeschoben werden?«

»Gleich wirst du mich fragen, ob es einen Gott im Himmel
gibt und was er mit uns vorhat!« antwortete Roger gereizt.
»Ich verstehe, daß du verletzt und zornig bist, aber du ver-
wechselst hier ein paar Dinge! Wir reden hier über ein *logisches* Problem, über nichts sonst. Wir reden einzig und allein
über die Tatsache, daß man nicht mehr ändern kann, was
einmal geschehen ist!«

»Aber ich habe es bereits getan!« Julian schrie es fast. Er begann am ganzen Leib zu zittern, seine Erregung mußte sich
wohl deutlich auf seinem Gesicht widerspiegeln, denn etwas
wie Schrecken trat in Rogers Augen, und er wich instinktiv
einen Schritt vor Julian zurück. »Nenn es, wie du willst!«
fuhr Julian erregt fort. »Aber es bleibt dabei: Das alles wäre
nicht geschehen, wenn ich mich nicht eingemischt hätte! Das
alles ist meine Schuld, nicht die meines Vaters oder Gordons
oder irgendeines anderen! Ich ganz allein bin verantwortlich
für das, was hier geschehen ist! Und ich werde es wieder gutmachen, irgendwie!«

Roger blickte ihn schweigend und voller Mitgefühl an, und Julian ertrug diesen Blick nicht länger, drehte sich um und verschwand mit weit ausgreifenden Schritten in der Menschenmenge auf dem Rummelplatz.

Er kam erst wieder zu sich, als ihn jemand sacht an der Schulter berührte und er aufsah und ohne die mindeste Spur von Überraschung feststellte, daß es Alice war. Sie mußte schon eine geraume Weile dagestanden und ihn beobachtet haben.

»Es ist Zeit«, sagte er.

Alice nickte. Eine Sekunde lang ließ sie die Hand noch auf seiner Schulter ruhen, dann zog sie sie mit einer plötzlichen, fast erschrockenen Bewegung wieder zurück. Nicht zum ersten Mal fiel Julian ihre Scheu auf, ihn zu berühren oder von ihm berührt zu werden.

Er lächelte müde und fragte: »Schickt dich Roger?«

»Ja«, antwortete Alice. »Er dachte, es wäre vielleicht besser, wenn ich dich hole.«

Seine Schritte hatten ihn zum Riesenrad gelenkt, auf die dunkle, stille Rückseite des gewaltigen Stahlgerüsts, wo der Lärm und das Licht und das fröhliche Treiben der Kirmes nur noch als fernes Echo zu hören waren.

Automatisch hob er den Blick, aber der Himmel war noch dunkel. Die Hölle hatte ihre Pforten noch nicht geöffnet, um ihre Flammen auf die Erde zu speien.

Alice mußte ahnen, was in ihm vorging, denn ihr Gesicht umwölkte sich. Aber sie sagte kein Wort, sondern wandte sich nur schweigend um, und Julian folgte ihr ebenso wortlos und von düsteren Gedanken erfüllt. Er fragte sich, ob er wohl jemals wieder würde lachen können. Ob er wohl jemals wieder fröhlich sein *wollte*.

Der Weg zum Spiegelkabinett war nicht sehr weit, und sie legten ihn schweigend zurück. Ebenso wortlos betraten sie das flache, fensterlose Gebäude, in dem noch Dunkelheit herrschte. Julian blieb geduldig neben der Tür stehen und wartete, daß Alice die Scheinwerfer einschalten würde, die die großen Glasscheiben in Spiegel verwandeln würden. Doch statt des Geräusches eines Lichtschalters hörte er nach einigen Augenblicken, wie ein Streichholz angerissen wurde. Sekunden später erfüllte der milde, gelbe Schein einer Petroleumlampe den Raum. Erst jetzt fiel ihm ein, daß er sich ja in einer Zeit befand, in der Dinge wie Lichtschalter ganz und gar nicht zu den Selbstverständlichkeiten des täglichen Lebens gehörten.

Alice kam zurück. Sie hielt die Lampe so, daß ihn ihr Schein nicht blendete, und im milden Licht sah sie noch verwundbarer und zarter aus als sonst, und wieder spürte er eine tiefe, warme Zuneigung, ein Gefühl von ... ja, von Zärtlichkeit und Wärme. Aber es war noch etwas hinzugekommen. Zwischen ihnen war plötzlich eine Trauer, ein Gefühl der Endgültigkeit und des Abschieds. Verwirrt sah er zuerst Alice an und dann, als er den gleichen Ausdruck in ihren Augen fand, das Labyrinth aus Glas und schimmerndem Licht hinter ihr. Der Schein der Petroleumlampe verwandelte die Scheiben in halb durchsichtige Spiegel, hinter denen nicht das zu sein schien, was Julian sich wünschte ...

»Was ist dort?« fragte er.

Alice lächelte. Sie hatte die Frage erwartet. Aber es war ein seltsames, trauriges Lächeln. »Der Ort, von dem Roger dir erzählt hat«, sagte sie. »Ein Platz, an dem alles sein kann, was du willst. Und an dem *du* alles sein kannst, was du willst.«

»Und wenn ich das schon hier bin?« fragte er unsicher. Plötzlich wollte er nicht mehr dorthin. Eigentlich hatte er es nie wirklich gewollt.

»Es wird dir gefallen«, sagte Alice noch einmal. »Du wirst sehr glücklich dort sein, glaub mir.«

Aber wenn das stimmte, dachte er, warum sah er dann plötzlich Tränen in ihren Augen schimmern. Er trat auf sie zu, um sie in die Arme zu nehmen und zu trösten, aber auch diesmal entzog sie sich seiner Berührung.

Und endlich begriff er.

»Du bist nicht dort!« sagte er. »Wir werden uns niemals wiedersehen!«

Alice lächelte, und diesmal wirkte es echt, auch wenn noch immer Tränen in ihren Augen standen. »Doch«, sagte sie. »Das werden wir. So oft und so lange du willst. Und nun laß uns gehen. Die anderen werden bald kommen, und ich möchte dir alles in Ruhe zeigen.«

Er spürte am Klang ihrer Worte, daß er jetzt nichts mehr von ihr erfahren würde, stellte aber trotzdem noch eine weitere Frage: »Kommt Roger nicht mit?«

»Er ist bereits dort«, sagte Alice und wandte sich um. »Er wartet auf uns.« Sie trat auf einen der Spiegel zu, in die das Licht ihrer Lampe die mannsgroßen Glasscheiben verwandelte, und machte eine einladende, fast ungeduldige Bewegung.

Auch diesmal spürte er nichts, und doch war es völlig anders als früher, wenn er den Weg durch die Spiegel genommen hatte. Es verging keine Zeit. Er hatte keine Visionen von Feuer oder sich schlängelnden, fressenden *Dingen,* sondern trat einfach durch die Scheibe hindurch, als wäre sie gar nicht mehr da, und auf der anderen Seite wieder hinaus.

Aber nein – das stimmte nicht ganz! Es dauerte einige Sekunden, bis Julian begriff, daß er auf *derselben* Seite wieder herausgetreten war. Er wandte der großen Glasscheibe den Rücken zu, und die Tür lag plötzlich vor, nicht mehr hinter ihm. Ansonsten hatte sich absolut nichts in seiner Umgebung verändert. Er wußte selbst nicht genau, was er sich eigentlich erwartet hatte, aber er war ein wenig enttäuscht.

Alice erschien neben ihm. Sie sagte nichts, sondern sah ihn nur an, und in ihren Augen blitzte es fast spöttisch auf, als hätte sie seine Gedanken erraten. Wahrscheinlich war das auch nicht besonders schwer.

Wortlos ging sie zur Tür, öffnete sie und löschte sorgsam die Lampe, ehe sie ihm winkte, ihr nach draußen zu folgen.

Julians Herz begann zu klopfen. Seine Enttäuschung war verfrüht gewesen. Dieses Spiegelkabinett war wahrscheinlich nichts als der Eingang zu Alices geheimer Welt hinter den Spiegeln, eine Art Umsteigebahnhof, und warum sollte es auf dieser Seite anders aussehen als auf der anderen? Nein, das wahre Geheimnis lag hinter der Tür, durch die Alice ihn winkte, und gleich würde er es sehen. Das Geheimnis war – die Kirmes.

Völlig fassungslos stand er da und blickte auf den still und verlassen daliegenden Rummelplatz. Nur hier und da brannte ein Licht, aber diese winzigen Inseln von Helligkeit schienen die Schwärze ringsum und die Einsamkeit dieses Ortes eher noch zu betonen.

»Was . . . ist das?« fragte er.

»Ein Ort, der Schmerzen heilt«, sagte Alice geheimnisvoll.

»Aber das ist –«

»Urteile nicht vorschnell«, unterbrach ihn Alice. »Die Dinge sind nicht immer das, was sie auf den ersten Blick zu sein scheinen. Komm –« Sie streckte die Hand aus. »Ich zeige dir alles.«

Erst als Julian ihre Hand ergriff, spürte er, daß Alice ihre sonderbare Scheu vor der Berührung verloren zu haben schien, jetzt, da sie den Schritt durch den Spiegel getan hatten.

Bedeutete eine Berührung hier etwas anderes als drüben?

Seine Verwirrung legte sich keineswegs, als Alice damit begann, ihn herumzuführen und ihm alles zu zeigen, wie sie es verprochen hatte. Ihre Führung ähnelte der Rogers, drüben auf jener anderen, dem Untergang geweihten Kirmes in der Welt *vor* den Spiegeln, und er sah im Grunde nicht sehr viel Neues. Aber wo jener andere Rummel laut und hell und hektisch gewesen war, da war dies hier ein Ort der Stille und der Dunkelheit. Die meisten Geschäfte waren geschlossen. Nur hier und da brannte ein Licht in einem Wohnwagen oder hinter einer heruntergelassenen Jalousie, und nur ganz selten begegnete ihnen jemand, ausnahmslos waren es Kinder und Jugendliche, von denen kaum einer älter war als Alice und er. Die meisten lächelten ihnen zu oder hoben allenfalls die

Hand zum Gruß, ehe sie weitergingen, aber ein vielleicht achtjähriges Mädchen blieb stehen, sah Julian aus großen Augen an und wandte sich schließlich an Alice. »Ist er das?« Alice nickte. »Ja. Aber laß ihm ein bißchen Zeit, ehe du ihn mit Beschlag belegst, einverstanden? Ihr habt später noch Zeit genug, ihm Löcher in den Bauch zu fragen.«

Julian sah der Kleinen nachdenklich nach und sagte dann: »Es sieht so aus, als hättet ihr mich schon erwartet.«

Alice erwiderte nichts darauf, aber das war auch gar nicht nötig. Leiser und in sehr viel bittererem Ton fuhr Julian fort: »O ja, ich vergaß . . . ich war ja eure letzte Hoffnung.«

Alice schwieg auch jetzt, und es war sonderbar: Der Schmerz, der seine Worte begleitete, war sehr viel weniger heftig als noch vor Minuten. Das Gefühl, verloren und versagt zu haben, war noch immer da, aber es war jetzt die Erinnerung an einen Schmerz, nicht mehr echte wirkliche Qual. Was hatte Alice gesagt? *Ein Ort, der Schmerzen heilt!*

Sie gingen weiter, und er fragte: »Ist es immer so still hier?« »O nein.« Sie lachte wieder. »Du wirst sehen, manchmal ist es hier fast schon zu laut und zu lustig.«

»So?« fragte Julian zweifelnd.

»Viele von uns sind jetzt drüben«, antwortete Alice. »Du hast sie getroffen, als du damals mit Roger unterwegs warst – erinnerst du dich?«

Er erinnerte sich nur unklar. Er hatte so viele Gesichter gesehen, und das Furchtbare, das seinem »Spaziergang« über die Kirmes gefolgt war, hatte die meisten anderen Erinnerungen ausgelöscht. Aber er nickte trotzdem. »Woher sind sie alle gekommen?«

Alice zögerte, dann machte sie eine vage Handbewegung, wie schon einmal, als er dieselbe Frage gestellt hatte. Und wie damals bekam er auch jetzt nur eine ausweichende Antwort. »Es gibt mehr als einen Weg hierher«, sagte Alice. Sie seufzte leise, und für einen Moment schien ihr Blick in weite Fernen zu schweifen. »Wer weiß«, fuhr sie fort, »vielleicht gibt es sogar mehr als einen Ort wie diesen . . .«

»Aber das ist keine Antwort auf meine Frage«, sagte Julian.
»Natürlich nicht.« Alice machte eine entschuldigende Handbewegung. »Viele kamen auf dem gleichen Weg hierher wie du und ich, aber manche fanden den Weg auch selber. Oder sie wurden geholt, so wie Roger dich holen wollte.« Sie beantwortete seine nächste Frage, ehe er sie aussprechen konnte. »Du mußt Roger verzeihen, Julian. Er wußte nicht, wer du bist, als ihr euch das erste Mal begegnet. Er hielt dich einfach für einen Jungen, der einsam und verzweifelt war und einen Ort suchte, an dem er glücklich sein konnte. Er muß wohl gespürt haben, daß du hierher gehörst. Aber wenn er geahnt hätte, wer du wirklich bist, hätte er dich niemals angesprochen. Als ich es merkte und dich zu warnen versuchte, da war es bereits zu spät.«
»Auf dem gleichen Weg wie du und ich?« wiederholte Julian. Er überging Alices Worte, Roger betreffend. Irgendwie ärgerte es ihn, daß sie Roger so vehement verteidigte. »Aber Roger hat gesagt, du und er, ihr wärt die einzigen, die –«
»– durch ein Versehen hierhergerieten, ja«, unterbrach ihn Alice. »Das ist wahr. Aber dein Vater . . .« Sie seufzte und sah einen Moment lang an Julian vorbei ins Leere, während sie spürbar nach Worten suchte.
»Siehst du«, begann sie von neuem und in verändertem Tonfall, »er ist kein schlechter Mensch. Er hat nie vergessen, was hier geschehen ist, und er hat sein Leben lang darunter gelitten, glaub mir. Er hat versucht, es wieder gutzumachen, nicht nur, indem er nach der verschwundenen Scherbe gesucht hat. Er hat sich um all die Hinterbliebenen gekümmert, um all die Waisen und Verkrüppelten, und er hat noch mehr getan.« Sie machte eine weit ausholende Geste. »Als er diesen Ort entdeckte, da erkannte er, daß er eine Zuflucht war für alle die, die keinen anderen Platz auf der Welt hatten. Manche von ihnen brachte er hierher. Kinder, die von ihren Eltern geschlagen und mißhandelt wurden, die keiner haben wollte oder die alles verloren hatten. Niemals zu viele, daß es aufgefallen wäre, aber im Laufe der Zeit . . .«

»Soll das heißen, er war hier?« fragte Julian aufgeregt. »Ich . . . ich kann ihn hier . . . wiedersehen?«

»Nein«, antwortete Alice. »Er kommt schon lange nicht mehr. Es tut mir leid.«

Auch die Enttäuschung, die er bei diesen Worten spürte, war längst nicht so tief, wie er erwartet hatte. Er stellte keine weitere Frage mehr, sondern ging schweigend weiter.

Dann blieb er plötzlich stehen und blickte wie versteinert das winzige, fast baufällige Gebäude auf der anderen Seite des Weges an. Es war das Haus des Spiegelmagiers, in dem das Entsetzen seinen Anfang genommen hatte!

Nach einer Ewigkeit überwand er seine Lähmung und wollte auf das Gebäude zugehen, doch Alice hielt ihn mit einer erschrockenen Bewegung zurück.

»Nicht!« sagte sie hastig. Sie atmete hörbar ein. »Das ist der einzige Ort, den wir nie betreten, Julian. Und auch du solltest es nicht tun.«

Julian begriff den Sinn ihrer Warnung sehr wohl. Dies war der Platz, an dem alles angefangen hatte, ein Ort so voller Erinnerungen an Schrecken und Leid, daß er jedem Bewohner dieser Welt hinter den Spiegeln Angst einflößte.

Aber wie konnte es einen solchen Ort geben in einer Welt, in der doch angeblich nur Glück und ewiges Fröhlichsein herrschten? Irgend etwas stimmte da nicht mit der Geschichte, die Alice und Roger ihm erzählt hatten. Und auch nicht mit dieser verzauberten Kirmes selbst.

»Es wird Zeit«, sagte Alice plötzlich, und sowohl die Art, wie sie es sagte, wie auch ihre Miene zeigten deutlich, daß es ihr nur darum ging, schnell aus der Nähe dieses schrecklichen Gebäudes wegzukommen. »Die anderen werden bald hier sein. Gehen wir zurück, um sie zu begrüßen.«

Julian folgte ihr. Sie gingen zurück zu Rogers Glaslabyrinth, aber auf halbem Weg fiel Julian auf, daß Alice einen gewaltigen Umweg machte, obwohl sie es doch angeblich so eilig hatte. Und sie machte nicht irgendeinen Umweg – sie hielt so weit wie möglich Abstand vom Riesenrad.

Julian sprach sie darauf an, und als er nicht sofort Antwort bekam, fügte er mit beißendem Spott hinzu: »Was ist das? Noch ein *einziger* Ort, den wir nicht betreten dürfen?«

Seine Worte verletzten Alice, und er bereute sie sofort wieder.

»Nein«, sagte sie. »Du kannst dort hingehen. Aber wir tun es selten. Alles, was jenseits des Riesenrades liegt, gehört den Trollen. Sie tun dir nichts«, fügte sie hastig hinzu, »aber es ist nicht sehr schön dort. Dunkel und unheimlich. Wir meiden ihr Revier, so wie sie selten in unseren Teil kommen.«

»Trolle?« murmelte Julian. »Hier?«

»Auch ihre Welt wurde zerstört«, antwortete Alice. »Sie hatten keinen anderen Ort, an den sie fliehen konnten. Und sie lassen uns in Frieden, solange wir sie in Ruhe lassen. Hier ist Platz genug für alle.«

Julian wollte antworten, aber sie hatten das Glaslabyrinth erreicht, und genau in diesem Moment flog die Tür auf und Roger kam heraus, gefolgt von einer ganzen Horde lachender, lärmender Kinder.

Der Anblick versetzte Julian einen regelrechten Schock. Er wußte, woher sie kamen, und er wußte vor allem, wovor sie geflohen waren, aber was er sah, das war keine Gruppe völlig verstörter Menschen, die gerade noch einmal mit Mühe und Not dem Armagedden entronnen waren, sondern eine johlende, gutgelaunte Meute, die von einem besonders gut gelungenen Schulausflug zurückzukommen schien.

Es waren viel, viel mehr, als er selbst nach Alices Worten erwartet hatte. Der Strom, der aus der Tür des Glaslabyrinthes hervorquoll, schien kein Ende zu nehmen. Zum ersten Mal sah er auch Erwachsene. Zuerst waren es nur wenige: ein Mann in einem altmodischen Straßenanzug, eine dicke Frau, die ein noch dickeres Kind an der Hand führte, das wiederum an einer Leine den fettesten Hund hinter sich herzerrte, den Julian jemals gesehen hatte, ein Schausteller mit Schlägerkappe und einer Seidenblume im Knopfloch seiner zerschlissenen Jacke.

Aber es wurden bald mehr. Er sah kaum noch Kinder unter den Menschen, die durch die Tür drängten, und schließlich gewahrte er ein Gesicht, dessen Anblick ihn im allerersten Moment verwirrte, dann entsetzte.

Es war Madame Futura.

Sie hatte noch immer ihr Reisekleid an und trug die große Tasche, in der sie in aller Hast ihre wenigen Habseligkeiten verstaut hatte, um dem Unheil, das sie in ihrer Kugel gesehen hatte, zu entgehen. Aber sie hatte es nicht geschafft.

So wenig wie all die anderen, die vor und hinter ihr das Labyrinth verließen.

Denn das war die schreckliche Wahrheit, der zweite, schlimmere Teil des Fluches, den sein Vater mit seinem Tun heraufbeschworen und von dem Alice ihm bisher nichts erzählt hatte: Die gutgelaunten Kinder in Rogers Begleitung mochten die sein, von denen Alice gesprochen hatte, Verirrte und Heimatlose, die allein oder mit der Hilfe seines Vaters den Weg hierher gefunden hatten. Aber die, die jetzt kamen, die Besucher, Schausteller, Artisten, Künstler, Kinder, Männer, Frauen, das waren die Toten, die unschuldigen Opfer der Katastrophe, deren Seelen zu einem ruhelosen, ewigen Leben verdammt waren, gefangen in einem sich endlos drehenden Kreis, der nie wieder anhalten würde.

»Nein!« flüstere er. »Das ist –«

»Nicht so schlimm, wie du glaubst«, sagte Rogers Stimme hinter ihm. Julian fühlte das Gewicht seiner Hand auf der Schulter, aber es dauerte lange, ehe er sich umdrehte und die Kraft aufbrachte, Roger ins Gesicht zu sehen.

»Sie sind nicht unglücklich«, sagte Roger. »Glaub mir, sie sind fröhlich und fühlen sich hier so wohl wie wir. Sieh doch!«

Und tatsächlich: als Julians Blick der deutenden Geste des Jungen folgte, da sah er, daß die Männer und Frauen lachend über den Rummelplatz zu schwärmen begannen. Wohin er auch sah, wurden Jalousien hochgezogen, Lichter entzündet und Geschäfte eröffnet, begannen sich bunte Räder zu drehen und Karussells in Bewegung zu setzen. Die Kirmes erwachte, schnell und laut und bunt. Einzig der Teil jenseits des Riesenrades blieb schwarz und düster. Aber er wußte, daß auch er von Leben erfüllt war, wenn auch von solchem, das ihm angst machte.

Der Anblick war absurd. Die ausgelassene Fröhlichkeit all dieser Menschen erschien ihm wie eine Strafe, noch dazu eine Strafe von perfider Art. Sie waren sich der Tatsache nicht bewußt, der ewigen Verdammnis anheimgefallen zu sein, sondern genossen ihr Schicksal! Das war nicht das Paradies, von dem Roger ihm immer wieder erzählt hatte. Das war das Fegefeuer!

»Du wirst es verstehen, wenn du eine Weile hier bist«, sagte Roger. »Vielen von uns ging es am Anfang so wie dir. Was wir nicht kennen, das erschreckt uns, weißt du? Aber nach einer Weile wirst du es begreifen, und dann wirst du anfangen, diesen Platz zu lieben.«

»So wie ihr, nicht wahr?« versetzte Julian. »So sehr, daß ich gar nicht mehr weg will, wie?« Er schob Rogers Hand von seiner Schulter. »Wenn das so ist, dann verstehe ich nicht, warum ihr euch solche Mühe gemacht habt, mir zu helfen. Wozu, zum Teufel, braucht ihr den Splitter eigentlich, wenn es euch hier so gut gefällt?!«

Roger setzte zu einer Antwort an, aber Julian hörte gar nicht mehr zu, sondern fuhr herum und ließ ihn zum zweiten Mal an diesem Abend einfach stehen, um mit weit ausgreifenden, ziellosen Schritten in die Dunkelheit hineinzustürmen.

Doch nicht einmal Julians Schmerz und sein fast ebenso großer Zorn reichten aus, ihn auf Dauer vor der Faszination dieses Ortes zu bewahren. Er begann seinen eigentümlichen Reiz schon bald zu spüren und ihm zu erliegen. Es war eine düstere, unheimliche Verlockung, aber Faszination und Entsetzen mußten wohl irgendwie verwandte Gefühle sein, denn obwohl er keine Sekunde vergaß, wer alle die Menschen hier waren, und vor allem, *warum* sie hier waren, stimmte er doch bereits in dieser ersten Nacht in ihr Lachen ein, und nach weniger als einer Woche – er hörte auch ungefähr nach dieser Zeit auf, die Tage zu zählen, denn wozu war ein Kalender gut, wenn sich kein Tag vom anderen unterschied und es niemals ein Ende geben würde? – störte es ihn nicht mehr, daß er unglücklich gewesen war.

Er sprach oft und lange mit Alice darüber, und bald schloß er sich ihrer Meinung an, daß sie wohl niemals wirklich eine Chance gehabt hatten, das Unheil wiedergutzumachen.

Waren es Wochen, Monate oder Jahre, die vergingen? Julian wußte es nicht, und es spielte auch keine Rolle. Es war genau so, wie Roger und später auch Alice es ihm prophezeit hatten: Dies war ein Ort, an dem er wirklich glücklich war und an dem er sein konnte, was immer er wollte. Auf völlig andere Art allerdings, als er sich das vorgestellt hatte. Es hatte nichts mit seiner – wahrscheinlich ohnehin naiven – Vorstellung zu tun, nach Belieben in eine fremde Welt eintreten zu können, vielleicht mit einem Schnippen des Fingers sich in wilde Schlachten mit finsteren Räuberbanden und schwarzen Rittern zu versetzen, einen feuerspeienden Drachen besiegen und eine wunderschöne Prinzessin aus tödlicher Gefahr erretten zu können. Zum einen war eine solche Vorstellung kindisch, zum anderen sah er selbst ein, wie schnell ein solches Leben langweilig und öde werden würde.

Was er hier hatte, war viel schöner. Es war wie ein immerwährender Sonntagsausflug. Er wurde nie müde. Er mußte nicht essen oder trinken, außer um seinen Appetit auf eine Zuckerstange, ein Stück türkischen Honig oder ein Fischbrötchen zu stillen. Und das herrlichste war: Nichts von allem, was er tat, wurde je langweilig. Ob er nun mit der Geisterbahn fuhr, den Späßen der Liliputaner zusah, sich auf dem Kettenkarussell im Kreis wirbeln oder von der Schiffsschaukel auf den Kopf stellen ließ: alles war auch beim hundertsten Mal noch so faszinierend wie beim allerersten Mal. Selbst Dinge, die er nicht nur nicht gemocht, sondern regelrecht verabscheut hatte, begeisterten ihn jetzt.

Natürlich fuhr er nicht nur auf Karussells oder mit der Geisterbahn. Zwischendurch spielten sie Spiele oder – was sie sehr gerne taten – saßen in kleinen oder auch größeren Gruppen zusammen und redeten, unterhielten sich, erzählten oder lauschten Geschichten, die sie abwechselnd zum besten gaben. In der ersten Zeit war es meist Julian, der erzählte. Es waren nicht nur Geschichten und Abenteuer, die er vortrug. Was immer er berichtete, die anderen hingen gebannt an seinen Lippen, und irgendwie spürte er, wie kostbar für sie jedes Wort war, das sie hörten. Selbst die allerbanalsten Dinge schienen zu einem Schatz zu werden, den sie sorgsam in ihrem Gedächtnis aufbewahrten. Nach und nach begann er zu verstehen, was Roger gemeint hatte, als er sagte, es wäre einsam hier, eine Behauptung, die auf den ersten Blick völlig absurd erschien, wenn man bedachte, wie viele sie waren. Aber viele oder wenige, an einem Ort, an dem es keine Zeit gab, waren irgendwann einmal alle Geschichten erzählt, alle Gedanken ausgetauscht, alle Fragen gestellt und beantwortet. Trotz Alices Warnung ging er natürlich auch einmal auf den Teil des Platzes, der den Trollen vorbehalten war. Er wurde tatsächlich nicht behelligt, ja er bekam nicht einmal eine der struppigen Kreaturen zu Gesicht, aber ein paarmal glaubte er ein Kriechen und Schleichen in den Schatten wahrzunehmen, und die ganze Zeit über konnte er den Blick toter, haßerfüllter Augen auf sich fühlen. Sein Ausflug war nicht von solcher Art, daß er Lust auf einen zweiten gehabt hätte. Wahrscheinlich wäre er der Verlockung der Welt hinter den Spiegeln erlegen wie alle anderen, und ebenso wahrscheinlich hätte er irgendwann einfach vergessen, warum er hierhergekommen war. Wäre da nicht Alice gewesen. Er sah sie nicht sehr oft, aber das war auch nicht zu erwarten bei all den Menschen und all den glitzernden, aufregenden Dingen. Er mochte sie noch immer, so wie er jeden hier mochte, denn es gab niemanden auf dieser Kirmes, der nicht eine tiefe Freundschaft für alle anderen empfand. Und doch war da ein unbestimmtes Gefühl des Verlustes, als wäre da früher noch mehr gewesen, etwas, von dem er vergessen hatte, was es war, dessen Fehlen er aber dumpf und schmerzlich fühlte.

Es war an einem dieser Abende, an denen das Gefühl besonders heftig war. Er wollte einfach mit Alice darüber reden, nicht nur, weil er spürte, daß dieses Drängen ebenso wie das Gefühl des Verlustes irgendwie mit ihr zusammenhingen, sondern weil Alice Alice war und weil jeder mit Alice redete, wenn etwas wichtig oder dringend war, sofern es hier überhaupt Wichtiges und Dringendes gab!

Vielleicht weil sie die erste war, die diese verzauberte Welt betreten hatte, schien jedermann hier sie als eine Art Anführerin zu betrachten. Sie und Roger waren es, zu denen alle kamen, und obgleich viele der Ratsuchenden älter waren als die beiden zusammen, beugte sich jedermann ihrem Rat, und nie wurde er angezweifelt.

Julian zögerte an jenem Abend, sich mit seiner Frage an Alice zu wenden, vielleicht deshalb, weil es eine Frage war, die sie persönlich betraf. Er sah sie mit Roger in der Menge und ließ sich so lange Zeit, daß Alice sich umwenden und zusammen mit Roger verschwinden konnte, ehe er sich einen Weg zu ihnen zu bahnen vermochte. Julian lief ihnen nach, aber ihr Vorsprung war bereits zu groß, um sie einzuholen, ehe sie die nächste Wegkreuzung erreichten und seinen Blicken entschwanden.

Julian griff weiter aus, erreichte die Kreuzung – und blieb ziemlich verblüfft stehen, als er um die Ecke gebogen und ein paar Schritte weit gelaufen war.

Der Weg vor ihm war leer. Fast am Ende der Gasse erblickte er die Beleuchtung einer Wurfbude, das einzige Geschäft, das in dieser Straße überhaupt schon geöffnet hatte, und noch weiter entfernt bewegte sich eine Gestalt in einem weißen Sommerkleid. Aber von Alice und Roger war nicht die geringste Spur zu entdecken.

Aber sie mußten hier sein! Der Teil des Weges, der nach links abzweigte, führte nirgendwohin, außer in den dunklen, verlassenen Teil des Rummelplatzes, wo die Trolle regieren!

Verwirrt drehte er sich um und entdeckte Roger und Alice tatsächlich im anderen Teil der Straße. Sie gingen Hand in Hand, die Schultern vertraut aneinandergelehnt, aber trotzdem sehr schnell, so daß sie schon wieder einen gehörigen Vorsprung hatten.

Als er die beiden Hand in Hand die Straße hinabgehen sah, verspürte er einen tiefen, schmerzenden Stich in der Brust. Das Bild weckte einen Teil seiner schon fast vergessen geglaubten Erinnerungen. Von ihm hatte sich Alice früher nie berühren lassen. Der Anblick tat weh, obwohl er nicht einmal genau zu sagen vermochte, warum. Und das war auch der Grund, warum er den beiden nicht sofort nachlief oder ihre Namen rief. Ganz im Gegenteil wich er mit einem raschen Schritt aus dem Licht zurück und wartete, bis die beiden so weit entfernt waren, daß er sie aus den Augen verloren hätte, wenn er noch länger gezögert hätte, ihnen zu folgen. Sehr groß war die Gefahr, entdeckt zu werden, ohnehin nicht. Niemand ging freiwillig auf den von Trollen bewohnten Teil des Platzes. Warum also sollten sie sich umdrehen? Trotzdem folgte ihnen Julian mit äußerster Vorsicht. Er hielt immer den größtmöglichen Abstand und huschte lautlos von Deckung zu Deckung, obwohl es bald so dunkel wurde, daß das wahrscheinlich gar nicht mehr nötig gewesen wäre.

Er tat es nicht ohne Gewissensbisse. Es gab keinerlei Vorschriften auf dem Jahrmarkt, wohl aber ein ungeschriebenes Gesetz, das auf dem Prinzip gegenseitiger Rücksichtnahme und des Respekts voreinander beruhte und das von allen eingehalten wurde. Einen anderen zu belauschen oder gar hinter ihm herzuschleichen, wenn er allein sein wollte, war völlig undenkbar!

Und trotzdem tat er es. Es war, als drängten, einmal geweckt, nicht nur Erinnerungen, sondern auch alte Verhaltensweisen in ihm wieder ins Freie. Ganz plötzlich begriff er, daß dieses Leben, so schön es auch war, doch nur ein Teil seines ganzen Lebens war. Ewiges Lachen und ewiges Glück mochten ein wunderschöner Traum sein, und sicher ein Ziel, auf das hinzuarbeiten sich lohnte, und doch reichte es nicht. Was war Licht ohne Schatten? Wie konnte man ewiges Glück wirklich schätzen, ohne zu wissen, was es als Gegensatz zum Unglück bedeutete? Der Mensch war nicht nur für das eine geschaffen, weder für immerwährendes Glück noch für ewiges Leid. Der Gedanke ließ ihn nicht los, wußte er doch, daß es die Wahrheit war. Und die Entwicklung, nun einmal in Gang gekommen, ließ sich nicht mehr aufhalten. Er hatte das Gefühl, nach langer Zeit aus einem tiefen Schlaf zu erwachen. Zum ersten Mal sah er Alices Welt so, wie sie wirklich war: noch immer ein wunderschöner, friedlicher Ort, aber nicht vollkommen. Auch er hatte Fehler, jene kleinen Unzulänglichkeiten, die jeder Ort an jedem Flecken der Welt hatte: Hier hatten sich ein paar Bretter aus einer Wand gelöst, dort flatterte eine zerrissene Markise im Wind, da hing eine Seidenblume geknickt und mit verschmutzten Blättern herab. Nichts von dem hatte er bisher auch nur bemerkt, nicht weil er blind, sondern weil er in einem Zustand beständiger Euphorie gewesen war, in dem er solcherlei Dinge einfach nicht hatte wahrnehmen können.

Bei all diesen Überlegungen hatte er Alice und Roger keinen Moment aus den Augen gelassen. Sie hatten das Riesenrad – von Roger wußte er, daß es das Hauptquartier der Trolle war – schon längst passiert und gingen nun wieder langsamer, als hätten sie keine Furcht mehr, entdeckt zu werden. Manchmal blieben sie sogar stehen, und Julian bemerkte die kleinen, zärtlichen Gesten, mit denen Roger manchmal Alices Haar berührte oder auch ihre Wangen, und Alice auch umgekehrt ihn. Der Anblick erfüllte ihn mit einem Gefühl rasender Eifersucht, für das er sich ebenso schämte, wie er hilflos dagegen war.

Er hielt sich weiter im Hintergrund. Er ahnte, daß sie nicht bloß hierhergegangen waren, um allein zu sein. Das hätten sie an hundert anderen Plätzen bequemer haben können. Und außerdem war das hier wirklich kein Ort für ein Rendezvous.

Sie hatten jenen Bereich der Kirmes erreicht, auf dem Julian noch nie zuvor gewesen war, weder auf dieser noch auf der anderen Seite der Spiegel. Die Zeichen des Verfalls waren nicht zu übersehen. Kaum ein Gebäude, das nicht teilweise oder ganz eingestürzt war, kein Karussell, an dem nicht der Rost nagte. Keine Zeltbahn, die Wind und Wetter nicht zerfetzt und ihrer Farben beraubt hatten. Und es wurde schlimmer, je weiter sie kamen, bis sie schließlich durch eine bizarre Ruinenlandschaft wanderten, die nur noch aus Trümmern und unkenntlichen Schatten bestand. Manchmal sah er nun doch Trolle, doch selbst diese schienen auf unheimliche Weise verändert. Manche hockten einfach da und starrten ihm aus brennenden Augen nach, andere wühlten in den Trümmern, zogen manchmal etwas aus dem Unrat und verschlangen es schmatzend. Hatten die Trolle bisher etwas vom Stolz großer Raubtiere an sich gehabt, so empfand Julian bei ihrem Anblick jetzt nur noch Abscheu. Nicht nur die Welt, in der sie lebten, schien zu verrotten, auch sie selbst waren offensichtlich dem Untergang geweiht. Sie waren jetzt nur noch widerwärtige Monster, vor denen er nicht einmal mehr Angst empfand. Was wollten Roger und Alice hier?

Seine Geduld wurde auf eine mehr als harte Probe gestellt, denn die beiden bewegten sich tiefer und tiefer in diese unheimliche Ruinenlandschaft hinein. Als sie schließlich anhielten, war die Welt zwar nicht zu Ende, bestand aber nur noch aus einem Durcheinander von Formen, Farben und widernatürlicher Bewegung.

Alice und Roger mieden den Anblick der trostlosen Umgebung. Sie wirkten nervös, drängten sich enger aneinander als bisher, doch schien dies mehr aus Furcht denn aus Zuneigung zu geschehen. Wieder verging sehr viel Zeit, in der nichts geschah, und Julian in seinem Versteck geriet immer mehr in Versuchung, einfach aufzustehen und auf die beiden zuzugehen, ganz gleich, wie sie auf sein plötzliches Erscheinen reagieren mochten. Alles, was ihn noch davon abhielt, war seine Neugier.

Von seinem Versteck aus konnte er erkennen, wie Alice plötzlich den Kopf hob und in die Richtung zurückblickte, aus der sie gekommen waren. Auch Julian wandte sich um. Erstaunt stellte er fest, wie weit sie sich bereits von der Kirmes entfernt hatten. Es waren kaum noch Einzelheiten zu erkennen, bloß eine amorphe dunkle Masse, gleich der Silhouette einer weit entfernten Stadt, über die anstelle eines Kirchturmes das Gespinst des Riesenrades hinausragte.

Die gewaltige Entfernung war für ihn auch noch aus einem anderen Grund bemerkenswert. Er hatte bisher ganz selbstverständlich angenommen, daß die Zuflucht hinter den Spiegeln aus dem Rummelplatz bestand, nichts sonst. Er war nie auch nur auf den Gedanken gekommen, außerhalb der Kirmes könnte es noch etwas geben.

Dann entdeckte er einen winzigen hellen Punkt, der sich langsam auf sie zubewegte und langsam Gestalt annahm, menschliche Gestalt, die eines acht- oder zehnjährigen Mädchens. Julian kannte sie. Es war die Kleine, die ihn am ersten Abend angesprochen hatte, als er zusammen mit Alice den Platz erkundet hatte. Seitdem hatten sie sich oft gesehen und viel miteinander gesprochen. Trotz ihrer Jugend gehörte sie zu denen, die am längsten hier waren. In einer Welt ohne Zeit alterte niemand.

Ein unbehagliches Gefühl breitete sich in Julian aus, als das Mädchen näher kam. Was tat sie hier? Sein Blick wanderte wieder zu Roger und Alice.

Sie waren nicht mehr allein. Es war ein Troll, der plötzlich wie aus dem Boden gewachsen hinter ihnen stand. Julian erkannte ihn auf Anhieb.

Es war Lederjacke. Oder Mike.

Julian duckte sich tiefer hinter den Mauerrest, hinter dem er in Deckung gegangen war. Was nun geschah, war bizarr und entsetzlich zugleich. Hinterher, als er wieder klar denken konnte, hatte er Mühe, den genauen Ablauf der Geschehnisse zu rekonstruieren.

Das Mädchen kam näher, und der Ausdruck auf ihren Zügen steigerte noch Julians Unbehagen. Es war nicht Furcht, es war Leere. Das schmale Kindergesicht war starr wie das einer Puppe. Es bestand weiter aus Fleisch und Blut, aber die Augen waren leblos wie bemalte Glaskugeln. Keine Spur von Leben. Was an ihm vorüberging und mit gemessenen Schritten auf Alice, Roger und den Trollkönig zutrat, war nur noch eine leere Hülle.

Alice umarmte das Mädchen, aber Julian spürte selbst über die große Entfernung hinweg, daß es nichts als eine Geste war, die Alice sogar Überwindung zu kosten schien. Die Kleine ließ alles teilnahmslos mit sich geschehen. Julian war sicher, daß sie nicht einmal bemerkte, was mit ihr geschah. Sie rührte sich auch nicht, als Roger und Alice zurücktraten und der Troll die Hand nach ihr ausstreckte.

Julian war sicher, daß Lederjacke das Kind nicht berührt hatte, und doch fuhr es wie unter einem elektrischen Schlag zusammen. Es schrie auf, sank auf die Knie herab und begann sich zu verwandeln! Das Kleid bauschte sich, begann gleichzeitig zu schwelen, aus der rosigen Haut wurde schwarzes, drahtiges Fell, und nur einen Augenblick später war aus dem Mädchen einer der häßlichsten Trolle geworden, die Julian je gesehen hatte.

Und das war einfach zu viel. Seine Selbstbeherrschung zerbrach endgültig. Er schrie gellend auf, sprang hinter seiner Deckung hervor und rannte auf Roger, Alice und die beiden Trolle zu.

In Lederjackes Augen blitzte es haßerfüllt auf. Seine Klauen zuckten, aber Roger hielt ihn mit einer entschiedenen Geste zurück, trat Julian in den Weg und fing seine Hände auf, die wie von Sinnen mit den Fäusten auf ihn einzuschlagen begannen.

»Was habt ihr getan?!« schrie Julian immer wieder. Raserei vernebelte ihm den Blick, ließ keinen klaren Gedanken zu. Verraten! Sie waren verraten worden! Das Paradies war kein Paradies, sondern eine Falle, wie sie heimtückischer und böser nicht vorstellbar war. Schlachtvieh, mehr waren sie alle nicht, mehr waren sie nie gewesen, nichts als Schlachtvieh für Mike und seine Trollbande, und Roger und Alice waren die Hirten dieser Herde, die schlimmsten von allen.

Immer und immer wieder ließ er seine Fäuste auf Roger prasseln, schlug, kratzte und trat nach ihm, ohne allerdings auch nur ein einziges Mal zu treffen, denn Roger wehrte seine blindwütigen Schläge mit spielerischer Leichtigkeit ab. Er schlug kein einziges Mal zurück.

Schließlich konnte er einfach nicht mehr. Minutenlang hatte er mit aller Gewalt auf Roger eingeschlagen, nun versagten seine Kräfte. Und erst jetzt entschied Roger, daß es genug sei. Er packte Julians Handgelenke, hielt sie fest und schüttelte sie so heftig, daß Julians Kopf hin und her flog. Sein Widerstand zerbrach endgültig. Er sackte in Rogers Griff zusammen und wäre zu Boden gestürzt, hätte Roger ihn nicht festgehalten.

»Wenn du endlich damit fertig bist, herumzutoben und zu brüllen«, sagte Roger, »dann können wir endlich miteinander reden.«

»Reden?« Julian riß sich los und wich zwei Schritte zurück. »Ich wüßte nicht, worüber wir reden sollten!«

»Was tust du hier, zum Teufel noch mal?« fragte Roger. Er war verärgert.

»Was *ich* hier tue?!« Julian hatte Mühe, nicht hysterisch zu werden. Hätte er die Kraft dazu gehabt, dann hätte er sich wahrscheinlich neuerlich auf Roger gestürzt. »Was tut *ihr* hier?« keuchte er. Er starrte Roger an, dann Lederjacke und schließlich den anderen, kleineren Troll. Er sah für einen Moment unter der gräßlichen Visage das Gesicht des kleinen Mädchens, das seine Freundin gewesen war, und der Anblick brach ihm schier das Herz.

»Ich verstehe«, flüsterte er. »Ihr habt gerade die Miete bezahlt, nicht wahr? Für eine Woche? Oder ein Jahr?«

»Es ist nicht so, wie du denkst«, sagte Alice. »Bitte, Julian, hör mir zu. Ich –«

»Ist das dein Lieblingssatz?« unterbrach sie Julian böse. »Es ist nicht so, wie du denkst! Wie bequem. Und ich Idiot bin auch noch darauf reingefallen! Aber weißt du, ich *denke* nicht mehr. Ich *sehe!*«

Alice krümmte sich unter jedem Wort wie unter einem Hieb, und genau das hatte er gewollt. Er wollte sie verletzen. Ihm war so weh getan worden, daß er nicht anders konnte, als auch weh zu tun. Alices Augen füllten sich mit Tränen, und der Anblick erfüllte ihn mit einem tiefen Schmerz und zugleich mit wildem, bösem Triumph.

»Laß ihn«, sagte Roger, als Alice etwas sagen wollte. »Gib ihm etwas Zeit. Ich kann mir vorstellen, wie er sich jetzt fühlen muß.«

»So?« sagte Julian mit tränenerstickter Stimme. »Kannst du das?«

Roger nickte. »Es geht dir genau wie mir, als ich es erfahren habe. Wie allen anderen.«

»Schön!« sagte Julian böse. »Dann kannst du mir ja sicher auch verraten, wie sich *das* anfühlt!« Und damit schlug er Roger mit aller Kraft die Faust ins Gesicht.

Roger sah den Schlag kommen, und Julian wußte, daß es ihm ein leichtes gewesen wäre, ihn abzuwehren oder auszuweichen. Aber er versuchte es nicht einmal, sondern taumelte nur ein Stück zurück, hob die Hand ans Gesicht und wischte das Blut ab, das aus seiner aufgeplatzten Unterlippe tropfte. Er lächelte. »Nicht schlecht«, sagte er. »Sogar besser, als ich es dir zugetraut hätte. Fühlst du dich jetzt besser, oder möchtest du noch einmal zuschlagen?«

Julian starrte ihn so lange an, bis seine Gestalt in den Tränen zu verschwimmen begann, die plötzlich wieder seine Augen füllten. Er begann am ganzen Leib zu zittern.

»Ich werde es beenden, Roger«, flüsterte er. »Ich weiß noch nicht, wie, aber ich werde dafür sorgen, daß es aufhört, das schwöre ich!«

Roger schwieg. Alice machte einen Schritt auf ihn zu und hob die Hand, um ihn zu berühren, aber Julian schlug ihren Arm zur Seite und rannte davon.

Der Weg war einfach zu weit, als daß er die ganze Strecke im Laufschritt hätte zurücklegen können. Er mußte zwischen kräftesparendem Trab und immer länger werdenden Perioden langsamer Gangart pendeln. Er wurde auch jetzt nicht belästigt, obwohl er nun mehr Trolle sah und überdies beinahe körperlich spürte, daß sie ihn beobachteten. Obwohl er das finstere Geheimnis der Trolle herausgefunden hatte, schienen sie bereit zu sein, ihn entkommen zu lassen. Er spürte ihre Nähe auf Schritt und Tritt, manchmal sah er einen aus einem Schatten auftauchen und sofort wieder verschwinden. Aber er wurde nicht behelligt, und schließlich verwandelte sich die düstere Szenerie wieder in das helle, bunte Treiben des Jahrmarkts.

Wie in einem Alptraum ging er durch die Gassen zwischen den Ständen. Buntes Licht hüllte ihn ein. Lachende Gesichter und fröhliche Stimmen umgaben ihn, manchmal streckten sich Hände nach ihm aus. Er stieß sie allesamt von sich und stolperte blindlings weiter. Oder vielleicht doch nicht ganz so blind, denn als er endlich wieder aus dem Zustand der Benommenheit erwachte, da fand er sich an dem einzigen Ort wieder, den zu betreten Alice ihm verboten hatte: vor dem Haus des Spiegelzauberers.

Es waren vor allem Erinnerungen an Alice, die dieses Haus weckte. Das Wissen, betrogen und verraten worden zu sein, tat weh. Aber der Gedanke, daß Alice es gewesen war, die ihn hintergangen hatte, ausgerechnet Alice, der Mensch, dem er auf der ganzen Welt vielleicht am meisten vertraut hatte, das war mehr, als er ertragen konnte. Vielleicht würde er hier, an diesem verbotenen Ort, die Antworten auf alle seine Fragen finden. Vielleicht auch den Tod oder Schlimmeres. Es war ihm gleich.

Als er die Straße überqueren wollte, hörte er eine Stimme hinter sich, und als er sich umdrehte, da standen Roger und Alice genau da, wo er sich gerade befunden hatte. Julian fragte sich erst gar nicht, wie sie dort hingekommen waren. Daß die beiden mehr Einfluß hatten als er und alle anderen

Bewohner des Rummels und daß sie über außergewöhnliche Fähigkeiten und Kräfte verfügten, das war ihm spätestens dort draußen am Rande der Kirmes klargeworden.

»Geh nicht dorthin, Julian, bitte«, sagte Alice. Sie schaute das Gebäude hinter ihm nicht einmal an.

»Warum nicht?« fragte er, und seine Stimme hatte schon wieder diesen verletzenden Klang. »Hast du Angst, daß mir etwas zustoßen könnte?«

»Ja«, sagte Alice nur, aber dieses eine Wort klang so ehrlich und entwaffnend, daß er die zynische Antwort, die er sich zurechtgelegt hatte, nicht über die Lippen brachte.

»Ich muß mit dir reden«, fuhr Alice nach einer Pause fort. »Was du gesehen hast, bedeutet nicht das, was du glaubst, Julian. Ich werde es dir erklären.«

»Danke!« sagte Julian knapp. »Ich verzichte auf deine Erklärungen.«

»Aber du –«

»Du hast die Wahl«, fiel Roger ihr ins Wort. »Du kannst jetzt endlich wieder zur Vernunft kommen und uns zuhören, oder ich prügele dich windelweich und zwinge dich zuzuhören.«

Julian trat herausfordernd auf ihn zu und ballte die Faust. Roger sah ihn nur an, und nach ein paar Augenblicken ließ er den Arm wieder sinken.

»Laß uns allein, Roger«, sagte Alice.

Roger war nicht sehr begeistert. »Bist du sicher?«

»Bitte!«

Roger zögerte noch immer. Er sah Alice zweifelnd an. Er sagte kein Wort, aber sein Blick machte klar, was er mit Julian machen würde, wenn dieser Alice auch nur ein Haar krümmte.

»Hörst du mir zu?« fragte Alice, als sie allein waren.

»Habe ich denn eine andere Wahl?«

Alice schluckte ein paarmal trocken, und plötzlich war sie es, die mit den Tränen rang. »Ich weiß, was du jetzt fühlst«, sagte sie. »Glaub mir, du irrst dich. Es ist nicht so, wie du denkst.«

»O ja, ich weiß!« unterbrach Julian sie. »Du hast es mir ja selbst gesagt, nicht wahr? *Manchmal kommen neue, manchmal geht einer*«, zitierte er ihre eigenen Worte.

»Ich habe nie behauptet, daß es ewig dauert«, verteidigte sich Alice.

»Du hast aber auch nicht gesagt, daß du diese ... diese Bestien mit ihnen fütterst!« Er korrigierte sich: »Oh, Verzeihung. Es muß ja heißen: *mit uns* fütterst. Irgendwann bin ich ja sicher auch an der Reihe. Ich nehme an, jetzt, wo ich euer schmutziges kleines Geheimnis kenne, bin ich der nächste.« Er sah sich mit übertriebener Gestik um. »Hast du sie gleich mitgebracht, damit sie mich fortschleppen können?«

»Aber das stimmt doch nicht!« verteidigte sich Alice. Sie war der Verzweiflung nahe. »Wir ... wir opfern doch niemanden, Julian! Wir machen sie doch nicht zu Trollen!«

»Es ist mir gleich, wie du es nennst!« Julian drehte sich mit einem Ruck um und starrte ins Leere. Ich habe es gesehen, Alice! Bitte, hör wenigstens auf, mich zu belügen.«

»Roger und ich haben das Mädchen begleitet, Julian«, sagte Alice leise. »Wir haben versucht, ihr auf ihrem letzten Gang beizustehen und ein wenig Trost zu spenden, weil das alles ist, was wir noch tun konnten. Ich ... ich hätte ohne zu zögern mit ihr getauscht, wenn das möglich wäre, und Roger auch. Aber das ist nicht möglich. Der Lauf der Dinge läßt sich nun einmal nicht aufhalten, von nichts und niemandem!«

»Und auch die Trolle nicht«, vermutete Julian. »Ihr zahlt einen verdammt hohen Preis dafür, daß sie euch in Ruhe lassen, weißt du das eigentlich?«

»Die Trolle haben nichts damit zu tun«, sagte Alice.

Nun war Julian verwirrt. »Ich habe gesehen, wie sie entstanden sind«, erinnerte er.

»Die ersten«, sagte Alice. »Mike und einige wenige. Aber das war etwas anderes. Zauberei. Ein Ausbruch finsterer magischer Energie. Das hier ist ...« Sie suchte nach Worten.

»Etwas ganz Natürliches?« schlug Julian vor.

Die Worte waren spöttisch gemeint, aber Alice blieb ganz ruhig. »Ich glaube, ja«, sagte sie. »Ich glaube, daß die Natur den Drang hat, die Dinge zu erhalten, und auch die Macht dazu. Als der magische Spiegel zerbrach und all das hier entstand, da entstanden auch die ersten Trolle. Aber es waren wenige, und nichts ist unvergänglich. Sie wären wieder verschwunden, nach und nach. Sie leben sehr lange, aber auch nicht ewig. Und so fand die Natur einen Weg, sie zu ersetzen.« Sie sah, daß er aufbegehren wollte, und fügte rasch hinzu: »Nenn es meinetwegen Vorsehung, oder Schöpfung, oder auch Zauberei. Du weißt, was ich meine. Aber es passiert... jedem hier, früher oder später. Irgendwann ist jeder Gedanke gedacht, jede Frage gestellt und jedes Lachen gelacht worden, Julian. Wir können nicht für alle Zeiten glücklich sein. Und wenn dieser Moment erreicht ist, wenn unsere Fähigkeit, Freude und Ausgelassenheit zu empfinden, ein für allemal aufgebraucht ist, dann verwandeln wir uns in das, was du Trolle nennst.«

Zum ersten Mal räumte Alice indirekt ein, daß seine Bezeichnung für diese Wesen nicht die einzig gültige sei.

»Alles, was Roger und ich tun, ist, sie auf ihrem letzten Weg zu begleiten, wenn wir spüren, daß die Zeit gekommen ist«, sagte Alice. »Bei manchen geschieht es bald, bei manchen dauert es länger. Manchmal, wie bei Roger und mir oder dem Mädchen von vorhin, scheint es ewig zu dauern, aber irgendwann ist jeder einmal an der Reihe.«

»Und so werden sie immer mehr«, sagte Julian.

»Nein«, erwiderte Alice. »Auch die Fähigkeit, Haß und Zorn zu empfinden, ist nicht unbegrenzt. Irgendwann einmal läuft auch die Zeit der Trolle ab.«

»Und was geschieht dann mit ihnen?« fragte Julian.

»Das weiß niemand«, antwortete Alice. »Sie gehen hinaus in das große Chaos. Ich nehme an, auch sie verwandeln sich zu etwas anderem. Vielleicht weiß Mike, wozu sie werden, jedenfalls spricht er nicht darüber.«

Julian fröstelte. Er fragte sich, ob wirklich das der Sinn der

Schöpfung sei: das Leben als eine immer enger werdende Spirale, auf der jede Windung einen neuen, bis dahin unvorstellbaren Schrecken bereithielt.

Es konnte nicht sein, *durfte* nicht sein! Wenn es eine Macht gab, die für das alles verantwortlich war, ob sie nun Gott oder Natur hieß, dann konnte sie einfach nicht so grausam sein!

»Du mußt keine Angst haben«, sagte Alice. »Ich glaube, daß du noch viel Zeit hast. Bei manchen dauert es sehr lange, wie bei Roger und mir, oder auch bei Mike, auf der Seite der Trolle.«

Aber das war kein Trost. Welche Rolle spielte es schon, ob das Leben noch eine Woche oder hunderttausend Jahre dauerte, wenn ein Tag wie der andere war?

»Roger und du?« fragte er. »Seid ihr . . .?«

»Wir sind schon sehr lange hier«, sagte Alice. »Vielleicht am längsten von allen. Ich liebe ihn, ja. Und ich glaube, er liebt mich auch.«

Julian senkte wortlos den Blick, und auch Alice sagte nichts mehr. Wozu auch? Es war alles gesagt, was gesagt werden konnte, und Julian wußte, daß es diesmal die Wahrheit war.

Alice versuchte nicht mehr, ihn aufzuhalten, als er sich umwandte und langsam auf das kleine, baufällige Gebäude auf der anderen Seite der Straße zuging.

Was immer er erwartet hatte, es trat nicht ein. Das Innere war so eng und voller Staub, wie er es in Erinnerung hatte, es roch muffig und auf eine unangenehme Weise nach Alter. Und es war völlig leer. Keine Möbel, keine Truhe, nur der Spiegel, der zerbrochen, wenn auch zum Teil wieder zusammengesetzt an seinem Platz an der Wand hing.

Lange Zeit stand er einfach da und versuchte mit dem Gesehenen und Gehörten fertig zu werden. Es war nicht etwa so, daß er Alice nicht glaubte. Sie hatte die Wahrheit gesagt. Aber ihre Erklärung machte nichts besser. Er hatte das Paradies, das er gefunden zu haben glaubte, wieder verloren, und das Wissen um seine wahre Natur machte ihn zugleich zum Ausgestoßenen, denn er würde nie wieder einem der anderen ins Gesicht sehen können, ohne dahinter den Troll zu erblikken, in den er sich irgendwann verwandeln würde. All das Fröhlichsein, all die heiteren Stunden und Tage waren mit endlosem Schmerz und Leid bezahlt, das sich Nacht für Nacht wiederholte, wenn die Kirmes sich leerte, wenn die Musik verstummte, die bunten Lichter eins nach dem anderen ausgingen und fast alle sich aufmachten, um wieder in den ewigen Kreislauf von Feuer und Pein einzutreten.

Er gehörte nicht hierher. Jetzt nicht mehr. Aber zugleich wußte er auch, daß er bleiben würde. Er hatte das schleichende süße Gift dieses Ortes zu lange geschmeckt, um nicht zu wissen, daß er in ein paar Stunden vielleicht alles vergessen haben und wieder so fröhlich und ausgelassen sein würde wie alle anderen. Wie hatte Alice ihn genannt? Der Ort, der Schmerzen heilt. Das war nicht richtig. Es war der Ort, der keinen Schmerz zuließ, sondern seine Bewohner mit grausamem Glück peinigte.

Mit Ausnahme dieses Raumes hier! Es war den Bewohnern der Kirmes nicht verboten, ihn zu betreten. Aber sie fürchteten ihn, denn es war der einzige Platz, an dem das süße Gift des Vergessens nicht wirkte. Verließ er ihn, dann gab er zugleich auch den einzigen Schutz auf, den er hatte.

Aber er konnte nicht für alle Zeiten hier drinnen bleiben.

Seine Gedanken drehten sich immer und immer wieder im Kreise, während er nach einer Lösung für ein Problem suchte, daß nicht gelöst werden konnte. Dabei drehte er sich um und schaute den zerbrochenen Spiegel an, der an der Wand hing.

Ein Teil der schimmernden Fläche fehlte.

Er hatte ihn ja selbst gesehen, in der Hand seines Vaters, als er das in Flammen aufgehende Gebäude verließ, und später unzählige Male, eingebettet in den Zauberspiegel.

Aber etwas stimmte nicht. Seine Form stimmte nicht. Das Stück, das fehlte, war zu groß.

Und plötzlich sah er die Szene noch einmal vor sich: der uralte Mann, fast bis zur Unkenntlichkeit verbrannt, der gegen
jede Vernunft noch lebte. Die Spiegelscherbe, in die er hin-
eingestürzt war und die sich wie ein Dolch in seinen Leib gebohrt hatte. Und später die unvorstellbare Kraft, die noch
immer in ihm war. Und sein Gesicht, das er gesehen hatte.
Zweimal.

Das erste Mal, als er in den verzauberten Spiegel sah, und das
zweite Mal hier, auf dem Boden dieser Hütte, die in hellen
Flammen stand.

Der alte Mann aus dem Zelt *war kein anderer als der Magier,
dem der Spiegel gehört hatte!* Er war nicht gestorben! Irgendwie war er den Flammen entkommen, und irgendwie hatte er
trotz seiner grauenhaften Verletzungen überlebt und war
auch weiter am Leben geblieben, beinahe hundert Jahre lang!
Und Julian wußte auch, warum.

Mit einem Sprung war er bei der Tür, stürzte hinaus und begann laut nach Alice und Roger zu rufen.

»Du hast es dir wirklich gut überlegt?« fragte Roger. Er
stellte die Frage mindestens zum zwanzigsten Mal, seit Julian
ihn gefunden und seine Bitte vorgetragen hatte, und Julian
antwortete zum ebensovielten Male mit einem ungeduldigen
Nicken darauf. »Ich meine, es ist dir wirklich ernst? Bisher
wollte noch nie jemand hier weg. Nicht so.«

Julian hatte ihn noch nie so ernst gesehen und zugleich so
fassungslos und beinahe entsetzt. Und er konnte ihn sogar
verstehen. Auch er wollte jetzt nicht fort von hier. Die verzauberte Kirmes hatte ihn augenblicklich wieder in ihren
Bann geschlagen, kaum daß er das Haus verlassen hatte. Daß
er um die Wirkung ihres Giftes wußte, machte ihn nicht im-
mun dagegen. Er wollte nichts lieber, als wieder hinausgehen
und sich vom Sog der Musik und der bunten Lichter anzie-
hen lassen.

»Ich muß zurück«, sagte er mit so viel Nachdruck, als er aufzubringen vermochte. »Bitte zeig mir den Weg.«

»Du wirst nie wieder hierher zurückkehren können«, sagte Roger ernst. »Das ist dir doch klar, oder?«

Das war ihm nicht klar. Er wußte sogar, daß Roger sich in diesem Punkt – wie übrigens in ein paar anderen auch – irrte, aber er hütete sich, den Gedanken auszusprechen. »Ja. Aber ich kann hier nicht mehr leben, bitte versteh das. Nicht nach dem, was ich gesehen habe.«

»Du wirst auch dort nicht mehr leben können«, sagte Alice. Es war das erste Mal, daß sie das Wort ergriff, seit Julian gekommen war. »Glaub mir, Julian. Du bist jetzt verbittert und voller Zorn und Trauer. Ich verstehe das. Aber du hast hier etwas kennengelernt, was es in deiner Welt nicht gibt.«

»Trolle?« schlug Julian vor. Sein Hohn war verletzend. Er wollte ihr nicht weh tun, aber er konnte sich nicht auf lange Diskussionen einlassen. Er wußte nicht, wie lange er der Verlockung der bunten, schimmernden Welt hier draußen noch widerstehen konte.

»Ich muß zurück«, sagte er noch einmal. »Bitte, Alice. Ich . . . weiß, daß du recht hast, aber . . . ich kann nicht bleiben. Es ist nicht nur wegen der Trolle. Da ist . . . noch etwas.«

»Was?« fragte Alice.

»Du«, antwortete Julian, und erst als er das Wort aussprach, begriff er, daß es die Wahrheit war. Sekundenlang sah er Alice schweigend an, dann Roger, der neben ihr stand.

Roger runzelte die Stirn, aber er sagte nichts, während sich Alices Augen mit Tränen füllten.

»Julian, da . . . da ist etwas, was . . . du noch nicht weißt«, sagte sie stockend. »Ich bin –«

»Nein!« unterbrach Roger sie. »Laß ihn. Ich glaube, er hat recht. Ich verstehe ihn.«

Julian war ein wenig überrascht, zumal er spürte, daß Rogers Worte ehrlich gemeint waren und nicht etwa dem Gedanken entsprangen, auf diesem Wege einen möglichen Konkurrenten loszuwerden.

Roger machte eine einladende Handbewegung. Julian folgte

ihr, aber nach zwei Schritten blieb er noch einmal stehen und drehte sich zu Alice um. »Es tut mir leid«, sagte er. »Es . . . es ist nicht deine Schuld und auch nicht die Rogers. Aber ich kann nicht bleiben, das mußt du verstehen. Nicht, wenn ich euch . . . jeden Tag sehen muß.«

Er sah die Tränen in Alices Augen und wandte sich mit einem Ruck ab, um mit schnellen Schritten hinter Roger die Stufen zum Labyrinth hinaufzugehen.

Im Inneren des Labyrinths brannte wieder das Zauberlicht, das aus dem Glas Spiegel und aus den Spiegeln Türen in eine andere Welt machte. Seltsam: Bisher hatte er in Gedanken stets zwischen richtiger und falscher Welt unterschieden. Aber jetzt war er nicht mehr sicher, welche Welt die *richtige* war und ob es überhaupt so etwas gab. Vielleicht waren beide Seiten des Spiegels nur Illusion, vielleicht hatten die Spiegel mehr als zwei Seiten . . .

Roger deutete auf einen der Spiegel, aber Julian blieb überrascht stehen. »Kommst du nicht mit?«

»Das ist nicht nötig«, sagte Roger. »Du kennst den Weg.« Er wiederholte seine auffordernde Geste. »Geh. Mach es uns nicht noch schwerer. Du warst verdammt tapfer.«

»Wenn es . . . noch eine zweite Chance gäbe, Roger«, sagte Julian vorsichtig, ». . . ich meine, wenn wir . . . die Scherbe zurückbekommen könnten . . . würdest du es noch einmal versuchen?«

Während er sprach, flammte für einen winzigen Moment eine verzweifelte Hoffnung in Rogers Augen auf. Aber sie erlosch gleich wieder. Julian hatte sich seine Worte genau überlegt. Er hatte schon einmal alles verdorben, weil er zuviel geredet hatte.

»Es gibt keine zweite Chance«, sagte Roger hart. Er wurde zornig. »Was soll das? Soll ich dir noch einmal bestätigen, wie tapfer du warst? Bitte: Du warst es. Es war nicht deine Schuld, daß es schiefgegangen ist!«

»Würdest du es noch einmal versuchen?« fragte Julian beharrlich.

Der Zorn in Rogers Augen erlosch. »Ja«, flüsterte er. »Und wenn es das letzte wäre, was ich täte. Aber wir haben keine zweite Chance, Julian. Es ist vorbei.«
Julian sagte nichts mehr dazu. Er trat in den Spiegel hinein.

Zug ins nichts

Wind, Kälte, leichtes Nieseln und der eher melancholische Anblick einer schon zum allergrößten Teil abgebauten Kirmes empfingen ihn, als er drei Tage später aus einem Taxi stieg und den Rummelplatz überblickte. Nur noch die Reste eines Jahrmarkts waren zu sehen, wenig mehr als das Skelett, und an diesem knabberten fleißige Tierchen in Form Dutzender, wenn nicht Hunderter Männer in blauen Arbeitsmonturen, hier und da auch ein größeres aus Stahl und dieselgetriebener Kraft, so daß binnen Stunden auch die letzten Spuren des bunten Treibens beseitigt sein würden.
Die letzten drei Tage waren eine Odyssee gewesen, an die er lieber nicht zurückdachte. Er war dem Rummelplatz von Stadt zu Stadt nachgereist, hatte ihn immer knapp verpaßt, und mehr als einmal war er nahe daran gewesen aufzugeben. Das Geld, das er damals nebst der geheimnisvollen Nachricht seines Vaters im Tresor des Hotels gefunden hatte, hatte sich als sehr nützlich erwiesen, aber es gab für einen Vierzehnjährigen, der mutterseelenallein unterwegs war, eine Menge Probleme, die mit Geld allein nicht zu lösen waren. Die Nächte zum Beispiel. Kaum ein Hotel, das einem Jugendlichen ohne Begleitung eines Erwachsenen ein Zimmer vermietete. Einmal hatte ein übereifriger Portier sogar die Polizei gerufen – nachdem er sich die Zimmermiete samt einem gewaltigen Trinkgeld im voraus hatte geben lassen, versteht sich –, so daß Julian eine Stunde auf der Flucht vor den Be-

amten gewesen war und den Rest der Nacht frierend in einem zugigen Hinterhof verbracht hatte.

Aber jetzt war er am Ziel. Beinahe jedenfalls.

Er schob die düsteren Erinnerungen beiseite und machte sich mit schnellen Schritten auf den Weg. Die kleineren Stände und Geschäfte waren allesamt abgebaut. Am entgegengesetzten Ende des Rummelplatzes bewegte sich eine gewaltige Kolonne von Lastwagen, Sattelschleppern, Tiefladern und Pkw, viele mit Wohnwagen als Anhänger. Auch die meisten der größeren Geschäfte waren bereits verschwunden, und was noch nicht ganz abgebaut war, das befand sich in einem Zustand lauter, nervöser Auflösung. Die Stahlplatten des Autoscooters hatten sich in ein überdimensioniertes Sandwich verwandelt, das in diesem Moment von einem Tieflader davongefahren wurde, und ein kleiner Kran hob gerade die buntlackierten Wagen auf einen Laster. Der Boden war knöcheltief mit Abfällen bedeckt: weggeworfenen Losen, Millionen von Zigarettenkippen, leeren Bier- und Coladosen, Papiertüten, Bratwurstresten. Der Regen hatte alles in eine graue, pappige Masse verwandelt, so daß der Wind den Abfall wenigstens nicht noch weiter verteilte. Die Reinigungskolonnen würden eine Woche brauchen, um hier wieder Ordnung zu schaffen.

Die Kirmes rings um ihn herum löste sich in Nichts auf. Bald erinnerte ihn seine Umgebung mehr an die Trümmerwelt der Trolle als an einen bunten Jahrmarkt. Schließlich verschwanden auch diese Reste – und er sah das Zelt.

Es stand völlig allein auf dem riesigen, leeren Areal. Der Anblick war richtig unheimlich. Julian hatte damit gerechnet, den Besitzer der Freak-Show mühsam in irgendeinem der zahllosen Wohnwagen aufspüren zu müssen, und sich eine überzeugende Geschichte zurechtgelegt, um dummen Fragen vorzubeugen. Das war jetzt nicht mehr nötig.

Als er sich dem Zelt näherte, sah er, daß an seiner Rückseite drei Wagen geparkt waren. Einer gehörte offensichtlich zur Kirmes, die beiden anderen aber hatten Nummernschilder ohne Buchstaben, die sie als Fahrzeuge irgendeiner offiziellen Stelle auswiesen, der Stadtverwaltung vielleicht oder sogar der Polizei. Also ging er nicht forsch auf den Eingang zu, wie er es eigentlich vorgehabt hatte, sondern näherte sich höchst vorsichtig und blieb erst noch einmal stehen, um zu lauschen. Er hörte Stimmen. Sie klangen erregt, fast wie ein Streit, aber sie waren zu leise, als daß er die Worte verstehen konnte. Sehr vorsichtig bewegte er sich weiter.

Der Raum hinter dem Eingang war leer. Die Stimmen waren jetzt lauter, sie kamen aus dem rückwärtigen Teil des Zeltes, nicht aus dem, der ihn interessierte. Er beschloß, sich auf das Wagnis einzulassen, ging einfach weiter und fand sich nach ein paar Augenblicken vor den kleinen hölzernen Verschlägen, in denen die »Ausstellungsobjekte« normalerweise zu sehen waren.

Sie waren leer. Auch der letzte, sechste, in dem er den alten Mann gesehen hatte. Der Stuhl, aber auch der goldgefaßte Spiegel waren verschwunden.

Julian war enttäuscht. Er hatte damit rechnen müssen, aber bisher hatte alles so gut geklappt, daß dieser Rückschlag ihn ganz unvorbereitet traf. Er würde ihn eben suchen müssen. Weglaufen konnte er ja schlecht.

»Was suchst du denn hier?«

Julian drehte sich erschrocken um und blickte in ein schmales, von dunklem Haar und einem ungepflegten Vollbart umrahmtes Gesicht. Der junge Mann trug einen blauen Overall mit großen Ölflecken, der bis über die Knie hinauf durchnäßt war.

»Ich habe dich gefragt, was du hier suchst!« wiederholte der Mann lauter, als Julian nicht sofort antwortete. Er streckte eine ölverschmierte Hand nach ihm aus. »Hier gibt's nichts herumzuschnüffeln. Wir haben geschlossen. Wahrscheinlich für eine ganze Weile«, fügte er etwas leiser hinzu.

Julian wich der Hand geschickt aus, blieb aber stehen. »Ich schnüffle nicht herum!« verteidigte er sich. »Ich suche jemanden.«

»Hier ist keiner mehr«, antwortete der andere unfreundlich. »Und es kommt auch keiner mehr. Wir machen dicht.«

»Wo finde ich die . . .«

»Die Krüppel?« fragte der andere mit einem häßlichen Lachen, als Julian nicht weitersprach. »Sie sind weg. Bis auf den Jungen mit dem Krokodilsgesicht. Der steht vor dir.«

Julian verzichtete darauf, sein Gegenüber aufzuklären, daß er die Latexmaske auf Anhieb durchschaut habe. Statt dessen fragte er: »Was soll das heißen, es kommt keiner mehr?«

»Wir schließen«, sagte der andere. »Es ist vorbei. Heute war unsere letzte Vorstellung. Die meisten sind schon weg. Einer hat einen Job bei der Achterbahn gefunden. Wo die anderen sind . . .« Er zuckte mit den Schultern.

»Und . . . der alte Mann?« fragte Julian. Der andere verstand nicht, und Julian deutete auf die leere Bretterbox. »Ich weiß nicht, wie er heißt. Auf dem Schild stand: Schildkrötenmensch.«

»Er ist tot.«

»Tot?« Julian fuhr so erschrocken zusammen, daß der andere ihn plötzlich mißtrauisch musterte.

»Er ist gestorben, ja. Deswegen machen wir ja dicht. Er war der Besitzer der Schau.«

»Dieser alte Mann?«

Das Gesicht des anderen verdüsterte sich. »Ja. Wir waren alle genauso überrascht, als dieser Rechtsanwalt plötzlich auftauchte und uns mitteilte, wer die ganze Zeit über unser Brötchengeber gewesen war.«

»Und er hat nie etwas gesagt?«

»Er hat überhaupt nie etwas gesagt, Kleiner. Er konnte nämlich nicht sprechen.« Der Mann schüttelte den Kopf, als könnte er es immer noch nicht glauben. »Ich bin jetzt seit fast zehn Jahren dabei, und ich habe ihn in all der Zeit niemals auch nur ein einziges Wort reden hören. Manchmal hockte er zwei Tage und Nächte hintereinander völlig reglos da, daß man hätte glauben können, er sei tot. Wir haben ihn für einen Verrückten gehalten, der hier sein Gnadenbrot bekam. Daß ihm der ganze Laden gehörte . . .« Er schüttelte wieder den Kopf. »Wir haben immer nur mit einem Anwaltsbüro zu tun gehabt. Wir dachten, der Laden gehöre irgendeiner Bank oder jemandem, der nur sein Geld arbeiten lassen wollte.«

»Aber was ist denn passiert?« fragte Julian. Er konnte es nicht glauben, daß er tatsächlich zu spät gekommen sein sollte. Der alte Mann hatte fast hundert Jahre in diesem Zelt zugebracht! Und er war um ein paar Tage zu spät gekommen!

»Er ist eben gestorben«, antwortete der andere. »Vor ein paar Tagen saß er einfach auf seinem Stuhl und war tot. Zuerst hat es nicht einmal jemand gemerkt. Aber dann . . .« Er seufzte tief. »Er war sehr alt, glaube ich.«

»Das war er«, murmelte Julian. »Sogar älter, als Sie glauben.« Der andere sah ihn überrascht an. »Kanntest du ihn?«

»Nicht direkt«, antwortete Julian ausweichend. »Ich wollte ihn nur . . . etwas fragen. Es wäre sehr wichtig gewesen.«

»Da wirst du dein Glück wohl auf dem Friedhof versuchen müssen. Außerdem habe ich dir doch gesagt – er konnte gar nicht reden. Ich glaube nicht, daß er dir irgendeine Frage beantwortet hätte. Und jetzt solltest du wirklich besser gehen.« Er machte eine Kopfbewegung in die Richtung, aus der noch immer die streitenden Stimmen drangen. »Ehe du Ärger bekommst. Im Moment sind hier alle ein bißchen gereizt. Der Alte hat uns den Laden hinterlassen. Ist ein hübsches Sümmchen wert, wenn er erst einmal verkauft ist. Aber im Augenblick fühlt sich hier keiner so richtig zuständig.«

»Wo haben sie ihn hingebracht?« fragte Julian zögernd.

»Wohin schon? Auf den Friedhof, nehme ich an. Er hatte keine Verwandten, also ist er hier beerdigt worden.«

»Und seine Sachen? Ich meine, sein persönlicher Besitz?«

»Hatte er nicht.«

»Unsinn. Jeder Mensch hat irgend etwas, und wenn es nur ein paar Kleinigkeiten sind.«

»Er nicht. Ich glaube, er hatte nur das, was er auf dem Leib trug, und das waren nur Fetzen. Geschlafen hat er meistens hier. In warmen Nächten schon mal draußen unter freiem Himmel. Er war ein Sonderling.« Der Mann legte den Kopf schräg und sah Julian nachdenklich, gleichzeitig auch ein bißchen mißtrauisch an. »Sag mal, wieso interessiert dich das alles so, wenn du ihn angeblich nicht mal gekannt hast?«

»Ich . . . habe ihn schon einmal gesehen«, antwortete Julian stockend. »Er hat mir leid getan, und weil ich gerade in der Nähe war, da . . . da wollte ich nur einmal nach ihm sehen.«

»Ja«, sagte der andere, »das klingt überzeugend.« Er lachte spöttisch und hob die Hand, als Julian etwas sagen wollte. »Na ja, mich geht das nichts an. Es ist sowieso zu spät. Vielleicht kann dir ja dieser Rechtsanwalt weiterhelfen. Er wollte am Nachmittag noch einmal kommen, um ein paar Dinge zu klären, glaube ich. Du kannst ja auf ihn warten – leider nicht hier drinnen. Du hörst ja – im Moment herrscht hier ziemlich dicke Luft.«

Julian bedankte sich mit einem stummen Nicken und verließ das Zelt auf dem gleichen Weg, auf dem er gekommen war. Er merkte nicht einmal, daß aus dem leichten Nieseln mittlerweile ein ausgewachsener Wolkenbruch geworden war, der ihn binnen Sekunden bis auf die Haut durchnäßte. Regen und Sturm gehörten offenbar so sehr zu dieser Geschichte wie Trolle und verzauberte Spiegel. Vielleicht hatte es etwas damit zu tun, daß es damals geregnet hatte, als alles begann.

Julian versuchte sich vergeblich vorzustellen, was es bedeuten mußte, fast ein Jahrhundert auf einem Stuhl zu verbringen, ohne ein Wort zu reden, ohne sich zu bewegen, ohne irgend etwas zu tun. Er hatte länger gelebt als irgendein anderer Mensch auf dieser Welt, und jeder einzelne Tag dieses Lebens mußte die Hölle gewesen sein, eine nicht enden wollende Folter ohne die geringste Aussicht auf Erlösung oder wenigstens Linderung.

Und das entsetzlichste an dieser Vorstellung war, daß dies alles seine Schuld war – und die seines Vaters.

Er hatte es ihm sagen wollen. Er war hierhergekommen, um irgendein Wort des Bedauerns, der Entschuldigung vorzubringen, vielleicht auch nur die Bitte um Vergebung.

Aber vielleicht war es kein Zufall, daß der Alte ausgerechnet jetzt gestorben war. Welches Recht hatte er, Julian, Absolution zu verlangen? Vielleicht gab es doch so etwas wie eine ausgleichende Gerechtigkeit, und wenn ja, dann bestand sie in seinem Fall darin, ihn um eine Winzigkeit zu spät kommen zu lassen.

Er hörte, wie die Zeltplane hinter ihm zurückgeschlagen wurde, drehte sich um und sah wieder den jungen Mann vor sich stehen.

»He!« sagte er überrascht. »Wieso stehst du da im Regen rum? Willst du dir eine Lungenentzündung holen?«

Julian wollte antworten, aber der andere winkte schon wieder ab und ließ ihn gar nicht erst zu Wort kommen. »Na ja, das ist dein Problem. Aber gut, daß ich dich noch treffe – mir ist noch was eingefallen, was den alten Mann betrifft, den du ja *gar nicht kennst*.« Er lachte leise und schien einen Moment auf irgendeine Reaktion Julians zu warten, fuhr aber dann fort: »Es gab da doch etwas, was ihm gehörte. Eine Puppe. Irgend so ein zerfetztes altes Ding. Ich glaube zwar nicht, daß dir das irgendwie hilft, aber ich wollte es dir trotzdem sagen.«

»Wie, bitte?« fragte Julian überrascht. »Eine Puppe?«

»Ja. Keine Kinderpuppe, sondern . . .« Er zuckte mit den Achseln und preßte die Augen zu schmalen Schlitzen zusammen, als er sich genauer zu erinnern versuchte. »So eine Art Teddybär. Sah irgendwie komisch aus. Ich habe mich immer gefragt, was er mit dem alten Ding wollte. Aber er war eben ein bißchen verrückt.«

»Schwarz?« vergewisserte sich Julian. »Mit spitzen Ohren und langen Zähnen?«

»Ich glaube ja«, antwortete der andere überrascht. »Woher weißt du das?«

Aber Julian hörte gar nicht mehr hin. Er hatte sich auf dem

Absatz umgedreht und rannte bereits mit weit ausgreifenden Schritten davon.

Er mußte eine gute Stunde frierend auf dem Bahnsteig verbringen, ehe der Zug einlief, denn – auch das schien mittlerweile zu einer Art Naturgesetz geworden zu sein – er war gerade noch rechtzeitig gekommen, um die Rücklichter des Intercity in den Regenschleiern verschwinden zu sehen. Es war eine von jenen Stunden, die überhaupt kein Ende zu nehmen schienen und in denen man zu argwöhnen begann, daß die Zeiger der Uhren nicht nur nicht mehr sichtbar von der Stelle kämen, sondern sich rückwärts bewegten, wenn man gerade nicht hinsah. Sie war auch lang genug, Julian auf nachdrückliche Weise daran zu erinnern, daß er hier nicht mehr in einer Welt war, in der es weder Müdigkeit noch Hunger noch irgendwelche anderen körperlichen Bedürfnisse oder Schwächen gab: Er bekam nämlich leichtes Fieber, die Quittung für seinen Spaziergang im Regen.

Endlich kam der Zug. Julian stieg ein, ging schnurstracks in den Speisewagen und eroberte sich einen Platz am Fenster, ehe der große Ansturm begann. Das Personal guckte ziemlich verdutzt, als es ihn sah, mit den Zähnen klappernd und in nassen Kleidern. Aber er wurde bedient, und nachdem er den zaghaften Versuch der Kellnerin, ein Gespräch in Gang zu bringen, mit einem unfreundlichen Schweigen zum Verstummen gebracht hatte, ließ man ihn in Ruhe.

Nach der dritten Tasse Tee hörten seine Zähne allmählich auf zu klappern, und das Kratzen im Hals wurde leichter.

Schließlich setzte sich der Zug in Bewegung. Julian bestellte sich eine vierte Tasse Tee, dazu ein Stück Torte, um seinen Magen zu beruhigen, der mittlerweile zu rebellieren begann, und langsam ordnete sich auch das Chaos in seinen Gedanken. Er war noch nicht am Ziel. Noch lange nicht. Vor ihm lagen noch zwei Hürden, von denen er nicht genau wußte, wie hoch sie waren und ob er sie überhaupt überwinden konnte.

Aber er wollte nicht darüber nachdenken. Nicht jetzt. Davon abgesehen, daß bisher sowieso alles anders gekommen war, als er erwartet hatte, hatte er noch gute zwei Stunden Bahnfahrt vor sich, in denen ihm schon etwas einfallen würde.

Jemand trat an seinen Tisch. Julian sah aus den Augenwinkeln, wie eine Kanne Kaffee und eine Tasse abgestellt wurden, und verspürte leisen Unmut. Der Speisewagen war fast leer, und er legte im Moment keinen Wert auf Gesellschaft, sondern wollte allein sein. Der wandte den Kopf, um den ungebetenen Gast in Augenschein zu nehmen.

»Du gestattest doch, oder?« fragte Lederjacke lächelnd. »Es sind zwar noch ein paar Tische frei, aber ich bin der Meinung, daß es sich in Gesellschaft einfach angenehmer reist.«

Julian konnte nicht antworten. Seine Gedanken drehten sich wild im Kreis. Für einen Moment war er einer Panik nahe.

»Überrascht, wie?« Lederjacke begann grinsend in seinem Kaffee zu rühren. »Weißt du, ich war gerade in der Gegend, und als ich dich hier sitzen sah, da dachte ich mir, sag doch einfach mal einem alten Freund guten Tag.«

»Was willst du?« krächzte Julian. Er war immer noch nicht fähig, einen klaren Gedanken zu fassen.

Das Lächeln in Lederjackes Augen erlosch. Er hörte auf, in seinem Kaffee zu rühren. »Falsch, Kleiner«, sagte er. »Diese Frage sollte *ich* stellen. Was willst *du* hier?«

»Wieso?« fragte Julian verstört. »Ich habe nur –«

»– einen alten Freund besucht?« Lederjackes Augen wurden schmal. Er lachte. »Ich hatte recht. Roger hätte dich nicht weglassen sollen. Du warst am besten aufgehoben – dort, wo du warst.«

Julian fing sich allmählich wieder. »Was willst du noch von mir?« fragte er in einem Ton, von dem er wenigstens hoffte, daß er forsch klang. »Warum laßt ihr mich nicht endlich in Ruhe?«

»Warum gibst *du* nicht endlich Ruhe?« gab Lederjacke zurück. »Und jetzt erzähle mir nicht, daß du nur aus Langeweile durch das halbe Land gereist bist, um diesen alten

Krüppel zu suchen. Wer ist der Bursche? Oder –«, ein dünnes, durch und durch böses Lächeln huschte über seine Züge, »– vielleicht sollte ich besser fragen: *Wer war er?*«

»Spielt das eine Rolle?«

»Das kommt ganz drauf an, was du von ihm wolltest.«

»Wer immer er war, es spielt keine Rolle mehr«, wich Julian der Frage aus. »Wenn du so gut über alles Bescheid weißt, dann weißt du ja wohl auch, daß er gestorben ist, ehe ich mit ihm reden konnte.«

»Ja, so ein Pech, wie?« sagte Lederjacke kalt. »Aber ich kann mir nicht helfen – irgendwie beruhigt mich der Gedanke nicht völlig. Manchmal können auch tote Männer zu einer Gefahr werden. Ich traue dir nicht, Kleiner. Du bist genau wie Roger und Alice. Du gehörst zu denen, die nie aufgeben. Du wirst dein Leben lang herumschnüffeln und wühlen, bis du irgend etwas gefunden hast, stimmt's?«

»Und wenn es so wäre?« erwiderte Julian hochtrabend. »Es gibt nichts mehr, was ich euch noch antun könnte. *Ihr* habt die Spiegelscherbe, nicht ich.«

»Und das ist auch gut so. Aber trotzdem . . . ich traue dir nicht. Irgendwie werde ich das Gefühl nicht los, daß wir alle etwas übersehen haben, Roger, Alice, ich, wir alle – nur du nicht.«

Julian gab sich alle Mühe, sich seine Panik nicht anmerken zu lassen. Gab Lederjacke nur einen Schuß ins Blaue ab, oder wußte er wirklich etwas?

Falls er nichts gewußt hatte, dann wußte er es spätestens jetzt. Sein Grinsen wurde noch breiter, und er sagte: »Aha. Dacht' ich's mir doch, daß du nicht bloß einfach so herumstöberst. Was ist es?«

»Ich weiß es nicht«, sagte Julian. Er gab sich alle Mühe, den Zerknirschten zu spielen. »Ich . . . dachte, es gäbe noch eine Möglichkeit, du hast recht.«

»Hast du sie gefunden?«

»Dann würdest du jetzt nicht hier sitzen und dumme Fragen stellen«, antwortete Julian auf Teufel komm raus. »Er ist gestorben und wird keine Fragen mehr beantworten. Ich bin zu spät gekommen!«

»Zu spät wozu?« fragte Lederjacke schnell. So schnell, daß Julian um ein Haar geantwortet hätte. Im letzten Moment biß er sich auf die Lippen und starrte sein Gegenüber nur feindselig an.

»Verdammt, laß mich endlich in Ruhe«, sagte er. »Es ist vorbei. Ich kann euch nichts mehr anhaben, so gern ich es auch täte!«

»Und ich kann dir einfach nicht glauben, so gern ich es täte«, sagte Lederjacke. Aber er stand trotzdem auf und trat einen Schritt vom Tisch zurück. »Weißt du, im Grunde habe ich gar nichts gegen dich, Kleiner. Aber ich kann kein Risiko eingehen. Dafür steht einfach zu viel auf dem Spiel. Komm mit mir zurück.«

Julian starrte zu ihm hoch. »Bist du verrückt?«

»Verrückt wäre ich, wenn ich dir glauben und es in aller Seelenruhe darauf ankommen lassen würde, daß du vielleicht doch noch einen Weg findest, uns alle ins Verderben zu reißen«, antwortete er ernst. »Ich kenne deine Antwort zwar, aber trotzdem: Wenn du jetzt freiwillig mitkommst, dann gebe ich dir mein Wort, dich unbeschadet bei deinen Freunden abzuliefern und dich nie wieder zu behelligen.«

»Und was soll ich dort?«

»Immerhin wartet Alice da auf dich«, antwortete Lederjacke. Julian schwieg, aber sein Gesicht verdüsterte sich, und Lederjacke fügte hinzu: »Wenn du dir um Roger Gedanken machst ... darum würden wir uns schon kümmern.«

»Wie, bitte?« fragte Julian ungläubig.

»Er ist schon ziemlich lange bei uns«, sagte Lederjacke achselzuckend. »Und du weißt doch: früher oder später erwischt es jeden.«

»Das ... das meinst du nicht ernst!« sagte Julian ungläubig.

»Und ob!« versicherte Lederjacke. »Und du solltest dir genau überlegen, was dir mehr wert ist – dein eigenes Leben oder das eines anderen. Noch dazu, wo dieser andere dir dein

Mädchen weggeschnappt hat. Aber überleg nicht zu lange. Du hast nicht mehr sehr viel Zeit.« Und damit wandte er sich um und ging, bevor Julian antworten konnte.

Julian blieb in einem Zustand tiefster Verwirrung zurück. Er war zornig, entsetzt, enttäuscht. Aber noch etwas, er erschrak selber davor – irgendwie fand er Lederjackes Angebot nicht ganz so empörend. Natürlich würde er es nicht annehmen. Aber würde er es auch so überzeugt ausschlagen, wenn er wirklich nur die Wahl zwischen seinem Leben und dem des anderen hätte, zumal, wenn es sich bei diesem anderen um einen lästigen Konkurrenten handelte? Und Alice brauchte nichts davon zu erfahren. Hatte sie nicht selbst gesagt, daß keiner von ihnen wisse, wann seine Zeit gekommen sei . . .

Er ballte die Fäuste. Er schämte sich für seine Gedanken, und für einen Moment haßte er Lederjacke für seine schlangenzüngigen Verführungskünste.

Zehn oder fünfzehn Minuten blieb er noch sitzen, bis sich der Speisewagen allmählich zu füllen begann und das Personal immer nervöser auf den Tisch zu blicken begann, den er ganz allein für sich beanspruchte. Er zahlte, stand auf und verließ den Speisewagen.

Seltsam, dachte er. Er hätte schwören können, in einen ICE-Expreß gestiegen zu sein. Aber der Speisewagen, in dem er sich befand, gehörte ganz eindeutig zu einem ganz normalen Intercity. Offensichtlich verlor er allmählich den Überblick über die Wirklichkeit. Er trat auf den Gang hinaus, ging an ein paar besetzten Abteilen vorüber und machte sich auf die Suche nach dem Erste-Klasse-Wagen. Er wollte allein sein. Es gab eine Menge, worüber er nachzudenken hatte. Zum Beispiel über die Frage, wo die Erste-Klasse-Abteile waren.

Er fand keine. Julian ging bis zum Ende des Zuges, aber die Abteile mit den eleganten roten Samtpolstern gab es nicht. Der Zug wurde jetzt immer schneller, aber auch merklich unruhiger. Aus dem fast lautlosen Dahingleiten wurde ein stampfendes Rasseln und Rucken, der Boden unter seinen Füßen wankte so heftig, daß er sich wie auf einem Schiff auf hoher See vorzukommen begann und immer wieder mit der Schulter gegen die Abteilwände rechts oder die Fenster links stieß. Dabei verlor der Zug jetzt schon wieder an Fahrt, wie er an der vorüberhuschenden Landschaft draußen erkennen konnte. Was ging hier vor?

Er machte kehrt und ging zurück. So unwahrscheinlich es ihm selbst vorkam, er mußte in Gedanken versunken an der ersten Klasse vorbeigegangen sein, ohne es zu merken.

Das Schaukeln und Ruckeln wurde immer schlimmer, während der Zug absurderweise immer langsamer wurde. Die Lok gab einen Pfeifton von sich.

Die E-Lok eines Intercity, die *pfiff*?!

In diesem Moment wurde die Tür vor ihm aufgestoßen, und ein Schaffner trat in den Gang. Irgend etwas stimmte mit seiner Uniform nicht, aber Julian war viel zu aufgeregt, um wirklich darauf zu achten. Mit weit ausgreifenden Schritten rannte er auf den Mann zu und sprudelte los: »Entschuldigung, ich . . . ich suche die erste Klasse. Können Sie mir sagen, wo ich sie finde?«

»Die erste Klasse?« Der Schaffner runzelte die Stirn und maß ihn mit einem langen, prüfenden Blick, dessen Ergebnis nicht unbedingt seine ungeteilte Billigung zu finden schien. »Du siehst mir eher nach der dritten aus, Junge. Hast du überhaupt ein Billett?«

Julian zog seinen Fahrschein aus der Tasche und reichte ihn dem Schaffner. Der Mann musterte ihn lange und aufmerksam, warf Julian dann noch einmal einen verwirrten Blick zu, als könne er gar nicht glauben, was er sah. Aber dann zog er kommentarlos eine Zange aus der Jackentasche und knipste ein Loch in Julians Fahrkarte. Julian hatte nicht einmal gewußt, daß das heutzutage noch üblich war. »Du bist am falschen Ende«, sagte er mit einer Geste über die Schulter. »Der Erste-Klasse-Wagen ist ganz vorn, gleich hinter dem Tender.«

»Danke.« Julian war verstört. »Sagen Sie, warum fährt der Zug so langsam? Ist irgend etwas nicht in Ordnung?«

Aus der Verwirrung in den Augen des Schaffners wurde nun eindeutig Unmut. »Langsam?« wiederholte er. »Willst du mich auf den Arm nehmen, Jungchen? Wir fahren mindestens mit achtzig Stundenkilometern! Wenn du meinst, daß das langsam ist, dann spring doch mal ab und pflück einen Strauß Blumen für deine Mutter!«

Julian starrte ihm mit offenem Mund nach. Im Grunde hatte er längst begriffen, was hier geschah. Nur weigerte er sich, es zur Kenntnis zu nehmen.

Der Zug *veränderte* sich.

Es war nicht länger der hypermoderne ICE-Expreß, in den er eingestiegen war, ebensowenig wie die Uniform des Schaffners noch die eines heutigen Eisenbahnschaffners war. Beides waren Modelle, die seit mindestens fünfzig Jahren aus der Mode waren. Vielleicht auch schon länger, denn die Verwandlung war keineswegs abgeschlossen. Als Julian seinen Weg fortsetzte und die nächste Tür öffnete, da lag vor ihm kein schmaler Gang mit Fenstern auf der einen und Abteiltüren auf der anderen Seite, sondern ein einziger großer Raum, der den gesamten Wagen einnahm. Unbequeme Holzbänke reihten sich aneinander, dazwischen blieb nur ein schmaler Gang, der gerade ausreichte, um hindurchzugehen. Auf den Bänken saßen Männer und Frauen in altmodischen Kleidern, über deren Köpfen Koffer und buntbestickte Reisetaschen in dünnen Gepäcknetzen schaukelten. Ein Großabteil wie dieses hatte er nur ein einziges Mal gesehen – in einem historischen Film, der Ende des vergangenen Jahrhunderts spielte! Es begann schon wieder. Nur, daß diesmal nicht er es war, der sich durch die Zeit bewegte, sondern die Zeit, die die Armeen der Vergangenheit losschickte, um ihn zu verschlingen. Julian suchte fieberhaft nach einem Ausweg aus seiner Lage, während er mit gesenktem Blick rasch den Wagen durchquerte. Er hatte Lederjackes Warnung zwar ernst genommen, aber nicht so ernst. Jetzt ahnte er, daß ihm allerhöchstens noch Minuten blieben, ehe Mike oder vielleicht auch ein paar Mitglieder seiner Trollbande hier auftauchten, um ihm ein neues Angebot zu unterbreiten, das garantiert um einiges ungünstiger aussehen würde als das erste.

Der nächste Wagen, den er betrat, war zwar etwas luxuriöser eingerichtet, aber noch altmodischer. Sehr viel weiter zurück in die Geschichte der Eisenbahn konnte es jetzt nicht mehr gehen. Und das bedeutete wahrscheinlich, daß er sich dem Ziel seiner Reise näherte. Kein sehr erbaulicher Gedanke. Er hatte lange Eisenbahnfahrten nie sonderlich gemocht, aber diese hier war ihm entschieden zu kurz.

Er erwartete bereits, Lederjacke oder einen seiner Diener unter den Passagieren des Erste-Klasse-Abteils zu sehen, blickte aber nur in fremde und – angesichts seiner unzeitgemäßen Aufmachung – fragende Gesichter. Rasch durchquerte er auch diesen Waggon, öffnete die Tür und machte einen schnellen Schritt in den nächsten Waggon hinein.

Dieser Schritt wäre beinahe auch sein letzter gewesen. Es war kein Waggon, den er betreten hatte. Aber er konnte in den nächsten zwanzig Sekunden keinen Gedanken an die Frage verschwenden, was es dann war, denn er mußte mit verzweifelt rudernden Armen sein Gleichgewicht halten, um nicht kopfüber in die Tiefe geschleudert zu werden.

Er schaffte es nicht ganz. Nach ein paar Augenblicken fiel er rücklings hin. Der Boden unter ihm zitterte und bockte, sein Kopf schlug immer wieder gegen etwas Hartes, und ein unglaublich lautes Rattern betäubte ihn schier.

Mühsam schüttelte er die Benommenheit ab, griff nach dem oberen Rand der Wagenwand und zog sich schwankend in die Höhe. Das kleine Gefährt, in dem er sich befand, wakkelte so heftig, daß ihm schwindelig wurde. Außerdem schlug sein Magen aus schierem Protest einen Purzelbaum, als er den Fehler beging, in die Tiefe zu blicken. Er war nicht mehr in einem Eisenbahnwaggon.

Das heißt, der Wagen lief sogar auf Schienen, aber damit hörte die Ähnlichkeit mit einer Eisenbahn auch schon auf. Unter ihm befand sich ein nur meterbreites Schienenband, über das der Wagen in geradezu irrwitzigem Tempo dahin-

jagte. Und damit nicht genug, bewegte sich dieses Schienenband auf und ab, vollführte enge Kehren und Windungen
und Schleifen, und wenn er sich nicht sehr täuschte, dann
war das, was er da in einiger Entfernung auf sich zurasen sah,
nichts anderes als eine komplette Loopingschleife!

Er befand sich auf einer Achterbahn. Allerdings auf der irr-
sinnigsten, die er je gesehen hatte. Es gab weder Stützen
noch Träger – und auch keine anderen Wagen.

Julian begann ernsthaft an seinem Verstand zu zweifeln.
Nicht nur die anderen Wagen waren verschwunden, auch der
Schienenstrang löste sich einfach in Nichts auf! Und das Ge-
fährt bewegte sich immer schneller und schneller.

Die Welt schlug einen kompletten Salto, als der Wagen die
Loopingschleife erreichte und hindurchjagte, dann durch
eine weitere, und schließlich begann eine Sturzfahrt, die
schon nach einer Sekunde so schnell und steil wurde, daß Julian es nicht mehr ertrug und die Augen schloß, denn er war
fest davon überzeugt, daß der Wagen jeden Moment aus den
Schienen geschleudert werden mußte. Statt dessen wurde die
Fahrt ganz allmählich wieder langsamer.

Es dauerte lange, bis es Julian wieder wagte, die Augen zu
öffnen. Vor ihm zog sich der Schienenstrang schier endlos
dahin, aber er hatte jetzt keine Kurven und Loopings mehr,
sondern verlief gerade und fast gar nicht mehr geneigt, so
daß der Wagen immer mehr an Geschwindigkeit verlor, obwohl er noch immer so schnell fuhr, daß an ein Abspringen
gar nicht zu denken war. Und weit vor ihm, nur als schwarze
Silhouette vor einem noch schwärzeren Hintergrund zu erkennen, lag der Rummelplatz.

Es war ein unheimlicher Anblick. Kein einziges Licht
brannte. Nirgends bewegte sich etwas, die Schatten hatten
keine Tiefe, sondern schienen nur Scherenschnitte vor einem
finsteren Himmel zu sein. Es war der dunkle Teil der Kirmes, dem er sich näherte, die Welt der Trolle und der Schatten.

Die Fahrt näherte sich ihrem Ende, der Wagen zuckelte nur

noch gemächlich über die Schienen. Schließlich hielt er an. Der Schienenstrang hörte wie abgeschnitten auf, und vor Julian erhob sich ein flaches, langgestrecktes Gebäude ohne Fenster, das er als Rogers Glaslabyrinth erkannte.

Er fand nicht einmal Zeit, aus dem Achterbahnwaggon zu klettern, als auch schon die Tür geöffnet wurde. In dem hell erleuchteten Rechteck erschien ein schlanker Umriß. Obwohl nur als Schatten erkennbar, war es eindeutig Lederjacke. Beinahe noch leichter erkannte Julian die kleineren Schatten, die hinter ihm ins Freie traten.

Lederjacke kam ohne sonderliche Eile näher, blieb grinsend neben dem Wagen stehen und stemmte die Fäuste in die Hüften. Seine Trolle folgten ihm zwar, hielten aber etwas Abstand und belauerten Julian aus rotglühenden Augen.

»Na?« fragte Lederjacke in beinahe fröhlichem Ton. »Hat's Spaß gemacht? So eine Achterbahnfahrt ist doch was Tolles, oder?« Als Julian weder antwortete noch sonst etwas tat, sondern einfach sitzen blieb und ihn ansah, fuhr er mit einem Lachen fort: »Du siehst aus, als hättest du Lust auf eine zweite Runde. Aber ich fürchte, daraus wird nichts.«

Er machte eine auffordernde Geste, und Julian stieg nun doch aus, weil zu befürchten war, daß vielleicht einer der Trolle auf die Idee käme, Lederjackes Befehl mit seinen glühenden Händen gehörigen Nachdruck zu verleihen. Lederjacke machte eine zweite, auffordernde Geste in die Richtung der offenstehenden Tür des Glaslabyrinths, und Julian setzte sich gehorsam in Bewegung. Sein Herz begann heftig zu klopfen, als er die Stufen hinaufging und das Gebäude betrat. Zumindest auf den ersten Blick schien sich hier drinnen nichts verändert zu haben. Alle Lichter brannten, so daß die meisten der mannsgroßen Scheiben wieder zu halb durchsichtigen Spiegeln geworden waren.

»Was . . . ist das hier?« fragte er.

»Die andere Seite der Spiegel«, antwortete Lederjacke.

»Aber auf der anderen Seite liegt Rogers Kirmes und –«

»Wer sagt, daß sie nur *zwei* Seiten haben?« unterbrach ihn

Lederjacke. »Du mußt noch eine Menge lernen, Kleiner. Aber du wirst genug Zeit dazu haben.« Er lachte, aber seine Augen blieben kalt wie Glas. »Vorwärts!«

Julian machte einen Schritt und blieb wieder stehen. Plötzlich hatte er Angst.

»Worauf wartest du?« fragte Lederjacke ungeduldig. »Du hast es dir selbst ausgesucht. Ich habe dir ein besseres Angebot gemacht, aber du hast es ausgeschlagen. Also beschwer dich jetzt nicht bei mir!«

»Aber ich . . . ich bin keine Gefahr mehr für euch!« sagte Julian verzweifelt. »Ich weiß nichts, Mike, bitte glaub mir doch! Ich kann euch überhaupt nichts tun!«

»Ich glaube dir nicht«, sagte Lederjacke ruhig. »Und selbst wenn ich dir glauben würde, wäre das egal. Du bist einfach zu gefährlich, Kleiner. Du würdest auch keine giftige Schlange frei in deiner Wohnung herumkriechen lassen, oder?«

»Aber was könnte ich denn tun?« fragte Julian.

Lederjacke zuckte die Achseln. »Nichts, vermute ich. Zumindest nicht im Moment. Aber du bist der Sohn deines Vaters. Wer sagt mir, daß du nicht sein Talent geerbt hast und eines Tages doch noch eine kleine Teufelei ausbrütest? Ich kann das Risiko nicht eingehen.«

»Aber mein Vater war doch nur –«

»Dein Vater«, unterbrach ihn Lederjacke scharf, »war vielleicht nur ein kleiner Taschendieb und Gauner. Aber das ist lange her. Er hat sein Leben in der Nähe der Spiegelscherbe verbracht, und etwas von ihrer Macht ist auf ihn übergegangen. So etwas vererbt sich, Kleiner. Du weißt es vielleicht noch nicht, aber du bist eine Zeitbombe auf zwei Beinen. Und ich habe absolut keine Lust, darauf zu warten, daß sie hochgeht und uns alle in Stücke reißt! Und jetzt geh, ehe ich nachhelfen muß!« Bei den letzten Worten hob er die Hand, und Julian sah, daß sie sich in eine dreifingrige, krallenbewehrte Klaue verwandelt hatte.

Zitternd bewegte er sich auf den Eingang des Labyrinths zu.

Kurz davor blieb er noch einmal stehen und schaute zu Lederjacke zurück. Der Herr der Trolle folgte ihm nicht, aber er wiederholte seine auffordernde Handbewegung. Julian ging weiter.

Wie damals, als er Roger in jenes andere Labyrinth auf der anderen Seite der Wirklichkeit gefolgt war, war es, als würde ihn eine unhörbare Stimme leiten. Er fand seinen Weg mit fast traumwandlerischer Sicherheit, ohne irgendwo anzustoßen oder auch nur einmal vom richtigen Weg abzukommen. Und genau wie damals spürte er, daß etwas Entsetzliches geschehen würde, sobald er das Zentrum des Labyrinths erreichte und in den schwarzen Spiegel sah. Aber diesmal würde keine Alice kommen, um ihn zu retten. Niemand würde kommen.

Die Spiegel umgaben ihn an allen Seiten. Sie waren nicht leer. Schatten bewegten sich darin, schemenhafte Umrisse, die im Nebel auftauchten und wieder verschwanden, sobald man genauer hinsah.

Aber sie wurden deutlicher, je weiter er sich dem Zentrum des Labyrinths näherte. Er konnte jetzt Gestalten ausmachen – und schließlich ein Gesicht.

Fassungslos blieb er stehen. Es war der Polizist, der sich vor seinen Augen in einen Troll verwandelt hatte, genauer gesagt sein Spiegelbild, das in zeitloser Erstarrung vor Julian stand. Denn das war Lederjackes Geheimnis: Indem er den Menschen ihr Spiegelbild stahl, machte er sie zu seinen Sklaven, denn was übrig blieb, das war nur die dunkle Seite ihres Seins, die Bestie, die in jedem Menschen steckt.

Auf dem Gesicht des Polizisten lag ein Ausdruck solchen Grauens, daß Julian aufstöhnte. Nie hatte er eine solche Angst, nie ein solches Flehen in den Augen eines Menschen gesehen. Und das war das Schicksal, das Lederjacke auch ihm zugedacht hatte?

Nein! Eher würde er sterben, als so zu enden!

Wild entschlossen, lieber in einem Kampf, den er nicht gewinnen konnte, zugrunde zu gehen, als das Schicksal der unglückseligen Opfer der Trolle zu teilen, sah er sich nach einem Fluchtweg um. Er war von Spiegeln umgeben, aus denen ihn die erstarrten Gesichter von Lederjackes Sklavenseelen entgegenblickten, aber auch sein eigenes schreckensbleiches Antlitz. Er wußte, aus welcher Richtung er gekommen war, und auch daß am Ausgang Lederjacke und seine Trolle auf ihn warteten. Trotzdem machte er sich auf den Weg.

Er fand den Ausgang nicht.

Länger als eine halbe Stunde irrte er durch das Spiegellabyrinth, ohne den Ausgang zu finden, ehe er sich die Wahrheit eingestand: Das Labyrinth hatte keinen Ausgang. Der Weg führte nur in eine Richtung. Er konnte die nächsten fünfhundert Jahre hier herumirren, ohne dem Ausgang auch nur nahe zu kommen. Und der Weg in die andere Richtung führte zum Zentrum, dem schwarzen Spiegel, der ihn in ein Ungeheuer verwandeln würde. Er hatte die Wahl, bis in alle Ewigkeit durch dieses Labyrinth zu irren, oder zu einem – *Ding* zu werden.

Dabei lag die Rettung zum Greifen nahe vor ihm. Er war von Ausgängen geradezu eingeschlossen. Er wünschte sich, er hätte nur einen Teil von Rogers und Alices Macht, in jeden beliebigen Spiegel zu treten und ihn an einem anderen Ort zu verlassen.

Aber vielleicht *hatte er sie ja!*

Was hatte Lederjacke gesagt? *So etwas vererbt sich, Kleiner.* Wenn das stimmte, wenn er wirklich die magischen Kräfte seines Vaters geerbt hatte, dann konnte er vielleicht den Weg durch die Spiegel gehen und doch hier herauskommen!

Aber er zögerte, es zu versuchen. Lederjacke hatte noch etwas gesagt: *Wer sagt, daß sie nur zwei Seiten haben?* Eine dritte Seite hatte er ja bereits kennengelernt – auf ihr befand er sich gerade! –, und wer sagte, daß es nicht noch eine vierte, fünfte und so weiter gab? Und die Gefahren, die *zwischen* den Spiegeln lauerten, hatte er ja auch schon zur Genüge kennengelernt.

Aber er hatte keine Wahl. Schlimmer konnte es nicht mehr kommen. Jedenfalls redete er sich das ein.

Julian hob die Hand und berührte den Spiegel, und obwohl er diesmal weder einen Stofftroll noch eine magische Scherbe bei sich trug, tauchten seine Fingerspitzen ohne fühlbaren Widerstand in die schimmernde Fläche ein, und er fühlte wieder jene körperlose prickelnde Kälte. Er erinnerte sich an das Schicksal von Franks Zahnbürste und an das grauenhafte Etwas, das er auf dem Foto gesehen hatte, und zog die Hand sehr schnell wieder zurück. Nein, er wagte es nicht, in die Welt der Herren des Zwielichts einzutreten.

Aber vielleicht konnte er etwas anderes tun.

Der Gedanke war wahnwitzig – aber welche Wahl hatte er schon? Bis ans Ende der Ewigkeit durch dieses Spiegellabyrinth zu irren war auch keine besonders erfreuliche Aussicht. Er ging weiter, bis er einen Spiegel fand, der ihm als geeignet erschien. Er zeigte nicht das Spiegelbild eines Menschen – an einem solchen hätte er nicht gewagt, sein Experiment auszuführen –, sondern jene wogenden schwarzen Schemen. Er zögerte noch einmal, aber schließlich hob er den Arm, ballte die Hand zur Faust und schlug mit aller Kraft zu, die er hatte. Und es war nicht nur die rein körperliche Gewalt, die die blitzende Glasscheibe traf. Es war auch sein unbändiger Wille. Er wollte sie zerstören, mit jedem bißchen Kraft, das in ihm war, stellte sich vor, wie sie erbebte, Risse und Sprünge bekam und schließlich in einem feinen Regen blitzender Scherben rings um ihn zu Boden fiel.

Die Scheibe zerbarst. Sie zerplatzte in einer lautlosen Explosion, und sie tat es um Bruchteile von Sekunden früher, als seine Faust sie berührte. Julian stolperte, vom Schwung seines eigenen, ins Leere gegangenen Hiebes nach vorne gerissen, gegen den dahinterliegenden Spiegel und schlug diesen gleich noch mit in Stücke, im Grunde, ohne es zu wollen. In einem Durcheinander scharfkantiger Splitter und Scherben stürzte er zu Boden, zog sich aber wie durch ein Wunder nicht einmal einen Kratzer zu.

Julian blieb eine ganze Weile benommen auf dem Rücken liegen und starrte die Decke über sich an, ehe er vorsichtig aufstand und sich die Scherben aus Haar und Kleidern klopfte. Er hatte noch immer keinen Grund zum Frohlokken, aber immerhin war seine Lage nicht mehr ganz so aussichtslos. Allerschlimmstenfalls würde er sich seinen Weg eben mit Gewalt bahnen, und wenn er dazu jeden einzelnen Spiegel in diesem verdammten Labyrinth zerschlagen mußte. Gleichzeitig schreckte er jedoch vor dem Gedanken zurück. Er hatte keine Ahnung, welche Auswirkung die Zerstörung des Spiegels auf das Bild hatte, das er zeigte, genauer gesagt, auf den, dessen Spiegelbild darin gefangen war. Er hatte nicht vergessen, was Alice ihm an jenem Abend über die Macht der Magie gesagt hatte.

So tat er erst einmal gar nichts, sondern wartete darauf, daß irgend etwas geschah. Und seine Geduld wurde auf keine sehr harte Probe gestellt. Schon nach wenigen Minuten hörte er das Geräusch der Tür und dann die zischelnden Laute zahlreicher Trolle. Kaum eine Minute später waren die trappelnden Schritte im Inneren des Labyrinths zu hören, und einen Augenblick darauf stand Lederjacke vor ihm. In seiner Begleitung befanden sich drei seiner Trollkreaturen.

Die Augen des rothaarigen Jungen weiteten sich entsetzt, als er die zertrümmerten Spiegel sah. »Nein!« stöhnte er. »Du Wahnsinniger! Was hast du getan?«

»Ein kleines Mißgeschick«, sagte Julian lächelnd. Er starb innerlich fast vor Angst, aber irgendwie brachte er die Kraft auf, äußerlich ganz ruhig zu erscheinen. »Aber Scherben bringen ja bekanntlich Glück.«

»Weißt du überhaupt, was du da angerichtet hast?« rief Lederjacke.

»Nicht genau«, gestand Julian. »Aber du wirst es mir gleich erklären, oder?«

Lederjacke schluckte so hart, daß sein Adamsapfel zu hüpfen begann. »Ich hatte recht«, flüsterte er. »Du *hast* seine Magie geerbt. Diese Spiegel sind unzerstörbar!«

»Nicht ganz«, antwortete Julian fröhlich. »Und was deine Vermutung angeht: du hast recht. Vielen Dank, daß du es mir gesagt hast.«

Lederjackes Augen färbten sich rot, und für ein paar Sekunden wurde das Gesicht zu dem eines Trolls. Statt sich selbst auf Julian zu stürzen, machte er eine herrische Geste. »Pack ihn!«

Der Troll stürzte sich auf ihn. Sein struppiger Körper spiegelte sich als verschwommener Schatten in der Scheibe dahinter, und es war dieser Spiegel, auf den sich Julian konzentrierte, nicht auf das haarige Geschöpf mit den Feueraugen. Ihm schleuderte er seine ganze Wut, seinen ganzen Zorn und seinen ganzen Willen zum Zerstören entgegen, und er betete, daß er sich vorhin nicht getäuscht hatte und es nicht nur sein Fausthieb gewesen war, der die Scheibe zerbrochen hatte.

Der Spiegel explodierte und der Troll mit ihm.

Julian riß die Hände vors Gesicht, als das Wesen, das nur noch einen guten Meter von ihm entfernt war, in Tausende winziger Teile zerbarst, die klirrend rings um ihn herum zu Boden fielen. Einige davon berührten ihn. Sie waren hart. Kein Fleisch, kein Blut, nur scharfkantiges Glas. Er hatte gehofft, daß etwas in dieser Art geschehen würde. Trotzdem entsetzte es ihn.

Aber auch Lederjacke war entsetzt. Sein Gesicht zuckte, seine Hände schlossen sich immer wieder zu Fäusten. Zum ersten Mal kam Julian der Gedanke, daß der Tod eines der Ihren für diese schrecklichen Geschöpfe dasselbe bedeuten mochte wie der Tod eines Freundes für einen Menschen.

»Ich denke, jetzt sollten wir allmählich anfangen zu verhandeln«, sagte er.

Lederjacke antwortete nicht gleich, aber hinter und neben ihm erschienen immer mehr Trolle. Ihre Zahl wuchs rasch auf ein gutes Dutzend an, die Julian und Lederjacke umringten. »Was willst du?« fragte Lederjacke. »Du solltest Vernunft annehmen. Du kannst uns nicht alle umbringen!«

»Das ist auch nicht nötig«, sagte Julian.

Er sprach nicht weiter, aber nach einigen Sekunden drehte sich Lederjacke um und schaute in denselben Spiegel, den Julian bei diesen Worten angesehen hatte. Er zeigte sein eigenes Spiegelbild.

»Ich würde nicht versuchen, irgend etwas Dummes zu tun«, sagte Julian ernst. »Oder wegzulaufen. Es sind ziemlich viele Spiegel hier. Ich bin sicher, daß ich noch einen davon erwische, selbst wenn sie sich alle zusammen auf mich stürzen. Aber du kannst es natürlich gern riskieren.«

Lederjacke starrte ihn an. In seinem Gesicht arbeitete es. Aber er sah wohl ein, daß Julian im Moment am längeren Hebel saß. Sie waren von Spiegeln umgeben, und es gab kaum einen, in dem er *nicht* zu sehen war. »Okay, du hast gewonnen«, preßte er hervor. »Ich habe dich unterschätzt. Wieder einmal. Aber noch einmal wird mir das nicht passieren, das schwöre ich dir!«

»Wenn ich so wäre wie du«, sagte Julian böse, »dann würde ich hier alles kurz und klein schlagen und dafür sorgen, daß es kein *noch einmal* gibt. Nur so, zur Sicherheit. Gott sei Dank bin ich nicht wie du.«

»Okay, wir haben jetzt alle mitbekommen, was für ein großherziger Bursche du bist«, knurrte Lederjacke. »Jetzt sag endlich, was du willst.«

»Nicht viel«, antwortete Julian. »Ich will nur nach Hause, mehr nicht. Und dein Versprechen, mich in Ruhe zu lassen. Ich kann und will euch nichts tun, kapier das endlich!«

Lederjacke starrte ihn nur an. Er schwieg.

»Bringt mich zurück, und ich gebe dir mein Wort, daß ich nie wieder hierher zurückkehre«, sagte Julian.

»Also gut«, murmelte Lederjacke. Julian sah, wie schwer ihm das fiel. Aber es war seltsam: er glaubte ihm.

Es war ganz ohne jede Dramatik. Lederjacke hob nur kurz die Hand, und der Spiegel unmittelbar neben Julian wurde durchsichtig. Dahinter lag nicht mehr das Labyrinth, sondern eine hell erleuchtete Halle, die voller Menschen war. Der Bahnhof, zu dem ihn der Zug eigentlich hätte bringen sollen.

»Geh«, sagte er. Als Julian zögerte, fügte er mit einem abfälligen Lächeln hinzu: »Du mußt mir schon vertrauen, Kleiner. Keine Sorge – es ist keine Falle.«

Julian blieb noch einen Moment reglos stehen, doch dann wandte er sich mit einem Ruck um und trat auf den Spiegel zu. Aber Lederjacke rief ihn noch einmal zurück.

»Eines noch«, sagte er. »Ich werde mich an die Verabredung halten, Kleiner. Aber ich behalte dich im Auge, denk lieber daran. Und wenn wir uns doch noch einmal begegnen sollten, dann vergiß bitte nicht, daß *du* es warst, der die Spielregeln geändert hat. Nicht ich.«

Julian verstand, was er meinte. Der Troll, der gestorben war, weil er den Spiegel hatte zerplatzen lassen, war nicht der erste, den Lederjacke verloren hatte. Aber es war das erste Mal, daß Julian eines dieser Wesen getötet hatte. Lederjacke hatte recht: Er war es, der die Spielregeln geändert hatte, nicht die Trolle. Er schämte sich. Aber er sagte kein Wort, sondern ging weiter und trat mit einem schnellen Schritt in den Spiegel hinein.

Lederjacke hatte die Wahrheit gesagt: es war keine Falle. Der Spiegel hatte ihn ohne Umwege zum Bahnhof gebracht, und als Julian den Kopf hob und auf die große Uhr über dem Ausgang blickte, erlebte er die nächste Überraschung: er war auf die Minute pünktlich. An dem Bahnsteig, auf dem sich jetzt Dutzende von Menschen drängelten, sollte eigentlich schon der ICE-Expreß stehen, mit dem er gefahren war. Wie es aussah, war er sogar pünktlicher da als die Bahn.

Als er sich umwandte, glaubte er seinen Augen nicht zu trauen. Ein halbes Dutzend Schritte vor ihm stand jemand in einem dunklen Maßanzug. Er hatte schwarzes Haar und einen kurzgeschnittenen Vollbart und stützte sich leicht auf einen altmodischen Spazierstock, dessen Knauf aus Elfenbein war und die Form eines Hundekopfes hatte . . .

»Martin?« murmelte Julian fassungslos.

Der Mann reagierte nicht, und das konnte er auch gar nicht, denn Julian hatte nur geflüstert.

Julian setzte sich zögernd in Bewegung, schaute auf die Bahnhofsuhr, dann auf seine eigene Uhr. Kein Zweifel, alle Leute hier warteten auf den Zug.

»Martin?« fragte Julian noch einmal, diesmal lauter.

Gordon runzelte die Stirn, drehte sich verwirrt um und blickte Julian einen Moment lang auf eine Weise an, die ihn erschreckte, denn er hatte diesen Blick schon einmal in seinen Augen gesehen, und das war nicht unbedingt eine *angenehme* Begegnung gewesen. Gordon erkannte ihn nicht. Zumindest nicht sofort. Dann fragte er: »Julian? Bist du das?«

»Natürlich bin ich es!« sagte Julian verwirrt. »Was soll der Unsinn?«

Gordon sah ihn weiter auf diese unheimliche Weise an. Es war der Blick eines Mannes, der in ein Gesicht sah und irgendwie wußte, daß er es eigentlich kennen sollte.

»Julian?« fragte er noch einmal.

»Ja.«

Gordon lächelte schmerzlich. Er streckte die Hand aus, wie um Julian über das Haar zu streichen, zog die Hand aber verlegen wieder zurück. »Es ist lange her«, sagte er leise. »Verdammt lange.«

Julian schwieg. Ein sonderbares, unwirkliches Gefühl irgendwo zwischen Spannung und Angst ergriff ihn, als ihm langsam bewußt wurde, was Gordons Worte wirklich bedeuteten. Für ihn, Julian, waren vielleicht erst wenige Tage vergangen, seit er Gordon und seinem Vater das letzte Mal begegnet war, aber der Mann, der vor ihm stand, hatte ihn vor neunzig Jahren das letzte Mal gesehen!

»Du ... bist keinen Tag älter geworden«, sagte Julian. Die Worte waren reine Verlegenheit. Plötzlich wußte er nicht mehr, was er sagen sollte. All die tausend Dinge, all die tausend Fragen waren wie fortgewischt.

Gordon schien es ähnlich zu ergehen, denn es dauerte eine ganze Weile, bis er überhaupt antwortete, und als er es tat, schien er genauso um die richtigen Worte verlegen wie Julian. »Du auch nicht.«

»Doch«, verbesserte ihn Julian. »Um zehn oder zwölf Tage schon.«

Gordon lächelte flüchtig, dann schaute er wieder zu den Gleisen und atmete tief ein.

»Du bist früh dran.«

»Ich bin unterwegs umgestiegen«, sagte Julian.

Gordon sah ihn fragend an, ging aber nicht weiter darauf ein, sondern schwieg wieder eine Weile, in der er sich schwer auf seinen geschnitzten Spazierstock stützte.

»Ihr seid also wirklich dageblieben«, sagte Julian schließlich.

»Die ganzen Jahre.«

»Ja.«

»Ist mein Vater ... auch hier?« fragte Julian.

»Er wartet draußen im Wagen«, antwortete Gordon. »Wir gehen gleich zu ihm. Ich wollte vorher nur kurz allein mit dir reden. Außerdem war ich nicht sicher, ob ich dich diesmal treffe. Es ist auf die Dauer ziemlich anstrengend, ständig hinter dir herzurennen.«

Julian blickte Gordon fragend an, und dieser fügte erklärend hinzu: »Wir üben seit drei Tagen, dich immer knapper zu verpassen, weißt du?«

»Ihr habt mich gesucht?«

»Wie die berühmte Stecknadel im Heuhaufen«, bestätigte Gordon. »Heute mittag hätten wir dich fast erwischt. Wärst du zehn Minuten länger auf dem Kirmesplatz geblieben, hätten wir uns eine Menge Fahrerei erspart.«

Und ich mir ein lebensgefährliches Abenteuer, dachte Julian.

»Wieso bist du schon hier?« fragte Gordon. Er lächelte wieder, und jetzt wirkte es nicht mehr ganz so verlegen. »Ich bin vorhin gerade noch rechtzeitig auf dem Bahnhof angekommen, um dich in den Zug steigen zu sehen. Aber der Zug ist noch gar nicht da.«

»Das ist eine ziemlich lange Geschichte«, erklärte Julian.

»Dann erzähl sie besser unten im Wagen«, sagte Gordon. »Komm.«

Sie mußten den Bahnhof ganz durchqueren, um zum Ausgang zu kommen. Sie gingen nicht sehr schnell, und Julian sah auch, woran das lag: Gordons Hinken hatte sich verstärkt. Er *brauchte* den Spazierstock jetzt, vor allem, um die Treppen zu bewältigen.

»Das mit deinem Bein tut mir leid«, sagte Julian.

»Dir? Wieso dir?« Gordon blinzelte. Im ersten Moment schien er wirklich nicht zu begreifen, was Julian meinte. Dann zuckte er mit den Achseln. »Vergiß es. Es ist lange her. Auch wenn es nicht besonders fair war von dir.«

»Ich mußte um mein Leben kämpfen«, erinnerte ihn Julian.

»Du hattest ein Messer.«

»So, hatte ich das?« Gordons Stirnrunzeln war nicht gespielt. »Ich erinnere mich gar nicht mehr. Aber es ist auch egal. Bisher bin ich ganz gut damit zurechtgekommen.« Er blinzelte Julian zu. »Wenn man die Zweihundert erst einmal hinter sich hat, fängt halt das Zipperlein an.«

Julian lachte etwas gezwungen.

Sie verließen das Bahnhofsgebäude und gingen langsam die Stufen hinunter, und Gordon deutete wortlos auf einen riesigen weißen Wagen, der am Fuße der Treppe stand und gleich zwei Parkbuchten auf einmal blockierte.

Julian staunte nicht schlecht. Es war ein Mercedes 650 SEL, eines jener überlangen Spezialmodelle mit separater Kabine für den Chauffeur und Fernsehantenne auf dem Kofferraumdeckel, wie man sie normalerweise nur im Kino sah.

»Es scheint sich für euch ausgezahlt zu haben, der Zeit voraus zu sein«, sagte er.

Gordon lächelte. »Es hat uns mehr Ärger als Nutzen eingebracht«, sagte er geheimnisvoll. »Aber wir haben die eine oder andere gute Investition getätigt.« Sein Lächeln erlosch, als sie den Wagen erreichten. Er blieb stehen, streckte die Hand nach der Tür aus, öffnete sie aber noch nicht. Julian versuchte einen Blick ins Wageninnere zu werfen, doch durch die getönten Scheiben war das unmöglich.

»Erschrick bitte nicht, Julian«, sagte Gordon ernst. »Dein Vater hat sich ... verändert. Er wird dir alles erklären.«

Julian verstand überhaupt nichts mehr. Mit klopfendem Herzen wartete er, bis Gordon die Tür geöffnet hatte. Er zog den Kopf ein, kletterte in den Wagen und ließ sich auf eine der beiden einander gegenüberliegenden Sitzbänke fallen. Gordon folgte ihm und zog die Tür hinter sich zu, und erst in diesem Moment leuchtete unter der Decke ein mildes, indirektes Licht auf.

Trotz Gordons Warnung erschrak Julian, als er das Gesicht des Mannes sah, der ihm gegenübersaß.

Es war sein Vater. Er *mußte* es sein – aber sein Gegenüber hatte kaum Ähnlichkeit mit seinem Vater.

Er war uralt.

Es war nicht das Gesicht eines Greises, in das Julian blickte. Es war nicht verfallen oder krank und schlaff, wie das vieler alter Menschen, aber es war alt, uralt.

Unter den Falten und Runzeln waren die vertrauten Züge nur noch zu erahnen. Das Haar war schlohweiß, trotzdem aber noch immer dicht, und die Augen waren von einer wachen Intelligenz und einer Kraft, die das Alter dieses Gesichtes Lügen straften.

»Vater?« fragte Julian unsicher. Dann wandte er sich zu Gordon um, dessen Gesicht sich in all den Jahren nicht die kleinste Kleinigkeit verändert hatte. »Aber was ist denn –?«

Sein Vater hob die Hand. »Ich werde dir alles erklären, Julian«, sagte er. »Aber nicht sofort. Zuerst einmal beantworte mir eine Frage: Hat dich jemand verfolgt?«

»Nein«, antwortete Julian bestimmt. Aber schon in der nächsten Sekunde schränkte er seine Behauptung ein: »Jedenfalls . . . habe ich niemanden bemerkt. Aber ich bin nicht sicher. Lederjacke hat gesagt, daß er mich im Auge behalten würde.«

»Lederjacke?«

»Mike«, sagte Julian. »Der junge Motorradfahrer vom Todeskessel. Aber er ist zugleich auch –«

»Ich weiß, was er ist«, unterbrach ihn sein Vater. Er tauschte einen raschen Blick mit Gordon, und Gordon nickte kaum merklich und berührte eine Taste auf der Armlehne neben sich.

»George, fahren Sie los«, sagte er. »Einfach ein bißchen durch die Gegend. Und achten Sie darauf, ob uns jemand folgt. Sie wissen ja, was zu tun ist.«

Er bekam keine Antwort, aber einen Augenblick später wurde der Motor angelassen, und der schwere Wagen setzte sich beinahe lautlos in Bewegung.

»Ich denke, zumindest im Moment sind wir sicher«, sagte Julians Vater. »Wer soll anfangen? Du oder ich?«

»Was ist mit dir geschehen, Vater?« fragte Julian, womit er die Frage seines Vaters gleich mit beantwortete. Er deutete auf Gordon. »Martin ist keinen Tag älter geworden, aber du . . .«

»Die Wächter«, antwortete sein Vater. »Die Wesen, die du die Herren des Zwielichts nennst. Ich konnte ihnen entkommen, aber dieser Sieg war nicht umsonst.«

Es verging eine Weile, ehe Julian wirklich verstand, was diese Worte bedeuteten. »Du meinst, es . . . es ist passiert, als du . . . als du uns vor ihnen gerettet hast?« fragte er stockend. »Frank und mich, damals beim Karussell?«

»Ja. Ihre Macht ist unbeschreiblich. Aber ich bin ihnen entkommen.«

Julian schwieg bestürzt. Eine neue Schuld, die er auf seinem Konto verbuchen mußte. Nach dem peinvollen Leben des alten Mannes nun auch noch diese beinahe hundert Jahre, die sein eigener Vater als uralter Mann hatte verbringen müssen. Hätte er nicht Gordons Warnung in den Wind geschlagen und das Riesenrad auf eigene Faust wieder verlassen, dann wären sie niemals auf das Karussell geraten, und sein Vater hätte sich nicht jenen entsetzlichen Schattenkreaturen stellen müssen, die die Zeit bewachten.

»Mach dir keine Vorwürfe«, sagte sein Vater: »Was geschehen ist, ist geschehen. Es nützt niemandem, Vergangenes zu beklagen.«

»Ich hätte niemals –«

»Wir beide hätten vieles niemals tun dürfen«, unterbrach ihn sein Vater. »Ich hätte niemals auf diesen Rummelplatz gehen dürfen, und du hättest mir und Martin nicht folgen sollen. Aber es ist nun einmal geschehen.«

»Ich weiß«, sagte Julian leise. »Und was einmal geschehen ist, kann nicht wieder ungeschehen gemacht werden, nicht wahr?«

Sein Vater antwortete nicht darauf, aber Gordon sagte: »Unsere Zeit ist zu knapp, als daß wir sie damit verschwenden könnten, uns über die Vergangenheit die Haare zu raufen. Bitte erzähl uns, was du weißt, Julian. Und was passiert ist, seit wir uns das letzte Mal gesehen haben.«

Julian unterdrückte ein Lächeln. Gordon hatte sich in all der Zeit wirklich nicht verändert. Sehr ausführlich, aber ohne überflüssige Worte begann er über die Ereignisse der letzten Tage zu berichten.

Es dauerte mehr als zwei Stunden, während welcher Zeit der große Wagen auf der Stadtautobahn die Stadt umrundete. Sein Vater unterbrach ihn kein einziges Mal, nur Gordon stellte hin und wieder Zwischenfragen, die Julian getreulich beantwortete, obwohl einige davon seine Gefühle Alice gegenüber betrafen. Die Gesichter seiner beiden Zuhörer verfinsterten sich mit jedem Wort, das sie hörten, und Julian spürte, daß sein Bericht für Gordon und seinen Vater keine Frohbotschaft darstellte.

Als er erzählte, wie er aus Lederjackes Spiegellabyrinth entkommen sei, schrak sein Vater sichtlich zusammen und unterbrach ihn zum ersten Mal. »Du hast die Spiegel zerschlagen, sagst du? Wie viele?«

»Drei«, antwortete Julian.

»Drei.« Sein Vater dachte einen Moment angestrengt nach, dann tauschte er wieder einen jener sonderbaren Blicke mit Gordon. Schließlich seufzte er. »Nur drei. Dann haben wir gute Hoffnung, daß nichts passiert ist.«

»Es *ist* nichts passiert«, sagte Gordon mit Überzeugung. »Er wäre nicht hier, wenn es so wäre.«

»Wovon redet ihr?« fragte Julian beunruhigt. »Was hätte passieren können?«

Sein Vater sah ihn nur ernst an, aber Gordon sagte ganz ruhig: »Du hättest die Herren des Zwielichts in Freiheit setzen können, wenn du den falschen Spiegel zerschlagen hättest.« Julian wagte es nicht, zu fragen, was das für Folgen gehabt hätte, sondern fuhr in seinem Bericht fort, den er dann allerdings mit wenigen Sätzen beendete. ».. . und als ich dann wieder auf dem Bahnhof war, da habe ich Martin gesehen«, schloß er.

Sein Vater nickte müde. Das lange Zuhören schien ihn erschöpft zu haben. Mit umständlichen, sehr langsamen Bewegungen öffnete er die kleine Bar, die zur Ausstattung des Wagens gehörte, goß sich ein Glas Mineralwasser ein und leerte es mit bedächtigen Schlucken. »Du weißt also, wo die zweite Scherbe ist.«

»Ich hatte sie praktisch die ganze Zeit über«, sagte Julian. »Ich wußte es nur nicht.«

»Gottlob«, sagte Gordon. »Sonst wäre sie jetzt da, wo sich auch die andere befindet. Sehr klug von dem alten Mann, sie in diesem Spielzeug zu verbergen! Eine Trollpuppe aus Plüsch ist wahrscheinlich der letzte Ort, an dem sie nach ihr gesucht hätten. Jedenfalls sind *wir* nicht auf die Idee gekommen.«

»Ich hätte es wissen müssen«, widersprach Julians Vater. Er gab einen Laut von sich. Es konnte ein Lachen sein, aber ebensogut ein halb unterdrücktes Schluchzen. »Ich war dabei, als es geschah. Ich selbst habe ihm die Scherbe in den Leib gestoßen.«

»Es war ein Unfall!« widersprach Gordon scharf. »Keiner von uns hat gewußt, was geschehen wird. Geschweige denn, es gewollt!«

»Ja«, flüsterte Julians Vater. »Und es ist trotzdem geschehen. Und es geschieht immer noch.« Er sah Julian an, und obwohl er kein Wort sagte, verstand Julian alles, was in seinem Blick lag. Es war eine stumme, beinahe verzweifelte Bitte um Vergebung, Vergebung für alles, was er Julian, was er all diesen Männern und Frauen auf dem Rummelplatz und vor allem dem alten Mann im Zelt Abaddon angetan hatte.

»Ich werde es wieder gutmachen, Julian«, sagte er. »Das ist der einzige Grund, aus dem Martin und ich zurückgekommen sind. Ich werde dafür sorgen, daß es aufhört.«

»Aber warum erst jetzt?« fragte Julian. »Ihr kehrtet in die Vergangenheit zurück, an dem Zeitpunkt, zu dem es geschah! Ihr hättet den Teufelskreis durchbrechen können!«

»Nein, das hätten wir nicht!« Gordons Stimme klang zornig. »Wofür hältst du uns eigentlich? Glaubst du, wir hätten es nicht versucht? Wir *haben* es versucht, unzählige Male!« Er deutete aufgeregt auf Julians Vater. »Er hat sein Leben – seine *beiden* Leben – nichts anderem gewidmet als der Suche nach dieser verdammten Scherbe!«

»Ich habe nie vergessen, was damals geschehen ist, Julian«, sagte sein Vater leise. »Keine Sekunde. Ich habe ununterbrochen nach der Scherbe gesucht, Julian. Aber erst *du* hast sie gefunden.«

»Warum hast du den alten Mann nicht einfach gefragt?« fragte Julian leise. »Du hättest hingehen und –«

»– und was?« unterbrach ihn sein Vater bitter. »Sollte ich hingehen und sagen: Entschuldigung, es tut mir leid?«

»Ich habe es getan«, sagte Julian.

»Ich weiß, Julian. Aber ich hatte nicht die Kraft dazu.«

»Du hattest nicht die Kraft?« fragte Julian ungläubig.

Sein Vater nickte. »Ich weiß, was du sagen willst. Martin und ich haben die Zeit besiegt, zumindest in gewisser Hinsicht. Wir beide haben länger gelebt als jeder andere Mensch auf dieser Welt. Mehr als zweihundert Jahre, Julian. Aber alt zu sein bedeutet nicht, stark zu sein. Ich habe nicht soviel Kraft wie du. Ich weiß, was ich diesem Mann angetan habe. Ich . . . brachte es einfach nicht über mich, ihm gegenüberzutreten. Ich habe mich diesem Zelt niemals auch nur genähert.«

»Soll ich dir ein bißchen Asche übers Haupt kippen?« fragte Gordon ätzend. Dann wandte er sich an Julian. »Die Wahrheit ist, daß er es nicht konnte«, sagte er. »Wir haben mehr als einmal versucht, an den Alten heranzukommen. Es ging nicht. Ich nehme an, daß die Zauberkräfte des Spiegels auch auf ihn übergegangen waren. Und er hat sie benutzt, um zu verhindern, daß wir ihm nahe kommen. Dein Vater liebt es, sich selbst zu quälen, weißt du?«

»Aber du warst doch da!« sagte Julian, an seinen Vater gewandt. »An dem Abend, an dem du mich vor den Trollen gerettet hast!«

Sein Vater schaute ihn verständnislos an. »Ich weiß nicht, wovon du redest«, sagte er. »Ich war nie wieder auf diesem Rummel.«

»Aber du hast mich doch selbst dorthin bestellt! Deine Nachricht lag im Hotelsafe!«

»Ich habe nichts Derartiges getan«, antwortete sein Vater. »Ich habe dir weder eine Nachricht geschickt, noch war ich in diesem Zelt. Diesen Teil deiner Geschichte habe ich vorhin schon nicht ganz verstanden.«

»Aber wenn du es nichts warst, wer hat mich dann vor den Herren des Zwielichts gerettet?« fragte Julian.

»Ich nicht. Ich hätte es nicht einmal gekonnt, Julian. Sieh mich an. Ich habe ein Jahr lang mit dem Tod gerungen nach meinem Kampf mit diesen Geschöpfen. Ich hätte keine zweite Begegnung mit ihnen überlebt. Ich war es nicht, der dir geholfen hat. Und ich habe dir auch nicht diese Nachricht geschickt.«

»Aber wer –«

»Vielleicht wird er es noch tun«, unterbrach ihn Gordon. Er machte eine unwillige Geste. »Das spielt jetzt wirklich keine Rolle. Wir müssen diese Stoffpuppe finden, ehe Mike und seine Bande sie kriegen. Wo ist sie jetzt?«

Julian zuckte mit den Schultern. »Ich weiß es nicht. Ich habe sie im Hotelsafe deponiert, aber ich fürchte, daß die Polizei alles beschlagnahmt hat, nachdem ich verschwunden bin.«

»Damit werden wir fertig«, antwortete Gordon. »Wann genau hast du sie in den Safe gelegt?«

Julian sagte es ihm, und Gordon tauschte wieder einen raschen Blick mit seinem Vater. »Hast du sie danach noch einmal herausgeholt oder noch einmal gesehen?«

»Dazu hatte ich gar keine Gelegenheit«, antwortete Julian.

Es war seltsam, aber Gordon wirkte erleichtert, als er das hörte. Er berührte wieder die Taste neben sich. »George – bringen Sie uns zum ›Hilton‹. Aber halten Sie in einiger Entfernung. Ich möchte nicht, daß man den Wagen sieht.«

»Das wird nichts nützen, sagte Julian. »Die Polizei hat bestimmt alles mitgenommen.«

»Ich sagte bereits, damit werden wir fertig«, wiederholte Gordon. »Keine Sorge, in wenigen Minuten haben wir den Troll. Und dann bringen wir die Scherbe dorthin zurück, wo sie hingehört.«

»Es wird aufhören, Julian, das verspreche ich«, fügte sein Vater hinzu. »Heute ist die letzte Nacht, in der das Feuer regiert.«

Wenn das die Wahrheit war, dachte Julian, warum war dann in der Stimme seines Vaters dieser bittere Ton?

Sie bewegten sich jetzt langsam stadtauswärts, beschleunigten immer mehr. Da der Wagen sehr ruhig lief, fiel es Julian schwer, ihre Geschwindigkeit zu schätzen, aber nach einer Weile fiel ihm auf, daß sie ununterbrochen andere Automobile überholten. »Wie schnell fahren wir?« fragte er.

Gordon beugte sich zur Seite und blickte auf etwas hinunter, das Julian staunend als winzigen Computerbildschirm erkannte, der in die Armlehne des Sitzes eingebaut war. »Gute zweihundertfünfzig«, sagte er.

Julian schaute ungläubig drein, und Gordon fügte mit einem Lächeln hinzu: »Keine Sorge, George ist ein ausgezeichneter Fahrer. Der beste, den ich kenne. Ich habe ihn selbst ausgebildet.«

»Genau das habe ich befürchtet«, murmelte Julian.

Gordon blickte ihn verdutzt an, aber plötzlich begann er zu lachen. »Ich sehe schon, du hast dich nicht verändert«, sagte er. »Aber du kannst ganz beruhigt sein. George ist ein phantastischer Fahrer, und dieser Wagen ist das Erstklassigste, was man für Geld kaufen kann. Wir haben ihn sogar noch ein bißchen verbessert.«

»So?«

Gordon machte eine Handbewegung in die Runde. »Er ist jetzt absolut trollsicher.«

Julian folgte der Bewegung seiner Hand mit den Augen und verstand, was er meinte. Es gab keinen einzigen Spiegel in diesem Wagen. Ein winziger Videomonitor im Armaturenbrett übernahm die Rolle der Rückspiegel, und jedes bißchen Chrom oder glänzendes Metall waren sorgsam mattiert. Die Scheiben bestanden aus spiegelfreiem Spezialglas, und selbst das Edelholz, mit dem ein Teil des Wageninneren ausgekleidet war, hatte nur vornehm seidigen Glanz.

»Wir sind völlig sicher hier«, sagte Gordon. »Es gibt nicht viele Orte, an denen man sich unterhalten kann, ohne daß die Gefahr besteht, daß sie mithören. Aber dieser Wagen gehört dazu.«

»Fahren wir deshalb so schnell?«

»Geschwindikeit hat nichts damit zu tun. Sie ist auch kein Schutz. Wir fahren so schnell, weil wir einen verdammt langen Weg vor uns haben«, antwortete Gordon, »und nur noch sehr wenig Zeit. Wenn Mike uns zuvorkommt, dann ist alles aus.«

»Ich denke, er kann uns nicht hören?«

»Aber er kann denken«, antwortete Gordon. »Ich bin sicher, daß er dich beobachtet hat. Du bist dem Rummel nachgereist. Du warst im Zelt des Alten, und jetzt fährst du zusammen mit mir in die Stadt zurück, in der alles begonnen hat. Früher oder später wird er zwei und zwei zusammenzählen und auf die richtige Lösung kommen. Bis dahin muß sich die Scherbe in unserem Besitz befinden.«

»Aber was soll das nutzen?« fragte Julian. »Es gibt noch eine Scherbe. Und die haben die Trolle.«

»Wenn du das wirklich denkst, warum hast du dann nach ihr gesucht?« fragte Gordon spöttisch.

488

»Das ... weiß ich nicht so genau«, gestand Julian. »Ich dachte, daß mir schon irgend etwas einfallen würde, wenn es soweit wäre.

»Dann lassen wir uns eben jetzt zu dritt etwas einfallen«, sagte Gordon. Er lächelte. »Keine Sorge. Dein Vater und ich hatten genug Zeit, uns einen Plan auszudenken.«

Julian wollte sich mit einer Frage an seinen Vater wenden, aber er sagte nichts, als er dessen Gesicht sah. Sein Vater hatte die Augen geschlossen, aber er schlief nicht. Ganz im Gegenteil lag auf seinen Zügen ein Ausdruck höchster Konzentration, und auf seiner Stirn glitzerte Schweiß.

»Vater, was ist los?« fragte Julian erschrocken. »Bist du krank?«

Er wollte aufspringen, aber Gordon legte beruhigend die Hand auf seinen Unterarm. »Laß ihn«, sagte er. »Er muß sich konzentrieren. Was er tut, kostet ihn viel Kraft.«

»Was tut er denn?« fragte Julian.

Gordon überging die Frage. »Ich schätze, daß wir ungefähr zwei Stunden brauchen werden. George wird nicht die ganze Strecke so schnell fahren können. Warum nützt du die Zeit nicht und schläfst ein bißchen?«

»Schlafen?!«

»Du siehst aus, als könntest du es gebrauchen.«

»Und du hörst dich an, als wolltest du über etwas ganz Bestimmtes nicht mit mir reden.«

»Und was sollte das sein?« Gordon sah ihn nicht an, während er sprach. Seine Finger spielten nervös am Elfenbeingriff seines Gehstocks.

»Du bist ein schlechter Lügner, Martin, weißt du das? Das warst du schon immer.«

Gordon lächelte, sah ihn aber immer noch nicht an. »So?«

Hinter seinem Lächeln verbarg sich etwas – die gleiche Art bitterer Traurigkeit, die Julian auch schon auf dem Gesicht seines Vaters gesehen hatte.

»Was habt ihr in all den Jahren getan?« fragte Julian.

»Seit damals?« Gordon lächelte traurig. »Viel, und doch so

gut wie nichts«, antwortete er. »Ich weiß nicht, was du jetzt
hören willst, aber es war . . . anders, als wir es uns vorgestellt
hatten. Ein zweites Leben . . .« Er seufzte tief, sein Blick wanderte in die Ferne. »Das klingt phantastisch, oder? Aber ist es
nicht.«

»Wieso?« fragte Julian.

Gordon suchte einen Moment nach Worten. »Ich glaube, es
gibt einen Grund, warum das Leben eines Menschen nur
eine bestimmte Dauer hat«, sagte er schließlich. »Solange es
Menschen gibt, träumen sie vom ewigen Leben. Aber vielleicht soll es ein Traum bleiben.«

»Habt ihr das ewige Leben?« fragte Julian leise. »Du und Vater?«

»Unsterblichkeit?« Wieder überlegte Gordon eine Weile, ehe
er antwortete. »Nein«, sagte er kopfschüttelnd. »Aber wir
sind ihm ein bißchen näher als die meisten anderen.«

»Und was ist so schlimm daran?«

»Schlimm? Nichts. Aber es ist anders, als du vielleicht
glaubst. Oh, ich weiß, du stellst es dir herrlich vor, alle Zeit
der Welt zu haben. Alles tun zu können, was du willst.«

»Nein, das meine ich nicht«, sagte Julian. Gordon sah ihn
überrascht an, und Julian fuhr im gleichen flüsternden Ton
fort: »Ich glaube, man will dann plötzlich nicht mehr. Wenn
man alles haben kann, dann gibt es nicht mehr sehr viel, was
man wirklich haben will. Warum sich beeilen, etwas zu tun,
wenn man es auch morgen tun kann oder in einem Monat
oder auch in tausend Jahren?«

Gordon war über Julians Worte verblüfft. »Ja«, gestand er,
»irgendwann einmal sind alle Gedanken gedacht –«

»– jedes Lachen gelacht und alle Wünsche erfüllt«, führte Julian den Satz zu Ende. »Ich weiß.«

»Die Ewigkeit ist lang«, fuhr Gordon fort. »Und sie beginnt
eher, als man denkt. Wir hatten zwei Leben, dein Vater und
ich. Und ich bin nicht sicher, ob es nicht schon eins zuviel
war. Ich weiß nicht, ob ich noch einmal zweihundert Jahre
leben möchte.

Für eine Weile verfielen sie beide in tiefes Schweigen. Gordon hatte ihm nicht alles gesagt, das spürte Julian genau. Da war noch mehr.

Als Gordon das Schweigen schließlich brach, sprachen sie nur über ganz allgemeine Dinge. Julian erfuhr, daß sein Vater und er tatsächlich nach England gegangen waren, um dort unter anderem Namen ein neues, zweites Leben zu beginnen. Mit dem mitgebrachten Geld, hauptsächlich aber durch ihr Wissen über die politische und wirtschaftliche Entwicklung der nächsten Jahrzehnte hatten sie binnen weniger Jahre ein Vermögen erworben, das es ihnen ermöglichte, sich ganz ihren privaten Interessen und Studien zu widmen. Gordon antwortete auf Julians Fragen nach der Art dieser Studien nur ausweichend, aber er deutete zumindest an, daß es sich dabei um die Erforschung des Wesens der Zeit handelte. Es waren nur Andeutungen, aber Julian kam zu dem Schluß, daß, wenn sie auch nur die Hälfte dessen über die Zeit wußten, was Gordon durchblicken ließ, wohl jeder Wissenschaftler der Welt seinen rechten Arm dafür geben würde, den beiden auch nur eine Stunde lang Fragen stellen zu dürfen.

Obwohl sie so schnell fuhren, brauchten sie weit länger als die zwei Stunden, die Gordon vorhergesagt hatte, denn der Verkehr nahm zu. Ein- oder zweimal gerieten sie durch ihre hohe Geschwindigkeit in eine gefährliche Situation, die George aber souverän meisterte. Er war tatsächlich ein so hervorragender Fahrer, wie Gordon behauptet hatte.

Doch auch die längste Fahrt endet irgendwann einmal, und so verließen sie die Autobahn schließlich wieder und näherten sich dem Hotel, in dem alles begonnen hatte. Julians Vater erwachte aus seinem Zustand, als sie in die Straße einbogen, in der das Hotel lag.

Wie Gordon es ihm befohlen hatte, parkte George den Wagen nicht direkt vor dem Hotel, sondern ein Stück davor und auf der gegenüberliegenden Straßenseite, so daß sie den Eingang im Auge behalten, selbst aber nicht sofort gesehen werden konnten.

»Worauf warten wir?« fragte Julian.

Anstelle einer direkten Antwort deutete sein Vater auf das Hotel. Julians Blick folgte seiner Geste – und was er sah, das war so unglaublich, daß er einen Aufschrei nicht unterdrükken konnte.

Die gläserne Eingangstür des Hotels wurde geöffnet, und heraus trat er, Julian, selbst!

»Aber das ist doch unmöglich!« flüsterte er.

Unmöglich oder nicht, er war es. Julian beobachtete aus ungläubig aufgerissenen Augen, wie er selbst das Hotel verließ, einen schnellen, sichernden Blick in alle Richtungen warf und dann mit raschen Schritten davonging.

»Aber ich . . . ich dachte, es wäre unmöglich, sich selbst zu begegnen!« sagte er fassungslos.

»Nicht unmöglich«, sagte sein Vater. »Aber gefährlich. »Niemand weiß, was geschähe, würdest du jetzt aussteigen und versuchen, dir nachzugehen und mit dir selbst zu reden.«

»Und wenn ich es doch täte?« fragte Julian.

Sein Vater lächelte matt.

Julian verstand. Wenn er jetzt aus dem Wagen steigen und seinem früheren Selbst nachgehen würde, dann würde irgend etwas geschehen. Vielleicht würde ihn ein Wagen überfahren, vielleicht eine Gasleitung explodieren und ihn zerreißen, ein herunterfallender Dachziegel ihn erschlagen . . . Die Wächter der Zeit würden verhindern, daß etwas geschah, was nicht geschehen war.

»Hast du uns in diese Zeit zurückgebracht?« fragte er.

Sein Vater nickte. Er warf Gordon einen Blick zu, und Gordon stieg ohne ein weiteres Wort aus dem Wagen und ging zum Hotel hinüber. Erst dann antwortete Julians Vater. »Ja. Es kostet große Anstrengung, nur mit der Kraft der Gedanken durch die Zeit zu reisen, und es ist gefährlich. Aber wir müssen ein gewisses Risiko in Kauf nehmen.«

Julian riß ungläubig die Augen auf. »Soll das heißen, du . . . du hast das ganz allein getan?« keuchte er. »Nur weil du es *wolltest?!* Dieser Wagen ist nicht eine Art . . . Zeitmaschine?«

»Nein.« Sein Vater lächelte amüsiert. »Es ist nur ein Auto, mehr nicht. So etwas wie eine Zeitmaschine hat es nie gegeben, und es wird sie auch nie geben.« Er sah Julian einige Sekunden lang auf eine neue, fast beunruhigend vertraute Art an. Dann sagte er: »Sobald Martin zurück ist, werden wir ... aufbrechen. Du weißt, wohin.«

»Ja«, antwortete Julian. Ein dicker Kloß saß plötzlich in seiner Kehle.

»Es wäre besser, wenn du hierbleiben würdest«, fuhr sein Vater fort.

»Das werde ich ganz bestimmt nicht«, sagte Julian fest.

Sein Vater fuhr unbeeindruckt fort. »Es ist alles vorbereitet. Die Behörden werden dich in Ruhe lassen, und für deine Zukunft ist in jeder Hinsicht gesorgt.«

»Aber ich werde nie wissen, ob es euch wirklich gelungen ist, den Teufelskreis zu durchbrechen.«

»Nein. Ich fürchte, uns wird ... keine Möglichkeit bleiben, es dir zu sagen.«

»Du meinst, daß ihr sterben werdet«, sagte Julian ganz leise. Plötzlich war alles so klar. Mit einem Mal begriff er die Bedeutung der Blicke, die Gordon und sein Vater getauscht hatten, und den bitteren Klang ihrer Stimmen. Sie waren in dem sicheren Wissen hierhergekommen, das, was sie zu tun beabsichtigten, nicht zu überleben.

»Ihr werdet entweder bei dem Versuch, die Scherbe zurückzubringen, ums Leben kommen, oder danach.«

»Vielleicht«, sagte sein Vater. »Niemand weiß, was geschieht, wenn der Spiegel wieder vollständig ist. Nicht einmal ich. Es ist möglich, daß gar nichts geschieht. Aber vielleicht erlischt auch die Kraft, die Martin und mich bisher gezwungen hat, am Leben zu bleiben.«

»Ich komme mit«, sagte Julian entschieden.

»Ich kann dir nicht versprechen, daß ich dich zurückbringen kann«, sagte sein Vater ernst. »Überleg es dir gut. Es mag sein, daß du dich als Gefangener in einer Zeit wiederfindest, die nicht deine eigene ist.«

»Ich komme mit«, sagte Julian noch einmal.

Sein Vater versuchte nicht noch einmal, ihn zum Hierbleiben zu überreden.

Sie schwiegen, bis Gordon zurückkam. Er trug eine braune Papiertüte unter dem Arm. Sorgsam zog er die Wagentür hinter sich zu, öffnete die Tüte und nahm den Stofftroll heraus, den Julian auf der Kirmes gewonnen hatte.

»Gab es Probleme?« fragte Julians Vater.

»Kaum«, antwortete Gordon. »Der Portier war zunächst ein wenig überrascht, aber schließlich hat er ihn doch herausgerückt.«

»Wie hast du das geschafft?« fragte Julian. »Es ist schließlich nicht *dein* Schließfach.«

Gordon drehte den Troll nachdenklich in den Händen und begann schließlich an seinem beschädigten Ohr zu ziehen. »Auf die einfachste Methode der Welt«, sagte er. »Ich habe ihn bestochen.«

»Ich dachte immer, Angestellte eines solchen Hotels lassen sich nicht bestechen«, sagte Julian.

Gordon feixte. »Das kommt ganz auf die Summe an«, sagte er kalt. Er zog stärker am Ohr der kleinen Plüschfigur. Uralte, halb vermoderte Holzwolle und Staub quollen aus dem Kopf des Trolls – und dann etwas Silbernes, Schmales.

Sie war etwas kleiner als die, die sich in Besitz seines Vaters befunden hatte, aber spitziger, von irgendwie bösartiger Form. Vielleicht kam ihm das auch nur so vor, denn das letzte Mal, als er sie gesehen hatte, da hatte sie wie eine Messerklinge im Leib eines sterbenden alten Mannes gesteckt.

Gordon steckte den Troll in die Tüte zurück, legte sie neben sich auf den Sitz und reichte die Scherbe Julians Vater. Dann warf er einen fragenden Blick auf Julian.

»Er begleitet uns«, sagte sein Vater ruhig, und Gordon akzeptierte es ohne Widerrede.

Sein Vater drehte die Scherbe lange in den Händen. Er schwieg. In seinem Gesicht rührte sich kein Muskel, aber in seinen Augen erschien ein Ausdruck von Trauer und

Schmerz, so daß auch Julian sich beklommen fühlte. Er wollte etwas sagen, unterließ es aber. Es gab keine Worte des Trostes für das, was in diesen Augenblicken in seinem Vater vorging.

Schließlich hob sein Vater den Kopf und sah Gordon an, und wieder war es wie ein Gespräch ohne Worte, denn Gordon nickte nur stumm, stieg aus dem Wagen und ging nach vorn. Julian hörte, wie er ein paar Worte mit dem Chauffeur wechselte, sah, wie George ausstieg und von Gordon einen schmalen weißen Briefumschlag entgegennahm: George entfernte sich ein paar Schritte, während Gordon in den Wagen stieg und hinter dem Steuer Platz nahm. Er drückte einen Knopf auf dem Armaturenbrett, die Trennscheibe zwischen Fahrgastraum und Fahrersitz versank mit einem kaum vernehmbaren Summen.

»Das ist deine letzte Chance hierzubleiben, Julian«, sagte er. Julian antwortete nicht darauf, und nach einem allerletzten sekundenlangen Zögern startete Gordon den Motor und fuhr los.

Die Schlacht am Riesenrad

Sie fuhren in Richtung Stadtmitte, und Julian wußte, wohin Gordon den Wagen lenkte, noch bevor die Brücke vor ihnen auftauchte und sie den Fluß überquerten. Gordon schlug jedoch auch jetzt noch nicht den direkten Weg zum Rummelplatz ein, sondern nahm scheinbar willkürlich Umwege und Schleifen.

Aber auch der Grund dafür wurde Julian bald klar. Der Wagen veränderte sich.

Es geschah sehr langsam, beinahe unmerklich zuerst, und die Dinge veränderten sich nie dann, wenn Julian direkt hinschaute. Aber als er sich einmal kurz umdrehte und für Sekunden die Lichter der Stadt draußen betrachtete, da war beim Zurückwenden aus dem kleinen Farbfernseher ein altmodischer Schwarzweißempfänger geworden, der sich beim nächsten Wegsehen in ein Radiogerät verwandelte, fast als warte jedes Teil in diesem Wagen nur darauf, eine Sekunde unbeobachtet zu sein, um rasch ein oder auch gleich ein paar Jahre in seiner technischen Entwicklung zurückzueilen. Die Instrumente auf dem Armaturenbrett wurden zunehmend altmodischer, aus dem fast lautlosen Dahingleiten des Wagens wurde ein vernehmliches Geholpere. Die Sitze und nach und nach auch die gesamte übrige Inneneinrichtung veränderten sich, und am Ende saßen sie nicht mehr in einem Mercedes, sondern in einem jener riesigen, schweren Vorkriegsmodelle, wie man sie noch manchmal in alten Filmen und Wochenschauberichten sah.

Auch dies war noch nicht das Ende der Verwandlung, aber sie näherten sich nun dem Rummelplatz, und Julian konzentrierte sich mehr auf das, was draußen geschah. Die Straßen, über die sie dahinrollten, bestanden längst nicht mehr aus glattem Asphalt, sondern aus grobem Kopfsteinpflaster, in dessen Fugen es feucht schimmerte, obwohl Julian sich nicht erinnern konnte, daß es geregnet hätte. Der Wagen begann heftiger zu schaukeln, plötzlich war aus dem holpernden Geräusch das Rattern schwerer hölzerner Räder geworden, begleitet von einem harten, rhythmischen Klappern, das Julian sich im allerersten Moment nicht erklären konnte. Aber als er wieder zu Gordon nach vorn schaute, da sah er, daß der jetzt auf einem Kutschbock saß und statt des Lenkrades Peitsche und Zügel in Händen hielt, denn der Wagen hatte sich in eine vierspännige Kutsche verwandelt, die von prachtvollen Hengsten gezogen wurde.

Die Kirmes lag wie ausgestorben vor ihnen, als sie auf den breiten Hauptweg einbogen. Es war ein Bild, das Julian nur zu gut kannte. Sie waren nicht nur in die Vergangenheit zurückgekehrt, sondern auch auf die andere Seite der Spiegel –

eine der anderen Seiten. Dies hier war die Geisterkirmes, die auf die Rückkehr der Seelen der Toten wartete, sobald das feurige Inferno auf der anderen Seite begann.

»Es ist das letzte Mal«, sagte sein Vater, als hätte er seine Gedanken gelesen.

Julian fragte sich, was er damit wohl genau meinte. Aber er wagte es nicht, die Frage laut auszusprechen, sondern saß schweigend da, bis Gordon das Fuhrwerk wenige Meter vor dem Glaslabyrinth zum Stehen brachte.

Die Tür des Glaslabyrinths wurde geöffnet, und Roger, Alice und einige der anderen Kinder traten heraus.

Roger erstarrte mitten im Schritt. Im allerersten Moment wirkte er einfach nur überrascht, dann verblüfft – und einen Augenblick später breitete sich Fassungslosigkeit auf seinen Zügen aus. Er starrte Julian an, Gordon, die Kutsche und schließlich lange, endlos lange, Julians Vater. Auf seinen Zügen tobte ein wahrer Sturm. Überraschung, Freude, Zorn, Hoffnung, Enttäuschung, Schmerz – das alles und noch viel, viel mehr. Er begann am ganzen Leib zu zittern, während er den uralten, weißhaarigen Mann neben Julian anstarrte, und Julian wußte, daß Roger ihn erkannte, trotz aller Veränderungen, die die Zeit und die Angriffe der Herren des Zwielichts an ihm bewirkt hatten.

Aber es war Julian, dem Roger sich zuwandte, als er sein Schweigen endlich brach. »Du hast es also tatsächlich geschafft.«

»Ich habe dir versprochen, daß ich zurückkommen würde, oder?« antwortete Julian. »Und daß es aufhören wird.«

Roger reagierte nicht. Julian wandte sich zu Alice um. Auch das dunkelhaarige Mädchen starrte Julians Vater an, aber der Ausdruck auf *ihrem* Gesicht war ein ganz anderer als auf dem Rogers. In ihrem Blick war nur Schmerz.

Nach und nach traten immer mehr Kinder aus dem Labyrinth, und bald folgten ihnen auch die ersten Erwachsenen – Madame Futura, der Gewichtheber, der Feuerschlucker... alle, die Julian kannte. Ein dichter Ring bildete sich um die

Kutsche, der bald zu einer gewaltigen, nach Hunderten zählenden Menschenmenge anwuchs. Niemand sagte ein Wort. Es war unheimlich still, obwohl die Zahl der Neuankömmlinge noch weiter wuchs.

Es war seltsam – jeder hier blickte seinen Vater oder auch Gordon an, aber Julian gewahrte nicht in einem einzigen Gesicht Zorn oder auch nur Vorwurf oder Bitterkeit, obwohl sie alle wahrlich Grund genug gehabt hätten, seinen Vater zu hassen. Sie sahen ihn alle nur an. Etwas würde geschehen, dachte Julian. Die Ahnung von etwas Kommendem, Großem lag in der Luft.

»Warum . . . seid ihr gekommen?« fragte Roger ganz leise. Seine Stimme zitterte, als hätte er alle Mühe, die Tränen zurückzuhalten. »Was wollt ihr noch hier, Julian? Es ist zu spät! Mike und die Trolle haben die Scherbe!«

Er sprach plötzlich nicht weiter, und seine Augen weiteten sich ungläubig, als Julians Vater unter die Jacke griff und die schimmernde Spiegelscherbe hervorzog. Ein erstauntes, beinahe ehrfürchtiges Raunen ging durch die Menge.

»Eine zweite Scherbe!« flüsterte Roger. »Es gibt . . . eine zweite Scherbe?«

»Natürlich gibt es die«, antwortete Julians Vater. In seiner Stimme und in seinen Augen war milder, verzeihender Spott. »Habt ihr wirklich geglaubt, ich hätte mein Leben lang nach etwas gesucht, das ich schon habe?«

Niemand antwortete, aber als Julian in Rogers Gesicht sah, da wurde ihm die Bedeutung des Schweigens hier klar. Nein, das hatten sie nicht geglaubt. Sie hatten gedacht, er habe gar nicht nach der Scherbe gesucht.

»Wir werden es beenden, Roger«, sagte er leise. »Heute nacht.«

Roger sah ihn voller Trauer an. »Nein, Julian, das werden wir nicht«, sagte er. »Es wird niemals enden, solange nicht alle Teile des Spiegels wieder zusammengesetzt sind, begreifst du das denn nicht? Und den letzten Splitter haben *sie!*«

»Wir werden ihn holen«, sagte Gordon vom Kutschbock herunter. »Deshalb sind wir gekommen.«

»Ihr allein?« fragte Roger. »Ein Krüppel und ein alter Mann? Sie werden euch in Stücke reißen, ehe ihr ihnen auch nur nahe kommt!«

»Wir alle!« antwortete Gordon. Er machte eine weit ausholende Geste. »Wir alle zusammen können es schaffen, Roger! Gemeinsam haben wir eine Chance! Ihr seid viele! Viel mehr als sie! Und ihr habt ein Ziel, für das es sich zu kämpfen lohnt!«

Er erhob sich auf dem Kutschbock und reckte die Arme hoch. Und erst in diesem Moment wurde Julian klar, daß er genau das die ganze Zeit über vorgehabt hatte. Sein Vater und er mußten gewußt haben, daß sie allein nicht in der Lage waren, etwas gegen die Trolle zu unternehmen, und sie waren nur deshalb hierhergekommen, um ein Heer zu bilden. Und genau wie ein Heerführer vor seiner Truppe stand Gordon nun da, hoch aufgerichtet auf seinem Kutschbock, und fuhr mit lauter, fester Stimme fort:

»Wir haben noch eine Chance! Ihr könnt endlich Ruhe finden, wenn ihr ein letztes Mal kämpft! Laßt sie uns angreifen und die Spiegelscherbe zurückerobern, und es wird enden! Ich verspreche euch nicht den Sieg! Ich kann euch nicht einmal versprechen, daß ihr alle diesen Kampf überleben werdet, denn ich weiß, wie schrecklich der Gegner ist, der uns erwartet. Aber wir haben etwas, was sie nicht haben, trotz ihrer Stärke und ihres Hasses. Wir haben ein Ziel!«

Er hatte geendet und stand nun schweigend da, und es war so still, daß Julian selbst das Geräusch seiner eigenen Atemzüge als laut und störend empfand. Für einen Moment, einen winzigen Moment nur, glaubte er zu spüren, daß Gordons Worte die beabsichtigte Wirkung taten. Eine oder zwei Sekunden lang war die stumm dastehende Menge eine Armee, ein zu allem entschlossenes Heer, das bereit war, loszuschlagen und die Trolle allein durch die ungestüme Wucht seiner Begeisterung hinwegzufegen. Hätte in diesem Moment auch nur ein einziger von ihnen etwas gesagt, Gordon zugestimmt oder sich auch nur stumm an seine Seite gestellt, die Verwandlung wäre vollkommen gewesen.

Aber niemand sagte etwas, keiner regte sich, und Julian wußte, daß sie verloren hatten, noch ehe er zu Gordon hochblickte und die Enttäuschung auf seinem Gesicht sah. Der kostbare Moment verstrich. Aus dem Funken wurde keine Flamme.

»Es hat keinen Sinn«, sagte Roger ganz leise. Er schaute die Spiegelscherbe an, die Julians Vater noch immer in den Händen hielt, und lächelte bitter. »Wir sind keine Krieger. Wir hätten keine Chance gegen sie.«

»Ihr habt es ja noch nicht einmal versucht!« protestierte Julian.

»Und das werden wir auch nicht«, sagte Roger ruhig. »Es wäre unser aller Ende. Wir haben schon einmal darüber gesprochen, Julian – erinnerst du dich? Und was ich damals sagte, gilt noch immer. Das hier ist kein Spiel, in dem man einen Zug machen und ihn nach Belieben zurücknehmen kann, wenn er sich als unklug erweisen sollte. Wenn wir den Krieg beginnen, dann werden sie zurückschlagen, und sie werden uns oder wir sie oder wir beide uns gegenseitig vernichten. Ich kann es nicht tun, Julian. Wir haben zu viel zu verlieren.«

»Zu verlieren?« wiederholte Julian ungläubig. »Aber was verliert ihr denn? Tausend Jahre Zuckerwatte essen? Eine Million Jahre Kettenkarussell fahren?«

»Es ist alles, was wir haben«, antwortete Roger leise.

Julian wollte ihn anbrüllen, doch in diesem Moment berührte eine Hand seine Schulter, und als er den Kopf wandte, blickte er in Gordons Gesicht. Es war zornig, aber auf eine stille, fast resignierende Art. »Laß sie, Julian«, sagte er. »Es hat keinen Sinn.«

»Aber dann . . . war . . . alles umsonst!« stammelte Julian.

Gordon schwieg, und auch Roger wandte nach einigen Sekunden stumm den Blick ab.

Er war nicht der einzige. Erst nur vereinzelt und zögernd, dann in immer größerer Zahl drehten sich die anderen um und gingen. Die ersten Lichter wurden entzündet, die ersten Jalousien hochgezogen. Julian hörte Musik, und in einiger Entfernung setzte sich die Schiffsschaukel in Bewegung. Kurze Zeit später waren sie wieder allein. Nur Alice und Roger waren bei ihnen zurückgeblieben.

»Und jetzt?« fragte Julian. »Geben wir auf und machen eine Fahrt mit der Achterbahn?«

Die Frage war an Roger gerichtet, aber es war sein Vater, der antwortete. »Wir werden es eben allein versuchen.«

»Ihr habt keine Chance«, sagte Roger. »Wenn sie nicht bereits wissen, was ihr vorhabt, dann werden sie es spätestens in dem Moment begreifen, in dem sie euch sehen!«

»Ich weiß«, antwortete Julians Vater ernst. »Aber wir müssen es versuchen. Martin und ich sind nicht ganz wehrlos, Roger. Auch wenn ich nur ein alter Mann bin und Roger ein Krüppel, so haben wir doch ein paar Tricks auf Lager, die Mike einiges Kopfzerbrechen bereiten werden. Manchmal können zwei mehr ausrichten als viele.«

»Drei«, sagte Julian.

Weder sein Vater noch Gordon widersprachen. Sicher war das, was die beiden vorhatten, gefährlich und ihre Aussichten, zu siegen, verschwindend gering. Aber sie wußten wohl auch beide, daß er weder hierbleiben noch einfach wieder nach Hause gehen würde, als wäre nichts geschehen. Sie würden gemeinsam siegen oder gemeinsam untergehen.

Trotzdem sagte Gordon nach einer kurzen Pause: »Zwei.« Er schnitt Julians Protest mit einer Geste ab und wandte sich an dessen Vater: »Julian und ich gehen allein. Du bleibst hier.«

»Aber ich –«

»Sei vernünftig! In diesem Punkt hat Roger nämlich recht – du bist zu alt. Wir werden kämpfen müssen. Mein Bein wird uns dabei genug behindern. Du wärst nur eine Belastung für uns. Und außerdem hast du hier Wichtigeres zu tun.«

»Allein habt ihr keine Chance!«

»Und wie sind unsere Chancen, wenn du gefangen und getötet wirst?« fragte Gordon. »Du bist der einzige, der den Spiegel zusammensetzen kann. Was nützt es, wenn wir die Scherbe erobern und niemand mehr da ist, der etwas damit anfangen kann? Ohne dich ist sie nichts als ein Stück wertloses Glas!« Er atmete hörbar aus, dann deutete er mit einer befehlenden Geste auf die Scherbe, die Julians Vater noch immer in den Händen hielt. »Geh und bring sie an ihren Platz zurück! Julian und ich werden dir das letzte Stück bringen!«

Er ergriff Julians Hand und zog ihn mit sich, so schnell, daß sein Vater nicht einmal Gelegenheit hatte zu antworten, und sie blieben erst wieder stehen, als sie sich so weit von ihm und den anderen entfernt hatten, daß sie nur noch als Schatten vor dem hell erleuchteten Hintergrund des Labyrinths zu erkennen waren. Gordons Lippen zuckten, er war bleich. Sein verletztes Knie mußte ihm Schmerzen bereiten.

»Hast du Angst?« fragte er.

Julian wollte heftig den Kopf schütteln, aber dann nickte er.

»Ich auch«, seufzte Gordon. Er machte keine Anstalten, weiterzugehen, sondern legte den Kopf in den Nacken und blickte zum Riesenrad empor, das vor ihnen schwarz und bedrohlich in einen noch schwärzeren Himmel ragte. »Verdammt weiter Weg«, murmelte er.

»Können wir es überhaupt schaffen?« fragte Julian.

»Wenn ich jetzt nein sage – kehrst du dann um?« Gordon lächelte. »Wenn sie nicht wissen, daß wir kommen, und vor allem, warum, dann stehen unsere Aussichten gar nicht einmal so schlecht. Sie sind ziemlich dumm. Selbst Mike hat Mühe, zwei und zwei zu addieren und dabei nicht auf Mittwoch oder Tomatensauce zu kommen, wenn er in seiner Trollgestalt herumhumpelt.« Er lachte, aber es klang nicht sehr echt. »Die Scherbe zu *kriegen* ist wahrscheinlich das kleinere Problem«, fuhr er fort. »Schwieriger ist es, sie deinem Vater zu bringen. Sie werden uns jagen wie die Teufel die letzte arme

Seele auf der Welt, wenn sie erst einmal begriffen haben, was wir wollen.«

Julian blickte voll Angst und wachsendem Unbehagen in die Dunkelheit. Nur noch wenige Schritte trennten sie von der unsichtbaren Grenze, hinter der das Gebiet der Trolle begann. Es war nicht sehr weit bis zum Riesenrad, zweihundert, vielleicht dreihundert Meter. Aber Gordon hatte recht: Die eigentlichen Probleme würden wohl erst anfangen, wenn sie die Scherbe hatten. *Falls* sie sie bekamen.

»Was meinst du?« fragte Julian nach einer Weile. »Wenn wir lange genug hier herumstehen und warten, ob sie dann wohl kommen und uns die Scherbe freiwillig bringen?«

Eine Sekunde lang war Gordon einfach sprachlos, dann lachte er hellauf. »Du hast recht. Komm. Bringen wir die Sache hinter uns.«

Am Anfang war es sogar noch leichter, als Gordon behauptet hatte, beinahe schon zu leicht für Julians Geschmack. Es war genau wie beim ersten Mal: Er konnte die Nähe der Trolle spüren, ihre Blicke, die ihnen gierig und voller Haß aus der Dunkelheit heraus folgten. Aber sie sahen und hörten nichts von den Kreaturen, bis sie sich dem Riesenrad auf zwanzig Schritt genähert hatten. Dann tauchte eines der schrecklichen Geschöpfe wie aus dem Nichts unmittelbar vor Julian auf.

Die Kreatur schlug zischelnd nach ihm und starrte ihn aus ihren roten Augen voller Mordlust an. Aber sie hielt Abstand.

»Rühr dich nicht!« sagte Gordon erschrocken. »Nicht bewegen!« Auch er war zur Salzsäule erstarrt. Nur seine rechte Hand spielte am Elfenbeingriff des Spazierstockes. Julian erinnerte sich an die rasiermesserscharfe Degenklinge, die sich darunter verbarg.

Aber Gordon setzte die Waffe nicht ein, und auch der Troll griff nicht an. Der Blick seiner roten Flammenaugen wanderte ein paarmal von Gordon zu Julian und wieder zurück, und dabei stieß er ein drohendes, dunkles Knurren aus. Aber schließlich wandte er sich um und schlurfte mit hängenden Schultern davon.

Julian atmete auf. Der Troll verschwand und hinterließ in ihm nicht nur ein Gefühl allmählich abklingenden Schrekkens, das die meisten Menschen für Erleichterung halten, sondern auch eine tiefe Verwunderung. Bei seinen bisherigen Begegnungen mit Trollen hatte er stets den Eindruck gehabt, es mit zwar nicht sonderlich klugen, aber doch denkenden Wesen zu tun zu haben. Dieser Troll jedoch hatte sich ganz eindeutig wie ein Tier benommen.

»Sie sind nervös, weil wir uns ihrem Bau nähern«, sagte Gordon.

»Ihrem Bau?«

»Das Riesenrad.« Gordon deutete zu der gewaltigen Stahlkonstruktion hinauf. »Mikes Nest ist das oberste. Ich fürchte, wir werden klettern müssen.«

»Du . . . du redest von ihnen, als wären sie nur Tiere«, sagte Julian.

»In gewissem Sinne sind sie das auch.« Gordon bedeutete ihm mit Gesten, leise zu sein, und sah sich gleichzeitig mit wachsender Nervosität um. »Leider nicht immer, und leider sind ein paar von ihnen verdammt schlaue Tiere. Aber wir haben gute Chancen, wenn wir keinen Fehler machen.«

Ja, dachte Julian. Deshalb sagst du es wahrscheinlich auch so oft, bis du es selbst zu glauben beginnst.

Gordon deutete zur höchsten Gondel des Riesenrades hinauf. »Glaubst du, daß du das schaffst?«

»Dort hinauf?« Julian überlegte lange. Er schätzte das Riesenrad auf gute dreißig Meter Höhe. In einer Zeit der berghohen Hochhäuser, der fußballfeldgroßen Schiffe und der schiffsgroßen Flugzeuge eine vielleicht lächerlich anmutende Dimension, aber eine gewaltige Strecke, wenn man sie senkrecht zu überwinden hatte. »Ich hoffe es«, sagte er.

Vorsichtig, wenn auch nicht allzu langsam, gingen sie weiter. Julian sah einen weiteren Troll, dann noch einen und noch einen und schließlich immer mehr. Es war nicht mehr zu leugnen: die unmittelbare Umgebung des Riesenrades wimmelte von Trollen. Ob man es nun »Hauptquartier« nannte, wie Roger, oder »Bau«, wie Gordon, war wohl egal. Das dort vorne war die Höhle des Löwen, und sie marschierten mitten hinein.

Er verstand immer weniger, wieso sie nicht angriffen oder sie wenigstens aufzuhalten versuchten, und schließlich stellte er die Frage laut.

»Warum sollten sie?« gab Gordon zurück. »Roger und seine Leute haben keinen Streit mit ihnen. Sie sind keine Freunde, aber bisher hat auch keine Seite der anderen etwas getan.«

Überall entdeckte Julian nun die Trolle: in den Ständen, in den schmalen Gassen dazwischen, sogar auf dem stählernen Gespinst des Riesenrades, und der Anblick jeder einzelnen feueräugigen Kreatur erschreckte ihn. Sie waren häßliche, böse, gefährliche Raubtiere – und doch lebten sie seit Urzeiten friedlich neben der bunten, fröhlichen Welt des Rummelplatzes, ohne daß die eine Seite der anderen in irgendeiner Weise geschadet hätte. *Sie* waren es, die den Krieg in diese friedliche Welt trugen, Gordon und er, nicht die Ungeheuer.

Sie hatten den Fuß des Riesenrades erreicht, und Julian brauchte jetzt seine ganze Konzentration und Aufmerksamkeit, um Gordon zu folgen, der auf der Stelle und mit unerwartetem Geschick an den stählernen Trägern emporzuklettern begann. Trotz seines steifen Knies bewegte er sich mit einer Geschwindigkeit weiter, die Julian alles abforderte.

Ihre Situation kam Julian immer unwirklicher vor. Sie kletterten nebeneinander durch ein gewaltiges eisernes Spinnennetz, das voller Trolle war, und doch ließen diese Wesen sie in Frieden. Julian korrigierte seine Schätzung, was die Größe des Riesenrades anging, um mindestens zehn Meter nach oben, als sie die gewaltige Nabe in seiner Mitte erreicht hatten und einen Moment anhielten, um Kraft zu schöpfen. Er hatte bisher nur ein einziges Mal den Fehler begangen, nach unten zu sehen. Jetzt hatten sie die Hälfte des Weges hinter sich, und er begann allmählich daran zu glauben, daß sie es tatsächlich schaffen konnten.

Nach einer Weile kletterten sie weiter. Bald hatten sie mehr als drei Viertel ihres Weges hinter sich, die oberste Gondel war nur noch fünf oder sechs Meter entfernt. Gordon war während der letzten Minuten immer langsamer geworden. Schließlich hielt er ganz an. Sein Gesicht war aschfahl, und obwohl Julian so tat, als würde er nicht zu ihm hinsehen, war ihm doch keineswegs entgangen, daß er das rechte Bein schon seit einer ganzen Weile kaum mehr belastete, sondern es wie ein nutzloses Gewicht hinter sich herzog. Da sie sich nicht auf ebener Erde bewegten, sondern lotrecht in die Höhe stiegen, stellte dies eine geradezu unvorstellbare Kraftanstrengung dar. Aber nun waren Gordons Reserven sichtlich aufgebraucht. Er hatte kaum noch die Kraft, sich an dem Stahlträger festzuklammern, auf den er sich hinaufgezogen hatte.

»Ich kann nicht mehr«, flüsterte er. »Es tut mir leid, Julian. Du mußt allein weiter.«

Julian war nicht sicher, ob er es schaffen würde, obwohl er zwei gesunde Beine hatte. Der Weg war nicht mehr weit, aber wie so oft war auch hier das letzte Stück das schwierigste – und an den Rückweg wagte er erst gar nicht zu denken. Ihm fielen auf Anhieb ungefähr dreihundertfünfzig gute Gründe ein, aus denen es absolut klüger war, nicht weiterzuklettern, sondern einfach hier sitzen zu bleiben oder besser noch auf der Stelle kehrtzumachen, und nur ein einziger, nicht aufzugeben.

Er stand auf, streckte die Hände nach dem Stahlträger über sich aus und zog sich mit einer enormen Kraftanstrengung in die Höhe. Der Rest der Kletterei wurde zu einer einzigen, nicht enden wollenden Qual. Sein Körper schien plötzlich Tonnen zu wiegen, jedes Gefühl in den Händen war ihm abhanden gekommen, dafür meldete sich in seinen Schultern ein immer schlimmer werdender Schmerz.

Aber er zog sich mit zusammengebissenen Zähnen immer

weiter und weiter in die Höhe, bis er den Rand der Gondel greifen und sich mit beiden Händen daran festklammern konnte. Ein letzter Klimmzug, und er ließ sich erschöpft ins Innere der Gondel fallen.

Julian verlor nicht das Bewußtsein, aber es dauerte lange, bis er wieder die Kraft fand, die Augen zu öffnen.

Er lag auf dem Rücken und blickte in einen schwarzen Himmel, auf dem noch nie ein Stern geleuchtet hatte. Ein leicht fauliger Geruch drang in seine Nase, und als er den Kopf drehte, erkannte er auch dessen Ursprung. Er lag auf Lumpen und feuchtem, schon halb verfaultem Stroh. Es war ein Nest, wie Gordon gesagt hatte.

Und nicht einmal eine Handbreit vor seinem Gesicht lag die Scherbe.

Sie steckte noch immer in dem zerrissenen Tuch, in das Lederjacke sie in Franks Appartement gewickelt hatte, ein kleines Stück schaute wie die Spitze einer Messerklinge hervor. Julian stemmte sich auf beide Ellbogen hoch, setzte sich dann ganz auf und streckte die Hand danach aus.

Und kaum hatte er die Scherbe berührt, da hatte er, wie schon einmal, als er jene andere Scherbe in Händen gehalten hatte, das Gefühl, etwas Lebendes, Denkendes zu berühren, etwas, das kein Ding war, sondern ein Wesen, erfüllt von einer unvorstellbaren pulsierenden Kraft.

Unter ihm gellte ein zorniger Schrei aus Dutzenden von Trollkehlen.

»Julian!« brüllte Gordon unter ihm. »Paß auf! Sie wissen es!«

Julian blieb kaum Zeit, auf Gordons Warnung zu reagieren, denn praktisch schon in der gleichen Sekunde erschien ein struppiger Schatten über dem Rand der Gondel, ein Schatten mit lodernden Augen und glühenden Händen, die gierig nach ihm griffen, um ihn zu verbrennen und zu zerreißen.

Er reagierte ganz instinktiv, beinahe ohne zu denken. Er duckte sich unter den Klauen weg, schwang die Spiegelscherbe wie eine Waffe und fügte der Kreatur einen tiefen Stich zu.

Der Troll kreischte. Julian hatte niemals einen Schrei wie diesen gehört – aber er hatte schon einmal gesehen, was danach geschah. Das Wesen wand sich wie unter entsetzlichen Schmerzen, und die gleiche Veränderung ging mit ihm vor wie mit den beiden, die Lederjacke in Franks Appartement zurückgelassen hatte, um ihn zu bewachen.

Julian blieb allerdings diesmal keine Zeit, dem Vergehen des Wesens zuzusehen, denn schon erschienen die glühenden Lavaaugen eines zweiten und dritten Trolls über dem Rand der Gondel.

Julian schwang die Scherbe wie einen Dolch. Einer der Trolle stürzte neben ihm auf die Strohunterlage und begann sich aufzulösen, der zweite verschwand mit einem gellenden Schrei in der Tiefe, als ihn die Spitze der Spiegelscherbe streifte.

Aber es kamen immer mehr. Julian schrie vor Schmerz auf, als eine glühende Hand seine Schultern packte und ihn herumriß, schlug mit der Scherbe zu und wich im letzten Moment dem Hieb eines anderen Trolls aus, noch ehe der erste zu Boden stürzte. Er traf auch diesen anderen mit seiner Scherbe, und noch einen und noch einen, aber ihre Zahl schien unendlich groß. Er stach, riß, schlug, hackte und schnitt, traf und wurde getroffen, und bald nahm er gar nicht mehr richtig wahr, was geschah und was er tat.

Und irgendwann war es vorbei.

Plötzlich kamen keine Trolle mehr. Das Schreien, das Springen und Huschen struppiger schwarzer Körper, das Zuschnappen tödlicher Klauen und die Hitze hörten auf. Julian wankte, ließ die Scherbe fallen, sank auf die Knie. Alles drehte sich, er fühlte eine Schwäche wie nie zuvor im Leben. Wie viele Trolle hatte er getötet? Zehn? Hundert? Zwei?

Als er die Augen öffnete und den Kopf hob, stand Mike vor ihm. Auch er war zum Troll geworden. Aber Julian wußte, daß es Mike war, so wie er bei Lederjacke immer gewußt hatte, daß er ein Troll war. Mike stand da und starrte ihn an, und er machte keinen Versuch, sich auf ihn zu stürzen, obwohl er es gekonnt hätte. Julian spürte plötzlich, daß er schon eine ganze Weile so dagestanden und ihn angestarrt haben mußte. Aber als er nach der Scherbe greifen wollte, stieß der Troll ein drohendes Zischen aus, und Julian zog die Hand wieder zurück.

Dann hörte er zum ersten Mal einen Troll sprechen. Es war ein krächzendes, zischelndes Blubbern und Röcheln, als das Geschöpf seine Stimmorgane zwang, Laute zu formen, für die sie nicht geschaffen waren.

»Du hast mich belogen!« sagte der Troll. »Ich hatte dein Wort, *Mensch*!«

Das letzte Wort spie er aus wie einen Fluch. Julian senkte den Blick und sah auf die rauchenden Überreste der Trolle hinab, die er getötet hatte. Und plötzlich schämte er sich, ein Mensch zu sein. Vielleicht war hier er das wahre Ungeheuer, nicht dieses fuchsohrige Ding.

»Ja«, flüsterte er. »Das hattest du.«

Er würde sich nicht mehr wehren. Er wußte, daß Lederjacke ihn töten würde, aber es war ihm gleich. In einem Punkt hatte Gordon unrecht, das wußte er plötzlich: Es mochte Dinge geben, für die zu kämpfen sich lohnte. Aber es gab nichts, das es wert war, daß man dafür *tötete*.

Plötzlich stieß der Troll ein drohendes Knurren aus. Auf dem gegenüberliegenden Rand der Gondel war eine zweite Gestalt erschienen. Sie hielt sich mit einer Hand am Gestänge des Riesenrades fest. In der anderen blitzte der rasiermesserscharfe Stahl eines Stockdegens, dessen Griff die Form eines Hundekopfes hatte.

Der Troll zischte und hob die Klauenhände, und Julian sah, wie Gordon zum Sprung ansetzte und seinen Degen hob.

»Martin – nein!« schrie er.

Aber Gordon hörte seine Warnung nicht. Mit aller Kraft stieß er sich ab und sprang den Troll an, und das dämonische Wesen empfing ihn mit weit ausgebreiteten Armen und einem triumphierenden Schrei. Gordons Degen bohrte sich bis zum Heft in seine Brust, aber Julian wußte, daß die

Klinge dem Ungeheuer nicht wirklich Schaden zufügen konnte, sowenig wie irgendeine andere körperliche Gewalt oder Verletzung. Die Klauen des Trolls schlossen sich zu einer tödlichen Umarmung um den Körper seines Gegner. Gordons Jacke begann zu schwelen.

Aber der ungestüme Anprall ließ den Troll wanken. Aneinandergeklammert torkelten die beiden gegen den niedrigen Rand der Gondel, standen einen Moment lang in einer fast grotesken, der Schwerkraft spottenden Haltung da – und stürzten ineinander verkrallt lautlos in die Tiefe!

Julian schrie gellend auf und beugte sich über den Rand der Gondel.

Vierzig Meter unter sich sah er Gordon und den Troll liegen. Sie hatten beim Aufprallen das hölzerne Podest zertrümmert, über dem das Riesenrad emporragte. Für einige Sekunden lang glaubte er schon, der Sturz wäre selbst für den Troll zuviel gewesen, denn er rührte sich nicht mehr.

Es war eine vergebliche Hoffnung.

Von überallher kamen Trolle und versammelten sich um ihren Herrn und sein Opfer, und als hätte ihre Nähe ihm neue Kraft gegeben, begann er sich plötzlich doch wieder zu bewegen. Langsam, mit mühsamen kleinen Rucken arbeitete er sich unter Gordons zerschmettertem Körper hervor. Er hob den Kopf und schaute zu Julian hoch, und Julian glaubte selbst über die große Entfernung hinweg den Haß zu spüren, der in seinen roten Feueraugen loderte.

Schaudernd trat er vom Rand zurück und bückte sich nach der Scherbe, davon überzeugt, daß Lederjacke seinen Trollen sofort wieder den Angriff befehlen würde. Aber es kamen keine Trolle mehr. Julian blickte aufmerksam in die Tiefe, aber Lederjacke verzichtete darauf, noch mehr seiner haarigen schwarzen Krieger zu schicken.

Statt dessen geschah etwas anderes.

Gute zehn Minuten vergingen, ohne daß er mehr wahrnahm als eine nervöse Bewegung am Fuße des Riesenrades, die sich nach und nach auf einen bestimmten Punkt konzentrierte.

Und plötzlich begann die gewaltige Konstruktion zu erzittern. Ein tiefes, mahlendes Geräusch erklang, ein Laut wie ein Stöhnen aus einer eisernen Kehle. Rasch hintereinander liefen drei Stöße durch das Riesenrad, von denen der letzte so heftig war, daß Julian fast das Gleichgewicht verloren hätte. Dann gingen die heftigen Erschütterungen in ein lang anhaltendes, schweres Zittern und Vibrieren über. Ein schrilles mechanisches Wimmern drang an sein Ohr, und plötzlich flammten überall auf dem Riesenrad winzige bunte Lichter auf, Hunderte wenn nicht Tausende.

Erst jetzt begriff Julian wirklich. Das Riesenrad erwachte zum Leben, begann sich zu drehen.

Lederjacke hatte wohl eingesehen, daß es ihn ungeheure Verlust kosten würde, Julian aus seiner Festung herauszuholen. Aber er konnte etwas anderes tun: Er holte seinen Feind zu sich herunter!

Ganz so dumm, wie Gordon gemeint hatte, schienen die Trolle doch nicht zu sein. Immerhin hatten sie es geschafft, das uralte Riesenrad wieder in Betrieb zu setzen. Es zitterte, bebte und knirschte, die bunten Lichter flackerten und zuckten, das Riesenrad bewegte sich praktisch nur zentimeterweise, aber es bewegte sich, und ob es nun zehn Minuten dauerte oder zehn Stunden – irgendwann würde er unten sein, und wenn die Trolle erst einmal von allen Seiten und zu Dutzenden zugleich über ihn herfielen, dann nutze ihm auch die magische Scherbe nicht mehr viel.

Er wußte, daß er verloren war, wenn kein Wunder geschah – und Wunder zu seinen Gunsten hatte es in dieser Geschichte schon genug gegeben. Einen Moment lang erwog er, einfach in die nächsthöhere Gondel hinaufzuklettern, wenn sich das Rad weiterdrehte. Aber als er sah, wie die stählernen Träger zitterten, ächzten und bebten, legte er den Gedanken ganz schnell wieder zu den Akten.

Langsam, aber mit der erbarmungslosen Beharrlichkeit einer Maschine drehte sich das Riesenrad, sank seine Gondel tiefer. Bald schon konnte er die Gesichter der einzelnen Trolle erkennen, ihre glühenden, von boshafter Vorfreude erfüllten Augen, die geifernden Münder, die gierig emporgereckten Klauen. Einige der Wesen versuchten in ihrer Ungeduld sogar, zu ihm hinaufzuspringen, und entwickelten dabei eine erschreckende Geschicklichkeit und Kraft, kamen ihm allerdings noch nicht wirklich nahe, sondern fielen in die ungeduldig hüpfende und geifernde Meute zurück.

Ihm blieben nur noch Minuten.

Das Rad drehte sich unbarmherzig weiter, und Julian gewahrte einen Troll, der in der Nähe des Motors stand und mit beiden Händen einen Hebel umklammerte, der fast so groß war wie er selbst, um die Bewegung des Riesenrades im richtigen Moment zu stoppen. Grimmig umfaßte er seine Spiegelscherbe fester, und ein bitteres Lächeln stahl sich auf seine Lippen. Hatte er nicht vor gar nicht so langer Zeit bedauert, daß ihm nicht einmal Gelegenheit gegeben war, wenigstens mit fliegenden Fahnen unterzugehen?

Wie es aussah, würde er diese Gelegenheit jetzt bekommen. Die Gondel kam einen knappen halben Meter über dem Erdboden schaukelnd zum Stehen, als der Troll sich mit allen vieren an den Hebel hängte, um ihn mit seinem ganzen Körpergewicht nach unten zu ziehen. Julian hielt sich mit der linken Hand an der Mittelachse der Gondel fest und hob mit der anderen die Spiegelscherbe. Er würde wenigstens noch ein paar von diesen Biestern mitnehmen, wenn er schon untergehen mußte!

Aber die Trolle griffen noch immer nicht an. Dutzende von ihnen bildeten einen undurchdringlichen Kreis um die Gondel, doch sie kamen nicht näher.

Zweifellos konnten sie ihn überrennen und dabei in Kauf nehmen, daß er zwei oder auch drei von ihnen erledigte. Aber ebensogut konnten sie auch einfach abwarten, bis er von selbst aufgab oder seine Kräfte versagten.

Er ließ die Arme sinken. Es war vorbei, daran gab es nichts mehr zu rütteln, und er änderte nichts und half niemandem, wenn er noch ein paar Leben auslöschte.

»Okay«, flüsterte er müde. »Ihr habt gewonnen. Ich gebe auf. Kommt und holt mich.«

Einer der Trolle hob die Krallen, machte einen Schritt – und dann traf ihn etwas in den Rücken, so daß er nach vorne geschleudert wurde und mit dem Gesicht nach unten auf dem Boden landete. Zwischen seinen Schulterblättern ragte der zitternde Griff eines Wurfmessers aus dem Rücken.

Und plötzlich war die Luft voll von zischenden Messern, Äxten, Knüppeln, Steinen und allen nur denkbaren anderen Wurfgeschossen. Ein halbes Dutzend Trolle stürzte gleichzeitig zu Boden, und in derselben Sekunde tauchten schattenhafte Gestalten zwischen den Gebäuden ringsum auf, Gestalten, die Knüppel, Zeltstangen oder auch einfach nur losgerissene Bretter schwangen und sich mit so ungestümer Wucht auf die Trolle warfen, daß die schwarzen Kreaturen im ersten Moment nicht einmal auf die Idee kamen, sich zu verteidigen, sondern gleich reihenweise unter den Hieben der Angreifer zu Boden gingen.

»*Julian!*«

Das war Rogers Stimme!

Jetzt hob er die Arme, und Julian sah ihn mitten unter den Angreifern.

»*Hierher! Komm zu uns! Wir bringen dich raus!*«

Etwas in ihm übernahm die Kontrolle über sein Handeln, noch ehe sein bewußtes Denken einsetzte. Mit einem Satz sprang er aus der Gondel, wich instinktiv einem Troll aus, der nach ihm grabschte, und stieß einem zweiten die Spiegelscherbe in den Arm.

Trolle griffen nach ihm, Schatten versuchten sich ihm in den Weg zu stellen, etwas berührte grausam heiß seinen Rücken. Er roch verbrannten Stoff, spürte Schmerz, rannte aber um so schneller im Zickzack zwischen den Trollen hindurch. Irgendwie schaffte er es tatsächlich, an Rogers Seite zu kommen.

Der blonde Junge hatte sich mit einer Zeltstange bewaffnet, einem oberschenkelstarken, zwei Meter langen Balken, mit dessen zersplittertem Ende er sich die Trolle erfolgreich vom Leib hielt.

Rogers Taktik entsprach der der anderen – sie wußten sehr wohl, daß sie den Trollen keinen wirklichen Schaden zufügen, sondern sie allenfalls eine Weile auf Distanz halten konnten. Und wahrscheinlich nicht einmal besonders lange. Im Augenblick hatten sie noch die Oberhand, denn die Trolle hatten ihre Überraschung über den unerwarteten Angriff noch nicht überwunden, und Roger und die Seinen waren in der Überzahl, die im Augenblick sogar noch wuchs, denn zwischen den Hütten tauchten immer noch weitere Bewaffnete auf, die sich sofort auf Lederjackes Krieger stürzten. Aber auch die Zahl der Trolle wuchs, nicht so schnell wie die der Angreifer, aber doch spürbar.

»Wieso . . . wieso seid ihr hier?« fragte er.

Roger schlug einen Troll mit seiner Zeltstange nieder und versetzte einem zweiten einen Stoß vor die Brust, der ihn zurücktaumeln ließ, ehe er antwortete: »Das frage ich mich auch! Bedank dich bei Alice – und bei deinem Freund. Als sie sah, wie er abstürzte, muß sie wohl durchgedreht haben, denn sie ist einfach losgerannt. Und ich auch, schätze ich.«

Aber wenn das so war, dachte Julian, dann mußten wohl alle, die auf der Kirmes lebten, im gleichen Moment durchgedreht haben – denn fast alle waren gekommen. Was als Überfall begonnen hatte, wurde binnen weniger Augenblicke zur verbissenen Schlacht. Immer mehr Gestalten warfen sich den Trollen entgegen. Was Gordons Worte nicht geschafft hatten, das hatte er mit seinem Opfer erreicht: Seine Armee war da.

Und würde dennoch die Schlacht verlieren, dachte Julian.

Im Augenblick hatten Roger und seine Freunde noch die Oberhand, denn ihre Übermacht war gewaltig. Von überallher strömten weitere Bewaffnete auf den Platz vor dem Riesenrad, die sich mit Stangen, Knüppeln und anderen Gegenständen bewaffnet hatten und auf die Trolle losgingen. Aber wie lange würde dieser Zustand noch anhalten? Auch die

Trolle bekamen Verstärkung, und während ihre Gegner nichts anderes tun konnten, als sie nieder- oder wenigstens auf Distanz zu halten, forderten ihre schrecklichen glühenden Hände mehr und mehr Opfer unter Rogers Leuten. Man konnte nicht gegen einen unverwundbaren Feind kämpfen und auch noch ernsthaft hoffen, ihn zu besiegen.

Ganz automatisch sah er sich nach etwas um, was er als Waffe benutzen konnte, aber Roger riß ihn grob zurück.

»Bist du verrückt?« fuhr Roger ihn an. »Mach, daß du wegkommst! Wir halten sie auf, solange wir können! Hau ab!«

Julian zögerte immer noch. Er wußte, daß Roger recht hatte – aber er hatte den hünenhaften blonden Jungen schon einmal im Stich gelassen, und damit hatte alles angefangen. Was würde geschehen, wenn er es noch einmal tat?

Roger geriet in Wut, als Julian einfach nur dastand und ihn unentschlossen anstarrte. »Verdammt noch mal, lauf endlich!« brüllte er. »Du hast den Krieg, den du wolltest! Was willst du noch? Zusehen, wie wir untergehen?«

Eine einzige Sekunde zögerte Julian noch, dann sah er endgültig ein, daß Roger recht hatte, und begann zu laufen.

Vielleicht war es sogar schon zu spät. Rogers Leute taten ihr möglichstes, um ihn zu schützen. Sie bildeten mit ihren Körpern einen lebenden Schutzwall. Doch die Trolle hatten wohl begriffen, daß ihre bewaffneten Gegner nicht die eigentliche Gefahr darstellten. Immer heftiger und wütender attackierten sie Rogers Schutzwall, und schließlich brachen die ersten durch, sich mit ihren fürchterlichen glühenden Klauen einfach einen Weg durch die Leiber um Julian reißend.

Julian rannte weiter und erwehrte sich des Angriffes eines Trolls mit seiner Spiegelscherbe. Dann sprang er über einen zweiten kurzerhand hinweg. Das Wesen starrte verblüfft auf die Stelle, an der Julian vor einer Sekunde noch gestanden hatte, und ging dann unter einem Hieb zu Boden, den ihm einer der Verteidiger versetzte, allerdings nur, um praktisch in der gleichen Sekunde mit einem wütenden Zischeln wieder in die Höhe zu springen und sich auf diesen zu stürzen. Die Kleider des armen Jungen begannen zu schwelen. Seine Schreie gellten noch lange in Julians Ohren.

Er rannte wie nie zuvor in seinem Leben. Die Trolle folgten ihm, aber nun kam Julian seine größere Schnelligkeit zugute. Er schaffte es nicht, die brüllende, geifernde Meute ganz abzuhängen, aber sein Vorsprung wurde rasch größer, und schließlich blieb der Chor zischelnder, geifernder Monsterstimmen allmählich hinter ihm zurück. Er fiel in einen kräftesparenden Trab und warf einen Blick über die Schulter zurück.

Ein Teil des Rummelplatzes stand in Flammen. Die Schlacht mußte an Heftigkeit zugenommen haben, denn rings um das Riesenrad loderten Dutzende von kleinen Feuern, die sich hier und da bereits zu größeren Bränden zu vereinigen begannen. Das Riesenrad drehte sich noch immer, und kleine hellblaue Funken sprühten von der stählernen Konstruktion. Die meisten erloschen auf halbem Weg zur Erde, aber nicht alle.

War es das, was Roger gemeinst hatte? dachte er entsetzt. Vielleicht würde das Chaos nun auch hier losbrechen, würde auch die Welt hinter den Spiegeln ein Raub der ewigen Flammen werden. Das war die gegenseitige Vernichtung, von der Roger gesprochen hatte.

Für ihn gab es im Moment nur eines: Er mußte die Scherbe zu seinem Vater bringen, denn wenn ihm das nicht gelang, dann war nicht nur alles umsonst gewesen, sondern es würde tausendmal schlimmer werden als zuvor!

Er rannte wieder schneller, die Angst verlieh ihm übermenschliche Kräfte. Der Lärm der Schlacht und das Kreischen der Trolle, die ihn noch immer verfolgten, blieben endgültig hinter ihm zurück, und schon nach wenigen Minuten lag die Hütte des Spiegelzauberers vor ihm.

Die Tür stand offen, mildes gelbes Licht drang aus dem Inneren.

Und davor standen zwei Trolle.

Julian wollte vor Enttäuschung und Angst aufbrüllen. Er erkannte die beiden Trolle sofort – es waren Mike und jene besonders scheußliche Kreatur, in die sie seine kleine Freundin verwandelt hatten. Natürlich hatte Lederjacke sofort durchschaut, warum Roger und die anderen gekommen waren, und das einzig Richtige getan: Statt sich in den Kampf zu stürzen, den Roger und die anderen ihm aufzwingen wollten, war er hierhergekommen, um auf Julian zu warten.

Julian blieb stehen. Die beiden blockierten den Weg zur Tür der Hütte, kamen aber nicht auf ihn zu. Wozu auch? Irgendwo hinter Julian näherte sich Lederjackes Armee. Alles, was sie beide tun mußten, war, ihn ein paar Minuten lang aufzuhalten.

Drohend hob Julian seine Scherbe und trat den beiden entgegen. Lederjacke zischte wütend, schlug mit den Klauen in seine Richtung – und wich einen Schritt zurück. An seiner Stelle trat nun der andere Troll zwischen Julian und die Tür. Julian packte die Scherbe fester.

Der kleine Troll stand kaum einen Meter vor ihm, und Julian sah für einen Augenblick nicht das häßliche flammenäugige Ungeheuer vor sich, sondern das blasse hellblonde Mädchen, das einst an seiner Seite gesessen und gebannt an seinen Lippen gehangen hatte, wenn er von seinem Leben und seinen Abenteuern berichtete.

Doch Lederjacke riß ihn aus seinem Traum, griff ihn mit schnappenden Klauen und Zähnen an. Julian entkam nur um Haaresbreite und unter Inkaufnahme einer weiteren schmerzhaften Brandwunde an der rechten Seite. Er hackte mit der Scherbe nach Lederjacke, verfehlte ihn aber.

Gleichzeitig griff ihn der zweite Troll von der anderen Seite an. Julian schrie auf, als sich eine glühende Klaue um sein Handgelenk schloß. Er roch verbrannte Haut, mußte all seine Selbstbeherrschung aufbieten, um nicht die Finger zu öffnen und die Spiegelscherbe fallen zu lassen. Verzweifelt trat und stieß er nach dem Troll, aber dessen Griff lockerte sich nicht. Ganz im Gegenteil, er grabschte nun auch noch mit der anderen Hand nach Julian. Seine Krallen schlugen nach seinem Gesicht, sein Gebiß war nur noch Zentimeter von Julians Kehle entfernt, so daß er den heißen, nach Schwefel stinkenden Atem riechen konnte.

Plötzlich erschien eine riesenhafte Gestalt hinter dem Troll, packte ihn und riß ihn mit einem einzigen Ruck zurück.

Es war der Feuerschlucker. Ungeachtet der Tatsache, daß der glühende Körper des Trolls seine Hände verbrannte, riß er ihn in die Höhe, hielt ihn so weit von sich, wie er konnte – und spie ihm eine meterlange Stichflamme ins Gesicht.

Der Troll kreischte vor Zorn und Schmerz, begann zu strampeln und sich immer stärker im Griff des Schaustellers zu winden. Der Feuerschlucker taumelte, fiel stöhnend auf die Knie. Aber er ließ nicht los. Schließlich fiel er um, wobei er den Troll unter sich begrub. Seine Bewegungen wurden langsamer, erstarben schließlich ebenso wie sein Stöhnen, doch seine gewaltigen Hände blieben wie stählerne Fesseln geschlossen.

Julian wandte sich schaudernd ab. Langsam, als koste ihn jede Bewegung unendliche Mühe, trat er auf Lederjacke zu. Der Herr der Trolle stand noch immer zwischen ihm und der Tür und hielt ihm drohend die Krallen entgegen. Aber in seinen Augen war neben dem Haß und der unstillbaren Wut, die Teil seines Wesens waren, plötzlich etwas Neues. Unentschlossen blickte er den Troll und den sterbenden Feuerschlucker an, dann Julian und schließlich die Scherbe in Julians Händen.

Julian ging langsam auf ihn zu. Seine Finger hatten sich so fest um die Spiegelscherbe geschlossen, daß das Glas knirschte und die scharfen Kanten der Scherbe seine Haut zerschnitten. Blut lief an seinem Arm herab und tropfte zu Boden.

Der Troll starrte die Scherbe an, und ein tiefes Knurren drang aus seiner Brust. Immer wieder glitt sein Blick über die blutige Spiegelscherbe, wanderte noch einmal zu dem reglos daliegenden Feuerschlucker und dem hilflos in dessen Griff zappelnden Troll. Schließlich hob er den Kopf und sah lange über die Dächer der Kirmes, blickte schließlich zu den lodernden Flammen des Brandes beim Riesenrad. Aus seinem Knurren wurde ein Wimmern.

Dann ließ er die Arme sinken und trat zur Seite. Und Julian ging langsam an ihm vorbei und betrat das Haus.

Sein Vater stand mit dem Rücken zur Tür vor dem Spiegel und blickte ins Glas. Der Raum war von einem milden gelben Licht erfüllt, das aus keiner bestimmbaren Quelle kam, sondern wie wärmender Sonnenschein einfach da war, und der Lärm der Schlacht und das Tosen des allmählich näher kommenden Feuers blieben draußen, als Julian die Tür hinter sich schloß.

Sein Vater mußte das Geräusch gehört haben, aber er drehte sich nicht zu ihm um, sondern blickte weiter in den Spiegel. Er stand völlig reglos da, wie erstarrt, und erwachte erst aus diesem Zustand, als Julian neben ihn trat und ihn am Arm berührte.

»Ich . . . habe sie«, sagte Julian.

Sein Vater sah ihn mit unbewegtem Gesicht an. Wieder fiel Julian auf, wie alt er geworden war.

»Martin ist –«

»Ich weiß«, unterbrach ihn sein Vater.

»Es . . . es tut mir leid«, flüsterte Julian. »Ich konnte nichts tun. Er hat sich geopfert. Ohne ihn hätte ich es nicht geschafft.« Er atmete hörbar ein, gab sich einen Ruck und hob die Hand, um seinem Vater die Scherbe zu reichen. Seine Finger waren blutig, auf dem spiegelnden Glas war ein dünnes rotes Rinnsal zu sehen.

Sein Vater blickte lange darauf, griff aber nicht danach. Julian sah, daß er die zweite Scherbe bereits in den Spiegel eingesetzt hatte. Ein dünnes Netzwerk haarfeiner Linien überzog das Glas, Julian glaubte Lichter zu sehen, die sich innerhalb des Glases bewegten, ganz wie damals im Varieté, als alles angefangen hatte. Nur daß es diesmal ein warmes, sehr mildes Licht war, keine verzehrenden Flammen.

»Es klebt Blut daran«, sagte sein Vater schließlich.

»Das ist nichts.« Julian machte eine wegwerfende Geste, und erst dann verstand er, was sein Vater eigentlich meinte.

»Was geschehen ist, ist geschehen«, sagte er. Er fühlte sich hilflos. Er vermochte nicht wirklich nachzuempfinden, was der Anblick der blutbesudelten Spiegelscherbe wirklich für seinen Vater bedeutete, aber er sah den Schmerz in seinen Augen, und er hätte alles dafür gegeben, ihm helfen oder wenigstens Trost zusprechen zu können. Deshalb fuhr er fort: »Man kann die Vergangenheit nicht rückgängig machen.«

Sein Vater nahm ihm die Scherbe aus der Hand. »Vielleicht kann man es doch, Julian.« Langsam, mit fast ehrfürchtigen Bewegungen drehte er sich um, trat wieder an den Spiegel heran und fügte den letzten Splitter in die schimmernde Fläche ein. Julian hielt den Atem an.

Nichts geschah. Er wußte selbst nicht, womit er gerechnet hatte, aber er war überzeugt davon gewesen, daß irgend etwas geschehen würde, irgend etwas: daß die Erde bebte, sich der Himmel auftat oder einfach alles rings um sie herum erlosch, oder vielleicht auch so wurde wie früher. Aber nichts von alldem passierte. Das einzige, was Julian nach ein paar Augenblicken auffiel, war, daß der Spiegel plötzlich heil und ganz war. Die Risse und Sprünge waren verschwunden, als hätte es sie nie gegeben, und vor ihnen hing ein völlig unversehrter, schlichter rechteckiger Spiegel.

Auch sein Vater stand reglos und unverletzt da.

Allmählich begann Julian so etwas wie Erleichterung zu fühlen. Er hatte es sich bisher nicht eingestanden, aber innerlich war er überzeugt gewesen, sein Vater würde im gleichen Moment sterben, in dem er den Spiegel wieder zusammenfügte und der gestohlene Zauber erlosch. Aber sein Vater stand da, blickte zuerst den Spiegel und dann Julian an und lächelte.

»Ist es . . . vorbei?« fragte Julian leise.

Sein Vater sah ihn nur an. Er schwieg, und nach ein paar Sekunden drehte sich Julian um und öffnete die Tür.

Es war still draußen, geisterhaft still. Das Tosen der Schlacht war ebenso verstummt wie das Prasseln der Flammen und das Kreischen und Trappeln der näher kommenden Trolle. Vorsichtig stieß Julian die Tür weiter auf und trat ins Freie.

Die Flammen waren erloschen. Das Riesenrad hatte aufgehört, sich zu drehen und blaue Funken zu speien. Kein Windhauch rührte sich. Es war, als hielte die Zeit den Atem an.

Dann drehte er sich zur Seite und sah die schwarze Gestalt mit den Feueraugen neben sich. Er hätte erschrecken müssen, aber alles, was er empfand, war leise Verwunderung, während er Lederjacke ansah, und auch der Troll betrachtete ihn lange.

»Ja, Julian, es ist vorbei.« Sein Vater trat hinter ihm aus der Tür und beantwortete erst jetzt die Frage, die Julian drinnen gestellt hatte. »Dies ist die letzte Nacht. Es wird keine weitere geben, wenn sie zu Ende ist. Der Fluch ist gebrochen.«

Julian sah ihn an, und nun konnte er die Tränen nicht mehr zurückhalten. »Dann wirst du –«

Sein Vater hob die Hand und unterbrach ihn. »Alles wird so kommen, wie es kommen muß, Julian«, sagte er. »Ich habe lange gelebt. Länger, als es einem Menschen zukommt.«

»Ihr habt es gewußt, bevor ihr gekommen seid, nicht wahr?« fragte Julian leise. »Martin und du, ihr habt ... gewußt, daß ihr nicht zurückkommen würdet.«

»Nichts dauert ewig«, sagte sein Vater. Da war nichts von Angst oder Verbitterung in seiner Stimme. »Komm, laß uns gehen. Es gibt noch eine Sache, die getan werden muß.«

Er gab keine weitere Erklärung, sondern ging ruhig an Julian vorbei, und nach einer Weile folgte ihm dieser. Und auch der Troll schloß sich ihnen an. Julian fiel auf, daß sein Vater den Stofftroll, in dem die Spiegelscherbe versteckt gewesen war, noch immer in der Hand trug.

Sie gingen langsam in Richtung Riesenrad zurück. Es blieb so unheimlich still, wie es gewesen war, als Julian das Haus verlassen hatte, aber sie blieben nicht lange allein. Immer mehr und mehr Kinder, Erwachsene, aber auch Trolle schlossen sich ihnen an, so daß Julian, sein Vater und Mike sich schließlich an der Spitze einer gewaltigen Menge befanden, als sie das Spiegelkabinett erreichten.

Das Zentrum der Schlacht schien sich hierher verlagert zu haben, denn sie fanden fast alle anderen hier: drei-, vielleicht vierhundert Rummelplatzbesucher, aber auch eine überraschend große Anzahl Trolle, die plötzlich friedlich nebeneinander standen, zum Teil noch ihre Waffen in den Händen haltend.

Alice und Roger traten ihnen Seite an Seite entgegen. Der Anblick versetzte Julian einen Stich, aber fast in der gleichen Sekunde sah er, daß Alice verletzt war, und sein absurdes Gefühl der Eifersucht verflüchtigte sich auf der Stelle. Erschrocken trat er auf Alice zu und wollte etwas sagen, aber sie hob rasch und abwehrend die Hand und ging auf seinen Vater zu.

»Vater! Gott sei Dank, du bist am Leben! Habt ihr . . . es getan?«

Vater?!

Julian starrte sie an, dann seinen Vater und schließlich Roger. Roger erwiderte seinen Blick. In seinen Augen war die gleiche angstvolle Hoffnung wie in denen Alices und aller anderen, aber auch ein spöttisches Glitzern. Vater? Hatte Alice wirklich Vater gesagt?

Die Frage mußte sich wohl sehr deutlich in seinem Gesicht abzeichnen, denn plötzlich lachte Roger leise. »Hast du immer noch nicht begriffen, daß sie deine Schwester ist?«

Er hörte nicht die Antwort seines Vaters auf Alices Frage. Seine Schwester? Alice war *seine Schwester?!*

Und plötzlich fuhr er auf der Stelle herum und lief auf Alice zu. Er war hin und her gerissen zwischen Verzweiflung und Zorn, Lachen und Weinen. Plötzlich begriff er, woher dieses Gefühl gekommen war, sie irgendwoher zu kennen, fast ein Teil von ihr zu sein, diese unerklärliche Vertrautheit, die ihn immer in ihrer Nähe überkommen hatte.

»Du . . . du bist meine Schwester?« stammelte er. »Vater . . .

mein Vater ist auch dein Vater? Du bist –« Er begann vollends zu stammeln und brach ab, und Alice sah ihn mit einer Mischung aus Freude und Mitleid an, und plötzlich trat sie auf ihn zu und umarmte ihn so fest, daß ihm beinahe die Luft wegblieb.

Mühsam befreite sich Julian aus ihrer Umarmung und schob sie auf Armeslänge von sich, um sie lange und aufmerksam zu betrachten, als sähe er sie zum ersten Mal. »Aber warum hast du nie etwas gesagt?« fragte er. »Du . . . du und ich, wir sind . . . aber das ist ja . . .«

»Jetzt beruhige dich wieder«, sagte Rogers Stimme hinter ihm. »Sie konnte es dir nicht sagen. *Ich* habe sie darum gebeten, es nicht zu tun. Ich hielt es für besser, wenn du es nicht wüßtest.« Er lächelte schief. »Ich konnte ja nicht ahnen, daß du plötzlich eifersüchtig auf mich würdest. Und dann war es zu spät.«

Zutiefst verwirrt trat Julian wieder einen Schritt zurück und sah abwechselnd Roger und seine Schwester an. »Und du bist wirklich damals als erste durch den Spiegel gegangen?« fragte er.

Alice nickte. Sie sah plötzlich wieder traurig aus. »Ja. Vielleicht verstehst du jetzt, warum er nie zugelassen hat, daß *du* durch den Spiegel gehst. Er hätte es nicht ertragen, noch ein Kind zu verlieren.«

Julian drehte sich zu seinem Vater um, konnte ihn aber nirgends entdecken. Sie waren von Männern, Frauen, Kindern und Trollen umringt.

»Wo ist er?« fragte Julian. Ohne, daß er einen konkreten Grund dafür angeben konnte, war er plötzlich beunruhigt. Er drehte sich mehrmals im Kreis – aber sein Vater war nicht da. Dann sah er ein anderes Gesicht, das er kannte! Madame Futura.

»Wo ist mein Vater?« fragte er. »Haben Sie ihn gesehen?« Die alte Wahrsagerin nickte. Aber sie tat es erst nach einigem Zögern.

»Wo ist er hingegangen?« Aus seinem Unbehagen wurde

Sorge, dann Angst. *Es gibt noch eine Sache, die getan werden muß,* hatte sein Vater gesagt. Und noch etwas: *Vielleicht kann man es doch, Julian.*

»Wo ist er hingegangen?« fragte er noch einmal. »Bitte, Sie müssen es mir sagen!«

»Du kannst nichts mehr für ihn tun, mein Junge«, sagte Madame Futura traurig. »Was geschehen muß, wird geschehen. Alles wird gut.«

Gut? dachte Julian fast hysterisch. Hatte sie wirklich *gut* gesagt?!

Eine Sekunde lang starrte er Madame Futura noch aus weit aufgerissenen Augen an, dann rannte er los. Er wußte plötzlich, wohin sein Vater gegangen war. Und warum.

Er erinnerte sich nicht, den Rummelplatz je voller gesehen zu haben. Es schienen Tausende zu sein, die ihm entgegenströmten, und Julian war felsenfest davon überzeugt, daß sie alle nur aus einem einzigen Grund gekommen waren – ihn aufzuhalten, damit er nicht mehr rechtzeitig ankäme, um den Vater von seinem wahnsinnigen Vorhaben abzubringen. Aber er mußte ihn einholen und aufhalten, und sollte es nötig sein, mit Gewalt. Sein Vater und er hatten in Kauf genommen, ihr Vorhaben vielleicht mit dem Leben bezahlen zu müssen, und das hätte er akzeptiert, denn es war etwas gewesen, das den Preis wert war.

Was sein Vater jetzt vorhatte, war einfach Selbstmord, denn er plante nichts anderes, als die Vergangenheit zu ändern, und er mußte wissen, wie unmöglich das war – und wie es enden würde.

Hätte er doch nur eher begriffen, was der Ausdruck in den Augen seines Vaters bedeutete, als er das Blut auf der Spiegelscherbe sah. Für ihn war es nicht Julians Blut gewesen, sondern das des alten Mannes, das er vergossen hatte.

Er hörte eine Stimme hinter sich, die seinen Namen rief, und als er sich im Laufen umdrehte, erkannte er Roger und Alice, die nicht weit hinter ihm waren und ihn einzuholen versuchten. Sein Vorsprung war nicht besonders groß. Er versuchte schneller zu laufen, erreichte damit aber nur, daß er noch mehr Menschen anrempelte, noch wüster beschimpft wurde und auch zwei oder drei derbe Knüffe abbekam. Sein einziger Trost war, daß auch Roger und Alice kaum schneller vorankommen würden. Dieser Teil der Kirmes platzte im Moment vor Menschen aus den Nähten. Julian wußte, was das bedeutete: Es war nicht mehr viel Zeit. Bald, in ein paar Minuten schon, würden sein Vater und Gordon das Haus des Spiegelzauberers betreten, und ganz gleich, ob der Teufelskreis auf der anderen Seite der Spiegel nun unterbrochen war oder nicht, dies hier war die *Vergangenheit,* und es *würde* gleich geschehen.

Und schließlich lag die Hütte des Spiegelzauberers vor ihm. Im Inneren war es hell, aber es war nicht lodernder Flammenschein, sondern das ruhige Licht einer einzelnen Kerze. Er war noch zurechtgekommen. Gordon und sein Vater waren noch nicht da. Und gerade, als Julian nach einem letzten Blick über die Schulter die letzten Schritte bis zur Hütte zurücklegen wollte, öffnete sich die Tür und ein dunkelhaariger Mann in einem buntbestickten Mantel trat heraus. Alles wird gut werden! dachte er. Er würde ihn einfach warnen und überreden, seine gewohnte Pause an diesem Abend ausfallen zu lassen. Gordon und sein Vater würden den geplanten Einbruch verschieben oder ganz aufgeben müssen.

Julian stolperte und schlug der Länge nach in den Morast. Hinter ihm fluchte jemand, und das war das letzte, was er hörte, bevor ihm für einen Moment die Sinne schwanden.

Er kam wieder zu sich, als Roger ihn in die Höhe zog. Julian hustete qualvoll, versuchte schwach, sich aus Rogers Griff zu befreien und gab dieses Vorhaben sofort wieder auf, als Roger ihm eine Ohrfeige versetzte.

»Danke«, flüsterte er.

»Bedanke dich bei dem Mann, der dir ein Bein gestellt hat«, knurrte Roger. »Ohne ihn wärst du jetzt vielleicht tot, du verdammter Idiot.«

Schaudernd schaute Julian zur Hütte hinüber.

»Vater?« fragte Alice.

Julian nickte. »Wir müssen ihn finden. Es ist noch nicht zu spät!«

»Verdammt, wie viele Beweise brauchst du eigentlich noch?« sagte Roger. »Diesmal hast du noch Glück gehabt! Du bringst dich um, wenn du versuchst, die Vergangenheit zu ändern!«

»Aber das will ich doch gar nicht!« schrie Julian. Er deutete heftig gestikulierend auf das Zelt. »Begreifst du nicht? Er war noch nicht hier! Er... er wird versuchen, sich selbst und Gordon aufzuhalten, und es wird ihm genausowenig gelingen wie mir! Er bringt sich um, wenn er es versucht! Aber er *hat* es noch nicht getan! Wir können ihn aufhalten!«

»Und wer sagt dir, daß er das will?« fragte Roger ganz leise. Ein paar Sekunden vergingen, und Julian konnte regelrecht sehen, wie es hinter Rogers Stirn arbeitete. Dann nickte er. »Gut. Ich glaube, du hast recht.« Er wandte sich zu Alice um. »Du und Julian, ihr sucht euren Vater. Ich bleibe hier, falls er vor euch auftaucht. Aber schwöre mir eines, Alice – ihr mischt euch nicht ein. Egal, was passiert, *versucht nicht, euch einzumischen!*«

»Ich verspreche es«, sagte Alice ernst.

»Du weißt, wo er jeden Abend sein Bier trinkt?«

»Der Zauberer?« Alice nickte. »Sicher. Es ist nicht weit von hier.« Sie wandte sich mit einer Geste an Julian. »Komm.«

Sie rannten den Weg zurück, den sie gekommen waren, und da sie diesmal mit dem Besucherstrom schwammen, kamen sie wesentlich schneller voran. Julian hielt vergeblich nach seinem Vater oder dem Mann ım bunten Mantel Ausschau.

»Ich verstehe das nicht«, murmelte sie. »Er weiß zehnmal besser als du und ich, daß es unmöglich ist, die Vergangenheit zu ändern. Niemand kann das.«

Julian dachte an das, was sein Vater in der Hütte gesagt hatte. »Und wenn er doch einen Weg gefunden hat?« fragte er.

Alice blieb stehen. Für einen Moment glomm ein Funke von

Hoffnung in ihren Augen auf. Sie schüttelte den Kopf. »Es gibt keinen, Julian. Glaub mir.« Sie seufzte, und ihre Augen wurden dunkel. »Ich glaube, er will sterben, Julian. Vielleicht . . . haben wir kein Recht, ihn aufzuhalten.«

Julian schwieg. Auch er hatte diesen Gedanken schon gehabt, aber er spürte einfach, daß es sich anders verhielt. Was immer ihr Vater getan hatte, er war nicht jemand, der deshalb sein Leben einfach wegwarf. Nein, was er vorhatte, mußte etwas anderes sein.

Alice blieb plötzlich stehen und deutete auf die andere Seite des Weges. Julian sah gleich, was sie meinte.

Vor ihnen lag das schwarze Zelt. Der Eingang stand offen, rotes Licht drang ins Freie. Julian wollte weitergehen, aber Alice schüttelte den Kopf, bedeutete ihm mit Gesten, auf sie zu warten, überquerte mit schnellen Schritten den Weg und verschwand im Zelt. Julian wartete ungeduldig, die Augenblicke dehnten sich zu Ewigkeiten.

»Hast du ihn gefunden?« fragte er, als Alice endlich zurückkam.

Seine Schwester schüttelte den Kopf. Sie wirkte irgendwie betroffen. »Nein.«

Sie wollte weitergehen, aber Julian hielt sie an der Schulter zurück. »Was hast du gesehen?« fragte er. »Irgend etwas ist doch passiert!«

»Er war da«, gestand Alice. Sie streifte seine Hand ab. »Erst vor kurzem. Schnell – wenn wir uns beeilen, holen wir ihn noch ein!« Sie eilte weiter, bevor Julian Gelegenheit fand, eine weitere Frage zu stellen.

Es war nicht mehr sehr weit. Nach kaum einer Minute deutete Alice auf ein Zelt, aus dem Gelächter und Musik drangen. »Dort!« sagte sie. »Er trinkt jeden Abend hier ein Bier und ißt eine Kleinigkeit. Wenn überhaupt, dann wird Vater hier versuchen, ihn zu warnen. Schnell!«

Sie rannten das letzte Stück, aber sie kamen nicht in das Zelt hinein. Vor der Tür stand ein Mann in einer grauen Jacke, der ihnen freundlich, aber mit Nachdruck erklärte, daß Kinder drinnen nichts zu suchen hätten, und sich auch von ihren Beteuerungen, wie dringend ihr Anliegen sei, nicht beeindrucken ließ. Schließlich gaben Julian und Alice auf und traten wieder ein paar Schritte zurück.

»Verdammt!« murmelte Julian. »Wenn er jetzt schon drinnen ist, ist alles zu spät!«

Alice sah ihn nur an, aber Julian ahnte, was sie dachte. Vielleicht *war* es schon zu spät. Das Schicksal würde nicht zulassen, daß ihr Vater versuchte, die Vergangenheit zu ändern. Er würde versuchen, den Spiegelzauberer zu warnen, und dabei vermutlich ums Leben kommen. Er würde über einen Stuhl stolpern und sich zu Tode stürzen, sich an einem Schluck Bier verschlucken und ersticken, oder vielleicht würde auch einfach sein Herz versagen. Oder aber ein Taschendieb versuchte ihn auszurauben und tötete ihn dabei ganz aus Versehen ...

»Vielleicht gibt es noch einen anderen Weg«, sagte Alice in seine düsteren Überlegungen hinein. Sie deutete auf eine schmale Gasse neben dem Bierzelt. »Wir könnten versuchen, von hinten reinzukommen. Schnell!«

Sie liefen los. Julian rannte mit weit ausgreifenden Schritten vor Alice her, stürmte in den schmalen Weg – stolperte über etwas und fiel zum zweiten Mal der Länge nach hin, fing seinen Sturz aber diesmal geschickter ab und kam sofort wieder auf die Füße. Erschrocken drehte er sich um.

Ein halblautes Stöhnen drang an sein Ohr. Julian ging zurück, sah einen Schatten vor sich liegen und bedeutete Alice mit einer Geste zurückzubleiben. Vorsichtig kniete er neben der stöhnenden Gestalt nieder und streckte die Hände aus, wagte es aber nicht, sie zu berühren. »Was ist passiert?« fragte er erschrocken. »Wer ... wer sind Sie?«

Der Mann stemmte sich mühsam in die Höhe. In dem schwachen Licht konnte Julian sein Gesicht nicht erkennen. Aber er sah immerhin, daß es voller Blut war, das aus einer Platzwunde an der Schläfe lief.

»Was ist passiert?« fragte Julian noch einmal.

Der Mann hob die Hand an die Schläfe, tastete über die häßliche Platzwunde und betrachtete dann ungläubig das Blut, das an seinen Fingerspitzen klebte. »Jemand hat mich ... überfallen«, sagte er stockend. Er stöhnte wieder, setzte sich auf, und sein Gesicht geriet dabei etwas mehr ins Licht.

Julian erkannte ihn. Es war der Losverkäufer, der ihm den Troll gegeben hatte. Und er war auch jener Mann, der vor wenigen Minuten aus der Hütte des Spiegelzauberers gekommen war, nur hatte er da einen schwarzen Mantel mit silberner und goldener Stickerei getragen, und sein Gesicht war noch nicht voller Blut gewesen ...

»Mein Mantel!« sagte er plötzlich. »Er ... er hat mir meinen Mantel gestohlen!«

Aber das ist doch nicht möglich! dachte Julian. Er hatte vorhin den Besitzer des Zauberspiegels doch mit eigenen Augen gesehen, und da war es ein uralter, gebrechlicher Mann mit weißem Haar gewesen –

Und plötzlich ergab alles einen Sinn.

Julian sprang mit einem Schrei auf die Füße und rannte los.

Natürlich kam er zu spät. Als er der Hütte schon so nahe war, daß er sie sehen konnte, geriet er in einen Trupp Betrunkener, die ihn johlend umringten, ohne auf seinen verzweifelten Widerstand zu achten. Das Schicksal *tat* etwas, um ihn davon abzuhalten, das Geschehene ungeschehen zu machen. Aber es schien diesmal ein Einsehen mit ihm zu haben und wandte nur sanfte Gewalt an. Selbst als er begann, sich mit aller Kraft zu wehren und um sich zu schlagen und zu treten, ließen die jungen Burschen, die ihn gepackt hatten, ihn los, statt sich auf ihn zu stürzen und ihm seine Hiebe heimzuzahlen. Es war auch nicht nötig, daß sie mehr taten.

Julian rannte weiter und erkämpfte sich gegen den Besucherstrom seinen Weg zu der winzigen Hütte. Verzweifelt blickte er zum Himmel. Er glaubte dort oben etwas Riesiges, Dunkles zu erblicken, etwas wie eine ungeheure schwarze Faust, die sich zum Schlag ballte.

Noch zwanzig Schritte trennten ihn von der Hütte, dann nur noch zehn –

Und dann sah er seinen Vater.

Er näherte sich der Tür und hatte bereits die Hand ausgestreckt, um die Klinke hinunterzudrücken, zögerte aber plötzlich noch einmal. Julian rief verzweifelt seinen Namen, versuchte noch schneller zu laufen und stolperte.

Noch während er fiel, drehte sich sein Vater zu ihm herum und lächelte ihm zu. Er wirkte sehr müde, sehr alt, und der schwarze Mantel mit den silbernen und goldenen Stickereien, der um seine Schultern lag, ließ ihn größer erscheinen, als er war. Obwohl er wissen mußte, was ihm bevorstand, war alles, was Julian in diesem Sekundenbruchteil in seinen Augen las, eine unendliche, tiefe Erleichterung. Ein Jahrhundert des Schmerzes erwartete ihn, und doch war eine Last von seinen Schultern genommen.

Julian prallte auf dem Boden auf, sprang sofort wieder hoch und hielt in der Bewegung inne. Er hörte, wie die Tür geöffnet wurde und eine Sekunde darauf wieder ins Schloß fiel. Obwohl er wußte, daß es nicht möglich war, denn rings um ihn herrschte der ausgelassene Lärm des Rummels, glaubte er plötzlich erschrockene Stimmen zu hören, dann einen Schrei und die Geräusche eines verzweifelten Kampfes.

Eine Hand berührte ihn an der Schulter. Er wandte sich um, blickte aus tränenverschleierten Augen in Alices Gesicht und sah, wie sich ihre Lippen bewegten. Roger tauchte neben ihr auf. Er humpelte. Und die Art, wie er den rechten Arm hielt, machte Julian klar, daß er verletzt war. Offensichtlich hatte das Schicksal auch ihm nur eine Warnung zukommen lassen, statt nachhaltiger dafür zu sorgen, daß er sich nicht einmischte.

Nach einer Weile stand er auf, drehte sich müde um und schaute noch einmal zur Hütte hin. Die Tür war geschlossen, aber er glaubte bereits Flammen hinter den dünnen Brettern lodern zu sehen.

Als sie das Spiegelkabinett erreichten, hatte sich der Himmel bereits gespalten und begonnen, Feuer und Tod auf die Erde zu speien. Doch das Chaos nahm erst seinen Anfang. Irgendwo am Horizont flackerte ein rotes, unheimliches Licht, die ersten Schreie drangen zu ihnen, aber es würde noch Zeit vergehen, ehe die Welt endgültig in Stücke brach und Flammen und Sturm alles hier verschlangen.

Sie waren allein. Niemand war gekommen, um sich in die Welt hinter den Spiegeln zu retten, und wenn es noch eines Beweises bedurft hätte, daß der Fluch endgültig gebrochen war, dann war es die Stille, die in dem großen, mit Glas gefüllten Raum herrschte. Feuer und Tod würden den Jahrmarkt ein letztes Mal verschlingen. Aber es war vorbei. Sie hatten die Kette zerbrochen.

Julian dachte an seinen Vater, und ein Sturm der Gefühle brach in ihm los.

»Wir sollten ... gehen«, sagte Roger zögernd. Julian sah ihn schweigend an.

Roger begann unbehaglich auf der Stelle zu treten. »Ich ... ich weiß nicht, wie lange der Zauber noch wirkt«, sagte er mit einer Geste auf das Labyrinth. »Laßt uns hier verschwinden.«

Julian verstand, was er meinte. Gehorsam drehte er sich um und trat auf die Spiegel zu, blieb aber dann noch einmal stehen und sah seine Schwester an. »Vorhin, als du im Zelt warst«, begann er. »Du hast mir nicht gesagt, was du gesehen hast.«

Alice antwortete nicht, und Julian fuhr nach ein paar Sekunden fort: »Er hat dem Besitzer der Abnormitäten-Schau den Troll gegeben, nicht wahr?«

Alice nickte. »Ja. Und ... einen Brief.«

Sie wußten es beide. Ihr Vater hatte das Unternehmen gekauft, vielleicht sogar schon vor langer Zeit, und der Brief enthielt genaue Anweisungen, die einen alten Mann betrafen, den man nach der Katastrophe aus den Trümmern bergen würde.

Für einen kurzen Moment überkam ihn ein Gefühl des Grauens. Was hatte sein Vater gesagt? Ich habe zwei Leben gelebt, und vielleicht war das schon mehr, als einem Menschen zusteht. Er hatte sich getäuscht. Er würde noch ein drittes Leben leben müssen, und dieses dritte war der Preis, den er für die beiden ersten bezahlen mußte.

»Bitte geht jetzt!« drängte Roger. »Irgend etwas... geschieht. Ich spüre es.«

»Werden wir uns wiedersehen?« fragte Julian.

Alice wandte sich ab, und auch Roger sah ihn nicht direkt an, als er antwortete. »Ich weiß es nicht«, sagte er schließlich. »Ich weiß nicht, was uns erwartet. Die andere Seite existiert nicht mehr.«

Diese andere Seite, dachte Julian. Aber es gab mehr als *eine* andere Seite. Und er wußt einfach, daß die, wohin Roger und seine Schwester nun gehen würden, gut war.

Epilog

».. . und dies ist mein Letzter Wille, den ich im Vollbesitz meiner geistigen und körperlichen Kräfte niedergeschrieben und von den drei obengenannten Zeugen habe beglaubigen lassen.«

Der Anwalt schloß die ledergebundene Mappe, in der das Testament seines Vaters lag, legte die rechte Hand darauf und ließ sie für einen Moment mit gespreizten Fingern darauf liegen, so daß sie wie ein großes, fleischfarbenes Siegel wirkte. Er schien darauf zu warten, daß Julian etwas sagte, aber Julian tat es nicht, blieb ebenso schweigsam wie während der ganzen letzten halben Stunde, in der der Rechtsanwalt das Testament seines Vaters verlesen hatte. Schließlich räusperte er sich übertrieben, und Julian tat ihm den Gefallen, wenigstens aufzublicken und in sein Gesicht zu sehen.

»Hast du alles verstanden, was ich vorgelesen habe?« fragte er.

Julian war nicht ganz sicher. Er hatte nur mit einem Ohr hingehört – aber das Wichtigste hatte er wohl mitbekommen. Sein Vater hatte den allergrößten Teil seines unvorstellbar großen Vermögens nicht ihm hinterlassen, sondern einer Stiftung, die sich um die Hinterbliebenen verunglückter oder gestorbener Artisten, Schausteller und Künstler kümmerte. Der »kleine« verbleibende Rest reichte immer noch aus, um ihm ein sorgenfreies Leben zu garantieren, obwohl es ihm darauf gar nicht ankam. Er hatte sich schon kurz nach seiner Rückkehr – großer Gott, war das wirklich schon drei Monate her? – entschlossen, den letzten Wunsch seines Vaters zu respektieren und ins Internat zurückzukehren und seine Schule zu beenden. Was danach kam – nun, man würde sehen.

»Wenn du noch irgendwelche Fragen hast, stehe ich dir gern zur Verfügung«, sagte der Anwalt. Julians beharrliches Schweigen bereitete ihm sichtlich Unbehagen. Vielleicht hielt er es für Enttäuschung.

Er stand auf, reichte dem Anwalt die Hand und nahm die Ledermappe mit dem Letzten Willen seines Vaters entgegen. »Vielen Dank«, sagte er. »Ich . . . bin ja noch zwei Tage in der Stadt. Vielleicht sehen wir uns noch einmal.« Langsam drehte er sich um und ging zur Tür, blieb aber dann noch einmal stehen.

»Diese andere Sache, um die ich Sie gebeten habe«, sagte er. »Haben Sie irgend etwas herausgefunden?«

»Das Mädchen?« Der Anwalt schüttelte mit einem bedauernden Gesicht den Kopf. »Nein. Leider nicht. Es ist nicht leicht, Unterlagen aus dem vorigen Jahrhundert aufzutreiben, weißt du? Das meiste ist verlorengegangen oder im Krieg zerstört worden. Aber du kannst sicher sein, daß ich die besten Leute darauf angesetzt habe. Sobald ich irgend etwas in Erfahrung bringe, lasse ich es dich wissen.« Er zögerte einen Moment, doch dann gewann seine Neugier doch die Oberhand.

»Es geht mich zwar nichts an«, sagte er, »aber darf ich trotzdem eine Frage stellen? Wieso interessiert dich das Schicksal eines Mädchens, das 1893 geboren wurde? War sie eine deiner Vorfahren?«

»Eine Verwandte«, bestätigte Julian.

»Deine Großmutter, nehme ich an.«

Julian lächelte flüchtig. »Nein«, erwiderte er. »Das wohl kaum. Schon eher so etwas wie eine Schwester. Allerdings nur eine sehr entfernte.« Und damit wandte er sich um und ließ den Anwalt mit einem verblüfften Gesicht zurück.

Draußen auf dem hohen, leeren Gang vor der Anwaltskanzlei blieb er noch einen Moment stehen. Er verspürte noch immer eine vage Trauer, wenn er an Alice dachte – seine Schwester, die er praktisch im gleichen Moment verloren hatte, in dem er sie fand. Er hätte alles gegeben, sie wiederzusehen, oder wenigstens zu erfahren, was mit ihr geschehen war. Er hatte sogar ein paarmal versucht, es herauszubekommen – mit dem Ergebnis allerdings, sich ein paar Schnittwunden und den Ruf einzuhandeln, ein gründlich gestörtes Verhältnis zu Spiegeln zu haben.

Das Geräusch des Aufzuges riß ihn aus seinen Gedanken. Er gewahrte Frank, der sich ungeduldig zwischen den langsam auseinandergleitenden Lifttüren durchquetschte und ihm zuwinkte. Ebenso wie die beiden Polizisten und – wie er sehr vorsichtig in Erfahrung gebracht hatte – auch die Mitglieder der Rockerbande hatte Frank nicht die mindeste Erinnerung an das, was passiert war, während er sich in Lederjackes Gewalt befunden hatte. Er war einfach eingeschlafen und Tage später völlig verwirrt wieder erwacht, ohne sich an mehr als einen üblen Traum zu erinnern. Nach allem, was er Julian über diesen Traum erzählt hatte, kam dieser der Wahrheit ziemlich nahe, aber Julian hütete sich natürlich, ihm auch nur den kleinsten Hinweis zu geben. Frank mochte ein netter Kerl sein, aber er war und blieb ein Reporter, und Julians Verhältnis zu dieser Spezies war mindestens ebenso gestört wie das zu Spiegeln . . .

»Das hat ja gedauert«, sagte Frank. Er grinste. »Na, kann man zu den Millionen gratulieren?«

»Nicht ganz«, antwortete Julian.

Frank blinzelte. »Wieso?«

»Das meiste kriege ich nicht«, sagte Julian achselzuckend. »Aber ein kleines bißchen bleibt übrig, keine Sorge. Du wirst mich nicht durchfüttern müssen.«

Frank sah ihn schräg an. »Und wieviel ist dieses *kleine bißchen,* wenn man fragen darf?«

Julian sagte es ihm, und Frank wurde blaß. Er schluckte ein paarmal, dann fragte er mit einem schiefen Grinsen: »Sag mal, auch auf die Gefahr hin, daß es etwas ungewöhnlich klingt: Hättest du nicht Lust, mich zu adoptieren?«

Julian lachte. Sie betraten den Lift, und Frank und er witzelten weiter herum, während sich der Aufzug summend nach unten bewegte. Frank schlug der Reihe nach vor, Julian als Leibwächter, Chauffeur, Privatsekretär, Schuhputzer und Vorkoster zu dienen, was Julian zwar alles ablehnte, ihn aber schließlich mit dem Versprechen tröstete, ihn für die Zeit bis zu seiner Abreise übermorgen kostenlos mit Bier und Ziga-

retten zu versorgen. Sie erreichten das Erdgeschoß. Die Lifttüren glitten auf –

Frank fuhr so heftig zusammen, daß der ganze Lift erzitterte.
Vor ihnen lag nicht die große, marmorverkleidete Halle des
Bürohochhauses, in dem sich die Anwaltskanzlei befand.

Vor ihnen lag der *Rummelplatz*.

Zelte, Stände, Karussells und Buden reihten sich aneinander,
so weit das Auge reichte, und von überallher drangen Lachen
und fröhliche Musik an ihr Ohr. Alice und Roger standen
Arm in Arm keine zwanzig Meter vor dem Aufzug und
winkten ihnen, und nicht weit von ihnen entfernt entdeckte
Julian einen schlanken, ganz in schwarzes Leder gekleideten
Jungen, der auf einem altmodischen Motorrad hockte und
fröhlich grinste. Zum ersten Mal im Leben hatte er keine
Angst mehr vor Mike, und zum ersten Mal spürte er, daß er
die auch nicht mehr haben mußte. Er war kein Troll mehr.
Weil es Trolle nicht mehr gab.

Und das war nicht die einzige Veränderung. Über dem Kirmesplatz spannte sich ein strahlendblauer, wolkenloser Som-
merhimmel, auf dem eine gelbe Sonne mildes Licht und
Wärme verbreitete.

»Worauf wartet ihr?« rief Roger fröhlich. »Kommt raus. Der
Aufzug fährt euch schon nicht davon.«

Julian machte einen Schritt und noch einen, dann blieb er
wieder stehen und wandte sich um, weil Frank ihm nicht
folgte.

»Was hast du?« fragte er. »Du brauchst keine Angst zu haben. Wir können zurück, wann immer wir wollen. Und so oft
wir wollen.« Alices Blick sagte ihm, daß es die Wahrheit war.
Es gab mehr als nur eine andere Seite der Spiegel.

»O nein«, flüsterte Frank.

Roger und Alice kamen näher, und auch Mike rollte auf seinem Motorrad gemächlich auf sie zu.

»Was ist los mit ihm?« fragte Roger. »Wieso kommt er nicht
raus?«

Julian zuckte nur mit den Schultern. Er verstand Franks Entsetzen ebensowenig wie Roger und seine Schwester. »Was ist?« fragte er. »Worauf wartest du?«

»Das darf doch alles nicht wahr sein!« sagte Frank. Aus seinem Gesicht war jede Farbe gewichen, seine Hände und Knie begannen zu zittern. »Weißt du, was . . . was das hier ist, Julian?«

»Natürlich weiß ich, was es ist!« antwortete Julian. »Nichts, wovor du Angst haben müßtest. Im Gegenteil!«

»Das ist die größte Story meines Lebens!« jammerte Frank. »Die sensationellste Geschichte, die es je gegeben hat!«

»Und?« fragte Julian grinsend.

Frank sah aus, als würde er jeden Moment in Tränen ausbrechen. »Und wer würde mir glauben, wenn ich sie schriebe?« flüsterte er.

Weitere phantastische Geschichten von

Wolfgang und Heike Hohlbein

DRACHENFEUER

Durch das Tor im Fels war Chris in das Land der Feen und
Elfen gelangt. Doch diese schöne, fremde Welt ist in großer
Gefahr. Seit Jahrtausenden schläft hoch im Norden der
Drache – doch ist er einmal geweckt, können ihn selbst die
mächtigsten Zauberer nicht mehr bändigen ...

ELFENTANZ

Ahriman, der Dunkle Herrscher, ist aus seinem
unterirdischen Reich gekommen und versucht, die Herrschaft
an sich zu reißen. Als die Tagnacht anbricht, beginnt der
Kampf um das Schicksal der Welt. Und in Timos Händen
liegt die Entscheidung ...

MIDGARD

Der Sturm tobt über Midgard, die Wölfe schleichen heulend
um das einsame Haus, und die Küste erzittert unter der
Brandung des Ozeans. Staunend und ungläubig hört der
Knabe Lif zu, als die alte Skalla die Legende vom
Fimbulwinter erzählt, der das Ende der Menschheit
einleiten soll.
Nicht die Götter sind ausersehen, das Menschengeschlecht zu
retten. Der Knabe Lif ist bestimmt, das Schicksal zu
beeinflussen und dem Fimbulwinter ein Ende zu setzen ...

Ueberreuter